包公伝説の形成と展開

阿部泰記著

汲古書院

目次

序章

包公伝説形成史

北宋（九六〇～一一二六）の包拯（九九九～一〇六二）は、仁宗皇帝の側近として朝廷に仕えた。民間では、敬称で「包公」と呼び、その裁判説話を「包公案」という。元・脱脱撰『宋史』巻三百十六「包拯伝」には、包拯が高官・外戚・宦官など特権階級の不正を取り締まり、民衆の便宜を図ったことから、民衆が「包待制」とその官名で称して敬慕したことを記している。

除天章閣待制、知諫院、数論斥権倖大臣、請罷一切内除曲恩。……除龍図閣直学士、河北転運使。……召権知開封府。……拯立朝剛毅、貴戚宦官、為之斂手。聞者皆憚之。人以包拯笑比黄河清。童稚婦女、亦知其名。呼曰、「包待制」。京師為之語曰、「関節不到、有閻羅包老。」旧制、凡訟訴不得径造庭下。拯開正門、使得至前陳曲直、吏不敢欺。中官勢族築園榭、侵恵民河、以故河塞不通、適京師大水、拯乃悉毀去。或持地券自言有偽増歩数者。皆審験劾奏之。……拯性峭直、……与人不苟合、不偽辞色悦人、平居無私書、故人、親党皆絶之。〔皇祐二年、一〇五〇〕天章閣待制、知諫院に任命された時には、僥倖を得た大臣をしばしば批判し、特別の任命・恩寵をやめるよう上奏した。……〔皇祐四年〕龍図閣直学士、河北転運使に任命された。……〔嘉祐元年、一〇五六〕朝廷に召喚されて開封府を権知した。……包拯は朝廷にあって剛毅であったため、高官や外戚・宦官が恐れて悪いことができず、その笑顔は黄河の澄むのが見られないように稀だと言われた。当時、婦女子に至るまで包拯の名を知らぬ者はなく、包拯は「包待制」と呼ばれて親しまれ、「コネの利かぬは閻魔の包公」と噂された。〔嘉祐二年〕旧制では、訴訟人は直接法廷に入れなかったが、包拯は正門を開いて入らせ、訴えを述べさせたため、取り次ぎの吏は賄賂を取ることができなくなった。宦官や権力者が庭園を築いて恵民河の中まで侵入したため、河が塞がれて通じなくなった。その時都に洪水が発生したため、包拯はことごとく撤去した。登記簿を持ち出して面積を偽る者もいたが、すべて調査して弾劾した。……包拯は厳格な性分で、……人と調子を合わせず、言葉を偽って人を喜ばせず、平常私信のやりとりをせず、知人や親戚を近づけなかった。〉

後世この偉大な事跡が伝承されて、さまざまな包公伝説が形成されていくが、そこでも包拯は「包待制」あるいは「包龍図」と敬称で呼ばれている。

包公伝説は宋代の講談である「説話」の中で誕生した。「説話」の中には「公案」があった。「公案」とは裁判、案件を言う。南宋・羅燁『新編酔翁談録』（元刊本）には、「私情公案」『張氏夜奔呂星哥』（甲集巻二）、「花判公案」『大丞相判李淳娘供状』などを記載している。前者は、祖父張倅が「指腹婚」（懐妊中の婚約）を破って孫娘織女を陳枢密の子と結婚させようとしたため、織女が婚約者呂星哥と成都府まで駆け落ちする。枢密は府に訴えるが、制置使が男女の供述（四六駢儷体）を見て、二人の結婚を認めるという話。後者は、婚約者曹君が五年も結婚を履行しなかったため、李淳娘が里人曹章と私通する。淳娘は潭州府に訴えられるが、大丞相が淳娘の四六駢儷体の供述を見て称賛し、駢儷体の判決文を下して曹章との結婚を認めるという話。いずれも粋な役人の裁判話である。

そして「包待制」も「負心類」『紅綃密約張生負李氏娘』（壬集巻一）に登場する。都の高官の子張生が紅綃の詩を媒介にして節度使李公の側室と私通し、侍女彩雲を同伴して蘇州に逃げる。だが奢侈を極めて生活に窮し、秀州（現嘉興市）の父を訪ねるが援助を得られず、妓女梁越英を妻に娶って秀州に住む。このため後に李氏と越英の双方から背信の罪で「包公待制」に訴えられるという話である。包公は張生に李氏を正室、越英を側室として娶らせる。もちろんこの話は創作であり、史実ではない。この話は甲集巻一「小説開闢」にいう伝奇『鴛鴦灯』と同一説話だと考えられている。

元代（一二七九〜一三六八）の「雑劇」（四折〔幕に相当する〕形式の歌劇）では、多数の作品が創作された。関漢卿『包待制三勘蝴蝶夢』『包待制智勘魯斎郎』、鄭廷玉『包龍図智勘後庭花』、武漢臣『包待制智賺生金閣』、李行道『包待制智勘灰闌記』、曾瑞卿『王月英元夜留鞋記』、無名氏『包待制陳州糶米』、『包龍図智賺合同文字』、『玎玎璫璫盆児鬼』、『神奴児大鬧開封府』、『鯁直張千替殺妻』、汪沢民『糊突包待制』（佚）、張鳴善『包待制判断煙花鬼』（佚）、無名氏『包待制智賺三件宝』（佚）、『風雪包待制』（佚）、『包待制双勘釘』（佚）がそれである。

これら元代の雑劇では、包待制こと包拯は、「権豪勢要」と称する特権階級の犯罪を裁き、夜間に死者の訴えを聞き、知謀を用いて難事件を解決する。

たとえば『包待制智賺生金閣』では、書生郭成が家宝「生金閣」を用いて官職を得ようとするが、「権豪勢要」の衙内龐勣に妻ともども奪われて殺害される。包拯は夜間に郭成の霊魂の訴えを聞いて、龐勣を開封府に招待し、家族として交際しようと騙して、生金塔を持っていると自慢し、龐勣が生金閣を出したところで逮捕する。

雑劇では、高官・外戚・宦官の専横を挫いた包拯の実像を反映させ、それに神通力と知力を加えて、理想的な判官像を形成したと言える。

元代にはまた、南方で「戯文」という歌劇が上演されていた。「雑劇」が四幕形式で、主役だけが歌唱するのに対して、「戯文」は幕数が多く、どの役柄も歌唱した。包公劇としては『王月英月下留鞋記』『包待制判断盆児鬼』『包待制陳州糶米』『林招得』『神奴児』『張資鴛鴦灯』『包待制捉旋風』『小孫屠』がある。
その中で唯一現存する蕭徳祥撰『小孫屠』(『永楽大典』巻一万三千九百九十一)第二十一出(「出」は幕に相当)でも、外(脇役)が包拯に扮して登場し、「日判陽間、夜判陰」(昼間は現世を裁き、夜には冥界を裁く)と唱っている。

明代(一三六八~一六六一)には、成化年間(一四六五~一四八七)に「説唱詞話」(語りと唱いを交える語り物)が流行し、包公の裁判話が多数創作された。『新刊全相説唱包待制出身伝』『新刊全相説唱包龍図陳州糶米記』『新刊全相説唱足本仁宗認母伝』『新編説唱包龍図案断歪烏盆伝』『新刊説唱包龍図断曹国舅公案伝』『新刊全相説唱張文貴伝』『新編説唱包龍図断白虎精伝』『全相説唱師官受妻劉都賽上元十五夜看灯伝』がそれである。

説唱詞話では、包公像はいっそう庶民的色彩を帯びる。

その一は、『包待制出身伝』という、包公の出世物語が創作されたことである。そこでは、包公は農民の三男として生まれ、醜貌のため両親に捨てられそうになるが、大嫂(長男の嫁)に養育されて科挙に合格するという、庶民の出世話が新たに創造される。

その二は、雑劇『陳州糶米』を改編して、横暴な権力者を皇族としたことである。雑劇では、飢饉救済に派遣されながら農民を苦しめるのは、「衙内」(貴族の子弟)であったが、『陳州糶米記』ではこれを趙皇親(皇族)に改めて、特権階級であることを分かりやすくした。また包公が査察の前に、張皇妃が皇后の鑾駕を借りて泰山廟に参拝するのを見て阻止し、罰金を科して、それを飢饉救済に充当するという庶民の喝采する話とした。この話は後に、国舅(皇妃の兄弟)の不正を査察に行く包公の行く手を阻む曹皇妃の鑾駕を破壊するという、有名な『打鑾駕』劇に発展する。

その三は、民間説話との結合である。「説唱詞話」では包公の知謀を強調するほか、宝物説話の要素も取り入れ、特に死者を復活させる幻想的な宝物を取り上げている。雑劇『生金閣』の宝物「生金閣」は、風が吹くと音楽を奏でる魔力を持つにすぎなかったが、『張文貴伝』の宝物「生糸碧玉帯」は、皇后の病気を治し、被害者を復活させる絶大な魔力を持っていた。権力の犠牲となった庶民を復活させる物語は、庶民に歓迎されたに違いない。

嘉靖年間（一五二一～一五六六）には洪楩編『清平山堂話本』が刊行され、中に「合同文字記」がある。汴梁城外の農民劉天祥・天瑞兄妹が飢饉をしのぐため、天瑞が妻子を連れて高平県に出稼ぎに行く。天瑞夫婦が病死したため、子安住は帰郷するが、天祥は後妻を娶っており、甥だと認めず、打擲する。李社長（村長）は兄弟の合同文字（契約書）を証拠に開封府尹包拯に訴えさせ、包拯は天祥を処罰しようとするが、安住が許しを請うため、安住を孝子として朝廷に上奏し、安住は陳留県尹を授かるという話である。宋の話本という説もあるが確証はない。

くだって明の万暦年間（一五七三～一六二〇）には、小説・戯曲が流行し、包公説話も作られた。

小説では、『新刊京本通俗演義全像百家公案全伝』十巻百回（万暦二十二年（一五九四）、朱氏与畊堂刊）がある。包公の裁判話を百篇としたもので、雑劇『盆児鬼』『魯斎郎』『王月英元夜留鞋記』、「説唱詞話」、話本『合同文字記』、『五鼠鬧東京』、そのほか『平妖伝』第十一～十三回（二十回本）など、当時の包公説話を収集するとともに、包公説話ではないものを包公説話に翻案して、包公の業績の偉大さを強調した作品であり、さまざまな内容が混在している。

戯曲では、崑曲（嘉靖年間、魏良輔が海塩腔・余姚腔などを吸収して完成した腔調）に沈璟（一五三三～一六一〇）撰『桃符記』、弋陽腔（嘉靖年間から南方に流行した腔調）に、『観音魚籃記』『袁文正還魂記』『高文挙珍珠記』『胭脂記』（いずれも南京文林閣刊）がある。『桃符記』は雑劇『後庭花』の改作であり、殺害された裴青鸞が包公の神丹で復活し、書生劉天義と結婚するという団円劇である。『観音魚籃記』は、書生劉真が鯉魚の精に取り憑かれる話で、鯉魚が娘に変化したため、包公が城隍（城内の治安を司る神）に捜索を命じ、最後に観音が花籃で捕らえて、魚籃観音に任命するという、民間説話を反映した話である。『袁文正還魂記』は、書生袁文正の妻を強奪した曹国舅を、包公が開封府に誘い込んで捕らえ、皇后らの圧力に屈せず、果敢に処刑する話である。包公は御庫の温涼帽で袁文正を復活させる。『高文挙珍珠記』は、宰相温閣が状元高文挙を婿に強要して夫婦の仲を引き裂く事案を裁く。『胭脂記』は、雑劇『王月英元夜留鞋記』を改編した作品で、郭華は復活して月英と結ばれる。

天啓四年（一六二四）に金陵兼善堂から刊行された馮夢龍編『警世通言』巻十三には、「三現身包龍図断冤」がある。奉符県（現泰安市）の押司（護送役人）孫文が占い師の予言どおり、河に身を投げて死ぬ。そのすぐ後に妻は養子の小孫押司と結婚するが、孫文の亡霊が三度出現して、侍女迎児に復讐を託す。新任知県の包拯は夢に「要知三更事、掇開火下水」（真夜中のことを知りたければ、火の下の水を引き開けよ）という隠語を得て、懸賞を出すと、迎児の夫王興が出頭し、包公は孫家の竈下の井戸から孫文の死体を発見する。この話は南宋・羅燁『新編酔翁談録』甲集巻一「小説開闢」の公案『三現身』と題名が似ているため、同一説話の可能性もある。

続く天啓七年には金閶（蘇州）葉敬池が馮夢龍編『醒世通言』を刊行し、その巻十四「鬧樊楼多情周勝仙」にも開封府の包大尹が登場するが、孔目（宋代の書記官）薛姓が事件を解決して包公は活躍せず、初期の包公説話の様相を呈している。作中には「常売」（物売り）など宋代の口語が見られる。

明代末期には、小説『龍図公案』が編纂された。小説『百家公案』のほか、万暦年間に編纂された公案小説『廉明公案』『詳刑公案』を「包公案」（包拯の裁判話）に改編して百話としている。二話ずつを対にして、啓蒙書の体裁を採って評語を付している。『龍図公案』の流行によって『百家公案』は姿を消し、現在では孤本となった。

清代（一六四四～一九一二）に至ると、「慶升平班戯目」（道光四年、一八二四）に、『鍘《さつ》包冕』『鍘美案』という劇名が見える。「鍘」は馬草切りの形態をした処刑具であり、元の雑劇『包龍図智勘後庭花』三折で、廉訪使（監察官）趙忠が包公に特権を象徴する「勢剣」「銅鍘」を授けて夫人を取り調べさせる場面があるが、その後の作品には出現しない。清代に「包公案」で包公の処刑具として定着した。包晃（勉）は包公の甥で、包公が血縁者をも容赦しなかった好例としてこの話が創作された。『鍘美案』は、包公が皇帝の女婿を裁く話で、包公がいかなる権力者の犯罪も赦さない象徴的な話として流行した。

このほか、戯曲『四奇観』（『曲海総目提要』巻二十五）、『長生像』（同書巻二十七）、『瑞霓羅』（同書巻二十七）、『乾坤嘯』（同上）、『井中天』（同書巻二十八）、『正昭陽』（同書巻二十九、雍正抄本）、『雪香園』（同書巻三十二）、『瓊林宴』（同書巻三十五）、『状元香』（同書巻三十六）、『天縁記』（同書巻四十）、『双蝴蝶』（同書巻四十六）が創作された。

『四奇観』は清初蘇州派の朱素臣等四人の連作で、包公が天神から四種の宝物を授けられて酒色財気の四案を審理する話であり、民間説話の色彩が濃厚である。

『瑞霓羅』『天縁記』も宝物説話で、前者は富商陳温故が褻吉の宝物「瑞霓羅」をだまし取る話で、後者は天女張四姐が正直な樵崔文瑞との幸福を阻害する富豪を懲らしめる話である。包公はこれら良民の幸福を奪う悪人を断罪する。

『乾坤嘯』『正昭陽』『雪香園』『瓊林宴』『双蝴蝶』『状元香』は、いずれも奸臣が忠臣を罪に陥れる話であり、『乾坤嘯』は奸臣韋継同が忠臣烏廷慶を陥れる話、『正昭陽』は劉后が仁宗の実母李妃を迫害する話、『瓊林宴』と『双蝴蝶』は太尉で外戚の葛登雲が状元の妻を強奪する話である。包公はこれら迫害を受けた忠臣の復讐を助勢する。

「説書」（語り物）では、北方で長編の「鼓詞」（小鼓・三弦などを伴奏楽器とする）などが流行し、石玉崑（一八一〇頃～七一頃）の『龍図公案』が人気を博した。「包公案」の長編化傾向は、すでに明の「説唱詞話」にうかがえるが、清代に至ってそれが完成した。『龍図公案』は現在、石玉崑の流派の芸人が語った「石派書」（あるいは「石韻書」）が戦火を免れて残存している。「救主・盤盒・拷御」「小包村」「招親」「包公上任」「烏盆記」「相国寺」「七里村」「九頭案」「巧換蔵春酒」「三試項福」「苗家集」「鍘龐坤」「天斉廟断后」「慶寿」「三審郭槐」「李后還宮」「包公遇害」「召見展雄飛」「范仲禹出世」「陰錯陽差」「巧治瘋漢」「仙枕過陰」「悪鬼驚夢」「鍘李保」「展雄飛祭祖」「鍘君恒」「訪玉猫」「懸空島」「南侠被擒」「展雄飛受困」「冲天孔」がこれである。

物語は仁宗と包公の出生から始まる。包公が仁宗の側近となり、武侠などの援助を得て、奸臣の謀略を挫くことを骨幹とし、これに包公の裁判や、武侠の活躍を挿入して構成している。清代の戯曲と同様に、忠義を標榜する作品であり、先行説話を少なからず吸収している。

これらの話は後に小説『龍図耳録』(同治六年〔一八六七〕写本)、『三侠五義』(一名『忠烈侠義伝』、光緒五年〔一八七九〕刊本)となった。

包公伝説研究史

包公伝説研究史上、第一にあげるべきは、胡適(一八九一～一九六二)の『中国章回小説考証』(一九四二、実業印書館)所収「『三侠五義』序」(一九二五)であろう。

胡適は包公を「箭朶式」(標的型)人物と呼んで、中国の裁判話が包公に集中して創作されたことに注目し、包公を中国のシャーロック・ホームズだと呼んだ。

胡適は『宋史』「包拯伝」を包公説話の起源だとする。そして、『宋史』では包拯が天長県令の時に牛舌窃盗事件を解決したことしか記さないが、後に元代の雑劇に至って、包公が皇帝から「勢剣」「金牌」を授かって「先斬後奏」(処刑した後に報告する)の特権を認められ、「日断陽事、夜断陰事」(昼に現世を裁き、夜に冥界を裁く)の能力を持つに至ったことを指摘する。また、明代には小説『龍図公案』が編纂されたが、文章が拙劣で、清代に出た石玉崑の小説『三侠五義』は、元の雑劇『金水橋陳琳抱粧盒』と明の小説『龍図公案』の李宸妃説話から「狸猫換太子」説話を創出し、五鼠を妖怪から義侠に変えて、神話の痕跡を無くしたとして高く評価した。胡適は雑劇、李宸妃伝などを詳細に調べており、話本、「説唱詞話」、『百家公案』、「石派書」、『龍図耳録』を用いることはできなかったが、資料の範囲内で、包公伝説の特徴を的確に指摘している。

ついで孫楷第は、「包公案与包公案故事」（『滄州後集』〔一九八五、中華書局〕巻二）を著した。その師孫志祖の『孔子家語疏証』に倣って、小説『龍図公案』百話の出処を考察したという。孫氏は明代公案小説の諸本と小説『龍図公案』繁簡両本の文体を比較するに至らなかったため、大多数の話を出処不明として残した。だがその四「故事繙作演進至於今盛伝者」（現在まで改作を重ね、盛行している説話）では、「双勘釘故事」「盆児鬼故事」「抱粧盒故事」「還魂記故事」について、説話の歴史的展開を詳細に分析している。孫氏には『日本東京大連図書館所見中国小説書目提要』（一九三二、国立北平図書館中国大辞典編纂処）があり、明代公案小説集を紹介した功労がある。

孫氏の不備を補ったのは、Y.M.Ma, “The Textual Tradition of Ming Kung-an Fiction: A study of the *Lung-t'u Kung-an*”（Harvard Journal of Asiatic Studies 35, 1975）である。馬幼垣は『百家公案』、『廉明公案』、『詳刑公案』など明代公案小説集を資料として、小説『龍図公案』編集について綿密な考察を行った。

このほかのテキスト研究に、大塚秀高「公案話本から公案小説集へ—『丙部小説之末流』の話本研究に占める位置」（一九八二、集刊東洋学四十七）、荘司格一『中国の公案小説』（一九八八、研文出版）がある。

明の成化年間刊「説唱詞話」が一九六七年に上海市嘉定県の宣姓墳墓から発掘されると、Patrick Hanan, “*Judge Bao's Hundred Cases* Reconstructed”（Harvard Journal of Asiatic Studies 40-2, 1980）は、『百家公案』が「説唱詞話」の説話を吸収したことを明らかにし、さらに『百家公案』の文体を検証して、編者を三名だとする仮説を立てた。

清代の説書を論じたものに、李家瑞「従石玉崑的『龍図公案』説到『三侠五義』」（『文学季刊』一九三四年二期）がある。李氏は石派書を石玉崑の原作だと考え、これを『龍図耳録』と比較して、石玉崑の『龍図公案』は幼稚な語り物だと酷評した。李氏には劉復氏と共編の『中国俗曲総目稿』（一九三二、国立中央研究院）があり、石派書の冒頭句を記録している。

また王虹「『龍図公案』与『三侠五義』」（一九四〇、輔仁文苑五）は、北京黄化門街簾子庫胡同の蒸鍋舗湧茂斎の貸本『龍図公案』を紹介して、石玉崑の原本だと述べた。

なお包公の口承伝説については、黎邦農搜集整理『包公的伝説』（一九八六、光明日報出版社）がある。また丁肇琴『俗文学中的包公』（二〇〇〇、文津出版社）は主としてこの方面から包公伝説を研究した著作である。

また現代地方劇については、朱万曙『包公故事源流考述』（一九九五、安徽文芸出版社）が、簡略ではあるが、包公説話の伝承の様子を図式で解説している。

本書の要旨

本書は包公説話の民衆文学としての特質を明らかにすることに努めた。

第一章「民衆から生まれた清官」では、民衆が創造した力強い包公像について考察した。

まず小説や演劇の中で描写される包公の面容は特異であり、京劇では黒面と額の三日月で表現する。包公が黒面に化粧する原因は、斉如山（一八七五～一九六二）が京劇『烏盆記』を例にとって、包公が醜悪な面相であったからだと述べた。その後「説唱詞話」の発見によって、包公が富農の三男坊として生まれ、容貌が醜悪なため不吉として棄てられたが、実は貴人の相だと述べられていることが分かった。著者は、これによって包公の醜貌の意味を考察し、それがマイナーな面相ではなく、諸悪を挫く非凡な面相であることを論じた。（第一節「剛毅な醜貌の三男坊－黒面伝説」）

また包公の額の三日月は、夜間に亡霊の訴えを聴く神通力を表現していると言われる。冥界裁判伝説の由来は古く、唐代には下層胥吏が冥界の吏として夜間に酷使されるという記述が見られるが、元の雑劇に至って、これを包公の超能力として讃える話となった。裁判の内容も冥界的なものではなく、現世の裁判に変容したことを明らかにした。（第二節「犠牲者の訴えを聴く―亡霊裁判」）

包公は死者の訴えを聴くばかりでなく、後には死者を復活させるようになる。著者は、その現象が明の「説唱詞話」の宝物説話の中から出現することを指摘し、家族の団円に対する庶民の希求を反映していることを論じた。（第三節「犠牲者を復活させる―宝物説話」）

包公の裁判は、知謀を用いて難事件を解決するところにも特色がある。それは元の雑劇に始まり、明の「説唱詞話」に至って発展を遂げる。民間にも「機知人物説話」があり、包公の知謀はこの種の頓知話だと言えよう。そして包公の醜貌は、説話の中の「機知人物」の特徴でもあることを述べた。（第四節「知謀に富む有能な官―機知人物」）

包公は裁判の面から見ると主人公であるが、物語全体から見ると、被害者が主人公であり、被害者の冤罪が天を感動させ、天が啓示を下して包公を登場させるという構造を持ち、包公以外にも、被害者を理解して支援する人物が登場する。包公は天や、天の意志を伝える神・動物や、被害者の理解者の支援を得て、難事件を解決するのである。本節ではこうした包公説話の物語構造について考察した。（第五節「共鳴する支援者たち―神・人・動物」）

第二章「説話の主人公とともに」では、民間に最も流行する包公裁判の演劇作品をとりあげ、その主題と包公の役割について考察した。

圧倒的に多く上演される作品は『秦香蓮』（『鍘美案』）である。書生陳世美が郷里に残した妻秦香蓮を裏切って皇帝の女婿となる。香蓮は飢饉で死亡した世美の父母を葬り、世美を尋ねて上京するが、世美は香蓮を抹殺しようとする。

香蓮は世美の部下に救われ、包公も皇太后らの圧力に屈せず、世美を鍘で処刑する。この話は『百家公案』にその原型があり、世美は皇帝の女婿ではなかったが、包公の厳正さを表現するため、後にそうした物語となった。また香蓮に報復させるため、香蓮が殺害されるが観音の力で復活し、元帥となって自ら世美を裁くというストーリーや、親子を団円させるため、子女の嘆願によって包公が世美を釈放するストーリーも生まれた。（第一節「貞節な妻―夫の出世と非道―『秦香蓮』」）

『血手印』も民衆に好まれる作品である。岳父である宰相王春華が貧窮した婚約者林招得との婚約を破棄しようとする。娘千金は招得に金を贈ろうとするが、賊が侍女を殺して金を奪う。王が招得を訴えて招得は死刑の冤罪を被るが、千金は刑場に赴いて夫を祭る。天は包公に真犯人を暗示して捕らえさせ、包公は非道の岳父に裁断を下す。明・徐渭『南詞叙録』宋元旧篇に『林招得』があり、説話は早く成立していた。元の雑劇『緋衣夢』、明の「説唱詞話」、『百家公案』を経て、清代に同名劇が誕生した。現代劇では、林の父親の父性愛や妻王千金の夫婦愛を強調する作品が創作された。（第二節「貞節な妻―零落した婿を嫌う岳父―『血手印』」）

『釣金亀』劇は、完全犯罪の解決をテーマとした「双勘釘」説話から、金を排泄する亀をめぐる宝物説話に変容する。孫楷第「包公案与包公案故事」は、唐英（一六八二〜約一七五五）の崑曲『双釘案』（原名『釣金亀』）におけるこの変容を指摘した。著者は、『清蒙古車王府曲本』（一九九一、北京古籍出版社）を用いて、唐英が当時の地方劇『釣金亀』『双釘記』を素材としたことを指摘した。また現代の地方劇のストーリーを分析して、無学の次男坊が愚直で宝物を授かる資格を得るという民間説話の特色を持つことを明らかにした。（第三節「孝子と宝物―悪逆な嫂―『釣金亀』」）

『張文貴』劇は、民間の宝物説話のストーリーを持つ作品であり、明の「説唱詞話」で語られ、湖南唱本『紫金瓶』を経て、現代地方劇で演じられた。宝物によって幸福を得たいという民衆の幻想を表現した説話である。登場人物の名の違いによってストーリーが異なる。（第四節「書生と宝物―強欲な宿屋の主人―『張文貴』」）

『双包記』劇は、鯉魚の精が変化して書生を誘惑する妖怪説話で、妖怪が人間性を帯びて、報恩したり結婚したりする。また鯉魚の精だけではなく、栗・鼠・犬・虎の精なども登場する。こうした説話には民間のアニミズム・トーテミズムが反映している。（第六節「書生と妖精―妖精の愛―『双包記』」）

第三章「あらゆる事件を裁く」では、包公説話が人気を博して膨張していくさまを考察した。

明代には百に上る包公説話が編集された。このことは、宋・元両代に続いて、包公説話がますます民衆に喜ばれたことを表明している。その第一作は、万暦年間の小説『百家公案』十巻百回である。Patrick Hanan は、この作品の編者が三名であるという仮説を提示した。著者はこれに疑問を呈し、説話の材料として巻六・七・八に続けて元・郭霄鳳編『江湖紀聞』中の記事が用いられていることなどを指摘して反論し、この小説集が諸方面から説話材料を収集し、一巻ずつ趣向を変えて、百話を構成していった形跡があることを明らかにした。（第一節「百件の裁判話―小説『百家公案』の編纂」）

その第二作は、『龍図公案』十巻百話である。馬幼垣は、この作品が百話を構成するために、『百家公案』を取り入れたほか、明代の複数の公案小説集中の話を包公説話に変えていることを指摘した。だが発行年が不詳である公案小説集が多数であるため、どの小説集の話にもとづいたのか、確定できなかった。著者は、小説集の作品の文体を比較して、刊行の前後関係を確定し、『龍図公案』が主として『廉明公案』、『詳刑公案』の二小説集の話を用いていることを明らかにした。また『龍図公案』が、先行の『古今小説』などいわゆる「三言二拍」を模倣して話をシンメトリックに編集し、さらに評語を加えて主旨を明白にしたことで広範な読者を獲得し、このため『百家公案』が読まれなくなり、今では孤本となったのではないかと推測した。（第二節「説話集の再編―小説『龍図公案』」）

宋代以来、小説・説唱・演劇作品が多数創作され、それが現代まで継承されている。だが特に現代の地方劇については、そのテキストが十分に知られていない。というのはそのほとんどが「内部発行」（機関内の刊行物）であり、外部の者、とりわけ外国人には閲覧が許されていなかったからである。しかし九〇年代から中国政府が改革開放政策を取り始めて以来、公共図書館に蔵する「内部発行」の雑誌も閲覧が可能になった。著者はこれらの雑誌に掲載された「包公案」劇を収集してその梗概を紹介し、包公の生前から現代に至るまでの包公説話の創作と伝承の実態を明らかにした。（第三節「説話の創作と伝承—北宋から現代まで」）

第四章「より強力な忠臣として」では、清の講釈師石玉崑の説書『龍図公案』が完璧な包公像を創造し、複数の語り手が現れてその物語を継承したことについて考察した。

従来の包公説話においては、包公の甥が収賄罪を犯したり、仁宗や皇族が犯罪を犯したり、冥界の判官が犯罪を犯した親戚を庇ったため、包公が誤審をして被害者を処刑したりする話が作られ、高官や身内などの犯罪を許さぬ包公の厳粛さを表現していた。しかし石玉崑はこれらの説話は包公や朝廷・天界の名誉を損なうと考え、完成した人物像を創造したことを論じた。（第一節「石玉崑の説書『龍図公案』」）

石玉崑の原本は確定できず、その流派の「石派書」や、聞き書きと言われる『龍図耳録』によって原作の内容を推測するほかない。しかしながら両者の叙述は必ずしも一致せず、語り手を異にするテキストであったことを指摘した。（第二節「石派書」と『龍図耳録』）

李家瑞は石派書が石玉崑の原作だと考え、王虹は鼓詞『龍図公案』を石玉崑の原作だと考えた。著者は石派書と、大木文庫（大木幹一旧蔵書）の鼓詞『龍図公案』を用いて、両者がいずれも石玉崑の原作ではないことを検証すると同時に、こうした作品の存在によって、当時石玉崑の『龍図公案』が人気を博して、これを語る芸人が多かったことが実証できると述べた。（第三節「模倣作品の出現（一）―鼓詞『龍図公案』」）

一九九一年、首都図書館蔵「蒙古車王府曲本」が影印された。著者はその中の鼓詞『三侠五義』『包公案』を分析して、石玉崑の説書を真似た作品がもっと多く創作されていたことを明かした。（第四節「模倣作品の出現（二）―鼓詞『三侠五義』『包公案』」）

『三侠五義』は、現代でも多くの語り手によって語り継がれている。単田芳口述・方殿整理『包公案』（一九八七、黄河文芸出版社）などがそれである。著者は、天津の劉杰謙（一八九四～一九七六）の「評書」（唱を伴わない長編の語り物）『包公案』を整理した『大五義』（一九九一、春風文芸出版社）を紹介した。新テキストでは「迷信」描写や義侠の活躍部分を削除して、推理小説風に改編している。（第五節「現代の改作―評書『大五義』」）

第五章「死してなお民衆を護る」では、これまで官民が包公を祀った実態について考察した。

包公は合肥、開封、肇慶など生地や赴任地で祀られたが、それ以外にも官民が包公を祀った場所が多い。その背景には、物語を通じた伝説の影響がある。ここでは地方志に記載された包公祠・包公廟を中心として包公信仰の実態を明らかにした。（第一節「包公廟の分布」）

台湾では包公は開拓の守護神として祀られた。祭祀は主として雲林県から広まり、今では台湾全土に及んでいる。著者は仇徳哉『台湾廟神大全』（一九八五、著者）、窪徳忠『道教の神々』（一九八六、平河出版社）などの先行研究を参考にしながら、祭祀の実態を調査した。（第二節「台湾の包公廟」）

長沙では、『包公鉄面明聖経』という包公を祀る経典が制作された。経文を分析すると、包公信仰が小説・演劇を通じて広まった伝説によるものであることが明白である。本節ではこの資料を解読して、包公伝説の伝播方式を明らかにした。（第三節「経典の制作―『包公鉄面明聖経』」）

本書では以上のように、歴史上の人物である包拯に対して、民衆文学の中で特異な形象が創造され、小説・演劇を通じて全国各地に包公説話が伝播し、信仰対象に発展する様子を考察した。

包公伝説の形成と展開

第一章　民衆から生まれた清官

第一節　剛毅な醜貌の三男坊——黒面伝説

一　はじめに

北宋の包拯（九九九～一〇六二）は、「鉄面無私」の「清官」として生前より民衆に「包公」と呼ばれて親しまれた。「説書」（講釈）や戯曲・小説の分野において「包公案」という包公を主人公とした裁判物語が作られて広く民間にもてはやされたことは、前述のとおりである。そうした民間の文学では、包公は黒面とされる。それは通常「鉄面無私」の「鉄面」をそのまま表現しているとも言われる。それではそうした伝説はいつ頃から生まれたのであろうか。元曲において、李逵・張飛・尉遅恭等が黒面に描写されていることから、包公も黒面であったと推定されているが、包公の場合、もともと色黒であったわけではなく、果たして「鉄面無私」の性格を黒面で表現したものかどうか、ト書きや「瞼譜」（塗面）が残っていない今日、証明するのは困難と思われる。明代については梅蘭芳旧蔵の「明朝人員瞼譜」の中に包公瞼譜が含まれており、明代の演劇では包公は黒面で演じられたであろうことが知られる。だが包公の顔が黒く隈取りされたのは、ただ「鉄面無私」だからというわけではなかった。余り注目されていないが、斉如山はもう一つの理由として醜悪な面相によると指摘し、京劇『烏盆記』を挙げて例証としている。実はこの包公醜貌伝説は明代の「説唱詞話」において創造されたものであった。斉如山の説くように、恐らくこの醜貌伝説も包公の瞼譜に影響を与えたであろう。清代に至ると、包公は李逵・張飛・尉遅恭等と同じく生来色黒だとする「説書」が出現する。あたかもこの頃、演劇において、包公は専ら隈取りをする「浄」（花瞼）の脚色（役柄）によって演じられるようになっていた。民間伝説にあっては、このように包公の容貌の描写は曲折を経て今日のような黒面を以てするようになった。本節では、以上のごとき包公の容貌描写の変遷について考察してみたい。

二　元代以前

まず元代以前について見ると、包拯の性格や容貌を描いた資料として、最初に挙げるべきは『宋史』本伝である。包拯は朝廷にあって剛毅であったため、高官や外戚・宦官が恐れて悪いことができず、その笑顔は黄河の澄むのが見られないように稀だと言われた。当時、婦女子に至るまで包拯の名を知らぬ者はなく、包拯は「包待制」と呼ばれて親しまれ、「コネの利かぬは閻魔の包公」と噂された。

この一文には「鉄面」という表現こそないが、ここに述べられた権力に屈しない性格と滅多に笑みの見られない容貌は、まさに「鉄面」と称して然るべきものであり、後世の説話の根源がここにあると言っても過言ではない。

「包待制」（包公は天章閣待制になったのでこう呼ばれる）の名は、このように生前より民衆に親しまれ、その説話は後世には語り物や演劇としても演じられたが、その中で、「鉄面無私」という表現は元曲以前には見られないし、またそういう性格も描かれていない。

南宋・羅燁の『新編酔翁談録』甲集巻一「小説開闢」には、伝奇に『鴛鴦灯』があり、同書壬集巻一負心類の『紅綃密約張生負李氏娘』かと思われ、京師の高官の子張資が先に節度使李公の側室と夫婦になりながら、後に生活に窮して、秀州の妓女梁越英と結婚したため、二婦人は「包公待制」に訴え、包待制は張資に命じて李氏を正室、越英を側室として娶らせる。

この小説は包公を民事の相談役として描いているが、権勢を懼れぬ鉄面の性格はまだ描かれてはいない。しかるに包公の裁判説話は元代に至って大いに演じられ、ここにおいて包公は権力者を畏れぬ「清官」として描かれる。『包待制三勘蝴蝶夢』（関漢卿作、明・臧懋循校『元曲選』収）の葛彪、『包待制智斬魯斎郎』（関漢卿作、『元曲選』収）の魯斎郎、『包待制智賺生金閣』（武漢臣作、『元曲選』収）の龐衙内、『包待制陳州糶米』（無名氏作、『元曲選』収）の劉衙内父子等は包公が裁いた「権豪勢要」である。また現存はしないが、『仁宗認母』（汪元亨作、『録鬼簿続編』著録）も、この種の劇である。

そしてこの中の無名氏『包待制陳州糶米』で、包公の剛直な性格は「鉄面」という語を用いて表現される。作品第一折では、「権豪勢要」の劉衙内の子小衙内が行った糶米（救援穀物の廉価配給）の不正に抗議して紫金鎚で打たれた張憋古（正末〔歌唱する男の主役〕）が、子小憋古に包龍図に訴えよと諭し、次のように唱う。

〔正末嘆云〕若要与我陳州百姓除了這害呵、〔唱〕則除是　包龍図那個鉄面没人情。（〔正末嘆いて云う〕我が陳州の百姓の禍除かんとせば、〔唱う〕鉄面非情の包龍図除いて人は無し。）

また第三折では、包公自身、私服偵察をして小衙内に逆さ吊りにされながら、次のように唱う。

只我個包龍図元鉄面、也少不得着您名登紫禁、身喪黄泉。（我包龍図はもと鉄面、必ずや貴様等を、名は紫禁に記さるるも、身は黄泉に喪う目に会わせずにはおかぬ。）

包公の性格を「鉄面」という言葉で表現した例は、著者が見たところ、数ある包公劇中、以上の二例に止まる。そのほかの箇所では、同劇第二折で、包公が陳州へ赴く際に朝臣等に向かって、

我従来不劣方頭。我偏和那有勢力的官人毎卯酉。（我が輩もともと頑固者。わけても権勢振るう官吏とはそりが合いかぬる。）

と唱い、鄭廷玉『包龍図智勘後庭花』劇第三折では、

凭着我懺劣村沙、誰敢道僥倖奸猾。（我が輩朴直なるがゆえ、僥倖・狡猾誰言わん。）

と唱う例が見える。従って、後世のように包公が登場すれば決まって「鉄面」という語が使用されたわけではない。

元曲において包公の描写に「鉄面」という語が用いられ始めたわけを考えてみると、宋代に開封府尹李倫が「鉄面」と号し（南宋・康与之『昨夢録』）、殿中侍御史趙抃が権倖を避けず弾劾して京師に「鉄面御史」と目され（『宋史』「趙抃伝」）、黄巌県尉楊王休が「三神」と綽名する悪人を捕らえて「鉄面少府」と呼ばれる（明・徐象梅『両浙名賢録』）など「鉄面」と称された剛直な人物がおり、元曲における包公の性格描写は、こうした前例にならったものと考えてよい。

しかしながら、元曲において鉄面の性格を象徴的に表現するために包公役の俳優が顔面を黒く化粧して登場したかどうかは確認しがたい。

ちなみに他の人物の場合を見ると、尉遅恭は尚仲賢『尉遅恭単鞭奪槊』劇（『元曲選』収）において「浄」役で演じられており、第二折で、「相貌搊」（凶悪な面相）と唱われ、第三折の敵将軍単雄信の台詞で、「売炭的」（炭売り）とそ

の顔の黒さを嘲笑されている。そしてこのことは「浄」が、宋の雑劇や金の院本における「副浄」という喜劇的役柄から発展して、主要人物も演じる役柄になった一例と考えられている。[1]

なお元刊本は尉遅恭の役柄を「末」として黒面には描写しておらず、明趙琦美輯校脈望館抄本では役柄を記さず、容貌を真武・黒天蓬（朱八戒）に喩えてはいるが、「相貌搊」を「言行成」（言行良し）に、「売炭的」を「胡漢」（乱暴者）と表現している。

また李逵は、李致遠『都孔目風雨還牢末』（『元曲選』収）において「浄」役が演じ（脈望館抄本では「邦老」とする）、第三折の搽旦（悪女役）蕭娥の台詞において、「面皮黒色」（顔が黒い）といわれる。高文秀『黒旋風双献功』（『元曲選』収）においては「正末」が演じ、第一折で自ら「黒臉」と唱っている。だがやはり元刊本ではないので、通説のように元代に「浄」が主要人物を演じていたか否かについては、さらに検討を要する。

山西洪洞県広勝寺明応王殿元代戯曲壁画

中国の演劇において、元曲の俳優が化粧をしたことは知られており、山西洪洞県広勝寺の壁画が例に引かれ、塗面の様子が説明されて、今日の臉譜の前身と考えられているが、当時尉遅恭や李逵等が黒面で演じられていたかどうかは確認しがたい。

包公の場合も、『包待制陳州糶米』劇は明万暦刊『元曲選』本しか現存しないので、果たして元代に包公の性格を「鉄面」という語で形容していたものかどうか分からないし、まして尉遅恭等と違って、黒面の描写もない包公が隈取りをして演じられたかどうかは、一層断じがたいのである。

三　明の「説唱詞話」と演劇

それでは明代はどうであろうか。「包公案」が明に至ってますます人気を博したことは、成化年間（一四六五～一四八七）に北京永順堂から刊行された『包待制出身伝』をはじめとする八種の「説唱詞話」が、一九六七年に上海嘉定県の明代墓から発見されたことによって明らかになった。

その『新刊説唱包待制出身伝』では、包公は定遠県令に赴任して、州に通知せず勝手に判決を下したため、濠州知府と転運使（路の長官）に辱めを受けるが、逆に転運使の汚職を摘発する。

また『新刊全相説唱包龍図陳州糶米記』は、元曲『包待制陳州糶米』を「説唱詞話」形式に改めた作品ではあるが、包公が陳州に赴く前に国家の法度を犯した皇后を処罰するという内容を新たに加え、包公は陳州において正当な糶米を行わなかった四人の皇親（外戚）を処刑する。

『新刊全相説唱足本仁宗認母伝』は、元曲『仁宗認母』を「説唱詞話」とした作品であり、包公については、

只為陳州監糶米　陳州壊了四皇親　百姓軍民多快楽　感謝清官包直臣　趙王呼他為鉄面　両班叫做没人情（陳州糶米監督し　四皇親を斬りたれば　百姓軍民喜んで　清官包様ありがたや　天子は「鉄面」呼び称し　文武は「情け知らず」と言う）

と、元曲の鉄面表現を継承している。この作品では、仁宗の実母が劉后ではないことを知った包公が直接仁宗に問い質し、劉后と密謀して実母李宸妃を迫害した宦官郭槐の偽証を疑わない仁宗に対して、五逆の大罪で玉皇大帝に訴えると迫って、知謀を用いて郭槐に罪を供述させる。天子でさえも罪を犯せば赦さないという包公の面目を示した作品であり、「包公案」中でも傑作である。

『新刊説唱包龍図断曹国舅公案伝』では、包公は秀才袁文正を殺害してその妻を強奪した曹二国舅とその兄曹大国舅を開封府に誘い込んで捕らえ、皇后が赦しを求めても聴き入れないため、仁宗が包公の身元保証をした十官僚を説得に送るが、包公は十官僚を斬ると言って聴かず、仁宗が自ら開封府に赴くと、包公はゆえなく宮殿を離れたかどで仁宗に罰金を課す。皇后はさらに仁宗に大赦を下すよう求めるが、包公は大赦を引き裂いて曹二国舅を処刑する。

そのほか、この類の作品に、『全相説唱包龍図断趙皇親孫文儀公案伝』がある。

これらの作品は、元曲の包公像をさらに発展させたものと言えよう。ここで注目すべきは、元曲では包公は登場した際にその出身地を「廬州金斗郡四望郷人氏」と述べるだけであったが、「説唱詞話」に至ると、包公の生い立ちと容貌を仔細に描写した『包待制出身伝』が生まれたことである。

聴唱清官包待制　家住廬州保信軍　離了廬州十八里　鳳凰橋畔小包村　爺是有銭包十万　媽媽称呼叫太君　……十万親生三個子　頭生両子甚超群　未遇三郎生得醜　八分像鬼二分人　面生三拳三角眼　太公一見怒生嗔（さて清官の包待制　家は廬州の保信軍　廬州去ること十八里　鳳凰橋畔小包村　父は金持ち包十万　母は太君と申します　……　十万儲けた三人息子　長男次男は抜群だけど　三男みられたものじゃない　八分は妖怪二分が人　顔にゃ三つ瘤眼は三角　父親これ見て怒り出す）

それでは包公が人間離れした醜い顔に生まれたという伝説がなぜ生まれたのであろうか。それはこのすぐ後の、嫂が包太公に対して懸命に弁護する場面を聴けば自ずと理解できる。

大嫂直至庁階下　深深下拝説元因　三叔雖然生得醜　一双眉眼怪双輪　頭髪粗濃如云黒　両耳垂肩歯似銀　鼻直口方天倉満　面有安邦定国紋（嫂つつっと広間に来たり　拝し終わって仔細を話す　三郎さんは顔こそ劣れ　両目がくりっと大きくて　髪は黒々雲のよう　耳は肩まで歯は真っ白　鼻口真っ直ぐ眉豊満　顔には宰相の徴《しるし》見る）

これによれば、包公の顔には貴人の相が現れていたのであり、単なる醜貌ではなかったことがわかる。それゆえ包公はこの後、太白金星や城隍神等、天界の諸神の庇護の下に科挙試に赴き、ついに仁宗の夢に現れて及第するのである。(2)

ちなみにこのように醜貌の人物が却って非凡であるという例は、包公に限らず歴代数多くあった。人相占いの書を見ると、この類の話を少なからず見いだすことができる。(3)

たとえば、南唐・宋斉邱（?～九五九）の『玉管照神局』三巻、巻上「胡僧論玉管相書総要訣」に、

相有清・奇・古・怪之人、……澹台生得醜、孟子貌不揚、蜀王姉臉帯三拳、桑維翰面長尺二、按相法中、謂之古。（人相に清・奇・古・怪があり、……春秋魯の澹台滅明は醜悪な顔つきで、孟子は風采が揚がらず、蜀王の姉は顔に三つこぶがあり、五代の桑維翰は顔の長さが一尺二寸もあった。相法では古相という。）

というのがそれである。なお、後周・王朴（?～九五九）の『太清神鑑』巻五「枕頭部」には、

一骨彎仰上者、名曰偃月骨、主卿監。（一骨が湾曲して上を向くものを「偃月骨」といい、卿監になる相を示す。）

といい、「説唱詞話」『仁宗認母伝』でも、李后が包公にこの骨があることを指摘している。

你既是包丞相、耳朵後頭有個馬椿児。（なんじが包丞相と申すなら、耳の後ろに瘤があるはず。）

がそれである。また降って明・袁忠徹（一三七六～一四五八）の『新刻袁柳庄先生秘伝相法』巻二の、永楽帝と袁忠徹との問答を記した「永楽百問」においては、袁忠徹は「貌陋者心多聡慧、何説。」（容貌の醜い者に聡明な者が多いのはなぜか）という永楽帝の問いに対して、

凡人一身濁色、五嶽偏陥至斜、止取印堂平為福徳学堂、耳有輪郭為外学堂、睛清秀為聡明学堂、歯白為内学堂、此四学堂成、不論人醜貌、乃濁中清、甚是聡明、可為卿相。（一般に全身が濁色で、五嶽〔両頬・額・顎・鼻〕が端正でなくても、印堂〔眉間〕が平たければ福徳学堂、耳に輪郭あれば外学堂、瞳清秀であれば聡明学堂、歯白ければ内学堂であり、この四学堂があれば、容貌の醜悪を問題とせず、濁中の清で、甚だ聡明であり、卿相になれます。）

と答える。さらに「武相作文職、文相作武職、何説。」（武相が文職に就き、文相が武職に就けるのはなぜか）という問いに対しては、

書云、包公之面七陥三顴、……故有封侯之職。包公鉄面銀牙、故為宰相之職。……文武全才、出将入相之貌、莫以清濁言之。（書に、包公の顔は七陥没・三頬骨と言っております。……それ故に諸侯に封ぜられました。包公は鉄面銀牙であったため、宰相になったのでございます。……文武両道に秀で、武将宰相になれる容貌は、清濁で論じてはなりません。）

と答えている。

「書」とは具体的に何であるかを明記していないが、「説唱詞話」や戯曲等の民間文学を指していよう。またここにいう包公の「鉄面」は「銀牙」に対するものであり、黒面だと考えてよい。なお袁忠徹には景泰二年（一四五一）序刊『古今識鑒』九巻があり、古今の人物の人相を論じているが、包公の例を載せていない。よって「永楽百問」は正

統三年（一四三八）序を冠してはいるが、あるいは明末の偽作かも知れない。

以上のように、「説唱詞話」では包公の鉄面的性格をさらに強調するとともに、包公に並はずれた容貌や特異な体格を付与した。斉如山は前述のごとく、京劇の臉譜を解説した『臉譜』（『斉如山全集』一収）第二章で、包公の「黒臉」の化粧は、一つには「鉄面無私」に因り、二つには「相貌醜陋」に因ると言い、『烏盆記』の「去官」一齣は、包公が任意に犯人趙大を処刑したかどにより罷免されるという内容で、劇中で包公は「相貌醜陋」と表現されていると指摘するが、(4) 如上のように明の成化年間の「説唱詞話」においてすでに形成されていたのであった。

そしてこの包公醜貌伝説は、万暦年間（一五七三～一六一五）に至り、戯曲の中で表現されていく。万暦年間に金陵唐氏文林閣から刊行された『新刻全像観音魚籃記』『新刻全像包龍図公案袁文正還魂記』『新刻全像高文挙珍珠記』（以上三種、『綉像伝奇十種』収）によってそのことが知られる。

『観音魚籃記』は、金線鯉魚精が金牡丹に化けて婚約者の秀才張真を誘惑するという話であり、包公は照妖鏡と斬妖剣を用いて鯉魚精を審問し、鯉魚精が逃走すると、城隍神に逮捕を命じる。鯉魚精は天兵の追跡をかわすが、南海観音が花藍に座らせて鯉魚精を度脱し、包公は還魂丹で金牡丹を復活させる。本劇に登場する包公はあたかも道士に似ている。「説唱詞話」にも『新編説唱包龍図断白虎精伝』があり、明代には、亡霊の訴訟を聴く元曲以来の包公の職能がさらに妖怪退治まで発展したと言える。そしてその第二十齣「包公断案」において、包公は呪文を唱える際に次のように自己紹介を行っている。

家住廬州合肥県、鳳凰橋下小包村。父親名叫包十万、母受金冠職不軽。父親生下三個子、文俊・文傑甚超群。只因三郎生得醜、父親憎嫌母棄軽。（家は廬州合肥県、鳳凰橋下の小包村。父親その名は包十万、母は金冠職重し。父に三人子が生まれ、文俊・文傑才抜群。三郎だけが醜くて、父親嫌い母疎む。）

『袁文正還魂記』は、「説唱詞話」『曹国舅公案伝』を戯曲化した作品であり、その第十四齣「賀建」では、曹二国舅が包公を次のように罵り、その醜貌描写をさらに強調している。

小包。你大嘴臉。你父母産你三分不像人、七分到像鬼。稀稀紅頭毛、両個大牙歯。……包臘梨。可悪可悪。（包の奴。大きな面しやがって。おまえは生まれつき三分は人間離れした顔で、七分は妖怪の顔。まばらな赤い頭髪に、大きな門歯が二個。……包の禿頭め。汚らわしい。）

『高文挙珍珠記』は、丞相温閣が新状元の高文挙を無理に女婿とし、その妻王金真を迫害する事件で、包公は温閣を弾劾するという内容である。本劇でも包公は温閣によって「包瘌痢」と罵られている。

四　小説『百家公案』

「説唱詞話」において出現した包公醜貌伝説は、以上のように演劇によって伝承されるとともに、小説によっても伝承された。

前掲の三部の戯曲が出版されたのと同じ頃、万暦二十二年（一五九四）には、銭塘安遇時編集『新刊京本通俗演義全像百家公案全伝』十巻百回が朱氏与畊堂によって刊行された。その中には「説唱詞話」も取り入れられている。たとえば巻頭「包待制出身源流」では『包待制出身伝』を転載し、包公の容貌も「醜陋」「異様」と記している。

さらに第七十四回公案「断斬王御史之贓」は『仁宗認母伝』を転載し、王御史が劉皇后の腹心の郭槐の審判を命じられながら収賄によって郭槐を宥す場面で、突如出現する「後生人」（若者、実は包公）を次のように「黒臉」「黒漢」に改めている。

「説唱詞話」『仁宗認母伝』

〔唱〕正在庁前来飲酒　忽然見个後生人〔説〕西台御史道、「那門子如何放進他来。」便問、「後生、你是那里人。」後生道、「我是……。」

小説『百家公案』

正飲酒間、忽一黒臉撞入門来。王御史問、「誰人。」黒漢道、「我是……。」

「説唱詞話」と演劇において包公は醜貌と表現され、決して「黒臉」と表現されてはいなかったのに、なぜ小説において包公を「黒臉」と表現したのであろうか。著者には単に醜貌＝「黒臉」という理由からだけだとは考えられない。それは小説が刊行された万暦年間の演劇において、包公が「浄」という顔に隈取りをする役柄によって演じられているからである。「説唱詞話」『仁宗認母伝』が戯曲化されたかどうかは分からないが、前掲『観音魚籃記』では「浄」が包公に扮している。

周知のように元曲では包公は「正末」あるいは「外」（脇役）が演じており、「浄」が演じることはあり得なかった。「浄」は悪役あるいは道化役であり、清官である包公に扮することはなかったのである。ところが明代中期以後、「浄」に変化が起こり、崑曲等では善人・悪人を問わず、顔に隈取りをする人物を「浄」が演じるようになる。この「浄」の変化の実態については、王安祈『明代伝奇之劇場及其芸術』（一九八六、台湾学生書局）第四章「脚色与人物造型」に詳しく研究されている。王安祈は言う。

『荊釵記』で「浄」が扮する万俟丞相や孫汝権は、元雑劇の「浄」の悪役の一面を強調し、滑稽な小人物像を脱却している。こうした人物類型は、明の中葉以降ますます重要となり、『連環記』の董卓、『八義記』の屠岸賈、『高文挙珍珠記』の温丞相、『袁文正還魂記』の曹皇親等、悪役の主人公となった。一方、性格が豪放で勇猛剛毅な尉遅敬徳・虬髯・焦賛・包公等の善役も、常人と異なるところから、次第に「浄」が扮するようになった。これらの主人公は元曲では歌唱者であり、「正末」が扮したため、明代でも初めは「外」「末」が扮していた。

そして「外」「末」から「浄」が扮するようになった例として、虬髯客・太史敫・包公・尉遅敬徳・鉄勒奴・関羽を挙げている。尤も、善悪が対立している場合のみ、「浄」は悪を演じ、「外」「末」は善を演じる。だがその場合でも「外」「末」は隈取りをする。たとえば万暦年間の『新刻全像五鬧蕉帕記』（『綉像伝奇十種』収）の「末」関勝は「紅臉」である等。そして前掲万暦年間の二劇『袁文正還魂記』『高文挙珍珠記』で包公を演じたのは、「外」であった。


ではその臉譜はどのようなものであったろうか。それを証すのは、梅蘭芳綴玉軒蔵明代弋陽腔包公臉譜である。

梅氏臉譜については、張庚・郭漢城主編『中国戯曲通史』（一九八一、中国戯劇出版社）第三編第四章第七節「弋陽諸腔的舞台美術」に解説がある。それによれば、「梅氏綴玉軒世藏」「壬戌（一九二二）冬重装」と題して、現在残存する二十四幅の原図がもと中国戯曲研究院に蔵されており[5]、『国劇画報』（一九三二～三三）に二十八幅の白黒写真、『国劇簡要図案』（一九三五）に、二十二幅のカラー模写図が掲載されたという。『観音魚籃記』の包公はこのような隈取りをしていたに相違なく、同時代に編纂された『百家公案』において包公の顔を「黒臉」としたこと

（弋陽腔包公臉譜）

には、演劇の包公臉譜が影響を与えたことが十分に考えられる。ちなみに明の伝奇では、謝天瑞の『剣丹記』（一名『八黒』）において、天帝が「八黒」（項羽・張飛・周倉・尉遅恭・鍾馗・趙公明・鄭恩・焦賛）を包公のもとに送り、妖狐を捕らえさせる。「黒臉」の人物を揃って登場させる戯曲が創作されたことは、当時黒面の隈取りがかなり発達していたことを示していよう。そして本劇では包公もまた「黒臉」であったに違いない。

ここで再度、明の臉譜において包公が「黒臉」とされる所以を確認すると、一般に臉譜は伝説の影響を受けており、前述の斉如山の『臉譜』「黒臉」の説明のように、戯曲では醜悪な面相を誇張して黒臉の隈取りで表現したことが、その所以の一つである。

また万暦年間の沈璟（一五五三〜一六一〇）も、元・鄭廷玉『包龍図智勘後庭花』雑劇を崑曲に改編した作品『桃符記』(6)の中で「浄」役の包公を登場させており、第七齣「包公謁廟」で包公は自ら「臉因微笑冷」（顔は笑み少なきにより冷たし）と唱っている。これは『宋史』本伝の「笑比黄河清」に基づいており、「鉄面無私」を象徴していると考えられる。これが包公の黒面の第二の所以だと言えよう。この作品では、宿場の主人に殺された裴青鸞が開封府尹包公に冤枉を訴え、事実を調査した包公が犯人を捕らえ、神丹を用いて青鸞を復活させ、書生劉天儀と結婚させるというように、明の戯曲らしく結末をハッピーエンドに変えており、包公の職能も、死者を復活させる道士的なものへと展開させている。

五　清　代

以上のように、明の万暦年間には、戯曲・小説の分野において、包公が黒面の人物として認識されるようになったことが、臉譜や小説の叙述からわかるが、明代にはまだ包公を「包黒」と呼ぶ作品は現れていない。包公がそう呼ばれるには、さらに説話の発展を待たなければならなかった。そこで次に清代の包公説話を見てみよう。

清初においても陸続と包公劇は創作上演されたが、その状況は基本的に明代と変わらなかった。蘇州の作家朱佐朝の『乾坤嘯』は、檀州統制烏廷慶一家が仇敵韋継同兄妹に冤罪を被せられる事件を演じ、包公は宮女卜鳳の霊魂を審問してその冤罪を雪ぐ。本劇では、「外」役が包公を演じている。

これに対して石子斐『正昭陽』（雍正年間〔一七二三～一七三五〕抄本）は、「仁宗認母」説話を演じた劇であり、第十八折では「生」役が包公を演じており、「黒臉」というト書きまで付している。私見によればこの作品が包公の顔色を明記した最初の戯曲である。

清初にはこのほかにも多くの包公劇が作られた。『曲海総目提要』によれば、朱佐朝・朱素臣等四者合作『四奇観』（開封府尹包公が金甲神の呈示した酒・色・財・気の四案を断じる）、李玉『長生像』（『龍図公案』第七十七案「扯画軸」説話）、朱佐朝『瑞霓羅』（宝物瑞霓羅を友人に奪われた上に盗賊と誣告された事件を包公が偵察して解決する）、張大復『井中天』（小説『平妖伝』を戯曲化した作品）、程子偉『雪香園』（国戚に殺された書生の妻を包公が温涼帽と回生杖で復活させる）がある。これらの劇において包公の役柄が「浄」であったかどうかは分からないが、上演の際、塗面はしていたであろう。

清の中期、嘉慶六年（一八〇一）刊の小説『五虎平西前伝』第七十一回では、龐洪が包公を「黒賊」と罵っている。また嘉慶十九年（一八一四）刊『綉像後続大宋楊家将文武曲星包公狄青初伝』（一名『万花楼楊包狄演義』）には冒頭に包公の図像を載せており、その額には現代の京劇等で用いる臉譜と同じく、三日月形を白く塗っており、この臉譜がこの頃すでに完成していたことを示している。(7)

この三日月形は包公が冥界を断じる能力があることを象徴しているという。

（『万花楼楊包狄演義』包公図像）

また『万花楼演義』第五十一回では、焦廷貴が包公を「老包。黒炭頭。蠢呆子。」（包さんよ。黒んぼ。阿呆）と乱暴に罵っており、包公の黒面が一般的に認識されるようになったことが窺える。

ただ乾隆四十四年（一七七九）刊『説呼全伝』では、包公は一門を殺戮した龐集に復讐する呼家将を助勢する場面に登場するが、「包文正」と鄭重に呼ばれてその身体上の特徴は述べられない。

このように小説の冒頭に、顔に隈取りをして舞台衣裳をまとった登場人物像を挿し絵として掲載するようになったのは、清代以降である。これ以前の小説の中の挿し絵としては、明成化年間の「説唱詞話」のものが現存するものでは最も早いが、そこでは包公は黒鬚を生やしているだけで、穏やかな顔つきをしていた。また戯曲の挿し絵でも、万暦二十四年（一五九六）刊『元曲選』は、同様に黒鬚を生やし、黒面ではない。ちなみに李逵・尉遅恭も黒面で表現されてはいなかった。また「浄」が包公を演じていた『観音魚籃記』でも、包公の顔は黒鬚だが黒臉ではない。これに対して『百家公案』の上段に付された挿し絵の中の包公の容貌は、どの絵も眉をつり上げており、「笑比黄河清」の形相を如実に表現している。文中に黒面の記述はあるものの、画像に表現するには至っていないのである。よって包公が黒面で表現された画像としては、『万花楼演義』の像賛が最も早期のものであると言える。『万花楼演義』以後

（小説『清風閘』包公像賛）

の作品としては、嘉慶二十四年（一八一九）刊の小説『清風閘』の像賛がある。包公の顔は黒くはないが、「説唱詞話」の「面生三拳」の醜貌を表現している。

六　石玉崑の説書『龍図公案』

こうした乾隆・嘉慶間の「包公案」を経過して、今日最も親しまれている小説『三侠五義』が生まれる。作中で包公は仁宗の信頼を得た重臣であり、王朝・馬漢・張龍・趙虎という四名の護衛を従え[8]、南侠展昭・五鼠等の武侠に守られ、幕客公孫策を用いて奸臣に対抗する。この小説のもとになったのが、石玉崑の説書『龍図公案』であり、それを小説として書き改めた『龍図耳録』である[9]。

石玉崑は道光年間（一八二一～一八五〇）に北京で人気を博した説書家であり、子弟書『石玉崑』（清抄本、関徳棟等編『子弟書叢鈔』収）には、宋代の「包公案」を編集したと語る。ちなみに乾隆年間には、王廷紹編『霓裳続譜』（乾隆六十年序刊）巻七「蓮花落」に、

宋朝有個包丞相　昼断陽来夜断陰　黒驢児告状救主難　定遠県裏断烏盆　草橋也曾断過后　一根丁断出両根丁　因為錯断了顔査散　纔惹的五鼠鬧東京　成了精的耗子　你就算不了事（宋に仕えし包丞相　昼現世を裁き夜はあの世　黒驢馬訴え主を救い　烏盆裁きし定遠県　草橋にては皇后裁き　釘の殺人二件を暴く　顔査散の誤審から五鼠が都に暴れたが　鼠が妖怪なろうとも　おまえらなぞは屁でもない）

と唱うように、「黒驢告状」（「范仲禹」説話）とか「錯断顔査散」とかの新公案が生まれているものの、それぞれの説話は独立していて編集されてはいない。

さてこの石玉崑の『龍図公案』に至って包公の描写はさらに展開する。『龍図耳録』第一回では、

朦朧之際、只見半空中祥雲繚繞、音楽悠揚、猛然間紅光一閃、面前落下一個怪物。頭生双角、青臉紅髪、呲牙瞪眼、左手拿着一個金錠、右手執着一管朱筆、跳舞着、竟奔前来。（朦朧としている時に、空中に祥雲がたれ込め、快い音楽が流れて、突然赤い閃光がひらめき、目前に怪物が落ちて来た。頭には二つの角があり、青い顔に赤い髪、牙をむきだして眼を見はり、左手には金錠を摑み、右手には朱色の筆を握り、踊りながら真っ直ぐ前に奔って来た。）

と、包公の父が「怪物」を夢見て包公が生まれる場面を設けている。包公の父はそれを魁星だと知らず、遺棄しようとするが、大嫂が救出して養育し、「黒子」と命名する。包公はさらに母親の手に返されて、「三黒」と改名される。この記述は、包公が醜貌から黒面に変化したことを明示している。

石玉崑の説書『龍図公案』が民間に流行すると、包公の顔は生来黒かったと考えられるようになり、年画・伝説・

（山東省濰坊市博物館・楊家埠木版年画研究所共編『楊家埠年画』、1990、文物出版社、所収「包公上任」）

信仰にそれが反映することとなる。

　年画には包公の幼時の受難を主題とした清道光年間の山東濰県年画「包公上任」がある。

　また勧善書の『玉暦宝鈔』には、おおむね地獄の十殿閻羅の図像が載せられており、その中で第五殿の閻羅王は包姓とされる。[10] これは包公が閻羅になったという伝説に基づいている。光緒十八年（一八九二）刊『繍像包公案』の序文（嘉慶十三年（一八〇八））には、

　説者曰、包公為閻羅主、乃因当時京師有語云、「関節不到、有閻羅包老」、以其剛毅無私、遂以神明況之。（包公は閻羅になったと言う者がある。これは当時都で、「袖の下が通じないのは閻羅の包様」と言われ、剛毅で私心がないため、神にたとえられたのである。）

といい、明代には、羅懋登編『三宝太監西洋記通俗演義』（万暦二十五年（一五九七）序）第九十四回の「観音魚籃記」説話で包公は「包閻羅」と呼ばれており、『新編龍図神断公案』十巻では冥界裁判を十二話載せている。そしてそれゆえに五

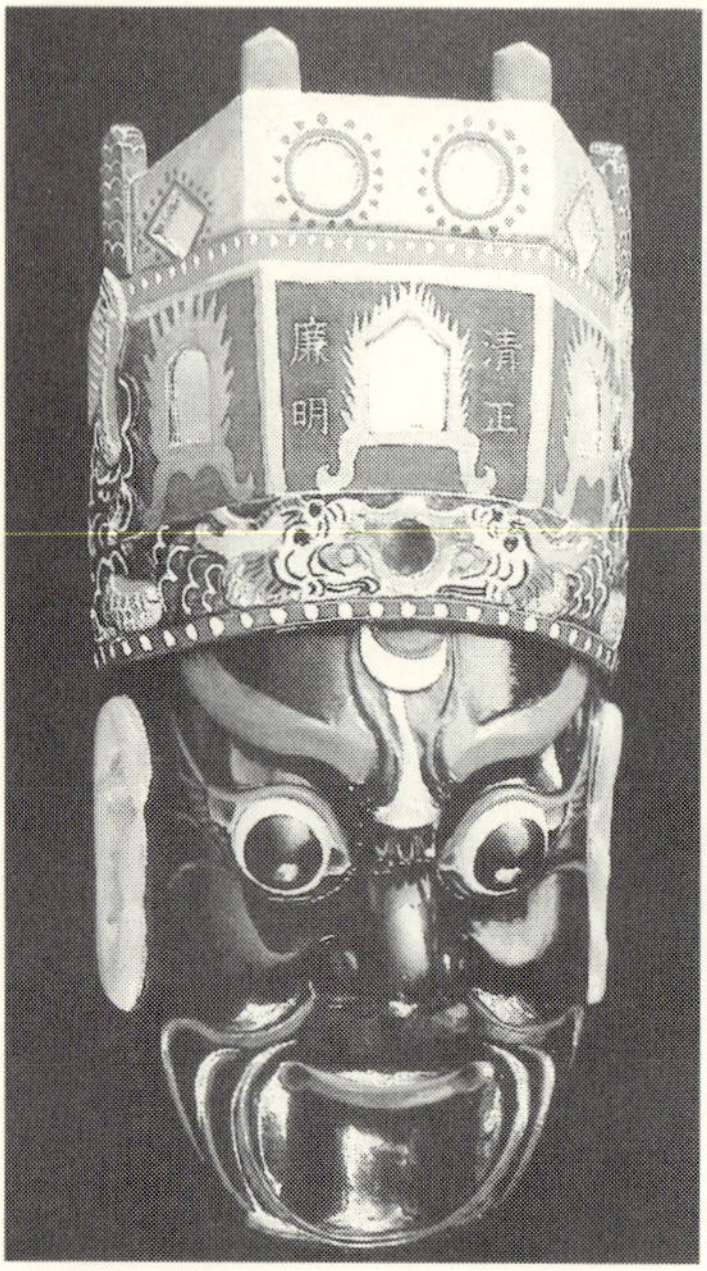

貴州安順県儺戯面具「包公」

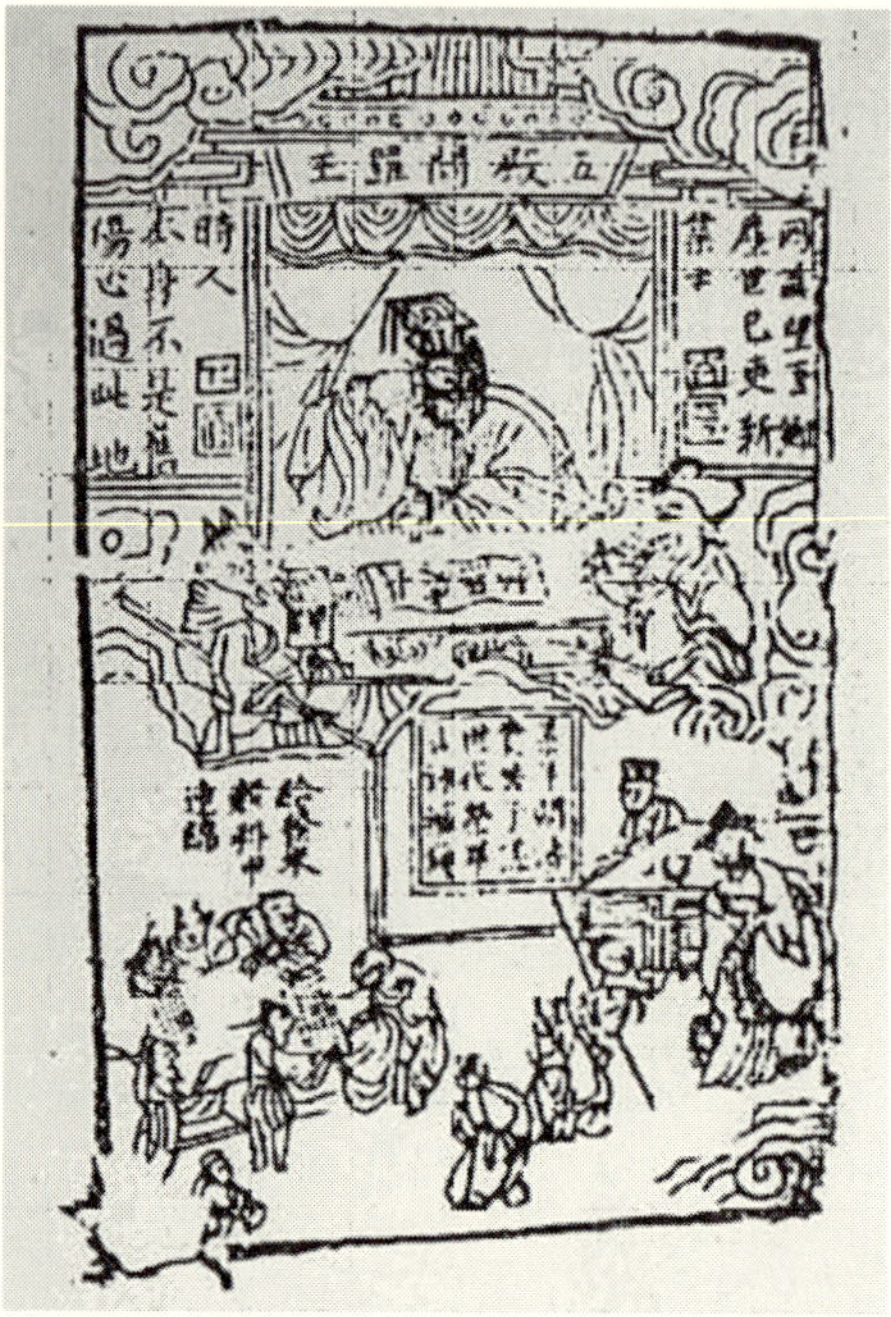

（清咸豊年間刊『玉暦宝鈔』、Neal Donnelly "A Journey Through Chinese Hell", 1990, Artist Publishing）

殿閻羅の顔は黒く塗られているのである。

また澤田瑞穂が指摘するように[11]、『民間』第十集（陶茂康編、一九三二年六月、湯浦民間出版部）に載せられた伝説「望郷台」（章尚庵記）では、次のように記す。

　包文正在世上的時節、是一個有名的包黒頭、真可説是鉄面無私了。……（玉皇大帝）将包文正調任第五殿閻羅王。

　（包公は在世中、有名な「包黒頭」で、真の鉄面無私であった。……玉皇大帝は包公を第五殿閻羅王に任じた。）

これは閻羅が黒面をしていて包公の顔色に影響したのではなく、逆に包公の黒面が閻羅の顔色に影響を及ぼしたのである。ちなみに他の九殿の閻羅の顔色は黒くない。現在、台湾では、「鉄面無私」の包公を神として祀っているが、雲林県の海青宮をはじめとして「閻羅天子」として神像を黒面に描いているのは、こうした伝説に基づくもの

である。(12)

「宝巻」では、『河南開封府花枷良願龍図宝巻全集』（一名『龍図宝巻』、上海惜陰書局石印『宝巻五十集』収）に包公の絵図を載せており、顔は黒く額に三日月印がある。

また貴州安順県における「儺戯」を紹介した顧樸光等編著『儺戯面具芸術』（一九九〇、淑馨出版社／貴州民族出版社）には、「地戯」（舞台を設定せず地上で上演する劇）の解説（一四七頁）に包公の面具の写真を掲載しており、黒面で額に三日月印があり、明らかに京劇等の演出芸術の影響を受けている。

該書一一四頁の解説には、村落の成立状況から上演された劇が戦闘劇であり、「生活戯」と「公案戯」はないと言う。包公の仮面は「楊家将」説話の上演に用いられたものであろう。

七　結び

以上、包公の顔色が黒く表現される由来について考察したところをまとめてみると、斉如山が指摘するように、「包公は容貌が醜く、鉄面無私の説があることから、黒臉に塗る」ということには違いないが、黒臉の形成は決して一時になされたのではなく、説話の発展に伴って徐々に形成された。特に明代中期には醜貌説が現れ、また戯曲の舞台演出が発達して臉譜に包公の顔が表現されたことは、包公の容貌を大きくイメージづけた。そして清代中期以降、「浄」の臉譜がさらに発展して、包公の臉譜も現在のように額に三日月印が描かれ、同時に説話においても、従来の単行の公案が一作品として編集されるに至って、包公の顔も強調されて生来色黒ということになり、ついに「包黒」とまで呼ばれるようになる。そして今日では民間芸能・民間信仰においてこの伝説は踏襲されている。

注

（1）『中国大百科全書』戯曲・曲芸巻（一九八三、中国大百科全書出版社）一六七頁、「浄」解説（黄克保）。

（2）Max Luthi, Volksliteratur und Hochliteratur. Menschenbild-Thematik-formstreben, Francke Verlag, Bern und Munchen, 1970（『民間伝承と創作文学―人間像・主題設定・形式努力』、高木昌史訳、二〇〇一、法政大学出版局）第一部「昔話の中の虚弱者と障害者」では、「昔話の中の主人公は欠けたところのある存在で、それがために成長し、発展し、他の地上の生物を超えて行くことができる」、第三部「昔話における自由と束縛」では、「ストーリーは好んで三のリズムで展開され、……一番年下が最もすぐれた三人兄弟、三番目が一番美しい三人の王女」と説明する。なお「両耳が肩に垂れる」人物には劉備がいる。中野美代子『中国ペガソス列伝』Ⅱ「英雄たちの面構え」（一九九一、日本文芸社）参照。

（3）人相書については、小川陽一「人相・手相占い」（特集・中国の占い―風水から夢占い・人相占いまで、月刊しにか一九九六・七、三四～三九頁、大修館書店）参照。

（4）周貽白『中国戯劇史長編』（一九六〇、人民文学出版社）六二三頁には、「包公には閻羅包老のたとえがあり、閻羅に鉄面無私の説があり、附会して黒臉となり、『日断陽、夜断陰』とまで言われた。……黒臉に塗るのは、恐らくこの時からだろう」と言うが、閻羅の顔は、「紅臉的閻羅」（無名氏『看銭奴買冤家債主』第一折）とも言い、黒臉では上演されない。

（5）著者は一九九二年六月、北京の梅蘭芳紀念館において、梅蘭芳旧蔵臉譜を蔵するとの説明を受けた。

（6）傅惜華「明代伝奇提要」『桃符記』（一九三九・一、『劇学』第九期）によれば、刊本がなく、康熙六十一年（一七二二）抄本があるだけだと言う。

（7）黄殿基『中国戯曲臉譜』（二〇〇一、北京工芸美術出版社）第四章第二節「明末康海臉譜蔵本」には、一九九〇年、陝西蒲城県蘇坊郷張新文所蔵の秦腔臉譜に記された文字「年対山戯」によって康海（号対山、陝西武功人。一四七五～一五四〇）旧蔵と判断され、包公の臉譜には額に日月紋があるという。これが包公臉譜だとすれば、明代にはすでに額の紋様が創出されていたことになる。だが該書第六章第五節「包公臉譜的芸術特色」では、「経過清初戯曲舞台上不断演変、包公額頭的図案

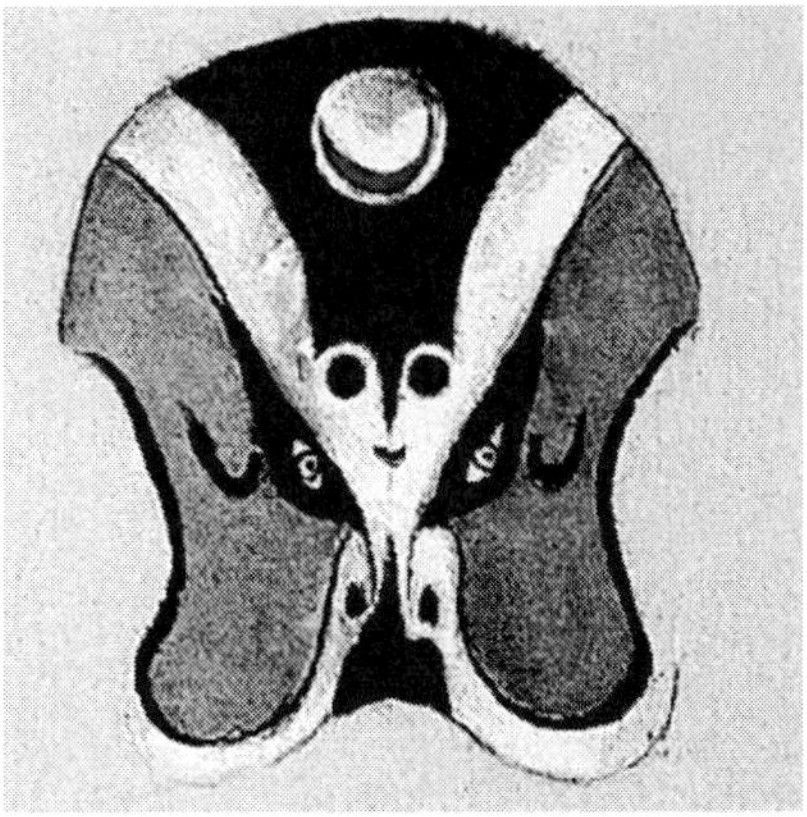

康海旧蔵包公臉譜

曾出現過一個太極図」という。

（8）元来、「包公案」には王朝・馬漢は登場しなかったが、清代以降この二人が加わり、しかも単なる捕吏ではなく、包公の護衛に昇格している。なお光緒十八年（一八九二）刊『綉像包公案』の図像には、登場しないにも拘わらず王朝・馬漢を載せており、当時の「包公案」の実態を反映している。

（9）いま石玉崑の原本の存在は確認できないが、台湾中央研究院歴史語言研究所傅斯年図書館にはその流派の語り手が語った石派書『龍図公案』と、小説『龍図耳録』四巻百二十回の写本を蔵する。また謝藍斎抄本『龍図耳録』（一九八〇、上海古籍出版社排印）がある。

（10）吉岡義豊「中国民間の地獄十王信仰について」（一九七五、『仏教文化論集』一）に収録する光緒十七年（一八九一）重刊『玉暦鈔伝』参照。

（11）澤田瑞穂『地獄変』（一九六八、宝蔵館）、九〇頁。

（12）本書第五章第二節参照。

第二節　犠牲者の訴えを聴く——亡霊裁判

一　はじめに

包公の裁判説話の大きな魅力は何と言っても、皇帝を含めてどんな権力者の犯罪をも毅然として裁き、弱者である庶民を救済するところにあろう。話の中では庶民は一般に権力者の犠牲になり、包公が真夜中に死者の訴えを聴いて事件の真相を知り、包公は果敢に権力者を処刑する。包公のそうした裁判形態は、「日判陽、夜判陰」（昼に現世を裁き、夜に冥界を裁く）と称される。

こうした裁判形態は、必ずしも高橋文治が指摘するような、唐の崔子玉等に見られる「昼に現世を裁き、夜に冥界を裁く」形態とは同質ではない(1)。崔子玉等の場合、それは冥界の裁判であって、現世の裁判ではないからである。包公は現代の民間信仰において「閻羅天子」として祭られることもあり(2)、冥界の判官である崔子玉と似た面もあるが、やはり現世の裁判官としてのイメージが強いようだ。それは、あくまで裁判は現世で決着をつけて欲しいという民衆の願望の表れのように考えられる。もともと「日判陽、夜判陰」の「夜判陰」は、冥界の裁判であって、現世で亡霊の訴えを聞くという意味は持たなかった。しかし如何なる権力者の悪行も許さない包公の出現によって、その意味は変容を遂げたと言える。本節ではこの問題について具体的に考察してみる。

二　南宋における包公の裁判説話

包公説話は彼の清廉な性格に由来する。その清廉さは、『宋史』巻三百十六「包拯伝」に詳しく記されている。それによると、包拯は皇祐二年（一〇五〇）には天章閣待制・知諫院に任ぜられ、しばしば権倖大臣を批判し、彼らに対する一切の内除・曲恩をやめるよう朝廷に上奏した。皇祐四年には龍図閣大学士に任命された。嘉祐一年（一〇五六）には開封府尹に就任する。包拯は朝廷に立って剛毅であり、貴戚宦官はこのため手を斂めて悪事ができず、その名を聞けばみな憚った。人は包拯の笑いが稀であることを黄河の清澄に比べ、童稚・婦女に至るまでその名を知り、「包待制」と呼び親しんだ。京都では「閻羅の包様にコネは通じぬ」と言われた。それまでは訴訟事は直接法廷に赴けず、胥吏が取り次いでいたが、包拯は正門を開放して是非を陳情させたので、胥吏が中間で甘い汁を吸うことがなくなった。包拯は性峭直で吏の苛刻を憎み、敦厚に務め甚しく憎んでも寛恕の心で対した。人と慣れ合わず、辞色を偽って人に諂わず、平常私信を受け取らず、故人・親党をみな避けた。身分が高くなっても、衣服・器具・飲食は無官の時と同様に質素であった。常々、「後世の子孫で仕官して収賄を犯した者は、本家への帰還を許さず、死んで祖先の墓地に葬ることを許さず」と語っていたという。

以上のように包拯は仁宗の信頼厚く、高官の横暴を徹底的に取り締まり、庶民の訴えを積極的に聴き入れたため、婦女子に至るまで「包待制」として知られ、巷で彼に仮託した裁判話が形成されたのである。(3)

その比較的早期の話としては、南宋・羅燁編『新編酔翁談録』（観瀾閣蔵・元刊本）壬集巻一負心類に、『紅綃密約張生負李氏娘』が掲載されている。その内容は、書生張資が初め宮女李氏と密会して夫婦になりながら、帰郷する途中で路銀に困り、妓女越英と同棲して消息が絶えたため、李氏が侍女彩雲を同伴して捜し当て、李氏と越英が張資の背信を詰り、「包公待制」に訴えるというものである。その末尾は次のようである。

李氏与彩雲倶至、視之果然。李氏突至階下、越英当時謂生曰、「君既有妻、復求奴姻、是君負心之過。」於是三人共争、以彩雲為證、遂告於包公待制之庁、各各供状。果是張資之負心、遂将其繋於庁監。張資責娶李氏為正室、其越英為偏室。（李氏は彩雲と倶に来て、視ると果たしてそうであった。李氏が突如階下に至ると、越英はすぐに張生に曰った。「貴方は既に妻がありながら、私にも結婚を求めたのは、貴方の間違った背信行為です。」そこで、三人は共に争って、彩雲を証人として、包公待制の官庁に訴え、それぞれ訴状を書いた。果たして張資の背信であることが分かり、彼は庁監に繋がれた。張資は責任を取って李氏を娶って正室とし、越英を側室とした。）

この説話では李氏と張資、越英と張資の恋愛が主として描かれて、包公は末尾にしか登場せず、その判決も平凡ではあるが、少なくとも「包待制」が民事裁判を行ったことが確認できる。『新編酔翁談録』庚集巻二「花判公案」にはこの種の恋愛事件を主題とした風流な裁判を多く載せている(4)。

「花判公案」とは別に、実在官吏による判例集とも言える「公案」も唐代以降に編集された。五代後晋和凝・宋和㠓『疑獄集』原四巻（現行本は明・張景補十巻本）、宋・鄭克『折獄亀鑑』原二十巻（釈冤・辨誣・鞫情・議罪・宥過・懲悪・察姦・覈姦・擿姦・察慝・証慝・迹賊・譎賊・厳明・矜謹に分類）、南宋・桂万栄『棠陰比事』（嘉定四年〔一二一一〕刊。『疑獄集』『折獄亀鑑』から百四十四例を二例ずつ対比して編集）がそれである。

こうした民間・官界における「公案」物の編集は、唐代以降の科挙試験と関連がある。唐代には官吏の選考試験に「判」（判決文）が課され、文章能力が試験された。「判」は本来司法・行政の手腕を試すために実例をもとに出題されたが、その後仮題が設定されて修辞を凝らした答案が要求されることとなった。例えば貞元十六年（八〇〇）、二十九歳で進士に及第した白居易は、貞元十八年に百条の判の模擬問題を作成し、それに対する模範解答を試作して抜萃科の受験の準備をした。いわゆる「甲乙判」と呼ばれるものである。[5] ともあれ判決文を取り入れた裁判説話「公案」の出現は、こうした官吏選抜が唐代以降行われたことを反映したものと考えられる。

三　元代以後の「包公案」

以上のように南宋では、『宋史』「包拯伝」に記載するように、包拯は民間では「包待制」として知られ、その知名度によって「包公案」が形成されつつあったことが知られるが、「包待制」は、まだ官吏の中の一人に過ぎなかった。ところが元代に至ると多数の雑劇「包公案」が創作され、[6]「包待制」は邪悪な権力者と闘う清廉な官吏の代表となる。例えば武漢臣『包待制智賺生金閣』がそれである。その粗筋を見てみよう。

〔楔子〕蒲州河中府の郭二の息子郭成は悪夢を見る。占い師が百日血光の災があると言うので、郭成は災禍を避けて、妻李幼奴を同伴して科挙受験に上京する。郭二は先祖伝来の宝物「生金閣」を郭成に携帯させ、万一落第したらそれで官職を贖うように諭す。〔第一折〕権豪勢要の出身である衙内龐勣は人殺しなど蝿を殺すと同じようにしか思わない無法者である。郭成は愚かにも龐勣の助力で官職を得ようと考え、妻が止めるのも聴かず、龐勣に生金閣を献上したうえ、妻を龐勣に引きあわせる。龐勣は邪心を抱いて郭成夫婦を自宅へ招き、郭成に妻を譲るように迫るが、郭成が聴かないため馬小屋に縛る。〔第二折〕龐勣は李氏が靡かないため乳母に説得させるが、乳母が李氏に同情して龐勣を罵ったため井戸に落として殺し、さらに郭成も銅鍘で斬首する。郭成は首を持って逃げる。〔第三折〕郭成の霊魂は元宵節に灯籠見物をする龐勣を追いかける。包公は西延辺への兵士慰労から帰京し、酒屋で老人から首無し亡霊の話を聞いて、現れた亡霊に夜間に訴えを聴くと約束する。包公は当直の妻青に首無し亡霊を城隍廟から連行するよう命じる。〔第四折〕郭成の霊魂は包公の前で龐勣に殺された経緯を話す。包公は妻青に龐勣を招待させる。包公は龐勣に一家として交際しようと偽り、生金塔を持っていると告げると、龐勣は思わず生金閣を包公に見せてしまう。そこへ李氏が乳母の息子を連れて龐勣を告訴に来る。包公は龐勣を逮捕し、李氏に龐勣の財産の半分を与え、死んだ郭成には進士の身分を賜わるよう朝廷に上奏する。

ここで非情な権力者に殺害された被害者は、復讐するため加害者を追いかけるが、復讐を成し遂げず、清廉な官吏「包待制」の力を借りて復讐を果たすのである。『紅綃密約張生負李氏娘』では、書生の浮気を主題とした恋愛騒動であり、包公でなくとも解決できそうな事件であったが、元劇に至って、被告は権力者であり、「朝廷に立って剛毅であり、貴戚宦官はこのため手を斂めて悪事ができなかった」という包公でなければ解決できない説話が初めて形成されたと言えよう。

ちなみに『包龍図智勘後庭花』（第三折）では、包龍図（正末）が「双調新水令」曲で、

欽承聖勅坐南衙、掌刑名糾察奸詐。衣軽裘、乗駿馬、列祇候、擺頭踏。凭着我㦬劣村沙、誰敢道僥幸奸猾。莫説百姓人家、便是官宦賢達、綽見了包龍図影児也怕。（詔勅承けて南衙に勤め、刑罰与り悪事視る。毛皮をまとい、駿馬乗り、祇候を列ね、儀杖行く。強情粗野な性格にゃ、僥幸狡猾だれ思おう。一般庶民は言わずもがな、宦官高官に至るまで、包龍図の影見りゃびくびくもの。）

と唱い、『包待制智勘灰欄記』（第四折）でも、

勅賜勢剣金牌、体察濫官汚吏、与百姓伸冤理枉、容老夫先斬后奏。以此権豪勢要之家、聞老夫之名、尽皆斂手。（勢剣金牌下賜されて、貪官汚吏を監察し、百姓の冤罪雪ぐため、処刑後上奏許された。それ故権力ある者はわ

しの名聞けばみな手を竦めるのじゃ。）

と述べている。

このように元雑劇は権力者の横暴を許さない「包待制」像を創造し、殺害された被害者の霊魂の訴えを聞く超能力を付与したのである。

『包待制智賺生金閣』第三折では、正末（龍図閣待制・開封府尹包拯）は亡霊の姿を見る超能力を有し、死者を城隍廟から召喚してその訴えを聞く。

（魂子上、做転科）（正末云）咊。好大風也。別人不見、老夫便見。我馬頭前這箇鬼魂、想就是老人們所説没頭的鬼了。兀那鬼魂、你有什麼負屈銜冤的事。你且回城隍廟中去。到晩間我与你做主、速退。（正末唱）（烏夜啼）「你与我速赴城隍廟、将牒文火内焚焼、早将那没頭的鬼提来到。」（〔霊魂が登場し、回転する〕〔正末云う〕「ぺっ。強い風だな。別人には見えんが、わしには見える。わが馬前の亡霊は、老人たちの言う首無し亡霊に違いない。これ亡霊よ、お前はどんな訴え事があるのだ。ひとまず城隍廟へ帰りなさい。晩になればお前の訴えを聴くから、すぐに去れ。」〔正末唱う〕〔烏夜啼〕「婁青よ、すぐさま城隍廟へ行き令状を焼いて、早くあの首無し亡霊連れて来い。」）

そしてその第四折では、包公は「除了日間剖断陽間事、到得晩間還要断陰霊。」（昼間は現世の事を裁き、夜間には亡霊を裁く）と称されており、以後この言葉が包公のイメージ・ワードとなるのである。

＊

「雑劇」は元代に北方で創作された劇種であるが、南方ではまた「戯文」という劇種が創作された。包公劇としては『王月英月下留鞋記』『包待制判断盆児鬼』『包待制陳州糶米』『林招得』『神奴児』『張資鴛鴦灯』『包待制捉旋風』

『小孫屠』がある。(7) その中で唯一現存する元・蕭徳祥撰『小孫屠』(『永楽大典』巻一万三千九百九十一)第二十一出にも外(脇役)が包公に扮して登場し、「昼間は現世を裁き、夜には亡霊を裁く」ことを述べている。

(外上唱)〔七娘子〕「判断甚厳明。受人間陰府幽冥。負屈銜冤、従公決断。心無私曲明如鏡。」人間私語、天聞若雷。包公便是。奉勅命雲間下、勅判断開封。日判陽間、夜判陰。管取人人無屈、定教個個無冤。(〔外が登場して唱う〕〔七娘子〕「審判甚だ厳正なれば、人間・冥府を受託さる。冤罪不服あるならば、公平至極に判決す。心は偏り無く明鏡のごとし。」人間に私語あれば、天は雷の若く聞く。私は包公。勅命雲間より下り、開封府に審判す。昼は陽裁き、夜は陰裁き、誰にも濡れ衣着せはせぬ。)

しかしながら本劇では包公の役柄は大きくない。本劇の粗筋は、

開封府の書生孫必達が妓女李瓊梅を娶って、その後も女遊びを続けたため、瓊梅は昔の男である開封府の令史(吏)朱邦傑と復縁し、朱は侍女梅香を殺して瓊梅の死を装い、必達を捕らえて投獄する。母と一緒に泰山東岳廟へ願解きに行って帰宅した必達の弟必貴も捕らえられ、兄に替わって自供して処刑される。東岳泰山府君は上帝の命を受けて、冤罪で処刑された孝子必貴を復活させる。かくて兄弟は瓊梅に自供を迫り、朱を捕らえて開封府尹包拯に訴える。包公は朱・李の自供を得て判決を下す。

というものであり、包公の「夜判陰」は見られず、包公は劇の終末に登場するに過ぎない。ただ劇中では梅香の亡霊が出現して「折桂令」曲を唱い、

休想我死心塌地。有一朝天地輪廻。我那従前已往冤仇記。你好忘恩義、李瓊梅、到陰司万剮凌持。(諦めたなんで思わないで。いつか天地の輪廻があるはず。私のこれまでの恨みは覚えているわ。恩知らずね、李瓊梅。冥土へ行ったら肉を切り刻まれるわ。)

と復讐を誓い、開封府の法廷にも梅香の亡霊は孫兄弟とともに登場する。このように亡霊は冥土での判決を期待しているようであるが、実際には包公によって現世で判決が下され、梅香は恨みを晴らして往生し、「怨鬼」から離脱する(8)。

しかしながら雑劇においても戯文においても、包公の役割が殺害された被害者に代わって恨みを晴らすことにある点は変わりはない。亡霊は復讐を図るが、包公がそれを代行するのである。これは包公の裁判劇の特徴だと言えよう。

＊

明成化年間に至ると、「説唱詞話」という語り物に多数の「包公案」が創作され(9)、どの作品にも包公に「昼間は現世を裁き、夜間には亡霊を裁く」能力があることを述べている。

『包龍図陳州糶米記』では、包公は庶民を裁く松材の枷と棒、高官宰相を裁く黒漆の枷と棒、皇親国親を裁く黄木の枷と棒、鬼神を裁く桃木の枷と棒の八種の法物を携行して陳州へ飢饉救済に赴いているし、『仁宗認母伝』では、包公は仁宗に「五逆」（君・父・母・祖父・祖母を弑する）の罪状で玉皇大帝に訴えて命を奪うと迫り、天地に祈り、強風を起こしてこの世に地獄を演出し、郭槐を裁く。『師官受妻劉都賽上元十五夜看灯伝』では、包公は冥界の判官である城隍神の協力を得て、趙皇親が劉都賽を殺害した事件を解決する。

下って万暦年間には多くの公案小説が編纂された。その中で「包公案」と言えば『百家公案全伝』十巻百回である。巻頭には「国史本伝」を『包孝粛奏議』から転載し、「説唱詞話」『包待制出身伝』を「包待制出身源流」として載せる。『百家公案』には第一回「判焚永州之野廟」の、包公が城隍神に祈って、毎年民衆に犠牲を要求する白蛇精を焼き殺す話をはじめ、冥界に係わる話が多い。これらの説話を見ると、包公は冥界の鬼神や地上の動植物まで統治する力を有した、正直な現世の判官として理想化して描かれていることがわかる。

その後に出現した『新評龍図神断公案』十巻百話は、『百家公案』四十八話、『廉明公案』二十一話、『詳刑公案』十二話、地獄裁判説話十二話、その他から説話を再編して成っており、(10)その地獄裁判説話は、包公が地獄に赴いて閻羅となり、不平を抱く霊魂を慰めるという内容である。この中には幸不幸を前世・現世・来世の因果によるとする仏教の因果応報思想が反映しており、(11)包公の裁判が現世の裁判ではないところに特色がある。しかし全百話中十二話というその数の少なさから見ても、民衆の包公に対する期待が死後の裁判ではなく、やはり現実の裁判においてであったことが推察できる。

*

清代においても同様のことが言える。戯曲『四奇観』(『曲海総目提要』巻二十五)は、包公が酒色財気の四案を裁く。「酒案」では、包公は城隍廟を通じて人を地獄に送り、真相を調べる。「財案」では、包公は自ら閻羅となって霊魂を本体に戻す。『乾坤嘯』(『曲海総目提要』巻二十七)では、包公は宮女の霊魂に悪妃を捕らえて復讐することを許す。『瓊林宴』(『曲海総目提要』巻三十五)では、包公は土地神に事件を捜査させ、被害者を復活させて証言させる。『天縁記』(『曲海総目提要』巻四十)では、包公は天界に赴き、下界の書生を思慕した仙女を天界に帰す。

清代の小説『万花楼演義』十四巻六十八回(嘉慶一三年序刊)では、狄青を陥れる陰謀をくわだてる夫沈国清を妻尹貞娘が諫めるが、夫が聞き入れないため、自害して閻君に訴える。閻君は包待制に訴えよと諭し、包公は尹氏を復活させて証言を得、陰陽両界の判官が協力して事件を解決する。

*

清・民国時代の宝巻・唱本「包公案」も同様である。(12)

『鵲橋図宝巻』(一名『鍘判官』、民国二十四年〔一九三五〕、上海翼化堂善書局)は、いわゆる「錯断顔査散」説話であり、包公は容疑者顔査散を処刑するが、死体が倒れないので冤罪だとさとり、冥界に赴いて、判官張洪が喜鵲橋で柳金嬋を殺害した外甥李保を庇って生死簿を改竄し、「顔査散が表妹を謀害した」と記したことを突き止めて、張洪を虎頭鍘で処刑する。

『売花宝巻』（宣統元年〔一九〇九〕、華簃康抄本）は、曹国丈（皇后の父）が邪心を抱いて書生劉思進の妻孫氏を殺すという事件を述べており、包公は孫氏の亡霊の訴えを聞き、頓知を用いて国丈の花園に入り、孫氏の死体を発見して復活させ、国丈を捕らえる。仁宗は皇后に味方して包公を処刑しようとするが、玉皇（天帝）に批判される。国丈は処刑され、地獄に落ちて責め苦を受ける。

『白狗精全歌』二巻（潮州、民国年間）は、包公が白狗精を捕らえるために城隍廟に祈ると、判官が包公に虎が白狗を呑み込む夢を見せる。包公は土地神に樵を食った虎を連行させ、虎に白狗精を食わせる。（虎は避邪の作用を発揮することに由来する話。）この話では、包公は冥界の神に指図する神通力を有している。

『紫金瓶』（湖南、民国年間）では、包公は、秀才を殺して珍宝「紫金瓶」を奪った旅館の主人と叔父の吉士（官名）の家を捜索し、死体を発見して復活させ、被害者の証言を得て犯人二人を捕らえる。

『滴血珠』（湖南、民国年間）は、妾に売られたり山賊に誘拐されたりした婚約者の貞潔を証すために、包公は天に祈って神判を仰ぎ、娘の血が水中で珠を結ぶことを確認する。

『陳世美不認前妻』四巻（四川、民国年間）は、いわゆる「鍘美案」であり、包公は糟糠の妻秦香蓮を裏切って皇女を娶った夫陳世美を処刑しようとし、秦香蓮は不憫に思って夫の命乞いをするが、天帝が許さず、白虎に世美の心臓を刳らせて殺す。

『饒安案全歌』八巻（潮州、民国年間）は、包公が第十殿閻羅王となって、占い師を斬首し家僕二人を生き埋めにした林太師を裁き、死後八年経ても東岳に赴かず地獄で冤罪を訴える占い師を四十打し、主人を訴える家僕を百打した上で、東岳大帝に命じて山神林廷昭を法廷に召還させ、原告三人と対決させる。包公は結局原告の訴えを退けて、残虐な行為の報いとして林太師に十年以内に霊験を現すよう判決を下す。この作品は『新評龍図神断公案』の地獄裁判説話と同様、包公を冥界の裁判官とした唱本である。

なおこのような「包公案」は現代の地方劇まで継承されており、いずれの作品にも包公が「昼は現世を裁き、夜は冥界を裁く」さまが描かれることを付言しておく。

四 「夜判陰」の由来

以上のように「包公案」の大きな特色は、「日判陽、夜判陰」にあるが、「夜判陰」は包公によって開始されたわけではない。六朝・唐・宋の伝奇小説等を調べると、生きた人間が冥界の吏となって裁判を担当する話は決して少なくない。[13] しかしその内容は、現世の裁判とは大いに異なる。以下にその例を挙げる。

○唐の荊州枝江県の主簿夏栄は、冥司の裁判を担当した。県丞張景先が婢を寵愛するが、妻楊氏が嫉妬して、景先の不在中に殺して厠に投棄したため、婢が夏栄に訴える。夏栄が景先にこれを語ると、景先は妻に質す。妻は重病を患ったため、ついに自白する。夏栄は婢の骸骨を洗浄して手厚く葬ったが、婢は妻を許さず、妻はついに命を落とす。（唐・張鷟『朝野僉載』巻二）

○ある者がひそかに暢璀に言う。「あなたの部下の伍伯は冥界を裁判する者です。」伍伯は席を避け元気なく言う。「私は幽明の主ではなく、管轄も冥界の伍伯に過ぎず、杖の数量で人の死生を計っています。凡そ人に厄ある時はみな先に数杖を受け、二十以上はみな死に、二十以下は重病になります。」（『太平広記』巻三百四、神「暢璀」、引唐・韋洵『戎幕閒談』）

○羅江県の道士譙乂俊は、壮年にして突然夢に太山府君から連行され、黄勅を下賜されて杖直に任ぜられ、昼は現世に帰り、夜には冥府に赴いた。かくして二十余年、寿命を全うせず悪行を為す者の生魂を連行して笞打つため、現世で病気になるか乞食をすると言った。（『太平広記』巻三百十四、神「譙乂俊」、引宋景煥『野人閒話』）

○義興の郷胥貝禧が艾讀の別荘に泊まると、夜分に門を叩く者があり、「私は地府の南曹判官で、王命を奉じて君を北曹判官として召しに来た」と言うので、後に従った。（中略）貝禧は帳簿を見ている時は家人や自分の禍福・寿夭の事を覚えていたが、帰宅すると尽く忘却していた。（宋・徐鉉『稽神録』巻六、「貝禧」）

以上の例を見ると、主として現世の官吏（中には道士などもいる）が冥界の裁判に携わり、生命・官禄に対する報いを決定するのであり、それは『新評龍図神断公案』において包公が閻羅となって行った裁判に類似する。

なおこうした話では、崔府君の冥界裁判が最も著名である。[14]『朝野僉載』巻六には、次のように記す。

唐の太宗は極めて健康であったが、太史令李淳風は謁見して涙を流した。太宗が尋ねると、「陛下は夕方に亡くなられる」と答えた。太宗は、「人間には寿命がある。憂えて何になる」と言い、李淳風を引き留めた。夜半になると太宗はたちまち入定し、ある人が、「陛下暫しご同行を。すぐにお戻りになれます」と言うので、「君は何者か」と問うと、「臣は生きた人間で、冥界の事を裁判しております」と答えた。冥官は六月四日の事（著者注―太宗は武徳九年〔六二六〕、太子建成・元吉を誅した）を尋ねてすぐに帰し、先に会った者がまた送り出した。李淳風は天象を見て悲しむのを禁じ、太宗はまもなく目を覚ました。明け方になると、太宗は昨晩会った者に蜀道の一丞の官職を授けた。太宗はこれを覚えていなかったが、周囲の者はみな覚えていた。官禄はみな天が定めるものであることがわかる。

この記事は、敦煌変文『唐太宗入冥記』（『敦煌変文集』巻二）では、「ある人」に「輔陽県尉催子玉」という名を付与し、さらに小説『西遊記』第十一回「遊地府太宗還魂」では、判官崔珏として登場させる。元曲では、無名氏『崔府君断寃家債主』（楔子）で、磁州福陽県令の崔子玉として登場し、「秉性忠直、半点も私無く、此を以て上帝の勅旨を奉じ、婁婁陰府の事を判断す」と述べる。彼は本劇で義兄弟張義の家族が次々に死亡する原因を冥界に赴いて調査し、前世の因果であることを明らかにする。明万暦刊『列仙全伝』巻五では、その伝説をまとめて記している。

五　包公の裁判の由来

以上のように、「昼は現世を裁き、夜は冥界を裁く」の本来の意義は、生きた人間、特に官吏が夜間に冥界の吏となり、因果応報の道理に則って裁判を行うことであった。これに対して包公の裁判は、死者を冥界で裁くのではなく、現世で裁くことを特色としており、この点で崔府君等の裁判とは性格を異にしている。

ところでこうした包公の裁判は、これまた決して包公から始まったわけではない。六朝・唐・宋の伝奇小説等には、亡霊が生きた人間に夢を通じて寃枉を訴える話を少なからず載せている。
○唐の冀州館陶県の主簿周姓は、臨渝関牙市に使した。その時、佐使等二人が同行し、周の銭帛を狙って土嚢で圧殺した。周は妻の夢に現れ、殺された時の状況と盗まれた財物の在処をつぶさに述べた。妻はその言葉通りに官に訴え、役所は調査して佐使の有罪を確定した。（唐・僧道世『法苑珠林』巻九十二、十悪篇偸盗之部、感応縁）
○唐の滎陽の鄭生は騎射が得意で、勇悍敏捷で聞こえていた。（中略）婦人が言うには、「妾は村の者です。賊に誘拐され、衣装に目を付けられて、空き家で殺され死体を捨て置かれました。どうか恨みを雪いで下さい。」鄭生が見ると果たして死体があったので、馬を馳せて洛に至り、つぶさに河南尹の鄭叔則に告げた。尹が吏を派遣すると、果たして賊を田横の墓中に捕らえた。（唐・張讀『宣室志』巻五、「鄭生撃賊」）

○唐の貞元十一年春、妙寂は突然父が被髪裸体で満身に血を流して現れ、泣いて、「私とお前の夫は湖中で盗賊に遇って死んだ。お前に志がある様子なので、天が復讎を許した」と言うのを夢見た。（『太平広記』巻百二十八、報応「尼妙寂」、引唐・牛僧孺『幽怪録』）

○唐の王屋の主簿公孫綽は任官して数月、暴かに疾で殞《し》んだ。まだ葬儀に至らぬうちに、県令が独り庁舎にいると、公孫綽が官服で門から入って来た。「貴方とは幽明世界を異にしますのに、どういうご用ですか」と尋ねると、公孫綽は、「私には冤枉があり、長官に雪いで欲しいのです」と言った。（『太平広記』巻百二十八、報応「公孫綽」、引唐・盧某『逸史』）

○唐の樊宗諒は密州刺史であった。時に属邑で群盗が横行して殷氏の家に押し入り、金帛を掠奪し父子三人を殺した。刺史は逮捕に躍起になったが、一月余経っても捕らえることができなかった。鉅鹿の魏南華という者が斉魯の間に仮住まいしていたが、貧乏であった。宗諒は司法掾に任命した。ある晩、南華の夢に数人の者が被髪して訴えて言った。「姓は殷氏で、父子三人はみな無罪で死にました。どうかお役人さま、恨みを晴らして下さい。」（唐・張讀『宣室志』巻五、「冤魂捉盗」）

これらの話では、亡霊が冤枉を訴える相手は頼りがいのある人物であり、親族・同僚・勇者・司法官などがそれに当たる。「包公案」において、権力者に対抗する権威を有する包公が頼りがいのある司法官として亡霊の訴えを聞くのは、こうした道理によるものである。

なお亡霊の冤枉は、次の例のように、天が直接本人に復讐を裁可するという場合もある。

○銅烏はその夜張超を見た。超は言った。「私はお前の叔父を殺していないのに殺された。今已に上訴をすませて復讐に来た。」超は刀を引いて刺し、銅烏は血を吐いて死んだ。（北斉・顔之推『還冤記』）

○「わが母が天に怨みを訴えて天曹の符を得たので、鉄杵の命を取りに来た。鉄杵に疾病を患わせ、私が死んだ時と同じ苦しみを味あわせよう。」（『還冤記』）

○唐の丞相楊収は嶺外に左遷されて死んだ。楊は尚書鄭愚に言った。「私は軍容使楊玄价に讒言され、不幸にして殺された。今上帝が請願を聞き入れたので、陰兵を賜わって復讐する。」（宋・孫光憲『北夢瑣言』巻九、「楊収相報楊玄价」）

「包公案」では、現世で恐れる者のない包公を主人公とする以上、後者の例のように亡霊が天の裁可を得て直接加害者に報復する話とならず、前者の例のように、包公が亡霊の訴えを聞いて、現世で亡霊の恨みを晴らす話となるのは、言うまでもない。

従来の「昼は現世を裁き、夜は冥界を裁く」は、無名の小吏が主人公であるため、地獄裁判に主眼が置かれていたが、「包公案」においては、庶民が絶対的な信頼を置く清官包公を主人公とするため、従来の「日判陽、夜判陰」の意義も現世の裁判に変化したのである。

六　結　び

本節では、「包公案」の特徴である「昼は現世を裁き、夜は冥界を裁く」を問題にした。包公の裁判の対象は、この世の人間・動物ばかりでなく、冥界の亡霊や妖怪・邪神にも及ぶ。それはすべての悪を駆除する剛毅な判官への庶民の期待の反映である。包公が登場する以前には、「夜判陰」とはこの世の人間による冥界の裁判を意味しており、包公の場合にも、夜間に閻羅となって往生しきれない亡霊の訴えを聞く話が作られているが、その判決は三世にわたる因果応報の論理で原告を慰安するものであったり、被告に災禍をもたらしたりするものであった。しかしながら貴戚宦官を恐れさせた包公には、やはり事件は現世で判決を下すことこそが相応しいようであり、包公の場合にはそうした話は多くはない。従って「夜判陰」の意味も、原告である亡霊の訴えを聞いて、被告である悪人を厳重に処罰するという意味に定着したのである。

注

（1）高橋文治「崔府君をめぐって―元代の廟と伝説と文学」（一九九一、田中謙二博士頌寿記念中国古典戯曲論集、汲古書院）参照。

（2）本書第五章第二節参照。

（3）木田知生「包拯から『包公』へ」（一九八三、龍谷大学論集四二二号）は包公が従来には稀な能吏であったことを指摘する。同氏は「包公伝承の形成とその演変」（一九八四、龍谷史壇八十四号）で伝承記事を整理している。また屈春山・李良学『包公正伝』（一九八七、中州古籍出版社）は歴史記述や包拯の著作に基づいて包拯の事跡を考察する。

（4）「張魁以詞判妓状」（潭州判官、「踏莎行」詞による判）、「判暨師奴従良状」（建陽知県）、「判娼妓為妻」（鄂州知府）、「判妓執照状」（華陰県宰柳永、古詩の句を借りた判）、「富沙守収妓附籍」、「判夫出改嫁状」（潭州張紫微）、「黄判院判戴氏論夫」（山陰県）、「子瞻判和尚遊娼」（内翰蘇軾、「踏莎行」詞による判）、「判僧姦情」（鎮江、「望江南」詞による判）、「判和尚相打」（仏教用語による判）、「判楚娘悔嫁村夫」（開封府）、「断人冒称進士」（知県・県尉）、「判渡子不孝罪」（三衢）、「判妓告行賽願」（知県、「西江月」詞による判）がある。

（5）市原亨吉「白居易の判について」（一九六三、東方学報、京都三十三冊）参照。白居易の判については、布目潮渢・大野仁

「白居易百道判釈義」がある。大阪大学教養部研究集録（人文社会科学）二十八〜三十一、摂大学術B（人文社会篇）二〜四所収（一九八〇〜一九八七）。

（6）『更直張千替殺妻』（元刊本）、関漢卿『包待制三勘蝴蝶夢』『包待制智斬魯斎郎』、鄭廷玉『包龍図智勘後庭花』、武漢臣『包待制智賺生金閣』、李潜夫『包待制智勘灰欄記』、『王月英元夜留靴記』、『包待制陳州糶米』、『包龍図智賺合同文字』、『玎玎璫璫盆児鬼』、『神奴児大鬧開封府』（以上、明・臧晋叔『元曲選』収）、江沢民『糊突包待制』、『包待制智賺三件宝』（以上、元・鍾嗣成『録鬼簿』著録）、汪元亨『仁宗認母』（『録鬼簿続編』著録）、張択『包待制判断烟花鬼』（『曹氏録鬼簿』著録）、『包待制双勘釘』、『風雪包待制』（以上、『太和正音譜』収）がある。

（7）銭南揚輯録『宋元戯文輯佚』（一九五六、上海古典文学出版社）による。

（8）華瑋「女性、風月与公案：『小孫屠』之芸術構思与文化意涵」（温州市文化局編『南戯国際学術研討会論文集』収、二〇〇一、中華書局）では、『小孫屠』を「風情公案戯」と称し、女性・色情・暴力・公案・鬼神を組み合わせた物語が娯楽市場の需要に適合したという。

（9）一九六七年江蘇省嘉定県宣氏婦人墓中出土。「包公案」には、『新刊全相説唱包待制出身伝』『新刊全相説唱包龍図陳州糶米記』『新刊全相説唱足本仁宗認母伝』『新編説唱包龍図案断歪烏盆伝』『新刊説唱包龍図断曹国舅公案伝』『新刊全相説唱張文貴伝』『新編説唱包龍図断白虎精伝』『全相説唱師官受妻劉都賽上元十五夜看灯伝』がある。

（10）『百家公案』『龍図公案』については、本書第三章第一節および第二節参照。

（11）道端良秀『中国仏教思想史の研究』（一九七九、平楽寺書店）二章「中国仏教の思想」参照。

（12）以下の宝巻・唱本は、いずれも中国首都図書館蔵本を参照した。

（13）澤田瑞穂『地獄変』（一九六八、法蔵館）六章「現世と冥界」参照。

（14）崔判官に関する論文には、注（1）の他、次のものがある。前掲澤田瑞穂『地獄変』二章「冥府とその神々」。橋本堯「『西游記』の中の唐の太宗の入冥譚−取経と冤報説話の統一」（一九九二、中国文学論叢十七号、桜美林大学）。

第三節　犠牲者を復活させる――宝物説話

一　はじめに

包公には死者を裁く能力が付与されたが、後には発展して死者を蘇らせる能力も与えられる。その際に使用されるのが復活のための宝物である。明の「説唱詞話」『張文貴伝』は、包公が「青糸碧玉帯」という宝物で死者を復活させて家族に団円をもたらす話であり、これ以後現代に至るまで、包公劇においては死者還魂、一家団円の作品が陸続と創作されている。

しかし「包公案」では包公だけが宝物を持つわけではない。たとえば元・武漢臣『包待制智賺生金閣』(『元曲選』)では、秀才郭成が功名を求め、「生金閣」という家宝を携えて上京するが、途中で権貴龐衙内に出会って家宝を見せたため殺害され、愛妻と宝物を奪われる事件で、被害者も宝物によって出世を図ったりしている。「説唱詞話」『張文貴伝』でも、「青糸碧玉帯」はもともと山賊の娘が殺害された書生張文貴に贈り朝廷に献上して官職を得させようとしたものであった。これらは民間説話の中の宝物説話に相当する。姜彬主編『中国民間文学大辞典』「得宝故事」には、「勤労で善良、地道な貧乏人が幸いにも不思議な宝物を手に入れて生活を変える。金持ちあるいは欲深な人間はこの宝物を奪うことはできず、たとえ強奪しても、宝物は彼らのために功を奏さず、却って懲罰を被る」と説明し、また「三件宝物故事」についても、「勤労で善良な貧乏人が三つの宝物を得て幸福な生活を送る。後に宝物は人に騙し取られて、幸福な生活は壊されるが、自己の知謀を働かせて宝物を奪回し、宝物を騙し取った人間は懲罰を受ける」と説明している。

包公は宝物によって自分が幸福を得るわけではないが、これによって被害者に幸福を与えている。また宝物説話には歴史があり、「包公案」はその流れを汲んでいると思われる。本節では宝物説話の歴史をたどりながら、包公が死者復活の神通力を得るに至った経緯を考察してみたい。

二　宝物説話と「包公案」

宋・李昉編『太平広記』には、水火を避ける西戎の裘、妖怪を照らし出す印度の鏡、水旱兵火を避ける天界の珠玉など、漢代以降の西域献上の宝物にまつわる話を記載している。

○漢武帝時、西戎献吉光裘、入水数日不濡、入火不焦。(1)（漢の武帝の時〔前一四一～八七〕、西戎国が吉光裘を献上した。それを着て水に入ると数日間濡れず、火に入ると焼けなかった。）

○身毒国宝鏡一枚、大如八銖銭、旧伝此鏡照見妖魅、得佩之者、為天神所福。(2)（印度の一枚の宝鏡は八銖銭ほどの大きさで、言い伝えではこの鏡は妖怪を照らし、佩する者は天神が庇護するらしい。）

○粛宗、為児時、常為玄宗所器。……因命取上清玉珠、以絳紗裹之、繫於頸、是開元中罽賓国所貢。……四方忽有水旱兵革之災、則虔懇祝之、無不応験也。(3)（粛宗は幼時、玄宗に才能を認められ、……上清宮の玉珠を絳紗で覆って首に繋いでもらった。開元年間〔七一三～七四一〕に罽《けい》賓国〔印度〕が朝貢した宝物である。……四方で水旱・戦争が起こり、この珠玉に祈りを捧げれば霊験があった。）
○聚窟洲、在西海中。申未洲上有大樹、与楓木相似、而葉香聞数百里、名此為返魂樹。……死尸在地、聞気乃活。(4)
（聚窟洲は西海の中にある。申未洲に楓木と似た大樹があり、葉の香りは数百里に届き、返魂樹と名づけられた。……死体を地面に置くと、香気を嗅いで復活する。）

これを見ると、宝物説話は中国の西域進出に伴って印度など外国から伝播したのではないかと推測される。(5)
また敦煌変文の句道興『捜神記』(6)や『舜子変』(7)のように、天が孝子に金銀を贈って貧窮から救済するという話もある。

○天賜孝子之金、郭巨殺子存母命、遂賜黄金一釜。（天が孝子に賜わる金であり、郭巨は子を殺して母を存命させたので、黄金一釜を賜わるのである。）
○上界帝釈、密降銀銭伍百文、入于井中。（天界の帝釈天がひそかに銀五百文を降らせて、井戸の中に入れた。）

以上は単一の宝物であるが、三個以上の宝物も記載されている。扶余国は唐に暖を取る火玉、香ばしい澄明酒、涼気を取る風松石の三宝を朝貢した。

○会昌元年、扶余国貢三宝、曰火玉、曰澄明酒、及風松石。火玉色赤、……置之室内、冬則不復亦挟纊、宮人常用。澄明酒、……飲之令人骨香。風松石、……至盛夏、上令置於殿内、稍秋気颼颼。(8)（会昌元年〔八四一〕、扶余国〔朝鮮〕が火玉・澄明酒・風松石を朝貢した。火玉は色が赤く、……室内に置くと、冬でも纊《わたいれ》は要らず、宮人が常用した。澄明酒は、……飲めば骨まで香ばしくなる。風松石は、……盛夏に武宗が殿中に置かせると、秋気が漂った。）

玉清宮の仙女が韋弁に贈った碧瑶杯・紅蕤枕・紫玉函は、金銭価値で計測された。

○「吾有三宝、将以贈君、能使君敵王侯。」……有胡人見而拝曰、「此天下之奇宝也。……」……遂以数千万為直而

易之。弁由是建甲第。居広陵中為豪士。竟卒於白衣也。[9]（「私の三宝をあなたに贈り、王侯に匹敵する富を授けましょう。」……胡人は宝を見て拝礼して、「これは天下の珍宝です。……」と言い、……数千万の値で買い取った。弁は邸宅を建て、広陵に住んで豪族となり、無官のまま逝去した。）

また尼僧真如が天帝から贈られた五宝や八宝は、兵乱疫病を収め五穀豊穣をもたらす効用があり、王者の持つべき宝物であった。

〇其一曰「玄黄天符」、……辟人間兵疫邪癘。其二曰「玉鶏」、……王者以孝理天下則見。其三曰「穀璧」、……王者得之、則五穀豊稔。其四曰「王母玉環」、……王者得之、能令外国帰復。……自後、兵革漸偃、年穀豊登。[10]（「玄黄天符」は、……この世の動乱や疫病を避け、「玉鶏」は、……王者が天下を治めれば現れ、「穀璧」は、……王者が得れば五穀豊穣になり、「王母玉環」は、……王者が得れば外国を帰順させることができる。……この後、兵乱が次第に収まり、五穀豊穣となった。）

これらと同類の宝物が「包公案」にも見られる。灯籠見物に出かけて水に落ちた王月英が雲南交趾国の献納した日月龍鳳襖・山河地理裙を着ていたため濡れなかったという話[11]は西戎の裘に相当しようし、天帝の四女張四姐が崔文瑞に三十三天を往来できる鑽天帽、十八層地獄を出入りできる入地鞋、天神・天将を吸い込む摂魂瓶を贈る話[12]は、仙女が韋弁に三宝を贈る話に相当しよう。

ただ「包公案」の宝物説話は、公案であるが故にそこに冤罪事件が加わり、包公が登場して裁くというストーリーを形成する。『生金閣』では秀才が宝物を献上して官職を得ようとして殺害されているし、『天縁記』では富者王員外が嫉妬して崔文瑞を誣告したため張四姐が都に争乱を起こす。王桂英は王屠夫妻に絞め殺されて日月龍鳳襖と山河地理裙を強奪される。[13]

宝物は孝子など善人に与えられるべきものであった。敦煌変文で天が孝子に金銀を下賜したように、張義が金亀を釣りあげる説話でも、母康氏は「孝心感天」（孝心が天を感動させた）と考え[14]、「孟津河的金亀、是只有忠孝之人能釣。」（孟津河の金亀は忠孝の人だけが釣れる）という[15]。またその宝物を朝廷に献上して官職あるいは「進宝状元」を授かる話も多い。「生金閣」は風を受けてひとりでに音楽を奏でる宝物であり、朝廷は彼に「特賜進士出身、被栄名、使光幽壌。」（特に進士出身の身分を賜わり、栄誉を冥界に輝かさせた）というし、明末の俳優顧覚宇が創作した『織錦記』では、仙女が董永との別れに臨んで龍鳳錦を贈って朝廷に献上すれば功名を得られると告げ、董永は果たして「進宝状元」となる[16]。

宝物を献上して官職を得ることは、楚の卞和が荊山の璞を王に献上して陵陽侯に封ぜられることに代表されるが[17]、後世では、尼僧真如が天帝から贈られた八宝を粛宗に献上したため、刺史と進宝官が昇進し、真如は「宝和大師」の称号を授与されており[18]、梁武帝が杰公に謀って東海龍王の宝珠を求めた時、派遣された羅子春兄弟は奉車都尉・奉朝請の官職を授かった[19]。また龍王が報恩のために書生劉漢卿に夜光珠・蝦鬚簾・珊瑚樹を贈り、劉は李斯に献上して総管の職位を得る[20]。

こうした宝物説話の創作は、家族の中から一人高官を出して安穏に生活したいという願望の反映であろう。明の成化年間に出版された「説唱詞話」『包龍図公案断歪烏盆伝』は、元の雑劇『玎玎璫璫盆児鬼』を継承した作品であるが、元劇では主人公楊国用は商人であるのに対して、「説唱詞話」では主人公楊宗富は科挙受験のため上京する秀才に変わっている。「説唱詞話」では主人公を秀才とする話が多く、『包龍図断曹国舅公案伝』の潮州の秀才袁文正、『張文貴伝』の渓州の張文貴、『包龍図断白虎精伝』の出身地不明の沈元華、彼等はいずれも受験のため上京する富家の子弟である。包公自身についても『包待制出身伝』という出世説話が作られたほどである。

「包公案」では伝統地方劇に以下のように多数の作品が見られる。

○甘粛・秦腔『楊文広掛帥』（『甘粛伝統劇目匯編』、一九八三）

書生范敬梅に救われた梅鹿が范の受難を見て、戎双蓮に「梅鹿鏡」を贈って范を救わせる。戎母は范に鏡を贈って、科挙に落第した時は「進宝状元」を授かるよう告げる。

○広西・邕劇『揺銭樹』（白少山発掘・李墨馨校勘、『広西戯曲伝統劇目彙編』、一九六一）

下界に貶された白花仙は、姉妹から醒酒釵・揺銭樹・珠宝盆・山河地理裙を贈られ、後に崔文瑞との別れに臨んで彼に山河地理裙を贈り、朝廷に献上して高官を得よと諭す。

○山東・柳琴戯『五長幡』（姫玉周口述、『山東地方戯曲伝統劇目匯編』、一九八七）

呉迎春は松林で珍珠夜明簾を拾い、落第して朝廷に献納すれば「進宝状元」になれると考える。

○山西・北路梆子『天剣除』（侯玉福・張歩青口述、『山西地方戯曲匯編』、一九八一）

南海大士は仙童を遣って党夫人に宝珠を贈り、党夫人は肉屋の李有に救われて李有を養子とする。包公は李有の宝珠を仁宗に献上し、李有は御弟殿下に封じられる。

○安徽・泗州戯『三蹺寒橋』（魏玉林・王広元口述、『泗州戯伝統劇目選集』、一九六一）

仁宗は四顆の宝珠を夢見て捜させ、朱氏は養子の盧文進に避水珠・避火珠・避塵珠・夜明珠の四顆の宝珠を贈る。盧は宝珠で皇后の病気を治療し、西台御史を拝命する。

○安徽・泗州戯『鮮花記』（王広元口述、『安徽省伝統劇目匯編』、一九五八）

龍女は東海傲来国の金糸茉莉花を姜文挙に贈り、頭上に戴けば天を飛び、起死回生も可能であると告げる。包公は仁宗に茉莉花を献上し、姜は「進宝状元」となる。

○広西・桂劇『玉仙塔』（龍金勇発掘・陳芳校勘、『広西戯曲伝統劇目彙編』、一九六〇）

太白星は石義に玉仙塔を贈り、三度敲けば仙女が出現して歌舞し、朝廷に献納すれば官職を得られると告げる。仁宗は石義を駙馬に封じる。

○広西・桂劇『伏魔鞭』（余金瑞発掘・甘棠校勘、『広西戯曲伝統劇目彙編』、一九六〇）

観音は伏魔鞭を王秀蓮に贈り、包公の上奏によって夫李文徳は「進宝状元」となる。

○広西・桂劇『双牡丹』（筱蘭魁発掘・黄槎客校勘、『広西戯曲伝統劇目彙編』、一九六一）

鯉魚は別れに臨んで劉金に宝珠を贈り、朝廷に献納して官職を得るよう諭す。劉は「進宝状元」を下賜される。

○広西・邕劇『双包記』（黄三順発掘・何簡章校勘、『広西戯曲伝統劇目彙編』、一九六一）

鯉魚精は鯉魚珠を張俊に贈り、張俊は朝廷に献納して「進宝状元」を授かる。

ところが宝物説話には宝物を強奪する悪人が出現する。清初の朱佐朝『瑞霓羅』[21]では、金童・玉女が斗府へ導くという瑞霓羅を夔吉が拾って陳温古の家に逗留すると、陳に誣告されて宝物を奪われる。宝物は災禍を招くのである。山西・蒲州梆子『瑞羅帳』[22]では、

宅進入王侯之家、使他繁栄、進入百姓之家、使他被牢獄之災禍。（この宝物が王侯の家に入ると家を繁栄させるが、庶民の家に入ると家に牢獄の災いを被らせる。）

と説明し、広西・桂劇『瑞羅帳』[23]でも、

得了這宝物、有災禍、応該住在千里之遠。（この宝物を得たら災禍を被るので、千里離れたところに住まなければならない。）

と述べている。前掲『天縁記』では、張四姐の四宝が富者王員外の嫉妬を招いて崔文瑞が誣告されるし、清蒙古車王

府蔵曲本「西皮腔」『双釘記』[24]では、張義が川で釣った金亀を持って祥符県令の兄張選を訪ね、金亀を見せたため嫂王氏に殺害される。安徽・泗州戯『小鰲山』[25]では、閣老柳洪の娘金嬋が灰塵と水火から身を守るために珍珠汗衫を着て鰲山を見物するが、狗肉を売る李保夫妻が宝物を朝廷に献上して官職を得ようと柳金嬋を殺して宝物を強奪する。山東梆子『避風簪』[26]では、北番国王子が宋国へ朝貢した避風簪・還魂枕を奪還して海棠国と結盟し、宋国との間に戦争を起こす。山東・平調『無頭案』[27]では、霊仙が李克明に贈った遊仙枕を表兄白能が強奪する。四川・高腔『白羅帕』[28]では、従僕江雄が主人の娘の白羅帕を奪って娘と姦淫したと偽って娘の夫に誣告し、また白羅帕を用いて戦功を立てる。宝物は幸福と同時に災禍をもたらすものであった。

三　包公の宝物の出現

以上のように「包公案」では宝物をめぐる事件が描かれるが、同時に包公が宝物を使用して死者を復活させる説話も創出した。

元劇『生金閣』の中で、包公は「白日に現世を裁き、夜間に冥界を裁く」神通力を発揮し、死者に代わって復讐を行った。これを死者の復讐という観点から見ると、「包公案」は北斉・顔之推『還冤記』などに記載する復讐説話を継承して新たに清官説話を形成したと言える。『還冤記』「宋皇后」（『太平広記』巻百十九）では、漢の霊帝が誣告を信じて宋皇后を死に追いやるが、宋皇后が天に訴えると上帝は激怒し、霊帝はやがて崩じた。死者の復讐は天理にかなって初めて行われたのである。ただ法治国家では生きた人間による私的な復讐は許されず[29]、死者のために復讐を図るとすれば、行政官に訴えることが正当な方法であった。それは唐・盧某『逸史』（『太平広記』巻百七十二）において亡霊が判官に事件を暗示する話などに反映している。この作品では、不法に蠱を飼う土豪が県尉包君の妻に知られて彼女を殺害するが、妻の亡霊が観察判官独狐公の夢に現れて事件を暗示し、独狐公はさらに包君の告発を聴いて土豪を逮捕する。「包公案」が出現する要因もここにあり、『生金閣』などでは包公が死者に代わって殺害者への復讐を行うのである。

明代に至ると、包公の権能にたいする庶民の要求は一層強烈になり、成化年間に刊行された「説唱詞話」『張文貴伝』では、包公はついに宝物を用いて死者を復活させ、一家団円の幸福を与える神通力を有するに至る。『張文貴伝』も書生の出世物語である。富家の公子張文貴が応試のため上京する途中、太行山で盗賊静山大王趙太保に捕らえられ、心肝を食われそうになるが、大王の娘青蓮公主に見初められて夫婦となる。別れに臨んで青蓮は、青糸碧玉帯・逍遙無尽瓶・温涼盞の三宝を贈り、科挙に落第したら宝物を献上して官職を得よと諭す。この宝物の中で、青糸碧玉帯は、死者を復活させ病人を治癒させる魔力を持っており、張文貴は不幸にも都で楊二の旅館に泊まって殺害され、楊二はこの玉帯を用いて皇太后の重病を治し、元帥・諸侯に封ぜられる。張文貴の龍駒馬は嘶いて、玉皇に大雨を降らせて張文貴の死体を露出させ、死体を背負って開封府に訴える。包公は死体を見て夫人と相談し、危篤を装って皇太后から玉帯を借り、張文貴を復活させる。仁宗は楊二を斬首し、張文貴を元帥に封じて、青蓮公主との結婚を仲介する。この作品の基本構造は元劇『生金閣』と似ているが、相違するところは宝物の作用である。『生金閣』では宝物は単に珍奇というだけに過ぎないが、『張文貴伝』では人に生命力を与える魔力を有しており、作中では死者を復活させて高官を得させ、一家に団円をもたらすのである。

だが包公専用の宝物はまだ出現していなかった。明・沈璟『桃符記』は元・鄭廷玉『包龍図智勘後庭花』を改編した作品である。『後庭花』では店小二に殺害された女主人公王翠鸞は復活しないのに対して、『桃符記』では包公が文書を送って城隍に裴青鸞を復活させるよう命じ、城隍が還魂丹を地上に捨て、裴母に拾わせて翠鸞を復活させる。[30]「説唱詞話」『包龍図断趙皇親孫文儀公案伝』でも、包公は城隍に表章を送って、趙皇親に殺害された主人公師馬相を復活させている。

「説唱詞話」『曹国舅公案伝』では、死者袁文正は復活しない。だが万暦年間に文林閣から刊行された民間戯曲である弋陽腔『袁文正還魂記』第二十七出「団円」では、包公は御庫から温涼帽を取り出して袁文正を復活させ、袁に官職を下賜するよう天子に懇請する。この時点で包公が独自に死者を復活させるための宝物が出現したと言えよう。[31]

この後、清初蘇州派の朱素臣等が創作した『四奇観』劇（佚）は、『曲海総目提要』巻二十五の説明によると、包公為龍図閣待制、兼摂開封府事。莅任日、修謝恩表畢、隠几仮寐。金甲神示以酒色財気四事。及覚、命帯伏陰枕等宝物四種隨任。」（包公が龍図閣待制兼開封府尹となり、赴任の日に謝恩表を作成し終わり、机に伏して仮眠していると、金甲神が酒色財気の四案を示す。包公は目が覚めて、伏陰枕など四種の宝物を携えて赴任する。）という内容で、その「色案」では、包公は自殺した女性に温涼帽を被せて復活させ、「財案」では、包公は閻羅となり二人の死者を伏陰枕と赴陰床に横たわらせて霊魂を入れ替わらせており、温涼帽を専用の甦生器具として定着させている。なお赴陰床は『百家公案』第二十九回に初出している。程子偉の『雪香園』も作品は現存しないが、『曲海総目提要』巻三十二の解説によると、包公が外国朝貢の温涼帽と回生杖を用いて国戚曹鼎に殺害された劉子進の妻を復活させる。なお『売花宝巻』（宣統元年〔一九〇九〕、華寯康抄本）も『雪香園』と同一説話を演じており、包公は御庫の中から温涼帽と戮活棒を借用して劉思進の妻を復活させる。また『瓊林宴』（『曲海総目提要』巻三十五）でも包公は還魂枕を用いて好色な太尉葛登雲に殺害された新状元范仲虞の妻陸玉真を復活させている。

乾隆年間の唐英『双釘案』[32]には、貧乏人江芋が荘子が淮河に投じた金亀を釣り上げ、打つと黄金を放出するので、その金で祥符県に赴任した兄江芸の代わりに老母を孝養し、兄を尋ねて上京する途中、金亀で宰相王彦齢の次女の重病を治療して結婚するが、祥符県に到着すると嫂王氏に殺害されて金亀を奪われる。しかし閻羅が「保殼霊丹」を江芋の口中に入れて死体の腐敗を防ぎ、包公が金亀で江芋を復活させて、王の次女との結婚の仲介をする。ここでは包公は専用の甦生宝物を使用していない。『西遊記』第九回でも、龍王が「定顔珠」を秀才陳光芯の口に含ませて死体の腐食を防ぎ、復活に備える場面がある。古代には死者の口に珠玉や穀物を含ませて再生を期したのである。

小説『万花楼演義』（嘉慶十三年〔一八〇八〕序）第五十回では、先帝の時、高麗が三種の還魂活命の宝物を入貢し、包公はその中の温涼帽を御史沈国清の妻尹氏の頭に載せ、還魂枕を首の下に置き、返魂香を身体に載せて復活させ、沈国清が私恨によって狄青を誣告したことを証言させる。

民国時代には、『双蝴蝶宝巻』（甲寅年〔一九一四〕、汝南氏抄本）において、包公は外国が朝貢した温涼帽と還魂珠、瓦活棒を用いて徐子建と侍女雪香を復活させ、罪人白羅山を開封府に招いて罪を白状させる。

このように明代以降、包公が死者を復活させる宝物が固定し、包公の死者甦生能力も固定したことから、現代地方劇の中でも包公が死者を復活させることは常識となった。以下に若干の例を挙げる。

浙江婺劇『節義賢』[33]はいわゆる「生死牌」説話で、一般には劉兄弟は復活しないが、この作品では包公が劉子宗の死体を還魂床に寝かせて復活させ、観音が養神珠を劉子明の口中に入れて死体の腐敗を防ぎ、包公が烏台に坐して閻王となり、城隍・土地に命じて劉子明の霊魂を召喚させ、家族に名を呼ばせて復活させる。劉子明は養神珠を朝廷に献納して状元を授かる。上海・越劇『売花三娘』[34]では、包公が夜間に烏台に坐して閻羅天子となり、獄主霊官に命じて国丈曹章に殺害された張三娘の霊魂を召喚し、その告発を聴いて遺体を発掘し、還陽帯で張氏を復活させる。同『失金釵』[35]では、陳茂生が妻金氏と悪僧李洪春の姦通を疑って金氏を自害させ、後に誤解だと知って復讐を図るが、逆に悪僧に殺される。包公は陳母の告発を聴いて悪僧を処刑し、還魂帯を用いて夫妻を復活させる。安徽・貴池儺戯『章文顕』(36)では、包公は朝廷の温涼帽を借りて、皇親魯王に殺害された秀才章文顕の妻百花小娘を復活させる。ただ福建・莆仙戯『郭華』(37)では、包公は西天の如来に会い、郭華と玉英の姻縁を知って甘露水を与えて復活させ、玉英を義女として郭華に妻わせる。郭華は状元に及第して玉英と結ばれる。包公の専用宝物は出現しない。なお安徽・徽劇『高文挙還魂記』(38)では、土地神が還陽防腐丸を太師温和に殺害された高文挙の妻王貞貞の口中に入れて復活に備える。山東・羅子戯『錯断顔査散』(39)でも、包公は顔査散と柳金蝉を復活結縁させているが、著者はこの二作品については梗概しか見ておらず、包公が宝物を使用するか否かは記されていない。

四　包公の宝物

以上のように、『張文貴伝』以後、包公は被害者の宝物を借用せず、独自の宝物を持つようになったが、それは包公の職能と関係があろう。包公が死者を還魂させるのは道士の法事と似通う。包公は道士とは異なるが、実際には道士と同様に神通力を発揮する。度脱劇において道士が宝物を持つならば、公案劇において包公が宝物を持つのは当然とも言える。

唐・陳翰『異聞集』(『太平広記』巻二百三十)には、隋の王度が師の陰侯生から古鏡を贈られ、それを用いて老狸や大蛇の正体を照らし出している。この古鏡は「照妖鏡」であり、包公もこの宝物を用いることがある。また敦煌変文『目連縁起』(40)では、如来が「十二錫杖」「七宝之鉢盂」を目連に与え、地獄に行かせて母親青提夫人に会わせる。この二つの宝物は冥界に赴く道具である。僧侶にとって錫杖や鉢盂は貴重なものである。

包公はこれら僧侶の宝物を用いないが、同様に冥界へ赴くための宝物を持っている。宋元話本『大唐三蔵取経詩話』「入大梵天王宮第三」では、天帝が三蔵法師に隠形帽・金鐶錫杖・鉢盂を下賜して緊急時に使用させる。三蔵法師はこれを用いて危険な場所を通過し[41]、猴行者もこの宝物を使用する[42]。包公は妖怪と戦うことはないため、こうした武器としての宝物は使用しない。「包公案」では、妖怪を捕縛するのはやはり孫悟空等天将の役割であり、包公は妖怪の正体を調査するに止まる。元・呉昌齢『張天師断風花雪月』(『元曲選』)第三折、張天師が三つの宝物を用いて桂花仙子を逮捕する場面で、

祖公留下三件法宝：信香一瓣、雌雄剣二口、降妖印一顆、専管天上天下、三界仙精鬼怪魍魎邪魔。」(祖先が伝えた三つの宝物、信香一瓣、雌雄剣二口、降妖印一個で、専ら天上天下、三界の魑魅魍魎を取り締まる。)

というが、包公は張天師と共通点を持っている。

これらの宝物は天界のものであり、不可思議な力を有する。「包公案」では明の「説唱詞話」にはまだこうした宝物は出現しない。『仁宗認母伝』では、包公は不孝者の仁宗を処罰するに当たって宝物を使用せず、玉皇大帝に上奏して仁宗を五逆の罪で告訴する。彼は宝物こそ使用しないが、その行動は天理にかなっており、常に天の支持を得ているのである。『包龍図断白虎精伝』は包公が妖怪を退治する話であり、ここでは捕吏が狗血を注いで白虎精を捕らえ、包公は張天師の指示に従って開封府の業鏡を用いて妖怪を照らし、張天師が天蓬尺を手に持って正体を現させる。業鏡は仏教用語で諸天と地獄において衆生の善悪業を照らし出す鏡である。「説唱詞話」は敦煌変文と同様に民間仏教の観念が強く、また包公閻羅説もあって、包公がこの宝物を持つに至ったと考えられるが、以後の説話には業鏡は出現しない。

万暦二十二年(一五九四)朱氏与畊堂刊行の小説『百家公案』の第三回「訪査除妖狐之怪」、第四十四回「金鯉魚迷

人之異」では、包公は照妖鏡を用いて妖怪を照らし出す[43]。また第二十九回「判劉花園除三怪」では、包公は以前に張月桂から贈られた赴陰床と温涼枕に寝て地府に赴き、三怪の正体を調査する。（張月桂なる人物については不明である。）ここで包公が初めて自分の宝物を持ち、自由自在に死去して冥界に赴いて事件を調査し、再び甦生して現世に戻るという神通力を持つに至ったことは特筆すべきである。包公は第五十八回「決戮五鼠鬧東京」でも上帝に会うため死去して冥界に赴くが、ここでは「拯取衣領辺所塗孔雀血謾嚼幾口、拯便死去。」（包公は襟に塗った孔雀の血を舐めて死去する）という方法を採っている。明末清初の小説『龍図公案』では、十二件の地獄裁判説話を載せており、包公は赴陰床に坐して裁判を行っている。

清の道光年間（一八二一～一八五〇）に石玉崑が語った『龍図公案』に至って、包公は古鏡・古今盆・遊仙枕という三つの宝物を持つことになる。石玉崑の説書を小説化した『龍図耳録』[44]によれば、古鏡は第二回、包公が二嫂の侍女秋香に井戸に閉じこめられた時に得たもので、魔よけの作用を持ち、第七回、秋香が鏡面に血を付けてその輝きに驚き、慌てて二嫂の左目を剜り抜いてしまい、精神を狂乱させる。古今盆は第七回、包公の夫人李氏が嫁入り道具として実家から持ってきたもので、第十六回、包公はこれを用いて李宸妃の目を治療する。遊仙枕は第十一回、陶然公という顛癲道人が劉天禄に託して星主（包公）に贈らせたもので、人を夢の中で冥界に送る作用を持ち、第二十七回、包公は「錯尸還魂」案で冥界に赴いて黒紅両判官に会う。

かくて現代地方劇でも、包公は宝物によって死者を復活させる等の神通力を発揮することになる。以下に若干例を挙げると、福建・詞明戯『烏盆記』[45]では、文昌帝君は包公が文曲星の転生で、将来出世して七十二件の無頭公案を裁くことを知り、斬妖剣・照魔鏡・還魂丹・生死簿書を贈る。河南・豫劇『鍘郭槐』[46]では、包公は江南の霊仙から贈られた桃木宝剣で火龍を出現させ、不孝者の宋王を罰する。山東梆子『鬧磁州』[47]では、包公は照妖鏡・捆仙索・斬仙剣で栗精を退治しようとする。河南・豫劇『下陳州』[48]では、包公は曹皇后を照妖鏡で照らして冥界に帰還させる。広西・桂劇『双劉全井』[49]では、包公は照妖鏡で白狗精を照らし出す。安徽・泗州戯『魚籃記』[50]では、蟹精が鯉魚精に包公の鋼鍘・赤剣・照妖鏡・捆仙索に対する注意を喚起する。広西・邕劇『揺銭樹』[51]では、包公は鉄牌に泊まって妖怪の正体を明かそうとする。山東・柳琴戯『鉄板橋』[52]では、包公は貴人・宝物・血気を見たら動かない串朝馬を一頭持っており、地底まで這って行っても死骸を掘り出すという。

以上のように「包公案」では、被害者と被害者を救済する包公の双方が主人公であり、主人公たちはそれぞれに宝物を持つこととなった。「説唱詞話」『張文貴伝』においては、包公の知謀が強調され、包公が病死を装って張文貴の宝物を皇太后から借り出すということに描写の重点がある。しかしその後の作品群はこうした包公の知謀説話を踏襲せず、彼以前から存在する道士や僧侶の宝物による神通力説話を採用していき、包公の神通力を形成していったと言えよう。

なお包公の冥界調査は、唐・張鷟『朝野僉載』などに記載する、生きた人間が冥界裁判を行う説話に由来する。『朝野僉載』巻二には、

太宗至夜半、上奄然入定。見一人云、「陛下暫合来、還即去也。」帝問、「君是何人。」対曰、「臣是生人、判冥事。」

（太宗が夜半に突然死去すると、一人の者が、「陛下は暫時ご足労いただきますが、またすぐにお帰りなさいます」と言った。帝が「あなたは誰か」と問うと、「臣は生きた人間で冥界の裁判を行っています」と答えた。）

と記す。この人物は後に『唐太宗入冥記』（『敦煌変文集』巻二）で「輔陽県尉崔子玉」と称し、元・無名氏の雑劇『崔府君断冤家債主』では「磁州福陽県令崔子玉」と称して、

秉性忠直、半点無私。以此奉上帝勅旨、屢屢判断陰府之事。（性分は正直で、少しの私心もないので、上帝の勅

旨を奉じて、冥界の判官を務めている。）

と述べており、『西遊記』第十一回「遊地府太宗還魂」では、「判官崔珏」と称している。包公は「夜半に冥界を裁く」点でこの崔府君の流れを汲む判官だと言えるが、しかしその審判は冥界の「或促其年、或堕其後、或損其禄位。」（寿命を短くしたり、後継を無くしたり、地位を削ったりする）という方法ではなく、あくまで現世の司法官として現実に悪人を裁く点が明確に異なる。

五　結　び

以上、民間の宝物説話の観点から包公の死者を復活させる神通力を解釈してみた。「包公案」の宝物は、書生を出世させ、死者を復活させ、法官を冥界に赴かせる魔力を持っていた。「包公案」の主人公が被害者とそれを救済する包公であり、それぞれの立場から宝物説話が創作されたと言える。

書生の出世は庶民の願望である。民間年画にはその思想が如実に反映している。王樹村編『中国民間年画史図録』（一九九一、上海人民美術出版社）には、河南朱仙鎮の清代年画「五子天官」「麒麟送子」「五子奪魁」、陝西鳳翔の「天仙送子」「三元報喜」、江蘇揚州の「連中三元」「早生貴子」、台湾台南の「加官進禄」、河北楊柳青の「双喜臨門」「麒麟送状元」「独占鰲頭」、寧河の「状元及第」、山東濰県の「文武状元」「当朝一品」「喜報三元」などを収載しており、これらには庶民が聡明な子を産んで一家を繁栄させる夢が表現されている。また『曲海総目提要』収録の伝統劇の中には、慶祝を主題とした作品が多く、その中にも一門の栄光を望む思想が表現されている。[53]

また被害者の復活はハッピーエンドには不可欠のことであった。それは「包公案」以外の作品においても同様である。元・関漢卿の雑劇『感天動地竇娥冤』（『元曲選』）では、竇娥は処刑に臨んで、もし刑が執行された後に血が白絹に飛び、六月に雪が降り、日照りが三年続くならば、彼女の冤罪の証明だと天に誓って死ぬ。果たして竇娥の受刑後、天候の異常が生じるが、竇娥はすでに刑死しており、復活することはない。これが明・葉憲祖の伝奇『金鎖記』（『曲海総目提要』巻十八）に至ると、竇娥の処刑以前に雪が降り出したため、提刑官が彼女の冤罪を悟って処刑を中止し、後に父によってその冤罪が雪がれ、父と娘は団円するというストーリーに改める。そして現代の河北梆子『六月雪』もこの改作のストーリーを踏襲している。また明・王玉峰の伝奇『焚香記』は宋元戯文『王魁負桂英』を改めており、王魁が状元に及第して後、金員外が彼の家信を改竄したため、桂英は王魁が丞相韓琦の婿となったと誤解して自害し、その亡霊が海神に王魁の審判を求めて彼の冤罪が証明され、青牛道人が二人を復活させて、夫妻は団円すると結ぶ。(54)ハッピーエンドは幻想性が強いが、これらの作品から我々は庶民の吉祥を喜ぶ感情を汲み取ることができるのである。包公の死者復活の神通力はこうした庶民感情を代表していると言えよう。

注

（1）漢・劉歆『西京雑記』（『太平広記』巻二百二十九、器玩「吉光裘」）。
（2）同前「漢宣帝」。
（3）唐・段成式『酉陽雑俎』（『太平広記』巻四百四、雑宝「玉上清珠」）。
（4）漢・東方朔『十洲記』（『太平広記』巻四百十四、草木「五名香」）。
（5）E.Schafer, The Golden Peaches of samarkand（U.California Press, 1963）〔呉玉貴訳『唐代的外来文明』（一九九五、中国社会科学出版社）〕参照。なお南方熊楠「一寸法師と打出の小槌」（南方熊楠全集四、一九七二、平凡社）は、日本の『御伽草子』「一寸法師」の打出の小槌説話が、唐・段成式『酉陽雑俎』続集巻一の金錐子の話や、インドの伝奇集『起尸鬼二十五譚』に出ていると指摘する。丸山顕徳「昔話における呪物・呪宝―打出の小槌を通して―」（『昔話―研究と資料―第二十五号「昔話と呪物・呪宝」』、一九九七、三弥井書店）参照。

（6）王重民等編『敦煌変文集』（一九五六）巻八。

（7）同書巻二。

（8）唐・張読『宣室志』（『太平広記』巻四百四、雑宝「火玉」）。

（9）同前（『太平広記』巻四百三、雑宝「玉清三宝」）。胡人に宝物を見る目があることは、石田幹之助『長安の春』（一九三二）、澤田瑞穂『異人異宝譚私鈔』（一九八〇、文学研究科紀要第二十六輯）、程薔『中国識宝伝説研究』（一九八六、上海文芸出版社）参照。

（10）唐・蘇鶚『杜陽雑編』（『太平広記』巻四百四、雑宝「粛宗朝八宝」）。

（11）河北・四股弦『九華山』（張克温口述、『河北戯曲伝統劇本彙編』、一九六〇）、山東・柳琴戯『珍珠汗衫』（解桂堂口述・何麗校訂、『山東地方戯曲伝統劇目匯編』、一九八七）。

（12）『天縁記』（『曲海総目提要』巻四十）。

（13）山西・上党落子『九華山』（『山西地方戯曲匯編』、一九八一）。

（14）『釣金亀』全串貫（蒙古車王府藏曲本）。

（15）四川胡琴『釣金亀』（四川省劇院所蔵南種川劇団口述本底本校勘、『川劇伝統劇本匯編』、一九六三）。

（16）一名『天仙記』（『曲海総目提要』巻二十五）。

（17）『琴操』「信立怨歌」。『韓非子』『後漢書』には記載しない。

（18）注（10）「粛宗朝八宝」。

（19）唐・張説『梁四公記』（『太平広記』巻四百十八、龍、震沢洞）。

（20）明・鄭国軒『白蛇記』（『曲海総目提要』巻五）。

（21）『曲海総目提要』巻二十七。

(22)『山西地方戯曲資料』(一九五九)収。
(23)陳忠桃発掘・黄槎客校勘。『広西戯曲伝統劇目彙編』(一九六〇)収。
(24)首都図書館蔵本が一九九一年に北京古籍出版社から刊行され、日本でも早稲田大学等の図書館に蔵される。
(25)王広元口述本。『安徽省伝統劇目彙編』(一九五八)収。
(26)張継愛口述・張彭校訂。『山東地方戯曲伝統劇目匯編』(一九八七)収。
(27)『山東地方戯曲伝統劇目彙編』(一九八七)収。
(28)四川省川劇院所蔵本校勘。『川劇伝統劇目匯編』(一九五九)収。
(29)牧野巽『支那家族研究』(一九四四、生活社)八「漢代における復讐」、二「復讐に対する法律的禁止と社会的賞賛」参照。後、『牧野巽著作集』(一九八〇、お茶の水書房)第二巻収。
(30)沈璟の作品に対する評価は低く、張庚・郭漢城主編『中国戯曲通史』(一九九二、中国戯劇出版社)には、「沈璟の作品は絶大部分が芸術性に欠ける」「圧迫された人民群衆の武装を精神上で解除するため、封建秩序を維持し、封建統治を鞏固にしている」と酷評している。
(31)張庚等主編『中国戯曲通史』(一九九二、中国戯劇出版社)には、「袁文正の還魂と五覇諸侯の加封は人民の善良な願望の実現であった」と説明している。
(32)周育徳校点『古柏堂戯曲集』(一九八七、上海古籍出版社)収。
(33)王井春口述。『浙江戯曲伝統劇目彙編』(一九六二)収。
(34)張福奎憶述。『伝統劇目匯編』(一九六二、上海文芸出版社)収。
(35)許菊香・屠杏花憶述。『伝統劇目匯編』収。
(36)別名『章文選』。王兆乾輯校『安徽貴池儺戯劇本選』(一九九五、施合鄭基金会)収。『中国戯曲志』安徽巻(一九九三、中国ISBN中心)。
(37)『福建戯曲伝統劇目索引』三輯(福建省文化局編印、一九五八)収。

(38)『中国戯曲志』安徽巻。
(39)『中国戯曲志』山東巻(一九九四、中国ISBN中心)。
(40)ペリオ二一九三。王重民等編『敦煌変文集』巻六。
(41)「過長坑大蛇嶺処第六」では、「法師当把金鐶杖指天宮、大叫、『天王救難。』忽然杖上起五里毫光、射破長坑、須臾便過。」(法師はすぐに金鐶杖で天宮を指し、「天王救いたまえ」と大声で叫ぶと、忽ち杖に五里の毫光が起こって長坑を射破り、すぐにそこを通過できた)という。
(42)「入九龍池処」第七では、「被猴行者隠形帽化作遮天陣、鉢盂盛却万里之水、金鐶錫杖化作一條鉄龍、无日无夜、二辺相闘。」(猴行者は隠形帽を遮天陣と化し、鉢盂に万里の水を湛え、金鐶錫杖を一匹の鉄龍と化して、日夜通して戦った)という。
(43)照妖鏡については、聶世美『菱花照影―中国的鏡文化』(一九九四、上海古籍出版社)三「古代銅鏡的用途」3.「駆邪照妖的法宝」参照。
(44)謝藍斎抄本。一九八〇年、上海古籍出版社排印。台湾中央研究院歴史語言研究所傅斯年図書館は四十巻百二十回抄本を所蔵。
(45)『福建戯曲伝統劇目選集』(一九六二)収。
(46)林県大衆劇団述抄。『河南地方戯曲彙編』(一九六二)収。
(47)張玉河口述・張彭校訂。『山東地方戯曲伝統劇目匯編』(一九八七)収。
(48)馮煥卿・邵干卿口述。『河南伝統劇目匯編』(一九六三)収。
(49)唐仙蝶発掘・王喆校勘。『広西戯曲伝統劇目彙編』(一九六三)収。
(50)『安徽省伝統劇目匯編』(一九五八)収。
(51)白少山発掘・李墨馨校勘。『広西戯曲伝統劇目彙編』(一九六一)収。
(52)倪志海口述・何麗校訂。『山東地方戯曲伝統劇目匯編』(一九八七)収。
(53)明・沈受先『三元記』(巻十八)では、「馮商累積陰功、上感帝心、命文曲星降生為商子。」(馮商は陰功を積んだので上帝の心を感動させ、文曲星に投胎させた)といい、無名氏『三殿元』(巻三十)では、「竇禹鈞積徳累行、五男皆貴。」(竇禹鈞は徳を積み善行を重ねたので、五人の息子が皆出世した）といい、『豊年瑞』（巻四十一）では、「老農時畯、累代積善、天賜双珠、子孫栄顕、夫婦寿登百齢、福禄希有。」（老農の時畯は、代々善行を積んだので、天が双珠を賜い、子孫は出世し、夫婦は百歳も長生きし、福禄は希有である）という。そのほか、同趣旨の慶祝劇に、無名氏『羣星会』（巻三十五）、無名氏『善慶縁』（巻四十一）、無名氏『全家慶』（巻四十六）、清・張大復『天賜貴』（巻四十六）などがある。

（54） 呉書蔭点校本『焚香記』（一九八九、中華書局）がある。

第四節　知謀に富む有能な官——機知人物

一　はじめに

包公は神通力を有するほか、知謀をはたらかして難事件を解決する。知謀とはいわゆる「権道」のことであり、『春秋公羊伝』桓公十一年には「権者反於経、然後有善者也。」（権とはやり方は常道に反するが結果は正しいもの）と言い、『孟子』離婁上には「嫂溺、援之以手、権也。」（嫂が溺れた時に手を差し伸べるのが権だ）と言う。要するに臨機応変に行う現実的な手段である。悪知恵に長けた犯人や権力者の横暴を挫くためには常道では対応しにくく、知謀が不可欠となるのである。実際に宋・鄭克『折獄亀鑑』原二十巻にも「譎賊」（賊を騙す）という現代の探偵小説にも通じる項目を設定している。

古来から詩や小説（語り物）など無名の庶民が創作した民間文学の中で弱者である庶民は冤罪を訴えてきた。漢代の長篇五言叙事詩『焦仲卿妻』[1]は、家長の権力に屈した若夫婦が来世に救いを求めるほかはない現実を描写して、末尾には語り手が「多謝後世人、戒之慎勿忘。」（後の人よくれぐれも、戒めとして忘るまい）という訓戒を垂れており、唐の「敦煌変文」『韓朋賦』[2]に至ると、末尾に「生奪庶人之妻、枉殺賢良、未至三年、宋国滅亡。梁伯父子、配在辺疆。行善獲福、行悪得殃。」（庶民の妻を奪い無実の賢者を殺したため、三年もせずして宋国は滅亡し、宋王に入れ知恵した梁伯父子は辺疆に流された。善を行えば福を得、悪を行えば禍を得るのだ）と述べて、王侯といえども悪を行えば天罰は免れないという庶民の勧善懲悪の論理を展開しており、「包公案」はこうした権力の横暴に抵抗する庶民の語り物文芸の流れを汲んでいる。『韓朋賦』の時代には好色な王侯の犠牲になる庶民を救済する清官は登場せず、鴛鴦に変身した被害者自身が恨みを晴らすしかなかった。清官が登場するには司法制度と科挙制度の整備が必要であったからである。五代後晋和凝・宋和㠓『疑獄集』、宋・鄭克『折獄亀鑑』、南宋・桂万栄『棠陰比事』はそうした時代の到来を物語っており、この時代から清官が悪徳王侯らに苦しめられる庶民を救済する物語も創作が盛んになるのである。

二　知謀者の形象

説話の中では、一般的に知謀をはたらかせる人物は、外貌が冴えないため軽視されがちであるが、内面は賢明で世俗を驚かす力量の持ち主であることが多い。

『晏子春秋』には斉国の宰相晏嬰が楚の国王から辱めに遭って応酬するさまを記しており、唐の敦煌変文『晏子賦』[3]

でも、その容貌を極めて貶めて描写している。

極其醜陋、面目青黒。且脣不附歯、髪不附耳、腰不附踝。既貌観占、不成人也。（極めて醜貌で、顔色は青黒く、唇は歯に付かず、髪は耳に付かず、腰は踝に付かず、外観は人間離れしている。）

この晏子が梁国（『晏子春秋』では楚国）に派遣された際に、梁王は晏子を小門から入れて風刺する。

「卿是何人、従吾狗門而入。」（そなたは何人ぞ、我が犬門より入るとは。）

すると、晏子は即座に応酬して宋王をやりこめる。

「君是狗家、即従狗門而入。」（君が家は犬の家、故に犬門より入りたり。）

説話において主人公となる人物は、異常出生によって最初から超能力を具えていたり、三人兄弟の末っ子であったり、愚か者として蔑まれていたり、五体不自由であったりして、外見からはその聡明さを知り得ないことを特色とする。(4) 清康熙年間の施世綸は五体不具で、「施不全」（十不全）と綽名されながら、江都県知事時代の裁判は『施公案』として小説化されたし、乾隆年間の劉墉はせむしで、「劉羅鍋」と綽名されながら、彼の裁判は『劉公案』として語られ、彼が知謀を働かせる時は曲がった背中を揺するといわれた。彼らは外見とは違って非凡な存在であったと言える。

歴史上の包拯も、常軌を逸した人物のように思われる。『宋史』巻三百十六「包拯伝」によると、彼は並外れた孝子であり、父母が年老いていることを考慮して建昌県に赴任せず、父母が反対したため和州の税官にも赴任しなかった。父母が死亡した時には廬を結んで墓を守った。彼はまた極めて清廉であり、端州知府の時には、上納額の数十倍もの端硯を権力者に贈る悪習を改めたし、転任する際には一個の端硯も持ち出さなかった。また権力者を恐れず、監察御史の時には、節度・宣徽両使を兼任した張貴妃の伯父張堯佐を弾劾した。彼は雄弁であり、契丹（西遼）に派遣された時には、契丹に対して通用門を開くことが侵攻を誘発させることに繋がらないと一蹴した。またよく庶民の利益を考慮し、三司戸部副使の時には、庶民を苦しめる秦隴斜谷務の造船用材木の徴収や、七州の河橋用竹索の徴収をやめさせた。天章閣待制・知諫院に昇進すると、権倖を受けた大臣を批判し、一切の内除・曲恩を取りやめるよう仁宗に請願し、仁宗に聴納を明らかにし、朋党を弁じ、人材を惜しみ、先入観にとらわれないなどの七項目を上奏し、刻薄を去り、僥倖を抑え、刑罰を明らかにし、興作を戒め、妖妄を禁じるよう請願して、その多くが実行された。包拯は朝廷に立って剛毅であり、貴戚・宦官は手を竦めるほか無く、その名を聞く者はみな彼を憚った。人々は包拯の笑顔の少なさを黄河の清澄に喩えた。童稚・婦女さえその名を知り、「包待制」と呼んだ。都開封では、「袖の下の利かぬは、閻魔の包様」という諺さえできた。旧習では、すべて訴訟者は直接法廷に入れなかったが、包拯は正門を開いて面前で曲直を述べさせたので、吏も彼を欺くことはできなかった。宦官・勢族が庭園を築いて恵民河が流れず都が洪水に襲われた時には、包拯はそれらの庭園をすべて破壊した。彼は人に迎合せず、知人・親戚との私信の往復もしなかった。そのためか彼には文集が存在しない。高官に昇進しても衣食は質素であり、「官位に就いた子孫で収賄した者は一族の墓に埋葬しない」という家訓を遺した。

　こうした包拯の実像は後の包公像を形成するに十分な材料であり、多くの伝奇性に富む話が創作されていった。明成化刊説唱詞話に至ると、包公の生い立ちが語られ、『包待制出身伝』は包公の幼時から説き始めて、包公が富農包十万の三男坊として生まれたとする。勿論歴史上の包拯の父包令儀は進士に及第して虞部員外郎等の散官に就任しており、農民ではない。[5] また「説唱詞話」においては、包公の容貌は醜悪で、「八分像鬼二分人、面生三拳三角眼。」（八分は鬼のよう二分が人、顔には三つ拳眼は三角）という恐ろしい形相をしていたので父親に捨てられる。しかしこれは実は奇人の相であり、大嫂（長男の嫁）は、「三叔雖然生得醜、一双眉眼怪双輪。頭髪粗濃如雲黒、両耳垂肩歯似銀。鼻直口方天倉満、面有安邦定国紋。」（三弟素顔は醜いが、二つのお目目は車輪のよう。髪は真っ黒雲みたい、耳は肩まで歯は銀ピカ。鼻筋通り口四角額は豊満、顔には治国の紋が有る）と認めて養育する。しかし十歳で父親に南荘での牧牛を命じられ、五年後の正月帰宅するがまたも南荘の耕作を命じられるという受難の日々を送り、太白星が神を派遣して代わりに耕作させ、包公に「文曲星」の転生であることを知らせる。また『仁宗認母伝』では、仁宗の実の母親李宸妃が包公の耳の後ろに「繫馬椿」（突起）があると言って探る場面がある。このように明代の語り物においては、包公を農民の息子でしかも三男坊の冷や飯食い、人相も人間離れしているとし、かなり異色の人物像を創造した。

かくて現代地方劇においても、そうした明説唱詞話の包公像を継承して、以下のように包公の異常出生を伝えた。

○黒面白眉の醜貌で生まれたので、母親が漚麻坑（麻の皮を浸す池）に捨てようとした。（山東梆子『跪韓鋪』）

○呂〔盧〕州府玄陽県〔?〕の出身で、長兄は文挙、次兄は文平。青面白眉の面相で生まれたので、父母が裏庭の麻を浸す坑に捨てたが、嫂馬秀英が泣き声を聞きつけて、甥包勉と一緒に育てた。（山東・両夾弦『断双釘』）

○黒頭・黒面・黒眉で生まれたため、母親が山に捨てたが、虎に養われ、嫂が鳳凰橋で洗濯をしていた時に泣き声を聞きつけて救出した。（安徽・泗州戯『大鰲山』）

○醜貌のため、母親が妖怪だと思って庭の池に捨てるが、蓮の葉に支えられて助かった。（山東・柳琴戯『釣金亀』）

○文曲星の転生で、子の刻に生まれ、黒頭・黒面・黒眉であったため、母親が妖怪だと思って蓮池に捨てたが、蓮の葉に支えられて助かり、嫂王素珍が娘哎姐と一緒に育てた。（安徽・泗州戯『小鰲山』）

○生まれた時が真夜中だったため、父母が妖怪と間違えて、二兄に花園の魚池に捨てさせたが、幸い蓮の葉に摑まって助かり、土地神の韓文公が声を嫂何鸞英の元へ届けて救出させ、同時に生まれた甥包勉と一緒に育てられた。

（安徽・泗州戯『断双釘』）

○出生時に母親が醜貌を嫌って蓮池に捨てたが、嫂に救われて十二三歳で科挙に合格して定遠県に赴任し、七十二の案件を裁いた。（安徽・花鼓戯『売花記』）

○醜貌のため老母が侍女に命じて池に落としたが、天神が嫂に救出させて学問をさせ、十三歳で科挙に及第して、定遠県官から開封府の四品黄堂に昇進し、陳州の飢饉を救済に出かけた際に羅家山で宝物を得て陰陽を断じるようになった。（安徽・黄梅戯『売花記』）

○状元に及第したが、形相が醜悪のため、三宮妃が取り消した。（河南・豫劇『下陳州』）

○李妃は包公に金盆で顔を洗わせ、紅綾で顔を隠させた。（河南・豫劇『鍘郭槐』）

○その醜貌は、斉の管仲や魯の孔子に似ていた。（河南・四平調『小包公』）

○二十か月で生まれたため、父が養魚池に捨てたが、嫂呉千金に救われて、包勉と一緒に育てられ、十二歳で天子に認められて定遠県に赴任した。（山東・柳琴戯『四宝山』）

などである。

三　包公の知謀

「包公案」の最初の記録は、『宋史』巻三百十六「包拯伝」に見えている。包拯が天長県知事の時、牛の舌が切り取られるという事件が発生し、包拯はわざと持ち主に牛を殺させて犯人を誘い出し、密告に来た者を犯人として捕らえる。この記事はすでに伝説的性格を帯びている。

元雑劇「包公案」には、『包待制智斬魯斎郎』（関漢卿）、『包龍図智勘後庭花』（鄭廷玉）、『包待制智賺生金閣』（武漢臣）、『包待制智勘灰欄記』（李潜夫）、『包龍図智賺合同文字』（作者不詳）（以上、明・臧晋叔編『元曲選』収）、『包待制智賺三件宝』（佚、『録鬼簿続編』著録）などの作品があり、包公が知謀をもって事件を審判する話が多いことは、その題名から見ても明白である。

『包待制智斬魯斎郎』では、包公は、許州の銀匠李四の妻を強奪したのち鄭州孔目張珪の妻を強奪して李四の妻を張珪に与えた「権豪勢要」魯斎郎を「魚斉即」と改名して斬首する。

『包龍図智勘後庭花』では、天子から廉訪使趙忠に下賜された女性王翠鸞が、趙忠の妻張氏と家僕王慶の迫害から逃れて旅館に泊まり、旅館の主人に殺害される。包公は被害者が唱ったという「後庭花」詞の中の「不見天辺雁、相侵井底蛙」（大空の雁を見ず、井の中の蛙を侵す）という句から、被害者が井戸の中に沈められていることを推察し、さらに被害者が書生劉天義に贈った桃符「長命富貴」と対になる符があると推理し、「宜入新年」符を旅館の門口で発見して、主人が犯人である動かぬ証拠とする。

『包待制智賺生金閣』では、悪夢を見た蒲州河中府の農民郭二の息子郭成が、百日血光の災があるという占い師の言を信じ、妻李幼奴を同伴して科挙受験に上京するが、途中で衙内龐勣に家宝「生金閣」を献上して官職を得ようと妄想したため、龐勣に殺害される。包公は夜間に郭成の霊魂を審問して事情を知り、龐勣を招待して家族として交際しようと騙し、自分も「生金塔」を持っていると欺いて郭成の「生金閣」を奪還した上、龐勣を処刑する。

『包待制智勘灰欄記』では、鄭州の員外馬均卿の正妻が趙令史と姦通して馬員外を毒殺し、妾張海棠に馬員外殺害の罪をなすりつけた上に、遺産を占有しようとして証人を買収し、海棠の子供を正妻の子供だと偽証させるが、包公は一計を案じ、法廷に石灰で円を描かせて、二婦に子供を双方から引かせ、不憫に思って子供の手を引っ張らない海棠を真の母親だと審判する。正妻と趙令史は剮刑、無能な鄭州太守は革職、買収された証人や護送役人は流刑に処する。

『包龍図智賺合同文字』では、汴梁が飢饉のため潞州に出稼ぎに出て病死した劉天瑞夫妻の遺児安住が、成長して養父張秉彝から事情を聞いて帰郷するが、伯母楊氏が父と伯父劉天祥が交わした財産は二分しないとする「合同文字」（確約書）を安住から奪って安住を甥と認めない。包公は一計を案じて、甥安住に伯父天祥を打たせ、打てないのを確認して実の伯父と推察すると、安住が獄中で死んだと楊氏を騙して、家族であれば命を償わなくて良いが、他人であれば命を償わなければならないと脅すと、楊氏は仕方なく「合同文字」を取り出して安住が実の甥だと認める。包公はかくて楊氏に贖銅千斤の罪を科す。

『包待制陳州糶米』（作者不詳）では、陳州の飢饉救済に派遣された劉衙内の息子小衙内劉得中と女婿楊金吾が不法な賑給を行い、庶民張懺古を殺害する。包公は老人に変装して、途中で娼婦王粉蓮と遇い、得中が遊興の代金のかたに「紫金錘」を預けたことを聞き出す。包公は粉蓮に厄払いをしたいと言って紫金錘を自分の目で確かめ、「先斬後奏」の特権を揮えない得中と金吾を処刑する。そこに「生者は赦し、死者は赦さず」という詔勅が到着するが、すでに処刑は終わっていたため、張懺古の復讐は果たされる。

『包待制三勘蝴蝶夢』（関漢卿）では、王氏兄弟が、無辜の父を殺害した「権豪勢要」葛彪を打ち殺したため、命を償わなければならなくなる。包公は大蝴蝶が三匹の小蝴蝶のうち一匹を救わない夢を見て、母親が後妻ながら実子を犠牲にしていることを知り、事態を打開するために一計を案じ、死刑囚である馬泥棒の趙頑驢を代わりに処刑する。

＊

明成化年間刊説唱詞話の「包公案」には、『新刊全相説唱包待制出身伝』『新刊全相説唱包龍図陳州糶米記』『新刊

全相説唱足本仁宗認母伝』『新編説唱包龍図公案断歪烏盆伝』『新刊説唱包龍図断曹国舅公案伝』『新刊全相説唱張文貴伝』『新編説唱包龍図断白虎精伝』『全相説唱師官受妻劉都賽上元十五夜看灯伝』（後編『全相説唱包龍図断趙皇親孫文儀公案伝』）の八種があり、包公の知謀をクローズ・アップして描写する作品が多い。

『陳州糶米記』は、元雑劇『包待制陳州糶米』に基づく語り物であるが、包公の知謀を一層誇張して描いている。包公は陳州に出発する前に、正宮曹后の服飾を借りて東岳廟へ願解きに出かける西宮張妃の非法を責め、「だから雨旱が不調で、家国が不正なのです。陛下は家を正さず、張妃は不当に上を犯した罪で黄金千両の罰金、曹后は威厳を損なった罪で黄金百両の罰金」と裁決し、その罰金を救済資金に充てるという能吏ぶりを発揮する。

『仁宗認母伝』は、元雑劇『仁宗認母』（汪元亨、『録鬼簿続編』著録）に基づく語り物である。包公は仁宗に真の母親は劉后ではないと上奏し、怒って包公を処刑せよと命じる仁宗に対して、自分が処刑されたら仁宗を「五逆」（君・父・母・祖父・祖母を弑する）の罪状で玉皇大帝に訴えて命を奪うと迫り、恐れた仁宗が真相の調査を命じる。包公は天地に祈って強風を起こし、この世に地獄を演出して郭槐を裁く。その場面で、天子は閻羅王に扮し、包公は判官に扮して劉后と郭槐の寿命を審判し、郭槐にはまだ六年寿命があると告げて油断させ、巧妙に自供を誘う。

『歪烏盆伝』は、元雑劇『玎玎璫璫盆児鬼』（作者不詳）に基づく語り物である。科挙子楊宗富が耿兄弟に殺害されて、窯で焼かれて歪んだ烏盆に変化する。包公は一計を案じて、三十戸の窯戸に烏盆一個を献上させ、歪んだ烏盆を別の烏盆に換えて、各戸に一旦自分の烏盆を持ち帰らせ、耿兄弟の父だけが後に残ると、耿兄弟に褒美を与えると欺いて、誘い出して逮捕する。そして拷問を加えても自白しないため、胥吏潘成を楊宗富の亡霊に扮装させて脅し、犯行を供述させる。しかし耿兄弟が法廷でまたも供述を翻したため、包公は再び潘成に亡霊の役を演じさせて脅し、だめ押しをする。

『曹国舅公案伝』では、科挙子袁文正が曹二国舅に殺されて井戸に埋められ、妻張氏を奪われる。亡霊の訴えによって事件を知った包公は、一計を案じて、裏庭の井戸に黄金千両が埋められていると欺いて、胥吏王興・李吉に井戸を浚えさせ、袁と小児の死体を発見する。また張氏の訴えを聴いて、曹二国舅を捕らえる術策を考え、蓮の葉を煮た湯で洗面し、顔色を黄色くして「骨風」を装い、包公の重病を信じた曹大国舅が開封府に偵察に来たところを捕らえる。さらに曹母の親筆をまねて鄭州に曹母の急病を報じ、上京した曹二国舅を開封府へ招いて捕らえる。曹母は開封府へ駆けつけるが、包公は曹母を「老業畜」（老いぼれ畜生）と罵り、曹母が一品の官誥を持参して二人の息子の釈放を命じると、その官誥を焼き捨てて、勝手に官誥を外に持ち出した罪を責める。曹母はまた曹皇后に救いを求めるが、包公は曹皇后の前で国舅二人を棒打し、曹皇后が勝手に宮殿を抜け出せば冷宮に監禁されると叱咤する。曹母はまた仁宗に哀願し、仁宗は包公の保官（保証人）を開封府へ派遣するが、包公は斬諸侯剣・御書・金牌を取り出して保官らを追放する。それでも曹母が諦めないので、仁宗が自ら開封府へ赴くと、包公は仁宗がゆえなく宮中を出た罪として、銭三万貫・金銀百両を罰金として徴収し、三軍に贈与する。曹母はさらに仁宗に大赦を要請するが、包公は皇親だけを赦免できないとして、詔勅を破って曹二国舅を処刑し、仁宗が全国に大赦の詔勅を下して初めて大国舅を赦免する。この作品には知謀を用いて徹底的に権門の悪と戦う逞しい清官包公のすがたが描かれている。

『張文貴伝』では、旅館の主人楊二が宝物によって皇太后の病気を治療して高官を得る。これに疑問を懐いた包公は、楊二の人相を見て保官となることを拒み、その後、殺害された主人張文貴を背に乗せて開封府に闖入した馬の表情を見て訴えごとがあるとさとり、死者を復活させて証言を得るため、夫人に謀って仮病を装い、皇太后から楊二の宝物を借りようとする。しかし皇太后は包公が楊二の保官とならなかったのを恨んで宝物を貸さず、仁宗が代わりに医官を派遣すると、包公は白羅で腕を縛って脈を止め、医官に格子窓の外から脈を取らせて臨終を装い、騙された仁宗が皇太后から宝物を借り出すと、包公は宝物で張文貴を復活させた後、病気快復の願解きをすると偽り、楊二を開封府に招待して捕らえる。

＊

明・馮夢龍編『警世通言』（天啓四年〔一六二四〕序・金陵兼善堂刊）巻十三「三現身包龍図断冤」は、養子と妻が姦通して夫を投身自殺に見せかけて殺害する事件を主題とし、奉符県知事に就任した包公が、夢に「要知三更事、掇開火下水」（三更の事を知りたければ、火の下の水を引き開けよ）の隠語を得て懸賞金を出すと、被害者孫押司の女婿王興が出頭したため、竈の下の井戸の中から死体を発見するというもので、包公は隠語を解明する知恵者として描かれている。ちなみに唐・李公佐『謝小娥伝』では、父と夫の亡霊が殺人犯を「車中猴、門東草」「禾中走、一日夫」（申蘭・申春）という隠語で暗示しており、包公案の前身と言える。(6)

＊

こうした包公の知謀描写は現代地方劇に伝承され、以下のような作品を生みだした。

○河南・豫劇『下陳州』は、元曲『陳州糶米』を継承して、包公が無辜の農民張老漢を殺害した四国舅を「活きる者は罪を免れ、死にし者は究めず」という詔勅が下る前に処刑し、四国舅を訴えて投獄された娘桂英を放免する。

○河北・四股弦『天子禄』、山東梆子『天賜鹿』、山西・蒲州梆子『薬酒計』では、包公は、太師杜文煥に王子である夫趙子丹を毒殺され、王孫を奪われて気が狂った王女に同調してその子を装い、事件の委細を聞き出して、共謀者である宦官郭嵩を捕らえ、郭千歳と呼んでその縄を解き、現職を罷免されたと騙して杜氏父娘の犯行を証言させる。また楊文広との不仲を装って杜に接近し、楊の毒殺に協力すると見せて、隙を見て杜に毒酒を勧める。

○河北・四股弦『打鑾駕』では、包公は外戚の不正放粮を糾すために陳州派遣を命じられるが、都御史・尚書の官位でも低いと言って抵抗し、怒った仁宗が龍頭杖で打つと、すかさず杖を摑んで謝恩し、龍頭閣（龍図閣をもじった表現）首相を授かる。（山東梆子『老包封相』では、龍図閣大学士・托龍骨首相とする。）

○山西・蒲州梆子『瑞羅帳』では、包公は陳文古の犯行を調査するため、道士に変装して陳家に入り、寝具が災禍を起こすと欺いて陳一族の顔に円印をつけ、鎮宅の霊符を貼ると偽って陳家に都察院の封印をした後、円印をつけた人物を処罰する。

○山西・上党落子『司馬荘』、山西・上党梆子『明公断』では、嫌がる夫人に金頭面・銀頭面・珍珠瑪瑙繋汗衫を贈るとあやして葬儀を演じさせ、開封府尹を譲渡すると遺言して、司馬召夫妻を迫害した趙王をおびき出して捕らえる。

○湖北越調『双鳳山』では、書生を殺して宝物を奪い「進宝状元」になった旅館の主人楊招を開封府に招いて、三つの事件について意見を求め、まず荷車押しが犬を追う者と衝突した事件について、荷車押しを処罰すべきだと言う楊招に対して、「好い犬は道を遮らない」ので犬を追う者を処罰したと答え、第二に瓜を植える者と瓜を盗む者について、瓜を盗む者を処罰すべきだと言う楊招に対して、「根が牢固でない」ので瓜を植える者を処罰したと答えて楊招を皮肉り、最後に旅館の主人楊青の証言をもとに楊招を鉄鍘で処刑する。(7)

○河南・四平調『小包公』では、病気で科挙受験に遅れた小包公は、通りに横たわって王丞相の通過を待つ。王丞相は小包公の奇相を見て宋王に引見する。

そのほか、宝物があると騙して部下を井戸に下ろして被害者の死体を捜させたり、(8)犯人の妻を騙して証言させたり、(9)妓女を被害者肖玉英の亡霊に扮装させて和尚孫明秀を脅し、肖玉英殺害を自供させたり、(10)冥界裁判を設定して、仁宗は閻君、自らは判官、張龍・趙虎は小鬼に扮装させて、宦官郭槐に表妹劉妃と謀って皮を剝いだ猫と太子をすり替えた罪を自供させたり[11]、夫人李氏の智慧を借りて病死を装い、皇太后から白玉帯を借りて、楊小二に殺された書生劉文英を復活させたり[12]、自供したら帰宅を許すと言って宝珠を騙し、母馬氏と共謀して誤って父を殺して定申を誣告したことを自供させたりと[13]、包公はその知謀を縦横に駆使している。

＊

また包公が首を賭けて犯人と対決することも、相手を脅す知謀の一種であり、ストーリーに緊張感を与えている。「打賭」（賭をする）は民間の習俗である[14]。

○河南・豫劇『下陳州』では、証人張桂英を捜し出すために四国舅曹虎と首を賭ける。

○山東・東路梆子『鍘美案』、安徽・泗州戯『琵琶詞』では、陳世美の左眉が高く右眉が低いのを見て、妻子が百日以内に上京すると言って首を賭ける。

○山西・上党落子『九華山』、河北・四股弦『九華山』では、冥界で王桂英を捜す包公が閻羅と命を賭け、桂英が見つからなければ包公が九層の刀門をくぐり、桂英が見つかれば閻羅が銅鍘で処刑されると誓う。

○河北・四股弦『天子禄』、河南・豫劇『天子籙』では、三日以内に太師杜文煥を捕らえなければ逆立ちをすると楊文広と賭をする。

○湖北越調『双鳳山』、山東・柳琴戯『二龍山』では、百日以内に楊招を訴える者が無ければ南衙の職掌を譲ると言って楊招と賭をする。

○江蘇・揚劇『包公告状』、山東・柳琴戯『鉄板橋』では、曹母の贈った底無し轎に乗って曹大本と遇い、逃げる曹大本の行く手を遮って、一月以内に曹家の犯罪を証明することを宣告し、掌を撃って曹大本と賭をする。

○山東・柳琴戯『大鰲山』では、陳州へ放糧に出る包公と大鰲山の監視をする曹五能が悪事を犯せば処刑だと互いに賭をする。

○安徽・廬劇『拿虎』で、包公が捕吏裕徳山に対して、三日以内に虎を捕らえられなければ棺を準備しておけと宣告することも、同じ趣向である。

四　登場人物の知謀

地方劇「包公案」では、包公だけが知謀を用いるのではなく、登場する人物の一人一人に知性を持たせている。

○河北梆子『秦香蓮』では、駙馬府の門衛が陳士美に面会を拒絶された秦香蓮に同情し、その羅裙の一部を裂いて、香蓮がむりやり邸内に闖入したかに見せて士美と引きあわせる。

○河南・豫劇『鍘趙王』では、織物職人司馬家の執事張保が、司馬家の嬰児が「堂鼓疾」だと言って開封府の門衛を欺き、堂鼓を打って法廷に入る。

○山東・柳琴戯『鉄板橋』では、警邏張青が拍子木と銅鑼を木に吊して風で鳴るようにし、韓芙蓉が城外に逃げるのを手伝う。

○湖北越調『双鳳山』では、山賊梅秀英が、兄に殺されようとする書生張文貴を好きになり、張に一招（結婚）か一刀（斬殺）かを選ばせ、一招を選んだ張と結婚する。

○安徽・泗州戯『断双釘』では、張義の母康素真が城隍廟に泊まる包公を訪ね、包公が赴任するまで庶民に参詣を禁じたにも拘わらず、もし包公の赴任が遅れればいつまでも参詣ができないではないかと反論して強引に城隍廟に入り、包公に会って息子の祥符県官張選が弟を殺したと訴える。

官吏の中にも、秦香蓮を田舎の婦人に扮装させて陳士美の前で世美の不義を責めさせる丞相王延齢や[15]、包公とともに官職を解かれたと偽り、陳州の飢饉救済の不正査察を恐れる四国舅を油断させて入城する武官楊秉栄がいる[16]。

五　結び

民間ではどの地域にも「機知人物故事」が流行しており、包公はその中の一人だと言ってよい[17]。楽府「陌上桑」では、城南で桑の葉を採取する秦羅敷が、自分に言い寄る趙王に対して夫の自慢をしてその邪心を挫いた[18]。敦煌変文『韓朋賦』では、韓朋の妻は夫の墓に飛び込もうと考え、予め衣服を酢に浸して腐らせ、宋王の部下が引っ張ると衣服が破れて妻は墓に陥落した。

包公説話は、こうした知謀を用いて難問に挑戦する民衆を主人公とする語り物の伝統を継承しており、包公をはじめとする登場人物に知性と勇気に富む性格を授けて聴衆を魅了している。それが包公説話が流行する一因になっていると言えよう。

注

（1）『楽府詩集』巻七十三「雑曲歌辞」。漢末建安年間（一九六～二一九）に廬江府の小吏焦仲卿の妻劉氏が姑の意に添わず離縁され、さらに実家に帰って母と兄に再婚を迫られたため入水自殺し、小吏もまた妻の後を追って樹に首を吊って死んだため、二人は華山に合葬されて、その霊魂は鴛鴦に変化するという悲劇的な物語である。

（2）『敦煌変文集』巻二収。宋王に夫韓朋との仲を裂かれた妻貞夫が死後鴛鴦に変身してその羽毛で宋王の首を落として復讐する話。

（3）『敦煌変文集』巻三収。

（4）日本民話の会編『ガイドブック世界の民話』（一九八八、講談社）第一章「昔語りのすがた」参照。

（5）屈春山・李良学『包公正伝』（一九八七、中州古籍出版社）二頁参照。

（6）辛島驍「中国犯罪小説の一面」（一九五八、全訳中国文学大系第一集第十四巻『醒世恒言』五所載、東洋文化協会）参照。

（7）同類の描写は、山東・柳琴戯『二龍山』『四宝山』『五張幡』、江蘇・揚劇『包公告状』、安徽・泗州戯『断双釘』、花鼓戯『売花記』、湖北越調『四件宝』に見られる。「包公案」では、こうした特権階級を開封府へ招待して捕らえる話が多い。河北梆子『秦香蓮』では、包公は太監韓琪が馬賊に殺されたと陳士美に伝えて陳を開封府へ召喚する。山東・柳琴戯『大鰲山』では、包公は陳州で美女を手に入れたと誘い水を向けて、曹五能に強奪した羅鳳英を奥から出させる。安徽・黄梅戯『水湧登州』では、包公は駙馬劉英を宴会に招待して水酒を飲ませ、洪水で救われた恩人を裏切ったことを責める。安徽・皖南花鼓戯『平頂山』では、太師王都を宴会に招待し、董氏と兪秀英の訴えを故意に退けて、王都が裁判すると言い出すのを待つ。

（8）山東・柳琴戯『二龍山』、安徽・泗州戯『井泉記』、山東・柳琴戯『鉄板橋』、江蘇・揚劇『包公告状』、湖北越調『四件宝』、湖北・東路花鼓『売花記』。

（9）山東梆子『小祭椿』、安徽・黄梅戯『血掌記』。

（10）安徽・黄梅戯『白布記』、湖北・東路花鼓『白布記』。

（11）江西・青陽腔『瓦盆記』。

（12）安徽・廬劇『白玉帯』。

（13）浙江・婺劇『節義賢』。

（14）劉黎明『契約・神裁・打賭—中国民間習慣法習俗』（一九九三、四川人民出版社）参照。

（15）河北梆子『秦香蓮』、山東・柳琴戯『鍘美案』。

（16）山東梆子『下陳州』。

（17）姜彬主編『中国民間文学大辞典』（一九九二、上海文芸出版社）「機知人物故事」には、徐文長、韓老大、老江、羅竹林、猴景、張黒子、鬼見愁など各地の説話を多数掲載している。
（18）一名「艶歌羅敷行」、『楽府詩集』巻二十八「相和歌辞」収。

第五節　共鳴する支援者たち——神・人・動物

一　はじめに

『太平広記』には、狄仁傑が偽装した盗賊を看破したり、鄭子産が悲哀の感情がない慟哭を聴いて未亡人の夫殺害を感知したりする名判官の「精察」説話を載せており、後世の『疑獄集』にも、殺人を焼死に偽装した事件を口中の灰燼の有無で判定する話を載せ、呉沃堯の中国の探偵小説観にも「明察」を挙げて、シャーロック・ホームズの明察に相当するものと評価している。(1)

包公説話にも「精察」「明察」に相当する話が見られる。たとえば『鍘梁友輝』（山東・両夾弦）では、包公は梁貴妃の顔色が変わったのを見て、宋王毒殺の陰謀を企てたのは梁貴妃だと悟り、『烙碗計』（安徽・廬劇）や『節義賢』（浙江・婺劇）では、石臼が子供の動かせるものではないと考えて、定生を誣告する劉自忠の後妻馬氏を処刑するのがそれである。

しかしながら包公説話では、包公一人の明察で事件を解決する話ばかりではなく、被害者や包公を支援する、神や人や動物が登場する話も少なくない。

たとえば元劇『玎玎璫璫盆児鬼』では、主人公楊国用（正末）が占い師の予言を信じて「百日血光之災」を避けるため行商に出た帰途に旅館の主人盆礶趙と妻撇枝秀に殺害され、瓦窰で焼かれて素焼き鉢にされるが、その怨霊が夫婦を悩ませ、窰神（正末）も夫婦に誅罰を加えようとしたため、趙が鉢を開封府の老吏張別古（正末）に贈り、張は鉢の訴えを聴いて開封府に携えて行く。包公（外）はその間の事情を知らず、鉢の霊魂が門神に阻まれて府門をくぐれず事件の供述をしないので、張別古に罰棒を加えて、張別古に「包糊塗」（包の愚か者）と罵られる。この話で事件の解決に関わるのは、最後に登場する包公だけではなく、主人公の怨霊、窰神、老吏である。(2)

関漢卿の雑劇『包待制三勘蝴蝶夢』では、「権豪勢要」葛彪が無辜の王老人を打ち殺し、その息子三兄弟が報復する話が述べられて後、包公（外）が登場して審判に当たり、大蝴蝶が小蝴蝶を蜘蛛の網から救出しない夢を見る。包公は三兄弟がそれぞれ一人で葛彪を殺したと供述したため、長男を投獄すると、母孟氏（正旦）に愚か者だと罵られる。次男を投獄すると、また愚か者だと罵られ、三男が自首をして、孟氏は初めて納得する。包公は三男を継子だと疑うが、三男が実子で二兄が前妻の子だと知って感動し、別の死刑囚を代わりに処刑して母子を救済する。本劇でも最終的に事件を審判するのは包公であるが、それを助けるのは夢を通じた天啓であり、実子を犠牲にする継母の悲哀である。(3)

以上のように包公説話においては、包公は最終的に登場して主人公を救う役割を果たすが、包公の審判を支援する神や人が登場するという構造を持っている。換言すれば、主人公は勧善懲悪を行う天によって庇護され、包公は天意を承けて現実的に主人公を救出する役割を果たしているのであり、大局から見れば包公の裁判は神判だと言っても過言ではない。本節では、包公説話を構成する神と人について分析を加えてみたい。

二　天意の発現

官が冤罪を加えれば、天が警告を与える。

唐・趙璘『因話録』では、妹婿が辺境守備から帰宅した義兄を出迎えるが、手に包丁を持って出たため、誤って義兄を刺し殺してしまう。唐・王智興は妹壻の弁明を信じず、処刑を命じるが、刀が処刑執行者の手から飛び出して地に隠れ、三度換えても同じだったので処刑を中止する。[4]

包公説話でも、林招得の処刑が執行されようとすると、蒼蠅が三度も処刑刀を押さえた上、摧命鼓（処刑執行を告げる太鼓。鼓は「皮」を暗示する）の上に「賛」字を描き、包公が上奏文を起草すると、筆先に止まって字を書かせず、包公が筆を投げると、堂鼓の上に落ちて、「站」（〔zhan〕、賛〔zan〕に音が近い）字を描いて、「皮賛」が犯人だと推測させる。また処刑された死体は倒れず、包公に冤罪であることを示唆する。[5]

天が事件を予告する現象としては、包公が先帝から下賜された「銅鍘」が音を立てて鳴り出したり、[6]串朝馬（あるいは烏椎馬）が、貴人・宝物・血気を感じると動かず、地底まで死体を捜しに行ったり、[7]帥主旗が風もなく揺れたり、[8]宝剣が鞘を出たりする。[9]

天が犯人の名を暗示する例としては、包公が道士を殺した犯人を知るために香紙を焚いて天啓を求めると、紙灰が梁上に飛んだので、「梁有灰」と同音の梁友輝が犯人だと悟る話がある。[10]

血液で血縁であるかどうかを審判する話としては、呉・謝承『会稽先賢伝』に、航海で同行の五六十人とともに死亡した兄の遺骨を確認するため、陳業が天地に祈って血を遺骨に注ぐと、兄の遺骨だけが血を吸ったという。[11]

包公説話でも、陳七の血を姜龍和尚の骨に垂らすと血が骨に染み込んで、陳七が姜龍和尚の転生であることが証明され、[12]趙全瑤と宝石商張華堂の新生児の血液を盆の中に垂らすと、両者の血が散開して血縁のないことが証明される。[13]

愛情が天を感動させて死者を復活させる話としては、唐・釈道世『法苑珠林』で、河間郡の女子が愛人の従軍によって別の男に嫁ぐことになって病死するが、兵役を終えて帰還した男子が棺を開くと女子が復活したため、官は愛情が天地を感動させたとして女子を男子に嫁がせる。[14]魏・何晏『九江記』では、孝行な臨江郡民が洪水に遭って母を背負って泣いていると、大亀が現れて母子を救う。[15]

包公説話では、元の雑劇『王月英元夜留鞋記』が同様の話であり、明の小説『百家公案』第六十二回「汴京判就臙脂記」、明・童養中の伝奇『胭脂記』（文林閣）、福建・莆仙戯『郭華』に継承される。[16]

夢の知らせも重要である。『越絶書』では、呉王夫差が三匹の犬が南北で吠え、甑《こしき》に蒸気がない悪夢を見て、国が滅びる凶兆だと指摘した公孫聖を誅殺するが、果たして呉は越に滅ぼされる。[17]『前涼録』では、王穆が長史郭瑀の諫言を容れず征戦すると、青龍が天に上り屋根に止まる夢を見て、屋は尸至ると解釈して死を悟る。[18]

包公説話でも、山東・両夾弦『陰陽報』で、包公は夢に冥界に遊んで、江に龍が出現するのを見て夢が醒め、旅館の帳簿を調べて姜龍和尚（江と姜は同音）の名を発見する。河北・評劇『包公三勘蝴蝶夢』では、大蝴蝶が二匹の小蝴蝶を救って一匹の小蝴蝶を救わない夢を見て事件を調査する。河南・豫劇『天仙籙』では、大雨の中で仙桃を食べようとするが食欲がなく山に押しつぶされ、長王趙子丹が毒殺されて救いを求めている夢を見るなど、暗示的あるいは直接的に事件を知らせる夢が記される。

神判も大きな要素である。『列女伝』では、漢の李叔卿が孝廉に推挙されるのを妬む者が李は妹を娶ったと讒言したため、兄妹が自害すると、讒言した者に霹靂が落ちる。[19]『録異記』では、唐開元年間（七一三～七四一）に漳・泉二州が境界を争い、州官が天地山川に祈ると、霹靂が落ちて境界を示す。[20]包公説話では、安徽・泗州戯『小欺天』で、包公が不孝な党金龍と孝行な盧文進を順次鍘にかけると、党が鍘で斬られ、盧には鍘が下りない。

三　神　祇

天意はしばしば神格化して発現する。以下に包公説話に出現する神祇について、その役割を考察してみたい。

○天帝―冥界にあって鬼神の最上位にあるのは天帝である。天帝は古来、多くの説話の中で「上帝」「玉皇」「天帝」などの名で出現して、村人の熱病を治したり、[21]冤罪で処刑された死者の訴えを聴いて復讐を許したり、[22]冥界の総帥として鬼神を取り締まったり、[23]父母を亡くした仙女を下界に降嫁させたりした。[24]包公説話では、江西・青陽腔『瓦盆記』で、「玉帝」として現れ、長眉大仙を仁宗として下界に降誕させ、文臣として包公、武臣として狄青を授けて下界の平和を支持する。山東梆子『牡丹亭』では、「上神爺」として現れ、牡丹亭で病死した劉玉花に同情し、陰陽扇を与えて下界に降ろし、玉花と婚約者の張生を結縁に導く。

○太白金星（李長庚）―星の神として主人公を見守る役目を果たす。金星は古来、五帝星君の使者として刺史夫妻の瞽疾を治して、[25]太白廟が建てられて祀られていた。[26]だが白犬に変化して下界に降り、愛情を注いだ友人を〔閻魔〕大王から守ったり、[27]織女の侍女と駆け落ちして洞窟に隠れたりするなど、[28]愛の神としての性格も持つ。なお天使は別におり、「我九天採訪、巡糾人間」と告げて玄宗の前に現れたり、[29]村人の熱病を治すために上帝に派遣されたりしている。[30]

包公説話でも、金星は出現する。安徽・泗州戯『断双釘』では、仁義星君の転生した張義が受難十八年で再び転生して呂蒙正になることを知り、張に金亀を贈って京都の兄を尋ねさせ、嫂王俊英から殺害される命運を導く。浙江・紹劇『龍鳳鎖』では、天界の金童の転生である林逢春と師弟関係になり、雷公雷母を遣って、豆腐屋の娘金鳳と密会して窒息死した鳳春の死体を山上に運ばせ、武芸を教授して子天喜とともに交趾国の侵攻を防がせる。安徽・泗州戯『琵琶詞』（山東・柳琴戯『東秦』も類似）では、挿花星の転生である秦香蓮が左右二侯を同伴して上京し、困難に遭遇しているのを見て、下界に降りて手押し車で母子を京都へ送る。河南・豫劇『鍘郭槐』では、城隍・土地を召喚して冷宮の李妃を救助させる。安徽・黄梅戯『血掌記』では、婚約者の黄秀蓮に引きあわせるため、林忠徳に鸚哥を渡して黄家の花園へ導く。上海・越劇『血手印』でも、林招得と王昭娥の姻縁をまとめるため招得に凧を売り、わざと凧の糸を切って王家の庭へ落とす。安徽・黄梅戯『売花記』では、張三娘が大難に遭うことを予知して、樵に変身して下界に降り、曹家の門前で花を売るなと忠告する。[31]湖北越調『双鳳山』では、張文貴の妻朱孝蓮の上京を早めるため、虎に変身して姉弟を離散させる。

○雷神（雷公・雷母）―正義の象徴であり、悪人を撃ち殺す。悪人に霹靂が落ちることはすでに神判として例示したが、雷神は古来祭祀の対象になっていた。[32]

包公説話では、広西・邕劇『夜審郭槐』で、包公が李皇太后を母だと認めない仁宗に対して、張玉皇に祈って雷神を降下させる。[33]浙江・婺劇『節義賢』では、雷神は劉子宗を殺した後妻馬氏とその子宝珠を撃ち殺し、兄の身代わりで受刑した劉子明を墓の中から救出する。

○風神（韓祭仙・韓継仙）―古来、大風や疾風は人間に警告を与え、凶兆とも考えられた。劉宋・柳世隆が庭で車を洗っていると、大風が吹いて車蓋を吹き上げ、新帝が即位すると一門が誅殺されたという(34)。

包公説話でも大風は災禍をもたらす。山東・柳琴戯『大鰲山』では、大鰲山を見に出かけた田半城の妻羅鳳英が、大風が吹いて国舅曹五能にさらわれる。これは風神を侮辱したため、風神が夫妻離散の災禍を下した結果であった(35)。陝西・漢調二簧『鍘判官』も同じ物語であるが、楊朴昌と王秀英が花園で天地を汚したので、懲らしめるため天から降りて災禍を下す。また亡霊が旋風を起こすこともある。湖北・東路花鼓『張孝打鳳』では、李氏が夫の帰りを待ち望んで外に出ると、鬼が吹かせた風に当たって発病する。なお広西・桂劇弾腔『玉仙塔』では善神であり、包公の轎の覆いを掲げて冤罪事件を知らせ、さらに簽票（逮捕令状）を王恩の花園に吹き飛ばして、殺害された石義の死体の在処を示す。

○火神―火は生活に不可欠であるが、火災を起こす凶神でもある。進士楊禎に歌を贈った紅衣の女は、燧人氏の苗裔で、人類に貢献して祀られてきたと言う(36)。唐の丞相賈耽が門番に「異色人」を撃退せよと命じ、門番が紅衣の尼僧二人を撃ち殺せずに見失うと、東市で火事が起こる(37)。

包公説話では、凶神とも善神ともなる。河北・四股弦『九華山』では、火帝真君として上神（天帝）の命を承けて灯籠棚に火を着け、娘王桂英を失踪させて王屠に殺害される災禍を下す(38)。山東・平調『無頭案』では、上帝の命を承けて秀才韓義龍の家を焼き、韓に員外白能の書斎を借りさせて、白能の殺人事件を暴露する。河北・四股弦『天子禄』では、太師杜文煥に焼き殺されようとする皇孫を火中から救出する(39)。山東・柳琴戯『大鰲山』では、国舅曹五能に焼き殺されようとする田半城を救出して貴州へ避難させる(40)。山西・北路梆子『天剣除』では、玉帝の命を受けて党家を焼き、党夫人を救出する。

○閻羅―冥界の裁判を行い、古来「閻羅王(41)」「王者(42)」「鬼王(43)」「大王(44)」と称する。

包公説話では、安徽・黄梅戯『売花記』で、生死簿を見て曹鼎の寿命を二十歳削って張氏に与え、五男二女を儲ける幸運を授けて復活させる。(45) 湖北越調『双鳳山』では、五殿閻君秦広輝として出現し、小鬼・鶏脚神に地獄の門を開かせて張文貴を審判し、張を家に帰して妻の夢に入らせ、妻に包公に訴えるよう告げさせる。

○判官－閻羅王に代わって冥界の裁判を行う。古来、殺生をして地獄で畜生に告訴された甥を救助し、(46) 判官である母舅が甥を百日宰相に任命し、(47) 崔判官が姪の女道士を捕らえた太守を叱咤し、(48) 判官である亡兄が弟に将来の進退を知らせる話がある。(49)

包公説話でも、親族を庇護する判官像は『鍘判官』説話の原典となっている。(50) 山西・上党落子『避風簪』では、北番国の皇子于虎が三曹官となり、宝物を奪い返して夢の中で弟于龍に渡す。(51) だが清廉な判官もおり、「八件衣」説話では捕吏白士剛等を審問する。(52) 山東・柳琴戯『二龍山』では、三曹官として張文貴の妻郭素真が包公に救出されることを予言する。

○城隍－閻羅・判官とともに冥界を司り、古来、死者を捕縛して審問する任務を負う。(53)

包公説話では、包公の指令に従う神である。河南・豫劇『鍘趙王』では、包公に事件調査を命じられる。(54) 山東梆子『鍘趙王』では、報告しないと閻王を処刑し丹墀を焼くと包公に脅される。山西・上党落子『九華山』では、王桂英の行方を答えられないため包公に草枷を掛けられる。なお安徽・泗州戯『大鰲山』では、羅鳳英が二児を探し出せず煉瓦を投げたため、怒って二児に瞌睡虫を投げて眠らせ、母子を会えなくする。(55)

○土地－庶民に親しまれた存在で、主人公の困難を救う。古来、死者を泰山へ送る役目を負い、(56) 山林の守り神でもある。(57)

包公説話では、山東・柳琴戯『東秦』で、劉文素の子女が難に遭うのを知って新婦李鳳英の夢に現れ、子女を救わないと災星を散布して百日間瘧疾を患わせると脅す。湖北越調『双鳳山』では、閻君の命を承けて張文貴の霊魂を自宅に導く。安徽・泗州戯『断双釘』では、父母に捨てられた包公を嫂何鸞英に救出させる。山東・柳琴戯『鉄板橋』では、国舅曹二本に殺害されて黒驢に乗せられた韓芙蓉の死体を開封府へ導く(58)。江西・青陽腔『瓦盆記』では、包三郎の夢に現れて照妖鏡を授け、他日昇進して陰陽を管轄することを予言する。

○九天玄女－西王母に仕える人首鳥身の女神で、黄帝に兵法を授けて蚩尤を平定させた(59)。

包公説話では、女性を支援する女神である。山東・柳琴戯『五長幡』で、国舅曹三本に殺害された秀才呉迎春の妻王貴英のために「五長幡」の刺繡を完成させ、貴英に街に売りに行くよう勧める。湖北越調『四件宝』では、東路界牌関の靳士春の娘秀英が書生王子義の側室となる姻縁があるのを知って、醒酒氈・蜜蠟燭・美人瓶・飛龍剣の四種の宝物を贈り、旅館の主人孔士冒に殺害された王子義に還陽丹を含ませて、百日間死体の腐乱を防ぐ。

○三官神－天官・地官・水官。玉皇の命を承けて、人間に危害を及ぼす鬼神を制御する(60)。

包公説話では、「秦香蓮」説話に廟神として出現し、縊死した秦香蓮の死体を保護し、子女恩哥・冬妹に武芸を教えて武功を建てさせる(61)。

○斗府娘娘－北斗七星の母。道教の経典『玉清無上霊宝自然北斗本生真経』に出る。

包公説話では、山西・蒲州梆子『瑞羅帳』で、七夕の日に干した瑞霓羅が白猿に盗まれたため、奎吉に災禍を避けて他郷へ避難せよと諭す。

○周倉－関羽の武将。関帝廟に祀られる。

包公説話では、安徽・泗州戯『琵琶詞』で、関帝廟に泊まった英哥・冬妹に兵法を教える(62)。

○西天仏祖－釈迦。

包公説話では、山東・両夾弦『陰陽報』で、旅館の主人陳英に殺害された姜龍和尚の報復を支援して、陳英の家に転生することを許し、送子婆に送らせる。

○観音・韋駄―庶民の苦難を救済する。弱い女性の味方である。観音像が華山神に強奪された県令の妾を奪い返した話がある。(63)

包公説話では観音菩薩の出番が多く、河北・糸弦『鶏頭山』では、韓月花に代わって圧殺刑に遭った進士周瑞龍の娘周金蓮の死体を保護し、事件が解決した後に復活させる。山東・柳琴戯『魚籃記』では、鯉魚精が花籃から逃げ出して東京へ遊び、書生劉霞玉を見初めて、金美栄に変身して劉を惑わしたため、南海へ連れ帰る。(64)安徽・泗州戯『琵琶詞』では、秦香蓮に兵法を授け、海千・海万の反乱を平定させるため、防身剣・捆仙縄を持たせて下山させる。(65)山東・柳琴戯『東秦』では、分水夜叉に命じて、水平星の転生である王氏を盲目にして保護し、海東傲来国の土地廟へ運ばせる。山東・柳琴戯『鉄板橋』では、包公に偽装した国舅曹二本によって殺害された秀才原周同の妻韓芙蓉に、赤い仙丹を呑ませて復活させる。山西・北路梆子『天剣除』では、旅館の女主人に変身し、夫党道を諫めて殺された妻劉氏に、霊芝・人参を調合した薬を飲ませて復活させる。安徽・泗州戯『小欺天』では、五道神劉文龍に命じて、悪僕党小に殺された朱氏の霊魂を頭から入れ、仙丹を口から入れて復活させる。安徽・泗州戯『小鰲山』では、包公が誤って処刑した厳査散の死体が腐乱しないよう保存する。浙江・婺劇『節義賢』では、韋陀仏に命じて、兄劉子宗に代わって処刑される劉子明の口の中に養神珠を入れさせ、死体の腐敗を防ぐ。

○神仙―不特定の神仙。

包公説話では、山東梆子『小祭椿』で、林招得の処刑執行に臨んで法気を吹きかけて縄を解き刀を絶ち、招得が冤罪であることを包公に知らせる。江西・青陽腔『瓦盆記』では、李妃の夢に現れて、神官包公が天斉寺に到来することを告げる。

○龍神―水神として主人公を庇護する。龍女が報恩のために書生に嫁いだり[66]、金龍が上玄使者であったり[67]、緋鯉に変化して珠で老婆の長子の病を癒したりする[68]。

包公説話でも重要な神祇で、河南・豫劇『鍘郭槐』では、聖水を降らせて李太后の目を快復させる。安徽・廬劇『柴斧記』では、龍王三太子が蟒蛇の洞窟から救出した張忠信を復活させる。山東・柳琴戯『二龍山』では、楊東志に毒殺されて井戸に投げ込まれた張文貴を保護する。同上『東秦』では、劉文素の部下に殺害され周橋から水中に捨てられた妻王氏の霊魂を子女の夢の中で再会させる。同上『鉄板橋』では、原周同の霊魂に井戸を抜け出して曹国舅邸を騒がすことを許す。安徽・泗州戯『鮮花記』では、東海龍王の娘敖秀英が山賊に囚われた書生姜文挙を救出して、後に姜を黄桂英の棺に合葬して結縁させる。

○孫悟空―小説『西遊記』の主人公である。

包公説話でも妖怪を平定する重要な役割を果たす。安徽・廬劇『八宝山』では、世間を騒がせた八宝山の柳子公を捕らえて西天の如来仏のもとへ送る。山東梆子『鬧磁州』では、楊生を誑かした栗精と戦って、栗精の師である鉄拐李に捕らえさせる。福建・薌劇『揺銭樹』では、崔文瑞を誑かした王母の四女張世真と戦う。広西・桂劇弾腔『伏魔鞭』では、李靖の要請で下界に降り、観音の弟子である金鼠精と戦って正体を露呈させる。湖北越調『相国寺』では、西天仏祖の足下の白玉石が変化した玉石和尚が娘の魂を抜いたため、平定に出かけて仏祖に捕らえさせる。

○鍾馗―家を邪気から護る神で、年画（正月に飾る民間版画）として部屋に飾られる。

包公説話では『烏盆記』に出現し、福建・詞明戯『烏盆記』では、張成の従者小二の霊魂に怪風を起こして包公の轎の覆いを吹き飛ばせと諭し、耿兄弟に張成殺害を自供させる。江西・青陽腔『瓦盆記』では、包公の夢に現れて、趙大が劉世昌主従を殺したことを告げる。江西・弋陽腔『断瓦盆』では、包公に喚問されて、趙大の犯行を証言する。

○門神－家に邪鬼が入らぬよう門を守る神である。

包公説話では、帰宅した主人公の亡霊を識別して家族と再会させる。山東・柳琴戯『二龍山』では、張文貴の霊魂を家に入れて、悪人楊東志に殺害されたことを妻郭素真に告げさせる。[69] 安徽・花鼓戯『売花記』では、国舅曹鼎に殺害された張氏を迎えて、夫劉士進の夢に出現させる。山東・柳琴戯『東秦』では、夫劉文素に打ち殺された王氏の霊魂を旅館に迎えて、子供の夢の中で二龍山の叔父王龍を訪ねよと示唆させる。安徽・泗州戯『小鰲山』では、処刑された厳査散の霊魂を自宅へ入れ、母の夢に現れて舅柳洪に誣告されたと告げさせる。

○祖先神－祖先を神格化したもの。

包公説話では、湖北・東路花鼓『張孝打鳳』で、張孝が股肉を病気の母に食べさせるため、祖先堂で股を割いて気絶すると、祖先神が代わりに張孝の股を割き、仙丹を呑ませて復活させる。

○呪神－民間では神に対する誓約は重視され[70]、ここに呪神の存在が想定される。唐・李亢『独異志』の心神[71]、劉宋・劉義慶『幽明録』の霊神のように[72]、古来心霊は神格化してきたが、呪文は神格化しておらず、唐の中宗が後に帝になるならば石よ落ちるなと呪文を唱え[73]、孫氏が張承を懐妊して出現した白蛇に吉祥であれば嚙むなと呪文を唱えている。[74]

包公説話では、安徽・皖南花鼓戯『平頂山』で、旅館の主人王小が兪自楨と義兄弟の契りを結び、天に誓いを立てて、「もし偽りであれば包公の銅鍘で死ぬ」と唱えると、呪神が登場して払子で王小を打つ。[75] 湖北・東路花鼓『鬧東京』では、崔文瑞が口約束だからと軽く考えて張四姐と結婚の約束をし、嘘をついたら盲になると誓って呪神を冒瀆すると、盲になって帰り道を捜す。

○鳥神－古来、鳥が銭を落とすのを見ると富兆としたり[76]、鵲が巣を作るのを見ると貴兆としたりして[77]、鳥類は霊鳥と考えられていた。劉宋・劉敬叔『異苑』には鸜鵒が鳥たちを山火事から守るため羽を濡らして火を消し、天神を感動させる話がある。(78)

包公説話でも、安徽・黄梅戯『血掌記』で、太白金星が林忠徳を婚約者である黄秀蓮に引きあわせるため林に鸜哥を渡し、鳥神が林を黄家の花園へ導く。

○蒼蠅神―血に群がる蒼蠅を神格化したものである。晋・陳寿『益都耆旧伝』では、揚州刺史厳遵が死体の頭部に群がる蝿を見て、錐を頭部に貫通した殺人事件だと判定する。(79) 唐・段成式『酉陽雑俎』でも、潤州刺史韓滉は頭部に群がる青蝿を見て、釘による殺人と断じる。(80)(この二話ではまだ蒼蝿は神格化していない。)

包公説話では、安徽・泗州戯『血掌記』で、処刑執行時に蒼蝿神が三度刀を押さえて妨害し、擺命鼓の上に賛字を描いて真犯人を暗示する。湖北・越調『血手印』では、蒼龍神が蜘蛛の巣にかかって林召徳に救われ、報恩のため林の処刑を妨げる。

○牌坊神―孝子・節婦などを表彰したり、美観のために建てられた鳥居型の門を神格化したもの。

包公説話では、山東梆子『下陳州』で、柏順が左連登の妻羅氏に横恋慕して左を殺害した事件で、包公が殺害現場の石牌坊に棒打四十を加えると、牌坊神が犯人柏順の脚に縄を掛けて動けなくし、包公が桃木枷を牌坊に懸けると、牌坊神は柏順を包公の前に突き出す。しかし牌坊神は包公に打たれた恨みを晴らすため、老人に変身して四国舅に包公が城隍廟に隠れていることを密告する。(81)

○橋神―橋を神格化したもの。

包公説話では、安徽・泗州戯『小鰲山』で、州橋の橋神崔覚が倪判官の委託を受けて、厳査散と柳金嬋に金簪・核桃を銜えさせ、声を抑えて橋下に監禁する。

○窰神－窯を神格化したもの。
包公説話では、山東・柳琴戯『大鰲山』で、寒窰に泊まった東斗星・水平星の転生である羅鳳英の子女を、雲南の父親田半城のもとに送る。
○扇神－扇子を神格化したもの。
包公説話では、山西・上党落子『避風簪』で、西番国の王女于鳳花が風火扇を扇いで扇神を召喚し、宋国の胡青田を敗退させる。
○鐃神－仏寺の鐃を神格化したもの。
包公説話では、山西・上党落子『避風簪』で、胡青田が金光鐃を撃って鐃神を召喚し、于鳳花の扇神を敗退させる。
○旗仙－戦旗を神格化したもの。
包公説話では、山東梆子『狄青』で、旗仙が番王の娘双陽女に烈火旗を贈って狄青を打ち破らせ、宋軍に投降させる。
○鉄拐李－八仙の一人。
包公説話では、山東梆子『鬧磁州』で、下界に降りて張生を誘惑した弟子の栗精を収める。
○黄花仙－花の精。
包公説話では、上海・越劇『雲中落繍鞋』で、白蟒精に救世還魂丹を与えて殺生を戒め、長沙の石玉が平西将軍であることを知って混元針を贈り、石玉に白蟒精を斬らせる。

殺害された主人公の怨霊は、加害者に復讐するために、親族や包公の夢の中で訴えたり、加害者に取り憑いたりする。冤罪で誅殺された公孫聖の亡霊が、敗走する呉王夫差の行く手を阻んだり[82]、冤罪で殺害された渤海王悝と宋皇后が、天に訴えて漢霊帝の命を奪ったり[83]、鵲奔亭の亭長に殺害された女子蘇娥が、漢の交趾刺史何敞に訴え、何敞が帝に上奏して亭長の一族を誅殺したり[84]、佐史等に殺害された館陶県主簿の周某が妻の夢に現れて殺害の状況を語り、妻が官に訴えて佐史等が処刑されたりする話を載せており[85]、包公説話はこれらの復讐説話を継承していると考えられる。

包公説話では、山東・両夾弦『断双釘』で、張義の亡霊が母親の夢に現れて、城隍廟に泊まっている包公に訴えよと告げたり[86]、河北・糸弦『鶏頭山』で、薛仁の亡霊が妻韓月花の夢に現れて、旅館の主人楊虎夫妻に殺されて宝物を奪われたことを訴えたり、山東・柳琴戯『東秦』で、劉文素に殺された妻王氏の亡霊が龍王老爺の許可を得て子女の夢に現れたり、山東梆子『鍘趙王』で、司馬広の亡霊が弟司馬都の夢に現れて趙王への復讐を託したり[87]、安徽・泗州戯『小鰲山』で、厳査散の亡霊が開封府から自宅へ帰り、門神に主人だと告げて中に入り、旋風で屋根の土を吹き飛ばし、母の三尺の火を抑えて、夢の中で柳洪の誣告によって処刑されたことを告げたり、安徽・花鼓戯『売花記』で、張三娘の亡霊が秦・胡二門神の許可を得て三更に夫劉士進の夢に現れ、国舅曹鼎を包公に訴えるよう告げたりする。

このほか、亡霊が閻羅に訴える説話では、安徽・泗州戯『小鰲山』の厳査散と柳金嬋、安徽・黄梅戯『売花記』の張氏、亡霊が加害者に取り憑く説話では、河南・豫劇『審牌坊』の劉秀生、山東梆子『鍘趙王』の司馬広とその妻王氏、安徽・泗州戯『小鰲山』の柳金嬋、湖北越調『双鳳山』の李自楨など、亡霊が親族を守る説話では、浙江・婺劇

『節義賢』の劉子明、山東・柳琴戯『五長幡』の張氏がある。

五　人と動物

包公説話では、包公一人の力で事件を解決するわけではなく、善良で勇気と人情あふれる民衆もまた、主人公や包公を支援している。

その中で、最も大きな支援者は主人公の配偶者である。山西・蒲州梆子『八件衣』では、竇秀英が婚約者の張成玉の科挙受験の旅費を助けるために八着の衣服と銀十両、鞋片方を贈り、衣服を質に入れた張成玉が盗賊として捕らえられたため、原告の馬翠英と対決し、もう片方の鞋を投げて自分の鞋であることを証明し、馬翠英の偽証を明かす(88)。河南・越調『血手印』では、王孝蓮が婚約者林招徳の科挙受験の旅費を侍女を通じてわたそうとする。湖北越調『双鳳山』では、山賊の娘梅秀英が書生張文貴を逃がし、自害を迫る兄梅龍と交戦して、兄を刺し殺す(89)。浙江・婺劇『逃生洞』では、女山賊金御英が呼龍と戦って負傷し、山庵の姉荘金蓮の媒介で呼龍と結婚して、二龍山で兵馬を訓練し、下山して父の仇の彭悦を打ち殺す。

次に主人公に同情的なのは父母である。山東梆子『小祭椿』では、林招得の父文朴が貧困を理由に婚約解消を求める王春華に抗議する。安徽・泗州戯『断双釘』では、張義の母康素真が城隍廟に泊まる包公を強引に訪ね、長男である祥符県官張選の犯行を訴える。

主人公の家族以外にも、主人公に同情的な人物は多い。包公の周囲には忠臣がいて、包公の支援をし、主人公を救う。山東梆子『下陳州』では、楊秉栄など楊家将が登場して包公とともに陳州に入城し、四国舅を逮捕する。河北・

四股弦『天子禄』では、楊文広が包公と協力して杜文煥を捕らえる。浙江・紹劇『紫金鞭』では、呼必顕が龐妃の讒言によって誅殺されたため、長子守勇が青唐国の兵を借り、次子守信が定天山から下山して、皇城を包囲する。河北梆子『秦香蓮』では、丞相王延齢が秦香蓮を田舎の婦人に扮装させ、夫陳士美の前で不義を責めさせる。[90] 河北・糸弦『鶏頭山』では、悪人楊虎の書記となって捕らえられた韓月花を進士周瑞龍が保護し、周の娘金蓮が父命に従って、韓の身代わりとなって死ぬ。[91]

また犯人の肉親や家僕が逆に主人公を支援することがある。山西・蒲州梆子『瑞羅帳』では、陳文古の娘粉桃が、友人奎吉を陥れて宝物瑞霓羅を奪おうとする父を諌め、腹心の老僕に奎吉の次男奎瑞を逃がさせる。安徽・黄梅戯『売花記』では、曹家の侍女翠蓮が曹鼎に捕らえられた書生劉士進を纏足布を使って水牢から救出する。[92] 江西・青陽腔『瓦盆記』では、趙大の妻馮氏が、夫が商人劉世昌を殺すことを知り、劉を逃がした後に自害する。安徽・廬劇『滴血珠』では、趙平南の息子全寿が、父母が伯父を殺したことを伯母田氏と従姉趙全瑤に知らせ、二人を父母の魔手から救おうとする。河北梆子『秦香蓮』では、駙馬府の門衛が秦香蓮のスカートを裂いて、香蓮がむりに闖入したように装い、夫陳士美と引きあわせる。[93] また宦官韓琪が駙馬から秦香蓮母子の殺害を命じられるが、逃がして自害する。[94] 山西・北路梆子『天剣除』では、党道から党母の殺害を命じられた劉白通が、党母を見逃して自分も逃亡する。

そのほか、山西・蒲州梆子『瑞羅帳』では、陳文古から銀五十両を騙し取って奎吉の食費に充てる捕吏楊慶、安徽・泗州戯『琵琶詞』では、秦香蓮に清曲語りに扮して丞相王延齢に訴えるよう示唆する旅館の主人張三羊、山東・柳琴戯『鉄板橋』では、拍子木と銅鑼を木に吊して風で鳴るようにして曹国舅を騙し韓芙蓉を城外に逃がす警邏張青、江西・弋陽腔『断瓦盆』では、包公に誤解されて打たれながらも素焼き鉢の亡霊に代わって冤罪を雪ぐ職人張別古、安徽・泗州戯『三蹺寒橋』では、奸臣に迫害されて荒草山に逃げ延び、家僕党小に襲われた娘党鳳英を救助する山賊東方青、山西・蒲州梆子『乾坤嘯』では、奸臣韋継同に従わず賭博仲間勾詐呆を斬り殺して忠臣烏紹を救う江湖趙豹、河南・越調『陰陽断』では、拷問で気絶した張成玉を救助し、城隍廟に泊まって冥界の判官の審判を目の当たりに見て開封府に注進する乞食仁義など[95]、様々な階層の民衆が主人公を援助する。

また動物が報恩のため主人公を救う話があり、安徽・黄梅戯『水湧登州』では、崔文が洪水から救った鴉が、子崔慶が投獄された監獄へ家僕小二を導いて災難を知らせる。安徽・廬劇『白玉帯』では、白馬が主人劉文英の死体を載せて開封府に訴える。安徽・徽劇『拿虎』では、王婆の息子を食った虎が王婆の義子となる。上海・越劇『雲中落繡鞋』では、石玉が鼠年の母のため猫を追い払うと、後に白鼠が石玉の死体の在処を包公に知らせる。湖北・越調『血手印』では、蜘蛛の巣から救われた蒼蠅が、処刑される林召徳の刀を覆って邪魔をする。

六　結び

地方劇の包公説話には、河南越調『血手印[96]』のように、迷信の排除に努めて、鬼神を出現させないばかりか、霊魂を証人として冥界から呼び出す包公さえも登場させず、林昭徳と王孝蓮を引きあわせる黄鴬を、太白金星が売るのではなく、学友が林昭徳の貧困を憐んで贈ったものとし、犯人皮賛の犯行を証明するのは犯人の妻の白氏としている作品もある。

しかしながらこうした作品は民衆の伝統的な陰陽の観念を反映していない。包公説話の構造について分析してみると、『太平広記』に記載されるような古来の神判を述べた感応説話や、死者の復讐を述べた報応説話などを継承しながら主人公の物語を形成しており、作中には包公だけではなく、様々な神祇や人物・動物を登場させて、民衆の世界観を表現していることがわかる。

注

（1）呉沃堯『中国偵探案』（一九〇六、上海広智書局）には三十四条の公案を載せ、西洋の探偵話よりも優れていると評する。たとえば、冒頭の「断布」では、官が布の畳み方の巧拙を見て、布を詐取しようとする客を裁く話で、野史氏（呉沃堯）は、「欧米の名探偵もこの明察の範囲を出ないのではないか」と述べている。
（2）『曲海総目提要』巻五「盆児鬼」には、先行する記事として『後漢書』巻百十一王忳伝の、王忳が郿令の時、女子の亡霊に衣服を与えてその訴えを聴いた故事を引く。
（3）『曲海総目提要』巻一「蝴蝶夢」には、先行する記事として『列女伝』の、殺人を犯した兄弟がいずれも一人でやったと主張し、義母が実子である弟を服罪させようとするのを見て、宣王が美徳として兄弟を許した故事を挙げる。
（4）『太平広記』巻百六十二感応「徐州軍士」引。
（5）安徽・泗州戯『血掌記』、山東梆子『小祭椿』、山東・柳琴戯『珍珠汗衫』、安徽・泗州戯『小鰲山』、山西・上党落子『九華山』。
（6）山東・柳琴戯『二龍山』・『五長幡』・『珍珠汗衫』、安徽・泗州戯『井泉記』。
（7）山東・柳琴戯『鉄板橋』・『五長幡』、安徽・泗州戯『井泉記』。
（8）山東・柳琴戯『二龍山』。
（9）安徽・泗州戯『井泉記』。
（10）山東・両夾弦『鍘梁友輝』。
（11）『太平広記』巻百六十一感応「陳業」引。
（12）山東・両夾弦『陰陽報』。

(13) 安徽・廬劇『滴血珠』。
(14)『太平広記』巻百六十一感応「河間男子」引。
(15)『太平広記』同巻感応「劉京」引。
(16)『太平広記』巻二百七十四情感「郭粉児」(劉宋・劉義慶『幽明録』)は原典であるが、無論包公説話ではない。
(17)『太平広記』巻二百七十六夢「呉夫差」引。
(18)『太平広記』同巻夢「王穆」。
(19)『太平広記』巻三百九十三雷「李叔卿」引。
(20)『太平広記』同巻雷「漳泉界」引。
(21) 唐・張読『宣室記(志)』、『太平広記』巻三百七神「村人陳翁」。
(22) 北斉・顔之推『還冤記』、『太平広記』巻百十九報応「宋皇后」引。唐・陳劭『通幽記』、『太平広記』巻百三十報応「竇凝妾」引。
(23) 前蜀・杜光庭『神仙感遇伝』、『太平広記』巻十五神仙「道士王纂」引。
(24) 撰者不詳『霊怪集』、『太平広記』巻六十一女仙「成公智瓊」引。
(25) 前蜀・杜光庭『神仙感遇伝』、『太平広記』巻七十五道術「張士平」引。
(26) 唐・戴孚『広異記』、『太平広記』巻四百二十六虎「巴人」引。
(27) 唐・鄭還古『博異記』、『太平広記』巻三百九神「張遵言」引。
(28) 唐・李元『独異志』、『太平広記』巻五十九女仙「梁玉清」引。
(29) 前蜀・杜光庭『録異記』、『太平広記』巻二十九神仙「九天使者」引。
(30) 唐・張読『宣室記』、『太平広記』巻三百七神「村人陳翁」引。
(31) 花鼓戯『売花記』、廬劇『売花記』、湖北・東路花鼓『売花記』、上海・越劇『売花三娘』、浙江・紹劇『節孝図』も同様。
(32) 広東雷州。唐・裴鉶『伝奇』、『太平広記』巻三百九十四雷「陳鸞鳳」引。唐・劉恂『嶺表録異』、『太平広記』同巻、雷

「雷公廟」引。

（33）広西・桂劇高腔『打龍袍』（一名『仁宗認母』）も同様。

（34）唐『広古今五行記』、『太平広記』巻三百九十六風「柳世隆」引。

（35）安徽・泗州戯『大鰲山』、安徽・泗州戯『小鰲山』も同様。

（36）『慕異記』、『太平広記』巻三百七十三精怪「楊禎」引。

（37）唐・丁用晦『芝田録』、『太平広記』同巻精怪「賈耽」引。

（38）山西・上党落子『九華山』も同様。

（39）山西・蒲州梆子『薬酒計』も同様。

（40）安徽・泗州戯『大鰲山』も同様。

（41）晋・陸機『洛陽記』、『太平広記』巻九十九釈証「恵凝」引。

（42）前蜀・杜光庭『仙伝拾遺』、『太平広記』巻四十四神仙「田先生」引。

（43）唐・牛粛『紀聞』、『太平広記』巻百釈証「僧斉之」引。

（44）唐・戴孚『広異記』、『太平広記』巻三百五神「李佐時」引。

（45）花鼓戯『売花記』、湖北・東路花鼓『売花記』も同様。

（46）唐・牛粛『紀聞』、『太平広記』巻百釈証「屈突仲任」引。

（47）唐・韋絢録『劉賓客嘉話録』、『太平広記』巻百四十六定数「宇文融」引。

（48）唐『玉堂閑話』、『太平広記』巻三百十四神「崔錬師」引。

（49）唐・鍾輅『前定録』、『太平広記』巻百五十二定数「薛少殷」引。

（50）安徽・泗州戯『小鰲山』では、判官倪恒が生前厳天官の秘書であり、誤審によって罰棒を加えられて自害し、死後閻羅天尊から判官に任用されて、厳天官に対する恨みを晴らすため従兄李保の犯行を隠蔽し、厳査散の帳簿を改竄する。

（51）山東梆子『避風簪』も同様。

(52) 山東梆子『陰陽断』、山西・蒲州梆子『八件衣』、河南・越調『陰陽断』も同様。
(53) 唐・闕名『報応録』、『太平広記』巻百二十四報応「王簡易」引。唐・牛粛『紀聞』、『太平広記』三百三神「宣州司戸」引。
(54) 山西・上党梆子『明公断』も同様。
(55) 山東・柳琴戯『大鰲山』も同様。
(56) 劉宋・劉義慶『幽明録』、『太平広記』巻二百八十三巫「師舒礼」引。
(57) 唐・牛粛『紀聞』、『太平広記』巻三百三十一鬼「楊溥」引。
(58) 安徽・泗州戯『井泉記』も同様。
(59) 宋・曾慥『集仙記（伝）』、『太平広記』巻五十六女仙「西王母」引。
(60) 前蜀・杜光庭『神仙感遇伝』、『太平広記』巻十五神仙「道士王纂」引。
(61) 安徽・廬劇『秦香蓮』、広西・桂劇弾腔『三官堂』、邕劇『三官堂』、湖北・東路花鼓『秦香蓮挂帥』。
(62) 湖北越調『琵琶詞』も同様。
(63) 唐・牛粛『紀聞』、『太平広記』巻三百三神「韓光祚」引。
(64) 湖北・東路花鼓『双牡丹』も同様。
(65) 湖北越調『琵琶詞』も同様。
(66) 唐・陳翰『異聞集』、『太平広記』巻四百十九龍「柳毅」引。
(67) 唐・裴鉶『伝奇』、『太平広記』巻四百二十二龍「周邯」引。
(68) 唐・李隠『瀟湘録』、『太平広記』巻四百二十四龍「汾水老姥」引。
(69) 湖北越調『双鳳山』も同様。
(70) 劉黎明『契約・神裁・打賭―中国民間習慣法習俗』（一九九三、四川人民出版社）参照。
(71) 『太平広記』巻二百七十七夢「北斉李広」引。
(72) 『太平広記』巻三百五十八神魂「龐阿」引。

(73) 唐・李元『独異志』、『太平広記』巻百三十五徴応「唐中宗」引。
(74) 前秦・王嘉『王子年拾遺記』、『太平広記』巻百三十七徴応「張承」引。
(75) 安徽・黄梅戯『二龍山』も同様。
(76) 唐『玉堂閑話』、『太平広記』巻百三十八徴応「張篯」引。
(77) 唐・段成式『酉陽雑俎』、『太平広記』巻四百六十一鵲「崔円妻」引。
(78) 『太平広記』巻四六〇禽鳥「鸚鵡救火」引。
(79) 『太平広記』巻一七一精察「厳遵」引。
(80) 同巻精察「韓滉」引。
(81) 河南・豫劇『審牌坊』も同様。
(82) 北斉・顔之推『還冤記』、『太平広記』巻百十九報応「公孫聖」引。
(83) 同書、『太平広記』同巻「宋皇后」引。
(84) 同書、『太平広記』巻百二十七報応「蘇娥」引。
(85) 唐・釈道世『法苑珠林』、『太平広記』同巻「館陶主簿」引。
(86) 安徽・泗州戯『断双釘』も同様。
(87) 山西・上党梆子『明公断』も同様。
(88) 河南・越調『陰陽断』、山東梆子『陰陽断』、湖北・南劇『八件衣』も同様。
(89) 安徽・黄梅戯『二龍山』、皖南花鼓戯『平頂山』も同様。
(90) 山東・柳琴戯『鍘美案』、安徽・泗州戯『琵琶詞』、廬劇『秦香蓮』、湖北越調『琵琶詞』も同様。
(91) 山西・耍孩児『対聯珠』も同様。
(92) 安徽・花鼓戯『売花記』も同様。
(93) 山東・柳琴戯『鍘美案』、安徽・泗州戯『琵琶詞』も同様。

(94) 山東・東路梆子『鍘美案』、安徽・泗州戯『琵琶詞』も同様。

(95) 山東梆子『陰陽断』、山西・蒲州梆子『八件衣』も同様。

(96) 馮秀峯口述・張培栄抄録。河南省劇目工作委員会編印『河南伝統劇目匯編』(一九六三)収。

第二章　説話の主人公とともに

第一節　貞節な妻――夫の出世と非道――『秦香蓮』（『鍘美案』）

一　はじめに

『秦香蓮』は「包公案」の中でも最も人気のある作品である。その内容は科挙試験に合格した秀才陳世美（あるいは陳士美）が富貴を夢見て、未婚だと偽って駙馬（皇女の婿）に選ばれ、自分の過去を隠蔽するため、糟糠の妻秦香蓮を殺害するという非人間的な行為を描き、権力の横暴を許さぬ司法官包公が裁く。人物描写・構成ともに優れた作品であるが、この説話が完成するまでには曲折があった。本論ではこの説話の源流を確認し、現代に至る説話の発展を考察してみたい。(1)

二　明清時代の作品

『秦香蓮』説話の源流は、現在わかる限りでは、明の小説『百家公案全伝』（万暦二十二年〔一五九四〕）巻二十六「秦氏還魂配世美」に溯る。そのストーリーは以下のごとくである。

鈞州（河南）の秀才陳世美は秦氏を娶り、息子瑛哥と娘東妹を儲ける。世美は上京して科挙を受験し、状元に及第して翰林編脩に任命される。秦氏は世美から音信がないため、三年後に子女を連れて上京し、張元老の家に泊まる。張元老は、世美の誕生日に弾唱の女子に扮して待てば弾唱が好きな翰林侍講に招かれ、面前で弾唱すれば世美も妻と認めるはずだと示唆する。だが世美は秦氏を見て恥じ、宴会が退けると、秦氏を棒打して追い出し、妓女を隠匿した罪で張元老に罰棒四十を加える。張元老は罪を恐れて秦氏母子を追い出し、母子は泣く泣く帰郷する。世美は部下の趙伯純に命じて秦氏を殺害させ、子女を連れ戻させる。伯純は白虎山で秦氏を殺害するが、瑛哥と東妹が帰還を拒否したため、彼らを放免して復命する。中元三官菩薩は秦氏の貞節に感じて白虎山に降り、土地判官に秦氏の死体を守らせる。土地判官は定顔珠を入れて死体を保存し、後の復活に備える。三官菩薩は法師黄道空に変身して龍頭嶺で瑛哥・東妹を待ち、彼らに武芸を教授する。兄妹は鳥鳳源の海賊を平定して官三品を賜わり、瑛哥は中軍都督、東妹は右軍先鋒夫人、母秦氏は鎮国老夫人、父世美は鎮国公に封じられる。秦氏は復活して、子女とともに太師包拯に訴えると、包拯は世美の罪状を上奏して審問し、世美を遼東軍へ、趙伯純を雲南軍へ流す。

この小説のストーリーを現代の地方劇と比較してみると、秀才陳世美・妻秦氏・長子瑛哥・長女東妹・旅館の主人張元老・将軍趙伯純・三官菩薩・盗賊・包公など主要人物はすでに出現しており、ストーリーの骨格はこの時点でほぼ完成していることがわかるが、次の諸点で重要な相違が見られる。

一、陳世美は、科挙に及第して翰林編脩という中央の官職に就くが、駙馬となって重婚する大罪を犯してはいない。よって秦氏と対立する皇女・皇太后も登場しない。

二、旅館の主人張元老は、秦氏と陳世美の再会を準備するが、世美と対決する強さは見られず、処罰を恐れて秦氏母子を追い出す凡庸な人物である。

三、翰林侍講は弾唱を好む人物であっても、後の丞相王延齢や司馬趙炳のように、陳世美に秦氏を妻と認めさせるため尽力するお節介な人物ではない。

四、部下趙伯純は、秦氏に同情して放免するわけではなく、世美の命令に従って秦氏を殺害する世美の忠実な部下に過ぎない。

五、子女は武勲を立てて高官に就任し、包公に訴える特権を得るが、秦氏はただ復活するだけで武勲を立ててはいない。

六、陳世美は流刑に処せられてはいるが、処刑されてはいない。

これらの点は後世になると改められ、弱者である主人公が権力者の非道に抗議し、周囲の官民がそれを援助するという内容に発展していく。

＊

明の小説の後には、清に地方劇『賽琵琶』が出現した。作品は現存しないが、焦循（一七六三〜一八二〇）『花部農譚』（嘉慶二十四年〔一八一九〕）がその梗概を記している。

花部の中に(2)『賽琵琶』がある。陳世美が妻を棄てる話で、私は最も好きである。陳が上京して試験を受け、及第して郡馬（皇女の婿）となって妻を棄て父母を顧みなかったので、父母は死ぬ。妻は『琵琶記』の趙氏同様、〔舅姑に〕生前に仕え死後に葬った後、子女を連れて上京するが、陳は妻を認めないばかりか、子女さえも認めなかった。それは郡馬の地位に憧れてのことであった。妻は都にあって琵琶を弾き、乞食をして夫に棄てられたことを唱い、王丞相の知る所となる。王は陳の誕生日に祝賀に赴き、「琵琶の上手な女子がいるので君の祝いのため喚ぼう」と言う。女子が妻であったので、陳は退去させようとして王丞相と罵り合いになり、王は祝い物を引き取って夫人と子女に与え、ひそかに夫人に、「夫君は衆人の前では認めにくいだろう。夜になって送り届ければ、受け入れるに違いない」と言う。果たして王丞相の命令とあれば門番も拒めず、中に入れる。陳も昔を思うが、郡主を恐れて受け入れない。妻は跪いて、「私はのたれ死にしても構いませんが、あなたの子供は育ててください」と頼む。陳の心も動くが、熟慮の末、大いに罵って門番に引っ張り出させる。陳は妻がいては不都合と思い、その夜刺客を遣って妻子を殺害させる。幸い旅館の主人が母子を逃がし、母子は三官堂神廟に隠れる。妻は衣裙で子女を庇って縊死するが、三官神に救われて兵法を伝授される。この時西夏が反乱し、母子は軍功を立てて官爵を授けられる。王丞相は陳の夫人暗殺を知り、陳を弾劾して投獄する。夫人は子女を率いて凱旋し、天子は若干の事件を夫人に裁かせる。陳も中に含まれており、妻は堂上に高座し、陳は囚人服を着て鎖に繋がれ、堂下を匍匐し、妻を見て恥じる。妻は陳の罪を滔滔と数え挙げて責める。

この説明によれば、地方劇『賽琵琶』は、現代の『秦香蓮』と違って包公が登場せず、陳世美と秦香蓮の結末も記していないが、次の諸点でその内容は現代劇に一段と接近している。

一、陳世美の父母を登場させ、世美の父母を見捨てる不孝と、妻の舅姑に仕える孝心とを対照的に描写した。

二、世美が科挙に及第して、皇女の婿という僥倖を得ることを設定した。
三、王丞相という妻の強い味方を登場させ、知謀を働かせて妻を琵琶語りに扮装させて世美と引きあわせ、妻を認めない世美を非難する場面を設定した。
四、旅館の主人を、母子の逃亡を助ける義侠心の持ち主として描いた。
五、妻が世美の部下趙伯純に殺害されるとせず、子女を刺客から守って縊死すると改め、その母性愛を描いた。
六、母子が異国の反乱を平定して凱旋し、天子から世美の裁判を命じられて世美を裁く場面を設けた。
なお包公が登場しないことから、『百家公案』の「秦香蓮」説話がもとは「包公案」ではなく、『百家公案』が「包公案」に改編したとも考えられる。

＊

道光四年（一八二四）の慶昇平班戯目には『鍘美案』があり[3]、以下に記す蒙古車王府曲本の京劇『鍘美案』全串貫（二出）がこれを継承しているとも考えられる。
〔一〕包公（浄）は、秦香蓮（旦）が駙馬を告訴する訴状を代書する者がおらず白紙を出したと聞いて、官吏に代書させる。そこへ陳世美（生）が馬賊として包公の護衛王朝を連行して開封府に来る。包公は王朝を収監した後、駙馬の左眉が長く右眉が短いのは子女があり、左頬が高く右頬が低いのは前妻がある証拠[4]と指摘したことを世美に想起させ、妻子を認めるよう迫るが、世美が罪を懼れて認めず、母子に斬りつけたため、裁判を行って世美を処刑しようとする。〔二〕公主（貼旦）は開封府に駆けつけるが、香蓮を正妻だと認めず打擲し、後宮に帰って皇太后（老旦）に訴える。皇太后は訴状を見て香蓮と対面し、子女を強奪する。包公は子女を奪還し、香蓮に俸給銀三百両を贈って自ら銅鍘に横たわる。公主・皇太后は諦めて包公を救出し、世美は処刑される。皇帝（外）

も包公の報告に納得する。

この作品は、包公が秦香蓮の訴えを聴いて陳世美を審判する場面だけを上演する「折子戯」であり、香蓮を助勢する旅館の主人などを登場させず、包公の裁判に主眼を置いて簡潔なストーリーを構成しており、新たに次の諸点を付加している。

一、陳世美が包公の護衛王朝を馬賊として開封府に連行することは唐突の感を免れないが、秦香蓮の暗殺に派遣した世美の部下が自害するストーリーが生まれており、それを用いて世美と包公の緊迫した対決場面が創作されたことが推測できる。

二、包公が観相によって陳世美に妻子があることを見抜く。

三、公主・皇太后が出現して駙馬の処刑を妨害するが、包公は圧力に屈服せず、命をかけて被告を処刑する。

＊

劇本『鄲琊府大審世美』（光緒八年〔一八八二〕、嘉定三星堂刊）は、一名『三官堂』下本（第四十九～六十四葉）であり、上本があったと思われるが未見である。

旅館の主人（丑）が秦香蓮母子（正旦・生・旦）の逃走を助け、趙伯春（紅生）も香蓮に同情して放免する。伯春は羅党の叛乱に加わるため山東に逃げ、陳世美への復讐の機会を待つ。〔三官点化〕香蓮は悲観して縊死するが、三官大帝が養尸神丹を含ませて死体を保存し、東閣・春梅の霊魂に武術を授けて、楊文広の麾下に投じさせ、羅党を征伐させる。〔中台姉妹投軍〕兄妹は前部先鋒を拝命する。〔平伏反寇〕伯春は羅党の前部先鋒を授かり、出陣して兄妹と再会し、官軍に投降して賊を平定する。〔包爺回朝〕包千歳は三官堂に赴き、死体に温涼帽を被せ、還魂床に寝かせて復活させ、仁宗に上奏して世美の審問を許される。〔大審世美〕世美は包公が講和するかと誤解して開封府に赴くが、包公は黄犬が老人の行く手を阻んだ事件、南瓜が隣家で結実した事件の処理を相談した後、香蓮母子・伯春と対面させて世美の罪状を確定し、銅鍘を準備する。〔児女会面〕香蓮・三宮妃・東閣春梅・仁宗が赦免を求めるが包公は許さない。世美は宰相王燕林に救いを求める。〔自愧身亡〕包公は王宰相に免じて世美に板打八十を加えて赦免するが、世美は面目を気にして憤死する。

この作品では、次の特色が新たに付加された。

一、陳世美の部下趙伯春が秦香蓮母子を放免し、羅賊に身を投じて世美への復讐をはかり、後に官軍に投降する場面を設けた。

二、包公が宝物を用いて被害者を復活させる場面を設けた。

三、包公が知謀を用いて世美を審問する場面を設けた。

四、母子が陳世美を訴えながら赦免を求め、宰相王燕林が包公を説得して赦免はかなうというストーリーが出現するが、世美は板打を被ったため罪を恥じて憤死するという処理がなされた。

三　民国時代の作品

民国時代には次のような語り物や劇が演じられた。その大きな特徴は、秦香蓮を理解し援助する人物をさらに増加させたことと、陳世美を処刑せず秦香蓮と和解させたことである。夫婦の和解は決して物語を発展させたとは言い難いが、団円は民衆の理想とするところであり、こうした作品が出現しても決して不思議ではない。

*

①潮州歌『新造秦世美全歌』六巻（民国年間、潮安王世記号書□蔵板／一九五六重印潮州李万利刊本）

〔巻一〕湖広秦家荘の秀才秦世美は、妻陳碧英、息子春哥、娘玉枝がありながら、状元に及第すると、妻子はないと偽って駙馬職を授かる。包公はその偽瞞を見抜いて、世美と首を賭ける。碧英は弟柳楽と子女を伴って上京する。〔巻二〕閻王・判官は柳楽を途中で死亡させ、太白金星が化葬する。旅館の主人は碧英に世美が駙馬になったと教える。碧英は世美に追放され、包公不在のため、国師・老丞相に訴える。国師・老丞相は世美の誕生日の宴会に招かれる。余興のため歌語りの大道芸人が招かれる。〔巻三〕碧英はこの機に乗じて弾唱に扮して駙馬府に入り、趙五娘・蔡伯喈の故事を唱って世美の不義を暴く。世美は別人だと弁解して碧英を妻と認めず、部下張千を遣って碧英殺害を図るが、旅館の主人が張千を説得して碧英を見逃させ、張千は異国へ逃亡する。〔巻四〕太白金星は盗賊許平の夢に現れて、後に状元となる春哥を三官廟に迎えさせる。南海観音は樵竹武村夫妻の夢に現れて、後に皇后となる玉枝を三官廟に迎えさせる。観音は土地神・山神に命じて猛虎に子女を離散させる。また金童・玉女に命じて自害した碧英の死体を仙丹で保存させる。碧英は金童・玉女に導かれて地獄を巡り、舅姑を捜して叔父に会う。〔巻五〕世美は前妻を恨むうわごとを皇姑に聞かれる。春哥は許平の元で読書をつづける。皇太子が帝位に即いて皇后を捜す。国師が皇后は杭州に在りと予言し、玉枝が皇后に選ばれる。〔巻六〕状元に及第した春哥は姉玉枝と遇い、国舅の待遇を受ける。張千は世美を討つため番兵を率いて上京するが、春哥と許平に投降して平遼職に任命される。観音は雷神に碧英を打たせて復活させる。碧英は世美の不義を包公に訴えるが、包公が世美とは仇敵の間柄として受理しなかったため、新按察使に訴えると、それは春哥であった。包公は酒宴を開いて世美を招待し、その席で世美を逮捕する。世美は反省し、皇姑は出家する。

この作品は聴衆の信仰心をかき立てる意図で創作され、柳楽の死亡を閻王・判官の仕業としたり、陳碧英が地獄巡りをしたりする場面が設定されているが、物語のストーリーは、次のように現代地方劇に近い内容が見られる。
一、包公の役割を強調するため初めに登場させ、秦世美に前妻があることを見抜いて賭をする場面を設定した。
二、陳碧英の貞節を守るため、弟を登場させて上京に同伴させた。
三、陳碧英を理解する高官を国師・老丞相の二人とした。
四、長女を皇后、長子を巡按として、子女が父親を裁判する話とした。
五、世美が反省し、皇女が出家して陳碧英に妻の座を譲り、家族が団円する結末を創出した。
なお潮州歌『龐卓花全歌』十一巻（潮州義安路李万利出版）でも、秦世美・陳珀英と子女春哥・玉姫を登場させて玉姫が皇后、春哥が状元になることから語り始めるが、世美は閻羅・判官の審判を受け、第三殿閻羅包爺が春哥に免じて世美を釈放するという冥界裁判としている。

＊

②『新刻陳世美三官堂琵琶記』四巻（民国年間、広州・以文堂／広州・五桂堂）
〔巻一〕湖広襄陽府の陳西坡の息子世美は、妻蕭氏と仲がよく、息子桂登・娘桂瓊を儲ける。西坡は梨を息子と嫁が食べて別の路を進む夢を見、これを気にして夫妻は病死する。蕭氏は世美に科挙受験を勧め、装飾品を売って旅銀三十両を作る。世美は旅に出て張家店に泊まる。世美は状元に選ばれて妻はないと偽り、駙馬の職を授かる。世美は妻を欺いたことを後悔して涙を流す。皇女はそれを見て優しく尋ねるが、世美は否定する。〔巻二〕包公は世美に妻子があると推察し、三年後に妻子が会いに来ると予言する。蕭氏は世美が三年間帰らないので、三霊廟に参詣し、夫の帰郷を祈願する。兄四徳は蕭氏を慰め、母子三人に同伴して上京するが、村の尼寺で病死する。母子は張三の旅館に泊まる。張三は世美の栄達を告げて、母子の上京を世美に伝えるが、逆に罰棒二十打

を受ける。蕭氏は張三の示唆に従って街に出かけ、出会った丞相趙朋に苦衷を訴える。趙朋は蕭氏に琵琶を贈り、世美の誕生日に道姑に扮装して官員たちの前で世美の背信を唱えと諭すが、世美が母子を認めず打擲したため、天子に上奏する。〔巻三〕世美は後患を恐れて、家僕張儀に母子の殺害を命じる。張儀は母子の命を守るため、世美の命令に従う。張三は張儀を引き留めて母子を逃がすが、張儀は母子に追いつく。張儀は母子に同情し、三十両を贈って見逃す。母子は観音堂に来て加護を祈るが、蕭氏は行く末を案じて縊死する。太白金星は蕭氏に仙丹を含ませて復活に備え、兄妹に宝剣と兵士を与えて、番国平定のため上京させる。桂登は番賊を平定して凱旋し、鎮国大将軍に任命されて、金丞相の娘との縁談を勧められる。妹桂瓊は皇太子妃となり、諸侯剣を贈られる。桂登が三官堂に戻って母の死体を掘り出すと、蕭氏は蘇生する。〔巻四〕蕭氏は包公・趙朋に世美の非道を訴える。包公は世美を招請するが拒絶されたため、国家の大事を諮ると騙す。世美は青風鍘を前にしても強弁するが、蕭氏から罵られて返す言葉を無くす。包公は母子の嘆願を退けて世美を処刑しようとするが、趙朋が子の功労によって父の罪を許すよう求めたため赦免し、一家は団円する。桂登は金丞相の娘を娶る。世美は皇女に真実を話し、皇女は世美を婉曲に責めて蕭氏を迎える。

この物語のストーリーを地方劇・小説と比較すると、次のような特徴が挙げられる。

一、陳世美の父母の死因を凶夢によるとし、世美の背信の前兆とした。
二、丞相を王延齢から趙朋に変え、香蓮に同情して知恵を授ける人物とした。
三、妻子が包公に裁判を求めながら世美の釈放を嘆願するという曲折したストーリーを設定して物語を団円に導いた。
四、皇女を思慮深く情け厚い性格とし、一夫両妻の結末を導いた。

*

③四川唱本『陳世美不認前妻』四巻（〔民国年間〕、大文堂）

〔巻一〕湖広荊州の陳文秀の子世美は、父母を亡くして乞食をする。秦香蓮は世美を見初めて、白雲庵の白雲仙姑に二人の姻縁を占わせて、二人は結婚する。玉皇は西斗星君陳世美が月徳星を娶ったことを知り、文曲星東哥と天喜星春妹を投胎させる。世美は科挙受験のため上京する。世美は張三陽の店に泊まる。世美は状元に及第して駙馬となる。包公は麻衣相法によって、世美の左肩が高く右肩が低いのは前妻がある証拠だと言い、三月以内に妻子が上京すると断言して、花押を押して勝敗を賭ける。香蓮は子女を連れて上京する途中で山賊張雄に捕まる。〔巻二〕張雄の娘金定は東哥を見初めて金釵（実は香蓮が世美に贈った品）を証に婚約し、結納金を贈る。香蓮は三陽の旅館に泊まって世美の栄達を聞く。三陽は世美に香蓮の上京を伝えて追い出される。皇女は世美に前妻がいるならば自分は側室になると言う。世美は香蓮に迫られるが、包公との賭に負けられず、妻と認めない。香蓮は世美の誕生日に、丞相王宴林に訴える。宴林は香蓮に歌姫に扮して世美を感動させよと諭す。香蓮は駙馬府に入って経歴を唱うが、世美が妻と認めないため、宴林は世美を罵る。世美は腹心の趙白春に母子殺害を命じる。白春は南陽へ包公を尋ねる母子に追い着くが、香蓮に同情して兄妹の義を結び、殺さずに逃げる。〔巻三〕香蓮は三官廟で縊死する。白雲仙姑は死体を復活させ、兵法を伝授する。兄妹は虎に襲われて離散し、東哥は孫臏の徒弟として修行し、春妹は何仙姑に従って峨眉山で天書を読む。張雄は娘金定とともに反乱を起こし、白春もこれに加わる。楊文広は平定に向かうが敗戦する。春妹は何仙姑から斬仙剣・梱仙縄・紫寿仙衣を贈られ、東哥は孫臏から仙宝沈香枴を贈られ、香蓮は白雲仙姑から伏魔宝剣を贈られ、三人は下山して三官廟で再会する。香蓮は男子に変装し、徴兵に応じて元帥に選ばれる。〔巻四〕母子は出陣し、白春・金定を帰順させ、張雄は自刎して果て、母子は凱旋する。香蓮は荊州から帰京した包公に世美を訴える。世美は母子の活躍を聞いて、皇女を欺いた罪を詫びる。香蓮は世美のために命乞いするが、白雲仙姑が玉帝の命を受けて白虎に世美の心肝を剔らせる。春妹は皇太子に嫁ぎ、東哥は安定侯に封じられる。

ストーリーには、次のような特色が見られる。

一、物語を陳世美と秦香蓮の出会いから開始し、忘恩説話の要素を盛り込んだ。

二、山賊の娘を登場させ、秦香蓮の長子と婚約する物語を中間に挿入した。

三、秦香蓮を蘇生させる神を日頃信奉する女神白雲仙姑とした。

四、子女を援助する神仙を孫臏・何仙姑とした。

五、団円を準備しながら神判が下るという屈折した結末とした。

*

このほか、折子戯『鍘美案』を継承する作品に次のものがある。

④劇本『最新出版鍘美案』五回（民国年間、西京南大街徳華書局）

⑤京劇『鍘美案』（『戯典』収、民国三十七年〔一九四八〕、上海中央書店）

⑥劇本『香蓮闖宮鍘美案』（一名『改良闖宮』、民国年間、〔四川〕古臥龍橋淥記）

秦香蓮（正旦）が旅館の主人張三揚の示唆に従い、駙馬の宮殿に闖入して陳世美（生）に面会するが、世美が妻と認めないため、世美の誕生祝賀に出席する丞相王燕林（末）に訴えて、宴席に招かれて琵琶詞調で世美の不義を唱う。しかしそれでも世美が認めないため、王丞相が門生包公に訴えさせる。世美は懼れて、趙白春に母子を暗殺させるが、三揚が母子の逃走を助け、白春も母子に同情して旅費を贈って放免する。包公は香蓮の訴えを聴いて世美を瑯琊府に招待し、罪を否認する世美を銅鍘で斬首する。
この作品では、次の場面を新たに設けて細緻な描写を創出している。
一、門官（丑）が機転を利かせて香蓮の羅裙を裂いて、香蓮が強引に宮殿に闖入したように装う場面。
二、香蓮が世美の不義を糾す場面。
三、王燕林が香蓮に歌詞の解説を求めるふりを装って世美の不義を糾し、世美と罵り合う場面。

＊

⑦唱本『絵図鉄面無私鍘美案』二巻（民国年間、燮記石印）
この作品は以下の目録から推察する限り、基本的に上記の③四川唱本『陳世美不認前妻』四巻に似ているが、陳世美が包公によって処刑される点は、清代の『鍘美案』に同じである。
〔上巻〕白雲庵求簽・包拯放糧・三陽店認夫・王丞相拝寿
〔下巻〕葡萄架自嘆・楊文広受困・秦香蓮告状・陳世美伏刑

四　現代の作品

『秦香蓮』は現代地方劇に至ると、人物像に工夫を加え、旅館の主人、陳世美の屋敷の門番、丞相王延齢・趙炳、陳世美の部下、包公、皇女・皇太后等の活躍する精彩のある場面を多く設定する。いまその作品には以下のようなものが見られる。民国以来秦香蓮が陳世美を許す内容の作品が出現したことが大きく影響して、現代地方劇も、陳世美を処刑する結末を持つ作品と、陳世美と和解する結末を持つ作品とに分離した。

陳世美を処刑する結末を持つ作品では、秦香蓮母子が武功を立てて陳世美を裁く場面がなく、包公の裁判場面を描写するが、結末の処理に微妙な差異が生じている。

①河北梆子『秦香蓮』九場（河北梆子選集第二集『秦香蓮』、一九五四、天津通俗出版社）

〔一、投店〕旅館の主人張元龍は、湖広均州出身の秀才陳士美が状元に及第して皇太后に気に入られ、駙馬になったと語る。秦香蓮は冬哥・春妹を連れて元龍の旅館に泊まる。元龍は香蓮に士美が天斉廟に参詣する際に面会せよと示唆する。〔二、闖廟〕香蓮が士美との面会を求めたため、護衛は香蓮に羅裙を求め、香蓮が強引に闖入したと弁解する。香蓮は士美に父母の死去を知らせるが、士美は公主を恐れて母子を認めず、香蓮を打擲する。元龍は包公が留守なので王丞相に訴えさせる。〔三、琵琶詞〕丞相王延齢は庶民を理解する人で、香蓮を士美の誕生日に田舎の婦人に扮させて、士美の非道を唱わせる。延齢は士美とは同姓同名の別人だと言って香蓮に唱い続けさせ、人払いをして士美に妻を認めよと諭すが、士美が認めないため、両者は罵り合う。延齢は香蓮に小扇を与えて、包公に訴えよと諭す。士美は太監韓琪に命じて元龍に罰棒四十打を加え、香蓮母子を殺害させる。〔四、殺廟〕韓琪は香蓮に同情し、黄金を贈って逃がした後、自害する。〔五、告刀〕香蓮は頭に小扇を戴いて包公の轎を遮る。〔六、送信〕包公は王朝を遣って韓琪が馬賊に殺されたと士美に伝えると、士美は王朝を犯人として捕らえる。〔七、公堂〕包公は王朝を釈放させた上で、香蓮母子を法廷に上がらせ、「紫椈宮製」銘の鞘を証拠に士美を問い詰める。〔八、見皇姑〕皇姑は開封府に来て香蓮と会って跪くよう迫るが、逆に後に嫁いだ者として跪くことを求められ、包公も士美を釈放しないため、皇太后に訴える。〔九、鍘美〕包公は月俸を香蓮に贈って帰郷を命じるが、香蓮が棄てて退廷したので、皇太后と皇姑の前で士美を処刑する。

秦香蓮が武功を立てて陳士美を裁く場面がなく、代わりに皇女・皇太后と対決する。包公が士美を開封府におびき出す術策として韓琪が馬賊に殺されたと偽る場面を設けたのは、前掲の車王府本京劇『鍘美案』を継承したものである。末尾に香蓮が包公の帰郷の提案を拒絶する場面を設定しており、香蓮の決意を強調しているが、包公の印象を損なってもいる。

②陝西・秦腔『鍘美案』六場（秦腔劇本、一九五四、西北人民出版社）

〔一、闖宮〕秦香蓮は子女を伴って木樨宮の駙馬陳世美を訪ねる。門衛は羅裙を裂いて強引に面会を求めたことにして中に入れる。世美は富貴を捨てがたく、宮主を恐れて母子を認めない。香蓮は怒って仇を討つと宣言して去る。世美は韓奇を土地廟に遣って母子を殺害させる。〔二、殺廟〕韓奇は香蓮に同情して放免し、自刎する。〔三、告状〕香蓮は包公の轎を遮って訴える。包公は王朝を木樨宮へ遣って、馬賊と誤認して韓奇を殺したと自首させる。〔四、釦押〕世美は王朝を逮捕して開封府に来る。包公は香蓮母子を堂に上げ、妻子と認めさえすれば罪を問わないと言うが、世美は拒絶して、証拠の鞘を見せられても、駙馬の身分を笠に着て居直る。〔五、面理〕宮主は香蓮と対面して香蓮が跪かないので打とうとし、包公に退けられたため、皇太后に訴えに行く。〔五、辯理〕龍太后は包公の昇進を約束しても、包公が動じないので、香蓮に銀を与えて帰郷せよと提言するが、香蓮も承知しない。皇太后は鍘に身を置いて処刑を妨害するが、包公も倣ったので諦める。包公は世美の処刑を命じる。

この作品では、包公が王朝に韓奇を馬賊と誤認して殺害したと自首させるストーリーに改めて、包公の知謀を描き出しており、また香蓮に帰郷を促すのも皇太后の所行と改めて、包公の消極性を打ち消している。さらに皇太后が命がけで処刑を妨害するが、包公もそれに対抗する場面を設けて、包公の鉄面無私を描いている。

③四川・川劇・胡琴『鍘美案』不分場（川劇選集第二集、重慶市戯曲工作委員会、一九六二、重慶人民出版社）

○秦香蓮は包公の轎を遮り、訴状と証拠の鋼刀を見せて陳世美を訴える。包公は王朝を沐池宮に遣って世美を酒宴に招く。包公は世美が駙馬に選ばれた時から疑惑を抱いていた。包公は世美に、官吏が皇室を欺き妻子を殺した事件をどう裁くと問うて斬罪だという回答を得、世美を原告と引きあわせ、証拠の鋼刀と鞘を見せて逮捕する。○玉葉公主が世美の釈放を請願し、香蓮との面会を求めるが、香蓮が跪かないため打とうとする。包公が公主を非難したため、公主は天子に訴えに行く。○皇太后も世美の釈放を求めるが、包公は聴かない。○恩師王延齢・文彦博・趙苟欽が世美釈放の詔勅を伝える。包公は一計を案じて、銀子を香蓮に贈って帰郷を勧める。しかし皇太后が子女を奪って世美の釈放を要求し、包公が応じると、香蓮が官吏同士の癒着を非難したため、包公は子女を奪い返して世美を処刑する。○皇太后は鍘刀に手を置いて処刑を妨げるが、包公が鍘に首を置いたので、恐れて手をすくめる。

この作品では、包公の活躍を主眼とするが、王延齢・趙苟欽に活躍の場を与えず、逆に陳世美釈放の詔勅を伝える役割を付与している。また包公の消極性を打ち消すつもりか、秦香蓮に帰郷を命じたことを一計とするが、何をもって包公の計略と言うのかわかりにくい。

④湖北・楚劇『秦香蓮』十二場（湖北戯曲叢書第二十一集、一九八四、長江文芸出版社）

〔一〕秦香蓮は科挙受験のため上京する夫陳世美に傘を贈って送り出す。〔二〕張三陽は世美に状元及第を知らせる。世美は傘を捨てて参内する。〔三〕世美は妻子があることを隠して駙馬になる。〔四〕香蓮は上京する途上にあり、舅姑が死んだことを語る。〔五〕三陽は香蓮に世美の栄達を告げ、傘を示す。香蓮は三陽に沐池宮への案内を請う。〔六〕香蓮は取り次ぎを請うが、世美は面会しない。門吏は香蓮の羅裙を裂いて闖入を装うが、世美は富貴に未練があり、香蓮を追い出す。〔七〕香蓮は王延齢・趙炳の轎を遮って告訴する。〔八〕世美の誕生祝賀会で、延齢は街の歌語りとして香蓮を招く。香蓮の歌詞をめぐって延齢・趙炳・世美は問答し、延齢は世美を諭すが、世美は二相のお節介を非難し、香蓮を蹴ったので、延齢は香蓮に白扇を与えて包公に訴えさせる。世美は香蓮を殺害するため、韓琪を三陽の旅館に遣る。〔九〕韓琪は廟で香蓮に追い着くが、母子を逃がして自刎する。〔十〕香蓮は包公の轎を遮り、韓琪の鋼刀を証拠として世美を訴える。〔十一〕王朝は世美に韓琪殺害犯の審判に立ち会うよう要請する。〔十二〕包公は世美を香蓮母子に引きあわせ、証拠の鞘を示す。皇姑は香蓮と対面し、香蓮が跪かないので打とうとするが、包公からたしなめられたので、皇太后に救いを求める。皇太后は香蓮の子女を奪う。香蓮が世美を夫と認めないならば母子の帰郷を許すと皇太后が誓ったので、包公は香蓮に旅費を与えて帰郷を命じるが、香蓮から官吏同士の慣れ合いを批判されて、世美を処刑する。

陳世美の富貴への執着をよく描いており、王延齢と罵り合う場面にも精彩が見られるが、結末を包公と秦香蓮のどちらに主眼を置くか、なお問題を残している。

⑤山東・東路梆子『鍘美案』九場（山東地方戯曲伝統劇目匯編、東路梆子第三集、山東省戯曲研究室、一九八七）

〔一〕陳世美は韓琪を遣って香蓮母子を張月禄の店から追い出す。〔二〕韓琪は月禄に母子の追放を命じる。〔三〕世美は香蓮が包公に遇うことを恐れて、韓琪に母子の殺害を命じ、包公が世美の左眉が高く右眉が低いのを見て妻があり、百日以内に上京すると賭けたことを語る。〔四〕韓琪は土地廟にいる香蓮母子を見つけるが、同情して放免し、自刎して果てる。香蓮は包公の轎を遮って世美を訴える。包公は王朝を駙馬府に遣り、韓琪が馬賊に殺されたと伝える。〔六〕世美は王朝を馬賊として捕らえて開封府へ赴く。〔七〕包公は王朝の鎖を解き、香蓮母子を世美と対面させて妻子を認めよと迫るが、世美が認めないので、鞘を証拠として逮捕する。皇姑は香蓮に会うが、香蓮が跪かないので鞭打ち、包公も世美を釈放しないので、皇太后に伝える。皇太后は包公の昇進を約束するが包公は聴かない。赦免の詔勅が三度下ったため、包公は香蓮に旅費を与えて帰郷を命じ、香蓮も承諾するが、皇太后が子女を奪ったため、世美を処刑する。〔九〕仁宗は香蓮を許して宮中に置き、瑛哥は王丞相の娘を娶る。

包公の描写に力点を置いたことは評価できるが、逆に秦香蓮の描写に精彩を欠き、包公の下した帰郷命令を受け入れる平凡な女性に変じている。

⑥山東・柳琴戯『鍘美案』八場（山東地方戯曲伝統劇目匯編、柳琴戯第六集、山東省戯曲研究室、一九八七）

〔一〕湖広陳家台の陳士美は、状元に及第して駙馬になるが、包公から左眉が高く右眉が低い人相から前妻がいると看破され、百日以内に前妻が上京すれば処刑だと賭をしたことを思って苦しむ。香蓮は飢饉で老姑が餓死したため、英哥・冬妹を連れて上京する。〔二〕太白金星は東斗星母子三人の上京を知り、老人に変身して手押し車に乗せて汴梁へ運ぶ。母子は張三羊の旅館に泊まり、士美が状元に及第して駙馬になったと聞いて、直接屋敷に赴く。〔三〕士美は香蓮が上京する夢を見る。香蓮は門吏に世美への取り次ぎを請う。門吏は一計を案じて羅裙を引っ張りながら状元に引きあわせるが、世美は香蓮を追い出す。三羊は包公の師である王丞相（綽名は王媽媽）に訴えよと示唆する。〔四〕王延齢は香蓮の訴えを聞いて、御史の轎に香蓮を乗せて駙馬邸に向かい、男娯楽・女娯楽を退けて清曲を唱う女子を指定し、香蓮に士美の不義を唱わせる。世美と延齢はその歌詞をめぐって問答を交わして口論となり、延齢は香蓮に茶扇を贈って、包公に訴えるよう示唆する。士美は香蓮が陳州へ逃げたと聞いて、韓琪に追跡させる。〔五〕韓琪は土地廟で母子に追い着くが、母子に同情して放免し、自刎する。〔六〕包公は香蓮の訴えを聞いて、王朝を駙馬府に遣り、韓琪が馬賊に殺されたと伝えさせる。〔七〕士美は王朝を馬賊として捕らえ、開封府へ送る。〔八〕包公は王朝の刑具を解いた上で、世美を香蓮母子と引きあわせ、母子を認めよと迫るが、世美が認めないため、凶器の鞘を証拠として逮捕する。皇姑は香蓮と対面し、香蓮が跪かないため鞭打って、皇太后に訴えに行く。皇太后は昇進を好餌に世美の赦免を求めるが、包公は拒絶する。詔勅が三度下ると包公も香蓮に慰謝料を与えて帰郷を勧めるが、皇太后が子女を奪ったため、子女を奪還して士美を処刑する。

皇太后が暴挙に出たため陳世美を処刑したと結んでいるが、包公と秦香蓮が詔勅に従うとしたのは、人物像を損なっている。

⑦山東梆子『鍘美案』六場（山東地方戯曲伝統劇目匯編、山東梆子第四集、山東省戯曲研究室、一九八七）

韓琪が秦香蓮母子に同情して自刎した後、包公は香蓮の訴えを聴き、王朝を木樨宮に遣って陳世美に韓琪が馬賊に殺されたと知らせるが、世美は王朝を馬賊として捕らえる。包公は王朝を解放し、香蓮の訴状を見せて世美を捕らえ、皇太后が香蓮から子女を強奪したため、詔勅を無視し、皇太后の妨害にひるまず鍘で世美を処刑し、香蓮を皇太后の娘とする。

秦香蓮を皇太后の養女としたのは、皇太后を慰安するためか、秦香蓮を祝福するためであろう。⑤に似る。

このほか、この系統の作品は多数ある。[5]

＊

次に、陳世美が秦香蓮と和解する結末を持つ作品では、香蓮が武功によって世美よりも高位に立つことによって復讐は果たされたと認めるわけか、世美は罪を赦免される。

①安徽・盧劇『秦香蓮』不分場（安徽省伝統劇目匯編、盧劇第十集、安徽省伝統劇目研究室、一九五八）

陳世才は兄世美が状元に及第したことを秦香蓮に知らせる。一家は揃って上京するが、途中古廟で世才が盗賊に殺されたため、衝撃を受けて父母も死ぬ。香蓮は母子三人で上京し、張三陽の旅館に泊まって、世美が駙馬になったことを聞き、世美の住む美熙宮に行く。三陽が世美に妻子の到着を報告すると、世美は三陽に罰棒を加える。三陽は香蓮に、世美の誕生祝賀に参列する元老王天玉に訴えるよう示唆する。天玉は香蓮を連れて美熙宮に入り、歌語りとして香蓮を呼ぶ。香蓮の歌詞をめぐって天玉は世美に問いかけ、香蓮を妻と認めるよう迫って罵り合う。天玉は香蓮に白紙の宝扇を贈って包公に告訴させる。世美は趙柏春を脅し、香蓮母子を殺害せよと命じる。詔勅が下って世美は君主を欺いた罪で逮捕される。三陽は香蓮の逃亡を助け、伯春も母子に同情して、銀を贈って放免する。母子は古廟に泊まり、香蓮は縊死する。三観〔官〕神は香蓮の死体を保護し、力士に命じて恩哥・冬妹の夢の中で武芸を教えさせる。二人は狄青の軍に投じ、香蓮も後から加わって、三人は海青王を平定して凱旋する。香蓮は水軍都督を授かって世美を裁くが、世美が妻子を認めないため開封府へ送検する。包公は世美を処刑しようとするが、母子がこれを遮り、天玉からの示唆で包公が賭の証文を世美に返すと、世美は初めて母子を妻子として認める。

結末を団円とするため、元老王天玉の仲介で包公と陳世美が仲直りをして世美が妻子を認めると述べ、包公と世美の私的な体面の問題にすり替えて、秦香蓮に怒りの表情が見られず、世美にも罪の意識が認められない点に問題を残している。

②安徽・泗州戯『琵琶詞』不分場（安徽省伝統劇目匯編、泗州戯第一集、安徽省伝統劇目研究室、一九五八）

陳世美は状元に及第して駙馬になったが、均州が飢饉だと知って家族を心配する。秦香蓮は飢饉で姑が餓死したため、子女を連れて上京する。太白金星は挿花星が左右二侯を連れて上京し、困難に遭遇しているのを知って、手押し車で母子を都に送る。香蓮は張三羊の店に泊まって世美の栄達を知り、世美に会いに行く。世美は悪夢を見て、湖広均州の女子を入れるなと門衛に命じる。門衛は香蓮の羅裙を引っ張りながら世美と会わせるが、世美は香蓮を追い出す。三羊は香蓮に、琵琶を抱いて清曲語りに扮し、丞相王延齢に訴えるよう示唆する。延齢は、包公が世美の人相を見て左肩が高く右肩が低いので前妻がいると断言して首を賭けた経緯を語り、御史の轎に香蓮を乗せて駙馬府へ赴き、清曲語りとして香蓮を招く。香蓮の歌詞をめぐって延齢は世美と問答し、世美に妻子を認めるよう迫るが、世美は認めず、二人は罵り合う。延齢は香蓮に扇子を贈って包公に訴えよと示唆する。世美は韓琪に香蓮母子を殺害するよう命じる。三羊は母子を逃がす。韓琪は追い着くが、母子を逃がして自刎する。観音は香蓮を連れ去り、関帝廟に泊まった英哥・冬妹は、夢の中で周倉から兵法を教わって、海千・海万の反乱を平定するため、徴兵に応じる。香蓮も観音から兵法を教わって下山し、元帥に代わって軍の指揮を執る。英哥・冬妹は軍に加わり、再会した母子は番軍を平定して凱旋する。香蓮は総督に、英哥・冬妹は左右二侯に封じられる。香蓮は延齢の扇子を包公に示して世美を告訴する。包公は世美を開封府に招いて妻子と対面させ、皇帝の詔勅と皇后・皇姑の密旨を無視して陳世美を処刑しようとするが、母子がそれを妨害し、延齢が登場して妻子を駙馬府に迎えさせる。

本作品でも陳世美が秦香蓮を妻子と認めない原因を包公との賭にあるとし、母子が世美の処刑を妨害し、王延齢の仲介によって世美が妻子を認めると収束して、重婚の問題を解決していない。

③広西・桂劇・弾腔『三官堂』十二場（広西戯曲伝統劇目匯編第十五集、広西僮族自治区戯曲工作室、一九六二）

〔一〕湖広荊州の秀才陳世美は科挙受験のため上京する。〔二〕世美は張三揚の旅館に泊まる。〔三〕五経考師王思茂は世美を状元に選抜する。世美は天子に独身だと答えて駙馬を授かる。〔四〕包公は麻衣相法を用いて、世美の左肩が下がり右肩が上がり、左眉が高く右眉が低いのは家に妻子がある証拠だと断言する。包公は王丞相の前で賭をし、百日以内に妻子が尋ねて来たら世美の首を取るという文書を交わす。〔五〕香蓮は旱魃で生活に窮する。伯父は世美の任官を知らせ、銀を贈って援助する。香蓮は弟とともに上京する。〔六〕途中で弟は山賊羅威に殺される。香蓮は三揚の旅館に泊まって世美の栄達を聞き、三揚に仲介を依頼する。〔七〕三揚が妻子の到来を告げると、世美は罰棒を加える。門番は香蓮の羅裙を引き破り、強引に闖入したとして世美に会わせるが、世美は賭を恐れて香蓮を追い出す。三揚は香蓮に夫を訴えよと示唆する。〔八〕王延齢は世美の誕生祝賀に出席する途中で香蓮に遇い、琵琶語りに扮装させて世美と引きあわせる。延齢は趙炳とともに木穉宮を訪れる。香蓮の歌詞をめぐって趙炳・延齢は世美と問答する。延齢は世美が香蓮を認めないので、包公に訴えさせる。趙炳は世美から罵られたため、天子に弾劾する。世美は趙伯春に香蓮母子の殺害を命じる。〔九〕三揚は母子の逃亡を助けるが、伯春は母子に追い着き、同情して銀子を贈り、放免する。香蓮は三官廟で縊死する。三官神は子女の夢の中で、母が百日後に復活することを告げ、兵書・宝剣を授けて武芸を修練させ、改名して磨盤山の盗賊を平定せよと命じる。〔十〕兄妹は思茂の軍に参加して、磨盤山に身を投じた伯春に遇う。三人は三官廟に行って香蓮を復活させる。詔勅により香蓮は圧国夫人に、英哥・冬妹は天南王・地北侯に、伯春は九門提督に封じられる。〔十一〕香蓮は世美を弾劾して白虎堂で世美を審問するが、証人となるため、審問を包公に委任する。〔十二〕包公が世美を処刑しようとすると、香蓮母子が遮り、三宮妃が赦免を請うが、包公は許さず、延齢が請うて初めて赦免する。世美は香蓮を妻と認める。

本劇でも王延齢の仲介によって包公が陳世美を赦免すると結ぶ。秦香蓮に同行した弟が山賊羅威に殺害され、趙伯春が山賊平定に活躍する点が②と異なる。

④広西・邕劇『三官堂』二十場（広西戯曲伝統劇目匯編第四十一集、広西僮族自治区戯曲工作室、一九六二）

〔一〕湖広荊州の秀才陳世美は、科挙受験のため上京する。〔二〕丞相王延齢は世美を状元に選抜する。〔三〕包公は麻衣相法で世美の人相を見、左眉が高く右眉が低く、左膀が低く右膀が高いのは妻子がある証拠だと断言するが、世美が否定したため賭をする。〔四〕秦香蓮は弟瓜子とともに世美を尋ねて上京する。〔五〕蟒当山の山賊羅威は旅人を襲うため下山する。〔六〕瓜子は山賊に殺される。〔七〕香蓮母子は張三陽の店に泊まり、世美が状元に及第して駙馬に選ばれたと知る。〔八〕三陽は世美に香蓮の到来を告げるが、罰棒を加えられる。〔九〕門番は香蓮の羅裙を裂いて強引に闖入したとするが、香蓮は世美に追い出される。三陽は青天に訴えよと示唆する。〔十〕延齢は司馬趙炳を誘って世美の誕生祝賀に行く。〔十一〕香蓮は二相の轎を遮って夫を訴える。二相は香蓮に琵琶語りをさせて世美を感動させようと謀る。〔十二〕香蓮の歌詞をめぐって趙炳・延齢は世美と問答するが、世美が認めないため、延齢は香蓮に白扇を贈って包公に訴えさせる。趙炳と延齢は世美と口論の末、弾劾を宣告する。世美は趙伯青に鋼刀を与えて、香蓮母子の殺害を命じる。〔十三〕三陽は香蓮母子の逃亡を助ける。伯青は母子に追い着くが、同情して銀子を贈って放免し、自分も逃亡する。〔十四〕伯青は蟒当山の羅威と義兄弟になる。〔十五〕香蓮は三官堂で縊死するが、三官大帝が香蓮に丸薬を含ませて、後の復活に備える。また神将に槍法を英哥・冬妹に伝授させて甲冑を贈り、改名して徴兵に応じさせる。〔十六〕二人は楊虎の部将となる。〔十七〕山賊を平定して、英哥は天南王に、冬妹は地北侯に、復活した香蓮は圧国夫人に、朝廷に帰順した伯青は潼関総鎮に封じられる。〔十八〕香蓮は包公に世美の裁判を委任し、包公は世美に自ら駙馬は処刑だと言わせて逮捕する。〔十九〕世美の処刑を香蓮母子が遮るが、包公は許さず、三宮主の請願も受け入れないが、恩師の手紙を見て初めて世美を許す。〔二十〕世美は香蓮母子を妻子と認める。

本劇でも包公の頑固さを団円の障碍とする。また趙伯青の活躍を描く。

⑤湖北・湖北越調『琵琶詞』十場（湖北地方戯曲叢刊第四十六集、湖北戯曲叢刊編集委員会、一九八一、湖北人民出版社）

〔一〕秦香蓮が登場し、湖広均州が旱魃に遭って舅姑が餓死したため弟と一緒に上京したが、途中で弟が強盗に殺され、母子三人は張義楼の旅館に泊まり、夫陳士美が状元に及第して駙馬になったと聞いて、母慈宮に行って面会を求めたが追い返され、義楼から王丞相に訴えよと示唆されたと語る。香蓮は古調琵琶詞ができると告げて、王延齢に従って母慈宮に入る。〔二〕延齢は香蓮を喚び、香蓮の歌詞をめぐって士美と問答し、最後には罵り合い、香蓮に寿扇を贈って包公に訴えさせる。士美は恐れて義楼に香蓮母子を追い出させ、韓斉に殺害を命じる。〔三〕義楼は母子を逃がし、韓斉を引き留める。〔四〕韓斉は追い着いて香蓮を殺す。観音は香蓮を救う。韓斉は英哥・冬妹に旅費を与えて逃がし、自らは馬耀の軍に身を投じる。観音は香蓮に神箭を贈り、馬耀の軍に加わって番賊海千を討伐せよと命じる。〔五〕関帝は周倉に英哥・冬妹の夢の中で兵法を教えさせ、二人に馬耀の軍に加わるよう示唆する。〔六〕香蓮は元帥に命じられ、英哥・冬妹と再会する。〔七〕海千を滅ぼした香蓮は侯爵督府に封じられる。〔八〕延齢に弾劾された士美は、侯爵督府で審問される。〔九〕香蓮は妻子を認めない士美を開封府に送検する。〔十〕包公が士美を処刑しようとすると、香蓮母子が遮り、延齢の指示によって、包公が士美に賭の証文を返し、士美は初めて香蓮母子を妻子と認める。詔勅が下り、香蓮は公主とともに士美を夫とする。

本劇でも王延齢の仲介によって包公が陳世美を許す。世美の部下韓斉が秦香蓮を殺すとして観音を登場させたが、子女だけを救うところに矛盾がある。韓斉は盗賊の仲間にはならず、官軍に加わるとした。

⑥湖北・東路花鼓『秦香蓮挂帥』十場（湖北地方戯曲叢刊第五十三集、湖北戯曲叢刊編集委員会、一九八一、湖北人民出版社）

〔一〕秦香蓮は夫陳士美が科挙試験に上京して三年後、飢饉に遭って舅姑が死んだため、夫を尋ねて上京する。

〔二〕香蓮は張三陽の旅館に泊まり、士美が駙馬になったことを聞く。三陽は香蓮の到着を沐池宮に知らせる。〔三〕士美は包公から左眉が高く右眉が低いので前妻があると言われて首を賭けたため、怒って三陽に罰棒を加える。三陽は御廟へ参詣する世美の行く手を遮るよう香蓮に示唆するが、士美が香蓮母子を馬で踏みつけて去ったため、香蓮に白紙を与え、丞相王延齢に訴えさせる。〔四〕延齢は丞相趙柄に謀り、士美の誕生祝賀の席で香蓮に琵琶語りをさせる。〔五〕香蓮の歌詞をめぐって延齢・趙柄と士美は問答するが、士美が香蓮を認めないので、延齢は香蓮に白扇を贈って包公に訴えさせる。趙柄は士美に罵られて怒り、士美を弾劾する。士美は恐れて香蓮母子の殺害を決意し、趙白春を三陽の旅館に遣る。〔六〕三陽は香蓮母子の逃亡を助けるが、白春は母子に追い着き、母子に同情して放免し、海青国王の討伐軍に身を投じる。〔七〕香蓮は三官廟で縊死するが、三官大帝が救い、力士に命じて母子三人に武芸を授け、王洪の討伐軍に参加させる。〔八〕香蓮は王洪軍の元帥となり、白春は先鋒となる。〔九〕香蓮は斬妖剣で海青国王を刺して凱旋する。〔十〕香蓮は都督に封じられ、士美の裁判を命じられるが、士美との対面を避けて、包公に裁判を委ねる。英哥・冬妹は父を救う策を練り、士美が包公との賭けの証文を呑み込み、子女が鍘を抱えたため、包公は士美の審判を都督に委ねる。かくて三陽が士美の赦免を進言し、香蓮も従う。三陽は娘と英哥との婚姻を申し出る。

本劇では子女が陳世美を救うため、世美に賭の証文を呑み込ませる策を講じるという孝子説話とした。また旅館の主人の存在を強調するが、包公の存在感は薄れている。

⑦『秦香蓮与陳士美』（別名『賽琵琶』、徽劇伝統劇目）(6)

陳士美は状元に及第して仁宗の妹鳳蓮を娶る。妻秦香蓮は夫を尋ねて上京するが、士美は追放し、趙伯春を遣って殺させる。伯春は香蓮母子を逃がし、母子は古廟で神仙から武芸を伝授される。外国が辺境を犯すと母子は出征して凱旋し、香蓮は女軍都督を授かって士美を裁く権限を与えられるが、英哥と冬妹が赦免を請うたため、包公に審判を委ねる。包公が頑として士美の罪を赦さないため、八賢王は包公を欺いて梅安という囚人を士美に偽装させて開封府に送る。一年後、鳳蓮は香蓮に士美の生存を知らせて一家は団円するが、英哥と冬妹が捕らえた虎が士美を喰い殺す。包公は騙されたことを知って怒って辞職する。

本劇では一家団円の思想と勧善懲悪の思想を同居させており、王延齢に代えて八賢王を登場させ、包公の目を欺いて陳士美を赦免するが、結局は神虎が士美を喰い殺すという曲折した結末を創出している。

＊

なお上記の物語の二類型にとらわれず、武功によって都督に昇進した秦香蓮が自ら陳世美を裁いて処刑するという新趣向の作品も創作されている。

①『女審』（李玉花等口述・呂君樵等整理、『上海十年文学選集戯曲劇本選』収、一九六〇、上海文芸出版社）

この作品の場合、詔勅を伝える宰相王廷玉に反駁して香蓮母子が処刑を強行するとし、包公と公主・皇太后の対決を描かず、香蓮母子の主体性を確立している。

五　模倣作品

『秦香蓮』劇の流行によって以下のような模倣作品が出現する。

①安徽・皖南花鼓戯『双插柳』（安徽省伝統劇目匯編、皖南花鼓戯第四集、安徽省伝統劇目研究室編、一九五八）／安徽・黄梅戯『双插柳』（安徽省伝統劇目匯編、黄梅戯第七集、安徽省伝統劇目研究室編、一九五八）

書生孫文秀が状元に及第して駙馬に迎えられた後に、子女を連れて上京した妻趙桂英を殺すが、桂英は以前助けた龍王の化身である白亀に救われて龍宮で武芸を伝授され、子女は殺害を命じられた文秀の部下に放免されて山賊となり、後に母子ともに文秀に復讐するため起兵して京都を包囲し、包公の計らいで文秀は処刑される。駙馬の部下が山賊になって駙馬に復讐するストーリーがあったが、本劇では、母子が山賊になったと改める。また動物の報恩説話を取り込んでいる。

②広西・桂劇『焼骨記』（広西戯曲伝統劇目匯編第五集、広西僮族自治区戯曲工作室、一九六二）

書生王龍が状元に及第して龐洪の婿となり、洛陽県令を授かるが、包公が人相を見て王龍に妻子があることを言い当てる。妻蔣氏は飢饉で舅姑を同伴して洛陽に上り、舅が死んで火葬し、骨を背負って上京するが、王龍が妻と認めないため、訴えを聴いた包公が王龍を処刑し、蔣氏は都督となった我が子と再会する。

書生は駙馬ではなく、奸臣の婿となる。書生の妻を孝女として描き、結末に母子の再会を設定して団円劇とする。

③山東・柳琴戯『東秦』二十五場（山東地方戯曲伝統劇目彙編、柳琴戯第五集、山東省戯曲研究室、一九八七）

〔一〕劉文素は妻があることを隠して李千歳の郡馬になるが、包公に左眉が短く右眉が粗いのは家に子女がある証拠、左眉が短く右眉が長いのは家に継母がある証拠だと言い当てられて首を賭けたため、河南汴梁村から妻子が訪ねて来ることを恐れる。〔二〕黄氏は劉員外の後妻で、嫁王鳳英を虐待したため、王氏は春生・桂姐を連れて上京する。〔三〕李長庚は老人に変身して、母子三人を東京城まで運ぶ。〔四〕文素は母子上京の夢を見て、城門の兵卒に見張らせる。〔五〕門兵は春生に脅されて入城を許す。〔六〕王婆は王氏に文素の栄達を告げ、国母の誕生日に周橋で待てと示唆する。〔八〕文素は王氏を妻と知り、銀を贈って帰郷を促すが、王氏が開封府に訴えると言うため、張千に殺害させる。〔九〕王氏の冤魂は龍王老爺の許可を得て酆都城に赴き、凄惨な刑罰を見る。

閻王は死生簿に王氏の名がないので、王氏を現世に送り帰す。〔十〕王氏の亡霊は旅館に帰り、子女の夢の中で二龍山の叔父王龍を訪ねよと示唆する。〔十二〕観音老母は水平星が百日の水牢の災禍を被るので海東傲来国の土地小廟に運び、両眼を取って保存し、その貞節を守ることにする。〔十三〕王氏は失明して土地老爺・土地婆婆に祈願する。〔十四〕山西洪洞県の張龍は悪人を殺して逃亡し、李虎とともに乞食して王氏を母親とする。〔十七〕土地神は挿花星と東斗星の受難を知り、文素の後妻李鳳英の夢に現れて、子女を救えと示唆する。〔十八〕李氏は桂姐から事情を聴いて夫の仕打ちに憤り、王婆に子女を託す。〔十九〕李氏は帰宅した文素を諭すが、文素は重婚の罪を恐れて張千に子女の殺害を命じる。だが張千は文素が与えた銀を旅費として二人に贈って逃亡させ、自分も雲南へ逃走する。〔二十一〕桂姐と春生は二龍山に赴き、王龍に母の夢を告げる。王龍は姉の復讐を誓う。〔二十二〕観音老母は三年の災禍が過ぎたことを知り、王氏に両眼を返す。〔十三〕王氏は張龍・李虎を同伴して上京する。〔十四〕王龍は姉と再会し、復讐のため兵を起こす。王龍は文素の引き渡しを宋王に要求する。〔二十五〕包公は王氏から事情を聞いて文素を召喚し、王氏と対面させる。だが文素が郡馬を笠に着て罪を認めないため、衣冠を剥奪して処刑し、春生を劉家の後継者として宰相の地位を約束し、王龍を朝廷に帰順させる。女性の受難を主題としており、妻王鳳英が継母に虐待されて夫を尋ねて上京する場面を新たに設定し、女性を救済する観音や乞食張龍・李虎を登場させ、最後に身内である妻の弟も援助して、背信した夫に復讐するという庶民的な物語としている。

④山東・四根弦『東秦』十六場（山東地方戯曲伝統劇目彙編、四根弦第一集、山東省戯曲研究室、一九八七）

柳琴戯『東秦』③とほぼ同内容であるが、包公が登場する以前で、ストーリーを未完のまま終結する。

⑤山東・四根弦『西秦』四場（山東地方戯曲伝統劇目彙編、四根弦第一集、山東省戯曲研究室、一九八七）

〔一〕李彦栄は関帝の神助で造反者大刀張朴の首を取り、その功績で西秦王の駙馬となる。〔二〕妻裴秀英は義弟彦貴が岳父黄忠によって投獄されたため彦栄を尋ねて上京するが、旅館の女主人から夫が状元に及第して駙馬になったと聞き、御街で夫の通過を待つ。秀英はまず丞相黄忠が無理難題を言って彦貴の婚約を破棄したことを訴えると、彦栄は黄忠を罵って告訴を受理する。秀英は次に収賄して彦貴を有罪とした化州（広東）化陽県令郭賛文を訴えると、彦栄はこの告訴も受理する。秀英は最後に朝廷を欺き老母を棄て弟を顧みず妻を裏切った夫彦栄の不忠不孝不仁不義を訴えると、彦栄は文武二官を自分に扮装させて妻を欺こうとするが、秀英が見破ったため、初めて妻と認めて罪を詫びる。夫婦は口論を経て仲直りし、彦栄は皇姑に罪を詫びるため自縛して参内する。〔三〕皇姑李翠蓮は事情を聞いて怒るが、夫を斬首して投獄されれば子女を見る者も無くなるため、彦栄を許す。〔四〕秀英と皇姑は正妻の座を譲り合い、和気藹々と閉幕する。

本劇は第二場の夫婦の問答を主眼とする。妻が夫に教訓を垂れる場面に読書人に対する皮肉を込めている。夫婦の仲直りによって包公は登場しない。劇中には、娘黄千金が庭園で李彦貴に金銀を贈るが、発覚して彦貴が侍女殺害の容疑で投獄されるという『血手印』説話の趣向も取り入れている。

⑥山東・五音戯『劉香蓮』十八場（山東地方戯曲伝統劇目彙編、五音戯第二集、山東省戯曲研究室、一九八七）

西安咸陽県の沈文素が宰相黄天表の女婿となり、餓死した舅姑を埋葬して夫を尋ねて上京した劉香蓮母子を認めない。宰相は娘を側室にしたくないため、部将に香蓮母子の殺害を命じるが、部将は母子に同情して蒲梅架で放免し、南海大士と孫臏がそれぞれ香蓮と子書保を救って武芸を教授する。太行山の山賊張龍が造反すると、香蓮が元帥に任命されて文素を糧秣護送官に推挙して苦しめる。孫臏は書保に張龍の娘金定と姻縁があると告げて香蓮に引きあわせる。香蓮は雨で糧秣を運べない文素を斬首しようとするが、書保が赦免を請う。書保は金定に投降を勧め、張龍も朝廷に帰順する。香蓮は文素を叱責し、文素も謝罪して、一家は団円を迎える。

本劇では、香蓮が不義を冒した夫に糧秣護送の辛苦を味わわせるという新しいストーリーを創作する。子の請願によって香蓮が夫を赦すため、包公は登場しない。『花部農譚』に記す『賽琵琶』劇の結末もこうではなかったかと思われる。

⑦河北・糸弦『羅裙記』（別名『李延芳打老婆』、糸弦伝統劇目、石家荘市糸弦劇団蔵本(7)）

長安の李延芳は科挙受験のため上京したまま九年経っても帰郷しない。妻楊素貞は子英哥を売って舅姑を孝養するが、舅姑が亡くなったため夫を尋ねて上京し、韓家店に泊まる。旅館の老婆は、李が状元に及第して丞相韓其の婿になったと告げる。素貞が丞相府を訪れると、韓其の娘金定は素貞が李の嫡妻だと知り、姉妹となって夫妻を引きあわせる策を講じる。延芳が帰宅すると、金定は同郷人が訪ねて来たと言って素貞と会わせる。だが延芳は妻と認めては韓其の機嫌を損ねて官職を失うと考え、父母の肖像を引き裂いて、素貞を追い出す。金定は怒って、素貞に包公に訴えるよう諭す。包公は西台御史張登雲にこの事件を審理させ、銅鍘・赤剣を用いて裁くよう命じる。素貞が堂に上って事情を語ると、登雲は母だと悟り、延芳の官位が高いので、一計を案じて延芳を投獄する。丞相韓其はこれを知って、金定を伴って許しを請う。詔勅によって延芳は赦免され、一家は団円する。

妻が子を売って舅姑を孝養する場面を設定して妻子の孝心を称揚し、夫が父母の肖像を引き裂く場面を設定して夫の不孝を強調する。また丞相の娘を善人とし、売られた子が出世して父を裁くとする点が新しい。『秦香蓮』劇で駙馬の部下であった韓琪を丞相の名とする点にも、別の説話に改作する意識が見られる。

⑧山東・化粧墜子『双駙馬』（別名『売子尋夫』、化粧墜子伝統劇目、山東省戯曲研究室蔵抄本(8)）

李自明は科挙に及第し、妻がないと偽って駙馬になる。妻楊秀英は故郷で異変に遭い、姑を埋葬し子を売って、乞食をしながら夫を尋ねて上京する。後に御街で夫の轎を遮って訴えるが、自明は秀英を妻と認めず、打ちすえる。秀英は幸い旅館の老婆に救われて駙馬府に送られるが、自明は硯石で殴って外に放り出す。そこへ包公が通過し、秀英を救って開封府へ連れ帰る。秀英が売った子金閣は科挙に及第して駙馬に招かれており、皇姑の子と知り合って、ともに包公に訴える。包公は自明に前妻を認めるよう諫めるが、自明が承諾しないため処刑する。ストーリーを単純化して、夫が自らの手で妻の殺害を謀るとし、最後に処刑される結末とする。書生の子が駙馬となり、父と皇女の間に生まれた子とともに父の不義を訴えるという新しいストーリーを創出している。

六　結び

『秦香蓮』説話は、皇女の婿となって自分を捨てた夫を妻が包公に訴えて懲らしめてもらうという、弱者が共感する主題によって大いに流行した。民国年間に母子の嘆願によって陳世美を赦すという家族団円を重視したストーリーが出現して以後、現代の地方劇では、陳世美を処刑するストーリーと、陳世美を赦免するストーリーの二類型に分かれた。前者では包公がトリックを使って陳世美を捕らえ、秦香蓮が皇女や皇太后と対決する場面を新たに創造した。後者では秦香蓮と子女が神の庇護により武功を立てて陳世美を裁く地位に昇進し、復讐は不必要として、処刑を止めて団円とした。前者は権力者の横暴を挫くことを主題とした物語であり、後者は家族の団円を重視した物語である。後者は決して合理的な解決とは言えないが、団円は民衆の理想であり、こうしたストーリーが生まれるのも当然と言える。

説話は発展の段階で細部を構築していき、秦香蓮、包公をはじめ、子女、香蓮の兄弟、旅館の主人、駙馬府の門番や部下、丞相や司馬、神祇、皇女、皇太后、包公、護衛の描写が詳細になり、ストーリーも多彩になった。ただ物語の収束のしかたは難しく、香蓮、包公、神祇など、主人公が複数いるため、成功したとは言い難い結末も少なくない。またこの話の流行によって類似の説話が創作され、女性の受難を強調したり、子の受難を描いたりしたが、これらもやはり二タイプの結末を持ち、結末を示さない作品も少なくなく(9)、民衆の複雑な心理を反映している。

注

(1) 加藤徹「中国地方劇脚本の流伝と展開―梆子・皮黄劇『鍘美案』を題材として」(一九九〇、東洋文化七一)は、包公の歌詞を劇種ごとに比較することを通じて作品伝播の様子を模索した論文である。加藤氏の一九九七年作成のホームページによれば、同氏には修士論文「地方劇『秦香蓮』の成立と発展」(一九八八)がある。その目次によれば、第二篇「『秦香蓮』劇の歴史(明から現代まで)で、小説『百家公案』以後の創作の流れを追い、清代に『女審』系と『鍘美案』系の二系統があったとする。第三篇「『秦香蓮』を有する各地方劇の検討」で紹介する各地の地方劇には、本節に掲載していないものがある。当該論文は未公刊のため、著者はこれを未見のまま執筆した。

(2) 雅部に対する呼称。雅部は崑曲を指し、花部はそれ以外の地方劇を指す。

(3) 周明泰『道咸以来梨園系年小録』(一九三二)引、退庵居士文瑞図蔵。

(4) 観相書にこのような記述は見えないが、後周・王朴『太清神鑑』巻一「相法妙訣」には「面上看来眉不同、一上一下形如虫。如此之人若与交、眷属之人亦不中」と言って、邪悪の相とする。張桂光主編『中国相人術大辞典』(一九九五、捷幼出版社)「一上一下眉」項参照。

(5) ⑦評劇『秦香蓮』八場(中国戯曲研究院等編『評劇叢刊』第一集、一九五四、通俗読物出版社)、⑧京劇『秦香蓮』十三場(華東戯曲研究院等編輯、一九五四、文化生活出版社)、⑨同上(華東区戯曲観摩演出大会編印『華東戯曲研究院代表団演出劇本選集』、一九五四)、⑩粤劇『秦香蓮』七場(広州市戯曲改革委員会編印、一九五四)、⑪越劇『秦香蓮』三幕(『越劇戯考秦香蓮』、刊年不明）、⑫京劇『鍘美案』三場（『京劇叢刊』第二十六集、中国戯曲研究院編輯、一九五五）、⑬川劇『鍘美案』九場（『川劇』十、一九五五、重慶人民出版社）－高腔「賜宴入贅」「上京尋夫」「投書被責」「三陽回店」「琵琶祝寿」「香蓮闖宮」、弾戯「報信三趕」「韓奇殺廟」、胡琴「攔告鍘美」、⑭同上（一九七九、四川人民出版社）、⑮川劇胡琴『鍘美案』不分場（『川劇叢刊』第十二輯、一九五六、重慶人民出版社）、⑯滇劇『秦香蓮』九場（中国戯劇家協会雲南省分会等編『雲南十年戯劇劇目選』滇劇集、一九五九、雲南人民出版社）、⑰京劇『秦香蓮』（中国戯曲学校編『京劇表演専業劇目教材』、一九六二、中国戯劇出版社）。

（6）『中国戯曲志』江蘇巻（一九九二、中国 ISBN 中心出版）、劇目梗概。

（7）『中国戯曲志』河北巻（一九九三、中国 ISBN 中心出版）、劇目梗概。

（8）『中国戯曲志』山東巻（一九九四、中国 ISBN 中心出版）、劇目梗概。

（9）①山東・山東梆子『琵琶詞』（山東地方戯曲伝統劇目匯編、山東梆子第四集、山東省戯曲研究室、一九八七）、②湖北・天眄花鼓『秦香蓮』（湖北地方戯曲叢刊第十三集、湖北戯曲叢刊編集委員会、一九五九、湖北人民出版社）、③湖北・漢劇『琵琶詞』（湖北戯曲叢書第七集、湖北省戯劇工作室編、一九八三、長江文芸出版社）、④四川・川劇・高腔『闖宮』（川劇叢刊第七輯、一九五六、重慶人民出版社）、⑤広東・粤劇『賀寿』（『琵琶詞』）（粤劇伝統劇目叢刊、広州市戯曲改革委員会、一九五六、広東人民出版社）、⑥湖北・東路花鼓『秦香蓮』（湖北地方戯曲叢刊第三十九集、湖北戯曲叢刊編集委員会、一九八一、湖北人民出版社）。

第二節　貞節な妻――零落した婿を嫌う岳父――『血手印』

一　はじめに

儒教社会において夫婦の節義は重視された。この思想を反映した代表的な文学作品に元・王実甫『呂蒙正風雪破窰記』雑劇があり、富家の娘劉月娥が親の反対を押し切って、繍球を投げて選んだ夫呂蒙正の住む破窰に住んで、夫の科挙及第を待つ話はよく知られている。

「包公案」においても同趣旨の作品『血手印』が大いに流行した。この作品では、婿方の家の零落を理由に婚約を解消しようとする父の背信行為に対して憤り、何とか婚約者を救済しようとする娘のけなげな心が観客の胸を打つ。本節では『血手印』説話についてその成立の歴史を考察し、地方劇の脚本の内容を紹介して、各脚本の特色について考察を加えることにする。

二　民国以前の説話

まずこの説話の淵源について考えてみよう。本劇については、明・徐渭『南詞叙録』宋元旧篇に『林招得〔三負心〕』

があり、その出現は宋元時代に遡ることが知られている。[1]だがこの作品は現存しておらず、「包公案」ではない可能性もある。元・関漢卿の雑劇『緋衣夢』（明・趙琦美『古名家雑劇』収）は「包公案」ではなく、主人公の名も林招得ではないが、ストーリーが酷似しており、物語の形成に関連があることは間違いない。

富者王員外が李家の没落を見て「指腹為婚」（懐妊中の婚約）の解消を図る。李家の息子慶安は王家の庭園の樹上に落ちた凧を取って娘閏香と遭遇し、貧乏で婚礼が挙げられないと告げると、閏香は侍女を通じて金銀を贈る約束をするが、侍女が員外に恨みを抱く盗賊裴炎に殺される。員外は閏香から事情を聞いて慶安の犯行と考え、李家の門に血の付いた手形があるのを証拠に慶安を県に訴える。県官は拷問を加えて慶安の自供を得るが、開封府尹銭可が判決文を書こうとすると、慶安が救った蒼蠅が筆先を抱いて妨害したため冤罪だと悟り、慶安を獄神廟に寝かせ、慶安のうわごと「非衣両把火」から犯人が裴炎だと推察し、捕吏を雑貨商に変装させて凶器を裴家の門前で売らせると、裴の妻が買おうとしたので捕らえて夫の犯行を自供させる。慶安の父は誣告罪で員外を告訴しようとするが、員外は賠償金三千貫で和解して男女の結婚を認める。

いま『血手印』の最も早期の作品として現存するものは、明万暦甲午年（一五九四）刊小説『百家公案』巻七十八「両家願指腹為婚」である。[2]そのストーリーを要約すると以下のごとくである。

富豪林百万と張員外は指腹婚約をし、都合よく両家に男子と女子が生まれるが、林招得は賭博好きで家産を蕩尽し、水を売って生活する。林家が零落したため、張員外は婚約破棄を思うが、娘千金は承知しない。太白金星が招得の前に現れ、招得に白雀を追わせて張家の庭に導く。千金は深夜に黄金十両を招得に贈る約束をし、背信した自分の父を開封府に訴えよと告げる。二人の話を聞いた肉屋の裴賛は、侍女を殺して金を奪い去る。後れて到着した招得は、血の跡を残して逃げ去る。張員外は事件を都監（城内の治安を管轄する官）に訴え、血の跡から招得の犯行と見做される。開封府の薛開府は、張員外から賄賂を受け取って、拷問によって招得を自供させる。薛開府は包待制の帰還を知って、早急に処刑しようとする。だが処刑の時に天候が崩れ、被疑者が冤罪であることを啓示したため、包公が帰還して現場を調査し、裴賛の銘が入った凶器を発見する。また紅衣を着た人物を夢見て、犯人は裴賛と確信する（紅は緋で非と同音、それに衣を付けると裴字となる）。裴賛が自供しないため、包公は妓女を殺された侍女の亡霊に扮装させて脅し、その自供を得る。

男子の家の零落による指腹婚約の解消、侍女殺害の冤罪を男子が被り、犯人は裴姓である等の諸点で雑劇と小説は類似している。

小説では、林家の零落の理由を林招得の賭博好きによるとし、王千金が林招得に実父を訴えさせるために金を贈るなど、ストーリーに不合理な部分を残しているが、金銭にしか価値を置かない父張員外と、金銭よりも信義を重んじる娘王千金、賄賂によって法を曲げる開封府代理薛開府と、実証と推理と知恵を駆使して事件を調査する開封府尹包公など、人物構成と描写はすばらしく、また太白金星の陰の援助で、男女がうまく結ばれそうになるかと思えば、災難が訪れて林招得が獄に繋がれ、二人の間ももう終わりかという瀬戸際で包公が登場し、その努力によって事件がようやく解決するというように、全体のストーリーの流れも波乱があって面白い。この物語の伝承の理由がこういう面白さにあることは言うまでもない。

さて時代が降って清代には、これを戯曲化した作品が出現している。道光四年（一八二四）の慶昇平班戯目『血手印』がそれである。(3) 現存しないが、あるいは蒙古車王府曲本の京劇『血手印』全串貫四出がそれを継承しているかもしれない。

〔二〕林佑安（外）が登場して、宰相王春華が貧窮した自分を泥酔させて離縁状を書かせ、侍女を殺害して子孝童の犯行だと誣告したと語り、包丁を持って王家に押しかけ、娘桂英に喪服を着て刑場に赴き、処刑される孝童を祭るよう迫る。春華（浄）は仕方なく承諾する。〔二〕桂英（旦）は佑安に事情を説明して二心無きことを天に誓い、佑安に従って刑場に向かう。〔三〕県令王元直（生）は孝童（小生）を刑場に引き出し、佑安・桂英は孝童を捜す。〔四〕桂英は首切役人に頼んで孝童と話し、孝童の髪を梳く。処刑が迫ると、蒼蠅が首に群がって処刑を妨げたため、県令は冤罪だと悟って再審を準備する。

この作品では男子の名前を招得から孝童に変える。物語は包公登場の前で終結するが、男子の父の描写に主眼を置く物語の先駆と言える。

清の光緒年間に入ると、杭州西湖昭慶寺慧空経房が『河南開封府花枷良願龍図宝巻』を重刊している(4)。宝巻とは、民間で僧尼が語った宗教物語であり、そのためこの作品は、上記の『百家公案』巻七十八「両家願指腹為婚」の内容を継承し発展させるとともに、新たに独特の宗教的内容を盛り込んでいる。この作品のストーリーを明の小説と比較しながらまとめると、次のようになろう。この中◎を付した個所は宝巻独自の内容、△印は『百家公案』と類似する内容である。

◎東西両京の富豪林福・王春は華山廟に出産祈願をする。◎華山聖母は、林家に男子、王家に女子の出産を爻の陰陽で知らせる。◎天帝は林福・王春が前世で布施を集め切れなかった修行者と知り、破産させる星を降誕させて、苦難を経験させた後に男女の姻縁を成就させる。◎五聖神は林家の家運を隆盛させて王家との婚礼を実現させる。◎だが林家が祭祀を怠ったため、五聖神は林家を零落させる(5)。△林招得は水を売って生活する。◎五聖神は水に泥を混ぜて邪魔をする。△王春は林家の零落を見て婚約破棄を図り、林福に離婚書を書かせて結納金を返す。◎五聖神はその結納金を王家へ運ぶ。◎娘千金は父に反発し、衣服三箱に銀と鞋を入れ、侍女に手紙を持たせて林家に届けさせる。◎招得は着替えて王家に出かける。△太白星君は男女を引きあわせるため凧売りに化け、招得に凧を売る。◎五聖神は金星の命を受けて凧の糸を切り、凧を王家の花園に落とす。◎土地神は老人に化けて招得を花園に案内する。◎招得は凧を取るため樹に上り、千金は池に映った招得の影を見つける。△千金は招得が結納金を紛失したと聞いて夜中に金を贈る約束をし、証の金釵を渡す。◎五聖神は睡魔を遣って招得を眠らせる。◎千金は父母の金を盗んで侍女に渡す。△太尉邸の馬番張裴賛は侍女を殺して金を盗み、後れて来た招得が血の跡をのこして犯人と誤解される。◎鬼使は侍女の霊魂を地府へ送り、侍女の霊魂は地獄巡りをする。[6] ◎荘子仙が髑髏を見て無常を悟らぬ人間を嘆く。[7] △王春は血の手形を根拠に招得を訴える。△皇親薛超が包公に代わって訴えを受理し[8]、王春から賄賂を受け取って、拷問を加えて招得を自供させる。◎王春は包公の帰還を恐れ、薛超を催促して処刑を執行させる。◎千金は父に抗議し、招得を祭るため、処刑場に行く。◎千金は途中で占い師康節に遇い[9]、砂石混じりの飯を薦めて処刑時間を延期させよと示唆される。◎千金は華山聖母に花枷を掛けて、招得の無事を祈願する。◎招得はクモの巣に掛かった天神の化身である蒼蝿を救う。◎豊隆神・土地神・玄壇神等の諸神が処刑を妨害する。[10] △包公は、天候の異変を見て処刑を中止させる。◎包公は夜間に侍女の亡霊を審問し、犯人の名前を聞き出す。◎包公は太尉に馬番を借りたいと請願して、裴賛を連行する。△包公は裴賛が自供しないため、妓女を侍女の亡霊に扮装させ、金と凶器の隠し場所を白状させる。◎裴賛は、凶器を製造した鍛冶屋の証言により自供する。◎後に王春は病死して地獄に堕ちるが、成仏した孝女千金が救済する。

これを見ると、◎印を付した宝巻独特の宗教的な内容が多いことが目立つ。宝巻では、前世の因果で厄病神が降誕して林家を没落させるとし、財神である五聖神を祭らなかったので神が怒って財産を運び去ったと説き、侍女の霊魂が地獄巡りをする場面を設定する。聖母が婚約者の免罪を祈る王千金の祈願をかなえ、林招得が蒼蝿を救って処刑を免れ、人道に乖る行為をした王春が地獄に落ち、人道を全うした王千金が成仏する。

宝巻では人物描写にも発展が見られ、善人と悪人を明白に弁別している。王春は林福を欺いて婚約破棄を迫り、包公の帰還を恐れて処刑を急ぐ卑劣な人物に描写され、逆に娘王千金は、父が婚約を破棄した直後に招得に金品を送り、華山聖母に招得の釈放を祈願し、処刑される招得を祭る健気な人物に描かれている。また薛開府を国舅薛超と改めて、権貴を恐れぬ包公にふさわしい物語としており、包公は国舅の収賄の証拠を押さえて逮捕し、死者の霊魂を呼び出して証言を求めたり、容疑者を巧妙に太尉邸から呼び出して、死者を装って容疑者に凶器と盗品の在処を白状させたり、鍛冶屋から凶器の注文主を聞き出したりして、その霊力と知性を発揮している。

＊

民国時代に至ると、広州以文堂が『新刻林招得孝義歌』四巻を代理発行している。本作品は広東の宗教的語り物であり、宝巻の内容を継承し、宝巻と同様に宗教色が強いが、題名のように男子の孝心と女子の節義を称えるところに特色がある。この作品の梗概は以下のとおりである。◎印は孝義歌独自の内容、△印は宝巻に類似する内容、○は小説『百家公案』以来の内容である。

△観音は積善に努める陳州府の林百万と黄尚書に感動し、天帝に子授けを請う。△天帝は彼らの祖先が奸臣であったため、天災で林家を零落させ、林招得に投獄の災禍を下す。◎太白金星は天帝の命を受けて両家に龍と鳳の吉夢を見させる。○両家は男女を出産して指腹婚約するが、林家は天災に遭って家産を失う。◎学友は招得を学校から追放し、招得は水売りをして父母を養う。◎陳夫人は同情して、水の代金の他に米と銀を施す。○黄尚書は林家との婚約破棄を図る。◎黄尚書は林百万を招待して故意にお茶を衣服に零し、着替えのない百万を嘲弄して離縁状を書かせる。◎しかし娘玉英は林公の前でこれを破り捨て、侍女を遣って招得に金品を贈る。◎招得は繋

がれた鵲が放たれるのを見て自分の境遇を悲しむ。△太白金星が感動して招得に鬲を売り、男女を引きあわせる。△玉英は招得に贈った金が盗まれたと聞き、夜中に銀を贈る約束をする。○近所の蕭培賛がこれを盗聴し、侍女を殺して銀を奪い去る。○黄公は現場に落ちていた手紙と血の着いた上着を証拠に招得を訴える。○県令は黄公から買収され、招得に拷問を加えて自供させる。◎黄公は獄吏に贈賄して招得を殺させる。◎獄吏が招得を打とうとすると、太白金星が降臨して妨害する。◎玉英は招得の父母に生活費を送る。◎土地神が五方神鬼に知らせ、車公が招得を復活させる。○巡按も黄公の賄賂を受け取って招得に死刑を宣告する。△玉英は処刑場で招得を祭る。△処刑執行の際に天神が妨害し、三度も斬首に失敗する。◎巡按は冤罪と悟って処刑を中止する。△包公が事件を再審し、玉皇大帝・観音・城隍に祈って侍女の亡霊を呼び出し、犯人の名前を聞き出す。◎捕吏は犯人に酒を薦め、酒に酔わせて連行する。○包公は妓女を侍女の亡霊に扮装させ、犯人を脅して自供させる。

孝義歌も宝巻と同じように宗教的宣伝の場面を多く設定しており、善行を積めば観音を感動させて子が授かるとしたり、祖先の悪行で子孫が零落するという因果応報を説いたり、学友の非情な仕打ちと陳夫人の憐れみ深い施しを対照的に描き、林招得が放たれた鵲を見て泣く場面を設けて、聴衆に慈善の心を植え付けようとしたりしている。巡按が黄尚書から賄賂を受け取りながら、処刑が執行できないのを見て林招得が冤罪だと悟る場面も、神罰の恐ろしさを説いたものである。

また人物描写にも工夫を凝らしており、黄尚書が故意に貧乏な林百万を嘲弄する場面を設定して、その非情で傲慢な性格を強調し、黄玉英が舅の前で離縁状を破り捨てたり、林招得が投獄された後で舅姑に生活費を送ったりする場面を設けて、その貞女ぶりを強調している。包公の審判も軽視せず、容疑者を騙すために酒に酔わせて意識を朦朧とさせるという場面を新たに考案している。

三　現代地方劇

以上の「林招得」説話の後に出現した地方劇『血手印』は、当然ながらこれら小説・宝巻・孝義歌の内容を多分に継承している。いま著者が閲覧した地方劇の脚本について、そのストーリーの特色を考察してみたい。◎は地方劇特有の内容、○は『百家公案』以来の内容、△は宝巻以来の内容、◇は孝義歌以来の内容を示す。

①安徽・黄梅戯『血掌記』（安徽省伝統劇目匯編、黄梅戯第一集、安徽省伝統劇目研究室、一九五八）(11)

◎林忠徳は奸臣に迫害されて官職を失った父佑安と寒窰で暮らしている。◎佑安は黄春華の誕生祝いに忠徳を遣るが、春華が面会せず対句を課したため、忠徳は無礼を怒って立ち去る。○太白金星は忠徳夫妻を引きあわせるため、鸚哥を贈ってわざと放ち、鳥神に忠徳を花園に導かせる。○忠徳が婚約者秀蓮に会って舅への恨みを述べると、秀蓮は深夜に花園で科挙の旅費を贈ると約束する。○侍女は花を摘みに来た調理人皮賛に誤って金を渡し、殺害される。皮賛は帰宅して妻賈氏に犯行を告白する。○忠徳は侍女の死体に触って帰宅し、門に血の手形を遺す。○春華は現場にあった忠徳の白扇と血の手形を証拠に県に訴え、忠徳は拷問によって犯行を自供する。◎佑安は詐欺師から忠徳の裁判を知らされて、獄に入って忠徳に事情を聞き、春華に抗議して、昔推挙した恩を忘れたことを責める。△秀蓮は獄中に忠徳を訪ねて疑いを晴らす。◎佑安は忠徳処刑の判決を知って、秀蓮に刑場で夫を祭るよう諭す。△処刑執行の時に蒼蝿神が三度刀を押さえて擢命鼓の上に賛字を描いたため、県令は忠徳が冤罪だと悟り、開封府に報告する。◎これを知った佑安は秀蓮に父を訴えさせる。◎包公は佑安、秀蓮、春華の訴状を受理するが、皮賛が自供しないため、妻賈氏が犯人だと皮賛が自供したと瞞し、妻に皮賛の犯行を証言させる。

本劇は善悪を鮮明に対照させており、林忠徳の父佑安を商人とせず、奸臣の迫害を受けて罷免された忠臣として、その品格の高さを強調し、逆に黄秀蓮の父を林父から推挙を受けて危機を救われたことがありながら、その息子で婿に当たる人物を殺人犯として訴える恩知らずの人間として描いている。また詐欺師など江湖の人物の中に義侠がいるとし、鳥神・蒼蠅神を出現させるなど、諸処に民衆の生活意識を反映させている。

②上海・越劇『血手印』（一名『王千金祭夫』）（伝統劇目匯編、越劇第七集、一九五九、上海文芸出版社）

△東京の豪商林福は薄命で、洋船が沈没し、質店が倒産し、家屋が火災に遭ったため、貧窮する。○息子招得は水売りをして生計を立てる。△華山殿前で指腹婚約をした王春は林家との婚約破棄を考える。△娘昭娥は父に反対し、婢雪春を通じて婚約者招得に衣服と銀子を贈って読書させる。△太白金星は二人の姻縁をまとめようと紙凧を招得に売り、紙凧の糸を切って王家の庭へ落とす。△昭娥は樹上の男子に姓名を尋ねて婚約者であると知り、深夜に雪春を通じて黄金三百両を贈る約束をする。△韓太尉の馬夫張培賛は黄金を奪おうとして見破られ、雪春を殺す。○招得は雪春の死体を見て仰天し、帰宅して顚末を父母に話す。○王春は招得の寄宿先を調べ、門に付いた血の手形を発見する。○王春は国舅に贈賄して招得の処刑を依頼する。○国舅薛超は開封府尹包公の代行を務め、招得を拷問して殺人を自供させる。◎林福から様子を聞いた夫人は監獄に赴く。◎昭娥は下男王興から父が招得を誣告したと聞き、獄吏に賄賂を贈る。◎林夫人は招得に会い、自供したと聞いて悲しむ。△王春は薛超に招得の処刑を要請し、薛超は翌日午時に天漢橋での処刑を決断する。△昭娥は父を非難して刑場に夫を祭りに行く途中、康節に出会って示唆を受け、招得に石を混ぜた飯を与えて処刑の時間を引き延ばす。△そこへ包公が通過して再審し、薛超が収賄して法を曲げたという証言を得る。◎包公は薛超邸を捜索して収賄の事実を突き止

め、薛超に千里兵役の刑を下す。△包公は夜間に烏台に坐して五殿閻羅となり、雪春の霊魂を審問して証言を得、韓太尉に培賛の馬の飼育の腕を見たいと告げて、培賛を開封府に連行する。△培賛は黄金と凶器の隠匿を自供する。◎包公は王春に罰棒四十を加え、林福にも婚姻の神ではない華山娘娘に祈った罪で掌心を四十回打つ。

本劇のストーリーは基本的には宝巻に基づいているが、宗教色は薄れている。例えば華山聖母は産土神ではなく、結婚の媒介をしないとすることもその一である。そのほか、宝巻に出現する諸神の多くは出現せず、ただ太白金星が男女の縁を結び、邵康節が人の生死を占い、包公が閻羅王となって亡霊を審問するなどの民間伝説だけを述べている。人物描写は宝巻と類似するが、林招得の母親の母性愛を描いている点が新しい。

③広西・桂劇・弾腔『血手印』（広西戯曲伝統劇目匯編第三集、桂劇九、一九六〇）

◎通書〔許〕県（河南）の書生林紹徳は、父有安が太守の時に同郷の王春華と指腹婚約したが、父の退職後に家が貧窮する。紹徳は友人から交易に誘われるが、父が許さず、読書を続ける。△八卦洞で数百年修行した蜘蛛の精は蒼蝿神を捕らえるが、紹徳が救う。◇右相王春華は老年で辞職する。△包公は黄河の洪水による難民救済に派遣される。△春華は林家が零落したため、紹徳を呼び寄せて婚約解消の誓約を書かせる。◎紹徳は怒って帰宅する。◎春華は紹徳を罪に陥れようとたくらむ。○月老仙は紹徳と金愛を結び付けるため、下界に降って黄鴬を売る。○黄鴬は飛び去り、月老仙は紹徳に黄鴬を追い駆けさせる。黄鴬は王家の庭に飛び込み、紹徳は婚約者金愛と出会う。○金愛は紹徳に科挙を受験させるため、深夜に旅費三百両を渡す約束をする。○しかし婢秋香が王家の料理人皮賛を紹徳と誤認し、楼上から銀を投げ渡して殺される。○紹徳は死体を見て逃げる途中で皮賛とぶつかるが、そのまま家に帰って戸に血の跡を遺す。◇皮賛の妻は夫の血相を見て犯行を悟る。○春華は血の跡を追って紹徳の書斎に行き、紹徳を捕らえる。△紹徳は獄門で蜘蛛の網から蒼蝿を救う。◎有安は紹徳が処刑されると聞き、春華に復讐するため、春華の悪行をみなに暴露し、春華の家人に大便を浴びせ、春華の娘に刑場へ赴くことを要求する。△金愛は父の不義を責めて刑場へ行くことを承知する。◎有安は金愛の真情を理解する。△金愛は首切り役人に金釵を贈って、紹徳に告別する。△紹徳の処刑を蒼蝿が妨害して、鋼刀が三本壊れる。◇通書県令は冤罪と悟って処刑を取りやめる。◎裁判は南陽府（河南）の包公に委ねられる。◎有安と金愛が包公の轎を遮ると、包公は三日後に通書県へ来るよう指示する。◎蒼蝿が堂鼓を鳴らすと、包公は冤罪事件だと悟る。◎包公は堂鼓の蒼蝿を見て、犯人は皮賛か賛皮だと推察し、皮賛を連行する。◎皮賛が自供しないので、皮賛の妻を尋問すると、皮賛の犯行を証言する。

本劇では娘の父を丞相として、権力者の犯罪事件に改めている。だが、林紹徳の父の激情を描写する一方、包公には神の啓示によって犯人を捕らえる役割しか与えず、活力を感じさせない。

④越劇『血手印』（一名『王千金祭夫』）（越劇叢刊第二集、一九六二、上海文芸出版社）

○王千金は、変災に遭って困窮した林家との婚約解消を父が考えていると嘆く。○林招得は凧を追って王家の庭園に入り、千金を見て樹上に隠れるが、鞋が落ちて見つかる。△千金は招得から水を売って生活していると聞き、金釵を与えて、夜中に黄金三百両を贈ると約束する。○この話を馬夫張培賛が盗聴し、偽の金釵を渡して黄金を受け取ろうとするが、侍女に見破られて殺害し、黄金を奪い去る。○招得は侍女の死体を見て驚き、人目を恐れて帰る。◎培賛が招得と千金の密会を王春に告げたため、王春は招得を告訴する。○招得は門に血の手形をのこしていたため、役人に捕まる。△開封府尹代行の国舅薛超は王春から賄賂を受け取り、招得を拷問して犯行を自供させる。△千金は父を非難して、夫を祭るため刑場へ赴く。△千金は途中で招得の母と合流し、刑場で招得に真意を伝える。◎突風が起こったため、千金は招得が冤罪だと悟り、処刑前の飯に砂を混ぜて処刑時間を遅らせる。◎祭文には招得の冤罪を訴える内容を記していた。◎包公は陳州から帰還して処刑を中止させ、この事件を再審して、現場に落ちていた金釵が侍女秋月のものであり、培賛が借用していたことを明らかにするが、培賛は自供しない。◇包公は包興を獄卒に扮装させ、培賛を酒に酔わせた上で、千金を殺された侍女に扮装させて培賛を脅し、犯行を自供させる。

本劇は宗教性を希薄にして鬼神を出現させず、王千金の夫婦愛や包公の推理描写に主眼を置いている。処刑前に砂石混じりの飯を薦める発案をした人物を占い師から王千金自身に変え、新たに祭文に夫の冤罪を訴える内容を記して王千金に知性を与え、裁判に亡霊を登場させず、包公に金釵が娘のものではないことを立証させることなどがそれである。ただ天候の異変が容疑者の冤罪を暗示したり、亡霊に扮装させて犯人を脅したりする点にはなお鬼神信仰の痕跡をのこしている。また家人包興は『三俠五義』から登場させている。

⑤河南・越調『血手印』（河南伝統劇目匯編、越調第二集、河南省劇目工作委員会、一九六三）

◎林昭徳は父有安と貧窮生活を送っており、学友が贈った黄鶯を売ろうとして逃がしたため、追いかけて王春化の花園に入り、婚約者孝蓮と出会う。○孝蓮は昭徳に科挙受験を勧め、深夜に侍女に旅費を贈らせる。○侍女は誤って調理人の皮賛に渡して殺害され、皮賛は妻白氏に犯行を語る。○昭徳は死体を見て逃げ帰るが、春化は血の手形を証拠に昭徳を訴え、県官は昭徳を拷問して犯行を自供させる。◎有安は肉屋から刀を借りて春化に抗議し、春化は仕方なく孝蓮を獄中に見舞わせる。有安は孝蓮に歩行を強いる。◎白氏は皮賛を告訴しようと考える。△孝蓮は刑場で昭徳の誤解を解いて酒を勧める。◎処刑執行寸前に白氏が現れて、真犯人が皮賛であることを証言する。

本劇は、鬼神を出現させないばかりではなく、証人として冥界から霊魂を呼ぶ包公さえも登場させず、宗教性を無くして人間に対する信頼を強調している。たとえば林昭徳と王孝蓮を引きあわせる黄鶯は太白金星が売るのではなく学友が林昭徳の貧困を憐んで贈ったものとしたり、犯人皮賛の犯行を証明するのは怪奇現象ではなく妻としたりしている。招得の父が王春化に抗議して、孝蓮に獄中の招得を歩いて見舞いに行かせるとしたのは、山東梆子『小祭椿』同様に父性愛を表現したものであるが、孝蓮の夫に対する愛情表現をそいでいる。

⑥湖南・祁劇・弾腔『血手印』（湖南戯曲伝統劇本、祁劇第六集、湖南省戯曲研究室主編、一九八一）

◎林紹徳は、通渠〔許〕県令の父友安が倉庫の火事がもとで辞職したため、貧乏で学業も成就できないと語る。紹徳は父に学業を断念したいと告げるが、父は許さず激励する。◇礼部侍郎王春華は老年で退職する。○包公は陳州へ飢饉救済に派遣される。△紹徳は蜘蛛の精に捕らえられた蒼蝿の精を救う。△春華は紹徳を家に招き、貧富の差を理由に婚約破棄を迫る。○黄鶯老祖は紹徳に百日の難があると語り、紹徳と金愛を引きあわせるため、紹徳に黄鶯を売って黄鶯を逃がす。○紹徳は黄鶯を追いかけて王家の花園に入り、金愛に会う。金愛は紹徳に科挙を受験させるため、深夜に旅費を贈る約束をする。○しかし侍女が誤って王家の料理人皮賛に金を渡して殺される。○紹徳は死体に跌いて手が血まみれになる。◇皮賛は妻柏其秀に犯行を告げ、口止めをする。△傭人は侍女の死体を発見して春華に報告する。春華は血の跡を追って紹徳の犯行だと誤解する。◎通渠県令張選は紹徳の自供を得て投獄するが、疑いを抱いて上級官庁へ報告する。◎友安は小哥から明日午時に死刑が執行されると聞き、春華の背信を叫びながら糞桶を持って王家に乗り込み、金愛に刑場に歩いて行き、紹徳を祭るよう要求する。◎紹徳は「麻核桃」を口に挿入されて話せない。侍女は金愛に金釵を処刑役人に贈らせて、麻核桃を外させる。△金愛は友安とともに紹徳の誤解を解く。△紹徳を処刑しようとすると蒼蝿が首を守って斬れず、県令張選は冤罪だと悟って包公に報告する。◎友安・金愛・侍女は包公に春華を訴える。◎包公は通渠県に赴いて紹徳を審判し、処刑の判決を下そうとすると、蒼蝿が筆を覆って書類が書けず、堂鼓が打たずして鳴り、蒼蝿が鼓皮に賛字を描いたため、犯人の名前が皮賛だと推察し、皮賛を連行する。◎包公は其秀も連行する。◎包公は皮賛が妻の犯行だと白状したと其秀を欺く。其秀は皮賛の犯行を証言する。

本劇では、娘の父親は賄賂で婿を処刑させる悪人ではなく、県令も血の手形という有力な証拠から林紹徳を有罪とはするが、林紹徳の人物を見てその冤罪を信じる率直な司法官である。また娘の侍女にも活躍の場を与えている。

⑦湖北・東路花鼓『血手印』（湖北戯曲叢刊、湖北戯曲叢刊編集委員会編輯、一九八二、湖北人民出版社）

◎林友安は官職を退いて困窮し、息子仲徳に岳父黄春華の誕生祝いに行くなと言い置いて、河北の門下生のもとに借金に出かける。◎仲徳は春華を訪ね、対句を求められたため怒って帰る。〇神仙査探功曹は下界の善悪を調べ、仲徳と孝蓮を引きあわせるため、鷹匠に化けて仲徳に鷹を見せ、鬼に鷹を持ち去らせる。〇仲徳は鷹を追って黄氏の花園に入り、孝蓮に会って春華への恨みを述べる。〇孝蓮は仲徳に科挙受験の旅費を贈るため、夜中に再会を約す。〇侍女は料理人皮賛に誤って金を渡し、皮賛に殺される。皮賛は犯行を妻賈氏に語る。〇仲徳は死体に触って帰宅する。春華は血の手形を証拠に仲徳を訴える。祥符県令張先が審判して仲徳は自供する。◎友安は同郷の強盗から仲徳の災難を聞いて獄中に仲徳を訪ね、冤罪だと知って黄家に押しかける。△孝蓮は獄中に赴いて仲徳に会い、誤解を解いて刑場で仲徳を祭る。△春香の亡霊が現れ、一刀目に砂石が飛び、二刀目に鴉が鳴き、三刀目に蒼虫が刀口を封じて、鼓上に賛字を描く。◇張先は冤罪事件だと悟り、鳳翔府（陝西）〔開封府の誤りか〕に報告する。◇包公は侍女の亡霊から皮賛の名を聞き出す。◎包公は賈氏が犯人だと皮賛が証言したと騙し、賈氏の証言を得て皮賛を有罪とする。

林忠徳が舅から門前払いを受ける場面や、父友安が他郷で強盗から息子の災難を聞き知る場面など、①安徽・黄梅戯『血掌記』に似ているが、冒頭に林友安が黄春華の薄情を忠徳に言い聞かせる場面を設定して両家の隔絶を強調している。また王孝蓮は自発的に獄中に赴いて刑場で夫を祭るとする。

⑧湖北・越調『血手印』（湖北戯曲叢刊、湖北戯曲叢刊編集委員会編輯、一九八二、湖北人民出版社）

○王春華の娘孝蓮の侍女は、林召徳に贈るべき金銀を誤って料理人皮賛に渡し、取り返そうとして殺される。皮賛は犯行を妻白雀少に告げる。○召徳は死体に触って家に帰るが、王家の召使に血の跡を発見される。○春華は召徳を騙して家に招き、官に突き出す。平〔太〕康県令張千は召徳を投獄する。◎蒼龍神は降雨量を誤って下界に流され、災難に遭遇した者の救済を考える。△召徳はクモの巣に掛かった蒼蝿を助ける。蒼蝿は召徳に自分は蒼龍神だと告げ、災難を救うと言って去る。◎召徳の父友安は春華への復讐を考え、肉屋の刀を借りて王家へ押しかける。春華は仕方なく娘孝蓮に召徳を慰問させることにし、歩いて行かせる。孝蓮は友安とともに処刑を待つ召徳に会って誤解を解く。△胥吏が召徳を処刑しようとすると蒼龍神が邪魔する。◎孝蓮は父春華を訴えると言う。◎張千が召徳を再審すると、蒼蝿が筆を抱いて邪魔をしたため、神に啓示を求めると、蒼蝿は定堂鼓の上に「皮賛殺人」という文字を残して去る。◎張千は皮賛が自供しないので、皮賛が妻の犯行だと自供したと欺き、妻の証言を得て皮賛を断罪する。

本劇には国舅のような権勢を笠に着た悪人は登場せず、審判を誤った県令も王春華から賄賂を受け取るわけではなく、最後には神に示唆を請うて正しい裁きを下すため、包公は登場しない。罪を犯して下界に貶された蒼龍神が民衆の危難を救済するという発想は民間信仰に基づくものであり、クモの巣に掛かった蒼蝿を救う慈悲深い人間を神が救済するという趣向には、庶民の信仰心を宣揚する意図が窺える。林招得の父親の父性愛を強調するが、王孝蓮の夫への愛情表現も決して消極的ではない。

⑨山東梆子『小祭椿』（山東地方戯曲伝統劇目匯編、山東梆子第四集、山東省戯曲研究室、一九八七）
○林文朴は、王春華が林家の火災による貧困を理由に息子招得と春華の娘との婚約解消を図り、王家の侍女が殺害されて息子が投獄されたと語る。◎林文朴は肉屋の刀を奪って王家に押しかけ、春華の娘桂英に刑場へ赴いて息子を祭るよう要求する。△桂英は刑場で招得に真実を知らせる。△処刑執行の直前に老神仙が現れ、法気を吹きかけて縄を解き、刀を断つ。◎包公は被告が冤罪だと悟って上奏文を起草するが、蒼蠅が筆先に止まって妨害したため、筆を投げると、定堂鼓の上に落ちて站字を描いたので、皮賛が犯人だと知る。◎包公は皮賛の妻陳氏を連行し、妻が犯人だと皮賛が証言したと欺いて、陳氏の証言と凶器の刀を得る。

本劇では林招得の父を最初に登場させて父性愛を強調し、娘に処刑場へ赴いて婚約者を祭らせているが、そのことによって娘の愛情表現を損なっている。また包公を原問官としてストーリーを単調にしている。

このほか、以下のような作品がある。

⑩越劇『王千金祭夫』（陳少春整理、上海越劇院油印、一九五六）
⑪山西・北路梆子『血手印』（山西省第二届戯曲観摩演出大会編印、一九五七）
⑫淮北梆子戯『血手印』（安徽省伝統劇目彙編、淮北梆子戯第六集、安徽省文化局劇目研究室編印、一九六二）
⑬滇劇『血手印』（雲南省戯劇研究室・雲南人民出版社編印、一九六四）

四　結び

地方劇『血手印』は、明の小説『百家公案』「両家願指腹為婚」、清の『河南開封府花枷良願龍図宝巻』、民国の

『新刻林招得孝義歌』からその説話を伝承した現代劇であり、婿の貧賤を嫌う娘の親の一方的な婚約破棄が引き起こした侍女殺害事件という、波乱に富むストーリーをもつ傑作である。

この物語は作品によって少しずつストーリーや人物像が異なる。それは伝承された説話の継承の仕方の相違による。宗教的な側面について見ると、宝巻・孝義歌では産土神・観音をはじめ多くの神が出現していたが、現代地方劇に出現する神はそれ程多くはない。しかしながらほとんどの地方劇が鬼神を登場させており、鬼神を登場させない作品は河南・越調『血手印』のみである。これを見ると、民衆の信仰心が今なお如何に強く存在するかを窺い知ることができる。登場人物の中では、特に林招得の父有安（佑安）の父性愛が強調して描写される。小説・宝巻・孝義歌では林百万あるいは林福と称し、その存在はそれ程目立たなかったが、林有安になってからは、積極的に王春華の背信行為に激しく抗議する人物に変身する。この変身は清の京劇以来であり、現代劇では伝統的なストーリーを継承するばかりでなく、それを発展させていることがよくわかる。だが父性愛の描写を強調することによって夫婦愛の描写が薄れてしまう事態も生じている。そこで妻の愛を強調した越劇『王千金祭夫』のような作品も創作された。このほか、林招得の母の母性愛を強調したり、県令の裁判として地方色を出したり、亡霊を出現させないために犯人の妻を出頭させて証言させたり、亡霊裁判を行う包公を登場させなかったりなど、変化に富んだ作品が創作されている。これらはあるいは意図的にあるいは即興的に新奇なストーリーを考案したものである。登場人物全員の描写のバランスが取れた作品は多くはないが、創作の多様さは、この物語が民衆に好まれたことを示していよう。

注

（1）銭南揚『宋元戯文輯佚』（一九五六、上海古典文学出版社）参照。

（2）万暦二十二年朱氏与畊堂刊『新刊京本通俗演義全像百家公案全伝』十巻百回（名古屋市蓬左文庫蔵）。同書に、万暦間楊文高刊本（後印本、山口大学図書館蔵）と、万暦二十五年万巻楼刊『新鐫全像包孝粛公百家公案演義』六巻百回（ソウル大学図書館蔵）がある。

（3）周明泰『道咸以来梨園繫年小録』（一九三二）収録。

（4）澤田瑞穂『増補宝巻の研究』（一九七五、国書刊行会）参照。

（5）『三教捜神大全』には隋文帝が疫鬼である「五瘟」（張元伯・劉元達・趙公明・鍾仕貴・史文業）を将軍に封じたことを記し、宋・理宗に至って「五顕（五聖、五通）」に八字の王号を与えた。鄭志明『台湾的宗教与秘密教派』（一九八〇、台原出版社）参照。

（6）地獄巡りの場面の設定は観衆を教化するための宝巻の常套である。前掲『増補宝巻の研究』参照。

（7）『荘子』「至楽」篇の荘子と髑髏との対話に由来する。『荘子』では、逆に髑髏が荘子に死の世界の楽しみを説いていて、宝巻とは主旨が異なる。

（8）国舅は包公を「南荘の麦刈り男」と罵る。それは明成化年間刊『新刊全相説唱包待制出身伝』以来の、包公が農家の三男坊として生まれたという伝説によっている。

（9）康節とは北宋時代の学者邵雍（一〇一一～一〇七七）の諡である。天津橋で杜鵑の声を聞いて、王安石が宰相となって新法を行うことを予言したのは有名である。

（10）豊隆神とは『楚辞』「離騒」篇などに見える雲神である。玄壇神とは趙元帥であり、『封神演義』では鉄鞭を握って黒虎に跨る。民間の図像では黒面で濃い鬚があり、勇猛な姿をしている。

（11）黄梅戯『血掌記』（黄梅戯伝統劇目匯編第一集、黄旭初主編、安慶市黄梅戯劇院、一九九〇）は④とほぼ同じストーリーである。

第三節　孝子と宝物——悪辣な嫂——『釣金亀』

一　はじめに

「公案」では完全犯罪が官吏の能力を発揮する絶好の主題となる。脳天に釘を打ち込んで殺害する『双釘記』がその代表的な作品である。だが時代が下るとこのテーマも垢にまみれたらしく、これに別の主題が付加されてストーリーが変化する。『釣金亀』がそれである。

この説話の源流と展開については、孫楷第が「双勘釘説話」（『滄州後集』〔一九八五、中華書局〕巻二「包公案与包公案説話」四「説話繙作演進至於今盛伝者」一）に詳述している。孫氏はもとの『双釘記』のほうがストーリーが自然であり、『釣金亀』が上演されて『双釘記』が世人に知られなくなったと嘆いている。(1)

しかしながらこれは単に個人的な嗜好の問題としてとらえてはならず、むしろ清代における庶民文学の開花として歓迎すべきではないかと考える。本節では小説『百家公案』、「蒙古車王府曲本」、現代地方劇などの資料を加えてこの作品を再考したい。

二　「断双釘」説話の源流

曾白融主編『京劇劇目辞典』（一九八九、中国戯劇出版社）には、①『双釘記』と②『釣金亀』を別に記載している。両者のストーリーはそれぞれ次のとおりである。

①裁縫呉能の妻白金蓮が綢緞商人賈有礼と姦通し、呉能の頭に釘を打ち込んで殺害する。包公は金蓮の哭声に悲しみが感じられないので、棺を開いて検屍吏に死体を検査させるが傷痕は見られない。吏は困って妻に相談すると、妻は頭を検査せよと示唆する。果たして傷痕が見つかり、金蓮は有罪となる。包公は吏の妻にも前夫を同じ手口で殺害したことを自供させる。

②孟津の張宣は、科挙に及第して祥符県令に就任し、家族を任地に招くため手紙を送るが、妻王氏は手紙を隠して一人だけ上京する。弟張義は魚釣りをして母康氏を養っていたが、金を産む亀を釣り上げた際に、兄が県令に就任して嫂だけが上京したことを耳にする。張義は兄を訪ねて親不孝を詰るが、嫂と侍女秋紅の陰謀によって毒薬を飲まされ、殺害されて亀を奪われる。康氏は張義が夢に現れてこれを告げたため、包公に訴える。包公は吏に検屍させて王氏と秋紅の犯行を証明し、二人を処刑し、張宣を罷免する。

なお②は、一般に張義が金を産む亀を釣り上げる『釣金亀』一折だけが演じられると言い、別に張義が兄の留守中に毒殺され、康氏が張義の亡霊を夢見て包公に訴えるまでを演じる『行路哭霊』劇があると言う。ちなみに陶君起編著『京劇劇目初探』（一九六三、中国戯劇出版社）では、張義が上京するまでを『釣金亀』（別名『孟津河』『張義得宝』）、それ以後の包公の裁判までを『行路哭霊』とする。

しかしながら、多くの地方劇においては必ずしも両者の区別は判然としておらず、次のように『判双釘』と『釣金亀』は融合している。

③科挙に及第して開封府祥府県令に就任した張選は、郷里に残した母・弟張義・妻王氏を都に招こうとするが、悪妻王氏がその書簡を姑・義弟に見せず、一人だけ上京する。張義は生計のために魚を釣りに行き、金を産む亀を釣り上げる。張義は兄を尋ねて上京するが、金亀を嫂王氏に見せたため、王氏は張義の頭に釘を打ち込んで殺害する。母は張義を尋ねて上京し、その死を知って包公に訴える。包公は検屍するが、外傷が見られなかったため、吏に期日をかぎって傷痕を捜させる。吏の妻が夫の苦悩を見かねて頭部を調べるよう示唆すると、果たして傷痕が発見される。包公は吏の妻が死因を推察したことに疑問を抱き、彼女が吏とは再婚であることを確かめて、前夫の死体を調べ、この事件と同様の手段で殺害していたことを明かす。

それではこの二つの主題を融合した作品はいつ頃、どういう原因で融合したのであろうか。「断双釘」説話の源流を辿れば、その歴史は古い。周知のように、釘等を頭部に打ち込んで夫を殺した事件は、すでに唐代に記録されている。

①厳遵は揚州刺史となって部に行き、道傍に女子が哭して声が哀しくないのを見る。問うと、夫は焼死したという。厳遵は吏に命じて屍を輿《かつ》いで来させ、人に番をさせて、「接触する物があるに違いない」と言う。翌日、頭に聚まる蝿があり、厳遵が披《ひら》いて視ると、錑錐《きり》が脳天を貫いていた。拷問すると、「淫欲のために夫を殺した」と言う。（晋・陳寿『益都耆旧伝』、『太平広記』巻百七十一「精察」一厳遵引）

②韓滉（七二三〜七八三）は潤州にあって、夜に従事と万歳楼に登ったが、まさに宴酣のとき、杯を置いて悦ばず、左右の者に語って言った。「おまえ、婦人の哭くのが聞こえないか。何処ら辺だろう。」誰かが、某橋某街ですと

答えると、翌日吏に命じて哭く者を捕らえさせ、訊問したが、二晩たっても自供しなかった。吏は罪を恐れて屍の側にいると、忽ち大きな青蠅がその頭に集まった。髻を開いて験べると、果たして婦人は隣家の男と私通していて、夫を酔わせて釘で殺していた。吏は韓滉を神だと考えた。（唐・段成式『酉陽雑俎』、『太平広記』同巻「精察」二韓滉引）

この記事は、死体解剖が行われなかった時代の難解な殺人事件というところに面白さがある。南宋の湖南提刑を務めた宋慈（一一八六〜一二四九）が著した検屍の手引き書である『宋提刑洗冤集録』巻一「疑難雑説」上には、

婦人を検べて傷損の処が無ければ、須らく陰門を看るべし。恐らくは此より刀を腹中に入れておろう。（中略）もし男子ならば、須らく頂心《のうてん》を看るべし。恐らくは平頭釘が有ろう。糞門ならば、恐らくは硬物が此より入っておろう。多くは同業者〔の犯行〕であり、夫が年老い、婦人が年少であることに因るという類である。

また巻二「疑難雑説」下には、

検験すべき死人の諸処に傷損並び無く、病状にあらず定験を為し難き者は、先に須らく骨肉の次第等の人状を勒《し》下し訖《お》わ《る》り、然る後に死人の髪髻《もとどり》を剃り除くべし。恐らくは生前に彼人が刃物を囟門《ひよめき》あるいは脳中に釘入して性命を殺害しておろう。

とあり、頭部を注意すべき検屍個所としている。

ただ上記の①②の記事では、まだ「断双釘」説話は生まれておらず、婦人が釘で夫を殺害した犯行が判明するのは、州刺史が婦人の哭声を聞いて夫の死を心から哀しんでいないと「精察」し、血の匂いを嗅いだ蠅が頭部の傷痕に止まったためであり、決して「断双釘」劇のように、完全犯罪を崩した吏の妻にも同じ犯罪の前科があったことにはなっていない。

話が「判双釘」となるのは、宋・鄭克『折獄亀鑑』巻五「察姦門」に記載する、宋・張詠（九四六～一〇一五）の断案においてである。

尚書張詠が蜀の益州太守の時、小さな通りから哭声が聞こえてきたが、悲哀の情が感じられないので訊問させたところ、夫が急死したというので、吏に検屍させた。吏は傷跡を発見できなかったが、妻の言に従って髻を調べると大きな釘が脳天に打ち込まれていた。吏は喜んで張詠に報告した。張詠が褒賞を授けるといって妻を召喚して審問すると、妻もやはり前夫を同じ手段で殺害しており、二婦はともに処刑された(2)。

元・陶宗儀『南村輟耕録』巻五「勘釘」では描写がやや細かくなるが、前半に判官が哭声を聞く場面がない。

姚忠粛公（天福、字君祥、平陽人。『元史』巻百六十八）は、至元二十年（一三六〇）癸未に遼東按察使となった。武平県民劉義は、嫂が姦夫と共謀して兄劉成を殺したと訴えた。県尹丁欽は、劉成の屍に傷がないため、憂鬱で食事が喉を通らなかった。妻韓氏が問うと、丁欽はそのわけを語った。韓氏は言った、「恐らく頂囟《ひよめき》に釘が有り、その迹を塗ったのです。」験べると、果たしてそうであったので、判決を下して上司に報告した。姚公が劉欽を召して経緯を詢ねると、劉欽は妻の有能を矜った。姚公は言った、「おまえの妻は初婚か。」劉欽は答えて、「再婚です。」姚公が有司に前夫の棺を開けさせると、殺害方法が同様であったので、韓氏の罪も正した。劉欽は驚いて急死した。時人は姚公を宋の包孝粛公拯に比えた(3)。

元・無名氏『包待制双勘釘』に至って初めて「包公案」に「双勘釘」劇が誕生したが、この作品は現存せず(4)、現存する最古の包公案「双勘釘」説話は、明万暦二十一年（一五九三）刊の小説『百家公案』巻七十六「阿呉夫死不分明」、同巻七十七「判阿楊謀殺前夫」である。

〔巻七十六〕包公は城隍廟に参詣しての帰りに白塔前巷口を通り、婦人が夫を哭する声を聞いた。その声は半ば悲しみ半ば喜んでいた。吏鄭強に調べさせると、劉十二が死んで、妻阿呉が家で哭していると言う。包公は阿呉を連行して夫の死因を尋ねると、夫は気疾で死んで、南門外に墓があると言う。阿呉は化粧して着飾っていた。包公は土公陳尚に死体を検べさせるが傷痕はない。包公は三日の期限を与えて傷の検証を命じる。陳尚が困って妻阿楊に相談すると、阿楊は鼻の中を検査せよと言う。果たして鼻には二本の釘が挿されていた。阿呉は張屠と姦通して夫を殺害したと自供する。阿呉は処刑され、張屠は流刑に服する。〔巻七十七〕包公は阿楊に褒美を与えると偽って召喚し、陳尚とは初婚か再婚かと質す。阿楊が再婚だと答えると、包公は前夫の名と死因を尋ね、前夫梅小九の墓を捜す。阿楊は別人の墓を指すが、老人が現れて天の使者だと称し、真の墓を指す。死体の鼻から二本の釘が発見され、包公は阿楊を処刑する。

この「断双釘」説話は、釘を頭部に打ち込むのではなく、鼻中に打ち込むとしている点が異なるだけであり、哭声によって婦人が亡夫を真に哀悼していないことを看破した前代の官吏の「精察」を継承している。

三　清・唐英『双釘案』

現代の「断双釘」劇とほぼ同じストーリーを持つ作品は、清の乾隆年間の唐英（一六八二～約一七五五）の崑曲『双釘案』二十六齣（原名『釣金亀』）である。ここに至って初めて「釣金亀」説話が上演される。

〔巻上一、本因〕荘周（小生）は西方の金煞を摂取して金亀とし、淮河に投げて公案の開始とする。〔二、別試〕秋試の年に母康氏（老旦）は江芸（生）を上京させる。〔三、海氛〕文波瀾（浄）は潤州（鎮江府）で略奪を擅にし、徐山関を破って淮海に入る。〔四、発書〕江芸は及第して河南祥符県令に就任するため、手紙を淮安へ送る。〔五、匿報〕王氏（旦）は姑・義弟には知らせず、自分一人で夫の任地に向かう。〔六、創謀〕祥符県の貧婦荀氏（副）は好色で、娘互児（小旦）を祥符県令の使女として売り、長釘を夫の頭に打ち込んで殺す。互児はそれを盗み見る。〔七、釣亀〕山陽の江芋（丑）は、生計を立てるため魚を釣り、叩くと金塊を撒く亀を釣る。そこへ吏（末）が現れて、兄が祥符県令に赴任したと告げる。〔八、別母〕江芋は兄の県令就任を母に告げ、兄を尋ねて旅に出る。康氏は拐杖を渡して兄の不孝を責めさせる。〔九、議療〕祥符県の王彦齢（末）の次女は病床に臥しており、荘周から「金亀霊髄」を服用せよと言われて広告を貼る。〔十、掲招〕江芋は祥符県に到着し、彦齢の前で金亀を打って金塊を撒かせる。〔十一、許婚〕次女は治癒し、彦齢は江芋に次女との結婚を勧める。〔十二、祭海〕狄青（生）は海賊平定に出発する〔十三、神助〕龍王（末）は狄青を助けるために兵を出す。〔十四、靖海〕狄青は波濶を捕らえて凱旋する。〔十五、会兄〕江芋は江芸の不孝を詰り、嫂の非情を責める。江芸は水害調査のため外出する。〔十六、謀叔〕王氏は江芋と口論し、互児に謀って長釘を江芋の脳天に打ち込み、殺害して金亀を奪う。〔十七、哭弟〕江芸は江芋が急死したと聞いて帰宅する。王氏は死因を偽る。〔十八、陰勘〕五殿閻羅天子（浄）は、判官に江芋の前世を調べさせ、保殼霊丹で死体の腐敗を防ぐ。〔十九、抵署〕康氏は江芋が帰らないので祥符県に行き、江芋の棺の横で眠ると言って、江芸を退ける。〔二十、夢訴〕土地神は、江芋の霊魂に康氏の夢に現れて、康氏に包公に訴えるよう示唆させる。〔二十一、廟控〕包公（外、無鬚）は城隍廟に泊って康氏の訴えを聴き、丁不三（浄）に検屍させ、傷痕が検出できなければ棺を準備して待てと脅す。〔二十二、教検〕荀氏は不三と再婚しており、不三に死体の頭蓋骨を検査せよと示唆する。〔二十三、合懲〕不三は江芋の頭部から鉄釘を発見する。互児は犯行を自供する。包公は不三が荀氏の助言を得たことを知って、荀氏が再婚であることを確かめ、前夫の死因を尋問していると、前夫の亡霊が現れて荀氏の口を塞いだため、荀氏は同様の手段で前夫を殺したことを自供する。荘周は払子で江芋を復活させる。〔二十四、詣署〕彦齢は包公に媒酌を依頼する。〔二十五、府媒〕包公は江芋に王家の次女との婚約を想起させ、江芸には長女との婚姻を勧める。〔二十六、双婚〕結婚式が済み、包公は江芸の不孝不悌を非難し、江芸は初めて非を認める。

作者唐英は、内務府員外郎兼佐領となり、乾隆年間に江西景徳鎮窰務を十年勤め、淮関・九江関・粤海関の税務を掌っている。李斗『揚州画舫録』巻五によると、彼は崑曲の家班を養っており、著名な崑曲の小旦俳優呉大有は、「幼時に唐榷使英に従って八分書を学び、『通鑑』を諳んじ、度曲は笙笛四声に応じた」という。

さて『双釘記』の中の「釣金亀」の部分は、明代までの「断双釘」説話には無かった内容である。青木正児は、江都県の焦循『劇説』（嘉慶乙丑〔一八〇五〕序）巻四に、

村中の演劇では、毎に包待制が双釘を勘べる事を演じる。一名『釣金亀』という。

という記事を引いて、『釣金亀』劇が揚州の地方劇であり、『劇説』は唐英の『双釘案』より後れて刊行されているが、唐英は逆に『双釘案』に『釣金亀』劇を取り入れた可能性が強いと推定している。(5) 青木氏はこの作品を見る機会を得ていないが、現在では『古柏堂戯曲集』によってその内容を知ることができる。(6) それによると『双釘案』は、第二十六齣「双婚」の尾声に、

『双釘』旧劇由来は久しけど、排場・節奏大違い。梆子・秦腔唱えばお分かり。

と唱っており、『双釘案』が唐英の独創によるものではなく、梆子・秦腔の劇を改編した作品であることがわかる。『双釘案』の原名『釣金亀』は、唐英が依拠した劇の名を指している。

ちなみに唐英の戯曲には、『蘆花絮』『英雄報』『笳騒』『長生殿補闕』『女弾詞』『双釘案』『十字坡』『三元報』『梅龍鎮』『転天心』『清忠譜正案』『傭中人』『天縁債』『巧換縁』『梁上眼』『麪缸笑』『虞兮夢』の十七種があるが、その

半分が地方劇を崑曲に改編した作品であるという。(7) たとえば張骨董が書生李成龍の窮地を救うため妻を貸すという内容の『天縁債』劇は、董偉業『揚州竹枝詞』（乾隆五年〔一七四〇〕鄭板橋題序）に、

豊楽・朝元また永和、乱弾戯班は看る人多し。中でも花面の孫呆子、神妙伝える『借老婆』。

とあるように、乾隆時代の乱弾劇目『借老婆』であり、『綴白裘』には梆子腔の「借妻」「回門」「月城」「堂断」四齣を載せている。(8) 唐英『天縁債』は、この梆子腔『借老婆』に基づいている。『天縁債』二十齣「償円」では、張骨董（副役）が、

梆子腔の劇団が到る処で『借老婆』を一貫性なく演じて、彼に少しの人間らしさも無くしている。……文人名士が崑腔に改作して雅調を塡成してこそ、あなた（李成龍）の私への徳行も演じられ、団円あり結果ありで、あなたと私の肝胆義気も私達に替わって表白されて良い劇になるというもの。旧日の排場であれば、御免被りたい。

と語っている。

同様に『巧換縁』は、二十齣「寿円」尾声で、

灯窓雪夜に間情寄する、『巧換縁』の新詞旧戯。周郎よ、彼の梆子・秦腔の燥脾（無味乾燥）に如何なるや。

と唱っており、梆子・秦腔を改編した作品である。

『梁上眼』は、京劇に『串珠記』があり、湘劇・祁劇に『殺蔡鳴鳳』『毛把総上任』があり、黄梅採茶戯・南昌採茶戯・湖北花鼓戯・湖南花鼓戯に『殺蔡鳴鳳』あるいは『蔡鳴鳳辞店』があり、この作品が地方劇を改作したものであることが推察できる。

『麪缸笑』は、四齣「打缸」の清江引で、

おかしやおかしや真におかし。梆子腔を崑調に改むる。

と唱っており、『綴白裘』（梆子腔十一集外編慶集）にも「打麪缸」一齣を収める。

『梅龍鎮』は四齣「封舅」の清江引で、

梅龍の旧戯新たに翻改し、重ねて排場を擺く。『戯鳳』（二齣）は崑腔を唱い、『封舅』は新時派を唱う。彼ら乱談班は、五百銭を出しても、この総綱（台本）は買えまいよ。

と唱う。『綴白裘』（梆子腔十一集外編同集）には「戯鳳」一齣を収める。また今の徽劇・漢劇・京劇・川劇にも『遊龍戯鳳』を伝える。

『十字坡』は、『綴白裘』（梆子腔十一集外編万集）に「殺貨」「打店」二齣を収める。

『蘆花絮』は、三齣「詣堉」で李楠変（外）と堉の閔思恭が唱う「駐雲飛」曲の注に、「弋腔、北『蘆林』に倣う」とあり、原本は地方劇弋腔であったと推察できる。今の贛劇・湘劇等にも『蘆花休妻』がある。

『三元報』は、今の高腔・梆子の劇種に『三元記』あるいは『秦雪梅』があり、乱弾腔に基づいた改作と思われる。(8)

このように、唐英の『双釘記』の基となったのは地方劇『釣金亀』であった。「断双釘」は完全犯罪を見破る司法官の精察を主題にしていたが、「釣金亀」はこれに貧乏な親孝行の弟が神から宝物を授かり、親・弟を顧みない兄が悪妻に翻弄されるという主題を加えている。これによって作品は新たな変身を遂げたと言える。

しかしながら、登場人物の名前やストーリーに現代劇との相違が見られ、現代劇のルーツは唐英の改作ではなく、唐英が依拠した原作ではなかったかと推察される。

四　清代の地方劇

その推察を裏づける資料が蒙古車王府旧蔵の「乱弾」と称される戯曲である。蒙古車王府旧蔵の曲本は現在首都図書館に所蔵され、最近『清蒙古車王府曲本』（一九九一、北京古籍出版社）として石印刊行された。

車王府とは蒙古の王府を指す。(9) 蒙古の王公貴族は戯曲を堪能していた。道光八年（一八二八）十一月癸卯の内閣上諭には、「巴彦巴図爾は土黙特扎薩克貝勒属下の人で、敢えて私に辺内の戯班を雇って家で演唱させ、並びに蒙古の子弟を引誘して演習させ、遠近均しく沾《うるお》う」とある。在京の蒙古の王公についてもそれは同様であった。

清代中期以降、雅部の崑曲は衰退の一途を辿り、花部の地方劇が興起した。車王府曲本に収録される戯曲もこの花部の劇本が最も多い。(10) 曲本中には咸豊五年（一八五五）の抄記のあるものがあり、清中晩期にわたる抄写が行われていることがわかる。(11)『双釘記』『釣金亀』に関して言えば、四種の劇本が所蔵されている。それは①梆子腔『双釘記』全串貫②『釣金亀』全串貫③西皮腔『双釘記』④二黄腔『行路哭霊』であり、そのストーリーは以下のようにそれぞれ異なる。

①梆子腔『双釘記』全串貫、頭本四出・二本□出

【頭本】白金蓮（小旦）は、裁縫店の番頭呉能手と結婚したが話が合わず、紬緞店の主人賈有礼と交際している。呉能手は仕立ての仕事のために出かける。賈有礼は売掛の催促を口実に金蓮と密会する。そこへ呉能手が帰宅して賈有礼の帽子を見つけ、二人の関係を怪しむ。金蓮は巧妙に弁解する。呉能手が眠ると、金蓮は賈有礼を唆して、呉能手の頭に釘を打ち込んで殺害させる。【二本】包拯（浄）は帰京の途中、呉能手の霊魂に公簽（逮捕状）

を奪われたため、王朝・馬漢に命じて旋風を捕らえさせる。呉能手の霊魂は、金蓮が墓参りをするところに公簽を落とす。金蓮を連行すると、包拯はその顔色が良いのを見て疑い、検屍を行う。包拯は金蓮と賭をして張三に検屍させるが、傷痕がないと聞き、再度検屍して傷痕が無ければ足を切ると言って張三を脅す。張三が帰宅して妻田氏に相談すると、田氏は人に七心あり、天門心に釘を打ち込めば人は死ぬと教える。果たして頭から釘が見つかり、包拯は金蓮と賈有礼を逮捕する。包拯はまた田氏が再婚と知って前夫の死体を検べさせ、頭から釘を発見する。田氏は任有信と姦通して前夫を殺したが、任有信が自殺したため張三に嫁いだと自供する。包拯は白金蓮と田氏を木驢に載せて引き回し、賈有礼を腰斬する。

②『釣金亀』全串貫、不分場

張義（丑）は母を養うため孟津河に魚を釣りに行き、金亀を釣り上げる。そこへ周老人（老生）が来て、兄張先が祥符県官になったと告げる。張義が金亀を見せると、康氏は孝心が天を感動させたと喜ぶ。張義はまた王氏が手紙を隠して一人だけ任地へ出発したと聞いて、兄を可愛がる母を皮肉り、母の拐杖を持って兄を尋ねて家を出る。

③西皮腔『双釘記』頭本六場・二本三場

【頭本】〔一〕張選が祥符県官となり、干害調査に出るところへ張義が訪ねて来る。張義は張選に母親の言葉を伝え、不孝者として拐杖で打つ。〔二〕王氏（旦）は、張義が金亀で裕福になったと吹聴した上、自分の悪口を言うので、侍女と共謀して七寸釘を張義の法門の上に打って殺すが、金亀も同時に死ぬ。〔三〕王氏は、張選に張義の死因を偽る。〔四〕康氏（老旦）は張義を捜して上京する。〔五〕包公（小生）は襄陽（湖北）に栄転する。康氏の前に張義の亡霊が現れ、すぐに消える。〔六〕康氏は祥符県に到着し、張選の忘恩を詰った上で、張義の所在を尋ねる。張氏は霊柩の前で哭し、一人で通夜をして夢を待つ。張義は母に城隍廟に参詣する包公に訴えるよう求める。【二本】〔一〕康氏は住職の制止を振り切って城隍廟に焼香する。〔二〕康氏は包公に冤枉を叫ぶ。包公は吏を召喚して検屍を始めるが、死体に傷痕がないと聞いて、再度傷痕が発見できなければ、棺を持って来いと脅す。〔三〕吏は困って妻（丑旦）に相談する。妻が頂門心を検べよと示唆したため、妻を連れて城隍廟に向かう。果たして頂門から七寸釘が発見される。包公はさらに吏の妻が再婚であることを確認し、前夫の死体を検べて、妻が同様の手法で殺害したことを明かし、王氏と吏の妻の頭に釘を打ち込んで処刑する。

④二黄腔『行路哭霊』総講

康氏（老旦）は長男張選を尋ねて、上京した次男張義の安否を気遣う。鄖陽府尹（湖広）に昇進した包公（浄）は、定遠県令の時、棒打十三で強盗を打ち殺して民の禍を除いたと語る。〇康氏は、七竅から血を流した張義を夢見て上京し、張選（生）に面会する。康氏は張選の親不孝を責め、一人で棺の前で通夜をして張義の夢を待つ。張義（丑）の亡霊は母に、城隍廟に参詣する包公に訴えるよう示唆する。康氏は翌朝城隍廟に赴く。

これらを見ると、「花部」である梆子腔・西皮腔の原作が現代地方劇に伝えられたことが一目瞭然である。①梆子腔『双釘記』全串貫を「断双釘」系と呼び、②『釣金亀』全串貫③西皮腔『双釘記』④二黄腔『行路哭霊』を「釣金亀」系と呼ぶとすれば、二者はその源流を辿ると、まず「断双釘」系が出来て、次に「釣金亀」系が出来たと言えよう。また「釣金亀」系の②③④は、もとの説話が分化した時期の作品を表していると言える。そして現代京劇にはその劇目が伝承されている。「断双釘」系の劇が専ら行政官の精察を主題とするのに対して、「釣金亀」系は、これに親孝行という主題を加えているところに特徴がある。後者においては、主人公は出世した長男ではなく愚直な次男であり、民話の特徴を持つ地方劇のストーリーを反映したものと言える。[12] なお清道光四年（一八二四）『慶昇平班戯目』[13]に『双釘記』が著録されている。慶昇平班は高腔の劇団であるが、必ずしも高腔だけを上演していたわけではないと考えられており、[14]①梆子腔『双釘記』あるいは③西皮腔『双釘記』いずれの可能性もある。

また陳徳編『絵図張義双釘記宝巻』二巻（上海惜陰書局石印）は、

張学采の子張仁が包公の推薦で開封府の総河庁に赴任するが、妻王氏が姑と義弟を置いて一人で任地に行く。張義は龍王の三太子の変化した金亀を釣って兄を訪ねるが、嫂に毒を飲まされ、釘を脳天と肛門に打ち込まれて殺害される。包公は吏の劉建貴に検屍させて、吏の妻范氏も前夫を同じ手口で殺害したことを自供させる。張仁は罪滅ぼしに黄河の堤防を修築し、河口に張義の廟を建てて龍王に祈ると、金亀が河に飛び込んで風浪が収まり、工事が完成する。

という内容で、[15]金亀が龍王三太子の変化として、張義の生活を助けるばかりでなく、兄張仁の河川工事も助ける役割を与えるところに特色がある。

五　現代の地方劇

現代の地方劇は清代の地方劇のストーリーを踏襲するが、さらに民話色を強めている。

①山東・柳琴戯『釣金亀』（『断双釘』）不分場（山東地方戯曲伝統劇目匯編、柳琴戯第四集、山東省戯曲研究室、一九八七）

○河南帰徳府孟津河沿の張宣は祥符県令となり、寒窰に残した母・弟を上京させるため、岳父王員外に使者を遣る。王員外は娘俊英に姑・義弟と一緒に上京するよう命じるが、俊英は聴かず、親子の縁を切って一人だけで上京し、張宣には姑は上京しないと嘘をつく。張宣は母を愚かだと思う。母康素真は、河南が凶作なのに次男張義が愚鈍で役に立たないので困り果てる。張義が魚を釣ると言うので、康氏は龍門を登る鯉魚と、親孝行な黒魚と、爬魚（亀）の三種だけは釣るなと警告する。○李長庚は仁義星が転世して状元に及第する命運にあると知り、金亀を河に放つ。張義は金亀を釣りあげ、打つと白銀と黄金を尻から出す。張義は張・李から張宣が七品官を得たと聞き、帰宅して母に告げる。康氏は張宣を叱責する言葉を張義に伝えて送り出す。○包公は十二歳で定遠県令に任命され、城隍廟に泊まって官印受領を待つ。○張義は上京し、迎えに出た張宣に母は背中にいると言い、拐《っ》杖《え》を示す。張宣が災害の調査に出かけている間、嫂俊英は張義を酔いつぶし、侍女に謀って鉄釘を後頭部に打ち込んで殺す。しかし金亀を摑もうとすると李長庚が現れ、金亀を収めて去る。張義の霊魂は母の夢に現れて、恨みを晴らして欲しいと告げる。康氏は張義の霊魂を追いかけて上京する。張宣は母が来たと知って慌てて迎えるが、康氏は「張大老爺」と呼んで皮肉り、通夜の準備をさせて張宣を退け、棺の上で眠る。張義の霊魂は康氏に「城隍廟の包老爺に訴えよ」と告げ、揚州に転生する。康氏は西廂へ包公を訪ねて、息子張宣を告訴する。包公は康氏に覚悟させた上で、包興を祥符県に遣り、張宣を招請して康氏の訴状を見せる。包公が張宣を拷問しようとすると、康氏は後悔して釈放を請い、嫂が犯人だと告げる。包公は吏の仵毒子に張義の死体を検べさせるが、損傷が発見できないため、吏に棺材を準備しておけと脅す。吏は帰宅して妻の一賬清に相談すると、妻は鉄釘を前夫の後頭部に打って殺したことを想起し、吏に後頭部を検査させる。果たして鉄釘が発見されるが、包公は妻にも恩賞を与えると告げて、城隍廟へ連行して犯行を自供させ、また康氏が発病したと欺いて俊英を召喚する。○俊英は康氏の毒殺をたくらみ、城隍廟に現れるが、一賬清とともに鉄釘を後頭部に打ち込まれる。

本劇では、弟張義は愚か者であるが孝行息子であり、宝物を得て転生して状元に及第する資格を持つ人物である。これに対して兄張宣は読書人であるが妻の言葉を信じて肉親を疎んじる不孝不悌の人物であり、民衆の人間観が反映している。包公も十二歳にして県令となり難事件を裁く有能な官吏として描いている。なお本劇では、唐英『双釘案』の荘周が西方の金煞を摂取して金亀とし淮河に投じる場面を、金星である李長庚に変えたと思われる(16)。

＊

②山東・両夾弦『断双釘』九場（山東地方戯曲伝統劇目彙編、両夾弦第三集、山東省戯曲研究室、一九八七）

〔一〕張義は母を代表する拐棍《つえ》を背負って祥符県官張玄を訪ねる。〔二〕張義は張玄が跪かないので拐棍で打って跪かせる。張玄は張義を待たせて旱災の調査に出かける。〔三〕張玄の妻王桂英は張義を接待する。桂英は張義がろばのように飲食して衣服を汚すので、侍女香香に命じて張義の衣服を脱がせる。張義は桂英の親は豆腐売りであったと侍女に告げ、金亀に銀を出させる。桂英は張義を酔わせ、頭に釘を打ち込んで殺すが、金亀も白気とともに消え失せる。〔四〕張玄は桂英が張義を殺したと推察し、張義の無念を晴らそうと考える。〔五〕張義の亡霊は母親に訴えに行く。〔六〕張義は母に無念を晴らして欲しいと告げる。〔七〕包公は定遠県に赴任するが、旋風が道を遮ったと聞いて、馬で追いかける。〔八〕張義の亡霊が張母を導いて来る。張母は張玄の頬を打って母を大事にせよと叱り、張義の死体の横で通夜をする。張義の亡霊は母に「皇廟（城隍廟）にいる包公に訴えよ」と示唆する。〔九〕張母は県官張玄を訴える。包公は張母の覚悟を確認して、張玄を皇廟に召喚する。包公は張玄に裁判の指導を仰ぐふりを装って、兄が弟を殺し母を追い出した件を問い質す。また張玄に弟の死因を尋ね、吏に死体を検べさせるが、傷跡が発見できない。包公が傷跡を発見しなければ下半身を折ると脅したため、吏が帰宅して妻に相談すると、妻は「人には七星七胆があり天星地胆がある」と示唆する。吏は再び検死して血門に釘を発見する。包公は吏の妻に賞金を与えると欺いて召喚し、前夫殺害を自供させた上で、桂英とともに頭に釘を打ち込んで処刑する。

本劇でも張義を愚か者に、張玄を優柔不断の臆病者に描いている。

＊

③広西・桂劇・弾腔『判双釘』二十五場（広西伝統戯曲劇目彙編第十三集、広西僮族自治区戯曲工作室編、一九六一）

〔一〕開封府孟津県の書生張選は科挙受験のため、母康氏を弟張義に託して上京する。〔二〕包拯は受験のため、嫂の許可を得て家を出る。〔三〕彭子来も科挙受験に出発する。〔四〕途中で三人は同道する。〔五〕定遠県の山賊劉英は書生の襲撃を企てる。〔六〕包拯は山賊を追跡する。〔七〕包拯は劉英と賭をして、打ち殺せなかったら首を賭けると誓う。〔八〕旅館の主人呂公は、娘を張選の側室に勧める。〔九〕王善は亀蛇の精を収伏に行く。〔十〕張選は祥符県官を授かったため、岳父に書簡を送って家族を招く。〔十一〕王氏は手紙に自分の名がないことに立腹して、姑に手紙を見せず、一人で上京する。〔十二〕張義は河に魚を釣り、釣れた烏亀を打つと、金銀を排泄する。老人は張義に兄の任官を知らせる。〔十三〕母康氏は張義が兄を訪ねると言うので、拐杖で打てと命じる。〔十四〕山賊劉英は県衙に向かう。〔十五〕包拯が天地に祈って棒打すると、蛇将よ位に帰れという声がして劉英が死ぬ。包拯は濠州府尹に昇進する。〔十六〕張義が張選を不孝者として打とうとすると、張選は王氏が手紙を隠したと告げる。〔十七〕王氏は張義を恨み、張義が金亀に金銀を排泄させ、侍女の前で醜女だと罵ったため、侍女に謀って頭に釘を打ち込んで殺害し、金亀を奪う。〔十八〕張選は死体を棺に入れて書斎に置く。〔十九〕康氏は張義が土坑に落ちた夢を見たため、祥符県に赴く。〔二十〕康氏は途中で七孔から血を流す張義を見る。〔二十一〕張義は突風を起こして包拯の轎の覆いを持ち去る。包拯は城隍廟に向かう。〔二十二〕康氏は張選の不孝を詰り、張義の棺の側で通夜をする。康氏は張義の霊魂に城隍廟へ案内させる。〔二十三〕康氏は張選を訴える。包拯は康氏の覚悟を確認して張選を召喚する。包拯は張義の死体を吏に検べさせるが、傷痕を発見できないので、死を覚悟しろと脅す。吏が帰宅して妻百奇秀に相談すると、妻は「頭髪の中の傷を検査せよ」と示唆する。吏は果たして釘を発見して包拯に報告する。包拯は妻に褒美を与えると欺いて召喚すると、妻は前夫が彭子来だと答える。彭子来も後頭部に釘を打ち込まれており、包拯は王氏と百奇秀に釘を打ち込んで処刑する。〔二十四〕嫂は包拯が陵陽太守を授かったと父母に知らせる。〔二十五〕張選は呂公の娘を娶る。

本劇では、張選の妻を嫉妬深い女性に描いている。張義は愚か者ではなく、張選もさほど不孝者ではなく、悪妻が処罰された後、後妻を娶る伏線を設定している。吏の妻の前夫を包公の知人として、復讐説話の趣向を設定している。また包公の物語を挿入し、蛇精の変化である山賊を退治し難解な裁判を解決して昇進する出世話としている。なお王善とは薩真人の弟子王霊官のことであり、包公の妖怪退治を援助している。

＊

④四川・川劇・胡琴『釣金亀』五場（四川省川劇院所蔵南充川劇団口述本底本校勘、川劇伝統劇本匯編第二十八集、川劇伝統劇本匯編編輯室、一九六二、四川人民出版社）

河南孟津県に張姓の母子三人があり、長男張宣が科挙を受験するため上京した後、次男張義は毎日魚を釣って母を養っていた。ある日、張義は川に魚を釣りに行くと亀が釣れ、石で亀を打つと亀は金の屎をする。孟津河の金亀は忠孝の人だけに釣られる。胡老丈は嫂が科挙及第の吉報を送らず上京したと告げる。張義が兄に会いに行くと告げると、母は杖を渡して不孝の罪を正せと言う。張義は兄の弁解を聴いて杖打を免じる。張宣は旱の調査で外出し、嫂王氏は張義が金亀を打って金を排出させるのを見て、張義を酔わせ、鉄釘を頭に打ち込んで殺す。しかし金亀が金を排出しないため、怒って竈に捨てて焼く。母は張義の霊魂に会うが、張義は何も言わずに消える。母は張宣に会って張義との面会を求め、死因に疑問を抱いて、通夜をして霊魂を待つ。張義は母に、包公が城隍廟に参詣する時に訴えるよう告げる。母は張宣に呼びかけて応じないので訴状を書き、包公は張宣を召喚する。母は面倒を見る者がいなくなると包公に言われて後悔し、張宣の妻を訴えたのだと訂正する。包公は王氏を召喚するが、証言に疑いを抱き、吏に棺を開かせて検屍する。しかし死傷が見出せず、吏に三日の期限を与える。吏が妻侯氏に話すと、妻は「脳門心」を検べよと示唆する。吏が釘を発見して包公に報告すると、包公は妻に賞金を与えると欺いて召喚し、その顔に淫奔の相を見る。妻が再婚で前夫が酒で死んだと聞き、前夫の死体を検べさせると、頭から釘が発見される。包公は二人の悪妻の頭に釘を打って処刑する。

本劇でも宝物は孝行者に贈られ、悪人が奪っても効果を発揮しない。

六　結　び

唐代には、釘を頭部に打ち込んで夫を殺害するという完全犯罪を看破する行政官の慧眼を称賛した話があり、元代に至って、それがさらに進展して、同じく釘を頭部に打ち込んで夫を殺害した二つの事件を同時に看破するという話「断双釘」説話が出現し、明代に至ってそれが「包公案」に取り入れられて、雑劇『包待制双勘釘』が上演された。明代にはまた、小説『百家公案』に「断双釘」説話が掲載されるが、これもまた行政官の慧眼を賛美した話である。清代に至って、乾隆時代に唐英という崑曲作家が出現し、当時流行していた梆子腔・秦腔の劇目『釣金亀』を改編して『双釘記』と名づけて発表した。これによって乾隆時代の地方劇に『釣金亀』が出現したことが判明した。さらに最近になって車王府曲本が石印され、唐英の基づいた清代の地方劇『釣金亀』『双釘記』の存在が確認できた。「釣金亀」説話は民話の特徴を具えており、無学な二男坊が主人公であり、学問をした長男を不孝者として非難する。これによって「断双釘」説話は、単なる淫婦の犯行譚から親孝行を妨げる悪妻の犯行譚に変化し、趣の深い劇を庶民に提供するに至ったと言えよう。現代の地方劇では、さらに庶民的な描写を加えて張義の愚かぶりを強調し、読書した長男の非情さと対照している。

注

(1)「這種離開説話本身而生枝添葉的辦法、是明以後伝奇家的格範、牽強做作、将原始説話的自然趣味戕賊無余。……但因時尚所趨、反而盛伝、到了現在、釣金亀説話有名、旧有的元明説話不復為世人所知了。」『滄州後集』九三頁。

(2) 辛子牛主編『中国歴代名案集成』(一九九七、復旦大学出版社)中巻にも収録する。

(3) 孫楷第が指摘するように、元・虞集「姚忠粛公神道碑」(『稷山県志』「芸文志」収録)がこの話を詳述する。ただ時人が姚天福を包公に喩えたことは碑文には記していない。

(4)『太和正音譜』、『元曲選目』、清・姚燮『今楽考証』、清・王国維『曲録』著録。なお花李郎『懺悷判官釘一釘』(佚)もあるいは「双勘釘」説話であった可能性がある。清・曹楝亭刊『録鬼簿』著録、趙景深『元人雑劇鈎沈』に残曲一支を載せる。明・賈仲明『録鬼簿続編』、明・朱権『太和正音譜』、明・臧懋循『元曲選目』はただ『釘一釘』と題する。荘一払編著『古典戯曲存目彙考』(一九八二、上海古籍出版社)三〇四頁、『京劇劇目辞典』五八四頁「双釘記」参照。

(5)『支那近世戯曲史』(一九三〇)第十一章「崑曲余勢時代の戯曲」六三二頁。『劇説』の序には、「乾隆壬子(一七九二)の冬月、書肆の破書中に於て一帙を得た。前人の論曲論劇の語を雑録し、引輯は詳博であったが、次序が無かった。嘉慶乙丑(一八〇五)、病気静養で家に居り、経史を読めずに苦しみ、因って前帙を取って旧聞を参《まじ》え、凡そ宮調音律を論じた者は録さず、『劇説』と名づけた。『穀雨日記』」とある。なお貧乏な親孝行の弟が天から宝物を授かる話は民話によく見られる。たとえば、敦煌変文(王重民等編『敦煌変文集』、一九五七、人民文学出版社)を見ると、「郭巨が地を一尺掘ると、黄金一釜を得た。釜には銘が有り、『天が孝子に賜う金である。郭巨は子を殺して母の命を存しようとしたので、黄金一釜を賜う。官は奪うを得ず、私は取るを得ず』と書かれていた。」（句道興『捜神記』）、「瞽叟は後に又舜に井戸を浚えさせた。舜が罐で泥を承けると、又天を感じさせて銀鈔を降らせ、井戸の中にもたらした。」（『孝子伝』）がそれである。

（6）周育徳校点、一九八七年、上海古籍出版社刊。北京図書館・中国芸術研究院戯曲資料館・衢州文物管理委員会所蔵の四種刊本を校勘したテキストである。

（7）以上、『古柏堂戯曲集』附録二、周育徳「簡論唐英的戯曲創作」参照。

（8）梆子腔十一集外編万集（清・玩花主人輯、清・銭徳蒼続、乾隆四十二年〔一七七七〕刊）。

（9）車王については、①那王（蒙古那彦図親王）②車布登扎布（蒙古超勇襄親王策棱の次男）③車林巴布の三説がある。『清蒙古車王府曲本』金沛霖「前言」参照。

（10）関徳棟「石印『清蒙古車王府蔵曲本』序」参照。

（11）金沛霖「前言」参照。

（12）日本民話の会編『ガイドブック世界の民話』（一九八八、講談社）二五頁、「民話の主人公」に、主人公は三人兄弟の末っ子であったり、愚か者として蔑まれていたり、継子として貧しかったり、肉体的に欠陥があったりして、期待された存在でないことが多い、と指摘する。

（13）周明泰『道咸以来梨園系年小録』（一九三二）収、退庵居士文瑞図蔵。

（14）周貽白『中国戯劇史長編』五一三頁参照。

（15）澤田瑞穂『増補宝巻の研究』（一九七五、国書刊行会）一三八頁参照。

（16）安徽・泗州戯『断双釘』七場（安徽省伝統劇目匯編、泗州戯第一集、安徽省伝統劇目研究室、一九五八）も、本劇とほぼ同内容。

第四節　書生と宝物――強欲な宿屋の主人――『張文貴』

一　はじめに

書生の恋愛話と出世話は民衆の好むところであり、「包公案」でも明成化刊説唱詞話『新刊全相説唱張文貴伝』上下二巻が出現した。そのストーリーは、

書生張文貴が科挙受験に上京する途中で山賊に襲われるが、山賊の娘青蓮公主から救われて夫婦となり、四種の宝物を贈られて下山する。しかし宝物を旅館の主人に奪われて殺害され、旅館の主人は宝物を使って皇太后の病気を治して官職を得る。包公は事件を調査して張文貴の怨みを晴らす。

というものである。この説話は「三件宝物故事」と称される民間説話の趣向を取り入れている。姜彬主編『中国民間文学大辞典』（一九九二、上海文芸出版社）によれば、

勤労で善良な貧乏人が三種の宝物を手に入れて幸福な生活を送り、後に宝物をだまし取られて幸福な生活は破綻するが、また自分の知恵で宝物を奪回し、宝物を騙し取った人間は懲罰を受ける。

という。ただ「張文貴」説話は「包公案」であるため、「書生が山賊の娘に命を救われて出世をもたらす宝物を贈られるが、悪人から宝物を奪われて殺され、知恵者である包公が悪事を見抜き、悪人から宝物を取り戻して書生を復活

させる」という構造になっている。山賊の娘が肉親を裏切って書生と夫婦になり、書生が山賊の娘に救われて出世を確実にする宝物を贈られ、書生が出世を目前にしながら軽率に旅館で宝物を試して悪人に殺され、包公が悪人の人相を観て疑いを懐き、夫人の智慧に助けられながら見事に事件を解決するなどの場面は、いずれもドラマチックでこの作品を魅力的にしており、現代に至っても地方劇において多く上演されている。

「張文貴」説話は、権力者の横暴を描いた元の「包公案」劇とは些か内容が異なり、書生を慕う山賊の娘の恋情が描かれ、包公の裁判も詳細に描かれている。本節では、明成化刊説唱詞話に始まるこの説話の地方劇における展開を考察してみたい。

二　明の説唱詞話

元雑劇の宝物説話には、無名氏『包待制智賺三件宝』（佚、『録鬼簿』著録）、武漢臣『包待制智賺生金閣』（明・臧晋叔『元曲選』収）がある。現存する後者の作品では、書生郭成が家宝「生金閣」を用いて官職を得ようとするが、「権豪勢要」の衙内龐勣に妻ともども奪われて殺害される。包公は郭成の霊魂の訴えを聞いて、巧妙に衙内龐勣を捕らえて処刑し、死んだ郭成には進士の身分が贈られる。

明の説唱詞話はこの「生金閣」説話とは異なり、宝物は山賊の娘が贈るのであり、若者が女性と出世を手に入れ、包公はそれを妨害する悪人を裁くという恋愛譚・裁判譚を結合した話に変じている。

〔上〕西京渓〔汜〕水県（河南）の張百万の子文貴は、南省の試験に出発し、途中太行山で盗賊静山大王趙太保に襲われて剥皮亭に縛られるが、娘青蓮公主と結婚することで死を免れ、死者を甦らせ病人を快復させる青糸碧玉帯、いつでも酒が満ちている逍遙無尽瓶、酒を飲むと楽器が鳴り出す温涼盞という三つの宝物と龍駒馬を贈られて下山する。文貴は上京して都知（教坊の歌師）の経営する旅館に泊まるが、絞殺されて宝物を奪われる。〔下〕楊二は財宝を得て宿屋の経営をやめ、皇太后が重病で医者を捜しているという告示を見て、青糸碧玉帯を用いて病気を治し、八十四州都元帥・八路諸侯に任命される。包公は、観相により楊二が恩義を知らず財を貪る悪人と見て、保官（保証人）になることを拒絶する。皇太后は怒って自ら保官となる。龍駒馬は嘶いて天に文貴の死を知らせ、玉帝が雨を降らせて文貴の死体を露出させると、死体を背に載せて開封府へ突入する。包公は李夫人に相談して仮病を装い、皇太后から青糸碧玉帯を借りようとするが、皇太后は包公を嫌って貸さない。そこで包公は白羅で腕を縛って脈を止め、医官に格子窓の外から脈を取らせて死を装う。驚いた仁宗は皇太后に強く要請して青糸碧玉帯を借り、包公は宝物の力で文貴を復活させる。包公は一計を案じて、願解きをするので文武の官員を開封府に招待したいと上奏し、文貴の前で楊元帥を捕らえて拷問し、犯行を自供させる。仁宗は楊元帥を処刑して文貴に天下都元帥の職を授けるとともに、使者を太行山に派遣して趙太保と娘青蓮公主を召喚し、趙太保を無憂王子に、夫人を護国夫人に、娘を進宝大夫人に封じて、文貴と青蓮公主の結婚の媒酌をする。

三　民国の湖南唱本『紫金瓶』

民国年間、中湘九総黄元堂発行のこのテキストは、[1]主人公の名前を李子英に変えている。明説唱詞話との大きな相違は、宝物は「紫金瓶」一種であり、悪人は書生を殺して手に入れて試しても効果はなく、悪人の欲望は満たされないという点である。これは前掲『中国民間文学大辞典』「得宝故事」に説明する、勤労で善良、地道な貧乏人が幸いにも不思議な宝物を手に入れて後、生活を変える。金持ちあるいは欲深な人間はこの宝物を取ることができず、たとえ強奪しても、宝物は彼らのために功を奏さず、却って懲罰を被る。という類型の宝物説話と言える。このため悪人が宝物で出世する場面や包公が観相する場面もないが、代わりに旅館の主人に加えて高官の叔父を共謀者として登場させ、権勢を恐れぬ包公説話とする。また山賊の娘が父に追放されるが、山神・土地に庇護されて都に送られ、舅姑と邂逅して開封府に訴えるという神秘的内容も加えている。元雑劇では、書生は死後に進士出身の身分を贈られたが、本作品でも、書生は宝物を献上して「進宝状元」という身分を獲得する。以後、現代地方劇では「進宝状元」という言葉は頻繁に使用される。

○福建泉州府恵安県の李懐徳の子子英は、科挙受験で上京する途中、強盗白鶴の建てた山城に捕らえられて殺されそうになるが、娘白花公主が結婚を条件に逃がし、三度手を打てば美女が唱曲弾琴する「紫金瓶」を贈る。○白鶴は娘を山林から追放するが、山神・土地が茅房・老婆となり、白花を養女として住まわせる。○子英は上京して楊喜の旅館に泊まる。○白花は男児を出産する。○子英は部屋で「紫金瓶」を試して楊喜に見つかる。○楊喜は叔父吉士とともに「紫金瓶」から出た二美女を妻妾にしようとし、子英を府衙に招いて毒殺し、白花亭の海棠樹下に埋める。○叔父と甥は「紫金瓶」を叩くが、美女は出現せず、赤鬚・黒面の怪物が出て襲われたため、「紫金瓶」も埋める。○子英の亡霊は父母の夢に現れる。○父母は包公に訴えるために上京する。○白花が夫を心配していると、老婆が土地神であることを告げ、白花母子を雲に乗せて開封府へ送る。○包公は訴えを聴いて、吉士の家に花見に行き、子英の死体を掘り出す。死体は「紫金瓶」によって腐敗を免れており、包公は朝廷の「温涼帽」で子英を蘇生させた上で、吉士を河北へ充軍させ、楊喜を斬首する。子英は「紫金瓶」を朝廷に献上して「進宝状元」を賜わり、白花には一品夫人の身分が贈られる。

四　現代地方劇

現代地方劇では、明説唱詞話や湖南唱本を発展させ、山賊の前身を説明したり、娘が父あるいは兄と交戦して侍女の援助で逃亡したり、書生の家族が出世した悪人に誤って訴えて殺されたり、包公が悪人に裁判の相談をするふりをして捕らえたりする場面を加えている。また書生の姓名によってストーリーが異なり、書生を「張文貴」とする劇では、悪人は宝物を献上して出世するが、書生を「李志珍」とする劇では、悪人に対して宝物は効果を発揮せず、書生を「薛仁」とする劇では、山賊の娘が実は山賊に殺された官吏の娘であり、書生を救って山賊に復讐する。これらは書生の姓名を変えただけで、基本的には明説唱詞話の内容を踏襲しているので、すべて「張文貴」説話として論じることにする。

＊書生を張文貴とする劇

①安徽・泗州戯『八盤山』（一名『白馬馱屍』）不分場（王広元口述、安徽省伝統劇目匯編、泗州戯第三集、安徽省伝統劇目研究室編、一九五八、九一～一五〇頁）

○泗水県（山東）の秀才張文貴は科挙受験のため上京する。○趙太保が登場し、九門提督の地位まで上ったが、安南の朝貢官を殺して青珠美人画・挨挨烏金瓶・系死還魂袋・温涼二盞を奪ったため処刑されそうになり、(2)八盤山に逃れたと語る。文貴は八盤山を通過して捕らえられ、剝皮亭に縛られる。○趙鸞英は刺繡を終えて眠りに着く。○観音老母が鸞英の夢に現れて、文貴と鸞英が金童玉女であり、文貴を救って結婚せよと示唆する。○鸞英は文貴の容貌が高貴なのを見て求婚するが、山賊の娘とは結婚しないと罵られたため、侍女に説得させて結婚を誓わせる。鸞英は四宝と白龍馬を贈って文貴を逃がす。○太保は怒って鸞英を斬ろうとするが、侍女が止めて自分が斬ると偽り、報酬の銀十両を鸞英に贈って、下山して文貴を捜せと諭す。○文貴は東京に着いて、楊小楼の旅館に泊まる。小楼は文貴から四種の宝物を朝廷に献上すれば官職が得られると聞き、酔った文貴を絞め殺して裏庭の井戸に棄てる。○小楼は四宝を朝廷に献上して西台御史の職を授かる。○鸞英は文貴の後を追って上京し、王婆の旅館に泊まって、小楼の家にまだ馬がいると聞き、馬が涙を流すのを見て、文貴が災難に遭ったと悟る。○王婆が小楼を清官と誤認したため、鸞英は絞め殺されて裏庭の井戸に棄てられる。○龍王敖広は三太子（龍馬）の刑期が終えると知り、文貴と鸞英の死体を開封府に送らせた上で、東海に帰らせる。○包公は二死体を還魂床に置いて甦らせ、楊小楼を召喚して銅鍘で処刑する。○宋王は文貴に進宝状元の身分を授ける。

「説唱詞話」・湖南唱本では山賊の娘は事件に関与していなかったが、本劇では、娘が書生を救ったため父に殺されそうになり、書生の後を追って上京して事件に巻き込まれるストーリーを述べて、娘の書生に対する愛情の深さを表現する作品に発展させている。

＊

②湖北・黄梅采茶戯『二龍山』（一名『三宝記』）五場（余海仙述録、湖北地方戯曲叢刊第五十八集、湖北省戯劇工作室編印、一九八三、二三八～二七三頁）

〔一、辞行〕広慶〔信〕府貴渓県（江西）の書生張文貴は、叔父広成に相談して、科挙受験のため上京する。〔二、坐寨〕李秀海と秀花は兄妹で、父李龍が午門で斬首されたため謀反し、二龍山を山寨とした。秀海は通過した文貴を襲って剝皮亭に縛る。秀花は文貴に素姓を尋ねて父の復讐を果たそうとするが、人品を認めて求婚し、文貴も説得されて結婚を承諾する。〔三〕秀海は帰山して妹と戦うが敗れる。文貴は科挙受験のため下山し、秀花には故郷の老母の世話をさせる。秀花は文貴に、全戦全勝の展魂帯、起死回生の還魂枕、日に千里行く宝馬を与え、宝物を朝廷に献上すれば高官が得られると告げる。〔四、投親〕秀花は男装して文貴の友人と称し、文貴の母親に仕える。〔五、謀宝〕文貴は上京して楊文貴の旅館に泊まる。楊と番頭は鴛鴦壺に毒酒を入れて文貴を毒殺し、死体を馬に載せて西城の城壁の下に埋める。楊は宝物を献上して進宝状元の身分を授かるが、街を遊行して落馬し、宝馬は南衙へ突進する。包公は宝馬に案内させて西城の城壁下から死体を発掘し、還魂床に置いて蘇生させ、楊の犯行を知る。包公は楊を開封府に招待し、文貴の証言で楊を処刑する。文貴は進宝状元を授けられ、帰郷して秀花と結婚する。

本劇では、山賊の娘を兄と戦闘して書生を守り、男装して書生の家に行き母の世話をするという活発な女性に描いている。よって娘が上京して誤って悪人に殺害されることはない。また包公も、悪人に裁判の相談をするふりを装って捕らえるという知謀を発揮する。

＊

③湖北・湖北越調『双鳳山』〔上本〕七場・〔下本〕八場（賈春玉述録、湖北地方戯曲叢刊第四十七集、湖北省戯劇工作室編印、一九八一、一二九～一九六頁）

〔上本〕〔一〕泗水の書生張文貴は科挙受験のため帰宅し、妻朱孝蓮は夫を送り出す。〔二〕文貴は高山を上って都へ向かい、山賊梅龍に捕まる。〔三〕梅龍の妹秀英は処刑台の書生を見て素姓を尋ね、父の仇の息子だと知るが、文貴に「一刀」（斬殺）を望むか「一招」（結婚）を望むかを選ばせて夫婦となる。〔四〕文貴は科挙受験のため下山し、秀英は灯が無くても明るい蛇蠟珠、酒を飲んでも酔わない醒酒盞、四人の美女が出て唱う美人屏、死体が腐乱しない保身丹を贈る。〔五〕梅龍が帰山して秀英に自害を迫ったため、秀英は兄と交戦する。〔六〕秀英は兄を刺し殺し、双鳳山を改めて単鳳山と称する。〔七〕文貴は楊青の旅館に泊まる。楊青は徽州商人楊招とともに文貴を酒に酔わせ、宝物の秘密を聞き出す。楊招は酔った文貴を絞め殺して宝物を奪い、死体を古井戸に投げ込んで、楊青には次官を持ち帰ると偽って、慌てて上京する。〔下本〕〔一〕翰林院学士王延齢は科挙執行のため貢院に赴く。〔二〕楊招は貢院に至り、家宝だと偽って三宝を献上する。延齢は朝廷から紛失した宝物だと認め、天子に上奏する。〔三〕楊招は進宝状元を授かり、街を練り歩く。楊青は面会を求めるが、楊招は秘密が漏れることを恐れて、楊青を打ち殺す。楊青は息を吹き返して旅館に戻る。包公は陳州から帰還し、楊招の儀杖と鉢合わせて互いに道を避けるが、ともに同じ道に避けてしまう。包公は進宝状元だと知って観相し、江湖の気があるため、宝物は他人の物だと看破して賭をする。〔四〕五殿閻君秦広輝は判官に文貴の生死簿を調べさせ、寿命があるため復活を命じる。〔五〕文貴は土地公に導かれて帰宅し、孝蓮の夢に現れる。孝蓮は驚いて夫を捜しに上京する。〔六〕弟朱貴は姉に同伴する。太白金星は孝蓮の上京を早めるために、虎に変身して姉弟を離散させ、孝蓮は秀英に捕まる。〔七〕秀英は孝蓮が文貴の妻だと知り、夫を捜すため一緒に上京して楊青の旅館に宿泊する。楊青は文貴の亡霊に取り憑かれて楊招が宝物を奪って文貴を絞殺したことを告白し、二女とともに南衙包府に訴える。〔八〕包公は訴えを聞いて楊招を招待し、故意に二件の事件を相談して、「好狗不遮道」（良い犬は道を遮らない）「扎根不牢」（根が堅固でない）と揶揄し、最後に楊青の証言をもとにその衣冠を剥奪して、鉄鍘で処刑する。包公は追魂鞭・還魂袋を用いて文貴を復活させ、官職に任じることを約束する。

本劇では書生を既婚者としており、一夫両妻を理想とする考えを反映させている。また山賊の娘の書生に対する恋情を強調し、書生が父の仇であるにも拘わらず兄を殺害までして書生と夫婦になることを述べる。また旅館の主人を主犯から従犯に変えて、泥酔した書生に危険を説いたり、書生の二妻を助けて商人を包公に訴えるなど、矛盾した性格を形成しながらストーリーに変化を与えている。本劇では神霊の援護も多く、閻羅・土地公が書生を復活させたり、太白金星が主人公の妻と山賊の娘を引きあわせたり、書生の霊魂が旅館の主人を精神錯乱させて犯行を自供させたりする。包公の存在も強調しており、包公は犯罪者の凶相を見て犯行を証明してみせると賭をし、犯罪者を招待して日常事件に対する意見を聞く振りをして、実は犯罪者を罵倒しながら賭を想い出させて処刑する。

＊

④山東・柳琴戯『二龍山』不分場（卜端品口述・何麗校訂、山東地方戯曲伝統劇目彙編、柳琴戯第四集、山東省戯曲研究室、一九八七、一四九～三五一頁）

○郭素真は夫張文貴が科挙受験のため上京すると聞いて、夫と離別させる天子を罵り、夫に受験を断念させせようとして騒ぐが、最後には諦めて部屋へ戻り、文貴は旅路につく。○二龍山の山賊剛龍は、父剛延が後軍督府の時、外国が朝貢した追魂帯・温涼盞・青竹美人画・日行千里馬という四種の宝物を愛して献上しなかったため、一族を皆殺しにされたと語る。○文貴は二龍山に入り、剛龍に捕らえられて剝皮亭に縛られる。○妹秀英は書生の縄を解いて素姓を尋ね、文貴が鎮〔真〕定（河北）福容県に住み妻素真があると答えると、文貴の高貴な身体に満足して婚姻を求め、文貴も危機脱出のため同意する。秀英は文貴に、人を蘇生させる追魂帯、欲しい時に食べ物が出て来る温涼盞、美女が出て唱う青竹美人画、日に千里行く馬を贈って送別する。○東京で旅館の主人楊東志は、看板を書く。○文貴は書生楼に宿泊する。東志は文貴が美人画を売らないので、転香壷に毒酒を盛って文貴に飲ませ、死体を井戸に投げ込む。文貴の霊魂は老母に託宣するため、龍王に別れを告げて真定城に向かう。○文貴の霊魂は素真の夢に現れ、東志に毒殺されたこと、東志が追魂帯で国母の病気を治療して大官を得たこと、清官包丞相に訴えて欲しいこと、秀英を同伴して欲しいことを告げる。○秀英は素真が文貴の妻であることを知り、瞌睡《ねむり》虫で素真を眠らせて、風雨を喚起する術を使って東京まで飛び、老人（包公）に会う。二女は王二楼の旅館に来て、文貴が隣の楊東志の旅館に泊まったことを知り、二楼に訴状を依頼して包公に訴えに行く。○素真は東志を包公と誤認して訴状を提示したため、水牢に監禁される。○龍図閣大学士包公は陳州にあって銅鍘が音を立てるので、冤罪事件が起きたと悟る。○文貴の霊魂は包公の轎の覆いを吹き飛ばす。包公は霊魂に命じて紙を犯人の家まで吹き飛ばさせ、旅館の枯れ井戸から死体を発見して、水牢から素真を救出する。白馬は死体を乗せて南衙へ向かう。包公は死体を黄昏〔還魂〕床に置いて文貴を復活させる。包公は一計を案じて、陳州で儲けた銀を分けると言って東志を招待し、事件の話を借りて「悪狗闌路」「根扎不正」と罵り、文貴と対面させて銅鍘で処刑する。また文貴を素真・秀英と引きあわせ、文貴には東志に替わって賢王府を掌らせる。

本劇も書生の妻を登場させており、特に妻が夫との別れを嫌がって交わす饒舌な会話は、女性の感情をよく表現している。この冒頭部分は民間小戯『捆被套』として独立した作品もある。(3) 饒舌な会話は、ほかにも旅館の亭主など至る所で見られ、本劇は庶民的情緒をよく表現した作品である。庶民的雰囲気は会話のみならず、書生の霊魂が家族に会いに行く場面や、書生の妻と山賊の娘が旅館の夫婦を養父母とする場面、包公が悪人の悪事を必ず暴くと賭をしてその悪事を暴き処刑する場面、包公が呪文を唱えて「安魂郎」を招いて死人を復活させる場面にも如実に表れている。また山賊の娘を仙人の弟子として超能力を与える場面は、非力な書生を救う『揺銭樹』説話のような仙女説話を基盤とした構想だと考えられる。

＊

⑤山東・柳琴戯『四宝山』十一場（張福栄口述・何麗校訂、山東地方戯曲伝統劇目彙編、柳琴戯第五集、山東省戯曲研究室、

一九八七、一三七〜一五八頁)

〔一〕南徐州肖〔蕭〕県(安徽)の張栄桂は科挙受験のため上京する。栄桂は妻郭美蓉を説得して家を出る。〔二〕四宝山の盗賊趙太保は無敵大将軍として西洋回回と対戦し、青竹美人図・靄靄烏金瓶・屈死還魂帯・温暖二con虫を手に入れたが、朝廷に献上しなかったため弾劾され、逃亡して四宝山の盗賊になっていた。栄桂は山賊に捕らえられる。〔三〕太保の娘蘭英は剥皮亭の栄桂に一目惚れし、侍女改英が蘭英には青竹美人図・靄靄烏金瓶・屈死還魂帯・温暖二盞盅という宝物があると告げて、栄桂に婿になるよう説得する。蘭英は栄桂を日行千里馬に乗せて下山させる。〔四〕太保は娘が栄桂と一晩を共にし、宝物と神馬を与えたことを知って、娘を斬ろうとするが、改英が遮り、二人で逃亡する。〔五〕栄桂は楊小楼の旅館に泊まる。小楼と妻は栄桂を酒に酔わせて絞め殺し、死体を井戸に棄てる。〔六〕小楼は午門に赴いて宝物を献上する。〔七〕小楼は上殿不拝王・下殿不辞王・清浄自在王に封じられる。〔八〕蘭英は王婆の旅館に泊まり、栄桂が小楼の旅館に泊まったと聞き、白馬を見て悲しむ。王婆は包公に訴えるよう示唆する。〔九〕小楼は包公に扮して訴え事を捜して歩く。〔十〕蘭英は小楼を包公と誤認して訴えたため、逃亡した侍女として打ち殺され、井戸に落とされる。〔十一〕包公は帰還する途中、男女の旋風に道を遮られ、紙灰の飛んで行く先を調べると、小楼の花園であった。包公は井戸に死体を発見して白馬に乗せて開封府へ運ばせ、還魂床に寝かせて、抜魂杖で触れて復活させる。包公は蘭英を自宅に引き取り、小楼を宴席に招待して、事件を相談すると見せて、「老狗遮道」「根扎不成」と罵り、詔勅を見せて小楼を処刑する。仁宗は栄桂を楊家に住まわせる。

「張栄桂」は「張文貴」の訛りである。本劇でも書生の妻は上京する書生を離そうとせず、素朴な女性の感情を表現しているが、後に再登場しないのは矛盾である。また①泗州戯『八盤山』同様、山賊を趙太保、娘を鸞英とし、娘が書生を逃がしたため父に殺されそうになるところを侍女が救うなど、二劇が近い関係にあることを窺わせるが、書生は独身ではなく妻帯者であり、旅館の主人の妻は書生に危険を知らせず逆に夫を唆す悪妻に描かれ、死体は白龍馬によって開封府に運ばれるのではなく、死者の霊魂がその在処を示すなど、重要な場面で相違を見せている。

＊書生を李志珍とする劇

書生の姓名を「李志珍」とする劇では、悪人が書生を殺して宝物を試しても効果を発揮せず無駄骨を折るという内容であり、湖南唱本『紫金瓶』の流れを汲んでいる。『紫金瓶』では旅館の主人の高官の叔父が主犯であり、現代劇でも主犯は家主の丞相あるいは国丈（皇妃の父）である。宝物によって高官を得ることがない話ゆえに、どこかで悪い高官を設定する必要があることからこうしたストーリーが生まれたのであろう。山賊の娘と書生の母は書生を捜して上京して出会い、悪人の旅館に宿泊して殺害されそうになるが、書生の霊魂に救われ、書生の霊魂は旅館の主人を操って開封府へ自供に行かせる。

⑥湖北・東路花鼓『平頂山』十三場（劉玉清述録、湖北地方戯曲叢刊、第四十八集湖北越調、湖北省戯劇工作室編印、一九八二、一八五〜二二五頁）

〔一〕李志珍は絳州龍門鎮の出身で、父李槐徳が奸臣に殺され、母郭氏によって養育され、科挙受験のため上京する。〔二〕査定は平頂山の余彪の部下になる。〔三〕余彪は父が奸臣に処刑されたので妹と平頂山に隠れている。〔四〕余彪は志珍を捕らえ、父の仇の子だと知って剝皮亭に縛る。秀英は志珍の素姓を聞いて斬ろうとするが、「一刀」か「一招」かを選ばせ、志珍と婚礼を挙げる。余彪は怒って妹と決戦するが敗れる。〔五〕秀英は志珍に紫金杯・還魂帯・玉閣屏という三種の宝物を贈って下山させる。〔六〕志珍は上京して王小二の旅館に泊まり、脅されて玉閣屏を叩いて仙女に銀を出させる。〔七〕左丞相の王独君は小二が借金の返済に来たのでわけを聞き、鴛鴦壷に毒酒を盛って志珍を毒殺する。だが宝物を試すと大留璃鬼が現れる。〔八〕秀英は懐妊して陣痛が始まる。〔九〕郭氏は志珍を捜しに上京する。〔十〕秀英は男児を出産し、志珍を捜しに上京する。〔十一〕郭氏と秀英は出会って姑と嫁であることを確認しあい、小二の旅館に泊まる。小二は旅館に放火する。〔十二〕志珍の亡霊は母と妻の夢に現れて二人を逃亡させ、小二に取り憑いて自首させる。〔十三〕包公は小二に取り憑いた志珍の訴えを聴き、宰相である独君を招待して、小二の証言をもとに有罪とし、左耳を削いで軍役に充てる。また陰陽宝扇で志珍を扇いで復活させる。志珍は受験を阻害されたため文職四品皇〔黄〕堂を授かり、秀英は一品夫人、余彪は朝廷に帰順して官職を授かり、郭氏は賢太夫人の称号が授けられる。

本劇は、山賊の娘が書生の子を出産し、さらに書生を捜しに上京して姑と出会う感動場面を設定したところに特色がある。また「進宝状元」説話とせず、書生が官職を贈られるのは受験の機会を失ったからだとする。包公は自らの宝物で書生を復活させる。

＊

⑦安徽・黄梅戯『二龍山』（『三宝記』）不分場（潘沢海・劉正廷・銭悠遠・厳松柏口述、安徽省伝統劇目匯編、黄梅戯第三集、安徽省伝統劇目研究室編、一九五八、三一〜七九頁）

○絳州府龍門県（山西）の書生李志珍は、父懐徳が奸臣に処刑されたため母とともに故郷へ逃げ帰り、科挙受験のため上京する。○山賊余彪は、九門提督の父鳳増が懐徳から弾劾されて処刑されたため、妹素貞とともに二龍山に隠れていたが、志珍が仇敵の子だと知って剝皮亭に縛る。○素貞は志珍が斬れず、志珍に「一刀」か「一招」かを選ばせる。志珍は仕方なく「一招」を選ぶ。○余彪が帰山して志珍を追跡したため、素貞は兄を殺す。素貞は志珍に、美女が出て唱う紫金杯、官宝が出る玉宝瓶、水火を避け死後甦る還魂帯を贈り、朝廷に献上すれば王侯を授かると告げる。○志珍は王小二の旅館に泊まり、小二に三種の宝物を説明し、玉宝瓶から官宝を出して小二に贈る。首相王道宗は小二にわけを聞き、鴛鴦壷に毒酒を盛って志珍を毒殺する。神は仙丹を志珍の口に含ませる。道宗は死体を葵花井に棄て、宝物を試すが仙女は出ない。小二が呪文を唱えると、鬼が現れて小二を打つ。○素貞は占い書を見て志珍の死を知り、下山する。○李母は息子を尋ねて上京する。○素貞は途中で陣痛が起こり、男児を出産する。○素貞は志珍の母と遇い、嫁と名のってともに小二の旅館に泊まる。志珍の亡霊は二人の夢に現れて小二と道宗の放火の陰謀を告げ、小二を錯乱させて自首させる。○小二は志珍と名のって小二と道宗を訴える。包公は亡霊に憑かれていると悟り、陰陽扇で扇いで目を覚まさせ、道宗を南衙に招請して案件について意見を求め、素貞の訴状を見せる。包公は死体を回魂床に置いて陰陽扇で扇ぎ、志珍を復活させる。包公は道宗の両耳を削ぎ落として辺境の兵役に充て、小二を狗頭鍘で処刑する。志珍は「進宝状元」、素貞は一品烈節夫人、余彪は英霊大王、李母は養老太君に封ぜられる。

本劇はおおむね⑥と同じストーリーである。

＊

⑧安徽・皖南花鼓戯『平頂山』九場（李恵文・楊家祥口述本、宣城花鼓戯団記録、安徽省伝統劇目匯編、皖南花鼓戯第五集、安徽省伝統劇目研究室編、一九五八、一〇一～一五六頁）

〔一〕江〔絳〕州龍門県の李自楨は、父金男が悪党に殺されて母と暮らし、科挙受験のため上京する。〔二〕山賊兪標は自楨の素姓を聞いて剝皮亭に縛る。〔三〕兪秀英は清官の父が金男に弾劾されて処刑され、兄と平頂山に隠れたと語る。秀英は自楨を斬ることができず、「一招」か「一刀」かを選ばせ、自楨の貴人の相を見て説得し、婚礼を挙げる。〔四〕兪標は帰山して妹と交戦する。〔五〕秀英は、美女が下りて唱う美人画、死者が甦る還魂帯、美女が銀を贈る紫金杯を贈って、天子に献上すれば功名を授かると告げる。〔六〕自楨は上京して王小の旅館に泊まり、美人画と紫金杯を試す。王小は家主王都に宝物が出した銀を支払う。〔七〕太師王都は王小に唆され、鴛鴦壷に毒酒を盛って自楨を毒殺して美人画を試すと、自楨の亡霊が現れる。〔八〕秀英は夫の身を案じて嬰児を抱いて下山する。董氏も息子の身を案じて旅に出る。二人は途中で出会い、素姓を名のって嫁姑と認め合い、王小の旅館に泊まる。王都は旅館に放火させるが、自楨の亡霊が二人に警告して逃がす。〔九〕自楨は王小に取り憑いて包公に訴えに行く。包公は陰陽扇で扇いで正気に戻し、王小に犯行を自供させる。包公は王都を宴会に招待し、一緒に訴え事を裁くと見せて、王小の証言をもとに王都を鍘で腰斬刑に処する。また自楨を陰陽扇で甦らせる。自楨は進宝状元、董氏は老夫人、秀英は令正夫人を授かり、嬰児は皇后の義子となる。兪標は招安されて官職を授かる。

「李自楨」は「李志珍」の訛りである。犯人が得た宝物から書生の霊魂が出るとして復讐譚の色彩を強め、悪人を国丈として権貴の横暴を挫く説話としている。包公が故意に訴えの声を無視して悪人が自ら審問を主張するのを待つことにも、その知性をよく表現している。

＊主人公を薛仁とする劇

書生の名を「薛仁」とする劇では、娘が父母を山賊に殺されて山賊の養女となったとし、娘は書生に宝物を贈って父母の仇討ちを依頼する。この設定は、単なる山賊の娘では罪人であり、書生との結婚は妥当と思えないことによるものであろう。悪人の保証人となることをめぐる包公と皇太后の対立の場面はなく、代わりに書生が娘の夢に現れて殺害されたことを告げ、娘が悪人を告訴して捕らえられたため、書記官に任命された進士が自分の娘を身代わりにして救出するというドラマチックな場面を新たに設ける。また娘を包公の姪として、包公と姪の邂逅も劇の眼目としている。

⑨河北・糸絃『鶏頭山』（又名『楊虎開店』）十五場（張新喜口述本、河北戯曲伝統劇本彙編、第七集糸絃、一九六三、百花文芸出版社、二八三～三三八頁）

〔一〕韓月花の父元梅は後軍都府に任命される。〔二〕元梅は家族を同伴して上京する。〔三〕鶏頭山の孫飛虎は下山して兵糧を奪う。〔四〕飛虎は元梅と妻を殺し、月花を養女として、死者が甦る駄魂馬、病気が治癒する銷魂白玉帯、美女が唱歌する古竹蘭画を贈る。〔五〕金斗県の秀才薛仁は、科挙受験で上京する途中、鶏頭山で飛虎に襲われ、杙に縛られる。月花は父母を祭って薛仁の哭声を聞き、薛仁を科挙に及第させて父母の仇を討とうと考え、「一招」か「一刀」かを迫る。薛仁は「一招」を選び、月花と婚礼を挙げる。月花は薛仁に三種の宝物と馬一匹、銀二百両を贈る。〔六〕飛虎は月花が薛仁を逃がしたと知って、侍女に月花の殺害を命じ、薛仁を追跡する。〔七〕侍女は月花を逃がして鋼刀で自害する。〔八〕薛仁は楊虎の旅館に泊まり、三種の宝物について語る。楊虎夫婦は薛仁を絞め殺して裏庭に棄てる。〔九〕月花の夢に薛仁が現れる。〔十〕楊虎は宝物によって国母の病気を治し、後軍都府を授かる。王延齢は書記として進士周瑞龍を推薦する。楊虎は告訴に来た月花を打ち殺そうとするが、瑞龍が諫めて収監する。〔十一〕楊虎は月花の殺害を謀るが、瑞龍が月花から事情を聞き、娘金蓮を身代わりにする。〔十二〕獄卒は土嚢で金蓮を圧殺する。〔十三〕南海老母は金蓮の死体を持ち去り、瑞龍に父と娘は南衙帥府で再会すると告げる。〔十四〕瑞龍は月花を連れて包公に楊虎の悪行を告訴する。包公は月花が姪だと知り、楊虎に犯行を自供させ、旅館から薛仁の死体を運ぶ。〔十五〕包公は霊牙杖を使って呪文を唱え、五道神に命じて薛仁を復活させ、楊虎を処刑する。南海老母は金蓮を公堂に落とし、包公は金蓮も復活させる。包公は月花と金蓮を薛仁に嫁がせる。

＊

⑩山西・耍孩児『二龍山』九場（辛致極口述本、山西地方戯曲匯編第十四集、耍孩児専輯一、山西省文化庁戯劇工作研究室、一九八四、三五六〜三七〇頁）⑪山西・耍孩児『対聯珠』九場（応県耍孩児劇団演出本、山西地方戯曲匯編第十四集、耍孩児専輯一、山西省文化庁戯曲工作研究室、一九八四）

【二龍山】〔一〕武定知州の韓養艾は任期が満ち、官印を返上しに上京する。〔二〕盗賊孫飛虎は養艾に四十打されたことを恨み、二龍山に逃亡して王翠花と結婚し、養艾を待ち伏せる。〔三〕養艾が登場する。〔四〕飛虎は韓夫妻を殺害し、娘千金を養女とする。〔五〕翠花は千金の泣き声を避けて下山する。〔六〕翠花は書生薛仁を捕らえる。〔七〕千金は薛仁が河南金斗県の秀才だと知り、結婚を約束させた上で、駄魂馬・収魂帯・古竹蘭花の三種の宝物を贈って、一緒に逃亡する。〔八〕見張りの孫千も逃亡する。〔九〕千金と薛仁は猛虎に襲われて離散する。【対聯珠】〔一〕薛仁は三種の宝物を携えて二龍山を離れる。〔二〕薛仁は楊虎の旅館に泊まり、三種の宝物の話をして仙女を出す。楊虎は酒に蒙汗薬（しびれ薬）を入れて薛仁に飲ませ、気絶した薛仁を絞め殺して荒野に捨てる。〔三〕樵は薛仁を救って家で養生させる。〔四〕千金は二龍山から逃亡して柳林に至り、樵から薛仁の上京を聞く。〔五〕楊虎は宝物を用いて皇太后の病気を治療し、後軍督府を授かる。宰相王袍は書記官として進士周瑞龍を推薦する。楊虎は訴えに来た千金を打ち殺そうとするが、瑞龍が止めて収監する。楊虎は獄卒に千金の殺害を命じる。瑞龍はこれを盗み聞きする。〔六〕瑞龍は千金から事情を聞いて、娘を身代わりに投獄する。〔七〕薛仁は開封府に訴えに行く。〔八〕包公は薛仁の訴状を受理する。〔九〕瑞龍は千金を連れて開封府に訴えに来る。包公は千金の聯珠を見て姪だと認め、薛仁と再会させる。また楊虎を招請して宝物の入手先を尋ね、原告と証人の供述によって銅鍘で処刑する。薛仁は進宝状元、瑞龍は後軍都督を授けられ、千金と金蓮は天子の媒酌によってともに薛仁に嫁ぐ。

書生が悪人に絞め殺されて箱に入れて荒野に捨てられ、樵に救われて蘇生する場面は、石玉崑の説書『龍図公案』「打棍出箱」に趣向を借りており、(4) これによって亡霊を登場させず、被害者が直接包公に訴える話としている。また進士の娘も獄卒の協力で殺害を免れるとして、復活の場面を設けていない。

＊書生を劉文英とする劇

山賊の来歴を述べず、明の説唱詞話『張文貴伝』に近い内容を持つ。包公が悪人の人相を見て保証人にならず、夫人の知恵を借り、死を装って皇太后から宝物を借りて書生を復活させる。

⑫安徽・盧劇『白玉帯』（又名『白馬駝尸』）不分場（龍国成口述本、安徽省伝統劇目匯編、盧劇第二集、安徽省伝統劇目研究室編、一九五七、一四五～一八二頁）

○開封府栄水県の劉文英は、科挙受験のため上京する。○陸林大王は文英を捕らえて、剝皮吊桿に縛る。○陸金蓮は文英が貴人の相であると見て求婚する。文英は山賊の娘との結婚を拒絶するが、生きるため結婚に応じる。○陸林は帰山して文英が逃げたと知るが諦める。金蓮は文英に、温涼盞・無量瓶・清水画美人・白玉帯を贈り、病人を快復させ死者を甦らせる白玉帯を朝廷に献上して「進宝状元」を得よと告げる。○旅館の主人楊小二は文英を泊め、宝物を盗んで天子に献上するため、蒙汗薬を酒に入れて文英を絞殺する。小二は死体を枯れ井戸に捨てようとするが、妻周氏が馬に主人の恨みを晴らさせるため、死体を馬に載せて放つ。○白馬は包公に訴える。

○包公は国母の病気を見舞う。○趙炳は国母の病気を治療した者に高官を授ける旨を告示する。○小二は告示を剝がして白玉帯を献上し、国母の病気を治す。包公は観相して小二が殺人鬼と見て取り、保官となることを拒絶する。○李夫人は死者を甦らせるほかないと告げ、包公の病気を上奏するが、皇太后は包公を恨んで白玉帯を貸さず、包公が趙州橋で国母を救ったことを挙げても、考えを変えない。○李夫人が喪服を着て参内し、包公の死を上奏すると、皇帝は皇太后に白玉帯の借用を要請し、皇太后も応じる。○包公は白玉帯で文英を復活させ、王朝・馬漢を遣って楊・毛・范・張の諸官を招待し、文英の訴状を見せて、小二に犯行を自供させる。○包公は小二を銅鍘で処刑する。○皇帝は包公を断罪しようとするが、八賢王が老王から下賜された凹面鍘を持ち出したため、包公を赦免する。○金蓮は父と口論して、紅騾山に逃げて山賊となり、一子天保を儲ける。天保は母に挑戦状を書かせて東京に送る。○挑戦状には包公を元帥、劉文英を先鋒とするよう書かれていたため、皇帝は二人を出陣させる。○金蓮は文英に再会し、包公は夫妻と天保を引き連れて凱旋する。

本劇では、旅館の主人の妻が善人で、白馬に恨みを晴らさせる。また皇太后から宝物を借りるのは包公夫人の発案とし、八賢王が皇帝を戒め、山賊の娘の生んだ子が父と再会する手段を考えるなど、新しい趣向を数多く設けている。

五　模倣作品

なお以下の劇は「張文貴」説話を模倣した作品である。

〔書生を慕う女性を将軍の娘とする劇〕

⑬湖北・湖北越調『四件宝』不分場（張富道述録、湖北地方戯曲叢刊第七集、湖北戯曲叢刊編集委員会編輯、一九六二、湖

北人民出版社、一三五～一六八頁）
○西京長安の王子義は妻陳蘭英と別れて科挙受験の旅に出る。○南平王楊文広は、黒水国の黒延龍を征伐に行く。○天鵝嶺の九天玄女は、東路界牌関の徐士春の娘秀英が子義の側室になる縁があると知り、秀英に酔いを覚ます醒酒氈、灯の要らない蜜蠟燭、美女が出て歌舞する美人瓶、侵攻する敵を斬る飛龍剣を贈る。子義は士春の家に宿を求め、娘を側室に迎える。○延龍は文広の兵と対戦する。○蘭英は夫を捜しに上京する。○秀英は子義に四種の宝物を贈って、これを献上すれば必ず及第すると告げる。○子義は孔士冒の旅館に泊まり、美人瓶を試す。士冒は酒に毒薬を入れて子義を殺害し、死体を井戸に棄てる。九天玄女は還陽丹を子義の口に含ませ、死体の腐乱を防ぐ。士冒は飛龍剣を隠し、三種の宝物を携えて貢院（試験場）に向かう。○蘭英は士春の家に宿を求める。○士冒は三種の宝物を献上して、進宝状元を授かる。文広が敗戦すると、士冒は飛龍剣で救援に行き、延龍を斬る。文広は凱旋して、士冒は太尉の職を授けられ、先斬後奏の特権を得る。○子義の霊魂は蘭英と秀英の夢に現れる。二女と士春は南衙奉府に訴えに行く。○包公は太師府の前を先払いをして通過し、士冒が抗議すると、「知らざる者は罪と為さず」と答えて去る。○包公は訴状を見て一計を案じ、二胥吏に士冒の旅館の井戸から金銀を浚えよと命じる。二人は死体を抱いて帰る。包公は撥活狼牙棒を用いて子義を甦らせ、機密の大事があると伝えて士冒を招請して、士冒に「根が牢固でない」「老いて騙した」と自ら罵らせ、旅館の主人が書生を殺して宝物を奪ったら千刀万剐《かつ》の罪に当たると答えたのを機に、すかさず銅鍘で処刑する。子義は進宝状元を授かり、秀英は蘭英とともに王子義の妻となる。
本劇は、戦闘場面を挿入するため、悪人が宝物を使って侵略者を平定して出世するという新たな趣向を取り入れており、包公が悪人を騙して罪を自供させる場面もよくできている。

＊

〔書生を慕う女性を龍王の娘とする劇〕

⑭安徽・泗州戯『鮮花記』不分場（王広元口述、安徽省伝統劇目匯編、泗州戯第四集、安徽省伝統劇目研究室編、一九五八、一八三～二三二頁）

○南唐寿州（安徽）の書生姜文挙は、科挙受験のため上京する。○東海龍王敖広は玉帝から雨簿を送られたため、敖秀英を南唐に遣る。○秀英は雨を降らせた後、万花山に遊ぶ。○山大王東方明は文挙を捕らえて杭に縛り上げる。秀英は唸咒で縄を緩めて文挙に求婚し、文挙から「騒仙」と罵られると、剝皮亭に送り返すと脅して承諾させる。○龍王は敖大英を遣って秀英を迎える。秀英は別れを悟り、文挙に金糸茉莉花を贈り、この花を頭に置けば空を飛び、死人を生き返らせるので、花を剪って生活せよと諭す。○文挙は尤老擰の旅館に泊まり、科挙が終了したと聞いて、花を剪って生活する。○黄桂英は総兵である兄黄龍に銀を借りて花を買おうとするが、黄龍は怒って桂英に自殺を強いる。○桂英の亡霊は文挙に烏綾帕を与えて花を買う。文挙は帕を示して黄龍に鮮花の代金を請求する。黄龍は文挙が墓を暴いたと誤解して捕らえるが、文挙が信香を焚いて秀英に危機を知らせ、秀英は文挙を棺に導く。黄龍は墓中の声を聞いて開封府に知らせる。○包公は照妖鏡で墓を照らし、男女を中から出して結婚の媒酌をする。仁宗は文挙に「進宝状元」を授ける。

本劇では、龍女は異類であるため結婚できず、人間の女性を仲介する話としている。

⑮山東・柳琴戯『仙花記』不分場（張桂喜・尹作春口述、何麗校訂、山東地方戯曲伝統劇目匯編、柳琴戯第八集、山東省戯曲研究室、一九八七、一～七五頁）は、⑭泗州戯『鮮花記』に似ており、万花山を望花山、山大王を白鱗大王、尤老擰を尤鶏呱、黄桂英を黄貴英、兄黄龍を黄総鎮、烏綾帕を烏翎手帕とする。

＊

⑯甘粛・秦腔『楊文広挂帥』十七場（甘粛伝統劇目匯編第十三集、秦腔、甘粛省劇目工作室、一九八三、二〇七～二八六頁）

〔一〕漢陽（湖北）の史人杰が登場し、旱魃で百姓が餓死したため倉庫官を殺して荒草山に立てこもり、朝廷に宣戦布告したと語る。〔二〕仁宗は楊文広に史人杰征討を命じる。〔三〕済南府の書生范敬梅は科挙受験のため上京する。梅鹿仙は仙酒を飲んで眠り、猟師孟寛に捕獲される。敬梅は梅鹿が涙を流すのを見て救う。〔四〕敬梅は山賊戎飛雄から馬を奪われる。〔五〕梅鹿仙は敬梅の災難を知って梅鹿鏡を戎家の門前に置き、助けを求める。戎双蓮の母は敬梅の高貴な面相が気に入り、娘と結婚させる。〔六〕飛雄は母に叱られて反省する。双蓮の母は敬梅に梅鹿鏡を与え、進宝状元を獲得せよと諭す。〔七〕清涼寺の馬明和尚は敬梅に馬を要求して拒絶されると、敬梅に自害を迫る。飛雄は敬梅を救出する。〔八〕人杰は馬明を官軍と戦わせる。〔九〕馬明は戦死し、人杰の軍隊は投降する。〔十〕七曲文昌至通大帝は文曲星敬梅を状元に及第させる。〔十一〕国舅陶栄は敬梅を屋敷に招いて酒を勧め、絞殺して箱に入れて山に捨てる。〔十二〕仁宗は包公に新状元を捜索させる。また人杰を武将に任命する。〔十三〕王朝らは箱の中から敬梅を発見するが、発狂していたため、新状元とは知らず置き去りにする。〔十四〕飛雄は敬梅を介抱し、双蓮の母は開封府に訴える。〔十五〕包公は陶栄を招請する。〔十六〕包公は陶栄に事件の相談をした後に訴状を見せ、油鍋・銅鍘で処刑する。〔十七〕王延齢は仁宗に梅鹿鏡を献上し、仁宗は敬梅の才能を認めて太子太保に任命し、梅鹿仙廟を修築する。

本劇も戦闘場面を取り入れた作品である。また動物報恩説話を取り入れて、書生と女性の姻縁を設定している。書生は自力で科挙に及第するため、宝物による「進宝状元」は実行されず、状元に及第したと知らない書生が宝物を狙う国舅陶栄に絞殺されるとする。書生が箱に入れて捨てられ発狂する場面は、石玉崑『龍図公案』「范仲禹」説話を用いている。

六　結び

宝物によって幸福を得る説話は古くからあった。書生にとって幸福とは科挙に及第することであり、そこで元雑劇以来、宝物を朝廷に献上して進士の資格を得るという話が作られた。「包公案」の場合、権勢を握る者の横暴を挫くことを特色とし、ここに「権豪勢要」が宝物を奪って幸福を横取りし、包公が彼らを処罰して書生の幸福を奪回するという話ができた。元雑劇の場合、宝物は家宝であるが、「張文貴」説話の場合、宝物は山賊がどこからか奪った物であり、現代地方劇ではそれを外国の朝貢物だとする。また書生は科挙受験の途中で山賊に襲われて命を落としそうになり、山賊の娘から救われる。宝物と科挙と恋愛、こうした要素が満たされて「張文貴」説話は成立したと考えられる。かくてこの話は大流行して、様々な類型を持つ作品が創作されたのである。

注

（1）首都図書館等蔵。姚逸之編述『湖南唱本提要』（一九二九、中山大学語言歴史研究所）、張継光「一百五十種湖南唱本書録」（一九九八、中国文哲研究通訊八巻二期）参照。

（2）外国に宝物があるとする発想は、伝統的な宝物観念に由来する。石田幹之助『長安の春』（昭和十六年〔一九四一〕、創元社）、澤田瑞穂『異人異宝譚私鈔』（一九八〇、文学研究科紀要第二十六輯、『金牛の鎖─中国財宝譚─』〔一九八三、平凡社〕収）、程薔『中国識宝伝説研究』（一九八六、上海文芸出版社）第二章第三節、参照。

（3）泗州戯『捆被套』（安徽省伝統劇目匯編、泗州戯第十集、安徽省伝統劇目研究室編、一九五八）がある。張紫晨『中国民間

小戯選』（一九八二、上海文芸出版社）には柳琴『掴被套』を掲載する。
（4）『龍図耳録』第二十三〜二十六回。

第五節　書生と妖精――妖精の愛――『双包記』

一　はじめに

民間において、動物はその強さ故に畏怖されて信仰されたり、人間と同様の聡明さを持つ存在として親しまれたりする。『西遊記』の孫悟空は釈迦によって鎮圧された後、三蔵法師に従って西天取経の旅に出ているし、(1)『白蛇伝』の白娘子は法海和尚によって雷峯塔に鎮圧されるが、後に釈迦のもとで修行している。(2)孫悟空や白娘子と同様のことは、本節で取りあげる鯉魚にも当てはまる。現代の広西劇において、鯉魚の精は妖怪から人間に報恩する動物に変化している。これは動物が人間性を帯びるという民間説話の類型であり、妖精説話の変容の終着点だと考えて良いように思われる。この鯉魚精説話は、さらに栗の精や鼠の精の説話も生み出しており、民衆の自然信仰を反映している。本節では現代地方劇によってこの説話の内容と特色について考察したい。

二　明の小説と戯曲に描かれた鯉魚精

鯉魚精説話は、早くは明の小説『新刊京本通俗演義全像百家公案全伝』（万暦二十二年〔一五九四〕、朱氏与畊堂刊）巻四十四「金鯉魚迷人之異」に記録されている。

揚州城東門の書生劉真は科挙受験のために上京し、開元寺に宿を取る。郊外の碧油潭に千年を経た金鯉魚の精がおり、上元節の放灯の夕べ、丞相金沉の屋敷の裏庭の池に隠れる。鯉魚は牡丹の美しさを増して金線小姐を庭に引き寄せ、劉真が金丞相の家庭教師に招かれて小姐に心を奪われると、小姐に変化して劉真に情交を迫り、劉真とともに逃走する。鯉魚が去ると牡丹が枯れて小姐が病に罹ったため、金丞相は牡丹を求めて家僕を揚州に遣り、劉真が小姐と同棲していると知って、二人を上京させる。しかし小姐が妖怪の変化だと分かって包公に謀り、包公が軒轅鏡で照らすと、妖魚は小姐を攫って姿を消す。城隍が妖魚を捜索し、龍君に捕らえさせるが、神兵は全滅し、上帝も敗北する。龍君が海門を閉じると、妖魚は南海に逃走する。鄭翁が奉祀する観音菩薩は鯉魚を籃に封じ込めて包公に通報し、鄭翁に賞金を贈って去る。鄭翁は観音を魚籃観音として祀る。包公は小姐を復活させて、男女の媒酌をする。後に劉真は科挙に及第し、その子も出世する。

またほぼ同じ時期にこの話は戯曲『新刻全像観音魚籃記』二巻三十二齣（万暦年間、文林閣刊）として上演されており、(3)ここでは鯉魚の精は、妖怪から「魚籃観音」に昇格している。

〔一、祝金寵寿〕金寵と張瓊は出産を祈願し、「指腹結婚」を誓約する。〔五、当山顕応〕玄天上帝は、張瓊には男児、金寵には女児を授ける。〔八、夫婦取名〕張瓊は男児に張真と命名する。〔九、賀生牡丹〕金寵は女児に牡丹と命名する。〔十、鯉魚変化〕東海の金線鯉魚は、女子に変化して美男子を捜す。〔十一、公子拜門〕張真は金寵の家に滞在して読書する。〔十三、隠蔵真形〕鯉魚の精は金家の池に隠れて、張真の才貌を愛する。〔十四、小姐玩賞〕小姐が池の前で梅を食べて唾を落とすと、鯉魚はそれを呑み込む。張真は小姐の美貌を見て驚く。鯉魚は小姐に変化して張真に会い、夫婦の契りを迫る。〔十五、牡丹慶寿〕張真は鯉魚の言葉を信じ、小姐の手を握ったため追放される。〔十六、摘断花心〕鯉魚は白牡丹の花心を摘み取り、小姐を発病させる。〔十七、父母問病〕母は病因を察して、張真を呼び戻す。〔十八、赶回張真〕家僕は張真を追いかけて男女を連れ戻す。〔十九、二女難分〕一家は二女の真偽を弁別できず、包拯に謀る。〔二十、包公断問〕包拯は二女を審問するが、同じ言葉を返すため、照魔鏡・斬妖剣を持って呪文を唱えると、二女は姿を消す。〔二十一、懇詰城隍〕包拯は城隍に三日以内に小姐を捜し出すよう命じる。城隍は玉皇殿前の瑶池の金線鯉魚の仕業だと知り、玉皇に上奏する。玉皇は四大天将を降下させる。〔二十二、操練鰲府〕鯉魚は蝦精と鰲精に出陣を命じる。〔二十三、天将敗回〕四大天将は敗北する。〔二十八、観音収精〕南海観音は、鯉魚を花籃に収め、魚籃観音に任命して天下を巡視させる。〔二十九、包公判還〕包拯は小姐に還魂丹を呑ませて蘇生させる。〔三十二、合巹団円〕張真は科挙に及第して金牡丹と結婚する。

鯉魚が若い書生をたぶらかす妖怪であることは、小説の記述と変わりはないが、戯曲の場合は観音に降伏して菩薩になる点が大きく異なる。(4) これは天兵をもってしても捕らえられない鯉魚の神通力に対する人々の畏怖の念が信仰に変化したものと考えられる。人間に危害を加える動物の精が、逆に人間を庇護する存在に変化することは多く見られ、民間のトーテム信仰の反映と言える。(5) 張真が科挙に及第して結婚する団円の結末も特徴である。

なお澤田瑞穂『増補宝巻の研究』（一九七五、国書刊行会）には、『魚籃宝巻』（一九三八、上海惜陰書局排印）を採録して、「観音大士が魚売りの美女と現じて馬二郎を度する話」と説明しており、(6)『観音魚籃記』とは内容が異なるため、両者の関連についてはさらに考察が必要である。

三　現代地方劇の中の鯉魚精

前述のように、鯉魚は妖怪から神祇に昇格した。そうした鯉魚像は以後も定着したようであり、現代の地方劇では鯉魚を観音の弟子と認めている。しかしながら以下の劇のように、鯉魚の精は観音の留守中に下界に遊んで悪行を犯す。

①湖北・東路花鼓『双牡丹』十場（戴桂亭述録・鄒興校訂、湖北地方戯曲叢刊、第三十九集東路花鼓、一九八一、二六一〜三〇七頁）

〔一〕雌雄の鯉魚の精は、観音の留守中に下界に遊び、金家の庭の池に隠れる。〔三〕金牡丹は花園に遊び、雄の鯉魚に唾を呑ませようとして怒らせる。〔四〕雄の鯉魚は雌の鯉魚に、金牡丹に変身して騒動を起こすよう命じる。雌の鯉魚は劉珍の書斎を訪れ、妖気を吹きかけて幻惑する。〔五〕鯉魚が牡丹の金釵を劉珍の書斎の前に捨てたため、太守金礼進は娘と劉珍の仲を疑い、劉珍に科挙受験に上京するよう命じる。〔六〕礼進は、妻呉氏に娘の不謹慎を告げて叱る。そこに贋牡丹が現れて混乱が起こる。呉氏は二女に生年月日を尋ね、身体の痣を調べるが、贋牡丹はそれを予知して変化する。礼進は仕方なく開封府尹の包公に訴える。〔七〕包公は照妖鏡でも姿を映し出せないため、過陰床に寝て天宮・地府を捜すが見つからず、観音堂に参拝する。〔八〕観音は鯉魚の犯行と知って、仙童に花籃を持たせて下界に降臨させる。〔九〕仙童は贋牡丹を指摘して南海に連れ帰る。〔十〕劉珍は状元に及第して金牡丹と結婚する。

本劇では鯉魚の精を雌雄に分けており、雌の鯉魚の精が書生をたぶらかす。また包公自身が冥界を捜索するとし、包公の役割を重視している。

＊

②安徽・泗州戯『魚籃記』不分場（安徽省伝統劇目匯編、泗州戯第四集、安徽省伝統劇目研究室編、一九五八、二三三～三二一頁）

丞相金文斗は、娘美蓉の婚約者劉霞玉が貧乏なため、家に招いて読書させる。魚籃（鯉魚精）は観音老母によって珞伽山に収容されていたが、観音が西天に出かけた留守に、花籃から逃げ出して東京へ遊ぶ。蟹精は包公の「四宝」鐗鍘・赤剣・照妖鏡・綑仙索に注意せよと忠告する。魚籃は霞玉を見初め、金家の池に潜む。美蓉が花園で梅の核を池に落とすと、鯉魚の精が呑み込む。魚籃は美蓉に変身して霞玉を訪ね、父が深夜に焼き殺すと欺いて、霞玉を連れて逃亡するが家僕金随に連れ戻される。鯉魚は美蓉と真贋を争い、文斗が生い立ちや年齢、爪の火傷を尋ねても、鯉魚は予知して応対する。文斗は仕方なく開封府に訴える。蟹精は水族を集めて魚籃を救援に来る。包公は贋者と対決するが、四宝が作用せず敗北する。包公は夫人李月英に謀り、還魂床に横たわって冥界に赴き、地獄巡りをするが、逃亡した鬼神はおらず、南海の観音を訪ねる。観音は魚籃と蟹精の仕業だと知り、二妖を南海・東海に連れ戻す。

本劇には、鯉魚精を援護する蟹精ら水族が登場する。包夫人が登場して包公に示唆を与えているのも特徴である。

＊

③山東・柳琴戯『魚籃記』七場（李忠至・張桂喜口述、何麗校訂、山東地方戯曲伝統劇目匯編、柳琴戯第四集、山東省戯曲

研究室、一九八七、一～六〇頁）

ほぼ②に同じ。

④甘粛・秦腔『鯉魚大鬧金相府』（別名『双包鬧朝』）十六場（甘粛伝統劇目彙編、秦腔第十二集、甘粛省劇目工作室、一九八二、三〇三～三五二頁）

〔一〕東京の金銘忠は、娘牡丹の婚約者で、戸部尚書の遺児柳青に書斎を与えて勉学させる。〔二〕鯉魚の精は姉妹と別れ、洞窟を出て東京へ灯籠見物に行く。〔三〕柳青は灯籠・秧歌（歌舞）・社火（演芸）見物をする。〔四〕鯉魚は柳青を見初める。〔五〕鯉魚は牡丹に変化して柳青の書斎を訪ね、宝扇を用いて柳青を幻惑し、夫婦の契りを結ぶ。〔七〕金来は話し声を聞いて主人に知らせる。〔八〕柳青は鯉魚と逃亡を図るが、金来に連れ戻される。二人の牡丹が喧嘩を始めるが、皆は真贋が弁別できず、包文正を招請する。〔十〕黒魚の精は包文正に変化する。〔十二〕二人の包文正は同時に牡丹を審問するが、決着がつかず、真の包文正が銅鍘を出すと、贋者は逃走する。銘忠は張天師を招請する。〔十三〕水鑚の精は張天師に変化する。〔十四〕張天師は霊官を招いて妖怪を捕らえる。〔十五〕鯉魚は姉妹に救援を求める。〔十六〕霊官は鯉魚の金丹に敗れる。

本劇では鯉魚の姉妹たちが援護している。観音による収束を演じないのは民衆の鯉魚精への同情の表明であろうか。

＊

⑤安徽・廬劇『荷花記』（別名『双包断』）不分場（王業明・張金桂口述本、安徽省伝統劇目匯編、廬劇第二集、安徽省伝統劇目研究室編、一九五七、一八三～二〇七頁）

書生張宗は家が貧しく、母舅金知府の家に寄宿して読書する。金知府の娘鳳英は庭園に遊んで、誤って鯉魚の精の怒りに触れる。鯉魚は鳳英に変化して張宗を誘惑するが、張宗から叱責されて恨みを懐き、鳳英の楼に上って騒動を起こす。父母は真贋が弁別できず、包公に裁断を委ねるが、鯉魚は蝦兵・蟹将を招来して贋包公に変化させ、金家を騒がす。包公は天兵天将と観音の力を借りて鯉魚を捕らえる。

本劇では書生を正直な人物に描き、鯉魚の精の誘惑を拒絶する。このため、一緒に逃走して連れ戻される場面はない。

四　報恩譚の出現

鯉魚が動物である以上、人間に恋心を懐いてもその恋愛は成就しがたい宿命にあり、鯉魚が書生との暫しの間の交情に報いるため、書生に宝物を贈り、書生を出世させるというストーリーが出現する。それが次の劇である。

⑥広西・桂劇『双牡丹』（別名『双包記』）十七場（筱蘭魁発掘・黄槎客校勘、広西戯曲伝統劇目彙編第十集、広西僮族自治区戯曲工作室、一九六一、七一～九四頁）

〔一〕左丞相金塁は娘牡丹の婚約者劉金を屋敷に招いて読書させる。〔四〕夫人呉氏は娘牡丹と灯籠見物に出かける。〔五〕碧雲洞の鯉魚精の姉妹は灯籠見物をして牡丹を見かける。〔六〕鯉魚は金家の花園の池に潜み、牡丹に腹痛を与えて寝込ませる。〔七〕鯉魚は牡丹に変化して劉金の書斎を訪れ、家僕金福に知られて、劉金とともに逃亡する。〔八〕金福は二人を追跡して連れ戻す。金塁は娘を甘やかした夫人を叱責する。夫人は娘に問い質すが、娘は否定し、贋牡丹が出現する。父母は真贋が弁別できず、包拯に判別を依頼する。〔九〕鯉魚は亀の精を包拯に変化させる。〔十一〕贋包拯は包拯の言葉を真似て周囲を困惑させる。包拯は鯉魚を連れて龍虎山の張天師を訪ねる。〔十二〕蝦の精が贋張道陵に変化するが、張道陵は蝦精・亀精だと看破し、殷将軍に蝦精を、馬将軍に亀精を、温将軍に鯉魚を捕らえよと命じる。〔十三〕妖怪たちは敗北する。〔十四〕鯉魚は劉金に素性を語って宝珠を与え、泣いて去る。〔十五〕観音は魚鱗を三将軍に贈り、蝦精・亀精を碧玉潭に戻し、鯉魚には魚籃を与えて南海紫竹林へ連れ帰る。〔十七〕詔勅が下って、劉金は「進宝状元」として認められる。

また次の劇は、鯉魚の精が書生に恋をするのではなく、命を救った恩人に報恩するというストーリーを展開しており、人間の徳性を動物に付与した作品である。

⑦広西・邕劇『双包記』二十三場（黄三順発掘・何簡章校勘、広西戯曲伝統劇目彙編第四十集、広西僮族自治区戯曲工作室、一九六一、一二九～一五六頁）

〔一〕退職した丞相金紅は、娘牡丹の婚約者張俊を河南から招いて読書させる。〔二〕張俊は途中で漁師の売る鯉魚が涙を流しているのを見て、買い取って河に放す。〔四〕鯉魚は瑶池金母の誕生祝賀会で酔って帰る途中漁師に捕らえられたのであり、美女に変身して張俊のもとへ報恩に行く。〔五〕張俊は元宵節に灯籠見物に出かける。〔六〕牡丹も灯籠見物に出る。〔七〕牡丹は張俊を見て、婚約者とは知らず、その美貌を賛美する。鯉魚の精はそこで牡丹に変化して張俊に接近する。〔八〕贋牡丹は、張俊と詩の贈答をして同衾する。金紅はこれを覗き見て、大いに怒る。〔九〕金紅は娘に問い質すが、娘と侍女は否定する。〔十〕鯉魚はこれを知り、張俊に事の露見を告げて、ともに逃亡する。〔十一〕金紅は家僕金徳に二人を連れ戻させる。〔十三〕二人の牡丹が出現して弁別がつかず、開封府の包公に妖怪退治を依頼する。〔十四〕鯉魚は姉妹たちに救援を求め、亀精が包公に、蟹精・田螺精が王朝・馬漢に変化する。〔十六〕包公も二人となり、照妖鏡・斬妖剣も効果を発揮しないので、張天師が招かれる。〔十八〕蝦精は張天師に変化するが、張天師の五雷掌で撃たれる。〔二十〕張天師は鄧・趙・馬・康・温将軍を招来し、妖怪を退治する。〔二十一〕鯉魚は姉妹たちが殺されたのを見て、張俊とともに洞窟に隠れる。

〔二十二〕金母は鯉魚に洞窟へ帰るよう促す。鯉魚は張俊に真実を語り、鯉魚珠を贈って去る。〔二十三〕張俊は鯉魚珠を献上して「進宝状元」を授かり、牡丹と婚礼を挙げる。

以上の二劇では、書生は鯉魚の精が贈った宝珠を朝廷に献上して「進宝状元」を授かる。男子にとって科挙に及第して官職を得ることは至上の願望であり、動物の報恩もこうした幻想的な形式を取ることとなったと言える。

なお動物の報恩譚は、決して新しいものではない。姜彬主編『中国民間文学大辞典』「動物報恩故事」には、『瀟湘録』（『太平広記』巻四百二十四）「汾水老姥」、清・李調元『尾蔗叢談』巻二「放鯉祠」を記載する。前者では、汾水（山西）の河畔に住む老姥が一尾の緋鯉を得て池に飼うと毎日昇天する。緋鯉は老姥に珠を贈って汾水に隠れるが、その珠は老姥の長子の病気を治す。後者では、山西臨県の村民荘麟が漁網にかかった大鯉を放つと、大鯉が秀才に変化して荘麟の夢に現れ、龍王の三太子だと称して妹を妻に勧める。荘麟が断ると水晶を贈り、日照りに用いれば雨が降ると教える。荘麟は「雨師荘老」と喚ばれた。(7)

五　類似する説話

鯉魚精説話と類似した説話に、栗精、鼠精、白狗精、虎精、白石精などの説話がある。それらは鯉魚精説話と同様に、多くは妖怪として世を騒がす話であるが、中には人間から尊重される話もある。

〔栗精〕

⑧山東梆子『鬧磁州』十七場（張玉河口述・張彭校訂、山東地方戯曲伝統劇目匯編、柳琴戯第七集、山東省戯曲研究室、一九八七、一〇五～一五四頁）

〔一〕李鉄拐は蟠桃大会に赴き、王母から下賜された栗を捨てる。〔二〕栗の精は磁州（河南）に遊ぶ。〔三〕磁州の谷達友・千金兄妹は、父母の誕生祝いをする。千金の婚約者楊生が訪れ、書斎で読書する。〔四〕千金は花園を散策し、唾を池に落とすと、鯰・鯉・鼈が現れる。栗の精は千金に変化して楊生に会う。〔五〕栗の精は楊生と同衾する。〔七〕侍女は楊生が娘と一緒にいるのを見る。〔八〕達友は栗の精が落とした金釵を拾って父母に告げ、栗の精は金釵を小蛙に変えるが、侍女も二人が書斎にいたと証言する。〔九〕谷父は楊生を追放し、栗の精は楊生を深山の宮殿に匿う。〔十〕包公は磁州に来て、栗の精の宮殿で休息し、栗の精を妖怪だと看破して照妖鏡で照らすが、栗の精は鏡面を曇らせ、捆仙索を打ち落とし、斬仙剣を鞘から出なくする。〔十一〕包公は龍虎山の天師張道陵を招請する。〔十二〕張道陵は敗れ、五瘟神・劉将軍・馬王・趙公明を召喚する。〔十三〕栗の精は天将を打ち破る。〔十四〕天将は孫悟空を召喚する。〔十七〕孫悟空は、栗の精が鉄拐李の弟子だと知って鉄拐李に知らせ、鉄拐李は栗の精を袖に入れて連れ去る。

〔鼠精〕

鼠の精が世間を騒がす話も類似するストーリーを持ち、「鯉魚精」説話に影響を受けた作品と考えられる。

⑨広西・桂劇弾腔『伏魔鞭』十五場（余金瑞発掘・甘棠校勘、広西戯曲伝統劇目彙編第六集、一九六〇、二五五～二七八頁）

〔一〕河南通州の秀才李文徳は、科挙を受験するため、妻王秀蓮を実家に送る。〔二〕首相王延齢は仁宗に、観音堂に参詣して皇太后の健康を祈願するよう進言する。〔三〕観音の留守中、弟子許化（金鼠精）は観音の命にそむいて、仁宗に空籤を下す。〔四〕仁宗は空籤を見て怒り、観音堂に火を放つ。許化は仁宗を恨み、観音の伏魔鞭を持ち出して報復を図る。〔六〕許化は白鶴童子を伏魔鞭で打って弟子とし、通行する男女を攫わせる。〔七〕文徳は妻を攫われたため、岳父に知らせる。〔八〕岳父は信じず、文徳を官に訴える。通州太守張選は、刑具が壊れたので冤罪だと悟り、包拯の到来を待つ。〔九〕包拯は妖怪のことを聞き、参内して上奏すると、仁宗は楊文広に出兵させる。〔十〕許化は伏魔鞭で楊文広を空中から落とす。〔十一〕包拯は戦況を聞いて、李靖に救援を求める。李靖は哪吒太子を下界に派遣するが、許化は哪吒に変化する。〔十二〕李靖は真贋を弁別できず、水簾洞から孫悟空を召喚する。〔十三〕孫悟空は金箍棒を用いて鼠の精を元の姿に戻す。〔十四〕許化は敗れて南海へ逃げ、観音に捕まる。観音は秀蓮に伏魔鞭を贈る。〔十五〕包拯は事件を仁宗に報告し、文徳は伏魔鞭を献上して「進宝状元」を授かる。

以上の二劇では、孫悟空が栗の精や鼠の精を退治するために大活躍している。これは『西遊記』を通じた民衆の孫悟空に対する信仰心の表れだと言えよう。

＊

鼠の精が世間を騒がす話に、また『五鼠鬧東京』がある。この話は前掲『百家公案』第五十八回「決戮五鼠鬧東京」として記録されており、鼠の妖怪が書生の妻を姦淫し、鼠の兄弟が包公らに変化して、大いに東京を騒がすという内容である。包公は釈尊の玉面猫を借り、五鼠を捕らえて事件を解決する。羅懋登『三宝太監西洋記通俗演義』（一五九八年序）第九十五回では、この話を五鼠の前日譚とし、妖怪であった鼠精は倉庫を守る天神に転身しており、動物が神通力を持つと考えられて崇拝の対象となる典型でもある(8)。

宝巻に『双包記』（宣統元年〔一九〇九〕抄本）がある。

開封府清河県黄花山の五鼠が、上京する秀才施俊に毒気を吹きかけて殺し、施俊に変化して帰宅し、妻何賽花と同棲する。太白金星は文曲星施俊に仙丹を与えて復活させる。施俊は帰宅して贋者と争い、王丞相に訴える。妖鼠は四鼠と相談し、鼠二が王丞相に変化し、鼠三が仁宗に変化し、鼠四が皇太后に変化し、鼠五が包公に変化して朝廷を混乱させたため、包公は陰陽床に眠って玉帝に会う。玉帝は発見できず、包公は葛真人の助言を得て、釈迦から玉面猫を借る。猫は四鼠を嚙み殺すが、鼠五だけは逃走する。施俊は科挙に及第して、後に昇天する。鼠五を逃がしたとするのは、鼠がこの世に存在するためであろう。主人公の昇天を説くのは宝巻の特色である。

なお唱本『絵図施俊上京遇妖五鼠大鬧開封府』一巻（燮記刊）は「大行山遇妖」「国母弁真偽」「包公奏天庭」「神猫降五鼠」から成る。

＊

下記の劇では、鼠の精は釈迦の留守中に逃げ出したとする。また外国との戦闘場面を設定したところに特色がある。

⑩湖北・湖北越調『五鼠鬧東京』三十二場（湖北省戯工室蔵本、湖北戯曲叢刊、湖北戯曲叢刊編集委員会編輯、一九八四、湖北人民出版社、二七九～三二六頁）

〔一〕清河県の書生施俊は、科挙受験のため上京する。〔二〕如来仏は弥勒宮へ説教に出かける。〔三〕五鼠は如来仏の留守中に逃走し、鼠大は北国龍黎城へ行く。〔四〕龍黎城討伐のため、楊文広が出兵する。〔六〕鼠五は施俊に変身する。〔十一〕鼠五は施俊の妻何氏と情事に耽り、帰宅した施俊を追い出す。〔十三〕王彦林は鼠五と何氏を審問する。〔十五〕鼠二は王彦林に変身する。〔十八〕鼠三は仁宗に変身する。〔二十三〕鼠四は皇后に変身する。〔二十四〕楊文広は董全真の降龍木で鼠大の妖術を破り、狼主は降伏する。〔二十八〕包公は陰陽床に寝て陰曹へ赴く。〔二十九〕南極仙は西天雷音寺の玉面猫を紹介する。〔三十〕包公は如来仏に拝謁して玉猫を借りる。

〔三十二〕玉猫は鼠の精を食う。

〔白狗精〕

白狗の精が変化して人妻を誘惑する話も同類である。『百家公案』第八十八回「老犬変作夫主之怪」・八十九回「劉婆子訴論猛虎」に記録し、老いた白犬が主人王十に変化して妻と生活するが、捕らえられた人食い虎の前にその正体を露呈する話である。道光四年（一八二四）『慶升平班戯目』には『神虎報』があり、同名京劇がある。(9)

潮州歌には『白狗精』（潮州義安路李万利刊）があり、(10)物語を福建の「虎爺」信仰と関連させている。

嵩山西閣洞の白狗の精が荊州感孝県の施俊の妻を見初めて、施俊に変化して妻を争う。包知県は城隍に夢を請い、虎が白狗を噛む夢を見る。帰途、包公は息子が虎に食われたという老婆の訴えを聴き、吏に虎の逮捕を命じる。吏が土地神に祈り、深山に四百年生きる白眉虎が出現したため、包公が虎に白狗を除去させる。虎は老婆の養子となり、施俊は虎を「虎爺」として祀る。

＊

下記の劇では、白狗の精が人間の子を出産し、人間がそれを嫌わず大事に育てるとするところに、単なる妖怪退治の話ではなく、動物の神通力にあやかろうとするトーテム信仰的な発想が窺える。恐らく広西における犬祖伝説とも関連があろう。(11)

⑪広西・桂劇・弾腔『双劉全井』四場（唐仙蝶発掘・王𡎴校勘、広西戯曲伝統劇目彙編、第五十八集桂劇、広西僮族自治区戯曲工作室編、一九六三、七七～八七頁）

〔一〕壷瓶職人の劉全井は、岳丈の誕生日に妻李氏を同伴して祝賀に行く。〔二〕黄雀山で五百年修行した白狗の精は、全井夫妻を見て、井戸に変化する。喉が渇いた妻は井戸の水を飲んで腹痛を訴える。〔三〕全井は瓶を作るため役所に出かけ、李氏に合い言葉を教える。白狗の精は合い言葉を覚えて家に入る。そこへ全井が帰宅し、李氏は二人の全井に戸惑う。二人は包大人を訪ねる。〔四〕宛平県令包拯は、二人に「河南梆子腔」を唱わせると、声を合わせて唱う。照妖鏡で照らすと、白狗の精であることが判明する。包拯は全井に銀五両を与えて帰す。全井は妻が出産した子を狗仔と名づけると言う。

〔白虎精〕

なお白虎の精の話として、明成化刊説唱詞話に『新編説唱包龍図断白虎精伝』がある。科挙受験に上京する秀才沈元華が宝雲山で美女に変化した妖虎と夫婦になり、妖虎は正体を看破した天慶観の張観主を食い殺す。包公は吏の張龍・李虎に妖虎の捕縛を命じ、二吏は龍神の啓示により、妖虎に狗血を浴びせて捕らえる。妖虎は二吏に贈賄して逃れようとするが、神将が二吏を戒めて開封府に連行させる。包公は女性を投獄し、女性と二吏の会話を盗聴して妖虎だと確信し、張天師の法力を借りて妖虎の首を落とす。ただこの話は現代には伝承されていない。

〔白石精〕

釈迦の足下の石が変化して美女を誘惑する。包拯が冥界に赴いてその正体を調査し、最後に釈迦が取り押さえる。湖北越調『相国寺』十九場（葉崇立蔵本、湖北地方戯曲叢刊、第六十六集湖北越調、湖北省戯曲工作室編印、一九八四・六、二九五〜三一八頁）

〔一〕開封府の李俊は妻黎賽玉と相国寺に参詣する。〔二〕仁宗は土木達の侵攻に対抗して、南平王楊文広を出兵させる。〔三〕楊は焦廷貴・孟定国とともに出兵する。〔四〕仏祖の足下の白玉石の変化である玉石和尚は、相国寺に来て美女の参詣を待つ。〔五〕玉石は賽玉の魂を抜き取る。〔六〕土木達は楊と戦って敗走する。〔七〕玉石は賽玉の死体をわら人形とすり替える。賽玉の弟官保は誤解して李俊を訴える。〔八〕開封府尹包拯は、相国寺を調査する。〔九〕玉石は賽玉に結婚を迫るが、賽玉は従わず自害する。玉石は死体を裏庭の井戸に捨てる。包拯が照妖鏡で照らすと、玉石は雲に乗って逃げる。〔十〕仁宗は凱旋した楊に妖僧退治を命じる。〔十一〕楊は玉石に捕らわれ、包拯は妖僧の正体を調べるため、過陰床に寝て冥界へ赴く。〔十二〕賽玉は冥界に入る。包拯は冥界に野鬼が見当たらず、玉皇に会う。〔十三〕玉石の妖術で托塔天王李靖は敗走する。〔十四〕五殿閻君秦広輝は賽玉の訴えを聴き、劉瑞蓮の身体を借りて賽玉を復活させる。〔十五〕孫悟空は妖僧が仏祖の武器を持つのを見て、仏祖に会う。〔十六〕劉瑞蓮が鞦韆から落ちて死に、賽玉の霊魂が瑞蓮の身体に入る。〔十七〕如来は相国寺に赴き、白玉石を収めて帰る。〔十八〕包拯は李俊に瑞蓮を賽玉と認めさせる。〔十九〕仁宗は包拯と楊に三級を加封し、李俊に文状元、官保に四品皇堂を授与する。

六　結　び

鯉魚の精が世間を騒がす話は、はじめ妖怪退治の話として作られたが、後に愛情・報恩説話として発展し、さらに別の動植物の説話を創造した。それは動植物の神通力への民衆の畏怖と期待が反映した結果だと言える。姜彬主編『中国民間文学大辞典』「動物仙話」には次のように解説する。

仙話類型の一。魏晋以後の仙話の一種の変型で、人が仙に成れるばかりでなく、動物も数千年の修練を経ると仙に成れると考え、様々な動物仙が登場する。彼らには動物の習性は無くなり、人間の特性を具えて、心根が優しく、うまく変化し、人に喜ばれる。その基本構造は、（一）報恩。偶々姿を現して猟師か動物に傷つけられ、危ないところを通行した人に救われる。報恩のために身を捧げたり、財物を贈ったり、危難から救う。（二）恋愛。動物仙が人間生活を羨んで下界に降り、若者と結婚して身を捧げる。（三）悪を懲らしめ、民のために害を除く。

明代には妖怪譚であった『白蛇伝』が清代には動物報恩譚へ変化した同じ道を鯉魚精も辿ったと言えよう。

注

（1）『西遊記』の研究書には、中野美代子『孫悟空の誕生』—サルの民話学と『西遊記』（一九八〇、玉川大学出版部）、太田辰夫『西遊記の研究』（一九八四、研文出版）、磯部彰『西遊記形成史の研究』（一九九三、創文社）、中野美代子『西遊記—トリックワールド探訪』（二〇〇〇、岩波書店）などがある。

（2）『白蛇伝』の研究には、柳沢三郎「『白蛇伝』の変遷に関する覚書」（『日本文学』六巻五号、一九五七、日本文学協会）、路工「『白蛇伝』弾詞的演変、発展」（『評弾芸術』1、一九八二、中国曲芸出版社）、山口建治「白蛇伝の世界—白蛇伝物語の変遷について—」（『神奈川大学人文研究叢書』六、一九八九、神奈川新聞社）、鈴木陽一「『白蛇伝』の解読—都市と小説—」（一九九〇、神奈川大学人文学研究所報23）、西脇隆夫「『白蛇伝』と蛇をめぐる民俗」（小島瓔礼編著『蛇の宇宙誌』第九章、一九九一、東京美術）、拙論「『白蛇伝』の発展—怪談から報恩譚へ—」（一九九五、アジアの歴史と文化2）などがある。

（3）澤田瑞穂『仏教と中国文学』六「魚籃観音—その説話と文芸」（一九七五、国書刊行会）参照。

（4）澤田瑞穂はこの点に言及していない。なお明・祁彪佳『遠山堂曲品』には「雑調」『牡丹』を記し、清道光四年（一八二四）『慶升平班戯目』（高腔）には『双包案』を記す。また岳西高腔伝統劇目『魚精伴読』（道光十九年〔一八三九〕原抄本佚、校訂稿存）は明代戯曲のストーリーを踏襲しており、鯉魚精が観音の庇護によって魚籃菩薩になるという。『中国戯曲志』安徽巻（一九九三、中国ISBN中心出版）参照。

（5）郭浄『中国面具文化』（上海人民出版社、一九九二）には、『後漢書』「礼儀志」で、儺儀（追儺）で活躍する十二神獣の中の「窮奇」を例に挙げて、『山海経』「大荒北経」では牛の姿で人を食う怪物として記載されているが、『淮南子』「墜形訓」の高誘注には天神と記しており、古代の少なからぬ邪鬼を駆る神霊が、「窮奇」のように悪から善に転じた妖怪であったと指摘している（一二二頁）。

（6）該書の梗概は簡略に過ぎるため、参考のため、本節では中国首都図書館に蔵する宝巻『魚籃観音二次臨凡度金沙灘勧世修行』（一九一九、上海翼化堂書房蔵板、寧波又新街大酉山房印行）を用いて、ここにその梗概を紹介する。宋朝、海門県金沙灘の村民が窃盗・殺生を犯しているため、値日功曹が天帝に上奏したところ、天帝は怒って東海龍王に命じて全村を水没させ、霊魂を地獄に送ろうとする。この話を金星から聞いた観音は、村民を感化する時間を天帝に請い、老婆に変身して魚を売るが、誰も買わないので若い娘に変身すると、馬二郎が接近する。観音は雲門県雲水郷の荘三娘と称して、菜食し布施をする者にしか嫁がないと宣言し、村民を集めて蓮経（『妙法蓮華経』）を講じる。天帝は村民の読経の声を聞いて怒りを解く。観音は馬二郎に嫁ぐが、観音であると告げて坐化する。

（7）鯉は魚の中の王者で、龍門（山西河津県）を登ると龍になるという伝説がある（『三秦記』）。上記の記事ではいずれも龍の変身であり、それゆえ珠を持つのである（『荘子』「列禦寇」）。

（8）馬彰儀「鼠婚習俗与農耕文化」（一九九九、中国民俗学年刊）は、鼠の嫁入りの俗信が鼠を敬い、祭り、媚びて鼠害を祓い平安を求める民俗活動であり、河北灤州では「填倉節」（正月二十五日）と称することを指摘する。馬氏は『鼠咬天開』（一九九八、社科文献出版社）に鼠婚習俗百十一例を載せている。

（9）曾白融主編『京劇劇目辞典』（一九八九、中国戯劇出版社）五九八頁。

（10）『潮州韻文説部（潮州説唱）一五〇種』（潮州義安路李万利出版）収録。天津図書館等蔵。二〇〇〇年十月、王順隆によって全文がハイパーテキスト化された。王氏のホームページ参照。

（11）何星亮『中国図騰文化』（一九九二、中国社会科学院）二〇〇頁「祭祖儀式」、『中国少数民族文学史』（一九九二、中央民族学院出版社）一七二頁「盤瓠王歌」、宋兆麟『巫与民間信仰』（一九九〇、中国華僑出版）「盤古図与図騰祭祀」、蒲朝軍・過竹主編『中国瑶族風土志』（一九九二、北京大学出版社）三一七頁「狗皇歌」参照。

第三章　あらゆる事件をさばく

第一節　百件の裁判話――小説『百家公案』の編纂

一　はじめに

元の雑劇、明の説唱詞話が包公の特異な形象を完成したのに対して、明末の小説『龍図公案』は百件の説話を編纂して、包公の活躍を誇張したと言える。だがそれらは本来包公説話ではなく、別の官吏の裁判説話を編者が包公説話に改編したものであった。

成化年間に刊行された説唱詞話が発見されて以来、(1)『龍図公案』の原典である『百家公案』にも研究の目が向けられるようになった。韓国ソウルに蔵される万暦二十五年刊本を紹介したバウアー、馬幼垣、(2)『龍図公案』百話の由来を調べた馬幼垣、大塚秀高、(3)『百家公案』の原刊本を想定したハナン、(4)包公説話と周新説話との関連を論じた大塚秀高らの諸研究がそれである。[5][6]

著者はこれらの研究に導かれてこの万暦年間の公案小説集の先駆とも言える『百家公案』十巻百回の話を考察する中、第五十七回末尾に注記する『紀聞』なる一書が元人の文言小説集であり、巻六から巻八までの十四回に用いられていることや、他に若干の原典となった小説を知ることができた。同時に百話は、基本的には一巻単位で主題を分けて計画的に編纂されたのであり、ハナンの説くような原刊本はもともと存在しなかったのではないかと考えるに至った。本節では従来の定説に対して反論を呈示してみたい。

二　『百家公案』以前

まず『百家公案』の出現に至る包公説話の歴史を考えてみよう。

北宋の包拯（九九九～一〇六二）は、生前朝廷に仕えた時からその剛毅な性格を天子の親族や宦官が恐れ、婦女子に至るまでその名を知らぬ者なく、天章閣待制という官にあったことから、「包待制」の呼称で親しまれていた（『宋史』本伝）。そのためであろう。特に包拯の裁判話が、彼の没後に数多く作られていった。南宋・羅燁『新編酔翁談録』壬集巻一には、貴官の子張生が最初に節度使の妾李氏を娶る約束をしておきながら、中途で見捨てて妓女梁越英と結婚したため、二女が包公待制に訴える話『紅綃密約張生負李氏娘』を載せている。

元代にはさらに多くの作品（雑劇）が作られ、散佚したものも含めると十六種を数える。[7] ここにおいて包公は次第に神格化していく。武漢臣『包待制智賺生金閣』劇では、包公は「本上天一座殺人星、除了日間剖断陽間事、到得晩間還要断陰霊」（もと殺人星であり、昼間はこの世の事を裁き、夜間には亡霊を裁く）という。元来判官が死者の訴えを聴く話は、すでに唐代小説に見え、たとえば盧肇『逸史』には、蠱を養って殺人を犯した豪族が、事の発覚を恐れて包県尉とその妻に暴行を加えてその妻を殺し、観察使に誣告して包を捕らえさせるが、亡妻の霊魂が観察判官独孤公の夢に石硯を持って現れ、石硯村の包の冤罪を暗示する話があるし[8]、李公佐『謝小娥伝』には、強盗に殺された父と夫が小娥の夢に現れて、犯人は「車中猴、門東草」(申蘭)、「禾中走、一日夫」(申春)だと暗示する話を載せる[9]。包公劇は明らかにこの伝統を継承しており、たとえば鄭廷玉『包龍図智勘後庭花』劇では、王翠鸞が詠んだ「不見天辺雁、相侵井底蛙」という句によって包公が彼女の死を悟ることが演じられる。ただ雑劇の場合、包公にかぎってその超能力が定説化しており、かくて『後庭花』『生金閣』をはじめ、『玎玎璫璫盆児鬼』、『神奴児大鬧開封府』、『包待制判断煙花鬼』(佚)などの亡霊裁判劇が出現した。

包公劇においては、また厳法主義を強調する。関漢卿『感天動地竇娥冤』劇では、両淮提刑粛政廉訪使の竇天章が天子から勢剣・金牌を賜って「権豪勢要」の不法を裁く。包公劇では、関漢卿『包待制陳州三勘蝴蝶夢』『包待制智斬魯斎郎』、『生金閣』、無名氏『包待制陳州糶米』にこの類の話が見える。そして雑劇において形成されたこのような包公像は次の時代に継承されるのである。

雑劇の後に盛行した包公説話は、明の成化年間(一四六五~一四八七)に刊行された「説唱詞話」と称する民間の歌物語八種である。その中の『包龍図陳州糶米記』は『陳州糶米』劇に、『包龍図案断烏盆伝』は『盆児鬼』劇に取材した作品である。また『張文貴伝』は『包待制智賺三件宝』劇(佚)に、『双勘釘』(佚、説唱『仁宗認母伝』に記す)は『包待制双勘釘』劇(佚)に取材した作品と思われる。このように説唱詞話「包公案」は、権門の不法を裁いたり、亡霊の訴えを聴いたりする話を元雑劇から継承しながら、さらに庶民の幻想を満足せしめるべく包公像を変えていく。

まず包公の出自に関して、元劇では単にその出身地が語られるに過ぎなかったが[10]、説唱詞話では『包待制出身伝』

という「発跡変泰」(出世)話が新たに生まれている。この作品では、包公が富裕な農家に生まれながら、三男坊でしかも醜貌であったため川に捨てられそうになるが、嫂がその容貌を見て将来有望と考え、引き取って読書をさせるところから、天界の太白金星や城隍神の庇護を得、妓女張行首の世話を受けて無事科挙に及第し、定遠県令に任命されて転運使の汚職を裁くところまでを述べている。

また権門の不法を裁くことに関して、元劇では「権豪勢要」という曖昧な身分表現しかしなかったが、「説唱詞話」では『包龍図断曹国舅公案伝』、『包龍図断趙皇親孫文儀公案伝』のように、「国舅」(皇后の兄弟)「皇親」(皇族)と明確に表現している。

「説唱詞話」では、さらに『包龍図断白虎精伝』や『仁宗認母伝』に引く「鼈精」のように妖怪変化を審判する話や、同じく『仁宗認母伝』に引く「老鴉下状」のように人間に虐待される動物の訴えを聴く話も作られており、包公の神通力は、亡霊に限らず、諸方面に発揮されている。

三　『百家公案』

「説唱詞話」に次いで出現したのが『百家公案』十巻百回である。現存する最初のテキストは万暦二十二年(一五九四)刊本であり、「説唱詞話」に後れること約百二十年のことである。この短篇の包公説話集は、元雑劇『盆児鬼』『魯斎郎』『王月英元夜留鞋記』、「説唱詞話」、話本『合同文字記』『五鼠鬧東京』、そのほか『平妖伝』第十一〜十三回(二十回本)という当時の包公説話を蒐集するかたわら、本来包公とは関係のない話を包公の話に翻案して、十巻百回の話を完成している。

たとえば第一回は、明の瞿佑（一三四一～一四二七）『剪灯新話』「永州野廟記」を用いており、原作では、一貧書生が野廟に供物を献ぜずに通過して鬼兵に追われたため、南嶽神に訴えると、野廟を占拠した白蛇が捕まる話であるが、『百家公案』では、野廟の神が毎年童男童女の犠牲を要求して州民を苦しめていたため、包公が城隍廟に祈って野廟に住み着いた白蛇を処罰するという、庶民の苦しみを除く包公らしい話に変えている。

このように作者は新しい包公説話の創作に意欲的であり、魅力的な短篇を多く作っているが、残念なことに百回の話の構成が緻密でないために、読者を困惑させるに至っている。

まず第一巻巻頭に、説唱詞話『包待制出身伝』を用いて「包待制出身源流」を記し、包公が出生して定遠県令として赴任するまでの事を述べるが、続く第一回は前述の湖広永州での話であり、厳密に言えば話が続かない。そして説唱詞話にある定遠県令として転運使の汚職を裁く話は、ずっと後れて第九巻七十九～八十一回に述べている。

次に「説唱詞話」『陳州糶米記』の話は、前半が第九巻八十三～八十五回に、後半が同巻第七十二～七十三回に前後転倒して述べている。

第三に、第四巻第三十回において、胥吏陳尚の妻阿楊が事件解決に智慧を授けるが、作者は阿楊について、「阿楊は第二十八回の公案で死罪の判決が下り、処刑されている。この公案はその前にあったもので、やはり包待制が濠州太守の時の事である」と夾註を付している。しかし今のテキストでは、阿楊が処刑される話いわゆる「双勘釘」は第二十八回にはなく第九巻第七十六～七十七回にあり、しかも包公が開封府尹の時のこととして載せている。

こうした構成の矛盾について、ハナンは次のようなユニークな解釈を行っている。

作中の語彙の使用には偏りがあり、作品は三人の作者の手に成ったことがわかる。作者Aは「包待制出身源流」と第七十二～百回および第三十～四十回の計四十回を書き、次に作者Bが第四十一～七十一回の計三十一回を書き、最後に作者Cが第一～二十九回の計二十九回を書いて完成した。現存テキストは編者安遇時によって話の順序が転倒されており、本来「出身源流」の次には定遠県令に赴任した時の話である第八十六回が続き、その後に同じ「説唱詞話」『包待制出身伝』の話である第七十九～八十一回が書かれ、これに『陳州糶米記』の話である第八十三～八十五回、七十二～七十五回が続いていた。そして第三十回の注にもあるように第七十七回は本来第二十八回であり、従って第八十七～百回の次に第七十六～七十八回という順序で並んでいたことになる。現存刊本は第一～三十回の回目に〔増補〕二字を冠しており、増補版である。しかし第三十回の〔増補〕二字は誤刻であり、実際に増補されたのは作者C、恐らく編者安遇時の手に成る二十九回であって、編者は自作を先頭に置いたテキストを出版したのであった。本来作者Aと作者Bの手に成る七十一回本が存在していたと思われる。すなわちハナンは現存テキストの矛盾はすべて編者安遇時の生じしめたものであり、このテキスト以前には「説唱詞話」の話から始まる矛盾のないテキストがあったと主張するのである。

ハナンの説、特に語彙分析による作者三人説の提唱はユニークであり、従って研究者は誰しもこの説は紹介しながら批評を控えているようである。しかし私はハナン説に十分な論拠があるとは思わない。

まずその語彙分析を表示すると左のようになる。

（―は皆無。各語彙に付した小数字は出現する回の総計、（　）内の数字は回を示す。〔公牌1〕は著者が補った。）

第一～二十九回 作者C	―	―	―	自思11 (2・6・8・9・12・16・20・21・27	忽日1 (28)	戒2 (2・3)	―	阿某0 ―	勾(拘)換4 (8・10・11・23)	〔公牌1〕 (11)	―

	作者Ａ　第七十二～百回　第三十一～四十回	作者Ｂ　第四十一～七十一回
		付道10（41・43・46・48・49・55・58・60・63・65）
	ー	乃道14（41～49、63・64・68）
	ー	比及17（44・46・49・51・52・55・56・58～62・65、67～70）
思量3（～29）	思之12　思量10	自思2（50・66）思量1
	忽日2（78・81）	忽日16（42、50～52、54・55、59～62、64～67、69・70）
	戒9（30・31・34・76・78、96～99）	ー
	ー	ー某13（47・55・56・60・61、63～65、67～71）
	阿某11（30・33・36・37・39・76・77・88・89・96・98）	阿某1（42）
	勾（拘）換8（30・31・35・36・39・78・88・91）※追換8（37・40・86・92・94・95・98・100）	ー　※拘得6（52、55～57、60・61）
	公牌3（72・85・87）	公牌21（49～62、65～71）
	根勘	根勘

ハナンはこの十二個の語彙の使用の偏りに着眼して作者三人説を提唱したのであり、その論証には説得力があるように思われるが、なお問題を残している。

まず、提示した語彙が少ないことである。とりわけ作者Ａと作者Ｃを弁別すべき語彙がわずかに「阿某」「根勘」二語だけである。またＡとＢ、ＡとＣ、ＡとＢとＣに共通する語彙は少数とはいえ、どう処理すればよいのか分かりにくい。

次に、「包待制出身源流」に次いで第八十六回の、唖者が遺産分配で兄を訴える話は、「包拯上任之日」の事件であり、「包知県」というから、おそらく定遠県での出来事であろうが、『包待制出身伝』の話ではなく、「説唱詞話」の話から始まる原刊本があったと仮定しても、これを原刊本の第一回と確定できるかどうか疑わしい。

第三に、説話は必ずしも「説唱詞話」に沿って構成されているわけではない。第十巻の話はすべて「説唱詞話」にない話である。ということは、この二巻が先行していたとはかぎらず、全巻の中でも特殊な形式を取るこの二巻については別の解釈が必要であろう。(11)

第四に、ハナンは第一〜二十九回が増補部分だと説き、第三十回回目上の〔増補〕二字を誤刻だとするが、第三十一回以降は回目上に〔増補〕二字はないものの、二字分の空格があり、刻字を省略したとも考えられ、誤刻とばかりは言えない。本書封面の書名「全補包龍図判百家公案」をそのまま解釈すれば、全体が増補された話ということになる。

第五に、現存テキストには三種あるが、(12)三種とも第一〜二十九回を載せる刊本である。また万暦三十四年刊『海剛峯先生居官公案伝』七十一回は『百家公案』の話を借りているが、(13)その中には第一〜二十九回の話を含んでいるし、明の万暦刊『大明律例致君奇術』に「包龍図断案」として転載する『百家公案』二十九話も、第一〜二十九回の話を選んでいる。(14)このほか、『皇明諸司公案伝』にも『百家公案』第十七回を引くなど、(15)万暦年間に百回本以外のテキストがあったことを窺わせる資料が一件も見あたらない。

以上の諸点から、著者はハナン説が成立しがたいと考える。我々は原刊本の有無の穿鑿をやめて、現存テキストの構成を別の角度から見直す必要があろう。

四　『百家公案』の構成

まず「説唱詞話」に依拠した話について考察する。『百家公案』は説唱詞話から少なくとも五種の話を用いている。(16)その中で『包龍図断趙皇親孫文儀公案伝』『包龍図断曹国舅公案伝』二種が第五巻に用いられていることを除いて、他はすべて第九巻に集中している。これは決して偶然とは思われない。というのは、他巻においてもまた同一傾向の話が集中しているからである。なお『陳州糶米記』の話を前半・後半を転倒して別々に収録しているが、これは編者が作品の回数を増やすために原作を二分したものであり、このため原作の主旨が損なわれたのは否定できない。ちなみに編者は『包待制出身伝』についても、第一巻と第九巻に分散させて収録している。

次に第一巻を見ると、ここはすべて怪異に関する話が集められている。第一回は、妖蛇を退治する話で、『剪灯新話』に取材していることはすでに述べた。第二回は、夫の死後その両親を養って節婦として表彰された寡婦が、『西廂記』劇を見て春情を催し、飼い猿と交わって包公に看破される話で、明・陶輔編『花影集』「節義伝」に取材したもの。(17)なお「節義伝」では、夫の死後その遺言にそむいて殉死した妻が節婦として表彰され、その俸給によって夫の父母を養うという内容である。第三回は、社会に危害を加える妖狐を包公が照魔鏡で捕らえる話。第四回は、狄青（一〇〇八～一〇五七）が救って妾とした女性が実は梅花の精であり、正人君子である包公を避けて姿を消すという話で、王世貞（一五二六～一五九〇）編『艶異編』巻三十五妖怪部「桂花著異」の、明・石亭（?～一四六〇）と于謙（一三九八～一四五七）の故事に取材したもの。第五回は、仲を裂かれて心中した妓女と書生の心臓が、献上された丞相の前で腐敗した血と化し、これを調べた包公が丞相と妓女を献上しようとした参政を処罰する話で、『花影集』「心堅金石伝」に依拠している。なお「心堅金石伝」では、包公は登場せず、丞相伯顏が参政阿魯台を処罰する。第六回は、嫉妬深い婦人が妾と子を毒殺するが、包公が霊魂の訴えを聴いて婦人を処刑し、婦人は犬に転生するという応報譚。第七回は、災害を引き起こす女性の亡霊を包公が裁く。

続く第二巻は、姦通・殺人・窃盗・詐欺という庶民の一般犯罪を裁く話を中心に収録している。第八回は、行商から帰宅した商人が、神籤のとおり入浴を避けたため、姦夫の毒手を免れ、代わりに入浴した妻が殺される事件で、(18)包公は神籤の暗示によって姦夫を逮捕する。第九回は、旅帰りの商人の隠し金を姦夫が盗んだ事件で、包公は妻を官売することにより姦夫を捕らえる。第十回は、新郎になりすました学友が新婦と同衾し新婦が自害した事件で、包公は夢に死者の吟詠を見て学友を捕らえる。第十一回は、肉屋が行商人の反物を盗む事件で、包公は石牌を裁くと称して、野次馬から反物を徴収して犯人を捕らえる。第十二回は、胥吏が城隍廟で拾った年貢金を着服する事件で、包公は城隍神に祈願して暗示を受け、犯人を逮捕する。第十五回は、無頼が富者の肥えた騾馬を騙し取る事件で、包公は犯人の痩せた騾馬を飢えさせて放ち、犯人の住居を突き止める。第十六回は、強盗が紅花商人に目を付けて資金を奪う事件で、包公は行商に変装して一味を逮捕する。第十八回は、八十歳の老人が同族の寡婦と姦通する事件で、包公は嫂の暗示で「扒灰」(舅が嫁を姦淫)したと悟る。第十九回は、無頼が富農の穀物を騙し取る事件で、包公は商人に扮装して詐欺を突き止める。なお第十三回は狐狸精、第十四回は白蛇精、第十七回は白犬の犯行を述べており、一般犯罪とは異なる。

第三巻は、小説・ドラマを包公案に改編した話である。第二十回は、江州永寧寺の和尚呉員成が張徳化の妻韓蘭嫈を見初めて韓氏の鞋を張に示し、張が韓氏を離縁すると還俗して韓氏を娶るが、後に実情を韓氏に話したため韓氏が自殺し、韓氏の霊魂の訴えを聴いた包公が呉員成を捕らえる。第二十二回は、滎陽の秀才武亮采の友人郄元弼が武の妻胡韋娘に言い寄るが、拒絶されたため殺す。包公は鍾馗を証人として郄を捕らえる。第二十三回は、順天府任県の鄭国材が徐淑雲の婚約者であったが、国材の父母が死亡して家が没落すると、徐家が国材に婚約解消を迫る。淑雲は婢雪梅を通じて国材に進学祝いを贈るが、学官龐龍が盗聴して婢を殺して金を奪う。徐は国材を恨んで、知県に贈賄して国材を犯人にしようとするが、包公は夢に天啓を得て犯人を捕らえる。第二十四回は、越州肖県の崔君瑞が、妻鄭月娘と任地金華県へ赴く途中で強盗に襲われたため、妻を残して蘇州府へ行き、独身と偽って蘇尚書の娘喬英を娶る。月娘は尚書家の家人に連れられて蘇州へ来るが、君瑞が妻と認めないので、上司臺である兄廷玉を通じて包公に訴える。これは南戯『崔君瑞江天暮雪』（佚）に取材しており、[19]『曲海総目提要』巻十七「江天雪」によれば、劇の結末は鄭廷玉が崔君瑞を訓戒して君瑞に二婦を娶らせるのであり、包公は登場しない。第二十五回は、浙江の挙人姚弘禹が山東の監生彭応鳳の妻許氏を見初めて、王婆に謀って彭監生を許氏と引き離し、許氏を強奪して陳留県（河南）へ赴任する。応鳳は鄧郎中の世話で陳留県県丞になる。王婆は弟明一に暗殺を命じるが、明一は彼を逃がす。応鳳は陳留県で妻と再会して開封府へ訴える。原拠は不明だが、恐らく本来包公説話ではあるまい。第二十六回は、鈞州（河南）の秀才陳世美が上京して状元に及第して翰林編修に就任する。妻秦氏は瑛哥・東妹を連れて上京し、張元老の助言に従って弾唱女子に扮して陳に会うが、陳は追い出して趙伯純に殺害させる。秦氏の死体は中元三官菩薩によって守られ、瑛哥・東妹は武芸を授けられて海賊を平定し、武官に任命される。秦氏は復活し、陳は兵役に充てられる。この話は後の「秦香蓮」説話に発展する（第二章第一節参照）。第二十七回は、『清平山堂話本』「合同文字記」の話である。元雑劇では『包龍図智賺合同文字』と称する。第二十八回は、河南汝寧府の長者の子金本栄が「百日血光の災」を避けるため、玉連環を携え、妻江玉梅を同伴して洛陽へ向かうが、開封府の友人李中立の家に身を寄せた時、迫害を受けて離散する。玉梅は山神廟で出産し、参詣した長者夫妻に再会して、ともに包公に訴える。原拠は不明である。

第二十九回は、『清平山堂話本』「洛陽三怪記」を包公案に改編した話である。

飛んで第十巻は、第一巻同様、怪異を記す。第八十七回は、元劇『盆児鬼』の話。第八十八～八十九回は、白犬精が主人の留守中に主人に変化して妻を犯す事件と、老婆の子を食べて捕らえられた虎が白犬精を捕らえる話。後に京劇『神虎報』となる。第九十回は、判官が官妓柳芳を娶り、それを嫉んだ県令が柳芳を殺害する事件で、包公は妓女を死体と同衾させて訴えを聴く。第九十一回は、『宋史』「包拯伝」にも記す牛舌案である。第九十二回は、転運使魯千郎が秀才馬一の妻李氏を見初めるが李氏が従わないので殴打する事件で、包公は頓知で魯を招待して処刑する。第九十三～九十四回は、劉長者の娘花羞女が富家の子潘秀と結婚できずに気絶し、復活するが亡霊と誤解されて潘秀に殺される話。第九十五回は、包公が文曲星として月蝕を妨げる話。第九十六回は、賭博で家財を無くした原告の前世を注禄判官に証言させる。第九十七回は、主人に打ち殺された家僕の訴えを聴いて主人を処刑する話。第九十八回は、呂君宝の妾羅惜惜が正妻に容れられず自殺して白禽に変化する。包公は白禽が池に飛び込んだのを見て、池から惜惜の傷痕のある死体を発見し、正妻を裁く。第九十九回は、李大郎が女性一捻金に取り殺される話。明・徐渭『南詞敍録』宋元旧篇に『朱文太平銭』劇、『永楽大典』巻千三百八十九「戯文」二十五に『朱文鬼贈太平銭』劇の名を著録する。[20] なお福建戯では包公は登場しない。第百回は、紙銭を神廟からもらって還魂紙を作る商人を亡霊が追いかける話。

以上のように、一、二、三、九、十巻は、それぞれ話に特色が見られる巻である。このほか第四巻と第五巻は、一、十巻のような怪異を記した話と、二巻のような一般犯罪を裁く話が混在し、また九巻にある「説唱詞話」の話も載せている。

これに対して、第六、七、八巻は、取材した資料が同一であるところに特色がある。その資料とは、元・郭霄鳳編

『江湖紀聞』であり、三巻二十二話中で十四話に用いられている。[21]
『江湖紀聞』は明弘治七年（一四九四）薛氏思善堂重刊『新刊分類江湖紀聞』前後二巻がある。[22] 郭霄鳳については詳細は不明だが、明・高儒『百川書志』巻八に元人といい、本書に収録されている記事がほぼ南宋・理宗の宝慶年間から元・世祖の至元年間（一二二五～一二九四）にかけて集中しており、[23] 最後の記事が元泰定元年（一三二四）であることから考え合わせると、宋末元初の人と思われる。本書は人倫・人事・治道・文華・芸術・禁戒・報応・神仙・道教・仏教・鬼神・神鬼・精怪・怪異・夢兆・人品の十六門に分類し、前集二百九事、後集百九十五事を載せ、『百家公案』はその中、人倫門節義・婚姻から四事、治道門断獄・治盗から五事、報応門冤報から一事、精怪門禽魚から二事を選んで取材している。そして包公の話とするために、原典に手を加えている。それを紹介すれば、次のとおりである。

第五十三回は、岳州平江（湖南）の肉屋黄貴が、同僚張万の誕生日に張の妻李氏に横恋慕し、張を殺して娶るが、十年後の清明節に気を許して妻に自白すると、妻が開封府に訴える。『江湖紀聞』とほぼ同内容であるが、肉屋甲乙に名を付けたりして小説らしくし、官を開封府に改めている。

第五十四回は、福建の潘用中と黄麗娘の恋愛を描く。『江湖紀聞』では、二人は友人彭上舎・晏仲挙及び旅館の女主人の援助で無事に結婚するが、『百家公案』では、駆け落ちした二人を麗娘の祖父黄三郎が捕らえ、趙指揮の子に嫁がせるため孫御史に贈賄して潘の殺害を謀るが、獄卒が潘家に通報し、潘の父が開封府に訴えて、包拯が孫御史と黄三郎を処罰する。

第五十五回は、江州（広西）の塩仲買人江が同僚鮑を殺害して資金を奪う話であり、『江湖紀聞』では、夢に神が現れて、紅衫を着た婦人が犯行を暴露すると言うので鄭重にもてなすが、図らずも、家僕が婦人に粗相をしたため叱ると、家僕が江を官に訴える。『百家公案』では、被害者の子鮑成が従僕万安を殴打して荘園に隔離されたため、復讐のため従僕を主人殺しの罪で誣告するという一節と、包公が胥吏李吉を調査に派遣して、江の家僕から真相を聞き出すという一節を加えている。

第五十六回は、婦人宋秀娘が、水たまりに転んだ僧の衣服を乾かすため家に入れて、折悪しく帰宅した夫秦得に離縁される。僧は還俗して婦人を娶り、後に酒に酔ってうち明けると、婦人は実家に帰って父に告げ、父は僧を開封府に訴える。『江湖紀聞』では、婦人が直接官に訴えている。

第五十七回は、張幼謙と羅惜惜の恋愛を記す。『江湖紀聞』では、二人は密会して捕らえられ、惜惜の婚約者が本郡太守に贈賄して幼謙の処罰を求めるが、太守は幼謙の才を愛し、幼謙も科挙に及第し、湖北元帥に救われて惜惜と結婚する。『百家公案』では幼謙が捕まると惜惜は自殺し、賄賂を受け取った浙東安撫使が幼謙に死罪を宣告するが、惜惜の亡霊が浙東を巡察した包公に訴え、茅山董真人の丹薬で復活した惜惜が幼謙と結ばれる。銭南揚は『宋元戯文輯佚』(一九五六、上海古典文学出版社)に『羅惜惜』(『九宮正始』)があったと指摘している。またこの回の末尾に「此与紀聞事同」(この話は『紀聞』と同じ)という小字注が見える。『紀聞』は『江湖紀聞』を指す。

第六十一回は、盗賊李強が、揚州吉安郷の謝景の家に侵入して養子幼安の妻蘇氏を殺害して逃げ、無頼の甥蘇宜が謝景を誣告する。李強はまた揚州城内の江佐の家の婚礼に乗じて侵入するが、新婦の部屋に潜伏して捕らえられ、新婦の侍医だと偽称するが、包公が妓女を婦人に扮装させてその欺瞞を証明し、同時に謝景の事件も裁いて蘇宜を処罰する。『江湖紀聞』では三山宰陳某の裁判話であり、『百家公案』の前半部分はない。また妓女を新婦に扮装させることを老吏の発案とする。

第六十三回は、洛陽城外大樹坡の仲買人程永が、宿泊した成都の僧江龍を殺害してその所持金を奪う。僧は程永の子惜に転生して鼠尾刀で程永の命を狙う。相談を受けた程永の友人厳正が包公に訴えると、包公は神に祈り、夢の中で江を渡って、神が黒龍に乗って二十年前の事だと告げたため、宿帳を調べて程永を処罰する。『江湖紀聞』では潭州太守真徳秀（号西山。一一七八～一二三五）の話とし、鎌を掛けて程二に犯行を自供させている。『疑獄集』にも「西山夢神訊殺僧」として収める。宿帳を調べる一節はない。

第六十四回は、東京郊外の湘潭村の富農丘惇の妻陳氏が、愚直な夫を嫌って仲買人汪琦と姦通し、汪琦と共謀して丘惇を龍窟に落とす。丘惇は生還し、忠僕に付き添われて開封府に訴える。丘惇は龍窟の水を飲んで飢渇を免れ、龍尾に摑まって外に出たと言う。包公は婦人の寝室から薦を発見して陳氏と汪琦の姦通を突き止め、二人を処刑する。『江湖紀聞』では、提刑胡石璧（南宋・胡頴）の裁判話であり(24)、龍窟に落とされた村民は、親戚に相談して官に訴える。胡は村民の証言を聴いて、妻と商人を処刑する。寝室を調べる一節はない。

第六十五回は、成都の何達が甥何隆との家産をめぐる騒動に嫌気がさし、従弟施桂芳を誘って東京の韓節使を訪ねるが、節使が不在のため古寺に遊ぶ。桂芳は廃園で侍女に導かれて太守の娘と結婚し、婦人たちが相伴する。何達は桂芳が失踪したため、一人で帰郷すると、何隆から桂芳殺害の罪で誣告され、西京で処刑を待つ。包公は西京に至って怨気を見ると、何達の訴えを聴いて東京へ赴き、婦人たちと酒を飲む桂芳を救出して、何隆と貪官を処罰する。桂芳は悪涎を数升嘔吐した後、我に帰る。『江湖紀聞』では宋宝祐年間のこととし、蜀の施桂芳が郡太守の書斎に勤務していた時、侍女の先導で太守の娘と結婚し、婦人たちが相伴する。三日後、娘に尻尾があるのを見た桂芳が橋脚に摑まって救いを求めると、船と婦人が消える。園丁に救われた桂芳は草木の汚汁を嘔吐する。婚礼の場所は狐の住処であった。怪談であって公案ではない。

第六十六回は、開封府のもと胥吏李賓が、近江の行商人王三郎の妻朱氏に戯れて拒絶され、朱氏を殺害してその履物と凶器を近江亭に埋める。訪れた従弟念六は履物が濡れたので乾かすが、血の跡を辿った王三郎から犯人として訴えられる。包公は朱氏の履物と凶器がないのを不審に思い、懸賞金をつけて捜す。果たして李賓は姦通した女に示唆して、女の夫に履物と凶器を届けさせたため、犯行が露見する。『江湖紀聞』では昔臨江（四川）で起きた事件とし、王三郎の妻が楼上で食べた果物の核が偶々少年の舟に落ち、王氏は自分に気があると誤解した少年が楼を訪ねるが、返事が無かったので舟に帰り、濡れた履物を乾かす。帰宅した王三郎は妻の死体を発見し、血の跡を辿って少年を訴える。獄吏の指摘で近江亭から妻の履物と凶器が発見されるが、獄級の陳青はこれを不審に思い、隣家の婦人に尋ねて真犯人が獄吏であることを突き止める。獄吏の犯行の動機が不明であり、犯人が自ら凶器と遺物を提示する点が単純すぎる。

第六十七回は、西京永安鎮の富者張瑞の家僕袁が主人に追放されたため、家僕雍を逆恨みし、張瑞の死後に家に侵入して金を盗み、雍を殺害して去る。張瑞の仇敵である汪某は、張瑞の妻楊氏と娘兆娘が人と姦通し、雍が嫉妬したため殺害したと誣告する。洪御史は拷問を加えて兆娘を殺す。後任者包公は城隍祠に祈り、夢に黒猿が現れたことから袁姓の犯行と悟り、楊氏に審問して袁宅から銭簏《ばこ》を発見し、袁と洪を処罰する。『江湖紀聞』では成都羅江県の出来事とし、県令張憲が妻と娘の淫行による犯罪と考え、拷問を加えて娘を殺す。張憲に代わって趙知録が調査し、牢獄に飯を送る袁姓の者を詰問して雍一殺害を自供させる。袁姓は張家の家僕ではなく泥棒であり、仇敵による誣告はない。『疑獄集』巻六に「趙知録禱天夢猿」、『諸司公案』巻六雪冤類に「趙知府夢猿洗冤」として収録する。

第六十八回は、開封府袁州郊外の萍郷に住む張遅の妻は、嶺南の周文の娘であり、母の看病のために帰省するが、迎えに来た張遅の弟張漢とともに帰る途中で酷暑を避けて山中で休む。張漢は先に帰宅して轎を用意して戻るが、周氏の姿はなく草むらから女性の首無し死体が見つかる。周氏の兄立は、張漢の犯行として、曹都憲に訴える。調査を命じられた都官は首を捜し出せず、墳墓を盗掘して別の死体の首を呈示したため、張漢は有罪となる。時に東京では暗雲が立ちこめ、仁宗は王丞相の進言を聞いて包公に東京の獄を再審させる。包公は都官が数日後に首を呈示したことを不審に思い、術士に占わせると、「聿姓走東辺（建）、糠口米休論（康）」の字句を得たため、張の隣人粛某を建康に遣る。粛某は周氏に遭遇して、二人の客商が籠中の婦人に周氏の衣服を着せて首を切り取り連れ去ったという事情を聞き出し、捕吏に知らせる。包公は客商、曹都憲、周立、都官を処罰する。『江湖紀聞』では、張弟が処刑された後に、隣人が建康で偶然周氏に遭遇して裁判のことを話し、周氏から誘拐された経緯を聞いて官に訴え、一髯客、州県吏、誤審をした官、都官が処罰される。『疑獄集』では「易衣匿婦笠籠」として掲載する。

第七十回は、西京城外獅子鎮の富者呂盛が、廩膳生（官費生）に推挙された一子呂栄の将来を考えて、上官とは交際しながら新任の王府尹を迎えなかったため、王府尹に恨まれる。呂盛が元宵節に妾春梅を誘惑した家僕李二を追放したため、借金帳簿を改竄した作男の子を監禁して作男の子が逃亡すると、主人を恨む李二によって殺人罪で誣告される。王府尹は呂盛を有罪にしようと手を尽くすが、西京の獄を再審していた包公が呂栄の訴えを聴き、回状（回し文）を焼いて城隍に三日以内に霊験を示すよう迫ると、遠方に逃走していた作男の子が縛られて現れる。包公は李二、作男の子、王府尹を処罰する。『江湖紀聞』では、元の元貞乙未（一二九五）の廉訪副使趙の裁判とする。事件は広州の大家が邑官を蔑視することに帰因し、息子呂栄や家僕李二のことは記さない。また逃亡するのは作男の子ではなく、負債者である。

第七十一回は、潞州城南の富者韓定が許三を嫌って塩仲買のための資本を貸さなかったため、許兄弟が清明節に酔って半嶺亭で寝ている韓定の養子順を殺害し、斧による殺傷の痕があったことから大工張一が冤罪を被る。西京の獄を視察した包公が通りかかって事件を知り、自ら獄中に入って大工から事情を聴取した際に、獄中に飯を運んで獄卒と密談を交わす童子を見、犯人の使いと看破して事件を解決する。『江湖紀聞』では、漳州信豊県の出来事とし、知録宋日隆を官とするが、富者やその養子、塩仲買人の兄弟は登場せず、犯人の素性や犯行動機を明記しない。

以上のように『百家公案』は『江湖紀聞』の中の短篇記事に公案小説としての要素を加えて包公説話に仕立て上げている。

ただ犯行動機などの要素を原作に加えた話はこの三巻ばかりではない。たとえば『百家公案』第四巻第三十六回は、長者の家に宿泊した行脚僧が夜厠へ行って井戸に落ち、井戸の中から長者の妻の死体が発見されて冤罪を被る事件を述べるが、この話は宋・司馬光（一〇一九～一〇八六）『涑水紀聞』向敏中の断獄記事を用いており、原作では盗賊が婦人と衣裳袋を両脇に挟んで塀を越えたと記すのを、婦人と駆け落ちした船頭が駆け落ちを後悔した婦人を殺して井戸に捨てたと改める。さらに包公が死刑囚を和尚に仕立てて処刑し、犯人を油断させて自白を誘うという一節も加えている。この第三十六回は、『江湖紀聞』を借用した作者が創作したものかも知れない。そうだとすれば、六・七・八巻は作者Bが創作し、第三十六回は作者Aが創作したとするハナン説は疑わしくなる。なお第六巻五十一回は清平山堂話本『陳巡検梅嶺失妻記』の話、第七巻第五十八回は『五鼠鬧東京』（一名『断出仮仁宗』）の話、第六十二回は元・曾瑞卿『王月英元夜留鞋記』の話、第八巻第六十九回は明・李禎（一三七六～一四五二）『剪灯余話』「瓊奴伝」の話を用いている。

さて以上『百家公案』全巻の話を見てみると、巻ごとに怪異、一般犯罪、劇的な話、「説唱詞話」の話、文言小説集の話がそれぞれ偏向して収録されており、成立の状況を窺うに足る。また第二巻第十八回は包公の育ての親である嫂汪氏を登場させ、第四巻第三十四回は酒務の監酒の不正を摘発する話であり、いずれも説唱詞話『陳州糶米記』の影響を受けた作品である。

五　結び

ハナン論文の批判から始め、私なりにこの作品の編纂の仕方を分析してみた。『百家公案』は「説唱詞話」盛行の後を受けて新奇な包公説話を多数作り一時を風靡したと思われる。しかし今日で見られる版本はわずか三種を数えるに過ぎない。これは言うまでもなく『新評龍図神断公案』十巻百則の出現によるものである。(25)『龍図公案』の二話ずつ対偶的に並べた簡明な編纂に比較すれば、『百家公案』は百話を作成することに力を注いだが、全体の構成に無頓着で均整が取れていない。それ故に後出の包公説話に読者層を譲った。『龍図公案』は包公の非凡さを描き出すことだけに重点は置かず、話の教訓性を重視している。第一巻の最初の二話に付した聴五斎評には、

本書の著述には深い意図が見られる。初め表層をみると単に法律の指導書のように見えるが、精密に観察すると実に慈悲の念があふれ、道徳の言葉に満ちている。……最初に彌陀観音の感応をのべ、最後を『玉枢経』『三官経』の霊験で結び、孝烈貞節を後に附して、言い尽くせない所を補っている。ここに種種の勧善の苦心が見て取れる。

と編集の主旨を明言している。よって『百家公案』の中で妖怪を退治する話などは人事と関連がないため『龍図公案』は収録していない。第四十四回の金鯉魚の話と第五十八回の五鼠の話は、魚籃観音や釈迦が登場する信仰譚であるため、例外である。ちなみに第一巻からは第六回だけ、第十巻からは第八十七、九十一、九十三、九十四回だけしか転載していない。結局『龍図公案』は『百家公案』から四十八話を転載し、残る五十二話を万暦刊の『詳刑公案』『廉明公案』等の諸官の公案譚を包公案に作り変え、十二話を包公が冥界に赴いて亡霊の訴えを聴く地獄裁判譚としている。なお包公が「赴陰床」に寝て冥界に行くことは、『百家公案』でも第二十九回に見え、包公は「三怪」を退治す

るために閻羅王に会いに行く。この話は『清平山堂話本』「洛陽三怪記」に基づいている。また明末清初の朱素臣・朱良卿等四人合作『四奇観』劇では、包公は人に伏陰枕を持たせて城隍神に会いに行かせたり、死者を伏陰枕や赴陰床に寝させ、自ら閻羅王になって裁判を行っている。(26)『龍図公案』の冥界裁判譚の創作は、こうした明代の包公説話に基づいて行われた。

このように『龍図公案』が出現して、包公説話はその内容の大半を変えた。これは同じく明の天啓年間に人間描写を主題とした「三言二拍」等の短篇小説集の出現と関連があり、時代的趨勢でもあったと言えよう。しかし『龍図公案』に収録されなかった『百家公案』の話は今日にも伝承されている。陶君起『京劇劇目初探』(一九六三、中国戯劇出版社)によれば、第二十六回の陳世美が妻秦氏を認めない話は、京劇『柳林池』『三官堂』『鍘美案』『界元関』として、第八十二回の「説唱詞話」『陳州糶米記』の話は京劇『打鑾駕』として、第八十八回の飼い犬が主人に変身する話は京劇『神虎報』として今日でも上演されている。

『百家公案』は、百話という数を創作することに執心して全体の構成まで配慮せず、ついに『龍図公案』に取って代わられたが、『龍図公案』や現代の包公案劇の母胎となる説話を提供したことは大いに評価すべきであろう。確かに現行テキストには第三十回の夾注があり、別のテキストが存在していたとも考えられるが、それが刊行されたものか、原稿の段階であったものかもわからないため、万暦期の包公説話を考察するためには、現存テキストによることが最善だと判断する次第である。

注

(1) 一九六七年、上海嘉定県の明代墳墓から発見された成化七～十四年(一四七一～七八)北京永順堂刊行の十六種。現在上

海博物館蔵。一九七三年上海文物保管委員会から「明成化説唱詞話叢刊」として影印された。包公説話では、『新刊全相説唱包待制出身伝』、『新刊全相説唱包龍図陳州糶米記』、『新刊全相説唱足本仁宗認母伝』、『新編説唱包龍図公案断歪烏盆伝』（成化八年、永順堂刊）、『新刊説唱包龍図断曹国舅公案伝』、『新刊全相説唱張文貴伝』上下二巻、『新編説唱包龍図断白虎精伝』（永順堂刊）、『全相説唱師官受妻劉都賽上元十五夜看灯伝』上・『全相説唱包龍図断趙皇親孫文儀公案伝』下がある。

（2）Wolfgang Bauer, "The Tradition of the 'Criminal Cases of Master Pao', *Pao-Kung-an* (*Lung-t'u Kung-an*)", Oriens, Nos.23-24 (1970-71)、馬幼垣「『全像包公演義』補釈」（中国古典小説研究専輯5、一九八二、聯経出版事業公司）。

（3）Y.M.Ma, "The Textual Tradition of Ming *Kung-an* Fiction:A study of the *Lung-t'u Kung-an*", Harvard Journal of Asiatic Studies, 35 (1975)、大塚秀高「公案話本から公案小説集へ－「丙部小説之末流」の話本研究に占める位置」（一九八二、集刊東洋学四十七）。

（4）Patrick Hanan, "*Judge Bao's Hundred Cases* Reconstructed", Harvard Journal of Asiatic Studies, 40-2 (1980).

（5）大塚秀高「包公説話と周新説話－公案小説生成史の一側面」（一九八三、東方学六十六）。

（6）中国ではまだこれらの諸論文に注目していない研究者もいる。たとえば孫楷第『滄州後集』（一九八五、中華書局）所収「包公案与包公案故事」でも、『龍図公案』が『百家公案』に取材したことに気づいていない。

（7）関漢卿『包待制三勘蝴蝶夢』『包待制智勘魯斎郎』、鄭廷玉『包龍図智勘後庭花』、武漢臣『包待制智賺生金閣』、李行道『包待制智勘灰闌記』、曾瑞卿『王月英元夜留鞋記』、無名氏『包待制陳州糶米』、『包龍図智賺合同文字』、『玎玎璫璫盆児鬼』、『神奴児大鬧開封府』、『鯁直張千替殺妻』、汪沢民『糊突包待制』（佚）、張鳴善『包待制判断煙花鬼』（佚）、無名氏『包待制智賺三件宝』（佚）、『風雪包待制』（佚）、『包待制双勘釘』（佚）がある。

（8）『太平広記』巻百七十二、精察、「孟簡」。

（9）辛島驍「中国犯罪小説の一面」（一九五八、全訳中国文学大系第一集第十四巻『醒世恒言』五所載、東洋文化協会）参照。

（10）たとえば『包待制智勘魯斎郎』劇では、「老夫姓包、名拯、字希文、廬州金斗郡四望郷老児村人氏」という。

（11）前掲注（2）引馬氏論文では、「最後の二巻は、故事は最も多く、頁数は最も少ない。……『百家公案』の編者は百篇の故事という理想的な整数を達成せんがために、結末に至って材料が不足し、草々に事を済ませている」という説を立てており、参考になる。

(12) 万暦二十二年朱氏与畊堂刊『新刊京本通俗演義全像百家公案全伝』十巻百回、同万暦間楊文高刊本(後印本)、万暦二十五年万巻楼刊『新鐫全像包孝粛公百家公案演義』六巻百回。与畊堂刊本は第七巻第六十四回の末葉を欠く。朴在淵校注『百家公案』(一九九四、江原大学校出版部)は、与畊堂本を祖本として万巻楼本と校勘している。

(13) 第二十七、三十七～五十、五十二、五十三回に、『百家公案』第六十三、八、九、二十、二十八、十六、二十七、三十六、三十八、三十九、四十二、十一、五十二、六十四、六十六、六十七、七十一回の話を借用している。

(14) 掲載された話は、第八、六、九、十、十一、四十五、四十六、四十七、七十六、七十七、八十七、九十一、六十四、六十六、六十七、六十八、七十一、八十二、二十、二十一、二十二、二十三、二十五、二十八、三十、三十一、三十二、三十六、三十八回(掲載順)。

(15) 巻二、姦情類、「王尹弁猿淫寡婦」。

(16) 『包待制出身伝』が「包待制出身源流」および第七十九～八十一回に、『包龍図断趙皇親孫文儀公案伝』が第四十八回に、『包龍図断曹国舅公案伝』が第四十九回に、『包龍図陳州糶米記』が第八十三～八十五回、七十二～七十三回に、『仁宗認母伝』が第七十四～七十五回に用いられるほか、現存はしないが『仁宗認母伝』に挙げる「林招得」「双勘釘」がそれぞれ、第七十八回と第七十六～七十七回に用いられている。

(17) 朝鮮万暦十四年(一五八六)跋刊本が早稲田大学に蔵される。老根主編『中国古代手抄本秘笈』(一九九九、中国戯劇出版社)に収録する(出自不明)。「節義伝」および後述の「心堅金石伝」は明・何大掄編『重刻増補燕居筆記』巻七下段にも収録する。

(18) 前掲注(5)引大塚氏論文に指摘するように、明・張景補『疑獄集』(嘉靖十四年序)巻十「王旻解卜」に取材している。ただし直接『疑獄集』によったとは限らない。

(19) 銭南揚『宋元戯文輯佚』(一九五六、上海古典文学出版社)にその佚曲を掲載する(一三〇～一三五頁)。

（20）前掲『宋元戯文輯佚』（五一～五三頁）参照。

（21）

『百家公案』		『江湖紀聞』	
第六巻五十三回	義婦与前夫報讐	二十三則	義婦復讐（節義）
五十四回	潘用中奇遇成姻	二十六則	潘用中奇遇（婚姻）
五十五回	断江儈而釈鮑僕	百九十二則	塩儈貪謀殺人（冤報）
五十六回	杖奸僧決配遠方	三十七則	夫疑其妻（婚姻）
五十七回	続姻縁而盟旧約	三十六則	張幼謙羅惜惜姻縁（婚姻）
第七巻六十一回	証盗而釈謝翁冤	七十九則	盗賊姦計（治盗）
六十三回	判僧行明前世冤	七十三則	潙山行者後身（断獄）
六十四回	決淫婦謀害親夫	百二十七則	湘潭龍窟（禽魚）
第八巻六十五回	究狐精而開何達	百二十八則	狐精（禽魚）
六十六回	決李賓而開念六	六十七則	誣指劫寇（断獄）
六十七回	決袁僕而釈楊氏	六十七則	同前
六十八回	決客商而開張獄	六十七則	同前
七十回	枷判官監令証冤	七十一則	廉訪通神（断獄）
七十一回	証児童捉謀人賊	六十九則	断獄明敏（断獄）

（22）辛島驍「満鉄大連図書館大谷本小説戯曲類目録」（一九二七、斯文九―三・四・六）によれば、『新刊分類江湖紀聞』（碧山精舎重編）の抄本が二種あるという。

（23）『江湖紀聞』の故事の時代と数量は、宋・徽宗政和（一一一一～一八）1、高宗建炎（一一二七～三〇）1、紹興（一一三一～六二）3、孝宗隆興（一一六三～六四）2、乾道（一一六五～七三）1、淳熙（一一七四～八九）2、寧宗嘉泰（一二〇一～〇四）1、嘉定（一二〇八～二四）2、理宗宝慶（一二二五～二七）16、端平（一二三四～三六）12、嘉熙（一二三七～四〇）8、淳祐（一二四一～五二）24、宝祐（一二五三～五八）27、開慶（一二五九）2、景定（一二六〇～六四）19、元・世祖中統（一二六〇～六三）1、至元（一二六四～九四）79、宋・度宗咸淳（一二六五～七四）50、恭宗徳祐（一二七五）8、端宗景炎（一二七六～七七）3、衛王祥興（一二七八～七九）1、元・成宗元貞（一二九五～九六）4、大徳（一二九七～一三〇六）2、晋宗泰定（一三二四～二七）1である。

（24）胡顗は紹定五年（一二三二）の進士、咸淳間（一二六五～七四）卒。『江湖紀聞』文華門花判には彼の「花判」（粋な判決）を載せている。

（25）天啓間（一六二一～二七）の刊本と思われる明刊本が、東京大学東洋文化研究所および山口大学図書館に蔵される。清刊諸本に比べて最も原作に近い文体であり、その刊行時期が早いことを示している。荘司格一「『龍図公案』について」（一九七二、『鳥居久靖先生華甲記念論集』収）は、東北大学蔵益智堂刊本をもとに附評本と無評本の比較を行っているが、基づくべきはこの明刊本であった。

（26）『曲海総目提要』巻二十五にその梗概を載せている。

附　『百家公案』の概要

巻	回	時期	場所	内容（出典）	包拯の官職	処置（出典）
1				「国史本伝」		
				「包待制出身源流」		（説唱詞話）
	1	仁宗	湖広永州	山廟の白蛇精が犠牲を要求する	訪察	城隍に祈る（『剪灯新話』）
	2	仁宗康定年間	東京	節婦がひそかに猴と情交する	訪察	顔色を疑う（『花影集』「節義伝」）
	3	仁宗宝元年間	東京属県	狐精が商人の妻となる	訪察	照魔鏡で照らす
	4	康定年間	狄青家	梅の精が狄青の側室となる	勅使	妖精が自ら姿を消す（『艶異編』「桂花著異」）
	5	仁宗康定年間	南属県	参政と丞相が相思の男女を引き裂く	開封府尹	死罪と罷免を判決する（『花影集』「心堅金石伝」）

	6		江州徳化県	正妻が側室母子を殺す	訪察	黒気、夢に亡霊、凌遅刑、犬に転生
	7	仁宗康定二年	開封府祥符県	県令が娶った鬼女が旱害を起こす	開封府尹	城隍に祈ると骸骨だけを残して消える
2	8		陳州商水	商人の妻が何者かに殺される	開封府尹	神籤で犯人の名を知る
	9		開封府陽武県	商人の妻が姦通して隠した金を盗む	開封府尹	妻を官売して犯人を誘い出す
	10	慶暦三年	河南許州臨穎	学友が許婚を犯し、許婚が自殺する	按臨	夢に女の亡霊が対句を詠む
	11	仁宗宝元元年	東京開封府	近所の者が商人の布を盗む	開封府尹	石牌を犯人と言い、観衆から布を出させる
	12		開封府新鄭県	県吏が落とした公金を奪う	開封府尹	城隍の啓示で犯人の名を知る
	13		開封府襄城県	狐狸が商人を惑わして殺す	開封府尹	天に祈る、土地神を調べる、亡霊が現れる
	14	康定三年	鄭州	五王廟の白蛇精が犠牲を要求する	出巡	天に祈り、五王神・土地神の助力で退治する
	15		開封府南郷	良い驢馬を騙し取る	開封府尹	驢馬に餌を与えず放つ
	16		開封府	客商の資金を強盗する	開封府尹	客商に扮して消息を探る
	17		広東廉州	白狗が商人の妻と情交し主人を殺す	廉州兵備	城隍に祈る。死者が夢に現れる
	18		池州	老人が寡婦と姦通する	南直隷巡按	嫂汪氏の示唆を得る
	19		許州	光棍《ごろつき》が地主の穀物を騙し取る	開封府尹	穀物商に扮して真相を探る
3	20		江州	和尚に騙されて嫁いだ婦人が自殺する	出巡	天に祈ると婦人が現れて訴える
	21		巴州	布商が強盗に殺される	出巡	鳥語を聞いて天に祈ると、夢に亡霊が隠語を詠む
	22		滎陽	友人の妻に横恋慕して殺す	開封府尹	鍾馗を召喚して証言を得る
	23		順天府任県	貧乏な女婿を殺人の容疑者にする	順天府尹	天に祈り夢に詩の啓示を得る
	24		蘇州	知県が妻を裏切って尚書の娘を娶る	南直隷巡撫	妻の兄の訴えを受理する（『崔君瑞江天暮雪』）
	25		陳留県	挙人が監生の妻を奪う	開封府尹	監生の訴えを聞く
	26		鈞州	翰林編修の陳世美が妻秦氏を殺す	太師	子女の訴えを聞く

	27	仁宗慶暦年間	東京城外	伯父夫婦が「合同文字」を認めない	開封府尹	甥の訴えを聞く（『合同文字記』）
	28	仁宗宝元年間	河南汝寧府	訪ねて来た友人を殺す	訪察	友人の父母の訴えを聞く
	29		河南府新安県	会節園の三怪が世を騒がす	開封府尹	地府の閻王に会い処罰を請う（『洛陽三怪記』）
4	30		濠州	正妻に殺された太守の妾の亡霊が出現	濠州太守	土公の妻の示唆で死体に証言させる
	31	仁宗皇祐二年	開封府	東街霊応大王廟で子供が死ぬ	開封府尹	廟神の首を斬り、廟を焼く
	32		鄭州	客商を殺して埋めた金がなくなる	東京安撫	土地神、亡霊が証言する
	33		開封府	参沙神が銀細工師の妻を襲う	開封府尹	城隍に捕らえさせる
	34	仁宗	河北瀛州	瀛州の父老が領主を訴える	瀛州節度使	身をやつして偵察する
	35		瀛州	魚屋がカササギの雛をくくる	瀛州節度使	吏にカササギの後を追わせる
	36		東京城外	駆け落ちを後悔した婦人を殺す	開封府尹	死刑囚を殺して真犯人を知る（『涑水紀聞』）
	37		開封府	後妻が前妻の子を打ち殺す	開封府尹	墓中に死者の声を聞き検屍する
	38		四川成都府	商人が同業者を襲って財物を奪う	成都府尹	商人が犯人を捕らえる
	39		開封府城西	姦通した妻が夫を井戸に落とす	開封府尹	夫が念仏によって井戸から出る
	40		開封府	石精が金瓶を盗む	開封府尹	土地龍神に捜させる
	41		東京	弾子和尚が世を騒がす	開封府尹	王則の乱で捕らえられる（『平妖伝』）
	42		韶慶	婦人が肉屋に襲われ負傷する	韶慶府尹	肉屋が死んだと言って妻を騙す
5	43		韶慶	吏が告諭を怠り蛙が騒ぐ	韶慶府尹	蛙に枷をして実状を知る
	44	仁宗皇祐三年	東京	金鯉魚が世を騒がす	開封府尹	照魔鏡で照らし城隍に捜させる
	45		済南府	強姦された婦人が風を起こす	開封府尹	旋風が起こり夢に亡霊が告げる
	46		河南府陳留県	布商人が殺される	開封府尹	蝿蚋が死体の位置を知らせる
	47		河南府	夫が友人に毒殺されたと訴える	開封府尹	料理人を自白させる

	48		河南府	趙皇親・孫文儀の悪事	開封府尹	病死を装い趙王を捕らえる（説唱詞話）
	49	仁宗皇祐九年	東京	曹国舅の悪事	開封府尹	病気を装い曹国舅を捕らえる（説唱詞話）
6	50		清河県	主人が家僕に殺される	濠州賑済	旋風が起こり死体を発見する
	51		山東登州	申陽嶺の猴の精が知県の妻をさらう	開封府尹	毒酒・苧麻で捕らえ降魔剣で斬る（『梅嶺失妻記』）
	52		蘇州	妻が家僕と姦通して夫を殺す	開封府尹	友人が包拯に訴える
	53		湖南岳州	肉屋が仲間を殺して妻を奪う	開封府尹	妻が訴える（『江湖紀聞』）
	54		東京	孫娘に恋した潘用中の殺害を謀る	開封府尹	潘用中の父の訴えを聞く（『江湖紀聞』）
	55		江州	仲間が商人を殺して資金を奪う	開封府尹	吏を派遣して事情を探る（『江湖紀聞』）
	56		東京	離縁された婦人を僧が娶る	開封府尹	婦人の父の訴えを聞く（『江湖紀聞』）
	57	仁宗年間	浙東	密会が父母に知られて娘が自殺する	案行浙東	亡霊の訴えを聞く（『江湖紀聞』）
7	58	仁宗	清河県	五鼠が東京を騒がす	開封府尹	天界雷音寺の玉面猫を借りる（『五鼠鬧東京』）
	59		山東登州	養子が裏切って駙馬の地位を得る	開封府尹	養父の訴えを聞く
	60		浙西新興駅	占い師を買収して商人を殺す	省風謡経過	商人が助けた亀が包拯に訴える
	61		揚州吉安郷	強盗が新婦の侍医を装う	按行郡邑	妓女を新婦に扮させる（『江湖紀聞』）
	62		東京	郭華が王月英の鞋を呑み込んで死ぬ	開封府尹	郭華が息を吹き返す（『王月英元夜留鞋記』）
	63		西京城外	旅館の主人が殺した僧が転生する	開封府尹	夢の啓示により帳簿を調べる（『江湖紀聞』）
	64		東京城外	妻が姦夫に夫を殺させる	開封府尹	夫の訴えを聞く（『江湖紀聞』）
8	65		東京	廃園の狐の精が若者を誑かす	開封府尹	気を見て若者を救出する（『江湖紀聞』）
	66		開封府近江	妻が殺され、従弟が冤罪を被る	開封府尹	妻の履き物に賞金を懸ける（『江湖紀聞』）
	67		西京永安鎮	家僕が強盗に入って人を殺す	按西京	城隍に祈って暗示を得る（『江湖紀聞』）
	68	仁宗	東京袁州	首無し死体が出て義弟が冤罪を被る	開封府尹	占い師に尋ねる（『江湖紀聞』）

	69		広州肇慶	官吏の子が女性の婚約者を殺す	開封府尹	女性の訴えを聞く（『剪灯余話』「瓊奴伝」）
	70	仁宗	西京獅子鎮	小作人が逃亡して地主が冤罪を被る	開封府尹	城隍に祈って逃亡者を捕らえる（『江湖紀聞』）
	71		山西潞州	資本を貸さない者の子を殺す	開封府尹	獄中を偵察して情報を得る（『江湖紀聞』）
9	72		陳州	船頭が法外の船賃を要求	提督使	後で捕らえて拷問する（説唱詞話）
	73		陳州	包拯が投獄される	提督使	張龍・李虎が救出して趙皇親を逮捕する（同前）
	74		桑林鎮・東京	李太后を都に連れ帰る	提督使	審判を曲げた王御史を斬首する（説唱詞話）
	75		東京	郭槐を審判する	提督使	閻王・判官を演じて自供を得る（説唱詞話）
	76	皇祐元年	東京	亡夫を哭する声に哀しみの情無し	開封府尹	土公が妻の示唆で鼻中に釘を発見する
	77		東京	土公の妻も前夫を殺していた	開封府尹	天神が前夫の墓所を教える（※説唱詞話）
	78		東京	林招得の冤罪事件	待制	妓女を婢に扮させて自供させる（※説唱詞話）
	79		定遠県	人を殺した李吉を処刑する	定遠知県	（説唱詞話）
	80		定遠県	張転運使が包拯を拷問する	定遠知県	（説唱詞話）
	81		定遠県	転運使の汚職を弾劾する	定遠知県	転運使の荷物を強奪する（説唱詞話）
	82		東京	息子包秀が天長県令となり汚職する	直諫大夫	包秀を弾劾し、定州太守に遷る
	83	仁宗	東京	包拯が「陳州糶米」に出発する	提督使	包公は王丞相に起用される（説唱詞話）
	84		万松林駅	趙家荘の番人が言いがかりをつける	提督使	番人を兵役に充てる（説唱詞話）
	85		鄭州太康県	知県の子衙内の犬を打って投獄される	提督使	衙内を処刑し、知県を罷免する（説唱詞話）
	86			唖者が兄に財産を奪われる	知県着任	唖者に兄を打たせると弟と認める
10	87		定州	殺して死体を瓦盆に変え、金を奪う	定州太守	瓦盆の訴えを聞き、犯人の妻を騙す（『盆児鬼』）
	88		定州	白犬が主人に化けて妻と同棲する	定州太守	
	89			息子が虎に食われる	判府	虎の前で犬が正体を現す

90			県令が衛州推官の娶った妓女を殺す	判府	妓女を死体と寝せて訴えを聞く
91		開封府	牛の舌が切られる	開封府尹	牛を殺し密告者に賞金を与える
92	景祐五年三月	東京	転運使の子が書生の妻を殴打する	府尹	誕生日に祝辞を求めて投獄する
93		東京	潘秀が花羞女を娶れず趙女と結婚する		
94		東京	潘秀が復活した花羞女を斬る		潘秀が花羞女を思って病死する
95		開封府	占い師が月蝕を予言する	開封府尹	包拯、月蝕を妨害する
96		開封府	賭博師が注禄判官を訴える	開封府尹	判官から前世の応報だと聞く
97		開封府	銀製の手水鉢を無くした小者を殺す	開封府尹	亡霊の訴えを聞く
98		開封府	包拯に献上された白禽が水中に沈む	開封府尹	正妻に殺された妾の死体を発見する
99		東京	一捻金の霊魂が李大郎を追いかける	開封府尹	李大郎が病死する（『朱文鬼贈太平銭』）
100		鄭州	紙銭で還魂紙を作る商人を亡霊追う	鄭州太守	商売をやめさせる

第二節　説話集の再編——小説『龍図公案』

一　はじめに

明の万暦年間には、『百家公案』という百話の包公説話が編纂されたが、同時期にはまた『廉明公案』『諸司公案』

『詳刑公案』『律条公案』『新民公案』『居官公案』という裁判小説集が編纂されていた。[1] 小説『龍図公案』は、『百家公案』とこれらの小説集を原典として、新たに民衆に分かりやすい包公説話を再編したものであった。

『廉明公案』などの裁判小説集は、中国では小説『龍図公案』とともに「俚拙無文」と酷評されて顧みられることが少なかったが、[2] アメリカや日本では、そのテキストや『龍図公案』の選録状況が報告され、また話本や擬話本との関係についても論じられて注目を集めている。[3] これらの小説は「三言二拍」にも取り入れられており、その評価は必ずしも否定すべきではなく、また公案小説の研究を進める上で、具体的な編纂の実態について考察しなければならないと考える次第である。本節では、『龍図公案』の成立に至る経緯を明らかにするため、これらの先行小説の編纂について考察する。

二　公案小説集の編纂

＊『百家公案』

はじめに、『龍図公案』百話のうち四十八話を提供している『百家公案』十巻百回の編纂について確認しておきたい。すでに前節において考察したように、この同じく包公の裁判を描いた小説が、おおむね毎巻主題を定めて十話前後を創作あるいは蒐集しており、巻一には怪異、巻二には日常的な犯罪、巻三には夫婦愛を主題とした話、巻九には「説唱詞話」の包公説話、巻十には怪異、そして六・七・八巻には元・郭霄鳳撰『江湖紀聞』中の十四の記事を用いた話をそれぞれ集めていること、またそのうち『江湖紀聞』を用いた話では、編者は原記事にはない叙述で、公案小説にとっては不可欠な犯罪の動機や事件解決の具体的な手段、あるいは冤罪事件発生の原因等の叙述を加えていることを述べた[4]。『百家公案』の話は、後出の『詳刑公案』『律条公案』等の小説集に襲用されており、特にこの二集の刊行の先後を決定する上でも重要な作用を発揮する。なお『百家公案』は後出の小説集のように話中に「告」「訴」「判」の裁判文書を載せず、このため『龍図公案』が二話ずつのペアで話を収録する際、『百家公案』の話と後続の諸小説集の話とをペアにできず、『百家公案』内でペアを作ったものと思われる。『百家公案』は、万暦二十二年（一五九四）に刊行された[5]。

＊『廉明公案』

『百家公案』に次いで刊行されたのは、余象斗編『廉明公案』（万暦二十六年）である[6]。その自序には、近代名公の文巻を基にして話を構成し、分類編次したことを述べている。

不佞景行廉明之風、而思維世道於万一、乃取近代名公之文巻、先叙事情之由、次及訐告之詞、末述判断之公、彙輯成帙、分類編次。大都研窮物情、弁雪冤滞、察人之所不能察者、非如「包公案」之捕鬼鎖神、幻妄不経之説也。（私は清廉の風潮を敬仰して、些かなりとも世道の維持を図るため、近代の名人の文章を集め、まず事柄の由来を述べ、次に告訴の字句を記載し、最後に審判の公正を述べて、収集して書物とし、分類編集した。概ね物情を究め、冤罪を雪ぎ、人が推察できないことを推察しており、「包公案」のように鬼神を捕らえる荒誕な話ではない。）

本書は上下二巻に分かち、上巻には、人命・姦情・盗賊類、下巻には、争占・騙害・威逼・拐帯・墳山・婚姻・債負・戸役・闘殴・継立・脱罪・執照・旌表類、計十六類百三則を集めており、この中で二十二則が『龍図公案』に取り入れられている。ただこの序文には矛盾があり、「先ず事情の由を叙べ」というが、そうでないものが六十二則も

ある。(7)

『廉明公案』の六十二則の裁判文書は、ストーリーを記した他の四十一話と明らかに調和せず、本書が倉卒に編纂されたことを窺わせるが、これらの文書は、私見によれば実は『蕭曹遺筆』から採録したものであった。(8)『蕭曹遺筆』四巻は万暦二十三年(一五九五)に編纂されており、凡例に、

詞状資格、自有一定之体。今以生平所集名筆及嘗試屢捷詞稿、条万科析、逐類編附於後。(訴状には一定の文体が必要である。いま平生収集した名文や試験に合格した原稿で様々なジャンルのものを分類して編集した。)

といい、また、

審及判語、皆薦紳先生名筆。或稽古証今、或寓詞借意。(審判の文章は官僚の方々の名文で、古今の事例を考証し、寓意を込めている。)

というように、自作を含めた模範的な訴訟判決文を蒐集したものである。その一・二巻は、盗賊・墳山・人命・争占・騙害・婚姻・債負・戸役・闘殴・継立・姦情・脱罪・執照・呈状の十六類に分けて六十六件を載録しており、『廉明公案』はそのほとんどを転載している。また『廉明公案』の分類中、威逼・拐帯・旌表の三類を除いた十三類にすべて訴訟判決文書を載せている(墳山・婚姻・債負・戸役・闘殴・継立・脱罪・執照の八類は文書のみ)ことからすると、『廉明公案』を含め、明代の公案小説集の分類編纂の方式は、こうした訴訟判決文書集の体裁に倣ったものであることが推測できる。なお『廉明公案』では裁判文書を転載しただけに止まるが、『龍図公案』のように裁判文書からストーリーを構成することは、後述するごとく『詳刑公案』『律条公案』でも行っており、公案小説が現実の裁判文書と密接な関係をもっていたことが知られる。

ところで本書の序文には「近代名公の文巻を取り」と明言しているが、必ずしも明人の裁判記事ばかりを蒐集して

いるわけではない。中には五代後晋和凝・宋和㠓『疑獄集』（明嘉靖十四年〔一五三五〕刊、張景増補『疑獄集』十巻中に収録）によって構成した話を含んでいる。それは盗賊類の「董巡城捉盗御宝」（『疑獄集』巻三、「無名識盗葬」）と「蔣兵馬捉盗騾賊」（『疑獄集』巻三、「行成叱盗驟」）である。董巡城の話は、明の弘治年間（一四八八～一五〇五）に御庫の宝物を盗まれる案件である。董成は犯人が贓物を柩に隠して城門を出ると睨む。城門を見張ると、果たして父の葬儀を行う孝子たちを発見し、彼らには悲哀の情が見られない。亡父の生死の日時を尋ねると、彼らの返答が食い違い、墓の中から御庫の宝物を発見する。『疑獄集』では、唐・太平公主の宝物が盗まれた事件を蘇無名が担当し、喪服を着た胡人の一団を怪しいと睨んで、彼らが城門を出るのを見張って墓まで追跡し、彼らに悲しみの情が見られないと知るや、墓を暴いて中から宝物を発見する。両者を比較すると、『廉明公案』が『疑獄集』の話を翻案したことがわかる。『廉明公案』ではこうしたオーソドックスな裁判記事集以外にも、すでに指摘されているように、南宋・羅燁『新編酔翁談録』庚集巻二「花判公案」所収「子瞻判和尚遊娼」にも取材して、それを明代の話に仕立てている。(9)

＊『詳刑公案』

『廉明公案』二十二話に次いで、『龍図公案』が十二話を採録した小説集が『詳刑公案』である。謀害・姦情・婚姻・姦拐・威逼・除精・除害・窃盗・搶劫・強盗・妬殺・節婦・烈女・双孝・孝子の十五類に分け、計四十話を集めている。

従来『廉明公案』との影響関係は確認されていなかったが、私見によれば二話が類似する（『廉明公案』「汪県令焼毀淫寺」と『詳刑公案』「蔡府尹断和尚姦婦」、『廉明公案』「顧知府旌表孝婦」と『詳刑公案』「王県尹申請表孝婦」）。しかしどちらが先行する話か判別の方法がないため、結局本書の編纂時期は明らかではない。

また編纂の全貌についてもにわかに明らかにし難いが、書中に『百家公案』からの翻案が五話、『剪灯新話』に基づいた話が一話、訴訟判決文書からストーリーを構成したと思われる話が若干数あることが確認できる。[10]

本書には『律条公案』と共通する話が三十二話あり、二書のうちどちらかが転載したことを示している。今、二書の取材源である『百家公案』七十一回「証児童捉謀人賊」、六回「判妬婦殺妾子之冤」の文章と二書の文章を比較してみる。

	『百家公案』	『詳刑公案』	『律条公案』
71	○没他銭本、就成不得事	没他銭本、就成不得事	没他本銭、就成不得事
	○雖待再議之	且往挑貨、再作計議	且往挑担、再作計較
	○以泄日前之忿	以泄日前之忿	以泄前日之忿
	○取出利斧一把、劈頭砍下	取出利斧一把、劈頭砍下	取出利刀、劈頭一砍
	○蔵有碎銀数両	蔵有銀子十七両	得銀子十八両
6	○嘱妻陳氏善視二子	嘱其妻妾善視三子	嘱其妻妾善撫三子
	○母子痛飲、尽歓而罷	程氏勉強痛飲、尽懽而罷	程却情不過、只得勉強痛飲 了数盃、尽懽而罷
	○是夜、薬発	是夜、薬発	是夜、薬酒発作
	○且信且疑、鬱々不悦	且住且疑、鬱々不悦	且住且疑、悶々不悦

これを見れば、『詳刑公案』と『律条公案』はほとんどその文章を同じくするものの、異同ある箇所に関しては、

いずれも『詳刑公案』が『百家公案』に一致しており、従ってまず『百家公案』の話に基づいて『詳刑公案』の話が作られ、その後『律条公案』が『詳刑公案』の話を採録したことがわかる。このことは『百家公案』を翻案した五話および『剪灯新話』「永州野廟記」を用いた一話に共通することであり、『詳刑公案』が『律条公案』より先行することはほぼ間違いない。また従来『龍図公案』が『詳刑公案』と『律条公案』に共通する十話を二書のうちどちらから採録したのか不明とされてきたが、上記のような方法で三者の字句を比較してみると、『龍図公案』と『詳刑公案』の字句が常に一致し、十話とも『詳刑公案』から採録したものであることがわかる。ただし『龍図公案』には繁・簡、有評・無評の清刊本が多数あって、これらはいずれも明刊本から出て字句の異同を生じているため、字句の比較を行う際には明刊本を用いなければ判断を誤ることになることを付言しておきたい(11)。以下に比較の一例を挙げておこう。

『龍図公案』81話	『詳刑公案』	『律条公案』
清道、你那個表弟、竝未曾到 …是夜、清備酒接鋒、衆皆勧 飲。新悶悶不悦。衆人道、想 彼或往別処収買貨去。不然 人豈会不見。新想、他別処皆 生、無有去処。只宿過一晩。	清曰、你那個表弟、竝未曾到 …是夜、清備酒接鋒、衆皆勧 飲。新悶悶不悦。衆人曰、想 彼或往別処収買貨去。不然、 人豈会不見。新想、他別処皆 生、無有去所。只宿過一晩。	清曰、甚表弟、未曾到。 …是夜、清備酒接風。 新悶悶不悦。衆人曰、想 往別処収買。不然、 人豈会不見。 新只得宿過一晩。

なお『詳刑公案』と『廉明公案』に収録された話は、後に天啓元年（一六二一）、刑法の手引き書である『法林灼見』に一部人名地名等を改めて四十話選録されており、公案小説の裁判の手引き書としての効用を知るに良い資料である(12)。

＊『諸司公案』

『龍図公案』が一話も採録しないため、一般に注目されていない小説集に『諸司公案』がある。人命・姦情・盗賊・詐偽・争占・雪冤の六類に分け、五十九話を収録する。従来、本書が基づいた裁判記事が何であったか指摘されていないが、私見によれば、三十二話が明・張景増補『疑獄集』を素材としている[13]。

だがその創作スタイルは、前述の同編者（余象斗）の『廉明公案』とは異なる。たとえば「朱知府察非火死」（人命類）の梗概は、

彭州府九龍県の申謙は、母の柩を寇遠の山に無断で埋葬した。怒った寇遠はひそかに申家に侵入して一家を皆殺しにした上、放火して去る。知府朱寿隆は、火事を知って一人くらい逃げる者があってもいいはずだと思って捜査を始める。まず寇遠の門前に梯子を発見して問い質し、寇遠が返答に窮したのを怪しむ。次に寇遠と申謙の不和のことを聞き知って寇遠が犯人だと確信し、一計を案じて目撃者を仕立て上げ、寇遠の自供を得る。

というもので、これは『疑獄集』「寿隆疑火死」の原文、

朱少監寿隆、知彭州九隆県。吏告一家七人以火死。寿隆曰、豈有一家無人脱者。此必有姦。逾月、獲。果乃殺其人而縦火爾。

をそのまま生かしながら、犯罪の由来、判官による現場検証等、公案小説に不可欠の叙述を加えるという手法であり、『廉明公案』のように別の話へ翻案する手法とは異なるのである。本書はその大部分を『疑獄集』に忠実に依拠している点で、最もオーソドックスな公案小説集だと評価できよう。

ところで従来本書が『律条公案』の話を借用したと言われて来たが[14]、実はその逆で、『律条公案』が本書の話を借

用したものである。

『諸司公案』

一 人命巻　劉刑部判殺継母

五 争占巻　江県令辨故契紙

　　　　　邴廷尉辨老翁子

六 雪冤巻　辺郎中判獲逃帰

『律条公案』

一 謀害巻　武主政断為父殺継母

六 謀産巻　夏太尹断謀占田産

　　　　　呉按院断産還孤弟

七 拐帯巻　王減刑断拐帯人妾

この四話のうち「劉刑部判殺継母」を除いた三話は、『諸司公案』において『疑獄集』の記事をもとに創作されたものであり、『律条公案』に用いられるに至っては、人名・地名、ストーリーの一部が改められるが、字句はおおむね『諸司公案』のものを襲用している。たとえば「江県令辨故契紙」は、胥吏が佃戸から田租を徴収しきれず困っている寡婦に代わって田租を徴収し、寡婦の死後、贋の証書を作って田を騙し取る話で、江県令はその証書が茶で煮て染めて古く見せたものであることを看破する。これに対して『律条公案』「夏太尹断謀占田産」は、「胥吏」を「光棍」に変えただけで同じストーリーである。

また「王減刑断拐帯人妾」は『龍図公案』八話「招帖収去」として収録されているが、この話も初め『諸司公案』で創作され、さらに『律条公案』でストーリーを改変して、その後『龍図公案』に収録された。

本書の刊行は、『廉明公案』「武署印判瞞柴刀」（争占類）を引いている所からして、万暦二十六年以降であり、また後述の『新民公案』が七話取り入れていることからして、万暦三十四年以降の刊行とする学説は訂正されなければならない。なお『詳刑公案』との前後関係は確認できない。

＊『律条公案』

『律条公案』の話は、すでに『詳刑公案』の項で述べたように、『詳刑公案』と共通する十話については、『龍図公案』はすべて『詳刑公案』から採録しているため、三話だけが『龍図公案』に載せられていることになる。本書は、首巻に「六律総括」「五刑定律」「擬罪問答」「金科一誠賦」および執照・保状二類の文書七件を載せて、刑法書の体裁を取っている。一巻以後は、謀害・強姦・姦情・強盗・窃盗・淫僧・除精・除害・婚姻・妬殺・謀産・混争・拐帯・節孝の十四類に分け、四十六話を収めるが、現テキストには強姦類四話を欠いている。

前述のように、そのほとんどが『詳刑公案』からの転載であり（三十二話）、『諸司公案』からの翻案がある（四話）ほか、『蕭曹遺筆』（あるいは『廉明公案』）に基づいてストーリーを構成した話（二話）、『剪灯余話』の話（二話）を含んでいる。なお『明鏡公案』との先後関係は確認できない。[15]

＊『明鏡公案』

『明鏡公案』は『龍図公案』に用いられていない。人命・索騙・姦情・盗賊・雪冤・婚姻・図頼・理冤（附古類）・古案の九類に分けるが、現テキストには図頼類以下を欠き、計二十五話を存するのみである。

孫楷第が、「載する所、明の事多く、また之を『疑獄集』諸書に取る者有り。盗賊類中、『廉明公案』と重複する者、尤も多し」と指摘するように、[16]周新・張象・陳祖・顧佐・陳選（一四二九〜一四八六）・陳襄・賈郁・陸瑜（一四〇九〜一四八九）ら明人の公案譚を載せ、また前述の『諸司公案』の手法に倣って『疑獄集』の記事から二話を構成しており、『廉明公案』盗賊類の、『蕭曹遺筆』から転載した二則を含む計五則をそのまま転載し、『詳刑公案』（あるいは『律条公案』）『諸司公案』からもそれぞれ一話ずつ転載し、『新編酔翁談録』乙集巻一「煙粉歓合」から一話を敷衍して載せる。[17]

なお明人の公案記事八話では、初めに諸官を簡単に紹介して話に入り、末尾を四句詩で締めくくるという、他書に見られぬ独特の叙述を行っている。

刊行年は不明である。一説に、万暦五年の進士鄒元標（一五五一～一六二四）の話を含んでいるから泰昌天啓間（一六二〇～二六）の刊行というが、鄒元標の生前に刊行されることもあるゆえ、そうだと断言できない。

＊『新民公案』

『新民公案』の正式書名は、『郭青螺六省聴訟録新民公案』といい、あたかも明・郭子章（一五四二～一六一八）が六つの省に赴任して行った裁判記録のように装っているが、実は従来の学説のごとく、実話ではない。[18]本書は郭子章の生前、万暦三十三年（一六〇五）に刊行されたもので、初めに「郭公出身小伝」を載せ、その後に欺昧・人命・謀害・劫盗・頼騙・伸冤・姦淫・覇占の八類に分けて、計四十三話を収録している。

書中には他の公案小説の翻案が多いように見受けられ、少なくとも『諸司公案』から七話、『廉明公案』から三話、『律条公案』から一話を確認できる。[19]

このうち『律条公案』「蘇侯断問打死人命」（謀害類）と本書「呉旺磊算打死人命」（人命類）の冒頭の字句を比較してみると、二話が踏襲関係にあることが知られる。

『新民公案』	『律条公案』
甌寧県三都項龍街呉旺、三代豪富、銭粮一百	高淳県史魯、家世富豪、金銀銭谷、多

五十石、放債取利、毎要対本加五。郷中人皆怨悪詈罵。只有一等極窮無聊之人、要銀供給衣食、不吃虧。与他掲借。時有羅灘羅子義売米営生、趱得升合供家、有兄子仁亦要買米去売、一日托保葉貴立批、借出呉旺銀九両一銭、準作十両。

積巨万、放債起利。毎月雖作加三、苛算寔過加五。貧民無奈、貪其易借、只前去掲債。時有馬孔佳已開店営生、有弟馬孔昭欲経商買売、托保辛金前去史魯処、掲借本銀十両。

また『律条公案』の話が『蕭曹遺筆』中の文書に基づいてストーリーを構成した素朴な公案であるのに対して、『新民公案』の話は、無辜の民を盗賊として殺害した高利貸しを裁くために、まずほしいままに盗賊を殺した罪で高利貸しを捕らえる叙述を加えた緻密な公案である。このことから、この話は『蕭曹遺筆』→『律条公案』→『新民公案』と発展したものと理解できる。このほかに両者の関係を明らかにする話を見出せないが、これによって『律条公案』は万暦三十三年以前に編纂されたという推測が可能である。従って『詳刑公案』の編纂も自ら万暦三十三年以前ということになる。

本書にはこうした小説の翻案作品のほかに、万暦三十一年（一六〇三）刊『耳譚類増』巻六「良讞篇」中の記事に基づいての創作も含んでいる[20]。

『耳譚類増』「典史決獄」では、典史は茄子に竹釘で印を付けて茄子泥棒を捕らえるが、『新民公案』はそれでは不都合と思ったか、郭子章は八百屋の茄子が大小不揃いであることを見て盗品と断じると改めている。なお従来本書と『龍図公案』との関係には論及されていないが、『龍図公案』三話「嚙舌吐血」は本書「和尚術姦烈婦」（姦淫類）に類似する。これも論証を要することゆえ、二話の字句を比較してみたい。

『龍図公案』

話説西安府乜崇貴、家業巨万。妻湯氏生子四人、長名克孝、次名克弟、三名克忠、四名克信。克孝治家任事、克弟為商外邦、克忠読書進学、為秀才、早負文名、屡期高捷親教幼弟克信、殷勤友愛、出入相随。克忠不幸下第、染病懨懨、臥床不起。克信時時入房看顧。見嫂蔣淑貞花貌驚人、恐兄病体不安、或貪美色、傷損日深、決不能起、欲兄移居書房、静養身心、或可保其残喘。

『新民公案』

山西太原府平定州劉実、貲豪富、銭穀巨万。娶妻白甚是賢徳。生有三子、長尚智、次尚仁、次尚勇。尚智専走北京做買売、尚仁読書□易経、補府庠。尚勇即従尚仁読書、情雖兄弟、分則師生。尚仁一日因科挙不中、憂悶成疾、臥床不起。尚勇時々入房問疾。看見嫂々治容襲人。恐兄病体未安、或溺於色、未免損神益甚、欲移兄書館養病。

以下は省略するが、明らかに『龍図公案』が『新民公案』を襲用していることがわかる。これで『龍図公案』の出処不明な話は、地獄裁判十二話を除いて二話を残すのみとなった(21)。

＊『居官公案』

『居官公案』は以上の諸集とは異なり、話を分類せず回目を立てている。四巻七十一回から成り、万暦三十四年（一六〇六）に編纂された。李春芳の序文には、

時有好事者、以耳目所覩記、即其歴官所案、為之伝其顛末。余偶過金陵、虚舟生為予道其事如此。（当時好事家が見聞したことを記録し、その在官中の裁判の顛末を伝えた。私がたまたま金陵を通過した時、虚舟生が私にそのことを語った。）

というが、『新民公案』と同様に、海瑞（一五一四～一五八七）の実話ではない。

本書の一話の構成は、ストーリーの後に告訴状、判決文を竝べるという独特の方法に従っている。ストーリーの出処は、第一～十五回および二十四、二十八回の計十七話を前述の『耳譚類増』「良讞篇」から、第二十七、三十七～五十三回の計十八話を『百家公案』から、第五十五、五十七～六十一、六十三、六十五、六十六回の計九話を『廉明公案』から、第六十七、七十一回の計二回を『諸司公案』から採用している。また裁判文書の方は、『蕭曹遺筆』を増補して万暦三十年（一六〇二）に編纂された『折獄明珠』[22]所収のものを、第一～八、十四、十五、二十、二十一、三十五回の計十三話に用いている[23]。

たとえば第二回「僧徒姦婦」は、『耳譚類増』の編者王同軌が顧愿から耳にした「林公大合決獄」をほぼそのまま転載したもので、そのストーリーは、一小家の婦人が実家から帰る途中で雨宿りをして山寺の僧から殺される事件で、海公は門吏を遣って山寺を偵察させる。だがこの記事の後に並記した「告打死妻命」は、この内容とは異なって、もと『折獄明珠』人命類「告為妹伸冤」であり、妓女にうつつを抜かす計生が妻雲玉の諫言に怒って打ち殺したため、雲玉の兄張簡が張生を告訴する。『居官公案』では、この相異なる内容の記事と文書を巧妙に組み合わせて、告訴す

る人物を兄張簡から母張氏に、小家の婦人を雲玉に変えて、「判」において計生を無罪とし、山寺の和尚を有罪としている。

また『百家公案』等の公案小説集からは、字句までほぼそのまま借用するか、あるいはストーリーの一部分を改めて趣向を変えるかして取り入れている。たとえば第五十一回「周氏為夫伸冤告張二」は、『百家公案』第六十回「究巨擁井得死屍」に基づく話である。『百家公案』では、慈悲深い商人が百姓から買った蛙をもといた淵へ放って救った後、占い師に吉凶を尋ねて悪友とともに旅に出て殺されるが、以前に救った蛙が包公に訴えて井戸の中から商人の死体を発見させ、包公は商人の妻に夫の死体であることを確認させ、悪友を逮捕する。これに対して『居官公案』では、蛙を登場させず、悪友の報告に不審を抱いた妻が、夫の死は惜しまないがその身につけていた玉絛環だけは惜しいと言って、巧妙に玉絛環を騙し取って官に訴える。

なお『居官公案』で『折獄明珠』を用いるなどして作られた訴訟判決文書は、後に『蕭曹致君術』というこの類の文書を集めた法律書に計十三件収録されている。(24)

＊『詳情公案』

『詳情公案』の刊行については、すでに考察されているように、現存のテキストは、天啓年間の原本『李卓吾詳情公案』の李卓吾の名を取って、天啓・崇禎間に刊行されたと思われる。(25)現存の三種のテキストはいずれも完本ではなく、三者を総合すると、十七門四十七話になる。

本書は既刊の小説集に語釈を施して選録した大衆向けの小説集であり、その内訳は、『詳刑公案』からは姦情・除精・除害三類と婚姻一話を除いた三十一話を、『諸司公案』からは雪冤類五話と人命類五話の計十話を、『明鏡公案』

からは人命類五話と索騙類一話の計六話を選んでいる。

末尾に附せられた無懐子の批評には、公案小説の作者とは思えぬ、一読者の感想にも似た語を含んでいる。たとえば「岑大尹審証児童捉賊」（官が獄中を偵察した際に、囚人に飯を運ぶ子供が獄吏と密談を交わすのを見て不審を懐き、問い質して真犯人の使いをしていることを知る話）では、もとの『詳刑公案』の、

予観饒公此断、如天行道。斯上不負君命、下不滞民冤。（私が見ると、饒公のこの審判は、天が道を行うかのようである。こうすれば上は君命に背くことはなく、下は民の冤罪を滞らせないのである。）

という批評を削除して、

無懐子曰、「予稽此断、雖出饒公明罰勅法哉。然無孩童面証数語、即龔少卿再出、亦難断此。」（無懐子いわく、「私がこの審判を見ると、饒公の刑罰の明確さに由来するが、子供が出頭して証言しなければ、龔少卿（名は遂、漢の人）が出現したとしても裁けないであろう。）

と、難事件を強調するだけの批評を加えているのがそれである。

＊『龍図公案』

最後に『龍図公案』十巻の編纂について触れておきたい。『龍図公案』の編纂意図についてはすでに論じられているので贅言を要しないが[26]、今、最初の二話に関する聴五斎の批評、

僧明修殺蕭淑玉於楼頭、後遇鬼声啼哭、便念阿彌陀仏解囲。僧性慧蓋丁日中于鐘下、其妻鄧氏痛切、默禱観音菩薩救苦。畢竟、以不善感諸仏、終不与講和、以善感諸菩薩、即為託夢。（僧明修は楼上で蕭淑玉を殺害し、後に亡霊の泣き声を聞いて阿彌陀仏を念じて和解を求めた〔阿彌陀仏講話〕。僧性慧は丁日中を鐘下に閉じこめ、妻

鄧氏が悲痛のあまり、観音菩薩の救済を黙禱した〔観音菩薩托夢〕。畢竟、不善で仏に感応を求めても講和はできず、善で菩薩に感応を求めれば夢に顕れる。）

を見れば、悪僧の話を対偶にしながらも、前掲の諸公案小説集のように主題を専ら裁判に置いておらず、編者が公案小説の作者とは性格を異にすることを示している。ちなみにこの二話は、もとの『廉明公案』ではそれぞれ人命類、威逼類に属している。

このように、百話は評者聴五斎によって意図的に二話ずつの対偶を作って編集されているが、対偶を作る際には、九組の例外を除いて同一書を用いている。すなわち『百家公案』からの二十四組以外にも、『廉明公案』からは一・二、二七・二八、三一・三二、五五・五六、六九・七〇、七七・七八、七九・八〇、八九・九〇話、『詳刑公案』からは八一・八二、八七・八八、九九・百話の計十一組がそうである。これは採録のしやすさからであって、『詳刑公案』『律条公案』に共通する話をすべて『詳刑公案』一書に依ったのも、そのほかに深い理由があったからではあるまい。

三　結　び

以上、明代の諸公案小説における創作・編纂の実態について分析を試みた。その結果、これらの小説集において、模範的な裁判記事や裁判文書をもとにして創作が行われているばかりではなく、そうして創作された話が、逆に模範的な裁判記事や裁判文書として編纂されていたことを見出した。『廉明公案』に裁判文書をそのまま載せていたり、『律条公案』が法律書の体裁を取っていたり、『居官公案』の序文に事実を記したと述べていたのは、編者が現実に応用できる裁判手引き書を編纂しているという意識があったことの反映に他ならない。

孫楷第は『日本東京所見小説書目』（一九五八、人民文学出版社）の中で、

以上四書、捜輯古今刑獄事。其俚拙無文、皆与『龍図公案』同。以云通俗小説、即未具小説規模、又不得与『疑獄集』『折獄亀鑑』諸書比。然分類編集、亦窃取法家書体例。唯意在捜集異聞、供一般人消遣。則亦丙部小説之末流而已。（以上の四書〔『諸司公案』『廉明公案』『明鏡公案』『詳情公案』〕は古今の刑獄の記事を編集している。文章が拙劣であるのは『龍図公案』と同じく、通俗小説というには小説の規模を具えておらず、『疑獄集』『折獄亀鑑』諸書とも異なるが、分類編集に法家書のスタイルを取っている。異聞を捜集して一般人の娯楽に供する意図があり、丙類小説の末流である。）

と酷評した。しかしながら、公案小説や公案記事の中には、「三言二拍」の材料となっているものもあり、その文学的価値は必ずしも否定できない。また公案小説が創作されるに当たって、犯人の犯行の動機や司法官の事件解明の手腕についての描写が付加されて小説らしくなっており、『諸司公案』などは『疑獄集』をそのまま継承していて、『疑獄集』と比較することも可能である。

諸書における創作・編纂を考察する過程で、諸書の編纂時期がおよそ万暦二十六年から三十三年までの間であり、『詳刑公案』に次いで『律条公案』が、『諸司公案』に次いで『律条公案』が、『詳刑公案』（あるいは『律条公案』）に次いで『明鏡公案』が世に出たことも判明した。

最後に『龍図公案』の依拠した小説について確認すると、以下のとおりである。

『龍図公案』　〈依拠した作品〉

1　阿弥陀仏講和　『廉明公案』上巻人命「張県尹計嚇兇僧」

2　観音菩薩托夢　『廉明公案』下巻威逼「邵参政夢鍾蓋黒龍」

3　嚼舌吐血　『新民公案』四巻姦淫「和尚術姦烈婦」

4　咬舌扣喉　『詳刑公案』三巻姦情「趙代巡断姦殺貞婦」

5　鎖匙　『詳刑公案』四巻婚姻「戴府尹断姻親誤賊」

6　包袱　『廉明公案』下巻騙害「韓按院賺贓獲賊」

7　葛葉飄来　『詳刑公案』一巻謀害「董推府断謀害挙人」

8　招帖収去　『律条公案』七巻拐帯「王減刑断拐帯人妾」

9　夾底船　『詳刑公案』一巻謀害「呉推府断船戸謀客」

11　黄菜葉　『百家公案』48「東京判斬趙皇親」

12　石獅子　『百家公案』59「東京決判劉駙馬」

13　偸鞋　『百家公案』20「伸蘭嬰冤捉和尚」

14　烘衣　『百家公案』56「杖姦僧決配遠方」

15　亀入廃井　『百家公案』60「究巨蠅井得死屍」

16　鳥喚孤客　『百家公案』21「滅苦株賊伸客冤」

17　臨江亭　『百家公案』52「重義気代友伸冤」

18　白塔巷　『百家公案』76「阿呉夫死不分明」、『百家公案』77「判阿楊謀殺前人」

19　血衫叫街　『百家公案』42「屠夫謀黄婦首飾」

20　青靛記穀　『百家公案』19「還蒋欽谷捉王虚」

21　裁縫選官　『百家公案』25「配弘禹決王婆死」
22　厨子做酒　『百家公案』47「笞孫仰雪張虚冤」
23　殺仮僧　『百家公案』36「孫寛謀殺董順婦」
24　売真靴　『百家公案』45「除悪僧理索氏冤」
27　試仮反試真　『廉明公案』上巻人命「劉県尹判誤妻強姦」
28　死酒実死色　『廉明公案』上巻人命「洪大巡究淹死侍婢」
29　氈套客　『百家公案』16「密捉孫趙放龔人」
30　陰溝賊　『百家公案』9「判姦夫竊盗銀両」
31　三宝殿　『廉明公案』下巻旌表「曾巡按表揚貞孝」
32　二陰筶　『廉明公案』下巻旌表「謝知府旌奨孝子」
33　乳臭不琱　『百家公案』71「証児童捉謀人賊」
34　妓飾無異　『百家公案』61「証盗而釈謝翁冤」
35　遼東軍　『百家公案』69「旋風鬼来証冤枉」
36　岳州屠　『百家公案』53「義婦与前夫報讐」
39　耳畔有声　『百家公案』37「阿柳打死前妻之子」
40　手牽二子　『百家公案』6「判妬婦殺妾子之冤」
41　窓外黒猿　『百家公案』67「決袁僕而釈楊氏」
42　港口漁翁　『百家公案』50「琴童代主人伸冤」

43　紅衣婦　『百家公案』55「断江儈而釈鮑僕」

44　烏盆子　『百家公案』87「瓦盆子叫屈之異」

45　牙簪挿地　『百家公案』18「神判八旬通姦事」

46　繍履埋泥　『百家公案』66「決李賓而開念六」

47　虫蛀葉　『百家公案』12「辨樹葉判還銀両」

48　唖子棒　『百家公案』86「石唖子献棒分財」

49　割牛　『百家公案』91「卜安割牛舌之異」

50　騙馬　『百家公案』15「出興福材捉黄洪」

51　金鯉　『百家公案』44「金鯉魚迷人之異」

52　玉猫　『百家公案』58「決戮五鼠鬧東京」

53　移椅倚桐同翫月　『百家公案』10「判貞婦被汚之冤」

54　龍騎龍背試梅花　『百家公案』23「獲学吏開国材獄」

55　奪傘破傘　『廉明公案』下巻争占「金州同剖断争傘」

56　瞞刀還刀　『廉明公案』下巻争占「武署印判瞞柴刀」

57　紅牙毬　『百家公案』93「潘秀誤了花羞女」、『百家公案』94「花羞還魂累李辛」

58　廃花園　『百家公案』65「究狐精而開何達」

61　獅児巷　『百家公案』49「当場判放曹国舅」

62　桑林鎮　『百家公案』74「断斬王御史之贓」、『百家公案』75「仁宗皇帝認母親」

63　斗粟三升米　『百家公案』8「判姦夫誤殺其婦」
64　聿姓走東辺　『百家公案』68「決客商而開張獄」
65　地窖　『百家公案』28「判李中立謀夫占妻」
66　龍窟　『百家公案』64「決淫婦謀害親夫」
69　三娘子　『廉明公案』上巻人命「楊評事片言折獄」
70　賊総甲　『廉明公案』上巻盗賊「汪太府捕剪鐐賊」
71　江岸黒龍　『百家公案』63「判僧行明前世冤」
72　牌下土地　『百家公案』32「失銀子論五里牌」
73　木印　『百家公案』46「断謀劫布商之冤」
74　石牌　『百家公案』11「判石牌以追客布」
77　扯画軸　『廉明公案』下巻争占「滕同府断庶子金」
78　味遺囑　『廉明公案』下巻争占「韓推府判家業帰男」
79　箕帚帯入　『廉明公案』下巻威逼「姚大巡判掃地頼姦」
80　房門誰開　『廉明公案』上巻姦情「厳県令誅誤翁姦女」
81　兎戴帽　『詳刑公案』一巻謀害「魏恤刑因鴉呪鳴冤」
82　鹿随獐　『詳刑公案』六巻搶劫「呉推府断僻山搶殺」
83　遺帕　『詳刑公案』二巻姦情「曾県尹断四人強姦」
84　借衣　『廉明公案』上巻姦情「陳按院売布賺賍」

85　壁隙窺光　『詳刑公案』二巻 姦情　「劉県尹訪出謀殺夫」
86　梘上得穴　『廉明公案』下巻 威逼　「康総兵救出威逼」
87　黒痣　『詳刑公案』七巻 謀占　「蘇県尹断光棍争婦」
88　青糞　『詳刑公案』七巻 謀占　「項県尹断二僕争鵞」
89　和尚皺眉　『廉明公案』下巻 拐帯　「戴典史夢和尚皺眉」
90　西瓜開花　『廉明公案』下巻 拐帯　「黄通府夢西瓜開花」
91　銅銭插壁　『律条公案』三巻 強盗　「曹推官訪出慣賊」
92　蜘蛛食巻　『廉明公案』上巻 人命　「曹察院蜘蛛食巻」
95　栽贓　『廉明公案』上巻 盗賊　「尤理刑判窃盗」
96　扮戯　『律条公案』七巻 拐帯　「曹推府断拐帯女子」
98　床被什物　『廉明公案』上巻 姦情　「海給事辨詐称姦」
99　玉枢経　『詳刑公案』五巻 除精　「鄭知府告神除蛇精」
100　三官経　『詳刑公案』五巻 威逼　「晏代巡夢黄龍盤柱」

注

（1）各書の正式名と巻数等は、『新刊京本通俗演義全像百家公案』十巻百回（名古屋市蓬左文庫蔵）、『皇明諸司廉明奇判公案伝』二巻（内閣文庫等蔵）、『新刻皇明諸司公案伝』六巻（国立国会図書館蔵）、『新刻名公神断明鏡公案』七巻存四巻（内閣文庫蔵）、『新鐫国朝名公神断詳刑公案』八巻（日光慈眼堂等蔵）、『新刻海若湯先生彙集古今律条公案』八巻欠第二巻（内閣文庫蔵）、『新刻郭青螺六省聴訟録新民公案』四巻（日本延享元年〔一七四四〕抄本、台湾大学蔵）、『新刻全像海剛峯先生居官公案』四巻七十一回（北京図書館蔵）である。

（2）孫楷第『日本東京大連図書館所見中国小説書目提要』（一九三二）、一四二頁。

（3）①Wolfgang Bauer, "The Tradition of the 'Criminal Cases of Master Pao', *Pao-kung-an* (*Lung-t'u kung-an*)", Oriens, Nos.23-24 (1970-71)　②Y.M.Ma, "The Textual Tradition of Ming Kung-an Fiction:A study of the *Lung-t'u Kung-an*", Harvard Journal of Asiatic Studies 35 (1975)　③Patrick Hanan, "*Judge Bao's Hundred Cases* Reconstructed" ,Harvard Journal of Asiatic Studies 40-2 (1980)　④馬幼垣「『全像包公演義』補釈」（一九八二、中国古典小説研究専輯5、聯経出版事業公司）　⑤大塚秀高「公案話本から公案小説集へ―『丙部小説之末流』の話本研究に占める位置」（一九八二、集刊東洋学47）　⑥大塚秀高「包公説話と周新説話―公案小説生成史の一側面」（一九八三、東方学66）

（4）本章第一節参照。

（5）『新鍥全像包孝粛公百家公案演義』六巻百回（万暦二十五年〔一五九七〕、万巻楼刊）（巻三欠）がソウル大学奎章閣に蔵される。朴在淵による与畊堂本を底本とした校勘本『百家公案』（一九九四、江原大学校出版部）がある。閔寛東『中国古典小説在韓国之伝播』（一九九八、学林出版社）一五二頁にも指摘する。

（6）余象斗については、肖東発「明代小説家、刻書家余象斗」（明清小説論叢第四集、一九八六・六、春風文芸出版社）参照。

（7）〈姦情類〉許侯判強姦、魏侯審強姦堕胎、孔推府判匿服嫁娶、〈人命類〉呉推官判謀故姪命、夏侯判打死弟命、馮侯判打死妻命、孫侯判代妹伸冤、丁府主判累死人命、〈盗賊類〉金府尊批告強盗、鄧侯審強盗、斉侯判窃盗、王侯判打搶、尤理刑判窃盗、丁侯判強盗、〈争占類〉駱侯判告謀家、孔侯審寡婦告争産、許公判庶弟告兄、唐侯判兄告弟分産、段侯審継産、蘇侯判争家産、金侯判争山、〈騙害類〉朱代巡判告酷吏、郭府主判告捕差、饒察院判生員、謝通判審地方、余分巡判告巡検、汪侯判経紀、任侯判経紀、朱侯判告光棍、袁侯判追本、〈墳山類〉蘇侯判毀塚、林侯判謀山、〈婚姻類〉馬侯判争娶、江侯判退親、唐太府判重嫁、祝侯判親属為婚、喩侯判主占妻、〈債負類〉班侯判磊債、孟侯判放債呑業、左侯判債主覇屋、宋侯判取財本、葉侯判取軍庄、〈戸役類〉鄭侯判争甲首、杜侯判甲下、高侯判脱里役、熊侯判扳扯銭粮、桂侯判兜収、〈闘殴類〉晏侯判姪殴叔、駱侯判殴傷、朱侯判堕胎、〈継立類〉艾侯判承継、林侯判継子、龔侯判義子生心、蔣府主判庶弟告嫡兄、〈脱罪類〉按察司批保県官、孫代巡判妻保夫、鄧察院批母脱子軍、〈執照類〉余侯批娼妓従良照、江侯判寡婦改嫁照、閔侯批杜後絶打照、湯県主告給引照身、詹侯批和息状

（8）錦水竹林浪叟輯『新鍥蕭曹遺筆』四巻、万暦二十三年江湖山人序、東京大学東洋文化研究所大木文庫蔵。万暦二十三年呉東白雪精舎刊本、中国国家図書館蔵。

（9）注3の③に引く大塚論文、七三頁。

（10）『詳刑公案』　〈依拠した作品〉

鄭知府告神除蛇精　『剪灯新話』「永州野廟記」

馮県尹断木碑追布　『百家公案』十一回「判石牌以追客布」

徐代巡断搶劫段客　『百家公案』四十六回「断謀劫布商之冤」

呉推府断僻山搶殺　『百家公案』二十一回「滅苦株賊伸客冤」

岑県尹証児童捉賊　『百家公案』七十一回「証盗而釈謝翁冤」

韓代巡断嫡謀妾産　『百家公案』六回「判妬婦殺妾子之冤」

（11）山口大学蔵明刊『新評龍図神断公案』十巻を用いた。東洋文化研究所倉石文庫にも同版らしいテキストを蔵する。荘司格一「「龍図公案について」」（一九七二、鳥居久靖先生華甲記念論集『中国の言語と文化』一七三〜一九六頁）は、東北大学蔵清益智堂刊有評本と京都大学人文科学研究所蔵清両余堂刊無評本の字句を比較し、無評本から有評本が編纂されたと推定した。この推定が誤っていることは、根ヶ山徹「『龍図公案』編纂の意図」（一九八五、中国文学論集14号）が、『龍図公案』第五話「鎖匙」の基づいた「戴府尹断婚姻誤賊」との比較を行って明らかにした。

（12）湖海山人清虚子編『合刻名公案断法林灼見』四巻首一巻（名古屋市蓬左文庫蔵）。本書は上下二段に分け、上段に告訴状・判決文を、姦情・盗賊・人命・婚姻・戸役・田宅・墳山・闘殴・騙害・呈状・執照・説帖に分類して集め、下段に公案譚を

載せている。『詳刑公案』『廉明公案』選録の状況は以下のごとくである。

	『法林灼見』	〈依拠した作品〉
一巻 姦情	詢故辨姦	『廉明公案』「呉県尊辨因姦窃銀」
	訪出謀殺夫	『詳刑公案』「劉県尹訪出謀殺夫」
	断黒夜強姦	『詳刑公案』「曾県尹断四人強姦」
	鄒公判棍除姦	『廉明公案』「鄒給事辨詐称姦」
	誣姦抵債	『詳刑公案』「呂県尹断誣姦頼騙」
	金院訪出詐姦	『廉明公案』「陳按院売布賺贓」
窃盗	誘客打搶	『詳刑公案』「呉推府断僻山搶殺」
	掲債謀人	『詳刑公案』「岑県尹証児童捉賊」
	明火劫掠	『詳刑公案』「劉県尹断明火劫掠」
	計〔揖〕捕剪鐐賊	『廉明公案』「汪太府捕剪鐐賊」
二巻 人命	船戸謀死挙人	『詳刑公案』「董推府断謀害挙人」
	梢公謀死客商	『廉明公案』「楊評事片言折獄」
	僕人同謀家主	『詳刑公案』「陳府尹判悪僕謀主」
	兇僧強姦致死	『廉明公案』「張県尹計嚇兇僧」
	梢公黒夜謀商	『詳刑公案』「呉推府断船戸謀客」
	郭推府判義猴	『廉明公案』「郭推官判猴報主」
	屠戸妬姦殺人	『廉明公案』「曹察院蜘蛛食巻」
	恤刑得夢鳴冤	『詳刑公案』「魏恤刑因鴉呪鳴冤」
	洪院因夢雪冤	『廉明公案』「洪大巡究淹死侍婢」

三巻 婚姻	両姨悔夢致訟	『詳刑公案』「趙県尹断両姨訟婚」
	指腹為姻悔盟	『詳刑公案』「蘇県尹断指腹負盟」
	剖判良賤為姻	『詳刑公案』「秦推府断良賤為婚」
	姻親誤賊悔盟	『詳刑公案』「戴府尹断姻親誤賊」
	因疾争親搆訟	『詳刑公案』「章県尹断残疾争親」
争占	二府断庶争家	『廉明公案』「滕同府断庶子金」
	代巡断謀嫡産	『詳刑公案』「韓代巡断嫡謀妾産」
	県主断棍争婦	『詳刑公案』「蘇県尹断光棍争婦」
	剖判二僕争鵞	『詳刑公案』「項県尹断二僕争鵞」
	巡捕辨断攘雞	『廉明公案』「秦巡捕明辨攘雞」
	州同断人争傘	『廉明公案』「金州同剖断争傘」
	教諭断瞞柴刀	『廉明公案』「武署印判瞞柴刀」
四巻 威逼	僧人将鍾覆士	『廉明公案』「邵参政夢鍾蓋黒龍」
	悟空威逼挙人	『廉明公案』「康総兵救出威逼」
	李氏疑姦逼夫	『廉明公案』「姚大巡判掃地頼姦」
	代巡恩豁程文煥	『詳刑公案』「晏大巡夢黄龍盤柱」
拐帯	典史判僧拐婦	『廉明公案』「戴典史夢和尚皺眉」
	判遊僧藏婦	『廉明公案』「黄通婦夢西瓜開花」
脱騙	観風考察賺賍	『廉明公案』「韓按院賺賍獲賊」
孝子	県主旌表孝子	『廉明公案』「謝知府旌奨孝子」
節婦	劉氏甘死不嫁	『詳刑公案』「周推府申請旌表節婦」

（13）

	『諸司公案』	『疑獄集』
一巻 人命	朱知府察非火死	寿隆疑火死（六巻）
	胡憲司寛宥義卜	憲司准首義卜（七巻）
	左按院肆赦誤殺	樊舎首誤殺（七巻）
	孫知州判兄殺弟	孫料兄殺（八巻）
	張県令辨焼故夫	張挙辨焼猪（一巻）
	韓廉使聴婦哀懼	韓滉聴哀懼（三巻）
二巻 姦情	彭理刑判刺二形	彭節斎額刺二形（八巻）
三巻 盗賊	顧県令判盗牛賊	憲之知牛主（三巻）
	柳太尹設榜捕盗	柳設榜牒（五巻）
	呂分守知賊詐喪	元膺知喪詐（二巻）
	韓主簿計吐桜桃	彦超立吐桜（三巻）
	路県尹判盗剗瓜	伯通舐鋤刀（四巻）
四巻 詐偽	王県尹判誣謀逆	王和甫校書（五巻）
	武太府判僧藏塩	行徳捕桑門（六巻）
	聞県尹妓屈盗辨	輿妓屈盗（七巻）
	商太府辨詐父喪	仲堪止大妄（二巻）
	杜太守察誣母毒	杜亜察誣毒（二巻）
	裴県尹察盗猟犬	裴均察盗犬（二巻）
	張主簿察石仏語	張輅察仏語（三巻）
	唐県令判婦盗瓜	唐公問筐篚（四巻）

五巻　争占
李太尹辨仮傷痕　李公験欅（八巻）
李太尹判争児子　李崇察悲嗟（一巻）
于県丞判争耕牛　次武各驅（五巻）
斉大巡判易財産　斉賢易財（五巻）
江県令辨故契紙　江辨紙裏（八巻）
彭知府断還資産　彭祥還貲（十巻）
邴廷尉辨老翁子　邴吉辨子影（二巻）
趙県令藉田舎産　趙和籍舎産（三巻）

六巻　雪冤
趙知府夢猿洗冤　趙知録禱天夢猿（六巻）
王司理細叩狂嫗　王罕叩狂嫗（九巻）
辺郎中判獲逃婦　辺其掲捕文（九巻）
袁主事辨非易金　袁相探情偽（二巻）

（14）注3の⑤に引く大塚論文では二十八則を今にとどめるというが、二十五則の誤。

（15）『律条公案』　〈依拠した作品〉

二巻　謀害　蘇侯断問打死人命　『廉明公案』「夏侯判打死弟命」
二巻　姦情　傅代巡断問謀娶殺命　『剪灯余話』「瓊奴伝」
三巻　強盗　丁太府断舟人劫財殺命　『剪灯余話』「芙蓉屏記」
六巻　謀産　推府断覇占家産　『廉明公案』「蘇侯判争家産」

（16）注2引孫氏書目、一四一頁。

（17）『明鏡公案』　〈依拠した作品〉

一巻　人命　朱太尊察非火死　『諸司公案』「朱知府察非火死」

一巻 索騙　崔按院捜僧積財　『疑獄集』巻五「崔黯捜帑」
二巻 姦情　陳大巡断強姦殺命　『詳刑公案』「陳大巡断強姦殺死」
　李府尹遺覘姦婦　『疑獄集』巻一「李傑覘婦姦」
三巻 盗賊　董巡城捉盗御宝　『廉明公案』「董巡城捉盗御宝」
　汪太守捕捉剪鐐賊　『廉明公案』「汪太守捕捉剪鐐賊」
　蔣兵馬捉盗騾賊　『廉明公案』「蔣兵馬捉盗騾賊」
　金府尊批告強盗　『廉明公案』「金府尊批告強盗」
　鄭侯審決強盗　『廉明公案』「鄭侯審強盗」
四巻 婚姻　王御史判姦成婚　『新編酔翁談録』「憲台王剛中花判」

（18）牟潤孫「新民公案」（一九五二、大陸雑誌第五巻第二期）の所説。

（19）『新民公案』　〈依拠した作品〉

一巻 欺昧　富戸重騙私債　『諸司公案』「趙県令藉田舎産」
　女婿欺騙妻舅家財　『廉明公案』「韓推府判家業帰男」
　羅端欺死覇占　『諸司公案』「江県令辨故契紙」
一巻 人命　呉旺磊算打死人命　『律条公案』「蘇侯断問打死人命」
二巻 謀害　猿猴代主伸冤　『廉明公案』「郭推官判猴報主」
三巻 頼騙　争子辨其真偽　『諸司公案』「李太尹判争児子」
四巻 姦淫　江頭擒拿盗僧　『廉明公案』「戴典史夢和尚皺眉」
四巻 覇占　兄弟争産訐告　『諸司公案』「斉大巡判易財産」
　追究悪弟田産　『諸司公案』「彭知府断還資産」
　佃戸争占耕牛　『諸司公案』「于県丞判争耕牛」

隣舎争占小駒　『諸司公案』「余県丞判争子牛」

（20）『耳譚類増』五十四巻、明・王同軌撰。原書『耳譚』を増補分類して万暦三十一年に成った。ここでは南京図書館蔵本によった。

『新民公案』　〈依拠した作品〉

三巻 頼編　争鵞判還郷人　『耳譚類増』「臨江守銭公」

判人争盗茄子　『耳譚類増』「典史決獄」

三巻 伸冤　剖決寡婦生子　『耳譚類増』「閔選部理冤」

（21）『龍図公案』第十話「接渡跡」、第九十七話「甃器灯盞」

（22）『新刻摘選増補註釈法家要覧折獄明珠』四巻、万暦三十年清波逸叟序刊本、内閣文庫蔵。

（23）『居官公案』　〈依拠した作品〉

1断問強姦／告欺姦・訴・海公判　『耳譚類増』「成都守魯公」／『折獄明珠』告欺姦・訴・鄭公審語

2僧徒姦婦／告打死妻命・訴・海公判　『耳譚類増』「林公大合決獄」／『折獄明珠』告為妹伸冤・訴・孫侯審語

3姦婦失節明節／告強姦堕胎・訴・海公判　『耳譚類増』「朱省郎決東明獄数事」之三／『折獄明珠』強姦堕胎・訴・張侯審語

4姦姪殺媳抵命／告強姦寡婦　『耳譚類増』「定遠獄」／『折獄明珠』告強姦寡婦

5姦夫殺客為女有他姦／告人命・訴・海公判　『耳譚類増』「臨海令決獄」／『折獄明珠』告打死弟命・訴・夏侯審語

6決東明郷劉松冤事／告　『耳譚類増』「朱省郎決東獄数事」之一／『折獄明珠』告打死妻命・訴・馮侯審語

打死妻命・訴・海公判
7拾坯塊助撃／告殴傷・訴・海公判　『耳譚類増』「朱公決刑台獄数事」之二／『折獄明珠』告殴傷・訴・駱侯審語
8断問誣林姦拐／告強姦・訴・海公判　『耳譚類増』「朱公決刑台獄数事」之三／『折獄明珠』告強姦・訴・孔侯審
9断問通姦　『耳譚類増』「伯兄純甫決蘇獄二事」之二
10勘饒通夏浴訟　『耳譚類増』「孫公勘欧陽家訟」
11謁城隍遇猪跪吼　『耳譚類増』「天柱令朱公断豕」
12断贋金　『耳譚類増』「田華容」
13姦罵求羅不与　『耳譚類増』「朱省郎決東明獄数事」之四
14仇囑誣盗／告窃盗・訴・海公判　『耳譚類増』「伯兄純甫決蘇獄二事」之一／『折獄明珠』告窃盗・訴・李公審
15楊咸匿兄産／告欺死瞞生・訴・海公判　『耳譚類増』「宝坻令張公断獄」／『折獄明珠』争家産・訴・蘇侯審語
18許巡検女鳴冤　『新民公案』「断問駅卒殺命」
19風掀轎頂　『新民公案』「捉拿東風伸冤」
20告退親・訴・海公判　『折獄明珠』告退親・訴・許公審語
21告窃盗・訴・海公判　『折獄明珠』告竊盗・訴・朱公審
24夫撻婦為有姦　『耳譚類増』「傒司理」
27断問冤児報仇　『百家公案』63「判僧行明前世之冤」
28七月生子為先孕　『耳譚類増』「李邵武決獄」

31 断姦僧　『新民公案』「江頭擒拿盗僧」
35 告打死僕命・訴　『折獄明珠』告打死弟命・訴
36 謀挙大事　『新民公案』「判問妖僧誑俗」
37 姦夫命占妻　『百家公案』8「判姦夫誤殺其婦」
38 姦夫盗銀　『百家公案』9「判姦夫窃盗銀両」
39 捉円通伸蘭姫之冤　『百家公案』20「伸蘭嬰冤捉和尚」
40 謀夫命占妻　『百家公案』28「判李中立謀夫占妻」
41 開饒春罪除姦党　『百家公案』16「密捉孫趙放龔人」
42 判明合同文約　『百家公案』27「拯判明合同文字」
43 通姦私逃謀殺婦　『百家公案』36「孫寛謀殺董順婦」
44 仮給弟兄謀命奪財本　『百家公案』38「王万謀併客人財」
45 通姦謀殺親夫　『百家公案』39「晏寔与許氏謀殺其夫」
46 匠人謀陳婦之首飾　『百家公案』42「屠夫謀黄婦首飾」
47 判燭台以追客布　『百家公案』11「判石牌以追客布」
48 為友伸冤以除姦淫　『百家公案』52「重義気代友伸冤」
49 姦婦淫婦共謀親夫之命　『百家公案』64「決淫婦謀害親夫」
50 開江成之罪而誅呉八　『百家公案』66「決李賓而開念六」
51 周氏為夫伸冤告張二　『百家公案』60「究巨擺井得死屍」
52 開許氏罪将猫徳抵命　『百家公案』67「決袁僕而釈楊氏」
53 決何進貴開趙寿　『百家公案』71「証児童捉謀人賊」
55 判誤妻強姦　『廉明公案』「劉県尹判誤妻強姦」

56烏鴉鳴冤　『新民公案』「断拿烏七償命」
57黄鶯訴冤報恩　『廉明公案』「黄県主義鴉訴冤」
58白昼強姦　『廉明公案』「海給事辨詐称命」
59判給家財分庶子　『廉明公案』「滕同府断庶子金」
60判家業還支応元　『廉明公案』「韓推府判家業帰男」
61揖捕剪鐐賊　『廉明公案』「汪太府捕剪鐐賊」
63判姦僧殺妓開釈詹際挙　『廉明公案』「蘇院詞判姦僧」
65判頼姦誤姪婦縊死　『廉明公案』「姚大巡判掃地頼姦」
66判狐疑殺妻　『廉明公案』「譚知県捕以疑殺妻」
67開李仲仁而問江六罪　『諸司公案』「孟院判因姦殺」
71判謀陥寡婦　『諸司公案』「顔尹判因姦殺命」

(24) 明・琴堂臥龍子彙編『新刻平治館評釈蕭曹致君術』六巻、大木文庫蔵。『居官公案』の文書十三件とは、第三、四、六、七、十四、十六、二十、二十一、三十三、四十七、五十一、六十、七十回に載せられたもので、『蕭曹致君術』では、賊盗・姦情・人命・婚姻・騙害・継立類にそれらを載せ、時に「考是」の項を設けて『居官公案』の話を要約している。

(25) 注3の⑤に引く大塚論文の所説。

(26) 注8に引く根ヶ山論文参照。

第三節　説話の創作と伝承――北宋から現代まで

一　はじめに

包公説話は、宋代以来、現代に至るまで伝承され、語り物・小説・演劇・口承伝説など多様な形式を取る作品群を生み出した。特に現代の演劇のテキストはかなり多数に上るが、従来「迷信」的要素を多分に含むという理由から、「内部発行」資料として中国の研究者以外の目に触れることは少なかった。しかし「改革開放」政策が学術界にも浸透した今日、外国の研究者もこうした内部資料を閲覧することが可能となった。また各省別の『中国戯曲志』や、地方劇の劇目辞典も編纂されている(1)。

著者はこれまで中国の図書館に蔵する説唱文学や地方劇のテキストを収集し整理してきた(2)。本節では、民間文学としての包公説話の特色を押さえながら、その創作と伝承の実態を歴史的に概観してみたい。

二　包拯生前の説話とその伝承

〔牛舌案〕

包公の裁判説話は、『宋史』本伝に記載されたいわゆる「牛舌案」のように歴史的事実とされるものもあるが、そのほとんどが創作であることは周知のとおりである。

「牛舌案」は、明の小説『百家公案』91「卜安割牛舌之異」（『龍図公案』49「割牛」）に伝承される。小説では、包公が知謀をめぐらせて犯人をおびき出すため被害者に舌を切られた牛を殺して売らせ、巡官（=捕 bu →卜 bu）が女子を鞍に乗せる（=安）の夢を見て、犯人が卜安と推察し、賞金目当てに密告した卜安を捕らえるというように、公案風に仕立てている。

三　南宋の説話とその伝承

南宋の説話の中では、包公は一般的な司法官として登場し、犠牲者の亡霊を審問したり知謀を駆使したりする話は少ない。

〔太平銭〕

女子の亡霊が愛する男子を追いかける。ただこの説話を包公説話として伝えるのは小説『百家公案』だけである。

南宋・羅燁『新編酔翁談録』甲集巻一に『太平銭』、徐渭『南詞叙録』「宋元旧篇」に『朱文太平銭』を記録する。

『永楽大典』巻一万三千九百八十九「戯文」巻二十五では、『朱文鬼贈太平銭』を記録する。銭南揚輯録『宋元戯文輯佚』（一九五六、上海古典文学出版社）には、福建戯『朱文太平銭』（油印本）の梗概を記載するが、包公は登場しない。また女子は亡霊ではない。

なお大梨園『朱文走鬼』五場では[3]、王行首は朱文に娘一捒金が亡霊だと告げるが、一捒金が自ら亡霊ではないと説明し、朱文は信じて科挙に及第した後に結婚する。包公は登場しない。

『百家公案』99「一捻金贈太平銭」は、こうした内容を改編して包公説話とし、女子一捻金を亡霊とする。

四　元の雑劇とその伝承

元の雑劇[4]に至ると、権門の犯罪を裁き、死者の訴えを聴き、知謀を用いて事件を解決する、神通力を有する包公像が形成される。

〔留鞋記〕

書生が化粧品店の娘に恋をして、無用の化粧品を買い続けるが、逢瀬に遅れて後悔し自殺する。だがその一途な感情が天を感動させ、男女は結ばれる。

曾瑞卿『王月英元夜留鞋記』（『元曲選』収）は、劉宋・劉義慶『幽明録』「買粉児」（『太平広記』巻二百七十四「情感」引）に由来する話であり、宋では話本『郭華買脂慕粉郎』（『緑窓新話』[5]収）があった。「買粉児」は、情感による男女の不思議な結合を描く。

話本『郭華買脂慕粉郎』は「買粉児」と字句が類似しており、踏襲したことが明らかである。ただ男子は情交して絶命するわけではない。女子の情に感じて復活する話でもない。男女の結婚を仲介する人物として宿の主人が登場する。

雑劇『王月英元夜留鞋記』は、話本のストーリーを発展させ、女子が積極的に男子に恋文を書く恋愛譚として「買粉児」の情感説話を継承する。観音が男子を復活させて、包公が男女の仲介者となる。また無関係の僧が冤罪を被る話として公案の性格を強め、包公が捕吏張千を雑貨商に扮装させ、鞋の持主である月英を捜し出して事件を解決する。

明の万暦年間の小説『百家公案』第62回「汴京判就臙脂記」では、月英がはじめ郭華の戯言に激怒するが、のちに後悔して侍女の勧めで東街霊祭〔済〕廟での密会を約束する。しかしまた母親に発覚するのを恐れて行かず、最後に元宵節で母が出かけたあと相国寺で会うなど、『西廂記』の趣向を取り入れている。相国寺の僧は連行されるのではなく、郭華が中毒死と見てハンカチと鞋を持って開封府に自首する。包公は月英の供述を聴いて自ら検屍に行き、上京した郭華の父親が従者李二から事件を聞いて死体を確認に来る。郭華は包公が銀鉀で探って復活させ、包公の仲介で月英は郭華に嫁ぐ。

これを同時期の弋陽腔『臙脂記』四十一齣（文林閣刊）と比較すると、郭華が霊済大王の神籤を引く、月英が侍女を通じて恋文を渡す、包公が銀鉀で探るなどの場面が小説と類似するが、郭華の母親が子を心配して死んだり、山賊黄勇が慈悲深い郭華の父親に報恩したり、太白金星が土地神に郭華の死体を護らせたりする場面は小説にない。明刊閩南戯曲『満天春』には「郭華買胭脂」「相国寺遇酔不諧」二齣を収録する。なお明・祁彪桂（一六〇二〜一六四五）『遠山堂曲品』雑調「胭脂」には、小説では郭華は復活せず遺子をのこすという。

小梨園『郭華』六齣（蔡尤本口述、福建省閩南戯実験劇団一九五七年七月抄）(6)は、明刊『満天春』を継承するが、相国寺の土地神（浄）が登場し、寺院を汚すとして釈迦から郭華（生）と月英（旦）の密会を妨害するよう命じられ、また宿世の縁があるとして月下老から二人の密会を成就させるよう命じられたため困惑する。土地神は、郭華が酔って土地神の鼻をもいだので、霊魂を奪って郭華を眠らせ、男女の密会を妨害する。包公（浄）は土地神の託宣で二人の縁を知り、結婚の媒酌を勧める。

莆仙戯小戯『郭華』三場（『福建戯曲伝統劇目索引』一輯、福建省文化局編印、一九五八）でも、郭華と玉英が相国寺で密会を約束するが、伽藍神が寺院を汚さぬよう郭華を眠らせ、郭華が酔いから醒めて後悔し、自害しようとする場面で終結する。

莆仙戯本戯『郭華』六場（『福建戯曲伝統劇目索引』三輯）では、神が郭華を眠らせるわけではない。包公は土地神に郭華の霊魂を捜させ、西天の如来に会って郭華と玉英の姻縁を知ると、甘露水を与えて郭華を復活させ、玉英を自分の養女として郭華に嫁がせる。郭華は状元に及第して玉英と結ばれる。

閩劇小戯『買胭脂』二場（『福建戯曲伝統劇目索引』一輯）では、郭華が月英の母の不在時に結婚を約束する場面で終結する。

南詞『祠会』（『福建戯曲伝統劇目索引』二輯）では、郭懐が元宵節に王月英と土地祠で密会を約束するが、郭懐が友人と飲酒して土地神を殴ったため、土地神が郭懐の耳に眠り虫を入れて月英と会えなくする。郭懐は月英の鞋を見て後悔する。

〔烏盆記〕

元雑劇『玎玎璫璫盆児鬼』（『元曲選』収）は、包公が盆礶趙と妻撇枝秀に殺害されて素焼き鉢にされた商人楊国用の霊魂を裁く奇話であるが、主人公は包公（外）ではなく、仲介役の張別古（正末）である。夫婦に誅罰を加えようとする窰神も出現する。鉢が三度目に始めて包公に告訴できるところに民話の形式が見られる。

道光四年『慶昇平班戯目』には『烏盆記』を記載する。

車王府曲本に京劇『烏盆記』四出がある。窰神は出現しない。鍾馗が趙大夫妻の目をえぐり、心臓を喰う。

同内容の作品に牌子曲『烏盆計』（『奇冤報』）がある。

弋陽腔『断瓦盆』二場（王徳洪手抄本、白川校勘、江西戯曲伝統劇目彙編、弋陽腔第二集、一九六〇、七一～八七頁）では、鍾馗は証人として招来されるが、趙大夫妻を喰い殺すわけではない。張別古が包公の顔を見て鬼王だから訴えないと言う。

京劇『烏盆記』七場（戯典、民国三十七年、上海中央書店、五八三～六〇〇頁）では、趙大が犯行を目撃した判官（鍾馗）の目をくりぬいたため、判官は閻君に上奏に行く。劇は包公が捕吏に東大窪の趙大の連行を命じる場面で終結する。

京劇『烏盆記』五場（京劇彙編第九十一集、一九六二、北京出版社、七五～九六頁）でも、包公が捕吏に趙大の連行を命令する場面で終結する。

邕劇『審烏盆』三場（廖卜孫発掘・李墨馨校勘、広西戯曲伝統劇目彙編、邕劇第四十九集、広西僮族自治区戯曲工作室編、一九六二、一二三～三七頁）はほぼ同内容であるが、被害者を湖南長沙府の商人劉志昌とする。捕吏甲乙が趙大を連行するため知謀をはたらかせ、趙大の門前で手跌と練跌を宝器だと言って趙大を騙してその手に掛け、包夫人が髪梳きの手伝いを求めていると言って李氏を騙して連行する。

湘劇高腔『鍾馗顕聖』一場（杜金奎抄本、素耕校勘、湖南戯曲伝統劇本第四十二集、湘劇第十三集、湖南省戯曲研究所主編、一九八三、一二一～一二六頁）では、張別古は素焼き鉢を洗うと声を出し、桃の木で祓うと煉瓦が降るため、城隍に祈る。包公は漕州太守であり、劉世昌の霊魂が包公の赤い官印を恐れるので青紗を掛けたうえで法廷に入らせる。包公は鍾馗を招来して裁判を託し、鍾馗は七星剣で趙大を斬り殺す。

青陽腔『瓦盆記』二十五出（都昌査士玉曲本、北萱等校勘、江西戯曲伝統劇目彙編、青陽腔一集、一九五九、二九～四九頁）では、包公の出身から述べていき、「仁宗認母」説話も含む。包公の母は善人であり、大嫂は出現しない。

＊

明説唱詞話『説唱包龍図公案断歪烏盆伝』（一四七二、北京永順堂刊）は、雑劇に基づく語り物で、被害者の身分を商人から書生に変える。包公は三十戸の窯戸に黒い鉢一個を献上させ、歪んだ黒い鉢を別の黒い鉢に換えて、各戸に自分の黒い鉢を持ち帰らせる。耿兄弟の父だけが残ると、兄弟に褒美を与えると欺いて誘い出し、逮捕する。だが兄弟に拷問を加えても自白しないため、捕吏潘成を楊宗富の亡霊に扮装させて脅し、犯行を供述させる。

詞明戯『烏盆記』不分場（福建戯曲伝統劇目選集、詞明戯第一集、閩侯専署文化局・福建省戯曲研究所編印、一九六二・二、一七七～二〇六頁）は、同治九年（一八七〇）の抄記がある。包公の出身と並行して述べる。包公は轎の覆いを董大湾へ吹き飛ばした風王の捕縛を捕吏張成に命じる。張成は耿一から素焼き鉢を受け取る。鉢は入廷できないが、劉世昌の従者小二の霊魂が耿兄弟の犯行を証言する。包公は煉瓦で花瓶を作ると騙して耿兄弟をおびき出し、鉢と鍾馗の証言によって犯行を自供させ、文昌帝君の還魂丹で世昌を復活させる。

＊

小説『百家公案』87「瓦盆子叫寃之異」（『龍図公案』44「断烏盆子」）は「説唱詞話」の説話を継承するが、被害者を揚州の商人李浩、加害者を丁千・丁万とする。包公は定州（河北）府尹であり、丁兄弟の妻を騙して金の隠し場所を聞き出す。

明『断烏盆』（『曲海総目提要』巻三十六）では、これに包公が鍾馗を招来してその証言を得る内容を付加する。

歌仔冊『包公審尿湖〔壺〕』（民国年間、厦門博文斎書局）では、大道に尿壺を置いて商売している張老二が、犬が尿壺を割ったので丁山の家に買いに行く。丁山に殺害された李浩の霊魂は土地公に訴えて黒い鉢に入り、張が排尿するのを阻止して事情を話し、開封府尹の包公に訴えさせる。

洪洞道情『断烏盆』（中国戯曲志、山西巻、一九九〇、文化芸術出版社）は、元雑劇と『百家公案』のストーリーを融合する。商人李豪が酔って丁家の瓦窰に泊まり、丁家の二子に殺されて黒い鉢にされ、張別古を通じて定遠知県包公に訴える。

〔陳州糶米〕

陳州が慶暦三年（一〇四三）に飢饉に襲われ、当地の転運使（財務官）が小麦の価格を時価の二倍につり上げて農民に税金を納めさせたので、包拯が「請免陳州添折見銭」（『包孝粛公奏議』巻七）を上奏して仁宗に訴えたことに由来する説話である。

『包待制陳州糶米』（『元曲選』収）は、老年の包公が正末（主人公）として権力者とたたかう本格的な公案である。包公は乞食に変装して娼婦王粉蓮の驢馬ひきとなり、接官庁で酒肉を驢馬に喰わせて小衙内らを怒らせ、槐樹に吊されるが、張千に救出されて小衙内らを裁き、小懺古に命じて紫金鎚で小衙内らを打ち殺させる。

京劇『陳州糶米』六場（晏甬改編、『京劇陳州糶米』、一九五六、遼寧人民出版社）は雑劇を改編した作品である（「後記」参照）。

吉劇『包公趕路』（王肯改編、地方戯曲選編三、一九八二、中国戯劇出版社、一二一～一四六頁）では、包公を救出する人物を従者包興と四将王朝・馬漢・張龍・趙虎とする。

二人転『鍘国舅』（郭明非整理、群衆演唱材料『包龍図―伝統二人転集―』、一九八〇、春風文芸出版社、四四～五七頁）では、包公は娼婦玉蘭香の驢馬ひきに扮装して龐国舅の悪行を聞き出し、城隍廟で小別古の訴えを聴くと、八勇士に龐を捕らえさせて銅鍘で腰斬する。

豫劇『下陳州』九場（葉川・李翙整理、一九五六、河南人民出版社）も雑劇を改編した作品であり（「編記」）、農民張老漢の娘桂英を主人公とする。結末は包公が詔勅に従って曹国舅と桂英の双方を赦そうとするが、桂英が納得しないため曹虎と楊彪を処刑し、詔勅に「生者は罪を免れ、死者は究めず」とあるのを見て桂英を釈放する。桂英を主人公としたため、包公に遜色が見られる。

川劇胡琴『鍘四国舅』五場（蒲春田口述記録・呉暁雷口述本校勘、川劇伝統劇目匯編第二十二集、一九五九、四川人民出版社、二八一～二八三頁）では、包公は馬龍ら四国舅が酒色を好むと見て女楽を同伴し、遊郭の主人に変装して陳州に潜入すると、酔った四国舅を密偵に捕らえさせる。

＊

明の説唱詞話『陳州糶米記』では、飢饉救済に派遣されながら農民を苦しめる高官を四皇親（侯文異・趙皇親・馬孔目・楊）とし、若年の包公の活躍を描く。包公は王丞相の指示に従って、庶民・豪族・鬼神・皇族を処罰できる法物八種と保官十人を仁宗に要求してこの任務を承諾し、出発前に、曹皇后の鑾駕を借りて泰山廟に参拝する張皇妃を見て阻止するや、仁宗・張皇妃・曹皇后に罰金を科して飢饉救済に充てる。包公は秀才に変装して偵察し、趙省一、太康県令の子、黄伯兄弟、倉庫官、酒務の悪行をつきとめると、法物で悪人たちを断罪し、正当な穀物の配給を行う。

〔封相〕

この中で包公が陳州査察官に任命される場面は、後に独立して「封相」説話として上演される。

豫劇『封相』一場（楊振先口述・侯中伏抄録、河南省伝統劇目彙編、豫劇第八集、河南省劇目工作委員会編輯、一九六三、一二一～一二八頁）では、包公は托龍骨首相・龍頭擺尾大学士に封じられ、西涼国が献上した将軍（王朝・馬漢・張龍・趙虎・龍清・李貴・董超・薛覇）と四銅鍘を授けられる。
山東梆子『老包封相』一場（董世礼口述・張彭校訂、山東地方戯曲伝統劇目彙編、山東梆子三集、山東省戯曲研究室、一九八七、一七九～一九八頁）でも、仁宗は包公に西涼国が献上した将軍と油鍋・銅鍘を授ける。

〔打鑾駕〕

包公が皇后の鑾駕を見とがめる場面は、後に皇妃が国舅（兄弟）を庇うため包公の行く手をさえぎる「打鑾駕」説話となって分立する。

清道光四年『慶昇平班戯目』には『打鸞駕』を記載する。

京劇『打鑾駕』全串貫（車王府曲本）では、包公は馬妃だと知って鑾駕を粉砕し、仁宗に罰金を科し、君主を審問した自分の俸禄を飢饉救済の資金にあてる。また馬妃のわら人形を作って真言呪を唱え、力士に打ち殺させる。

秦腔『打鑾駕』一場（王淡如整理、秦腔彙編第一集、長安書店、一九五四、六一～八四頁）では、包公が鑾駕を打ち壊されたことを上奏に行く馬妃のあとを追って朝廷に向かうところで幕を閉じる。

湖北越調『打鑾駕』一場（胡金山述録、湖北地方戯曲叢刊第七十集、湖北省戯劇工作室、一九八四、二〇九～二一八頁）でも、同じ場面で幕を閉じる。

漢劇『打鑾駕』一場（呉楚臣校訂、湖北地方戯曲叢刊第二十四集、一九六〇、湖北人民出版社、一～一〇頁）では、包公は馬妃の鑾駕を打ち壊し、保官の支持の声を聞いて安心して陳州へ出発する。

川劇胡琴『打鑾清宮』二場（四川省川劇院抄本校勘、川劇伝統劇本匯編第二十集、川劇伝統劇本匯編編輯室、四川人民出版社、一九五九、二七一～二八五頁）では、包公は天神に馬妃のわら人形を打たせて馬妃を打ち殺す。

東路梆子『打鸞駕』五場（房源成口述・陳力軍校訂、山東地方戯曲伝統劇目彙編、東路梆子第七集、山東省戯曲研究室、一九

八七、七七〜一〇五頁）では、包公が張貴妃のわら人形を作り、出生八字を記して桃の枝で打つと、張貴妃は絶命する。四股弦『打鑾駕』四場（張克温口述、河北戯曲伝統劇本彙編第三集、河北省戯曲研究室編、百花文芸出版社、一九六〇、一六五〜一八三頁）でも、包公は張貴妃のわら人形に出生八時を書いて杖罪を科すことを要求するが、張妃の生死については述べない。

莱蕪梆子『打鑾駕』八場（胡慶松口述・李趙璧校訂、山東地方戯曲伝統劇目彙編、莱蕪梆子第九集、山東省戯曲研究室、一九八七、一五七〜一八七頁）では、包公は曹妃に打たれたふりをして宋王の前で論争し、曹妃のわら人形を作って出生八字を付けさせて桃の枝で打つと、小鬼が曹妃を打って命を奪う。

山東梆子『打鑾駕』一場（龐洪徳口述・張彭校訂、山東地方戯曲伝統劇目彙編、山東梆子三集、山東省戯曲研究室、一九八七、一九九〜二〇六頁）では、曹妃は西宮に鑾駕がないため宋王に訴えることを断念する。

桂劇『御街打鑾』三場（梅蘭香発掘・甘棠校勘、広西戯曲伝統劇目匯編、第五十九集桂劇、広西僮族自治区戯曲研究室編、一九六三、七三〜八二頁）では、包公の仇敵を龐洪とし、行く手を阻む皇妃を龐賽花とする。結末は、包公の処刑を断行しようとする仁宗に対して八賢王が先王の金鐧で反省を迫り、仁宗は龐妃を投獄する。

京劇『打鑾駕』四十場（李万春蔵本、京劇彙編第五十三集、北京市戯曲編導委員会編輯、一九五九、北京出版社、一〜七〇頁）では、『龍図耳録』（『三侠五義』）のストーリーを取り入れて、国舅龐昱が陳州の水害救済に派遣され、田啓元の妻金玉仙を強奪する話を演じる。

二人転『砸鑾駕』（郭明非整理、群衆演唱材料『包龍図－伝統二人転集－』、一九八〇、春風文芸出版社、二八〜四三頁）では、鑾駕に乗った龐妃が珍珠を包公に贈って素性を露呈する。結末は八賢王が金鐧にかけて包公を守り、皇太后に詫びに行かせる。

〔鍘包冕〕

後になると包公の甥包冕（勉）が収賄の罪を犯す話が挿入される。朱熹『五朝名臣言行録』巻八引『記聞』には包拯が罪を犯した母方の叔父を鞭打ったという。この話の源泉と言えよう。

『百家公案』82「剗児子為官之虐」に至ると、包公が直諫大夫のとき、実子包秀が揚州天長県令の任期を終えて帰郷するが、包公はその収賄を知って弾劾する。

こうした伝説が発展して、清道光四年には、包公が収賄した甥を処刑する『鍘包冕』（『慶昇平班戯目』）ができる。

京劇『鍘包冕』全串貫（車王府曲本）では、包冕は越州小沙（蕭山）県令であり、包拯の陳州行きを見送りに長亭に来るが、司馬（兵部尚書）の趙炳に収賄の事実を告白する。包公は包家の子孫が絶えることを憂えて包冕を許そうとするが、包冕から礼金を取れなかった趙炳から揶揄されたため、包冕を銅鍘で斬首する。

贛劇弾腔『鍘包勉』一場（波陽贛劇団蔵本、張思英・石毓琦校勘、江西戯曲伝統劇目匯編、贛劇弾腔六集、一九五九、一九〇〜二〇四頁）では、司馬を趙斌とする。

京劇『鍘包勉』一場（北京図書館蔵本、京劇彙編第五十三集、北京市戯曲編導委員会編輯、一九五九・三、北京出版社、七一〜九〇頁）では、包勉を岳〔越〕州蕭山県令とする。

邕劇『包公鍘姪』二場（陳少清発掘・李墨馨校勘、広西戯曲伝統劇目彙編、第五十集邕劇、広西僮族自治区戯曲工作室編、一九六二・七、二三七〜二四四頁）では、包勉は越州府蕭山県令であり、司馬趙炳に「田土案」「婚姻案」「賭博案」を裁いたこと、清官では食えないので貪官となったことを話す。

漢劇『鍘包貶』一場（呉楚臣述録、湖北地方戯曲叢刊、第二十四集漢劇、湖北地方戯曲叢刊編集委員会編輯、一九六〇・六、湖北人民出版社、一一〜二七頁。湖北戯曲叢書、第十七集漢劇、湖北省戯劇工作室編、一九八四、長江文芸出版社、一一〇〜一二

八頁）では、包貶は「賭博案」だけを述べる。

粤劇『包公鍘姪』一場（老天寿口述・鄭倫記録、陳仕元整理、粤劇伝統劇目叢刊第六集、一九五七、広東人民出版社）では、趙炳は小沙〔蕭山〕県令包勉から賄賂を受け取らず、包公も一旦は包勉を許すが、銅鍘を見て意を翻し、包勉を処刑する。「前記」には、この修正で趙炳・王延齢・包公の人物像や劇の主題が明確になったという。

なお粤劇『包公鍘姪』一場（老天寿口述・鄭倫記録、粤劇伝統劇目匯編第十四冊、中国戯劇家協会広東分会・広東省文化局戯曲研究室、一九六二）では、趙炳は包勉から賄賂を受け取らないが、包公が包勉を釈放する時、「不能治家、焉能治国」（家が治められず、国が治められようか）と諌めたため、包公は包勉を処刑する。

川劇『鍘姪』（民国年間、成都学道街□記書社）では、包勉を河南交乂府包承県令とし、包公は趙荀欽と王延齢の意見を退けて包勉を処刑する。

莆仙戯本戯『包拯』3（『福建伝統劇目索引』一輯）では、包公の甥を閩海県令包華とし、鄭万の妻柳金花と姦通した陳万春から賄賂を受け取って鄭を妻と離婚させる。鄭が国舅彦端陽に訴え、彦が包公の誕生祝いの席で披露すると、包公は怒って包華を処刑する。

＊

なお『龍図耳録』四十六～四十八回では、包三公子（包冕）が太原に参拝に行く途中だと称して山東観城県（曹州府）の胥吏趙慶に路銀三百両を要求する事件が起こり、龐吉は復讐の時が到来したと喜ぶが、実は包家から追放された家僕武吉祥が包冕の名を騙った犯行だとわかる。石玉崑は包家の名誉を回復するため『鍘包冕』劇を改編したと考えられる。

楚劇『包公鍘侄』（湖北地方戯曲叢刊第六十二集、湖北省戯劇研究室、一九八三、二三五～二七一頁）では、伍吉祥という人物が包勉の官印を奪って肖〔蕭〕山（浙江）県令となり、包公の送別に来て趙炳に収賄の罪を告白し、包公に処刑される。

続く楚劇『長亭訓弟』（同前、二七二～二八四頁）では、真の包勉が出現して母子が再会し、処刑された人物が偽の包勉だと判明する。

高甲戯本戯『賊知県』（『福建伝統劇目索引』二輯）でも、賊楊吉鳳が烏陣県で包敏の官印を奪って就任し、幕客黄通とともに政治を乱す。包公は楊を処刑するが、包敏が現れて母王氏の誤解を解く。

〔跪韓鋪〕

『鍘包勉』に付随して、包勉を処刑した包公が育ての親である嫂に詫びる話が創作される。

秦腔『赤桑鎮』一場（楊希文整理、西北通俗読物編委会、一九五四、長安書店）では、包公は大嫂呉篆卿の問責に対して、趙續が弟包勉の収賄を指摘し、証拠も確認したため処刑したと説明する。呉氏は悲しみが収まらず、包公が詔勅を迎えるのを妨げるが、一族が罪に問われると聞いて、はじめて包公を許す。

豫劇『跪韓鋪』一場（河南豫劇院二団演出本、陳憲章整理、一九八二、河南人民出版社）では、包公は呉月英に包勉の非道を告げて許しを請い、王朝・馬漢も跪いて詫びたため、月英も理解する。

淮北梆子戯『跪韓鋪』（一名『池塘俊』）六場（郝安栄口述、安徽省伝統劇目彙編、淮北梆子戯第六集、安徽省文化局劇目研究室、一九六二、一～一三頁）では、包勉は「儲けた金は使い切れず」と豪語したばかりに包公に処刑される。曹妃は御街で就任披露する包公に遇って鑾駕を毀され、宋王の審判によって包公に打ち殺されたため、包公の甥である包勉の命を奪う。趙炳は登場しない。包公は照妖鏡で曹妃を退け、県官に包勉の供養を命じる。包公はまた王朝・馬漢に跪かせて大嫂の許しを請う。勅旨によって包勉は神に封じられ、大嫂には生活が保障される。包勉は県官に憑依するが、母が認めないため消え、曹妃も県官に憑依するが、包公の桃木剣で斬られる。

ほぼ同じ内容の説話を演じる劇に以下の作品がある。

上党落子『赤桑鎮』四場（山西地方戯曲匯編第九集、上党落子専輯一、山西省文化局戯劇工作研究室編、一九八二、山西人民出版社）

漢劇『鍘侄打亭』（呉楚臣述録、湖北地方戯曲叢刊、第十八集漢劇、一九六〇、湖北人民出版社、六八～七四頁）

湖北越調『下陳州』四場（胡金山述録、湖北地方戯曲叢刊第六十八集、湖北省戯劇研究室、一九八四、一～三一頁）

莱蕪梆子『跪寒鋪』五場（胡慶松口述・李趙璧校訂、山東地方戯曲伝統劇目彙編、莱蕪梆子第八集、山東省戯曲研究室、一九八七、二六一～二九七頁）

山東梆子『跪韓鋪』六場（丁憲文口述・張彰校訂、山東地方戯曲伝統劇目彙編、山東梆子三集、山東省戯曲研究室、一九八七、二六九～二九四頁）

豫劇『下陳州』十一場（馮煥卿・邵干卿口述、河南省劇目匯編、豫劇第一集、河南省劇目工作委員会、一九六三、一一四～一四三頁）

〔包公賠情〕

以上の話では包勉の収賄について証拠が示されていないが、以下の話では包勉の悪行の証拠を明示して、嫂が包公を支持する話に改めている。

拉場戯『包公賠情』三場（金軍改編、拉場戯集包公賠情、一九六二、春風文芸出版社、一～一六頁）では、大嫂は包公が包勉を処刑したと聞いて悲しみ憤るが、一女子が包勉に結婚を強要され、その父張忠厚が打ち殺されたと聞いて納得し、包公を励ます。

二人転『包公鍘侄』（程喜発口述・耿瑛整理、伝統二人転集包龍図、一九八〇、春風文芸出版社、一〇〜一七頁）は、拉場戯『包公賠情』を参照した作品である。

吉劇『包公賠情』（地方戯曲選編三、一四九〜一六四頁）もほぼ同じ内容であるが、一女子の訴えとせず、沙県の民が多数訴えを起こしたとする。

二人転『包公賠情』（耿瑛整理、伝統二人転集包龍図、一八〜二七頁）は、吉劇『包公賠情』を参照した作品である。

〔審牌坊〕

包公が陳州へ向かう途中に、殺人事件を裁判する話を挿入する。

山東梆子『下陳州』三十場（董世礼口述・張彭校訂、山東地方戯曲伝統劇目彙編、山東梆子三集、山東省戯曲研究室、一九八七、二〇七〜二六八頁）では、包公は太康県で商人左連登が仲間伯順に殺害された事件を裁く。包公が石牌坊を打つと、牌坊神が伯順を捕らえて逃がさず、包公の甘言に騙された伯順が犯行を自供する。

豫劇『審牌坊』五場（馮煥卿口述、河南地方戯曲彙編、豫劇第一集、河南省劇目工作委員会編輯、一九六三、一四三〜一四九頁）では、学友焦三が劉秀三を殺害する事件とし、牌坊神は打たれて焦三に犯行を自供させる。

〔斬魯斎郎〕

関漢卿『包待制智斬魯斎郎』（『元曲選』収）は、「権豪勢要」魯斎郎が許州の銀匠李四の妻を強奪した後、鄭州の孔目張珪の妻を強奪して、李四の妻を張珪に与える。包公は魯斎郎を「魚斉即」と改名して斬首する。

京劇『智斬魯斎郎』（『京劇劇目辞典』）は、この説話を継承する。

明の説唱詞話『仁宗認母伝』には、「法場斬了魯皇親」という句が見え、この説話の可能性もある。

明の小説『百家公案』92「断魯千郎勢焔之害」では、秀才馬祐君が科挙を受験するため妻李氏を伴って上京し、鄭州中牟県の張家店に泊るが、転運使の子魯千郎が李氏に面会を求めて拒絶され、李氏を殴打したため、馬が知府包公に訴える。包公は賀詞を求めて魯を招待し、馬や庶民の訴状をもとに魯を斬首する。

貴池儺戯『章文顕』十出（安徽貴池儺戯劇本選、王兆乾輯校、一九九五、施合鄭基金会）は、あるいは説唱詞話を継承する作品かも知れない。蘇州の章文顕は科挙を受験するため妻劉百花を連れて上京し、鄭州で楊公の旅館に泊まるが、劉氏は魯王親に打ち殺される。包公は楊知府に魯王親の逮捕を命じる。楊知府は娘を魯に嫁がせると騙して捕縛して開封府へ送り、包公は魯を焼き殺す。

〔後庭花〕

女子の亡霊が書生を恋慕する。包公は隠語を解釈して被害者を発見する。

鄭廷玉『包龍図智勘後庭花』四折（『元曲選』）では、包公（正末）が主人公であり、女子王翠鸞が書生劉天義のために詠んだ「後庭花」詞の詩句「不見天辺雁、相侵井底蛙」から、翠鸞が井戸の中だと推理する。また翠鸞が劉に贈った桃花の簪が「長命富貴」の桃符であり、対になる「宜入新年」符を旅館の門口で発見し、井戸から翠鸞の死体も発見して、旅館の主人を殺人犯として捕らえる。

明・沈璟（一五五三～一六一〇）『桃符記』三十齣（清康熙抄本）は『後庭花』雑劇の改作である。殺害された裴青鸞が城隍の審判によって還魂丹で復活し、書生劉天儀と結婚する団円劇とする。

莱蕪梆子『桃符板』三十三場（奚鳳賢・趙興鳳・王慶傑口述、李趙壁校訂、山東地方戯曲伝統劇目匯編、莱蕪梆子第九集、山東省戯曲研究所編印、一九八七、五九～一五五頁）は、『桃符記』を継承した作品であり、書生を南京の劉田義、娘を河南湯陰県の裴公の娘慶鸞とする。

〔仁宗認母〕

雑劇『金水橋陳琳抱粧盒』（『元曲選』収）は、仁宗の出生説話を述べているが、包公説話となっていない。(7) 仁宗は即位して陳琳から真実を聞き、寇承御に官位を追贈し、李美人と劉后を皇太后とする。

明・姚茂良『金丸記』三十出（古本戯曲叢刊初集収、『曲海総目提要』巻三十九記載）は、雑劇を継承し、王昭君の趣向を取り入れている。太子は帝位につかず、郭槐は出現しない。真宗は河南刺史李佐の娘玉美人を女官に選定するが、宦官趙昇は肖像の眼の下に痣をつけて真宗に不吉と告げる。真宗が皇妃に金丸を拾わせたため、李妃に痣が無いことがわかるが、李妃は真宗の契丹出征を諫めて冷宮に監禁される。後に真宗は太子の庇護に功労のあった楚王の妻楊修儀を皇太后に立て、李妃を正宮とし、劉后を冷宮に監禁する。また廟宇を建てて寇承御を祀る。

柳子戯『抱粧盒』六場（一名『金水橋』、王福潤・李文遠口述、紀根垠校訂、山東地方戯曲伝統劇目彙編、山東梆子三集、山東省戯曲研究室、一九八七、二六一～二七一頁）では、郭槐は出現せず、寇承御が冷宮から太子を連れ去る。

*

明の『説唱足本仁宗認母伝』では、「抱粧盒」の場面はない。包公が陳州糶米の帰路、李妃の訴えを聴いて、天帝に仁宗の不孝を訴え、地獄を演出して郭槐に犯行を自供させる場面を新たに設定する。

清・石子斐『正昭陽』（雍正抄本、『曲海総目提要』巻二十九）は、包公説話ではないが、郭淮を出現させる。李妃が御陵の看守をさせられ、服毒して自害する悲惨な最期を遂げる場面で終幕する。

邕劇『夜審郭槐』十五場（蔣少斌発掘・李荷生校勘、広西戯曲伝統劇目彙編、邕劇第三十三集、広西僮族自治区戯曲工作室編、一九六一・五、一一七～一四三頁）は、「抱粧盒」と「仁宗認母」を結合する。

豫劇『鍘郭槐』十三場（林県大衆劇団述抄、河南地方戯曲彙編、豫劇第一集、河南省劇目工作委員会編輯、一九六三、一五一～一八八頁）では、太白金星が土地神に李妃を救助させ、土地神が扶溝県まで送って、地方張広才に命じて義母として扶養させる。

辰河高腔『拾金杯』（一九六三年黔陽地区辰河戯芸術遺産発掘組綜合抄本付印、李懐蓀・劉回春校勘、湖南戯曲伝統劇本第六十一集、辰河戯第十四集、湖南省戯曲研究所主編、一九八六、一〜五〇頁）では、包公が地獄を演出する場面を省略する。

桂劇『打龍袍』三場（一名『仁宗認母』、陳順民発掘・甘棠校勘、広西戯曲伝統劇目彙編、桂劇第五十九集、広西僮族自治区戯劇研究室編、一九六三・七、五九〜七一頁）は、辰河高腔『拾金杯』に類似する。郭槐を裁く場面はない。

桂劇『狸猫換太子』上集八場・下集七場（肖平武・陶業泰・劉文斌・劉広恒・黄頤整理改編、桂劇伝統劇目選第三集、広西壮族自治区戯劇研究室編、無刊記、二七三〜二九二頁）は、李妃と包公の結びつきを強め、物語の冒頭に、李妃が新状元の包公を祝賀した際に背中のこぶに触って棟梁の人材だと称賛する場面を設定する。劉妃は男子を出産するが、子は鞦韆から落ちて死ぬ。包公は定遠県で汚職した国舅郭登を処刑して帰還し、郭妃は復讐のため劉后の鑾駕を借りて包公の轎をさえぎる。劉后は摂政となり、大赦を行って郭妃を釈放し、包公に陳州放糧を命じる。包公は扶溝県の破窰で李妃に遇い、八賢王と陳琳の証言をもとに、八賢王の金鐧で仁宗の龍袍を打ち、郭槐と劉后を龍鳳の鍘で処刑する。

高甲戯本戯『狸猫換太子』二十五場（『福建戯曲伝統劇目索引』一輯）では、劉后が陳琳の果物かごを調べる時、土地神が妨害する。劉后の子が鞦韆から落ちて死に、八王の子が太子となる。郭槐が冷宮に放火するが、護法神が李妃を救出する。郭槐は陳琳を誣告するが、太子が郭槐を痛打して陳琳を救う。真宗は劉后の讒言を聴いて太子と陳琳を処刑しようとするが、八王が戒める。

梨園戯本戯『陳州賑済』八場（『福建戯曲伝統劇目索引』一輯）では、包公が紅菜嶺で李宸妃の訴えを聴き、五雷を鳴動させて仁宗に母と認めさせ、地獄を設定して郭槐を審問する。

閩劇小戯『下登州』一場（『福建戯曲伝統劇目索引』三輯）では、飢饉の発生地を登州とする。宦官郭槐が太子を連れ去って劉妃の生んだ公主と換えたため、怒った李妃が公主を殺して冷宮に監禁される。劉后は刑部劉忠に郭槐の審理を命じるが、包公は不正を疑って監督する。

〔打御〕

『打御』は、劉妃が寇承御を疑って陳琳に拷問させる場面を演じる。

『打御』全串貫（車王府曲本）には作中に「狸猫換主」の語が見え、太子を狸猫とすり替える話となったことがわかる。石派書『龍図公案』「打御」と内容が一致する。

山東梆子『拷打寇承御』（張玉河口述・張彭校訂、山東地方戯曲伝統劇目彙編、山東梆子三集、山東省戯曲研究室、一九八七、二六一～二七一頁）も同内容である。

楚劇『陳琳拷寇』（周行之・袁璧玉整理、湖北戯曲叢書第二十輯、楚劇芸術研究学会編、一九八四、長江文芸出版社、一四九～一六〇頁）では、冷宮の李妃が八賢王の三殿下を見て涙を流したことから郭槐と劉妃が疑念を懐き、陳琳に寇承御を拷問させる。

楚劇『捧盒盤盒』二場（原名『九曲橋』、周行之・袁璧玉整理、同前、一三一～一四八）は、郭槐と劉妃が李妃の出産した男児を狸猫とすり替え、寇承御に命じて九曲橋から捨てさせる。石派書『龍図公案』「盤盒」と内容が一致する。

〔断后〕

清の道光四年『慶昇平班戯目』には『遇后』『打龍袍』を記載する。『遇后』は包公が天斉廟で李妃の訴えを聴く話であり、京劇『遇后』（車王府曲本）と崑曲『草橋断后』（同）がある。

京劇『遇后』（車王府曲本）では、李妃は包公が状元に及第して後宮に来たとき見た後頭部のこぶを触り、包公と確認して訴える。包公は老婆を拝して動揺しないため李妃と知る。石派書「天斉廟遇后」と内容が一致する。崑曲『草橋遇后』（同）も同じ内容であるが、李后が太師包拯を確認する場面はない。湖北高腔『断后』不分場（黄善富・雷金魁・夏久亭述録、湖北地方戯曲叢刊、第十七集南劇、一九六〇・一、湖北人民出版社、二〇五～二一二頁）はこの話を継承している。

〔鍘郭槐〕

包公が首謀者の郭槐に罪を自供させる場面も独立して演じられることがある。

粤劇『包公審郭槐』（豆皮元口述・范細安記録、粤劇伝統劇目匯編第十四冊、中国戯劇家協会広東分会・広東省文化局戯曲研究室、一九六二、四九～六一頁）では、地獄裁判の場面を述べる。寇承御は死んでおらず、包公が閻君となり、寇珠と李妃に亡霊を演じさせて郭槐に罪を自供させる。

〔打龍袍〕

『打龍袍』では、包公は李妃の前で実母の存在を知らなかった不孝な仁宗の龍袍を打つ。

京劇『打龍袍』（車王府曲本）がある。京劇『打龍袍』六場（戯典第二集、民国三十七年〔一九四八〕、上海中央書店、五八三～六〇〇頁）は、これを継承する。

〔蝴蝶夢〕

関漢卿『包待制三勘蝴蝶夢』（『元曲選』収）では、権力者葛彪が王老人を打ち殺し、息子三人が報復して殺す。包公は母孟氏（正旦）が三男を自首させたため三男を継子だと疑うが、長男・次男が前妻の子で三男は実子だと知って感動し、馬泥棒の趙頑驢を代わりに処刑する。『曲海総目提要』巻一「蝴蝶夢」には、先行する記事として『列女伝』「節義伝」の斉義母の話を挙げる。

評劇『包公三勘蝴蝶夢』十一場（天津市評劇院改編、一九五九、宝文堂書店）では、目撃者周老漢を暗殺して油断した犯人葛三が開封府に出頭すると、包公は葛三の凶器を示して犯行を自供させる。

〔双勘釘〕

釘を脳天に打ち込む完全犯罪の話として、明・朱権『太和正韻譜』（洪武三十一年〔一三九八〕）「古今無名雑劇」に『包待制双勘釘』を記載する。乾隆期の唐英『双釘案』(8)は、悪妻が釘を用いて夫を殺害する完全犯罪の話（『龍図公案』18「白塔巷」）に民間説話を取り入れて、県令の悪妻が同じ手段で愚直な義弟を殺害して金亀を奪う話に変えた。焦循『劇説』巻四には、この劇が村中で上演されたと記載する。（詳細については、第二章第三節に述べた。）

〔林招得〕（「血手印」）

「血手印」説話は、明・徐渭『南詞叙録』（嘉靖三十八年〔一五五九〕）「宋元旧篇」に『林招得〔三負心〕』を記載する。（詳細については、第二章第三節に述べた。）

〔合同文字〕

元の雑劇『包龍図智賺合同文字』では、甥の父母が出稼ぎに出る際に伯父と約定を交わすが、甥の父母が死んで甥が帰郷すると、伯父の後妻が約定を奪って甥だと認めない。包公は知謀を用いて約定を取り返し、後妻を処罰する。

明の嘉靖刊『清平山堂話本』に収める話本『合同文字記』では、包公は伯父夫婦を処罰しようとするが、彼らを庇う安住の孝心に感じて、安住を陳留知県に推薦する。

万暦年間の小説『百家公案』27回「拯判明合同文字」は話本の内容を継承し、崇禎年間（一六二八〜一六四四）の小説『拍案驚奇』33巻「張員外義撫螟蛉子、包龍図智賺合同文」は雑劇の内容を継承する。

京劇『謀産奇判』（曾白融主編『京劇劇目辞典』、一九八九、中国戯劇出版社）では、劉祥の妻焦氏が安哥を甥と認めないため、包公が一計を案じて安哥の死を伝え、焦氏から合同文字を取り戻す。劉祥は焦氏と反目している。

〔包公捉風〕

包公が陰風を追って事件を解決する。

元・洪教授に雑劇『包待制捉旋風』がある（清『伝奇匯考標目』）。

明の説唱詞話『仁宗認母伝』には「也曾空里断狂風」と述べる。

現代の莆仙戯『包公捉風』（『福建伝統劇目索引』三輯）は、この説話を伝承した作品かも知れない。蘭欽が商売に出て碗窰で雨を避け、窰主の崇喬益に殺されるが、風が拘票（逮捕状）を吹き飛ばし、蘭の霊魂が崇を定遠県令包公の前に導く。

〔殺狗勧夫〕

京劇『殺狗勧夫』（『京劇劇目辞典』）は、元『楊氏女殺狗勧夫』雑劇を包公説話に改編した作品であり、包公が孫華を誣告した柳龍卿と胡子転を投獄する。

五　明の「説唱詞話」とその伝承

元曲における権力者の横暴を挫く話は明の「説唱詞話」(9)に至ってさらに展開し、『包待制出身伝』『陳州糶米記』『仁宗認母伝』『曹国舅公案伝』『趙皇親孫文儀伝』『張文貴伝』が創作された。

〔包公出世〕

『包待制出身伝』では、包公は富農の老夫婦の三男坊として生まれ、奇怪な容貌のために父母から見捨てられるが、嫂に養育されて学業を修め、文曲星の転生として朝廷に登用される。ここに包公は民衆の痛みを知り、天の支持を得た全能の人格を有する人物に昇格する。元雑劇では包公は「盧州金斗郡四望郷老児村人氏」と出身地を自己紹介するのみで、生い立ちについては語らなかったが、『包待制出身伝』は包公の幼時から説き始めている。

前掲の青陽腔『瓦盆記』、詞明戯『烏盆記』など、この伝説を取り入れた説話は少なくない。

四平調『小包公』九場（周建一改編、一九八一・九、河南人民出版社）では、石派書『龍図公案』（『龍図耳録』）とほぼ同じ内容であり、次男の嫁翠屏は包公をいじめる悪人であり、科挙に合格した包公は翠屏に頬打二十を加える。

彩調『大嫂盤叔』一場（韋炳興発掘・関元光記録・陳憲章校勘、広西戯曲伝統劇目彙編、第六十三集彩調、広西僮族自治区戯曲工作室編、一九六三・二、一二一～一二六頁）では、包公が十五歳で状元に及第して徐州官に任命された時、大嫂が試しにゆで卵を盗み食いした家人を捜させ、包公はうがいをさせて犯人を突き止める。

錫劇『春香偸蛋』（『錫劇伝統劇目攷略』、江蘇省文化劇目工作室編、一九八九、上海文芸出版社）では、これを包公が科挙受験に出発する前のこととする。

潮州歌『新造狄清上棚包公出世』十二巻十二回（李春記刻本）は、包公・狄青の誕生伝説から説き始め、包公が定遠県令の時、借金の抵当に人妻を強奪する劉剛、隣人の金を着服する張阿清、情婦何氏を殺害した康阿七を検挙して開封府尹に昇進し、月老仙師の託宣で清平県の張良材の娘桂枝と結婚し、秀才銭傑の妻秦氏を強奪した馬国舅を裁き、行く手を阻む馬妃の鑾駕を打ち砕いて陳州の飢饉救済に赴くなど、従来の伝説と異なる内容が多い。末尾は、龐洪と孫秀が狄家を迫害する話は「下部万花楼」をお聞きくださいと結ぶ。

莆仙戯本戯『包拯出世』八場（『福建戯曲伝統劇目索引』三輯）も石派書『龍図公案』（『龍図耳録』）から発生した説話であり、内容も似る。ただ王丞相ではなく、吏部李文業が包公を仁宗に引きあわせる。

莆仙戯小戯『包山落井』四場（『福建戯曲伝統劇目索引』一輯）では、包公を包山とする。包山の兄夫婦は財産を独占するため、包山を騙して井戸に閉じこめる。藍面大仙は文曲星（包山）を救出し、宝鏡を贈る。包山は金龍寺に泊まって監禁されるが、展昭らが救出する。

なお莆仙戯本戯『文子薇』八場（『福建戯曲伝統劇目索引』一輯）では文曲星を文子薇に換え、文が古廟に雨を避けて狐狸精を雷電から救い、瑤池に遊んで嫦娥に出会う話とし、包公は状元に及第した文を捜す役割をになう。

〔鍘曹国舅〕

『曹国舅公案伝』は、権勢を弄して庶民を苦しめる天子の外戚に対して知謀をもって立ち向かう包公の真骨頂をよく描写している。

好色な曹二国舅が鄭州の秀才袁文正を殺してその妻張氏を奪う。包公は旋風を追って曹家に入り、袁の亡霊の訴えを聴いて死を装い、弔問に来た曹二を捕らえ、曹母・曹后・仁宗の圧力に屈せず曹二を処刑する。

この説話は小説『百家公案』49「当場判放曹国舅」（『龍図公案』61「獅児巷」）として読まれた。

弋陽腔に『袁文正還魂記』（文林閣刊）がある。

梨園戯『誥命』九出（福建戯曲伝統劇目選集、梨園戯第三集、福建省戯曲研究所・福建省梨園戯劇団編印、一九六二、一～四五頁）では、被害者袁文正の亡霊が妻張玉英の夢に現れたり、包公が悪人曹二国舅の新婚の祝いに行ったりするなど、ストーリーにやや変化を加えている。

淮海劇『包公鍘国舅』十四場（一九六〇、北京宝文堂書店）では、被害者袁文承の妻韓美容が貞操を守る、妻が間違いなく包公に訴える、包公と曹母の熾烈な争いを省くなど、ストーリーを簡略化している。

泗州戯『井泉記』不分場（王広元口述本、安徽省伝統劇目彙編、泗州戯第六集、一九五八・五、九九～一四五頁）は、淮海

劇『包公鍘国舅』のストーリーに近いが、包公が被害者袁文枕を復活させるところが大きく異なる。妻韓美容は曹大国舅ではなく印鑑屋の女将に殺される。題目は曹二本が袁に勧めた「井泉杯」による。

柳琴戯『鉄板橋』十五場（倪志海口述・何麗校訂、山東地方戯曲伝統劇目匯編、柳琴戯第六集、山東省戯曲研究室、一九八七、一八三～三二七頁）は、泗州戯『井泉記』とストーリーが酷似する。妻韓芙蓉は曹二国舅と王店婆に二度殺される。題目は主人公原周同の出身地による。

祁劇『賀府斬曹』不分場（衡陽地区戯劇工作室編輯、湖南戯曲伝統劇本第二十集、祁劇第六集、湖南省戯曲研究所主編、一九八一、六〇～一〇三頁）では、二国舅曹定の犯罪を鶏児巷の民家破壊へと変える。

閩西提綫木偶戯『包公斬国舅』（『福建戯曲伝統劇目索引』三輯）では、国舅曹義が袁文振の妻韓月素を強奪する事件と周家を強奪する事件を並行して述べる。

莆仙戯本戯『孫歩雲』十二場（『福建戯曲伝統劇目索引』一輯）では、定遠侯曹英の弟曹雄が秀才孫歩雲の妻張氏と妾玉蓮を奪う話とする。

閩西木偶戯『曹仁修仙』（『福建戯曲伝統劇目索引』二輯）では、国舅曹仁は父が造花売りの女子を殺害して包文飛〔拯〕に殺され、弟も斬首されたため、南山で修行して後に李鉄拐に済度される。

閩劇本戯『火焼鳳凰台』（一名『鍘曹安』、『福建戯曲伝統劇目索引』一輯）では、国舅曹安が花艶香・柳淡青・杜秋娟三女子を強奪する話とする。刑部馬玉麟が包公に諮って曹安を処刑する。

〔大鰲山〕

被害者を田半城とする「大鰲山」説話では、曹無能が犯罪を犯す。

泗州戯『大鰲山』（一名『田半城打磚』）不分場（安徽省伝統劇目彙編、泗州戯第五集、一九五八・五、一五五～一九四頁）

では、書生田半城の妻羅鳳英が風神を怒らせて国舅曹無能にさらわれる。包公は陳州の飢饉救済から帰還して田の訴えを聴き、曹を酒宴に招いて鳳英と対面させ、田の訴状を見せて、曹を処刑する。

柳琴戯『大鰲山』不分場（姫玉周口述・何麗校訂、山東地方戯曲伝統劇目匯編、柳琴戯第七集、山東省戯曲研究室、一九八七、一～一一〇頁）は、泗州戯『大鰲山』に似る。国舅を曹五能とし、風神を韓祭仙、強盗を劉黒虎とする。書生は包公の学生である。包公は陳州で美人を強奪したと言って曹を騙し、曹が羅鳳英を呼び出すのを待って曹の罪を問い、詔勅を無視して曹を処刑する。

宝巻『呉彦能擺灯宝巻』（高台県、李文奇捜集、『河西宝巻真本校注研究』、方歩和編著、一九九二、蘭州大学出版社）では、呉彦能を宰相とする。包公は悪宰相を招待して羅鳳英の前で処刑する。鳳英は自害を図るが、黒虎神が田仲祥（半城）に知らせて救う。

〔紅灯記〕

書生を田子真とし、武宣王の犯罪とする。

弾詞『紅灯記全伝』不分回（民国七年刊）では、末尾に田の子の後日談を述べる。包公は武宣王を宴会に招待して羅会音・田子真と対面させ、その場で処刑する。後に子の田玉生は神から兵書宝剣・金盔金甲と宝馬を授かって洞番王を平定する。

辰河戯『紅灯記』（湖南地方劇種志叢書、湖南省戯曲研究所編、一九八八～九二、湖南文芸出版社）では、包公に代わって包夫人が田子才の妻を強奪した武宣王を裁く。

〔五長幡〕

柳琴戯『五長幡』不分場（姫玉周口述・何麗校訂、山東地方戯曲伝統劇目匯編、柳琴戯第七集、山東省戯曲研究室、一九八七、

一一一～一二二頁）では、国舅曹三本が書生呉迎春を殺して珍珠夜明簾を奪う。吏部王洪も呉の母張氏を殺し、妻王貴英に結婚を迫る。包公は曹三本と王洪を招待し、詔勅を無視して二人を処刑する。題目は貴英が尼姑を手伝って刺繍した朝廷の旗による。

〔張文貴伝〕

書生が科挙受験に上京する途中で山賊の娘に宝物を贈られるが、旅館の主人に殺害されてその宝物を奪われる。旅館の主人は宝物で皇太后の病気を治して高官を授かるが、包公は宝物で死者を復活させ、高官をおびき出して捕らえる。（詳細については第二章第四節に述べた。）

〔鍘趙王〕

庶民の妻を強奪する好色な皇族を非難する先行説話には、使君（趙王）が秦羅敷を誘惑する話を唱った相和曲「陌上桑」（『楽府詩集』相和歌辞）や、宋王が韓朋の妻を強奪する話を述べた敦煌変文『韓朋賦』（『敦煌変文集』巻二収）などがある。

包公説話では説唱詞話『師官受妻劉都賽上元十五夜看灯伝』が語られた。服飾店の子師官受の妻劉都賽が無断で灯籠見物をしたため、趙皇親の家に監禁されて師家に惨禍を招き、被害者の弟師馬相も孫文儀に殺される。包公は病死を装い、包夫人の協力を得て、趙王と孫文儀を開封府におびき出して捕らえる。

この話は『百家公案』48「東京判断趙皇親」（『龍図公案』11黄菜葉）に継承される。『百家公案』では、師馬相を師馬都に変える。灯籠見物を女性の悪徳としない。包公の知謀描写は簡略になる。

京劇『鍘趙王』（『京劇劇目辞典』）はこの説話を伝承する。

秦腔『鍘八王子』十三場（王淡如・張浩整理、一九五七・十一、長安書店）では、師官受・師馬都を司馬召・司馬都に

変える。趙王の側近を白文義に変える。妻は夫が殺されて自害する。司馬都は事件を知らず、偶然家僕に会って揚州に訴えたため白文義に打ち殺されるが、復活して開封府に訴えるのであり、家僕の忠義を強調しない。また包夫人も登場しない。

秦腔『鍘八王子』八場（陝西伝統劇目滙編、秦腔第八集、陝西劇目工作室、一九五九・十一、八一四～八五〇頁）は、王淡如・張浩整理本と似る。だが司馬都は揚州へ貿易に行くのではなく、兄照に命じられて揚州へ集金に行く。照の妻は家僕とともに灯籠見物をする。家僕は包公に訴えるよう都に示唆する。末尾には皇太后が登場し、包公を処刑しようとするが、仁宗が命がけで包公を護る。

豫劇『鍘趙王』五場（楊金玉口述・路継賢紀録・洛市劇目組校訂、河南地方戯曲彙編、豫劇、河南省劇目工作委員会編輯、一九五七、一九〇～二一七頁）は、忠僕張保が包公の銅鍘に横たわって命がけで趙王を訴える果敢さと、実弟司馬都が趙王を訴える勇気のなさを対照的に描く。孫文儀は出現しない。

河北梆子『包公鍘趙王』十場（蔣伯驥・劉文泉整理、一九六〇・一、北京宝文堂書店出版、四四頁）では、妻張蘭珍が老僕張勇の反対を押し切って弟文輝・妹玉珍を連れて灯籠見物したため事件に巻き込まれたとする。灯籠見物の混乱は趙王が引き起こしたとして趙王如意の非道を強調する。また妻の顔を傷つけるのは趙王ではなく自らとしてその貞節を強調する。だが包公が王侯の裁判に躊躇し、老僕が自害を図ってはじめて訴状を書かせるとする描写は、忠僕の存在を強調したものであるが、包公の剛毅さを損じている。

上党落子『司馬荘』十五場（晋東南専区上党落子劇団整理、山西地方戯曲選、中国戯劇協会山西分会、一九六〇・四、山西人民出版社、二四七～二九四頁）では、司馬召の妻は家僕張勇に嬰児を抱かせて灯棚を見物に行くとし、事件の発生を妻の責任としない。また妻は趙王を罵って顔を傷つけられ、さらに屋敷に放火されたため自害するとしてその貞節を賛美する。なお包公の護衛趙虎が登場して事件を開封府に報告する。

四股弦『鍘趙王』十五場（郭宝玉口述、河北戯曲伝統劇本彙編第三集、河北省戯曲研究室編、一九六〇、百花文芸出版社、二一九～二五一頁）では、司馬光の妻の弟愣睁が姉を灯籠見物に誘って拒否され、強引に幼児を奪って外に飛び出したため、妻と家僕張永が後を追って妻が事件に遭うと改め、妻が灯籠見物をしたため事件を引き起こしたという従来のストーリーを訂正する。さらに趙王が司馬荘に放火したため妻が火中に身を投じて死ぬとして、妻の烈しい気性を描く。張永は開封府の銅鍘を見ても顔色を変えない忠僕として描かれる。包公は夫人に協力を求め、病死を装って弔問に来た趙王を捕らえる。

淮北梆子戯『鍘趙王』九場（安徽省伝統劇目彙編、淮北梆子戯第十集、安徽省文化局劇目研究室編印、一九六二）では、司馬広が夫婦で灯籠見物をする。広はその場で殺されるとし、趙王の乱行を怒る群衆を登場させる。趙王が司馬荘に放火して広の弟は焼死するとし、広の弟の臆病を責める描写を削除する。また張永を広の岳父と改めて主人に対する忠義話とせず、包夫人が自ら趙王を誘い出す策略を考え出すと改める。

楚劇『包公智斬洛陽王』七場（郭景星、劇本選輯第六輯、湖北省戯劇工作室編印、一九八一・四）では、司馬広を玉石匠とし、洛陽王趙洪が玉璽を偽造して謀反をたくらむ話とする。また包夫人が趙洪から玉璽を奪うとして、その活躍を強調している。

上党落子『司馬荘』（『鍘趙王』）十五場（山西地方戯曲匯編第九集、山西省文化局戯劇工作研究室編、一九八二、五六二～六二九頁）も、妻が愚かな弟于楞に子供を奪われて外に出て事件に巻き込まれる話とする。また犠牲者司馬東夫妻の亡霊を出現させ、犯人に憑依して殺害し弟度に事件を知らせるとして、その怨念を描写している。末尾は家僕の忠義を称賛し、主人都と義兄弟の契りを結ばせる。

山東梆子『鍘趙王』二十一場（丁憲文口述・張彭校訂、山東地方戯曲伝統劇目彙編、山東梆子五集、山東省戯曲研究室、一九八七、一～六六頁）でも、妻王氏は愚かな弟精細を追って外に出たため趙王にさらわれる。夫婦の亡霊が悪人に憑依して殺害し、弟都に復讐を託す。家僕張用の忠義、包公の知謀も描写する。

莆仙戯本戯『司馬都』（『福建戯曲伝統劇目索引』一輯）では、弟司馬都は孫文僅に殺されて土地廟に捨てられるが、包公が復活させる。包公は冥界へ行って司馬受に会い、証言を得る。子金保が科挙に及第すると、包公は司馬受の妻を救った趙王の婢玉梅を金保に嫁がせる。

なお閩劇本戯『看鰲山』（『福建戯曲伝統劇目索引』二輯）では、清光緒年間の閩巡撫王凱泰（一八二三～一八七五）の公案とし、商人司馬受の妻楊小霞が鰲山を見物し、土豪曹景騰に拘禁される事件とする。

〔鸚哥行孝〕

人語を話す鸚哥の孝心を讃えた話。もともと仏教説話であり、北魏の吉迦夜・曇曜訳『雑宝蔵経』巻一「鸚鵡供養盲父母縁」には、過去世に雪山の鸚鵡が盲父母に果物を取って網に掛かるが、地主は孝心を称賛して許したと記す。明・晁瑮『宝文堂書目』には「白鸗行孝」を記録する。

明の説唱詞話『新刊全相鸗哥行孝義伝』は時代を唐代としており、包公説話ではない。隴州（甘粛）西隴県の沙羅樹に住む鸚哥が父を亡くした後、母を養うため茘枝を取りに行くが、猟師に捕まって知府に売られ、朝廷に献上される。天子はその題詩に感心して解放するが、すでに母は餓死しており、天帝は鳳凰を喪主として百禽に葬儀を司らせ、鸚哥は観音に従って南海に住む。

宝巻『鸗哥孝母宝巻』（民国年間、上海広記書局）も包公説話ではない。鸚哥は杭州知府に売られ、朝廷に献上される。母の葬儀の後、天子の恩に感じて自害し、金翅鳥として観音に仕える。

河西宝巻『鸚哥宝巻』（段平纂集『河西宝巻選』、一九九二、新文豊出版公司）では包公説話とするが、観音は登場しない。また鸚哥が天子を罵るなど、かなり改編された形跡が見える。

なお『鸚哥宝巻』（光緒七〔一八八一〕、常州楽善堂刊）は、『鶯哥孝母宝巻』とかなり異なる。包公説話ではない。梗概は鄭振鐸編『中国文学研究』（一九二七、商務印書館）に載せる。鸚哥は猟師に捕まって勧孝文を念じて人々を教化するが、母鸚哥はその間に死んでしまう。任員外にさらわれた鸚哥は籠を飛び出して西域に逃げ、円通教主に救われる。父母は人間に転生し、鸚哥は観音に従って南海に行く。ほかに『鸚哥宝巻』（同治十一年〔一八七二〕、金陵邵立陞刊）がある。(10)

なお湖南唱本『鸚哥記』七回（彭延坤口述・魏傑整理、一九八五、湖南人民出版社）は異なる説話である。威烈侯の子孫陳龍が猟師劉興の飼う鸚哥を強奪しようとたくらむが、劉夢景に妨害されたため、夢景になりすまして兵部王洪の娘碧桃を娶ろうとする。碧桃は陳龍を疑うが、王洪は陳龍を信じて夢景を訴える。最後は包公が巡按使として陳龍を処刑する。

六　小説『百家公案』とその伝承

万暦年間には小説刊行の風潮が高まり、包公案においても『百家公案』という小説が編纂された。(11)ここにおいて「説唱詞話」の説話は小説として吸収され、また本来包公案ではなかった説話、たとえば『太平銭』（『新編酔翁談録』、『永楽大典』戯文、『南詞敍録』）、『郭華買脂慕粉郎』（『緑窓新話』）、『洛陽三怪記』（『清平山堂話本』）、『崔君瑞江天慕雪』（『南詞敍録』）なども包公案に改作されて、百にのぼる説話が創作された。その中で第二十六回「秦氏還魂配世美」は、現代最も流行する「秦香蓮」説話の骨格をほぼ具えているし、「林招得」（七十八回）、「鯉魚精」（四十四回）、「五鼠鬧東京」（五十八回）、「白狗精」（八十八・八十九回）も、後世良く知られた説話となる。また包公が天長県令の息子包秀を弾劾する話（八十二回）は、清官としての包公をよく描写しており、後に有名な『鍘姪』劇を形成することとなる。

〔審康七〕

『百家公案』8「判姦夫誤殺其婦」（『龍図公案』63「斗粟三升米」）は、妻姜氏と姦夫康七が河南商水県の商人梅敬の殺害を共謀する話で、神が神籤で主人公に災難を警告し、包公が推理によって犯人を捕らえる。

粤劇『包公審康七』十二場（以文堂刻本、粤劇伝統劇目匯編第十四冊、中国戯劇家協会広東分会・広東省文化局戯曲研究室、一九六二・三）では、妻姜氏は共犯者ではなく被害者である。包公は閻魔に頼んで姜氏を暫時復活させ、事件の真相を証言させて、康七を清風鍘で処刑する。

〔判梧桐〕

『百家公案』10「判貞婦被汚之冤」（『龍図公案』53「移椅倚桐同翫月」）では、書生査彝が新婦尹貞娘に詩才を試されて果たせず、話を聞いた学友鄭正が貞娘を姦淫する。包公は臨穎県（河南）を巡察し、女子が対句を詠む夢を見たため、査彝に事情を聞いて鄭を逮捕する。

京劇『包公夜審殷貞娘』（『龍図公案』53「移椅倚桐同玩月」、『京劇劇目辞典』）は、小説と同内容である。

閩劇『包公判梧桐』（『福建伝統劇目索引』第一輯）では、尹雪貞が結婚初夜に夫査怡の詩才を試して後悔し、鄭正に犯されて自害する事件（『龍図公案』53「移椅倚桐同翫月」）の前に、雪貞の弟良英が父秉桂の留守中に財産強奪を謀る伯父尹秉蘭の後妻によって誘拐されたため、母田氏が悲観して自害する事件を述べ、包公が雪貞の冤魂の訴えを聴いて二つの事件を同時に解決する奇談とする。

〔秦香蓮〕

『百家公案』26「秦氏還魂配世美」は『秦香蓮』説話を記録した最初の小説である。（詳細については第二章第一節で述べた。）

〔玉連環〕

『百家公案』28「判李中立謀夫占妻」（『龍図公案』65「地窖」）では、好色な李中立が百日血光の災を避けて訪ねて来た金本栄を迫害し、その妻江玉梅に結婚を迫るが、本栄の父母が山神廟に吉凶を占って玉梅に再会し、包公に訴える。

閩劇小戯『玉連環』（『福建伝統劇目索引』三）はこのストーリーをほぼそのまま継承する。

〔平妖伝〕

『百家公案』41「妖僧感摂善王銭」では、包公は東京の善王太尉が銭三千貫を代州の弾子和尚に喜捨したと聞き、妖僧と知って狗羊の血をつけた矢で捕らえる。和尚は逃亡して王則の叛乱に加わるが、最後に処刑される。

『三遂平妖伝』第十一～十三回（二十回本）では、官に通報した果物売り李二を弾子和尚が相国寺の旗に吊す場面がある。弾子和尚は諸葛遂智となって王則討伐に加わる。

張大復『井中天』は小説『平妖伝』を戯曲化した作品である。梗概は『曲海総目提要』巻二十八に載せる。

秦腔『平妖伝』（陝西省芸術研究所蔵蒲天信口述抄録本、『中国梆子戯劇目大辞典』、一九九一、山西人民出版社）では、旦子和尚は王則に離反して宋軍に投降する。包公は文彦博を平妖に推挙し、文は九天玄女と天将の神助を得て王則の叛乱を平定する。

〔双包記〕

『百家公案』44「金鯉魚迷人之異」（『龍図公案』51「金鯉」）では、鯉魚の精が女子に変身して書生を追いかける。（詳細については第二章第五節で述べた。）

〔五鼠鬧東京〕

『百家公案』58「決戮五鼠鬧東京」（『龍図公案』52「玉猫」）では、鼠の妖怪が清河県の書生施俊に化けて妻何賽花と夫婦となる。五匹の鼠は王丞相、仁宗、国母、包公に化けたため、包公が天帝に会って雷音寺の玉面猫を借り、五鼠を退治する。

『双包記宝巻』（宣統元年〔一九〇九〕抄本、樹徳堂恒記）は、この話をほぼそのまま伝承する。金星が被害者の病気を治す。また鼠五だけが逃げるとして、この世に鼠がいる理由を説明する説話としている。

湖北越調『五鼠鬧東京』三十二場（湖北省戲工室蔵本、湖北戲曲叢刊、湖北越調、湖北戲曲叢刊編集委員会編輯、湖北人民出版社、一九八四、二七九～三一六頁）では、楊家将の話を中に挿入し、鼠大の率いる北国龍黎城軍が楊文広の降龍木で敗れるとする。

閩西提綫木偶戲本戲『鬧東京』（『福建戲曲伝統劇目索引』三輯）では、地蔵王が逃げた大鼠を地空に落としたため永久に転生できなくなるとして、鼠が地上にいる由来説話とする。

莆仙戲本戲『五鼠精』十場（『福建戲曲伝統劇目索引』一輯）では、如来が孫悟空に白玉猫を貸して五鼠精を退治させる。

〔水涌登州〕

『百家公案』59「東京決判劉駙馬」（『龍図公案』12「石獅子」）は仏教的な洪水説話であり、殺生する人間が溺死して善行を好む人間が救われ、動物が恩を忘れず殺生する人間が恩を忘れるという主旨を述べる。登州市頭鎮には善人がおらず、崔長者だけが善行を施したため、石獅子の目から血が流れて大雨が降り出すと村人は溺死し、長者は船で避難する。長者は猿と鴉を救い、肉屋の子劉英も救うが、劉英は駙馬となりながら長者の子を投獄する。救った猿は慶に食物を運び、鴉は家信を長者に送る。包公は劉英に水を勧めて洪水を思い出させ、長者の前で断罪する。

黄梅戯『水涌登州』不分場（胡玉庭口述本、安徽省伝統劇目匯編、黄梅戯第六集、安徽省伝統劇目研究室編、一九五八・五、一一三～一三九頁）は、この説話をほぼそのまま演じる。

〔斬李強〕

『百家公案』61「証盗而釈謝翁冤」（『龍図公案』34「妓飾無異」）では、強盗李強が謝家に侵入して嫁蘇氏を殺害した後、江佐の家に隠れて捕まり、新婦の医者だと強弁する。包公は娼婦を新婦に変装させて李を試し、李が新婦を知らないことを証明する。

閩劇小戯『包公斬李強』（『福建伝統劇目索引』第三輯）では、包公は江家で捕らえた李強の盗品の中に蘇氏の衣服を発見し、李を審問して蘇氏殺害を自供させる。

〔陰陽報〕

『百家公案』63「判僧行明前世冤」（『龍図公案』71「江岸黒龍」）では、西京城外の旅館の主人程英が殺した成都の僧江龍が、程の子惜に転生して程に復讐する。包公は江岸に黒龍が現れる夢を見て宿泊記録を調べ、程を捕らえる。

両夾弦『陰陽報』六場（劉尚啓口述・朱剣校訂、山東地方戯曲伝統劇目匯編、両夾弦八集、山東省戯曲研究所編印、一九八七、二〇三～二三四頁）では、和尚姜龍を殺した犯人を、長安の旅館の主人張伯古ではなく、記帳した旅館の傭人陳英とする。釈迦が僧に転生を命じ、旅館の主人が包公に訴える。包公が僧の死体に陳七の血を垂らすと血が骨に浸透し、僧が陳七の前身だと判明する。

〔唖子分家〕

口が利けない弟の財産を兄が強奪する。

『百家公案』86「石唖子献棒分財」（『龍図公案』48「唖子棒」）では、老人が石唖子に代わって兄石全が財産を弟に分与しないと訴える。包公が唖子に石全を打たせると、石全は思わず弟が打ったと訴えて欺瞞を露呈する。

閩西木偶戯『唖子分家』（『福建伝統劇目索引』第二輯）では叔父夫妻が唖子を弁護する。包公を滄州定海県令とする。

秦腔『劉貢爺説書』（陝西省芸術研究所蔵李徳遠口述抄録本、『中国梆子戯劇目大辞典』）では石全を弟とし、兄石安の妾侯氏が石全に戯れた事件とする。包公は王延齢に審理を託され、劉貢爺の説書を聴いて真実を知る。

〔捉老虎〕〔白狗精〕

包公の前では猛虎もおとなしく縛につくという主旨の説話。明の説唱詞話『仁宗認母伝』に「山里大虫勾来到」という句があり、あるいはこの説話の可能性もある。

『百家公案』88「老犬変作夫主之怪」89「劉婆子訴論猛虎」では、虎が犬の妖怪を喰う話に展開する。定州の富商王十の飼い犬が王十に化けて妻周氏と夫婦になる。老婆の子劉太は猛虎に喰われ、捕吏黄勝・李宝が土地廟で令状を焼くと、鬼神が虎を捕らえる。虎は王十に喰いつき、王十は白犬に変わる。

清の道光四年『慶昇平班戯目』には『神虎報』を記録する。

潮州歌『白狗精全歌』（民国年間、潮州義安路李万利刊）では、嵩山の白狗精が荊州感孝県の施俊の妻を見て、施俊に変化して妻を争う。城隍廟の判官が包公に虎が白狗を喰う夢を見させたため、包公は樵を喰った虎に白狗を喰わせる。結末は施俊が虎を「虎爺」として祭るとし、福建における「虎爺」由来説話としている。

桂劇弾腔『双劉全井』四場（唐仙蝶発掘・王𡑆校勘、広西戯曲伝統劇目彙編、第五十八集桂劇、広西僮族自治区戯曲工作室編、一九六二・六、七七～八七頁）では、被害者を壺職人の劉全井とする。宛平県令包公が照妖鏡で白狗精を捕らえる。

劉が生まれた子に狗児と名づけるといい、犬祖由来伝説とする。虎は出現しない。

秦腔『白狗争妻』（陝西省芸術研究所蔵甘清栄口述抄本、『中国梆子戯劇目大辞典』、一九九一、山西人民出版社）では、捕吏劉崇英が妻王氏と外出した時、白狗精が追跡し、劉の不在を見て王氏に戯れ、帰宅した劉と妻を争う。劉は開封府に訴える。

*

徽劇二簧『拿虎』二場（安徽省伝統劇目匯編、徽劇・皮簧巻第三集、安徽省文学芸術研究所編、一九八三・九、五二一〜六四頁）では、捕吏裕徳山を主人公として滑稽劇を演じる。虎が白狗を喰う場面はない。包公は虎を王婆の養子とし、義虎と呼ぶ。

秦腔『捉老虎』（陝西省芸術研究所蔵李徳遠口述抄本、『中国梆子戯劇目大辞典』）も徽劇『拿虎』に似る。捕吏を茹徳山、王婆の子を協児とする。

秦腔『包公審虎』（丁希貴口述本、甘粛伝統劇目匯編第十七集、一九八四、甘粛人民出版社）では、樵を王暁泉、母を康氏、捕吏を呉徳山とし、包公は観衆から銅銭を徴収して康氏の生活費に充てる。

七　明の戯曲とその伝承

戯曲の分野では、崑曲に明・沈璟『桃符記』がある。元雑劇『後庭花』を改作して、殺害された裴青鸞を包公が復活させ、書生劉天義と結縁させている。こうしたハッピーエンドは民間戯曲に歓迎され、これ以後、地方劇では概ね包公が犠牲者を復活させることが一般的となった。弋陽腔には『観音魚籃記』『袁文正還魂記』『高文挙珍珠記』『胭脂記』（いずれも文林閣刊）があり[12]、明・祁彪佳『遠山堂曲品』には「雑調」としてさらに『剔目』（佚[13]）『瓦盆』を記載する。

この中で『高文挙珍珠記』は、宰相温閣が状元高文挙を婿に強要して夫婦の仲を引き裂く事案を裁く話で、『琵琶記』を包公案化した作品と言える。

〔高文挙〕

『高文挙珍珠記』では、洛陽の高文挙は王百万の娘金真と結婚するが、状元に及第すると宰相温閣が強引に女婿とし、妻との離別を迫る。温氏は夫を尋ねて上京した金真を婢として酷使するが、高は糲（粘り米）の中に珍珠があるのを見て、婢が金真だと悟る。包公は温閣を弾劾し、金真に温氏を婢として酷使させる。

莆仙戯『高文挙』（一名『珍珠米糷記』、一九五五年、朱国福整理改編、『中国戯曲志』福建巻）は、『珍珠記』をほぼそのまま継承する。

弋陽腔『合珍珠』二十二場（省戯校編劇班校勘、江西戯曲伝統劇目匯編、一九六一）では、王員外は高文挙の父が負債を遺して死去したにもかかわらず娘金真との結婚を許す寛大な人物である。太白金星が猛虎を出して上京する金真と弟を引き離し、金真を温家に導く。夫妻は前後して包公に訴える。

潮劇『掃窓会』（上海芸術研究所・中国戯劇家協会上海分会編『中国戯曲曲芸詞典』、一九八一、上海辞書出版社）は、『珍珠記』の一齣で、金真が窓拭きをして高に会う場面を演じる。

蒲州梆子『花亭会』（『中国梆子戯劇目大辞典』）では、高は妻王梅英と一緒に逃亡して包公に訴える。

秦腔『花亭相会』（清代同州清義堂刊、『中国梆子戯劇目大辞典』）では、高の妻を張梅英とし、花園で再会して、玉環を証拠に夫妻と認めあう。

河北梆子『夜宿花亭』（『中国戯曲志』河北巻）では、高の妻を従姉張美英とする。

郿鄠『花亭会』（李卜口述本、陝西伝統劇目匯編、郿鄠第一集、『中国劇目辞典』）でも、高の妻を従姉張梅英とする。梅英が高に文章を教えて科挙に合格させる。

木魚歌『新出大宋高文挙珍珠記』四巻四十三回（酔経堂機器板、譚正璧・譚尋『木魚歌・潮州歌叙録』、一九八二、書目文献出版社）では、温丞相の娘を連金、高の妻を黄珍珍とする。

＊

これに対して『高文挙還魂記』（一名『水雲亭』、同治八年伝抄、『中国戯曲志』安徽巻）では、温女を悪女とせず高に嫁ぐとする。また妻王貞貞が温太師に毒殺されると改め、包公が審理して貞貞を復活させる。

梨園戯『高文挙』十齣（『中国戯曲志』福建巻、一九九三、文化芸術出版社）はこの内容に似るが、太師殷炯の娘殷金は悪女であり、高の妻王玉真を酷使したため、太師が叱責して玉真に陳謝させ、夫婦を団円させる。テキストに小梨園『高文挙』十齣（蔡尤本口述、福建省閩南戯実験劇団一九五五年五月抄、泉州地方戯曲研究社編『泉州伝統戯曲叢書』第二巻、一九九九、中国戯劇出版社）がある。

潮州歌『新造宋朝明珠記全歌』五巻五回（潮城府前街瑞文堂蔵板、『木魚歌・潮州歌叙録』）では、宰相温其徳の娘瑞珠は温の陰謀を知らず、金真も許して姉妹の仲となる。

閩劇本戯『状元出家』（『福建伝統劇目索引』三輯）は、この説話の変型である。楊正魁が状元に及第して宰相陳玉雲から入婿を強いられ、冤罪で流罪となった水春仁を救うため承諾する。十三年後に、子升官が出家した楊と遇い、包公に訴えて一家は団円する。

〔水牢記〕

『陳可中剔目記』は明・徐渭『南詞叙録』「本朝」に記録する。明・祁彪桂（一六〇二～一六四五）『遠山堂曲品』雑調「剔目」には鄭汝耿作とし、「包公按曹大本、反被禁於水牢。此段可以裂眦。」（包公は曹大本を調べて逆に水牢に監禁される。この一段を見るとまなじりが裂ける）と記している。

祁劇高腔『水牢記』（一名『訪東京』）八場（湖南戯曲伝統劇本第二十八集、祁劇第七集、湖南省戯曲研究所主編、一九八二、一～三八頁）は、この説話を伝承する。曹大本は桑摘みをする書生陳可忠の妻韓兆真に戯れ、陳を侍女殺しで誣告して広東に流刑とする。包公は曹を罵って水牢に監禁され、周万婆に逃亡を幇助させる。曹は万婆の目を刳り取るが、包公が治療して、曹を狗頭鍘で処刑する。

梨園戯本戯『劉大本』十一場（『福建伝統劇目索引』第一輯）では、国舅劉大本が秀才陳可忠に金を貸して証文を改竄し、その妻田氏を奪う。包公は水牢に監禁されて、食事を運んだ呉氏とともに逃亡する。包公は捕吏李虎が劉に捕らえられたため劉家に陳謝に赴き、劉が見送りに出たところを捕らえる。

八　明の話本とその伝承

〔三現身〕

明・馮夢龍編『警世通言』十三巻「三現身包龍図断冤」では、奉符県（山東）の押司（捕吏）孫文が妻と姦夫小孫に殺害される話で、包公は犠牲者の亡霊の示した隠語を解いて事件を解決する。

清代に至ると、浦琳がこれを題材に揚州評話『清風閘』を語る。李斗『揚州画舫録』（乾隆六十年（一七九五）刊）巻九「小秦淮録」によると、浦琳は右手が短く捩《ねじ》れていたため「抝《ひっ》子」（捩れ者）と呼ばれ、茶店の老婦に賭博を教わって大金を稼いで借家も経営し、老婦の甥が評話を練習するのを聞いてこれに習熟すると、「皮五」に仮託して自分の経歴を題材に『清風閘』を語ったという。

浦琳の評書は小説『清風閘』四巻三十二回（嘉慶二十四年〔一八一九〕刊）として伝わった。作中の侍女迎児を死者の前妻湯氏の娘孝姑に変え、後妻強氏が前妻の娘を虐待するが、死者が遺児を庇護して、夫である無頼の皮五臘子を改心させ、善行によって巨富を得させる話としており、民間説話の色彩を帯びている。包公は最後に登場して、城隍廟で被害者の夢を見て孝姑の訴えを聴き、姦通した男女を捕らえる。

浦琳の後、龔午亭らを経て八代目の余又春が継承すると、『皮五辣子』（一九八五、江蘇文芸出版社）という義侠心に富む無頼皮五を主人公とする話に改編した。全体は「成親」「混窮」「過年」「転運」「出逃」五部四十二話から成る。たとえば第十五話「仮扮夫妻」では、皮五は夜中に銀行の前で泣いている婦人を見て同情するや、銀行の経営者金二胖子がけちで金を貸すはずがないため一芝居を打ち、自ら重病の夫の役を演じて、婦人に大声で泣いて銀行の前で叫ばせ、金二が驚いて門を開けると中に倒れ込んで死んだふりをし、婦人に棺桶代の三吊銭（三千文）を騙し取らせる。

九代目楊明坤の評話『皮五辣子』（一九九二、江蘇省文化音像出版社）は、このストーリーの中に、皮五が夜中に外を歩くのが怖いため歌を唱ったり、躊躇しつつも婦人に仮の夫婦を演じようと提案したり、婦人を泣かせようと苦心したり、倒れた自分の上に婦人が被さったため狼狽したりする場面を挿入して、独特の人物像を創造して聴衆を魅了した。

九　小説『龍図公案』とその伝承

明末には小説『龍図公案』が編纂された。『百家公案』を吸収し、他の明代の公案小説集『廉明公案』『詳刑公案』などを包公案に改作し、包公が地獄に赴いて閻羅として裁判を行う話も十二話創作して、あわせて百篇としている。この小説集は「三言二拍」のように、『蒙求』形式に対を成して話を編集して流行したため、『百家公案』は読まれなくなった。

〔白布楼〕

書生を楼上に招いて密会した女子が悪僧に殺害される。

『龍図公案』1「阿弥陀仏講話」では、徳安府孝感県（湖北）の秀才許献忠が白布を伝って楼上に上り、肉屋の娘蕭淑玉と半年間情交を続けるが、娘が誤って僧明修を引き上げて姦淫を迫られ、拒絶して殺害される。包公は捕吏と娼婦に亡霊の声を出させて明修を脅して犯行を自供させる。

黄梅戯『白布記』不分場（余海仙抄本、安徽省伝統劇目匯編、黄梅戯第六集、安徽省伝統劇目研究室編、一九五八・五、一四一～一六三頁）では、定遠県（安徽）での事件とし、書生は密会を約束するが、その前に娘が僧に殺されていて、姦通の罪を犯さない。包公は天斉廟で亡霊の夢を見、知謀を用いて僧を捕らえ、すり鉢にかける。包公の妹が死者に代わって書生に嫁ぐ。

黄梅采茶戯『白布楼』十場（項雅頌述録、湖北地方戯曲叢刊、第六十一集黄梅采茶戯、湖北省戯曲工作室編印、一九八三・十、二二三～二五九頁）も黄梅戯『白布記』に似る。

東路花鼓『白布楼』十場（戴桂亭述録・董譲斎校訂、湖北地方戯曲叢刊、第三十九集東路花鼓、湖北省戯曲工作室編、長江文芸出版社、一九八一・三、一三九～一六六頁）も黄梅戯『白布記』に似る。包公は学友田子茂の証言で許献忠が冤罪だと考える。包公は醜貌のため、陰陽扇で顔を被って淑玉の霊魂の訴えを聴き、僧職は処刑を免除されると騙して自供させ、僧をすり鉢にかける。

高甲戯『白布記』九場（洪金鎖口述、福建戯曲伝統劇目選集、高甲戯第二集、福建省戯曲研究所編、一九六二、五一～六一頁）では、開封府の事件とする。娘雪玉の父蕭甫汗は男女の間柄を知りながら許汗忠との結婚に反対する。娘と姦通した書生は家僕に屎尿を浴びせられる。包公は娘の親を非難して許を養子に迎えさせる。

〔龍宝寺〕

悪僧が寡婦に恋慕して情交を迫り、拒絶されて首を切って殺害したことから冤罪事件が発生する。

『龍図公案』31「三宝殿」では、福建福安県の章達徳が、亡弟達道の妻陳順娥が龍宝寺の僧一清に殺害されて冤罪を被る。娘玉姫は父を救うため自害して首を提供するが、巡按包公は順娥の首ではないと断じ、妻黄氏を龍宝寺に遣って一清が三宝殿に隠した首を奪わせる。家族が命がけで父の容疑を雪ぐ感動的場面を描写するが、包公は指図するだけで活躍する場面は見られない。

柳子戯『龍宝寺』十場（鄭蘭亭口述・紀根垠校訂、山東地方戯曲伝統劇目彙編、柳子戯第七集、山東省戯曲研究室、一九八七、七七～一二二頁）では、安陽県（河南）での出来事とし、同じく包公が容疑者張大徳に被害者陳月娥の首を要求し、娘秀娘が縊死して首を提供する悲惨な事件を引き起こす。

桂劇弾腔『節孝坊』二十三場（広西戯曲伝統劇目彙編、桂劇第二集、広西僮族自治区文化局戯曲工作室編、一九六〇・四、一九七～二三七）では、悪僧梵歴和尚が曹元方の妻徐月娘を誘拐し、書生張忠の弟信の妻順娥を殺すという二つの事件を交互に述べて、新しいストーリーを構成する。長眉寺に侵入した盗賊夜月郎が監禁された曹元芳を救出し、包公が寺に踏み込んで梵歴を斬首する。

秦腔『節孝祠』（陝西省芸術研究所蔵謝煥章口述抄録本、『中国梆子戯劇目大辞典』）では扶徳県の出来事とし、悪僧を三宝寺の僧益清、県令を尹佐唐、大徳の娘を玉已とする。またこの事件の後に、魯学曾が戸部尚書古剣史の娘勿秀と婚約し、貧乏で婚約破棄を迫られ、従兄梁尚秉が学曾の名を騙って勿秀の貞操を汚す事件（『古今小説』2「陳御史巧勘金釵鈿」、『今古奇観』24）を述べる。包公は二事件を同時に解決し、魯を梁の妻田桂英と結婚させる。

〔雨傘記〕

『龍図公案』55「奪傘破傘」（『廉明公案』下巻争占「金州同剖断争傘」）は、無頼の邱一所が羅進賢の傘に入って自分の傘だと主張する話であり、包公は傘を半分に引き裂いて分けた後、二人を追跡させて、羅が包公を罵るのを知って持主だと断じ、邱に傘を弁償させる。

高甲戯『雨傘記』（『福建伝統劇目索引』一）では、包公は傘の奪い合いを調停する。

〔長生像〕

『龍図公案』77「扯画軸」（『廉明公案』下巻争占「滕同府断庶子金」）では、太守の倪守謙が遺産を妾梅氏の子善述に分与するため、行楽図に遺書を隠して清官に解読を託す。包公は倪の霊魂がそばにいると装って、梅氏の敷地に隠された大金を善述の財産とする。

『曲海総目提要』巻二十七には清・李玉『長生像』を記録し、小説「滕大尹詭断家私」（『古今小説』巻十）の提要を記載して、滕府尹を包拯に換えたと説明する。

〔借衣記〕

『龍図公案』84「借衣」（『廉明公案』上巻姦情「陳按院売布賺賍」）では、進士趙士俊が沈猷との婚約破棄を謀ったため、娘阿嬌が母田氏に相談して沈猷に結納金を贈ろうとするが、沈猷が従兄王培に衣服を借りに行き、王培が沈猷の名を騙って阿嬌と同衾する。包公は商人に変装して王培に布を売り、田氏の財物を得て王培を打ち殺す。趙は王培と離婚した遊氏を養女とし、沈猷を婿とする。

越劇『借衣記』二十一場（周維新発掘、伝統劇目匯編、越劇第二集、上海市伝統劇目編輯委員会編、一九五九・一、上海文芸出版社、七九〜一一四頁）では、従兄王友成に賭博の借金があったとする。また書生沈有が従兄の帰りを待てず娘趙玉珍の家に向かうとして、悲哀を増幅させる。従兄が妻李氏に犯行をうち明ける場面を設け、李氏の証言で事件は解決する。李氏は沈有に嫁がず、亡夫の母を孝養する。

十　清の戯曲とその伝承

『曲海総目提要』によれば、清代の戯曲には清初蘇州派の作品が多い。

〔陰陽錯〕

朱佐朝『四奇観』（『曲海総目提要』巻二十五）「財案」では、土地神が東珠の命を取りに来るが、西珠が東珠と生年月日が同じであり、土地神の腕を折ったため、西珠の命を奪う。東珠の兄銭不廃は占い師仇邋遢が予言を誤ったとして殴り殺す。東珠は牡丹の下で西珠を救おうとする。竈神は土地神に誤認を報告させ、閻羅は男女を復活させるが、男女の霊魂は身体を取り違える。銭は西珠が気が狂ったと誤解し、東珠を西珠の婚約者箇日章に嫁がせると、仇が突入して箇の背信を責める。西珠も銭を殴って殺人を責める。包公は伏陰枕と赴陰床に寝て閻羅となり、西珠と仇の霊魂を元の身体に戻す。

桂劇『陰陽錯』不分場（艾光卿発掘・黄槎客校勘、広西戯曲伝統劇目彙編、桂劇第十四集、広西僮族自治区戯曲工作室編、一九六一・五、二七三〜二九二頁）は、『四奇観』「財案」によく似る。判官が前世で密会した林二姑と偽りの占いをした羅伯孔を捕らえさせる。土地神は二姑が祭ってくれるので、籤票（逮捕状）の文字を「林一大姑」と改竄し、大姑が死亡する。判官は土地神の不正を知って二姑を捕らえようとするが、大姑が承知しないため二姑の寿命を延ばす。羅は判官の過ちを玉皇に訴えると脅し、九九の寿命を勝ち取る。羅と大姑が土地廟を焼くと脅すと、土地神は男女の霊魂を入れ替えて復活させる。包公は二人を絞殺して還魂床に置き、元の身体に蘇生させて、土地神を海外の兵役に充てる。

邕劇弾腔『双土地』十二場（蒋少斌・陳秀嬌発掘、何簡章校勘、広西戯曲伝統劇目彙編、第四十集邕劇、広西僮族自治区戯曲工作室編、一九六一・五、二五七～二八一頁）も桂劇『陰陽錯』に似る。大姑は自分の蟋蟀を嚙んだ土地神に侮辱を加える。恨んだ土地神は簽票を改竄して田基踣（南寧一帯で鬼の隠語）に大姑を連行させる。包公は復活した大姑を戒め、占い師羅半仙を転業させる。

なお柳茂腔『風箏記』十二場（魏文声校訂、山東地方戯曲伝統劇目匯編、柳茂腔第一集、山東省戯曲研究所、一九八七、一～四七頁）は、同じく「借屍還魂」説話であるがストーリーは異なり、書生張文生の婚約者畢美栄が自害して張に取り憑き、呂洞賓の助力で劉金定の身体を借りて復活する。包公は死体を還魂床に置いて撥魂杖で復活させ、状元に及第した張に二女を嫁がせる。

〔瑞霓羅〕

朱佐朝『瑞霓羅』（『曲海総目提要』巻二十七）は、『龍図公案』「地窨」の流れを汲む作品であり、曲阜の夔吉が斗母宮の瑞霓羅を咸陽の悪友陳温故に奪われて盗賊と誣告される。陳の娘緋桃は夔の妻易氏を庇護し、老僕が夔の次子順を逃がす。陳は夔の長子容を誣告するが、包公が咸陽を視察して子順の訴えを聴き、県獄を偵察して真相を明らかにする。容は緋桃を娶る。

蒲州梆子『瑞羅帳』二十三場（山西地方戯曲資料、伝統劇目彙編、第一集蒲州梆子、山西省文化局戯曲工作室編、一九五九・四、一九八～二五八頁）では、人物を大梁の奎吉、長子栄、次子瑞、咸陽の陳文古、娘粉桃とする。途中に科挙受験のため上京した長子栄が許四礼とその娘秀紅の美人局に陥るストーリーを挿入する。包公は寝具が災禍を招くと占って、家人に墨で印をつけて捕縛し、陳および収賄した県令を銅鍘で腰斬する。

秦腔『水銀羅帳』（陝西省芸術研究所蔵、張慶雲・孫進栄等口述、秦腔抄録本、『中国梆子戯劇目大辞典』）は、宝物を「水銀羅帳」と称する。人物を魁吉、妻許氏、長子栄、次子順、陳文公、娘碧桃とする。長子を騙す悪人は登場しない。

（梗概による。）

〔乾坤嘯〕

朱佐朝『乾坤嘯』（『曲海総目提要』巻二十七）では、西宮韋妃が兄継同と謀って檀州統制烏廷慶と烏皇后を陥れる。その子紹は江湖の趙酒鬼に救われ、文彦博に冤罪を訴える。包公は証人である女官卜鳳の霊魂を審問して事件を解決する。題目は烏兄妹を陥れた刀剣銘による。

蒲州梆子『乾坤嘯』二十六場（芮城県黄河蒲劇団演出本、山西地方戯曲資料、伝統劇目彙編、第一集蒲州梆子、一九五九・四、二五七～三一二頁。山西地方戯曲匯編第二集、蒲州梆子専輯一、山西省文化局戯曲工作研究室、一九八一・五、山西人民出版社、三一三～三八九頁）も、朱佐朝『乾坤嘯』とほぼ同じ内容である。韋妃は殺害した卜鳳に連れ去られる。

秦腔『乾坤鞘』十四場（一名『鍘丁勇』、甘粛伝統劇目匯編、秦腔第五集、甘粛省文化局、一九六三・六、甘粛人民出版社、七九～一一六頁）では、人物名が同音異字（烏と呉、韋と魏）に変化し、呉皇后と西宮妃魏芙蓉の対立を主題とする。包公は証人である女官の亡霊を捜さず、澶州から鞘を運ばせて呉廷慶の冤罪を証明し、魏妃・魏富同らを処刑する。

〔売花記〕

程子偉『雪香園』(『曲海総目提要』巻三十二)は、国丈曹鼎が造花売りをする書生劉思進の妻孫氏を強奪し、殺害して雪香園に埋める話であり、「説唱詞話」『曹国舅公案伝』の流れを汲む。包公は温涼帽・回生杖で孫氏を復活させ、曹鼎を処刑する。

鼓詞『曹国丈調戯売花娘』(『中国俗曲総目稿』)はこの話を講じる。

宝巻『売花宝巻』(宣統元年〔一九〇九〕、華嶲康抄本)は、宗教的な内容を付加し、包公の裁判を天が支持する内容とする。劉思進は父劉称の貪欲が原因で家を焼失し、妻孫氏が造花を売って生活を支える。包公は夫人が病死したと偽って御庫から温涼帽と戳活棒を借り、孫氏を復活させて、曹国丈を処刑する。

潮州歌『売花記』(聚元堂刊、四回以下欠本)のストーリーも『売花宝巻』に似る。

廬劇『売花記』九場(王業明・張金柱口述本、安徽省伝統劇目匯編、廬劇第一集、安徽省文化局劇目研究室編、一九五八・一、一二七~一五七頁)では、劉士俊の貧困の原因を兵糧護送船の転覆という不運とする。結末に包公の知謀を描き、国丈曹平に裁判の相談をするふりをして曹家に入り、水牢から劉を救出し、庭園から秀英の死体を発見して復活させる。包公は詔勅に背かぬよう鬮の上で曹平を処刑する。

皖南花鼓戯『売花記』不分場(柯正貴口述本、安徽省伝統劇目匯編、皖南花鼓戯第三集、安徽省文化局劇目研究室編、一九五八・十一、一〇三~一三二頁)では、冥界の胥吏たちの滑稽な行動を挿入する。書生劉子進は曹家の侍女臘紅に救出され、後に侍女を側室とする。包公は張氏の亡霊が黒面を恐れたため、遮容絹を被って張氏の亡霊の訴えを聴き、太師曹鼎を処刑する。

黄梅戯『売花記』不分場(程積善・銭悠遠・黄遠来・郝季球口述、安徽省伝統劇目匯編、黄梅戯第三集、安徽省文化局劇目研究室編、一九五八・四、一七九~二一一頁)も皖南花鼓戯『売花記』に似る。書生劉士進を救出した侍女翠蓮は自害する。

包公が国丈曹鼎に三案件を尋ねる場面はない。

紹劇『節孝図』十一場（一名『売花龍図』、浙江戯曲伝統劇目匯編、紹劇第二集、中国戯曲家協会浙江分会・紹興県紹劇蒐集小組編、一九六一・九、二〇三～二五四頁）は、書生を劉昌、妻を張三娘とし、貧困の原因を火災とする。包公は国丈曹璋の子で陳州官である曹明を処刑したため、龍図閣学士を罷免されて開封府尹となる。地獄巡りの描写はない。書生が国丈に捕らえられたため、妻が包公に訴えに行く。包公は五殿閻王包となって三娘の訴えを聴き、三娘を復活させ、劉昌を水牢から救出して、仁宗と曹妃の命令を無視して国丈を処刑する。仁宗は三娘に節孝図を下賜する。

越劇『売花三娘』二十一場（張福奎憶述、伝統劇目匯編、越劇第十四集、上海市伝統劇目編集委員会編、一九六二、上海文芸出版社、一二〇～一四八頁）も、書生を劉昌、妻を張三娘とする。貧困の原因を父兄の死亡とする。包公は荊州の飢饉救済金を着服した国丈曹章の子百春を処刑し、宰相を罷免されて開封府尹となる。

京劇『売花三娘子』（『京劇劇目辞典』）もほぼ同内容である。

東路花鼓『売花記』十一場（戴桂亭述録、湖北地方戯曲叢刊第四十集、一九八一・八、一～二四頁）では、書生を劉宗景とする。貧困の原因を父の兵糧船の転覆とし、書生の妻張氏の苦労を強調する。冥界の胥吏の描写もある。妻の亡霊は監禁された書生を救出する。包公は天斉廟で陰陽扇で顔を被って張氏の訴えを聴き、劉に曹家の財産を継承させる。

辰河戯高腔『売花記』四場（「賀府」：沅陵辰河戯劇団石玉松口述、「拿風」「辞官」「斬曹」：芷江辰河戯劇団蔵本抄録。李懐蓀・劉回春校勘、湖南戯曲伝統劇本第六十一集、辰河戯第十四集、湖南省戯曲研究所主編、一九八六、一～五〇頁）は題名と異なり、「鍘曹国舅」説話を述べる。二国舅曹定が韓氏を殺す。

高甲戯本戯『牡丹案』（『福建戯曲伝統劇目索引』二輯）は「鍘趙王」説話と融合する。造花を売って生活する鉄儀県の秀才田啓元と妻金牡丹が、灯籠見物をして国丈曹福清に見られ、曹家に誘い込まれて監禁される。

〔瓊林宴〕

『瓊林宴』（『曲海総目提要』巻三十五）は、太尉葛登雲が状元范仲虞の妻陸玉貞を奪う事案を演じる。包公は土地神や驢馬の訴えによって真相を究明する。なお男女の霊魂が身体を間違えるストーリーはない。

『瓊林宴』二十三齣（車王府曲本）も『瓊林宴』（『曲海総目提要』巻三十五）と似るが、ストーリーにやや相違が見られる。玉貞の弟陸栄は国舅葛登雲の娘顔珠と婚約しており（四齣）、行商を終えて陸家に帰る家僕陸可福を穆倫が殺して金を奪う（八齣）。包公は土地神を審問して玉貞を復活させ、陸栄を顔珠と妻わせて、葛登雲を鍘で処刑する。

道光四年『慶昇平班戯目』（周明泰『道咸以来梨園繫年小録』（一九三二）収）に、『瓊林宴』を記録する。

京劇『瓊林宴』全串貫（車王府曲本）では、范仲禹が葛家を訪ねて荒野に捨てられる場面までを演じる。黒煞神が范の暗殺を阻止する。

京劇『瓊林宴』総講（車王府曲本）は京劇『瓊林宴』全串貫の叙述とほぼ同じであるが、范仲羽の子が壮士陸永に救われ、家僕葛虎が范の暗殺を行うなど細部が異なる。物語は、新状元を捜す二吏が旅費を工面しようと木箱を奪って范仲羽を救うが、范が狂気の発言をするところで終結する。

京劇『黒驢告状』（『京劇劇目辞典』）はこの説話を伝承する。

桂劇弾腔『天開榜』十五場（何芳馨発掘・龔寿昌校勘、広西戯曲伝統劇目彙編、第十七集桂劇、広西僮族自治区戯曲工作室編、一九六二・三、三一一〜三三七頁）では、材木商屈良と范仲禹の妻白玉蓮の霊魂が身体を間違える「陰錯陽差」説話を演じており、小説『龍図耳録』の内容と一致する。材木商は山東人であるが、『龍図耳録』のように方言を話すわけではない。李保はもと包公の従者であるが、主人を捨てて逃走したとせず、包公に遅れたとする。

邕劇『梅鹿鏡』十八場（蔣少佳・黄三順発掘、余一清校勘、広西戯曲伝統劇目彙編第四十八集、広西僮族自治区戯曲工作室編、

一九六三・二、二二七〜二四四頁）は、桂劇弾腔『天開榜』に酷似するが、「盆児鬼」説話の趣向を取り入れて、材木商屈良を殺害した旅館の主人を趙大とする。事件を知らせた梅花驢は義獣として表彰される。

『双蝴蝶』（『曲海総目提要』巻四十六）では、太尉で外戚の葛登雲が安慶（安徽）の書生滕仲文の妻葛氏を強奪する。仲文は煞神に救われる。家僕陳義のつがいの仙蝶が仲文の子継京を包公に引きあわせる。継京は登雲の娘顔珠と結婚し、登雲は仏教に帰依する。包公は陳義を殺害した郝新を処刑する。

秦腔『楊文広挂帥』十七場（甘粛伝統劇目匯編第十三集、秦腔第十三集、甘粛省劇目工作室、一九八三・一、二〇七〜二八六頁）では、国舅陶栄に抗議する漢陽（湖北）の史人杰らの農民一揆を挿入する。状元を范敬梅とし、梅鹿の報恩説話とする。包公は事件の相談を装って陶栄を招請し、訴状を見せて油鍋・銅鍘で処刑する。

〔鍘判官〕

陰陽両界を裁く包公には冥界の判官を裁く「鍘判官」説話が生まれ、清道光四年『慶昇平班戯目』に『鍘判官』が記録されている。

民国時代には宝巻『鵲橋図宝巻』（別名『鍘判官』、民国二十四年、上海翼化堂善書局）がある。宝巻らしく主人公の前世から語り始め、富豪柳自芳の娘金蟬と従兄顔査散は天界の玉女と金童で、蟠桃園で逢引をしたため皇姥娘娘に下界へ貶謫され、大難に遭って宿縁を全うするといい、金蟬の地獄巡りも述べる。判官張洪は甥李保を救うため生死簿を改竄し、金蟬を陰山に監禁する。包公は顔査散の死体が倒れないため冤罪だと知り、顔を復活させ、李保と張洪を処刑する。末尾には「要知顔査散歴史、就在『五鼠鬧東京』。白玉堂帰位銅網陣、『七俠五義』有其名。」（顔査散の顚末を知りたければ、『五鼠鬧東京』にあります。白玉堂が銅網陣で落命したことは、『七俠五義』が記しています）と述べ、小説のストーリーを継承していることを明示している。ただ小説では白玉堂が開封府に警告するため、顔査散は処刑されず、判官も登場しない。

京劇『鍘判官』八本（一名『普天楽』、劉盛通蔵本、『京劇彙編』第二十四・二十五集、北京市戯曲編導委員会編輯、一九五七、北京出版社、一～一二一頁）でも、牽牛・織女の罪滅ぼし説話とする。母と従者顔義が懸命に顔査散の冤罪を訴える。結末は祥符県令江万里が李保を絞殺し、都城隍が張洪を鍘にかける。

泗州戯『小鰲山』（『探陰山』）不分場（王広元口述本、安徽省伝統劇目彙編、泗州戯第五集、一九五八・五、一九五～二五五頁）では、金嬋の災難の発端を風神韓継仙への冒瀆だとする。また判官倪恒は生前に厳吏部に処罰されて厳家を恨んでおり、厳査散を包公の師弟として、敵対関係を強調している。

柳琴戯『珍珠汗衫』十三場（解桂堂口述・何麗校訂、山東地方戯曲伝統劇目匯編、柳琴戯第六集、山東省戯曲研究室、一九八七、一～六四頁）は泗州戯『小鰲山』（『探陰山』）に似る。判官は張洪、灯籠祭りを太子出産の祝いとする。冥界の描写は少ない。包公が陳州放糧の前に祈願しなかったため、韋陀神が恨んで大風を起こし、劉鳳英を金鈴橋の上に置き去る。悪人李豹はもと劉家の家僕であり、恨みを懐いて娘を殺す。李豹は珍珠汗衫を奪うがその魔力を享受できない。令公劉君正と夫人は小人であり、顔査散を誣告する。

漢調二簧『鍘判官』十八場（陝西伝統劇目彙編、漢調二簧第三集、陝西省文化局編印、一九五九、八九二～九四二頁）では、王丞相家の事件とする。王延齢が婚約者楊朴昌を追い出し、娘秀英はその後を追って事件に巻き込まれる。楊と秀英が花園で天地を汚したため、風神が風を起こして秀英を失踪させる。悪人王廚子は宝衣を享受できない。判官曹崔爵は王廚子が妻の兄であるため、秀英を燕査山（厳査散と同音）に閉じ込める。包公は地蔵王の袈裟・仏冠・九環禅杖で十殿閻君を裁き、判官を処刑して、包公に協力した瑠璃鬼を後任とする。

四股弦『九華山』十九場（張克温口述、河北戯曲伝統劇本彙編第三集、河北省戯曲研究室編、一九六〇、百花文芸出版社、一

八五〜二一八頁）は漢調二簧『鍘判官』に似る。火神が上神の命で灯棚に火をつける。

上党落子『九華山』（一名『鍘判官』）十八場（山西地方戯曲匯編第九集、一九八二、四六八〜五三四頁）は四股弦『九華山』に似る。王丞相の娘桂英は灯籠見物を口実に婚約者楊発昌を追いかける。三曹官が母舅である王屠子を救うため生死簿の桂英の頁を裂き、桂英を琉璃井に幽閉する。包公は九連環で三曹官を制し、銅鍘にかける。

〔揺銭樹〕

玉帝の四女張四姐が貧乏な若者崔文瑞に嫁ぎ、幸福を妨害する王員外を懲らしめる話で、包公は天界の力を借りて騒ぎを収める。董永説話に起源する天仙説話である[14]。唐・段成式『諾皐記』に、「天翁、姓張名堅、字刺渇、漁陽人」と記す。『曲海総目提要』巻四十『天縁記』（『擺花張四姐思凡』）にその梗概を載せる。

酒泉宝巻『張四姐大鬧東京宝巻』（郭儀校録、民国三十二年〔一九四三〕田上海抄本、西北師範大学古籍整理研究所・酒泉市文化館合編『酒泉宝巻』、一九九一、甘粛人民出版社）も『天縁記』に似る。

『張四姐大鬧東京宝巻』（武威市、馮強採集、方歩和編著『河西宝巻真本校注研究』、一九九二、蘭州大学出版社）は酒泉宝巻に似るが、王半城を崔の父の友人でありながら非道を行う悪人に描く。また張指揮を張知県とし、崔の母を天界の月中婆婆とするなど細部に異同が見られる。

薌劇『揺銭樹』二十五場（劉本根記述、福建戯曲伝統劇目選集、薌劇第二集、龍渓専署文化局・福建省戯曲研究所編印、一九六二・六、四三〜六六頁）では、玉皇の四女張世真は若者と結婚するため天庭と戦い、崔文瑞も最後まで王母に抗議するが、最後は二人は引き離される。

東路花鼓『鬧東京』十三場（何国良述録、湖北戯曲叢刊、第四十五集東路花鼓、湖北省戯劇工作室編印、一九八二・五、二一二〜二五三頁）では、天女張四姐が純朴な若者崔文瑞を説得する場面をおもしろく演じる。四姐は崔と母を連れて天界に帰り、崔は天府駙馬に封じられる。

邕劇『揺銭樹』二十八場（白少山発掘・李墨馨校勘、広西戯曲伝統劇目彙編、邕劇第三十五集、広西僮族自治区戯曲工作室編、一九六一・五、三一～五八頁）では、玉帝の娘は黄花仙・蘭花仙・緑花仙・白花仙で、四姐白花仙が龍王三太子を勝手に放免した罪で下界に貶されて崔文瑞と百日の姻縁を結ぶ。県令は貪官ではない。天女は包公を捕らえて追放する。天界との戦いの場面はなく、天女は天帝の勅旨に従って若者に宝物山河地理裙を贈って別れる。

高甲戯本戯『揺銭樹』（『福建戯曲伝統劇目索引』二輯）では、仙女は天帝の三女張世真で、張擺花と改名して下界に降り、崔と結婚するが、王母に説得されて崔に宝物を贈って天界に帰る。

莆仙戯本戯『崔文祥』十場（『福建戯曲伝統劇目索引』三輯）では、西王母の四女賽花と弦楽を奏でる仙郎の下界での姻縁を述べる。四姐は楊家の女将を崔に嫁がせる。包公は復活できず、甥包貴を後継とする。

湖南唱本『張四姐下凡』（三元堂）では、幸福を妨害する富者は出現しない。包公も登場せず、四姐が天界とたたかう場面もない。代わりに玄師が四姐と崔文瑞の媒酌をする。

柳琴戯『打乾棒』（滕県柳琴劇団口述・何麗校訂、山東地方戯曲伝統劇目匯編、柳琴戯第三集、山東省戯曲研究所、一九八七、一九～三五頁）は、崔子成と張四姐だけのやりとりを演じる民間小戯である。

柳琴戯『小書房』（一名『張五姐下凡』、滕県柳琴劇団口述・何麗校訂、同上、柳琴戯第三集、三七～五二頁）は、書生を王玉春、仙女を張五姐とした民間小戯である。

〔八件衣〕

捕吏が盗賊となり、書生が冤罪を被るが、婚約者が救う。

『甘粛清遠清嘉慶古鐘鋳目』に秦腔『八件衣』がある。

秦腔『八件衣』（『中国梆子戯劇目大辞典』）では、書生張成愚（承玉）が科挙受験の旅費を舅杜九成に借りに行き、娘秀英が質草の衣服八着の中に銀十両と刺繍鞋片方を入れて気持ちを示すが、富豪馬鴻の家に盗賊が入り、捕吏白石剛は質草が盗品だと疑って張を捕らえる。秀英は張の冤罪を訴えて怒って自刎し、閻君に訴える。乞食仁義が廟に泊まって判官の審判を聞き、犯人は白だと知る。仁義は張の命を救って包公に訴え、張の冤罪を雪ぐ。秀英は別人の身体を借りて復活する。

越調『陰陽断』十五場（別名『陰陽三堂』『八件衣』『対繍鞋』、馮秀峯口述・旭光抄録、河南省伝統劇目彙編、越調第一集、河南省劇目工作委員会編輯、一九六二、一〇五～一三五頁）では、捕吏白士剛は遊興で公金を使い込んだため盗みをはたらくとする。竇秀英は捕吏に侮辱されて自害するが、判官崔珏が復活させる。冥界で判官が審判を下し、その後現世で包公が審判を下す。

蒲州梆子『八件衣』十一場（万栄県文化局存本、王仿校勘、山西地方戯曲匯編第八集、蒲州梆子第四集、山西省文化局戯劇工作研究室編、一九八二、山西人民出版社、二四二～二八六頁）は、越調『陰陽断』に似る。白石剛はもと殺人犯で、楊知県の信用を得て捕吏になるが、公金を紛失して馬家に侵入し、家僕馬成を殺害する。竇秀英は張長義の冤罪を証明するが、法廷で侮辱を受けて自害する。被害者馬成の霊魂が悪人を追い、秀英は馬翠英の身体を借りて復活する。

京劇『八件衣』（『京劇劇目辞典』）では、竇九成の娘を金蓮、甥を張金声、富豪を馬朝奉、家僕を馬成とする。金蓮は馬の妹の身体を借りて復活する。

山東梆子『陰陽報』十六場（張継愛口述・張彭校訂、山東地方戯曲伝統劇目彙編、山東梆子四集、山東省戯曲研究室、一九八七、一五三～二二〇頁）は、蒲州梆子『八件衣』に似る。捕吏は公金返済のため馬家に侵入する。馬洪は書生張成玉が縁談を拒絶したため恨みを懐いて誣告する。

中路梆子『八件衣』（山西省文化局戯劇工作研究室、『中国戯曲志』山西巻）は蒲州梆子『八件衣』に似る。捕吏を裴世剛とする。

薌劇『八件衣』十九場（郭金朝口述、福建戯曲伝統劇目選集、薌劇第四集、龍渓専署文化局・福建省戯曲研究所合編、一九六三・十、一〜二五頁）では、書生張成玉の家が火災に遭って零落したとする。おじ杜新民は書生に路銀を贈り、書生は路銀を紛失して衣服を質に入れる。揚高県令厳雨山が書生を打ち殺す。乞食李三が書生を救う。知県は罪を恐れて誤審を認めず、女子杜金蓮は侮辱されて自害する。女子の亡霊が捕吏の逃亡を阻止する。

薌劇本戯『八褶衣』（『福建戯曲伝統劇目索引』一輯）では、成玉を朝臣張文炳の子、金蓮を杜升明の娘、白水剛を陽阜県の捕吏、知県を厳禹山、李三を盗人とする。

莆仙戯小戯『包公審八件衣』（『福建戯曲伝統劇目索引』二輯）では、書生を張玉成、おじを刁某、娘を玉連、捕吏を白水缸、富豪を馬胡、娘を金定とする。

南劇『八件衣』二部十三場（聶介軒述録、湖北地方戯曲叢刊、第七集南劇、湖北戯曲叢刊編集委員会編輯、一九五九・十、湖北人民出版社、一五一〜一九五頁）では、平原県の捕吏張良玉は従弟童牛児に脅されて馬清見の家に盗みに入る。女子張彩鳳は自害を思いとどまって包公に上訴する。包公は捕吏を斬首し、乞食仁義を馬秀英の夫とする。

川劇『八件衣』（民国三十一年〔一九四二〕新刻、重慶金誠書局）は、南劇『八件衣』二部十三場に似る。書生を山西平元県の王俊保、おじを張済善、その娘を鳳英、富豪を馬青、その娘を蘭英、捕吏を張良玉とする。俊保は乞食花二に救われる。

秦腔『改良劇本八件衣』（西安同興書局印行）では、女子張玉英が王進宝を拷問して殺した知県楊連に抗議し、知県が誤審を認めないため自刎する。父張洪が怒って包公に上訴すると、知県は恐れて進宝の死体を隠し、馬青と張良義を投獄して、城門を閉ざす。
莆仙戯本戯『陸炳章』（『福建戯曲伝統劇目索引』三輯）では、ストーリーを変えて県令の公案とする。捕吏劉禁が員外凌時果の家に侵入し、家僕を殺して逃げる。陸炳章はおじ謝天器に生活費を借りに行くが、謝は娘玉蘭との仲を裂くため貸さず、玉蘭が珠釵と銀十両を中に包み、陸は知らずに質入れして劉に捕まる。玉蘭は法廷で証言するが、凌が反論したため、刺し殺して捕まる。盗人余龍は泰山廟での冥界裁判を見て上訴するが、県令陳錦元も夢を見て、劉禁を斬首する。

〔天仙帕〕
帰国した太子を太師が毒殺し、娘の子を帝位につけようとする。『甘粛清遠清嘉慶古鐘鋳目』に秦腔『天仙帕』がある。
秦腔『天仙帕』（陝西省芸術研究所蔵劉興漢口述秦腔抄録本、『中国梆子戯劇目大辞典』）では、太子趙曙が香河国の駙馬となって三年後、妻子とともに帰国するが、歓迎の席で太師董文煥と宦官郭叔に毒殺される。董は貴妃・郭叔と謀議して東宮に放火するが、火神が太孫を救出して賢王に保護させる。皇女は夫と子を失った悲しみで気が狂う。董は帝位の簒奪を謀り、偽の詔勅を伝えるが、忠臣楊文爵が阻止する。香河国王文仲は「天仙帕」で皇女の狂気を治す。包公が糶米から帰還して事件を審判し、趙曙は復活して即位する。
四股弦『天子禄』二本十六場（張克温口述、河北省戯曲研究室編、河北省戯曲伝統劇本彙編第三集、一九六〇、百花文芸出版社、二五三～三二五頁）では、太師を杜文煥とする。包公は楊文広と口論を装って、騙された太師が太子毒殺を告白し楊を毒殺するよう唆すと、ひそかに毒杯を杜に向けて殺害する。太子は復活せず、太孫が即位する。「天子禄」とは帝位を指す。

豫劇『天仙籙』（長葛県豫劇団述抄、河南伝統劇目匯編、豫劇第一集、河南省劇目工作委員会、一九六三、二一九〜二七四頁）では、杜妃がわが子に帝位を継承させるため、西羌から帰還した太子趙紀丹を殺害する。「天仙籙」は宝衣で、桂花公主を火災から護る。

蒲州梆子『薬酒計』十八場（運城行署文化局戯研組輯稿、山西地方戯曲匯編第八集、蒲州梆子第四集、山西省文化局戯劇工作研究室編、一九八二・八、五三七〜五八四頁）では、董妃に子があり、皇孫と帝位を争う。「天仙禄」は皇孫の名前である。

山東梆子『天賜鹿』二十九場（董伝勝・胡全海口述、張彭校訂、山東地方戯曲伝統劇目彙編、山東梆子六集、山東省戯曲研究室、一九八七、一〜一一四頁）は、皇女玉娥の悲哀を情緒的に描いた傑作である。「天賜鹿」は異国の宝物であるが、作中で作用を発揮するわけではない。

〔鴛鴦絛〕

女官選定にまつわる結婚騒動を描く。

秦腔『鴛鴦絛』（一名『拉郎配』、陝西省芸術研究所蔵咸豊六年〔一八五六〕抄本、『中国梆子戯劇目大辞典』）は悪僧の殺人事件を挿入する。杭州の秀才李三栄が師を捜す途中で、王員外の娘卜鳳、張教頭の娘彩鳳、趙節度の娘西鳳と結婚するはめに陥る。楽員董代が妻を娶ろうと李の衣服を着たため悪僧元角に鴛鴦絛で絞殺され、李の母が三栄だと誤解するが、彩鳳が元角から鴛鴦絛を奪って包公に訴える。

川劇弾戯『鴛鴦絛』（一名『拉郎配』）二十四場（四川省川劇院蒐集南充川劇団唐金山老芸人手抄本校勘、川劇伝統劇本匯編第五集、川劇伝統劇本匯編編輯室、一九五八、四川人民出版社、二〇一〜二四八頁）は秦腔『鴛鴦絛』に似る。董大は媒酌婆の子であり、永嘉県の書生李玉と服を交換する。悪僧元覚道人は反乱者南蛮四大魔王の弟子であり、長寿金丹を煉るため董大の頭を奪う。

川劇高腔『拉郎配』九場（四川省川劇劇目鑑定委員会改編、一九五七、北京宝文堂書店）は一夫多妻を認めない。勅使が騒動を裁いて、李玉は彩鳳と結婚し、卜鳳と県令の娘を女官として連れ去る。包公は出現しない。

〔避塵珠〕

京劇『碧塵珠』は『梨園集成』（光緒六年〔一八八〇〕刊）に記録する（『京劇劇目辞典』）。伍迎春の妻王桂英が碧塵珠を拾い、伍が朝廷に届けに行くが、途中で大夫王才と国舅曹真に殺されて宝物を奪われる。母苗氏は桂英を同伴して上京するが、王才は二人を騙して曹家に導き、曹は桂英に結婚を迫る。桂英は逃走して兄に救われる。包公は桂英の訴えを聴いて病死を装い、曹と王才をおびき出して捕らえる。

桂劇弾腔『避塵珠』六場（唐瑞雄・伍翠達・馬玉珂発掘、龔寿昌校勘、広西戯曲伝統劇目彙編、桂劇第九集、一九六〇・十二、二五五～二八三頁）では、包公は妖怪がいると称して曹家に入り、死体を発見し避塵珠を捜し出して曹禎と王才を捕らえる。曹皇后は曹禎の赦免を請うが、包公はかまわず処刑する。

なお閩劇本戯『碧塵珠』（『福建戯曲伝統劇目索引』二輯）では、包公説話を改作して時代を唐代に換える。奸相曹伯昂が碧塵珠を隠して節度使謝景春を誅殺し、伯昂の子は娼妓に身を落とした娘天香に婚姻を迫る。相国柳弘が事件を調査し、伯昂は処刑される。

十一　清の小説とその伝承

清代には小説『説呼全伝』（乾隆四十四年〔一七七九〕刊）、『五虎平西前伝』（嘉慶六年〔一八〇一〕刊）、『五虎平南後伝』

（嘉慶十二年刊）、『万花楼演義』（嘉慶十三年序）などの「忠臣対奸臣説話」が創作され、そこにも包公は登場する。

〔説呼全伝〕

奸臣龐集の子黒虎が庶民の娘を強奪し、忠孝王呼必顕の子守勇・守信が黒虎を打ち殺したため呼家一門は誅殺され、守勇・守信は逃亡し、包公が庇護する。作中では英雄多妻を述べる。結末は守勇らが王城を包囲し、仁宗は八王と包公の上奏を聴いて龐妃を縊死させ、龐集を罷免する。守勇の子延慶は龐集を斬り殺す。

弾詞『絵図呼家将欽賜紫金鞭忠孝全伝』四巻不分回（譚正璧・譚尋『弾詞叙録』、一九八一、上海古籍出版社）では、作中に『打鑾駕』『狸猫換太子』の趣向を取り入れる。包公は呼守勇の子延慶が墓参りするのを助け、八大王とともに守勇らを仁宗に引きあわせ、呼家の汚名を雪ぎ、鉄丘墳を撤去させる。

紹劇『紫金鞭』（浙江戯劇家協会浙江分会・紹興県紹劇蒐集小組編、浙江戯曲伝統劇目匯編、婺劇第七集、一九六二・六、一二〇～一七一頁）では「打鑾駕」説話の趣向を取り入れる。西宮龐妃が仁宗の鑾駕を借りて東嶽廟に願解きに行き、遭遇した忠孝王呼必顕を罵る。必顕が先皇の紫金鞭で打とうとすると、龐妃は鑾駕を壊して頭髪を乱し、必顕が戯れたと讒言したため、仁宗は龐再洪に呼家一門の誅殺を命じる。守勇は青唐国に兵を借りて起兵し、守信も下山して、兄弟は合流して皇城へ向かう。包公が呼家は忠良であると仁宗に説くと、仁宗はやむなく龐氏一門を誅殺する。

婺劇『逃生洞』（浙江婺劇団蔵本、浙江戯曲伝統劇目匯編、婺劇第七集、一九六二・六、一二〇～一七一頁）でも「打鑾駕」説話の趣向を取り入れている。呼壁献は彭妃に殺害され、包公は呼虎を庇護して奸臣彭悦を罵る。呼龍と妻金御英が彭悦を打ち殺す。

莆仙戯本戯『胡守用』七場（『福建戯曲伝統劇目索引』一輯）では、包公は鉄丘墳に墓参りした呼延慶を救う。守用は揚州国の駙馬となり、五国の兵馬を率いて王城を包囲し、龐洪と龐妃を誅殺する。

高甲戯本戯『斬呼必顕』（『福建戯曲伝統劇目索引』二輯）では、呼必顕の二子守信・守勇が龐虎を殺したため、龐藉が西宮妃金蓮に謀って呼必顕を陥れる。守勇と守信は兵を率いて奸臣を除く。

老調『忠烈千秋』七場（蔡晨・謝美生・葉中瑜編劇、河北地方戯曲劇目選、河北省戯曲研究室編、一九八四、花山文芸出版社、一三二～一八六頁）でも宋王は奸臣に操られる無能な天子であり、包公は奸臣の天敵である。城守御の黄文炳が呼家の肉丘墳に謀反を表す詩を置いて呼延慶らを陥れる。呼延慶は黄文炳を打ち殺し、楊文広・金花らが太師龐文の四子を捕らえる。

漢調桄桄『欧子英擺擂』（『陝西伝統劇目匯編』、漢調桄桄第十一集、陝西文化局編印、一九五九／『陝西伝統劇目彙編劇目簡介』、陝西省劇目工作室、一九八〇）では、西夏国王朶落蛟が侵攻したため、趙王は僧欧子英を元帥にして出征させようとするが、包公が阻止して試合を行わせ、呼延明・焦強・任吉が混尾鋼鞭で欧を打ち殺し、三人が包公の推挙で楊文広の陣営に加わって朶落蛟を誅殺する。

豫劇『金鞭記』（『豫劇伝統劇目匯釈』、一九八六、黄河文芸出版社）では、奸臣龐文が僧欧子英に相国寺で試合を行わせるが、呼延慶が欧を打ち殺す。包公は穆桂英らに呼延慶を救出させる。

北路梆子『金鞭記』（山西省戯劇研究所蔵李月梅口述本、『中国梆子戯劇目大辞典』）も同様である。

山東梆子『避風簪』二十三場（張継愛口述・張彭校訂、山東地方戯曲伝統劇目匯編、山東梆子第七集、山東省戯曲研究室、一九八七、一五五～二〇六）では、異邦の王子が冥界の判官となり、朝貢品を奪い返す。包公は遊仙枕に寝て冥界へ赴き、判官を狼牙山へ送る。王女周鳳娘が宋国に帰順して呼小将と結ばれる。

上党梆子『明公断』十場（晋城県人民劇団演出本、山西地方戯曲資料、伝統劇目彙編、第一集上党梆子、山西省文化局工作研究室、一九五九、一五七～一八五頁）は推理小説風の構成をする。包公は奸臣賀朝俊が龐元・韓天化と共謀して天子暗殺を謀ったことを調査し、楊家将を庇護する。

南劇『二虎山』不分場（聶介軒述録、湖北地方戯曲叢刊、第十六集南劇、湖北戯曲叢刊編集委員会編輯、一九六〇・九、湖北人民出版社、一三七～一五九頁）では、呼延慶は農民馮上京の叛乱を平定に行って戦死する。農民は土地神伊生の力で功臣となる。包公は脇役である。

〔楊金花奪印〕

狄青と楊家将の衝突を呼延慶が仲裁する。包公は狄青に味方する宋王を諫める。

四股弦『楊金花奪印』十六場（張克温口述、河北戯曲伝統劇本匯編、第一集四股弦、一九五九、百花文芸出版社、二六五～二九二頁）では、狄青は楊家と敵対する奸臣である。楊金花は侍女排風に唆され、楊文広の衣服を着て教場で狄青の招討印を奪う。包公は先君の銅鍘を用いて宋王を諫める。

上党落子『楊金花奪印』十五場（山西地方戯曲匯編第九集、上党落子専輯一、山西省文化局戯劇工作研究室、一九八二、三八二～四一七頁）は、四股弦『楊金花奪印』十六場に酷似する。

廬劇『楊金花奪印』十場（徐国勲・蕭玉福口述本、安徽省伝統劇目匯編、廬劇第一集、安徽省伝統劇目研究室編、一九五八・一、一八七～二〇九頁）では、楊宗保が西夏に出征する。呼延慶は出現しない。包公が仁宗を諫めても聴かず、八賢王が凡庸な仁宗を諫める。

泗州戯『楊金花奪印』不分場（王広元口述本、安徽省伝統劇目匯編、泗州戯第九集、安徽省伝統劇目研究室編、一九五八・七、四九～七四頁）では、狄青は南唐王と結託して呼・楊両家を壊滅させようとたくらむ。八賢王が先王の金鐗で宋王を諫める。

邕劇『金花奪印』五場（蔣少斌発掘・李墨馨校勘、広西戯曲伝統劇目彙編、第五十二集邕劇、広西僮族自治区戯曲工作室編、

一九六二、二一三〜二三三頁）では、楊家の敵を龐洪に改める。包公は金花に大刀を授けて龐洪の四子を殺すことを許可する。

〔五虎平西〕

奸臣龐洪は狄青が武術試験で女婿王天化を打ち殺したことを恨み、駅丞王正に狄青を暗殺させるが、王禅老祖が狄青に霊丹を呑ませ、復活に備える。西遼が新羅の助勢を得て侵略したため、包公は烏台で狄青の訴えを聴いたと上奏し、狄青を復活させて西遼を平定する。狄青は龐洪が西遼と密通した事実を示し、狄太后と李太后が龐妃を自害させ、包公が龐洪・孫秀を斬首する。

祁劇弾腔『捜龐府』（邵陽地区戯工室蔵本、王前禧校勘付印、湖南戯曲伝統劇本第三十八集、祁劇第十一集、湖南省戯曲研究所主編、一九八一、二八五〜三二八頁）では、西遼が朝貢を拒絶したため狄青が出征し、西遼は太師龐洪に賄して狄青を除こうとするが、狄青は西遼を破り、宝旗を取り戻して太師の謀反を弾劾する。包公は龐府の捜索を命じられて悪党を除く。

邕劇『解征衣』三十五場（蔣少斌発掘・余一青校勘、広西戯曲伝統劇目彙編、邕劇第三十二集、広西僮族自治区戯曲工作室編、一九六一・五、一六一〜一八八頁）では、狄青が劉慶を破って部下とし、人面獣で知府李培を殺して三関に征衣を届け、期日に遅れるが、包公の書信を見せて罪を免れ、宋国を侵略した烏雲豹を殺す。

高甲戯本戯『飛龍入宋』（『福建戯曲伝統劇目索引』二輯、福建省文化局編印、一九五八）では、狄青が西遼を征討して駙馬を殺したため、飛龍公主が中原に侵入し、狄青の妻となって暗殺を謀るが、逆に殺される。包公は真相を解明して奸臣たちを裁く。

越劇『玉麒麟』（『怒鍘曹超豹』）十三場（花碧蓮憶述、伝統劇目彙編、越劇第十五集、上海市伝統劇目編集委員会編、上海文

芸出版社、一九六二・二、一六一～一九九頁）では、五虎将劉慶が国舅曹超豹に殺害される。包公は病死を装い、曹をおびき出して捕らえる。

〔雲中落繍鞋〕

大蛇が美女を攫う話で、美女を救出した功績を別人が奪う。悪人を「王恩」（忘恩）と称する忘恩説話である。『五虎平西前伝』の石玉を主人公とする。

弾詞『新刻繍像雲中落繍鞋』九巻九回（光緒二十年〔一八九四〕序、『弾詞叙録』）では、白蟒が石玉に化けて勇平王高斌の娘藹霞を攫う。王恩は白蟒を殺した石玉を洞穴に閉じこめ、娘に求婚するが、八宝紫金釵を求められ、石玉を殺して紫金釵を奪う。白鼠が包公に事件を知らせ、包公は石玉を復活させる。

越劇『雲中落繍鞋』五十四場（張福奎口述、伝統劇目匯編、越劇第十三集、上海市伝統劇目編輯委員会編、一九五九・十二、六五～一二四頁）は、弾詞にほぼ似るが、石玉が高利貸王恩から博徒劉得貴を救う場面を設ける。劉は王恩に迫害された石玉の母を救い、包公の前で王恩の不実を証言する。

桂劇弾腔『玉仙塔』二十三場（龍金勇発掘・陳芳校勘、広西戯曲伝統劇目彙編、桂劇第二集、広西僮族自治区文化局戯曲工作室編、一九六〇・四、八九～一九六頁）では、楊文広が蟒蛇の征討に失敗したため武科状元が派遣されることとなり、王恩が状元に及第する。天兵が蟒蛇を誅殺し、石玉は太白金星から玉仙塔を贈られる。王恩は玉仙塔を朝廷に献上するが、仙女は出ない。風神が簽票を王恩の花園に落とすと、包公は石玉を復活させ、王恩を処刑する。

廬劇『柴斧記』十場（葉厚棣口述本、安徽省伝統劇目匯編、廬劇第九集、安徽省伝統劇目研究室編、一九五八・三、一～一七頁）では、主人公を張忠信とし、弟忠義が兄の功績を奪う話とする。龍王三太子が主人公を復活させて報恩する。

莆仙戯『呂文龍』（『福建伝統劇目索引』一輯）では、恩知らずの従弟楊燕山が白蛇精を退治した功績を奪い、公主を娶ろうとするが、包公が冥界に赴いて呂文龍から真相を確かめ、呂を復活させる。

なお閩劇『王望恩』(『福建伝統劇目索引』二輯)では、王望恩を善人、李背義を悪人とする。李が兄弟を殺して洪水に遭い、王に救われるが、王を騙して妖怪の生贄としたり、蛇精の洞窟に置き去りにしたり、龍王の宝物を奪って海中に落としたりと悪行を重ね、その悪行が実を結ばずに斬首される。包公は登場しない。

〔五虎平南〕

南蛮王儂智高が侵略したため、包公は狄青を推挙して出征させる。孫秀の甥孫振は叔父の復讐のため援軍を送らず、狄青が出陣しないと誣告するが、嘘が発覚する。包公は楊家将と狄龍・狄虎を推挙して出征させる。敵将段紅玉は狄龍を愛し、宋軍に投降する。蘭英は狄虎を愛し、ともに段洪を殺す。紅玉は怒って隠れるが、二人の説得で敵軍の達磨道人と戦い、楊金花が妖術を破る。孫振は処刑される。

四股弦『五鳳楼』九場(董朝鳳口述、河北戯曲伝統劇本匯編、第一集四股弦、一九五九、百花文芸出版社、二四一～二六四頁)では、仁宗が愚昧で、楊家の五鳳楼に放火した范覚亮を支持して狄青・狄龍の処刑を命じる。楊家将らは実力で刑場から狄青父子を救出する。

山東梆子『狄青』十六場(張玉河口述・張彭校訂、山東地方戯曲伝統劇目彙編、山東梆子四集、山東省戯曲研究室、一九八七、一～一二三頁)では、包公は兵糧の護送役を務め、双陽公主に命じて番王を投降させる。

揚劇『包公自責』九場(崔東升・郁亦行改編、地方戯劇選編三、一九八二・九、一～五八頁)では、平西王狄龍が奸臣龐吉に陥れられる。包公は奸臣の陰謀が見抜けず、養子の包貴が事件を裁く。包公は誤審に対する処罰を求め、自ら虎頭鍘に横たわる。

豫劇『包公誤』九場(周鴻俊・杜政遠・趙世偉・南剣青改編、一九八二・十一、河南人民出版社)は揚劇『包龍図誤断狄

龍案』を改編した作品である。包貴は包公が太康県で拾った捨て子である。本作品では包貴の活躍を押さえ、包公が包貴に龐家を偵察させて、狄家の家僕に扮した人物を発見する場面を設ける。

〔万花楼〕

『万花楼演義』十四巻六十八回（嘉慶十三年〔一八〇八〕序）は、包公が制台胡坤の放蕩息子を殺した忠臣狄青を庇護し、御史沈国清の妻尹氏を復活させて、賛天王らの首の横取りを図って梟首にされた李守備のために復讐を謀る沈御史を処刑する。

弾詞『大宋万花楼玉鴛鴦全本』五巻（禅山近文堂刊）、潮州歌『万花楼玉鴛鴦』十二巻がある。

閩劇『大狼山』（『福建伝統劇目索引』第三輯）は、ほぼ小説そのままのストーリーを演じる。

道光四年『慶昇平班戯目』に『京遇縁』を記録する。『京遇縁』総講（車王府曲本）では、包公は対抗試合で殿前指揮の韓天化を殺して処刑される狄青を救うため、狄后に通報して刑場に導き、龐元には処刑の執行を急かせて死別を惜しむ狄后を怒らせ、龐元を刑場から追放する。奸臣韓天化に嫁いだ龐元の娘を善人とする。

京劇『京遇縁』（『京劇劇目辞典』）は、包公に救われた狄青の活躍を描く。狄青は征衣護送を命じられ、征衣が山賊爬山虎に奪われて烏斯国にわたるが、山賊季青と狄青が取り戻し、劉慶が雲に乗って敵将昝天王の首を代関に届ける。

〔群英傑〕

家僕が主人になりすまして幸福を享受する。

小説『群英傑』六巻三十回（翰文堂刊、江蘇省社会科学院明清小説研究中心編『中国通俗小説総目提要』、一九九〇、中国文聯出版公司）では、岳父である山東節度使申俊が奸臣で、湖広武昌府の王文英は家僕安童に殺害され、高超傑に救われるが、申は王を女婿と認めない。包公は丞相潘英と対決し、申の娘月霞と安童が王の名で科挙に及第するが、范仲淹が事件を解明し、仁宗が安童を処刑する。

木魚歌『新選大宋群英傑記奸奴害主王文英遇救范仲淹訪察全本南音』二集四巻四十一回（『木魚歌・潮州歌叙録』）は、小説と同内容である。

閩劇本戯『三鼎甲』（『福建戯曲伝統劇目索引』二輯）では、南侠展昭が書生王文欽の命を救う。最後に包公が審判を下す。王が范仲淹を救い、娘劉玉蘭が男装して逃走する途中で編修張国才の娘玉英と婚約し、書生は二女を娶る。奸臣を龐洪、家僕を安安、岳父を劉世忠とする。

なお清・毛維坤『三鼎甲』は現存せず、内容は不明である。荘一払編著『古典戯曲存目彙考』（一九八二、上海古籍出版社）参照。

十二　石派書『龍図公案』とその伝承

清の道光年間、説書家に石玉崑があり、『龍図公案』を語った。そのテキストは今伝わらないが、その講釈を小説化した『龍図耳録』や石派書『龍図公案』によって内容を理解することができる。[15]石玉崑の講釈では、包公の尊厳を傷つけないことに留意しており、前掲戯目の『鍘判官』を改めて、包公は武侠白玉堂の注進によって誤って顔査散を処刑することもなく事件を解決するとし、同じく『鍘包冕』も、真犯人は甥包冕ではなくその従僕であると改めた。[16]よってこれ以後、二通りの異なる説話が伝承されることとなった。

〔九頭案〕
員外白熊が従弟劉天禄を殺して宝物「遊仙枕」を奪った事件が多数の事件を引き起こす話で、事件の奇異さに特色がある。石派書『龍図公案』「九頭案」に述べる。

平調『無頭案』二十三場（山東地方戯曲伝統劇目彙編、平調第一集、山東省戯曲研究室、一九八七）は、石派書『龍図公案』「九頭案」に似る。白能が家僕白安に謀って従弟李克明を殺して宝物「遊仙枕」を奪う事件とする。葉千は白能に恨みを懐いて白家に侵入する。包公は葉千、張七、鄭屠、劉三、瑞蓮、白安らを順次喚問して事件を解明する。

なお閩劇本戯『白玉環』二十二場（『福建戯曲伝統劇目索引』二輯）では、無名官吏の公案に改める。李克明が岳父尤熊に借金返済を迫ったため、継室倪氏が家僕尤安に謀って克明を殺す事件とする。「遊仙枕」は出現しない。逃亡の女子を李克明の妻の侍女とする。

京劇『九頭案』四本（『京劇劇目辞典』）は、倪三が何瑞生の驢馬を盗み、何と水思源の妻との姦通を疑い、誤って水家の乳母と侍女を殺す事件とする。包公は亡霊に導かれて倪三の家を調べ、唖女の訴えを聴いて事件を解決する。

〔封御猫〕

南俠展昭が仁宗の護衛となり、「御猫」と綽名される。

秦腔『封御猫』十四場（常俊徳口述本・李嘉澍校勘、甘粛伝統劇目彙編、秦腔第十五集、甘粛省劇目工作室編、一九八四、一六九～二二〇頁）は、石派書『龍図公案』「召見展雄飛」の内容とやや異なり、欧陽春・智化が展昭を開封府へ導き、仁宗が展昭の武芸を見て御猫と綽名をつける。

〔白玉堂〕

莆仙戯本戯『白玉堂』十場（『福建戯曲伝統劇目索引』一輯）では、石派書『龍図公案』「冲天孔」とは異なり、白玉堂は毒矢で落命するが、鍾雄の妹金鶯の治療で救われる。蔣平は金鶯の部屋に侵入して金鳳と遇い、夫婦となる。姉妹は鍾雄を説得して顔巡按に帰順させ、襄陽王は投降する。包公は出現しない。

〔烙碗計〕

甥を虐待する後妻の伯母を非難する説話で、民間的色彩が濃厚である。石派書『包公案鉄蓮花』十二巻がある。『忠義宝巻』（甘粛民楽県旧抄本、車錫倫『中国宝巻総目』、民国八十七年〔一九九八〕、中央研究院中国文史哲研究所籌備処）がある。

京劇『生死板』（『戯典』第十二集、民国三十七年、上海中央書店）では、包公は宝生が石を動かせないことを確認して馬氏母子が劉子忠を殺害した真相を明らかにし、子忠・子明兄弟を復活させる。

廬劇『烙碗計』不分場（一名『生死板』、張金柱・王業明口述、安徽省伝統劇目匯編、廬劇第九集、安徽省伝統劇目研究室編、一九五八・三、一三三〜一七一頁）では、前半で弟劉自明が兄劉自忠の代わりに処刑される「生死板」説話を演じる。

桂劇弾腔『双復生』二十二場（曾愛蓉発掘・龔寿昌校勘、広西戯曲伝統劇目彙編、第十一集桂劇、広西僮族自治区戯曲工作室編、一九六一・三、二五五〜二八九頁）では、子明を兄、子忠を弟とし、兄を短気な性格に描く。包公が凶器の石臼を尋問し、土地神が石臼から声を出して真相を告げる。

婺劇『節義賢』二十六場（王井春口述、浙江戯曲伝統劇目彙編、婺劇第九集、中国戯劇家協会浙江分会・金華専区戯曲聯合会匯編小組編、一九六二・五、一五三〜二二八頁）では、弟劉子明が財産を管理することが嫂馬氏の不満を招く。兄劉子宗は後妻の連れ子宝珠の讒言に翻弄されを悪辣な性格に描く。朝廷は弟の無実を知りながら、弟を処刑する。県令趙宣る。弟の亡霊が家族を護る。雷公・雷婆が馬氏・宝珠を撃ち殺す。弟は観音の養神珠を献上して「進宝状元」を授かる。兄弟と妻子のため「節義賢」の額が贈られる。

川劇高腔『烙碗計』十四場（四川省川劇院所蔵南充川劇団口述本底本校勘、川劇伝統劇本匯編第二十五集、川劇伝統劇本匯編編輯室、一九五九・十二、四川人民出版社、三六〜八一頁）では、兄を劉治明、弟を治忠とする。兄弟は子供の喧嘩から不仲となる。兄の子が人を殺し、兄が投獄される。後妻馬氏は弟に身替りを要求する。弟は絞殺されるが復活する。湖北越調『双搶板』（『鉄蓮花』『生死板』、湖北地方戯曲叢刊、湖北省戯劇工作室編印、一九八一～八四）でも、包公は劉子忠・子明兄弟を復活させ、子明は天から贈られた定眼神珠を天子に献上して官職を授かる。

眉戸『烙碗計』（『中国戯曲志』陝西巻）では、包公の登場を待たずして継母が改心する。

柳子戯『侯貴殺母』（『生死牌』、『中国戯曲志』湖北巻）はこの説話の変型であり、養子侯貴が生母と謀って黄金達の娘桂香に姦通を迫り、誤って生母を殺して黄を誣告する。桂香が死牌を奪って死罪となるが、首切り刀が損傷し、猴が包公の夢に現れて、真犯人を暗示する。

このほか、常徳花鼓戯『黄金塔』（『侯七殺母』、『湖南地方劇種志叢書』）、錫劇『生死板』（『錫劇伝統劇目攷略』）、『烙碗計宝巻』（段平纂集『河西宝巻続選』、一九九四、新文豊出版公司）がある。

〔路遙知馬力〕

西京の馬力と東京の路遙の心温まる友情を描く。説話の原典である宝巻『馬力宝巻』は包公説話ではない。光緒二十年（一八九四）王森逵抄本がある（車錫倫編『中国宝巻総目』）。また龔鳳翔抄本（民国三年（一九一四））がある。路遙が斉王に封じられると、馬力は東京の路家に王府を建てるが、路遙は知らず、馬力に追放されたと誤解する。しかし東京に到着して馬力の真意を知る。

京劇『路遙知馬力』（『戯典』四集、民国三十七年（一九四八）、上海中央書店）は『馬力宝巻』を包公案化した作品であり、主人公馬力を包公の護衛馬漢の甥とする。馬力は烏雅叉の造反を平定した功績によって王に封じられ、路遙を推挙して家を修築する。

〔巧断螃蟹三〕

評書『包公巧断螃蟹三』六回（劉蘭芳・王印権・閻春田、一九八三、河南人民出版社、一〜五五頁）では、『三侠五義』の鄧車を登場させる。定遠県に三本脚の蟹が出現し、包公は螃蟹三という綽名の荘主龐貴の犯行を突き止める。好漢王雲が包公を救う。

十三　清・民国の宝巻とその伝承

〔龍鳳鎖〕

尚書の子と豆腐店の娘の恋愛を描く。宝巻『龍鳳鎖宝巻』二巻（宣統三年〔一九一一〕、車錫倫『中国宝巻総目』）がある。澤田瑞穂『増補宝巻の研究』（一九七五、国書刊行会）の梗概（民国上海惜陰書局石印本）には包公を登場させないが、実は包公説話である。吏部尚書の子林鳳春は災禍を避けるため龍鳳鎖を首に掛けていたが、豆腐店の娘金鳳と夫婦の契りを交わし、衣装櫃に隠れて窒息死したため、母張氏は金鳳を憎んで迫害する。金鳳は山中に隠れて天喜を出産し、天喜は安南国を平定する。包公は金鳳母子の迫害を助勢した張氏の弟で巡按の張天標と、安南に内通した国丈の龐洪を銅鍘で処刑する。

京劇『龍鳳鎖』（『京劇劇目辞典』）は、『龍鳳鎖宝巻』に基づき、金鳳の子天喜が武功を立て、包公に訴えて母の冤罪を雪ぐ。

紹劇『龍鳳鎖』八十六場（筱鳳儀・彭沛霖・金之江・彭天福・林有生・胡宝禄・胡鳳林・陳聚法・筱玲瓏口述、浙江戯曲伝統劇目匯編、紹劇第一集、一九六一・七、七四〜二五九頁）では、林逢春の従者喜児、豆腐屋の金三、金三の義弟駱得胥、樵の喬木富、物売りの老婆楊朱氏ら庶民は、宝巻同様、呉語を話す。

〔双蝴蝶〕

信頼した人物が妻と姦通して家を奪う。妾の子が父の復讐をする。

『双蝴蝶宝巻』（甲寅年〔民国三、一九一四〕汝南氏抄本）では、山東登州府の徐子建が姉婿白羅山に留守を託して科挙の受験に上京するが、その間に妻蘇氏が白と姦通し、妾李氏を虐待して財産を奪う。包公は土地神から事件を聞き、被害者を復活させる。

越劇『香蝴蝶』後本十七場（伝統劇目匯編、越劇第三集、上海市伝統劇目編輯委員会編、一九五九・一、上海文芸出版社、七八～一二二頁）では、忘恩説話とする。藩王徐志鑑が雪の中で救った白羅山が正妻蘇氏と姦通して側室李氏を追い出す。殺された侍女銀香の怨霊が白鼠となって悪人を脅す。包公は白と蘇氏の手足を切断し、心臓をえぐり取る。銀香は復活して徐の子進宝に嫁ぐ。

錫劇『双蝴蝶』（『錫劇伝統劇目攷略』）では、白鼠や銀香は出現しない。白と蘇氏は徐を打ち殺すが、包公が妾王氏の訴えを聴いて白と蘇氏を処刑し、徐を復活させる。

〔紅楼鏡〕

書生が婚約者の性格を誤解して離縁する。女子は父に絞殺されるが、無辜のため復活し、書生と復縁する。

宝巻『紅楼鏡宝巻』（民国石印本、澤田瑞穂『増補宝巻の研究』）では、包公が女子を養女とする。陳文琳の次女玉葉は婚約者王啓周の醜貌と怠惰を嫌い、長女金枝の婚約者周鳳祥の部屋を訪ねる。周は金枝だと誤解して離縁し、金枝は父に絞殺される。包公は復活した金枝を養女とし、周に娶らせる。

越劇『紅楼鏡』二十三場（伝統劇目匯編、越劇十四集、一九六二、上海文芸出版社）は、『紅楼鏡宝巻』と同内容である。包公は五殿閻羅天子となり、金枝を陰陽帯で復活させて養女とする。

錫劇『紅楼鏡』（『錫劇伝統劇目攷略』）では、人物を周鳳翔、王企周、陳文林とする。包公が金枝を復活させて周に妻わせた時、周は金枝のために三年の喪に服すことを求め、包公と金枝からわけを聞いて、夫婦の愛は深まるとする。地獄の裁判は設定しない。

河西宝巻『紅楼鏡宝巻』（段平纂集『河西宝巻選』、一九九二、新文豊出版公司）では、玉葉が自分の軽率な行為を恥じて縊死したため金枝は絞殺されずに済み、周鳳祥も納得して陳家に留まり、状元に及第して金枝と結ばれる。包公は出現しない。

〔老鼠〕

『老鼠宝巻』（張希舜等主編『宝巻初集』、一九九四、山西人民出版社収）は、米屋の嫁が鼠の悪戯で隣の貧書生との姦通を疑われる事案で、李漁『無声戯』小説を素材とする。包公は鼠が書生の処刑を妨害するのを見て冤罪と悟り、再審して容疑を晴らす。

十四　清・民国の弾詞とその伝承

〔滴血珠〕

女子が父親の無念を晴らすため四度も上訴する「四下河南」説話と、婚約者に対して貞節を証明する「滴血珠」説話を演じる。

湖南唱本『新刻滴血珠全部』五巻（民国年間、中湘九総黄三元堂刊）では、被害者趙秉桂の妻田氏は強烈な復讐心を抱き、加害者である義兄秉蘭と別居する。女子瓊瑤は母の遺志を継いで上京するが、包公が最初は罷免されて、二度目は陳州糶米で、瓊瑤の訴えを聴くことができない。瓊瑤の父は城隍となって瓊瑤を庇護する。悪人趙苟欽と秉蘭は山賊になった瓊瑤のおじ田豹に殺される。瓊瑤は富商張化堂に売られ、婚約者古成壁に貞潔を疑われるが、包公が滴血法で純血を証明する。

弾詞『滴水珠』四巻四回（民国七年〔一九一八〕刊、『弾詞叙録』）は湖南唱本『滴血珠』に似る。女子は書生の家を訪れない。

京劇『趙瓊瑶』（『京劇劇目辞典』）では、田氏が娘瓊瑤を置いて訴えに行き、母の死後、瓊瑤が旅館の主人李五の援助で包公に遇い、叔父趙秉蘭を訴える。

廬劇『滴血珠』十七場（龍国成口述、安徽省伝統劇目匯編、廬劇第八集、安徽省伝統劇目研究室編、一九五八・十一、一三一〜一七〇頁）では、趙平南が家財を蕩尽し、妻洪氏と共謀して兄平貴を保定府の楼上から突き落とす。包公は開封府尹趙和深と保定府尹趙文敏の不正を知り、旅商人に扮して事件を偵察し、全瑤を支援する。

高甲戯『試掌中血』（一名『三下河南』、『福建伝統劇目索引』二輯）は、兄弟を趙炳蘭・炳桂、炳桂の妻を田氏、娘を瓊瑤、巴州官を趙文炳、婚約者を古松柏とする。

〔八宝山〕

釈迦の弟子五羅漢柳子公が八宝山に廟を描いて建立し、参詣に来る婦女子を監禁する。包公は解決しきれず、天界が兵を出す。唱本『大宋包断八宝山』（民国石印）がある。

廬劇『八宝山』不分場（王開榜口述本、安徽省伝統劇目匯編、廬劇第九集、安徽省伝統劇目研究室編、一九五八・三、八三〜九七頁）では、包夫人が妖怪逮捕に乗り出すが、最後は孫悟空が捕らえて西方に護送する。

〔そのほか〕

木魚書『老鼠告状』は、包公が猫の弁明を認めて鼠の訴えを退ける。包公の裁判が動物にも及ぶことを表す説話である。

潮州歌『龍図公陰陽判』は、宰相杜国英の好色な息子が江元龍の妻に横恋慕する事案で、包公は夫を諫めて殺害された夫人の霊魂の証言を聴いて事件を裁く。

同『狄清上棚包公出世』は包公出身譚であり、包公は銭傑の妻を強奪した国舅馬魁を裁き、殺害された銭傑を復活させる。

同『饒安案』は包公閻羅譚であり、蓮花神の化身である太師林廷昭から殺害された占い師と二将軍の告訴を審理する。

同『秦世美』は「秦香蓮」説話の後日譚であり、陳碧英の娘玉枝が皇后、息子春哥が状元となり、包公は世美を処刑する役目を負う。

同『龐卓花』も「秦香蓮」説話の後日譚であり、陳珀英の娘玉姫が皇后、息子春哥が状元となり、奸臣龐及父子と闘う。包公は冥界の閻羅として秦世美を裁き、玉皇に上奏して春哥に双子を投胎させて龐及父子と闘わせる。(17)

湖南唱本『紫金瓶』（三元堂刊）は、「張文貴」説話の変型で、旅館の主人楊喜とその叔父楊吉士は書生李子英を殺害しても宝物で出世することはできず、包公は李の父母の訴えを聴いて二楊を処罰する。(18)

四川唱本『閻君判断』（森隆堂刊）は、鼠が猫を閻羅に訴えるという民間寓話であり、猫が「五鼠鬧東京」説話を引いて鼠の悪行を証言する場面を設ける。(19)

十五　現代の地方劇

包公案は、現代各地の地方劇で上演される。ここには『中国梆子戯劇目大辞典』で成立時期を明清時代と推定しながら文献では証明できない作品も含めて掲載した。

〔売金鑼〕

包公が投獄され、銅鑼を売ると叫んで護衛を呼び、監獄を出て事件を裁く。

桂劇弾腔『売金鑼』不分場（蕭凌雲発掘・黄槎客校勘、広西戯曲伝統劇目彙編、第三集桂劇、一九六〇、二四九～二九〇頁）では、包公不在の間に奸臣張潘が跳梁し、忠臣楊洪の家族が迫害を受ける。楊洪の子応龍は従兄姚庚を頼るが、従兄は従妹玉貞に懸想して伯母姚氏を毒殺し、咸陽県令趙宣も収賄して訴状を受理しない。旅館の息子孫洪が包公に訴え、包公は偵察して趙宣に捕まるが、獄吏が「銅鑼を売る」と大声をあげて王朝・馬漢を呼び、包公は救われて悪人を捕らえる。

祁劇『包公坐監』七場（李迅学執筆、鄭浯濱・成勇改編、地方戯劇選編三、一九八二・九、五九～一二〇頁）は、祁陽戯伝統劇目『売金鑼』を整理改編した作品である。趙宣は偽善者である。金の銅鑼は一度は牢頭に奪われ、包公は危機に瀕するが、獄吏が奪還して包公の護衛を呼ぶ。

〔張孝打鳳〕

「二十四孝」の張孝・張礼を題材とした説話である。

東路花鼓『張孝打鳳』十八場（戴桂亭述録、湖北戯曲叢刊、第四十集東路花鼓、湖北省戯劇工作室編印、一九八一・八、二

五七～二九一頁）では、「生死板」説話の趣向を取り入れる。張孝・張礼兄弟は和合二仙の転生である。宋王が皇太后の病気を治すため人頭大願をかけ、包公は曹洪、張孝を捕らえる。包公はわら人形を兄弟の身替りに処刑し、その首を宋王に献上する。

黄梅戯『青龍山』（別名『張孝打鳳』、『鳳凰記』）十場（項雅頌述録、黄梅戯伝統劇目匯編、黄旭初主編、安慶市黄梅戯劇院、一九九〇、二二五～二五五頁）は、東路花鼓『張孝打鳳』十場に似る。包公は曹虹に母の孝養を約束して曹の首を取る。城隍は包公に張兄弟が和合二仙の転生ゆえ、わら人形で代替せよと諭す。

〔寒橋記〕

忠臣の子が奸臣の配下となり、母の抹殺を謀る。だが正直な肉屋が母の養子となり、実の子は処罰される。

京劇『寒橋記』（『京劇劇目辞典』）では、黄全忠が奸臣龐吉の女婿となり、母を橋から落とすが、母は肉屋盧文進に救助され、盧を養子とする。盧は避水珠で皇后の病気を治して御史に封じられ、包公は母の証言で全忠を処刑する。

泗州戯『小欺天』不分場（魏玉林口述本、安徽省伝統劇目匯編、泗州戯第一集、安徽省伝統劇目研究室編、一九五八・一、一～四一頁）では、家僕党小が主人の母朱氏を殺すが、観音老母が復活させる。母は自分を救った肉屋盧文進に娘鳳英を嫁がせる。包公が朱氏の子党金龍と盧文進を鍘にかけると、不孝者金龍が落命する。

泗州戯『三跪寒橋』（一名『小欺天』）十場（魏玉林・王広元口述本、蚌埠市泗州戯劇院集体整理・完芸舟執筆、泗州戯伝統劇目選集、安徽省文化局、一九六一・三、安徽人民出版社、六九～一二六頁）は、泗州戯『小欺天』不分場に似る。龐吉の讒言で一家を誅殺されて荒草山に逃げた東方青が党金龍を援助するが、金龍は状元に及第して龐丞相の養子となり、東方青を討伐する。東方青は党小を殺して鳳英を救う。金龍は朱氏を母と認めず、怒った包公が金龍を処刑する。

北路梆子『天剣除』十二場（侯玉福・張歩青口述本、山西地方戯曲匯編第四集、北路梆子専輯一、山西省文化局戯劇研究工

作室、一九八一・九、山西人民出版社、一～七六頁）では、党家に党洪と党道の兄弟があり、弟党道が不孝者である。党道は母の暗殺を謀り、妻劉氏は自害する。兄党洪が母の訴えを聴いて党道を弾劾する。包公は党道が天に訴えることを許すが、判官が党道の首を切る。

〔王華買父〕

京劇『王華買父』（『京劇劇目辞典』）では、孝行者の乞食王華が後継者を捜す八賢王を養父として買う。王華は帝位を授かって英宗となる。包公は八賢王を救出し、奸臣である兵部劉大晋を処刑する。

〔化心丸〕

両夾弦『鍘梁友輝』十七場（城武県新芸劇団口述本、朱剣校訂、山東地方戯曲伝統劇目彙編、両夾弦第五集、山東省戯曲研究室、一九八七、二〇一～二四八頁）では、奸臣梁友輝と梁貴妃が化心丸で宋王の毒殺をたくらみ、皇后が冤罪を被る。包公は皇后を釈放し、王朝が実行犯梁友才を騙して犯行を証言させる。

淮海梆子戯『化心丸』（安徽省伝統劇目匯編、安徽省伝統劇目研究室編印、一九五八）、豫劇『化心丸』（一名『鍘梁友輝』、『豫劇伝統劇目匯釈』、一九八六、黄河文芸出版社）、宛梆『化心丸』（『中国戯曲志』河南巻）がある。

〔田翠屏〕

岳父が金目当てに婿を殺し、娘と愛馬が官に訴える。

曲劇『田翠屏』十七場（李宝山・董長明口述、趙一大記録、河南地方戯曲彙編第一集、河南省劇目工作委員会編、一九五九、五一～七七頁）では、紹興の紀従栄が山東のおじの遺産を整理して帰宅すると、岳父田二洪が子田虎と共謀して従栄を絞殺し、田栄が冤罪を被る。妻田翠屏は夫の黄馬を見つけて包公に訴え、包公は占い師に変装して事件を調査する。

湖北越調『白玉駒』二十四場（葉崇立蔵本、湖北地方戯曲叢刊第六十六集、湖北省戯曲工作室編印、一九八四・六、二五三

〜二九四頁）では、夫を揚州泰興県の書生季儒、妻を田玉屏、岳父を田呈、おじを楊万登とする。亡夫が妻に犯人を告げ、亡夫は復活する。中間に安南国との戦闘を挿入する。

山東梆子『白馬告状』（『中国梆子戯劇目大辞典』、一九九一、山西人民出版社）では、崔相栄が揚州のおじを訪ね、おじが死んで、銀三百両と白馬を持ち帰ると、岳父田二紅が子僂二と共謀して崔を殺害する。妻田翠屏は崔の夢を見て実家を訪ね、白馬を放つと包公のもとへ導く。豫劇『張保童投親』も同じ内容である。

豫劇『黄馬告状』（『豫劇伝統劇目匯釈』、一九八六、黄河文芸出版社）では、岳父を田成とする。田成は子田虎と共謀して紀従栄を殺す。黄馬が田虎を蹴り殺して包公の行く手を遮る。

薌劇『蛤蟇記』六場（福建戯曲伝統劇目選集、薌劇一集、福建省文化局劇目工作室、一九五九）は、ストーリーが異なる。商売から帰郷した洪宗国を岳父白歎が毒殺する。蝦蟇が怨霊として出現し、事件を暗示する。妻蓮理は弟照の証言を得て包公に訴える。

〔双無常〕

川劇高腔『双無常』十場（四川省川劇院抄本校勘、川劇伝統劇目匯編第二十一集、川劇伝統劇目匯編編輯室、一九五九・十一、四川人民出版社、二〇一〜二二二頁）では、好色な書生丁子卿が無常（冥界の捕吏）に扮して女子李子英を脅す事案と、書生柳世階が無常に扮して女子馬秀英の亡霊を祓う事案を組み合わせ、柳世階と李子英が互いに誤解する滑稽な話を演じる。包公は冥界に赴いて前世の因果を調べる。

〔白羅帕〕

川劇高腔『白羅帕』二十五場（四川省川劇院所蔵本校勘、川劇伝統劇目匯編第二十三集、川劇伝統劇目匯編編輯室、一九五九・十一、四川人民出版社、五三〜一一二頁）では、非礼な家僕江雄が主人王科挙を逆恨みして、宝物白羅帕を用いて王の妻康素貞に不貞の容疑を被らせる。家僕は宝物で戦功を立てて出世するが、包公が招待して狗頭鍘で処刑する。なお黄梅戯『羅帕記』（『安徽省伝統劇目匯編劇情簡介』黄梅戯第一集、安徽省伝統劇目研究室編印、一九八〇）では、家僕姜雄が羅帕宝を拾って王科挙の妻陳賽金を陥れる。包公は登場せず、科挙に及第した王父子が姜雄を捕らえる。

〔牡丹園〕

書生が従兄に陥れられる話で、「血手印」説話に似る。

桂劇弾腔『牡丹園』二十四場（顔錦艶発掘、黄槎客・甘棠校勘、広西戯曲伝統劇目彙編第十三集、広西僮族自治区戯曲工作室編、一九六一・五、二二五～二六二頁）では、山東の首相王延齢の娘冰霜が昇天し、婚約者苗秀石は冰霜の転生した林雨花と牡丹園で出会う。従兄黄波は、秀石に扮して侍女雪梅を殺害し、秀石になりすますが、雨花に見破られる。包公は黄波を鍘で処刑する。

『清涼山』（陝西・綫戯共三集第二集、『陝西伝統劇目彙編劇目簡介』、陝西省文化局編印、一九八〇・三）では、書生を陝西の世襲の指揮苗青、苗の従兄を黄魅、苗青の従者を苗輝とする。

〔珠花記〕

揚劇『包公訪案（珠花記）』一場（常州市常錫劇団油印、一九六一・十二）では、錫の酒器を溶かして夫の口に流し込む姦通殺人事件を述べる。包公は銭塘県を巡察して盗賊韓稲青の家に泊り、盗賊の証言を得て事件を解決する。

揚劇『包公訪案』（江蘇省揚劇観摩演出大会翻印、一九六一）も同内容である。

錫劇『珠花記』（『錫劇伝統劇目攷略』）では、祥符県の事件とし、包公は被害者の亡霊の冥福を祈る韓濤清の老母を見て、韓家に泊る。

〔失金釵〕

越劇『失金釵』二十場（許菊香・屠杏花憶述、伝統劇目彙編、越劇第十五集、上海市伝統劇目編集委員会編、一九六二・二、上海文芸出版社、一～一六〇頁）では、書生陳茂生が悪僧李洪春の奸計に陥って妻金氏の不貞を疑い、妻が自害した後に後悔するが、悪僧に殺される。包公は悪僧に捕らえられ、書生の亡霊は山賊の娘陶妹に救援を求める。包公は悪僧を処罰し、夫婦を復活させる。

〔軒轅鏡〕

紹劇『軒轅鏡』七十場（浙江戯曲伝統劇目彙編、紹劇第七集、中国戯劇家協会浙江分会・紹興県紹劇蒐集小組編、一九六二・四、一六七～三五八頁）では、好色な皇親冷如春が書生馮元とその妻周氏を殺害する。包公は子馮春の訴えを聴き、冷を家に招待して捕らえる。包公は節度使曹友斌の誕生祝賀に紅燭と銭二百文しか贈らず、門衛が投げ捨てると、祝賀の使者を追い返し、同席を拒む臨湖司曹功茂を一蹴して、無官の冷如春に酒を酌ませる。周人同・譚正芳・韓道青ら武侠の活躍も描く。

紹劇『寿堂』一場（浙江省代表団演出劇本選集、華東区戯曲観摩演出大会劇本選集之五、華東区戯曲観摩演出大会編印、一九五四、七七～八六頁）は、紹劇『軒轅鏡』第十五場、節度使曹友斌の誕生祝賀の一場面である。

〔陰陽扇〕

女子の亡霊が書生を追いかける。包公は女子を復活させて書生と結婚させる。

桂劇弾腔『陰陽扇』十一場（広西戯曲伝統劇目彙編、桂劇第九集、広西僮族自治区文化局戯曲工作室編、一九六〇・十二）では、女子柳賽英が土地神を汚したため鞦韆から落ちて死に、閻魔が授けた陰陽扇を持って婚約者顔春敏を追いかける。

山東梆子『牡丹亭』十一場（耿金才口述・張彭校訂、山東地方戯曲伝統劇目匯編、山東梆子第七集、山東省戯曲研究室、一

九八七、六七～一〇四頁）では、女子劉玉花の亡霊が陰陽扇で婚約者張生を扇いで張家に行く。陳留県令の包公は狼牙棒で男女を復活させる。

淮海梆子戯『陰陽扇』（『安徽省伝統劇目匯編劇情簡介』淮海梆子戯第六集、安徽省伝統劇目研究室編印、一九八〇）も山東梆子『牡丹亭』に似る。書生張定方は劉風栄の亡霊に扇がれて家に着くが、叔父が突然門を開いたので驚いて死ぬ。包公は起死還魂棒で男女を復活させて結婚させる。

豫劇『陰陽扇』（一名『牡丹亭』、『豫劇伝統劇目匯釈』、一九八六、黄河文芸出版社）では、書生張春発が劉愛姐の亡霊に追われる。洛陽に着くと張は驚いて死ぬ。叔父百万が訴えたため、包公は狼牙棒で二人を復活させる。

秦腔『月光袋』（一名「陰陽扇」、『秦腔劇目初考』、一九八四、陝西人民出版社）では『陰陽錯』の趣向を取り入れる。鬼卒が賈賽姐を柳賽姐と誤って連行したため、閻羅は柳に月光袋など三つの宝物を贈って婚約者趙鴻恩と結婚させる。趙は家僕柳林が墓参りするのを見て柳が亡霊であると知り、恐れて逃げる。柳は趙を追いかけ、帰宅したところを殺す。二人の父が開封府に訴えると、包公は二人を復活させ、趙は柳と結婚して「進宝状元」に封じられる。

〔紫荊花〕

曲劇『紫荊花』八場（王占柱整理改編、『河南戯劇』一九八七年第五期、三～一二頁）では、科挙を終えて帰宅した夫張漢喜が紫荊花の下で酒を飲んで中毒死し、食事を勧めた妻王鮮莉が疑われる。包公は紫荊花と鯽魚と黄酒の相性が悪く毒性を発したことを突き止め、誣告した妻の従兄焦朴依を流刑に処する。

蒲州梆子『包公査案』（山西省臨汾蒲劇院存抄録本、『中国梆子戯劇目大辞典』、一九九一、山西人民出版社）も同内容である。

〔包公告状〕

揚劇『包公告状』七場（蔣剣奎・孔凡中・辛瑞華、江蘇戯曲叢刊八十年第八期、江蘇省文化局劇目工作室編集、一九八〇・八、六七～一一二頁）では、衙内姚貴が庶民の娘趙玉琴の父趙甫を殺害する。仁宗は姚妃の讒言を聴く凡庸な君主であり、老包公を解任するが、李太后が復職させ、包公は衙内を処刑する。

十六　結　び

「包公案」は、宋代には庶民間の訴訟を調停する「話本」が現れ、元代に至ると庶民を苦しめる権貴の悪行を挫く「雑劇」が多く作られた。明代には「説唱詞話」という語り物の中で包公の描写はさらに深化し、妖怪を裁く神通力も与えられ、読む「小説」としても多数の説話が創作された。清代に至っても民間説話を摂取した作品が「戯曲」「弾詞」「宝巻」の形式で続々と出現し、その説話がそのままあるいは変容して現代の「京劇」[20]「地方劇」などに伝承されるとともに、新たな説話も創作され続けている。その数たるや厖大である。このことは包公案が民衆の精神的な拠り所であることを反映していよう。本節では、説話の創作とその伝承の実態について入手した資料により検証してみた。なお未見の資料が膨大にあると考えられるが、その収集は今後の課題としたい。

注

（1）現在までに、台湾を除く各省・自治区の『中国戯曲志』（中国戯曲志編輯委員会、一九九〇～、中国ISBN中心等出版）が刊行されている。また劇目辞典としては、『秦腔劇目初考』（一九八四、陝西人民出版社）、『豫劇伝統劇目匯釈』（一九八六、黄河文芸出版社）、『川劇詞典』（一九八七、中国戯劇出版社）、『錫劇伝統劇目考略』（一九八九、上海文芸出版社）、『京劇劇

目辞典』（一九八九、中国戯劇出版社）、『中国梆子戯劇目大辞典』（一九九一、山西人民出版社）、王森然遺稿『中国劇目辞典』（一九九七、河北教育出版社）、『中国豫劇大詞典』（一九九八、中州古籍出版社）などが出版されている。
（2）拙論「地方劇における『血手印』説話の内容と特色」（一九九二、山口大学文学会志四十六巻）、「地方劇『秦香蓮』の内容と特色」（一九九二、中国文学論集二十四号）、「『判双釘』から『釣金亀』へ」（一九九三、山口大学文学会志四十七巻）、「地方劇における『張文貴』説話の内容と特色」（一九九四、同上四十八巻）、「地方劇『双包記』における金鯉魚報恩譚の形成」（『古田敬一教授頌寿記念中国学論集』、一九九七、汲古書院）参照。
（3）『福建戯曲伝統劇目索引』第一輯（一九五八・二、福建省文化局編印）。
（4）活字本では李春祥『元代包公戯選注』（一九八三、中州書画社）に、『三勘蝴蝶夢』『智勘後庭花』『智斬魯斎郎』『智賺生金閣』『智勘灰欄記』『王月英元夜留鞋記』『智賺合同文字記』『陳州糶米』を収載する。また呉白匋主編『古代包公戯選』（一九九四、黄山書社）には、以上の他に、『神奴児大鬧開封府』『玎玎璫璫盆児鬼』を載せる。
（5）『芸文雑誌』一九三五～三六、周夷編『緑窓新話』（一九五七、古典文学出版社）。
（6）泉州地方戯曲研究社編『泉州伝統戯曲叢書』第二巻（一九九九、中国戯劇出版社）。
（7）元汪元亨に『仁宗認母』（明・賈仲名増補『録鬼簿続編』）があったが、亡佚した。
（8）『古柏堂戯曲集』（周育徳校点、一九八七、上海古籍出版社）に収載する。
（9）活字本に朱一玄校点『明成化説唱詞話叢刊』（一九九七、中州古籍出版社）がある。
（10）車錫倫編『中国宝巻総目』（民国八十七年（一九九八）、中央研究院中国文史哲研究所籌備処）記載。
（11）活字本に『百家公案』（一九九四、江原大学出版部）があり、朴在淵が蓬左文庫本を底本にしてソウル大学奎章閣蔵万巻楼刻本との校勘を行っている。
（12）前掲『古代包公戯選』には、元曲の他に、南戯として、『小孫屠』『還魂記』『珍珠記』『桃符記』『胭脂記』『魚籃記』を収載する。
（13）『剔目記』については、明・范濂『雲間拠目抄』巻二「記風俗」に記載する。蔡豊明『江南民間社戯』（一九九五、百家出版社）四六頁参照。作品は亡佚しており、湖南祁劇高腔『水牢記』によれば、包公が書生陳可中の妻に横恋慕した員外曹大本を罵って水牢に監禁され、周万婆に救出されるが、周万婆はこのため目を刳り抜かれるという内容である。

（14）清嘉慶年間の焦循『劇説』巻四には、江瀆を祭りに行く王士禎（一六三四～一七一一）の送別の宴で『擺花張四姐』を上演したと記載している。

（15）傅惜華編『北京曲芸総録』（一九六二、中華書局）「石派書総目」には、中央研究院歴史語言研究所旧蔵本を挙げ、劉復・李家瑞編『中国俗曲総目稿』（一九三二、国立中央研究院）には、冒頭若干句を記録している。現在、台湾中央研究院蔵。拙論「鼓詞『龍図公案』における石玉崑の原本の改作」（一九九二、東方学八十三輯）、「清蒙古車王府本鼓詞『三侠五義』『包公案』」（一九九三、山口大学文学会志四十四巻）参照。石玉崑の説書は後に小説化され、写本として『龍図耳録』百二十回（謝藍斎抄本、一九八〇、上海古籍出版社排印）があり、刊本として『忠烈侠義伝』『三侠五義』『七侠五義』がある。

（16）単田芳口述・方殿整理、新編伝統評書『包公案』（一九八七、黄河文芸出版社）の薛宝琨の序文に、こうした石玉崑の説書の特徴を指摘する。

（17）潮州歌の諸作品は『潮州韻文説部（潮州説唱）一五〇種』（潮州義安路李万利出版）に収める。

（18）首都図書館等蔵。姚逸之編述『湖南唱本提要』（一九二九、中山大学語言歴史研究所）参照。

（19）このほか、『張四姐』、『採茶歌』「節婦採茶」（「張四姐」説話）、『陳世美不認前妻』があり、いずれも首都図書館に蔵する。同図書館には、『施俊上京遇妖五鼠大鬧開封府』『鉄面無私鍘美案』『柳纏金看灯包公錯断厳査傘全伝』という説唱作品も蔵する。

（20）前掲『京劇劇目辞典』参照。諸作品は北京市戯曲編導委員会編輯『京劇彙編』（一九五七、北京出版社）等に収載する。

第四章　より強力な忠臣として

第一節　石玉崑の説書『龍図公案』

一　はじめに

北宋の包拯（九九九～一〇六二）は、仁宗皇帝の側近として朝廷に仕えた。『宋史』巻三百十六「包拯伝」には、包拯が高官・外戚・宦官など特権階級の不正を取り締り、民衆に便宜を図ったことから、民衆が「包待制」とその官名で称して敬慕したことを記している。後世この偉大な事跡をもとに、宋の「話本」、元の「雑劇」、明の「説唱詞話」、小説、戯曲、「説書」、現代の地方劇などの文芸活動の中でさまざまな説話が形成されていったことは前章で述べたとおりである。

その中で清の石玉崑は「説書」（語り物）で、雑劇『金水橋陳琳抱粧盒』や「説唱詞話」『包待制出身伝』など従来の説話をもとにしながら、当時流行していた武侠の活躍話を取り入れて、新たな「包公案」（包拯の裁判話）を語った。このため人気を博し、当時の演芸場は常時満員だったという。[1] いまその原本の所在は知れないが、我々は「石派書」や小説『龍図耳録』（あるいは『三侠五義』）でその概要を知ることができる。[2]『三侠五義』『遇后』『打龍袍』『打鑾駕』『花蝴蝶』などの劇が道光四年（一八二四）に上演されていることからすると、[3] 石玉崑は、一説のように咸豊・同治年間（一八五一～一八七四）の人ではなく、[4] 道光年間に活躍した人だと言える。[5]

石玉崑は従来の説話を改変して新たな説話をつくりあげた。たとえば『双包案』劇は『五鼠鬧東京』とも称し、鼠の妖怪が包拯らに化けて都を騒がす話を演じる。明代から伝承される説話であるが、石玉崑は鼠の妖怪を武侠の綽名とし、「五鼠」白玉堂が「御猫」展昭と対決する話に変えた。[6] この改変は大胆かつ新鮮である。もとの『双包案』劇もまた包拯の神通力を称揚する話であり、現在も二つの作品は並行して伝承されている。

石玉崑は武侠説話を創造しただけではなく、従来から伝承する包公説話を改変して、多くの理想的な忠臣説話を創造していった。本節では民間に伝承する包公説話と石玉崑の説話における人物造型を比較して、石玉崑の作品の特色について考察してみたい。

二　『鍘包冕』との相違

『鍘包冕』劇は、収賄罪を犯した甥包冕を包拯が処刑する話を演じており、親族の犯罪を許さぬ包拯の厳正さを描いた傑作である。この説話の由来は古い。

『宋史』「包拯伝」には、包拯が身内の犯罪に対して厳しく対処したことを記す。

平居無私書、故人、親党皆絶之。……嘗曰、「後世子孫仕宦、有犯贓者、不得放帰本家、死不得葬大塋中。不従吾志、非吾子若孫也。」（日常私信をやりとりせず、知人や親族と面会しなかった。……日頃、「後世の子孫で仕官して贈収賄の罪を犯した者は本家に帰ることを許さず、死んで祖先の墓に葬ることを許さない。わが志に従わぬ者は、わが子孫ではない」と言っていた。）

南宋・朱熹『五朝名臣言行録』巻八引『記聞』には、包拯が罪を犯した母方の叔父を鞭打ったという話を記す。包希仁知廬州。廬州即郷里也、親旧多乗授官。有従舅犯法、希仁撻之。自是親旧皆屏息。（包拯が廬州の知府であったとき、廬州は郷里であり、親戚・友人で官を授かる者が多かった。母方の叔父で法を犯した者があり、包拯は鞭打った。それ以来、親戚・知人はみな息を潜めた。）

明の小説『百家公案』（万暦二十二年（一五九四）刊）八十二回にいたると、包拯が直諫大夫のとき、揚州天長県令の任期を終えて帰郷した実子包秀が財を貪っていたことを知って弾劾するという話が生まれる。

（拯）大怒、奏知朝廷、「臣有小児為天長県知県、任満已回、検点行李物色、除俸銭尤余一千貫、今貪財虐民、所合自劾。」（包拯は大いに怒って朝廷に奏上した。「臣の息子は天長県令となり、任期を終えて帰りましたが、荷物を点検しますと、俸給のほかに一千貫の銭を持っておりました。このように財を貪り民を虐げる息子は、自ら弾劾するのが当然です。」）

清代にいたると『鍘包冕』劇が作られた。「車王府曲本」の京劇『鍘包冕』全串貫は以下のようなストーリーであり、包冕は丑角（道化役）、趙炳は花角（敵役）として登場し、二人とも悪役である。(7)

包冕は越州小沙（蕭山）県令であり、母に命じられて包拯の陳州行きを見送りに長亭に来るが、司馬（兵部尚書）の趙炳と世間話をして、収賄の事実を告白する。趙炳はこれを包拯に告げ、包拯は包冕の処刑を決心する。包冕は趙炳に贈賄を約束して取りなしを依頼するが、包拯の怒りは高じる。包冕は包拯の恩師である首相王燕林にも仲介を求めるが、包拯が聞かないため、自分で許しを請う。包拯は包家の子孫が絶えることを憂えて包冕を許そうとするが、包冕から礼金を取れなかった趙炳が包拯を揶揄したため、銅鍘で斬首する。

だが石玉崑は包冕が収賄の罪を犯したとはせず、包冕の名をかたる者の犯行だとした。『龍図耳録』四十六～四十八回の偽包冕事件は、以下のようなストーリーである(8)。

山東観城県（曹州府）の吏趙慶が、包拯の護衛とは知らず趙虎に対して、包拯の甥の包三公子が太原に参拝に行く途中、路銀三百両を要求したと訴える。趙虎は趙慶に開封府に訴えるよう示唆するが、趙慶は太師龐吉を包拯だと誤解し、轎をさえぎって龐吉に訴えたため、龐吉が仁宗に奏上し、仁宗は包冕の連行を命じる。包冕が上京すると、包興が護送役人に包冕との面会を求め、二人は茶店で密談する。三堂会審のさい、包興が連行され、龐吉の女婿孫栄は包興を拷問するが、包興を包冕と対面させると、包冕は包興を面会した人物ではないと証言する。そこへ包拯の甥の包黻・包黼・包冕が到着し、包冕と名のる男が包家から追放された家僕の武吉祥だと判明する。包拯は包興の名をかたった男を連行させ、男が龐家の家人で、龐吉らが包拯を陥れようとした陰謀をつきとめる。龐吉らは処罰され、武吉祥は狗頭鍘で処刑される。

『龍図耳録』と『鍘包冕』の前後関係は明らかではないが、系統を異にする話であり、石玉崑が伝承された説話を改変した可能性が強い。この改変は包拯の一族が罪を犯すべきではないという民衆心理に支えられている。それは『龍図耳録』一回の開始が、つぎのように君主は正しく、臣下は忠義であることを謳歌していることからも見てとれる。

且説、宋朝自陳橋兵変、衆将立太祖為君、江山一統、累代相伝。至太宗・真宗、四海昇平、八方安静。真是君正

臣良、国泰民安。（さて宋朝は陳橋の兵乱で将軍らが太祖を君主に立てて天下が統一されてからは、代々伝えられまして、太宗・真宗にいたりましては、四海は平穏、八方は安静でして、まことに君正しく臣すぐれ、国は泰平、民は安らかでありました。）

またこの事件は奸臣が包公を攻撃する格好の材料であり、前もって真実を知らされていない聴衆に対してサスペンスを覚えさせる。石玉崑はこうした民衆心理を理解し、説話術に長けた語り手であったと思われる。

この石玉崑の新しい「包公案」は、既存の『鍘包冕』劇にも影響を及ぼした。それが楚劇『包公鍘侄』『長亭訓弟』（湖北地方戯曲叢刊第六十二集、湖北省戯劇研究室、一九八三）である。『包公鍘侄』では、伍吉祥という人物が包勉の名をかたって趙炳に罪を告白する。

包勉は肖〔蕭〕山県令に任命されるが、途中で出会った伍吉祥に官印を奪われる。伍吉祥は包公の餞別に来るが、趙炳の前で収賄の方法を語ったため、趙炳が包公に告げて風刺する。包公は怒って偽の包勉を処刑する。そして続く『長亭訓弟』で、真の包勉が出現して母子が再会し、処刑された人物が偽の包勉だと判明するのである。観客は犯人が偽物だとわかっているのでサスペンスを覚えることはないが、包公らが真実を知らないことにもどかしさを感じるであろう。本劇はそうした緊張感を観客に提供している。

なお湖北越調『下陳州』（湖北地方戯曲叢刊第六十八集、湖北省戯劇研究室、一九八四）は、包勉の収賄告白を事実とせず、包公に打ち殺された馬妃の亡霊が包公に復讐するため、越州府肖〔蕭〕山県令の包勉にとりついて戯言を言わせたとする。これも包公に味方する民衆心理の反映であろう(9)。

馬妃魂：……屈死鬼、馬妃。我借来正宮主母半副鑾駕、御街以上、龍行虎視、好一包拯解開其意。我二人上殿動本、聖上不准我的本章、我死在包拯桃条之下。包拯去在陳州放粮、他的侄児包勉与他稟行、我不免攔在三岔路口、

与他一個不祥之兆。（馬氏の魂……冤罪で死んだ亡霊の馬妃ぞえ。わらわは皇后の鑾駕を借りて、御街で龍虎をまねてみたが、包拯はわらわの意図を見破りおった。われらは参内して上奏したが、聖上はわらわの上奏を聞かれず、わらわは包拯の桃の棒で打ち殺された。包拯は陳州に食物を配給に行き、甥の包勉が見送りをする。わらわは三叉路で行く手をさえぎり、不吉な前兆を見せてやるぞ。）

このほか司馬の趙炳は、『鍘包冕』劇では包公の敵役であるが、『秦香蓮』（あるいは『鍘美案』）劇では正直な人物であり、丞相の王延齢とともに駙馬（皇帝の女婿）陳世美を揶揄するという大事な役目を果たす。(10) このため粤劇『包公鍘姪』（粤劇伝統劇目叢刊第六集、一九五七、広東人民出版社）では、趙炳は小沙（蕭山）県令包勉から賄賂を受け取らず、包公は一旦包勉を許すが、銅鍘を見て意を翻し、包勉を処刑するというストーリーに改変している。包公の翻意は趙炳の揶揄によってではない。「前記」には、この修正によって趙炳・王延齢・包公の人物像や劇の主題が明確になったという。

原劇写趙炳是有意在包公面前講包勉的壊話、然後答応包勉説情、又似有意貪図三千両銀子。包公鍘侄似只為趙炳所激、鍘後還懐恨趙炳、王延齢也嚇唬趙炳要他提防包公報復。這様不但把包公和趙炳的性格写的很不完整、而且也把戯的主題模糊了。整理本做了較大的修改。整理本的趙炳是与粤劇『秦香蓮』中的趙炳的性格一様直爽、詼諧、使人覚得可愛的。而包公則是大公無私的。這様戯的主題也就明確了。」（原作では趙炳は故意に包公の前で包勉の悪口を言い、そのあとで包勉の仲介をすると述べており、あたかも銀三千両を欲しがっているふうに見える。包公が甥を処刑するのは趙炳に煽動されたためであり、包勉を処刑した後も趙炳を恨んでいるように見える。王延齢も包公の報復を警戒するよう趙炳を脅している。これでは包公と趙炳の性格描写が不完全であるばかりでなく、劇の主題も不明瞭である。整理本では大幅な修正を施した。整理本の趙炳は、粤劇『秦香蓮』中の趙炳の性格と同じく、朴直・滑稽で、愛すべきである。また包公は仕事を重んじて私情をまじえない。こうして劇の主題も明確になったのである。）

石玉崑は『鍘包冕』劇を取り入れていないため、趙炳は出現せず、人物像に矛盾を呈することはないが、民間の作品においては、このように時として人物の形象に揺れが見られるのである。

三　『打鑾駕』との相違

趙炳がある時は忠臣として、ある時は奸臣として認識されるのは、為政者が庶民にとって必ずしも信頼される存在として認識されていないからである。『打鑾駕』劇にもそうした庶民的発想を見ることができる。

陳州は慶暦三年（一〇四三）に飢饉に襲われ、当地の転運使（財務官）が小麦の価格を時価の二倍につり上げ、配給にかかる諸費用を農民に納めさせた。そこで包拯は「請免陳州添折見銭」（『包孝粛公奏議』巻七）という上奏文を仁宗にたてまつって弾劾した。このことを題材として元の雑劇『包待制陳州糶米』ができた。

陳州の飢饉救済に派遣された劉衙内の息子劉得中と女婿楊金吾は、不法な賑給を行って、庶民張憋古を殺害する。包公はこの事件の調査に派遣され、老人に変装して陳州に向かう。包公は途中で娼婦王粉蓮に出会って、「権豪勢要」（特権階級）劉得中が王粉蓮にあずけた紫金鎚を入手する。紫金鎚は天子から下賜された特権の象徴であり、これを持つ者は独断で刑罰を施行できる。包公はかくて劉得中の特権を剝奪して捕らえ、張憋古の仇を討つのである。

明の「説唱詞話」『陳州糶米記』にいたると、包公が趙皇親（皇族）の不正を査察に行く話となる。包公はその途上で、曹皇后の車駕を借りて参拝に出た張皇妃の銷金傘を奪い、皇妃が仁宗に上奏すると、逆に仁宗に反論して、仁宗と皇后・皇妃に罰金を科し、その罰金を飢饉救済に充当する。包公の知謀をたたえる話である。

「微臣這一件事理不正、亦去陳州監糶不得。我王理家不正、張皇不当占上、合罰黄金一千両。曹皇為大不尊、合罰黄金百両。」皇帝無計奈何、「依卿所奏。」(「臣はこの件で正しい裁判ができなければ、陳州へ行っても配給の監査ができません。わが君は家庭を治めることができず、張皇妃が不当にも上を犯しましたので、黄金一千両を徴収します。曹皇后は尊厳を傷つけましたので、黄金百両を徴収します。」皇帝は如何ともしがたく、「卿の奏するごとくせよ」と申しました。)

清の道光四年(一八二四)には『打鸞駕』劇が生まれ、皇妃が陳州で不正を行った国舅をまもるために、包公の行く手を阻むという奸臣の悪行を強調する話となった。四股弦『打鑾駕』(河北戯曲伝統劇本彙編第三集、一九六〇、百花文芸出版社)は、この話を伝承する。ストーリーは以下のごとくである。(11)

西宮張貴妃が劉皇后の鑾駕を借りて四家皇親の不正を査察に行く包公の行く手をさえぎるが、包公は西宮だと見破って鑾駕を毀し、わら人形を張妃にみたてて杖刑を科し、仁宗には黄金三斗三升を罰として科す。

「説唱詞話」との大きな相違は、悪行を行う人物が皇親(皇族)から国舅(皇妃の兄弟)に変わり、皇妃が国舅の不正を隠すため皇后の鑾駕を借り、包公の国舅査察を妨害する話としたことである。

これに対して『龍図耳録』十四回では、包公が国舅龐昆の不正を査察するため陳州に出発するが、これを皇妃が阻止する場面はない。そのかわり、龐昆が刺客項福を派遣して包公を暗殺しようとしたため、南侠展昭が刺客を捕らえて事件を未然に防ぐという場面が述べられる。これを見ると、石玉崑は仁宗を貶める説話を忌避したかに思われる。

ちなみに京劇『打鑾駕』(京劇匯編第五十三集収、一九五九、北京出版社)は、『龍図耳録』を取り入れて、仁宗を賢明な君主に改めている。

包公が国舅龐昱の査察に行くことになると、龐妃が劉太后の鑾駕を借りて阻止しようとする。包公は再三道を譲るが、龐妃は包公を通さない。包公は劉太后ではないことを見破って、怒って鑾駕を毀す。仁宗は劉太后をなだめるが、太后は包公を許さない。八賢王徳芳が金鐧で郭槐・龐吉の罪を問うて、劉太后に包公を放免させる。包公は仁宗から上方宝剣と御鍘三口を下賜されて陳州に出発し、展昭が捕らえた刺客項福から供述を得て、龐昱を処刑する。

四　『鍘判官』（『錯断顔査散』）との相違

宰相の王延齢もまた例外ではなく、必ずしも忠臣に描かれるわけではない。『慶昇平班戯目』には『鍘判官』が記載されている。いま上党落子『九華山』（『鍘判官』）（山西地方戯曲匯編第九集、一九八二、山西人民出版社）を見ると、王延齢は若者の恋愛を理解しない頑固な父親として描かれており、包公の審判も、王の訴えを聞き入れて、誤って無辜の者を処刑するという不完全さを露呈している(12)。

王延齢は楊発昌の岳父であり、楊が読書をせず娘桂英と密会していることを知って追放する。桂英は水ぬれを防ぐ宝物の衣服を着ていたため、王屠子に殺害される。王延齢は宝衣を拾った楊を捕まえ、開封府へ連行する。一方、冥界の判官である三曹官は王屠子の甥であり、王屠子を庇うため、死者の台帳から桂英の名を抹殺し、桂英を幽閉する。包公は楊を絞殺刑に処するが、死体が倒れないため冤罪だと察知し、「涼戸床」に横たわって冥界に行く。包公は死者の台帳を見て楊が長寿だと知り、桂英の名が見えず、城隍らも知らないため、銅鍘を冥界に送って調査する。桂英は琉璃鬼に解放されて包公に面会し、判官を訴える。包公は地蔵王から九連環を借りて閻魔と判官を審判し、判官を銅鍘で処刑する。包公は閻魔に命じて楊と桂英の霊魂を死体にもどさせ、「点魂入竅」を行って二人を復活させる。また王延齢に二人の結婚を認めさせる。

王丞相は「説唱詞話」『陳州糶米記』で、包公を仁宗に推挙した忠臣である。王丞相道、「此人有安邦之志量、敢断皇親・国戚。」仁宗道、「伝寡人詔勅、交宣入朝。」王丞相道、「此人烈性梗直、微臣自去請他来、我王可重加官職、此人方可肯去、用心救民。」（王丞相は申します。「この者は国を安定させる器量があり、皇族や外戚を審判できます。」仁宗は申します。「朕の詔勅を伝えて参内させよ。」王丞相は申します。「この者は激しい気性で剛直な性格ですので、臣が自ら出かけて招請し、わが王が官職を授けられますれば、赴任してしっかり民を救うでしょう。」）

これに対して泗州戯『小鰲山』（『探陰山』）（安徽省伝統劇目彙編、安徽省伝統劇目研究室、一九五八）では、岳父を柳洪とし、娘金嬋が李保に殺害されるが、李保の従兄倪恒が死者の台帳を改竄したため、婚約者の厳査散が冤罪を被るとする。(13)

閣老柳洪の娘金嬋は家宝の珍珠の汗衫《シャツ》を着て鰲山（灯籠祭りの山車）を見物するが、風神のいたずらで川に落ちる。狗肉を売る李保と妻一丈青は、金嬋を殺して宝衣を奪うが、亡霊に悩まされて宝衣を捨てる。厳査散は宝衣を拾って柳家にとどけるが、柳洪は査散を容疑者として開封府に訴える。包公は冥界に出かけて調査するが、判官倪恒が死人の台帳を改竄して李保を庇う。包公は二度目も証拠がつかめず査散を処刑するが、死体が倒れず冤罪と知る。査散の母は亡霊の訴えを聞いて包公を責める。包公は三度目に李保の犯行記録を発見し、判官を処刑する。ところで『龍図耳録』三十五～三十八回でも、顔査散の岳父は柳洪という吝嗇な富農である。だが冥界の判官が死者の台帳を改竄して包公を欺くことはなく、かわって「五鼠」白玉堂が開封府に通報して友人顔査散を救う話が述べられる。

柳洪は吝嗇で残忍な性格で、査散の両親が死去すると、娘金蟬との婚約破棄を考える。金蟬は乳母田氏からこれを聞いて、侍女繡紅に密会の私信を送らせるが、柳洪の後妻馮氏の甥鈞衡がこれを盗む。鈞衡は査散になりすまして繡紅に会い、正体を見破られて繡紅を殺し、金を盗んで逃走する。柳洪は査散が鈞衡に贈った扇子が現場に落ちていたため、査散を祥符県に訴える。査散は金蟬の名誉に配慮して犯行を認める。これを知った金蟬は自尽するが、家僕の牛驢子がひそかに棺を開いたとき復活して、白玉堂に救われる。白玉堂は開封府に「顔査散冤」の手紙を送り、事件は解決に向かう。

この三者のいずれが先行する話かは確定できないが、あるいは石玉崑が王延齢を貶める話を忌避したのかも知れない。

また死んで判官になった者がその職権を利用して犯罪を犯した身内を庇う話は、古くから存在する。(14)『鍘判官』はこうした民間伝説を「包公案」に取り入れた作品だと考えられる。

石玉崑はこうした判官を処刑する話を採用しなかったが、判官を別の場面に登場させた。それは『龍図耳録』二十七回（石派書「仙枕過陰」「悪鬼驚夢」「鍘李保」）、李保に殺害された山西人の材木商屈申の霊魂が、葛登雲に誘拐されて自害した白玉蓮（秀才范仲禹の妻）の身体に間違って入る「陰錯陽差」事件で、紅黒二判官は冥界に赴いた包公に冊簿を見せて解決させる。

只聴紅判官道、「星主、必是陰錯陽差之事而来。」便遞過一本冊籍。包公打開看時、上面却無一字。才待要問、只見黒判官将冊簿拿起来翻上数篇、放在公案之上。包公仔細看時、上面写着却是八句粗鄙之言、道、「原是丑与寅、

用了卯与辰。土司多誤事、因此錯還魂。若要明此事、井中古鏡存。臨時滴血照、嗑破中指痕。」（すると紅判官が、「文曲星さまはきっと男女の身体誤入の件でいらっしゃったのでしょう」と言い、一冊の帳簿をわたしました。包公が開いてみますと、何も書かれておりません。尋ねようとしますと、黒判官が帳簿を手にとってめくり、机上に置きました。包公が仔細にみますと、八句のつたない詩句が書かれていました。「丑と寅なのに、卯と辰にした。土地の失敗で、身体入れ替わる。解明したければ、井戸の古鏡。血をたらすとき、中指嚙んだ痕。」）

石玉崑の創造した判官像は神聖であり、決して親戚を庇うような人間くささはない。そこには天界に対する懐疑を容認しない思想が反映している。

また包公の審判についても、『錯断顔査散』という従来の説話を訂正しようとする姿勢がうかがえる。王廷紹編『霓裳続譜』（乾隆六十年序刊）巻七「蓮花落」には、

宋朝有個包丞相　昼断陽来夜断陰　黒驢児告状救主難　定遠県裏断烏盆　草橋也曾断過后　一根丁断出両根丁　因為錯断了顔査散　纔惹的五鼠鬧東京　成了精的耗子　你就算不了事（宋に仕えた包丞相　昼この世裁き夜あの世　黒驢馬訴え主救い　黒鉢裁いた定遠県　草橋にては皇后裁き　一本釘から二本を裁く　顔査散の誤審から五鼠が都に暴れたが　妖怪になった鼠など　どれほどのことができようぞ）

とその伝説を述べているが、これに対して石派書「鍘君〔鈞〕恒」には、つぎのように包公の誤審説を否定している。

如今提起閻〔顔〕査散一案、都説是他錯断了。究其実、何嘗如是。不過因産生情甘認罪、幾致鬧出失察之罪。（いま顔査散の事件というと、みな包公が誤審したと言いますが、実際にはそんなことはありません。顔生が甘んじて罪を認めたので、あやうく誤審の過失をまねきそうになっただけなのです。）

五　『鍘趙王』との相違

石玉崑は雑劇『金水橋陳琳抱粧盒』の仁宗受難の話から語り始めた。そこに登場する八王は賢者である。雑劇『抱粧盒』のストーリーは以下のごとくである。

宋の真宗には子がなく、太史が天文観測をおこなって金弾を御苑に射させ、拾った皇妃に子が生まれると進言する。西宮の李美人が金弾を拾って懐妊するが、劉皇后が嫉妬して、生まれた太子を奪い取り、金水橋から捨てるよう女官寇承御に命じる。寇承御は宦官陳琳に出会って苦衷を語り、陳琳が太子を果物かごに隠し、劉皇后の詰問をかわして南清宮の八大王のもとへとどける。八大王すなわち楚王徳芳は真宗の弟で[15]、陳琳から事情を聞くと、太子をわが子として育て、十年後に真宗に拝謁させる。劉皇后は疑念をいだき、陳琳に寇承御を拷問させると、寇承御は自害する。太子は即位して仁宗となると、陳琳にただして楚王らを褒賞し、生母李氏を皇太后とした。

だが民間で上演される『鍘趙王』劇では、趙王は悪人である。その始まりは「説唱詞話」『包龍図断趙皇親孫文儀公案伝』からであろう。趙王は鰲山を見物する織造匠師官受の妻劉都賽を強奪する好色な人物として描かれる[16]。劉都賽は元宵節に鰲山寺を見物するが、狂風が吹いて道に迷い、趙皇親に従って邸宅に行き、そのまま監禁される。太白金星は虫に変身して劉氏の裙をかみ切り、夫婦再会の機縁をつくる。趙王は師官受を招請するが、夫婦が再会して泣くのを見て怒り、師官受の一家を殺戮する。家僕張公は師家の子を連れて揚州に弟師馬相を訪ねるが、趙王も孫文儀に師馬相の殺害を命じ、師馬相は張公と兄の子を連れて上京する途中で殺害される。孫文儀は部下に命じて師馬相の死体を黄菜葉《さわやけ》（大根のもやし）の中に隠して捨てさせるが、包公が見とがめて収容する。

包公は張公から師馬相の訴状を受け取って、死者の身元を確認させたうえ、城隍に命じて師馬相を復活させ、事件の一部始終を聞き出す。包公は病死をよそおって趙王を開封府尹に推挙する遺言を伝えさせ、開封府に来た趙王と孫文儀を捕らえる。

ちなみに「説唱詞話」『仁宗認母伝』では、宦官郭槐が劉妃のむすめを太子とすり替えて皇后となったと述べており、雑劇『抱粧盒』のストーリーは採用していない。よって陳琳・寇承御・八王は登場しないのである。

「六宮大使、姓郭名槐、通同作弊、将劉妃子女児来我西宮、換了儲君太子。劉妃子做了正宮皇后、老身抱女児、気倒在正宮。」（六宮大使の郭槐という者が共謀して、劉妃のむすめをわが西宮に連れてきて、太子と置き換えたのじゃ。劉妃は皇后になり、わらわはむすめを抱いて、怒りのあまり皇后の宮殿で倒れたのじゃ。）

石玉崑は忠臣説話とするために、時代の古い雑劇『抱粧盒』の説話を採用したと思われる。『龍図耳録』一回では、八王が太子を受け取る場面をつぎのように述べる。

賢王爺急忙抱入内室、并叫陳林随入、面見狄妃、又将原由説了一遍。大家商議、将太子暫寄南清宮撫養、俟朝廷諸事安定後、再作道理。（賢王は急いで抱いて奥の部屋に入り、陳林もあとに従えて狄妃に謁見させ、事情をひととおり説明させました。皆は相談して、太子をしばらく南清宮にあずかって養育し、朝廷の諸事が安定した後でまた考えることにしました。）

六　『包公自責』との比較

最後に、改作ではないが、石玉崑以後に創作された民間説話の中で、揚劇『包公自責』（『包龍図誤断狄龍案』）（地方戯曲選編三、一九八二、中国戯劇出版社）について考えてみたい。

龐皇后が蘆花王の子に帝位を継承させないため、甥の韓血を宦官に扮装させ、偽の詔勅を伝えて狄龍を参内させ、狄龍の剣で王子を殺害して罪を狄龍に被せる。韓血はまた狄青の妻双陽公主の家僕に扮装し、包興に公主の金牌を示して狄龍の犯行を告げ、故意に包公の寛大な処置を請う。そのとき包公は不在であり、包公の子包貴（公孫策の遺児）が事件を受理するが、帰宅した包公は包興から事情を聞いて狄龍を審問し、包貴の慎重論を退けて狄龍を有罪とする。だが包公は後に、韓血が包興に示した公主の金牌を包んだふろしきに「龐」と墨書されているのを見て、狄龍の冤罪を知る。しかし狄龍は、国丈龐吉が部下に命じて牢獄に放火させたため、行方不明となる。狄龍の妻段紅玉は韓血を捕らえて開封府に参上し、龐皇后らを訴える。韓血が王子殺害などを自供し、狄龍の冤罪が判明したため、包公は脱帽して跪き、銅鍘による処刑を求める。だが狄龍は包貴が保護して無事であり、包公は許されて、一同は包貴を「包青天」と称賛する。

犯人は包公が裁判に私情を入れることを嫌うことを計算してトリックを仕掛け、包公がそれに騙されて裁判を誤る話である。包公は誤審に気がついて自ら処刑を求めるが、被害者が養子包貴に保護されていたため死罪を免れる。包公の家人包興や公孫策の遺児の包貴が登場することから、この作品は『龍図耳録』以後の創作であることがわかるが、包公が潔癖な性格であることを強調しながらも、無欠の清官ではないことも描き出している。

なお豫劇『包公誤』（『包公誤』、一九八二、河南人民出版社）は上記の揚劇を改編した作品で、包貴を絶賛する話とはしないが、狄皇后に裁判の主導権を持たせており、龐皇后を龐妃と改め、韓血を宦官と改め、蘆花王を登場させない。狄家の傭人に扮して包興に人参をとどけた人物が韓血であることが判明して、狄龍の冤罪は晴れ、包公は自ら銅鍘に入るが、皇后が包公の罪を許すという結末である。

石玉崑はこうした奸臣の手先が偽装という策略を弄して忠臣を陥れるという趣向を、偽の包冕の話（二『鍘包冕』参照）に生かしている。包家の家僕が包冕に偽装することや龐家の家僕が包興に偽装することがそれである。ただ石玉崑にとって包公を貶める話は受入れがたいものであったろう。かれは包興が拷問に屈しない場面を設定したり、真の包冕が登場するという筋書きを立てたりして、奸臣の鼻を明かす趣向を選んだのであった。

七　結び

無名の作者が創作した地方劇「包公案」において、包公は特権階層である皇族、外戚、高官の非道を阻止する役目を担っていた。それゆえ親族に厳しく、また自分を律することも求められ、そうした主題をもつ『鍘包冕』『打鑾駕』『鍘判官』『鍘趙王』『包公自責』などの作品が好んで創作されたのである。

だが石玉崑は天下の秩序を重視した。絶対的な信頼のおける君臣像を創造して、奸臣に立ち向かわせたのである。それゆえ、君臣の名誉を傷つける包公説話は避けられた。『鍘包冕』は包公の身内の汚職であり、包公自身の地位をも脅かしかねない話である。『打鑾駕』は仁宗や皇后という最高位にいる者の犯罪である。『鍘判官』は天界の信頼を喪失させる話である。『鍘趙王』は王位にある者の犯罪である。『包公自責』は包公自身の失敗談である。このほか、『双包案』も動物の精が天界をしのぐ神通力をもつ話である。これらの話は天下の秩序を破壊しかねない内容を持っており、石玉崑は改変して別の話にするか、もしくは採用しないでおくほかなかったのである。

注

（1）子弟書『石玉崑』に、「高拾声価本超群、圧倒江湖無業民。驚動公卿誇絶調、流伝市井效眉顰。編来宋代包公案、成就当時石玉崑。」（評判高きは才能ゆえ、江湖の芸人圧倒す。公卿は絶唱褒めそやし、街の芸人まねたがる。『包公案』を創作し、完成せしは石玉崑）と絶賛された。関徳棟・周中明『子弟書叢鈔』（一九八四、上海古籍出版社）、七三四頁。

（2）石派書『龍図公案』と小説『龍図耳録』はともに台湾中央研究院歴史語言研究所傅斯年図書館に蔵する。著者は石派書と『龍図耳録』の叙述に種々の相違があることを指摘して、『龍図耳録』が現存の石派書を小説化したのではないことを推測した。本章第二節参照。

（3）『慶昇平班戯目』（周明泰『道咸以来梨園繋年小録』（一九三二）収）には、『太君辞朝』『双釘記』『神虎報』『血手印』『瓊林宴』『双包案』『鍘判官』『鍘美案』『三侠五義』『遇后』『打龍袍』『打鸞駕』『花蝴蝶』『烏盆記』『鍘包冕』『京遇縁』『揺銭樹』を記録している。

（4）孫楷第『中国通俗小説書目』「龍図耳録」に、「玉崑、字振之、天津人。咸・同間鬻伎京師、以唱単弦重一時」と注釈する。

（5）『天津日報』一九六一年八月二十九日版に、一九五五年に呉英華・呉紹英が保定市の城隍廟の古書店で富察貴慶の『知了義斎詩鈔』を発見したこと、その中の石玉崑に関する詩の序文に「石生玉崑、工柳敬亭之技、有盛名者近二十年」とあったこと、富察貴慶は嘉慶己未（一七九九）の翰林であり、晩年は北京の西山に住んで詩を作った人物であるという。胡士瑩『話本小説概論』（一九八〇、中華書局）、倪鐘之『中国曲芸史』（一九九一、春風文芸出版社）には、富察貴慶が乾隆四十年ころ生まれ、道光十七年以後に死去したと推定し、石玉崑を道光年間に活躍した人とする。

（6）胡適『中国章回小説考証』（一九四二、実業印書館）所収「『三侠五義』序」（一九二五）、単田芳口述・方殿整理「新編伝統評書『包公案』」（一九八七、黄河文芸出版社）薛宝琨「序」参照。

（7）このほか、京劇『鍘包勉』（京劇匯編第五十三集、一九五九、北京出版社）、漢劇『鍘包勉』（湖北地方戯曲叢刊第二十四集、一九六〇、湖北人民出版社）、漢劇『鍘包貶』（湖北戯曲叢書第十七集、一九八四、長江文芸出版社）、粤劇『包公鍘姪』（粤劇伝統劇目彙編第十四冊、一九六二）、邕劇『包公鍘姪』（広西戯曲伝統劇目彙編第五十集、一九六二、広西僮族自治区戯劇

研究室）、贛劇『鍘包勉』（江西戯曲伝統劇目彙編、一九五九）がある。川劇『鍘姪』（民国年間、成都学道街□記書社）では、包勉を河南交父府包承県令、趙荀欽を刑部大堂とする。

（8）なお石派書「小包村」では、「包山只有三個子、大子包世恩、次子包世顕、三子包世栄。下文書、包文公開封府鍘姪、因包世栄所起。」（包山には息子が三人おりまして、長男は包世恩、次男は包世顕、三男は包世栄ともうします。のちに話します包文公が開封府で甥を処刑する話は、包世栄から起こった話です）と述べ、石派書「召見展雄飛」一でも、「自古聖人云、『一眚莫掩。』夫所謂眚者、無故而得過之謂也。至若非眚災而等於眚災者、則人当自勉矣。如文正公之鍘姪、是已。」（古より聖人は「一の災いがおおい隠すことはない」と言っています。この過ちというのはゆえなく災いを被るという意味です。もし災いでなくとも災いに等しければ、人は必ず自ら戒めます。包公の甥の処刑がそれです」と述べており、前もって包冕は偽者だと明かしてはいない。なお『春秋左氏伝』僖公三十三年では、「不以一眚掩大徳」（僅かな過ちでは大徳はおおい隠されない）という意味である。

（9）漢劇『鍘侄打亭』では、包公が包貶を処刑して出発すると、馬妃と包貶の亡霊が道をさえぎる。包公は嫂呉妙真に謝罪する。王延齢は嫂呉妙真を一品夫人に封じ、包貶を英烈大夫に封じるという詔勅を伝える（湖北地方戯曲叢刊第十八集、一九六〇、湖北人民出版社）。同内容の劇に、上党落子『赤桑鎮』（山西地方戯曲匯編第九集、一九八二、山西人民出版社）、山東梆子『跪韓鋪』、莱蕪梆子『跪韓鋪』（山東地方戯曲伝統劇目彙編、山東省戯曲研究室、一九八七）、淮北梆子『跪韓舗』（安徽省伝統劇目彙編、安徽省文化局劇目研究室、一九六二）などがある。

（10）趙炳は、『新刻陳世美三官堂琵琶記』四巻（民国年間、広州・以文堂／広州・五桂堂）で丞相趙朋として登場し、蕭氏の訴えを聞いて琵琶を贈り、陳世美の誕生日に道姑に扮装して官員たちの前で世美の背信を歌わせて、世美に反省を促そうとする。湖北・楚劇『秦香蓮』十二場（湖北戯曲叢書第二十一集、一九八四、長江文芸出版社）では、さらに王延齢とともに陳世美を責める役目を与えられる。このほか、広西・邕劇『三官堂』二十場（広西戯曲伝統劇目匯編第四十一集、広西僮族自治区戯曲工作室、一九六二）、湖北・東路花鼓『秦香蓮挂帥』十場（湖北地方戯曲叢刊第五十三集、湖北戯曲叢刊編集委員会、一九八一、湖北人民出版社）などに登場する。

（11）このほか、川劇『打鑾清宮』（川劇伝統劇本彙編第二十集、一九五九、四川人民出版社）、『鍘四国舅』（川劇伝統劇目彙編第二十二集）、漢劇『打鑾駕』（湖北地方戯曲叢刊第二十四集、一九六〇、湖北人民出版社）、湖北越調『打鑾駕』（湖北地方戯曲叢刊第七十集、一九八四、湖北人民出版社）、山東梆子『打鑾駕』『下陳州』（山東地方戯曲伝統劇目匯編、山東省戯曲研究室、一九八七）、豫劇『下陳州』（『下陳州』、一九五六、河南人民出版社）、桂劇『御街打鑾』（広西戯曲伝統劇目匯編第五十九集、広西僮族自治区戯曲研究室、一九六三）などがある。

（12）このほか、四股弦『九華山』（河北戯曲伝統劇本彙編第三集、一九六〇、百花文芸出版社）、漢調二簧『鍘判官』（陝西伝統劇目彙編、陝西省文化局、一九五九）、柳琴戯『珍珠汗衫』（山東地方戯曲伝統劇目匯編、山東省戯曲研究所、一九八七）などがある。

（13）京劇『鍘判官』（京劇彙編第二十五集、一九五七、北京出版社）でも、冥界の判官である張洪が甥李保の犯行を隠すため、死人台帳を改竄し、顔査散が柳金蟬殺害の冤罪を被る。

（14）唐・牛粛『紀聞』（『太平広記』巻百、釈証、「屈突仲任」引）では、殺生をして地獄で畜生に告訴された甥を救助し、唐・韋絢録『劉賓客嘉話』（『太平広記』巻百四十六、定数、「宇文融」引）では、判官である母舅《おじ》が甥を百日宰相に任命し、唐の『玉堂閑話』（『太平広記』巻三百十四、神、「崔錬師」引）では、崔判官が姪の女道士を捕らえた太守を叱咤し、唐・鍾輅『前定録』（『太平広記』巻百五十二、定数、「薛少殷」引）では、判官である亡兄が弟に将来の運勢を知らせる話がある。

（15）歴史上の趙徳芳は太祖の子であり、真宗の弟ではない。『曲海総目提要』巻五『抱粧盒』参照。

（16）この説話を伝承する地方劇に、四股弦『鍘趙王』（河北戯曲伝統劇本彙編第三集、一九六〇、百花文芸出版社）、河北梆子『包公鍘趙王』（『包公鍘趙王』、一九六〇、北京宝文堂書店）、上党落子『司馬荘』（山西地方戯曲選、一九六〇、山西人民出版社）、上党落子『司馬荘』（『鍘趙王』）（山西地方戯曲匯編第九集、山西省文化局戯劇工作研究室、一九八二）、豫劇『鍘趙王』（河南地方戯曲彙編、河南省劇目工作委員会、一九五七）、秦腔『鍘八王子』（陝西伝統劇目匯編、陝西劇目工作室、一九五九）などがある。

第二節　「石派書」と『龍図耳録』

一　はじめに

石玉崑『龍図公案』のテキストは流派によって語り継がれ、「石派書」あるいは「石韻書」と呼ばれた。[1]これは石玉崑と同時代の語り手による作品であり、石玉崑が語った原本ではない。[2]一方、『龍図耳録』は石玉崑の講釈を聴いて、それを散文体の小説に書き直したものだと言われる。さきに李家瑞は「石派書」を石玉崑の原作を忠実に反映した拙作だと酷評し、『龍図耳録』を「石派書」を読むに堪える作品に改作したと讃美した。[3]「石派書」は戦時に紛失したと考えられた時期もあり、[4]李説に反論する研究もまだ出ていないように思われる。[5]

著者は『龍図耳録』が基づいたテキストが果たして現存の「石派書」であったかという点に疑問を覚える。両者は基本的には同じストーリーを語ってはいるが、細部において一致しない叙述が少なくない。これは『龍図耳録』が「石派書」を改作したことだけが原因ではなく、語り手が同じでないことに由来するのではないかと考える。「石派書」は石玉崑の叙述をそのまま継承したとは言い難く、『龍図耳録』が別のテキストに依拠した可能性もあるのではなかろうか。本節では、両者の叙述の相違を指摘することにより、李説に対する疑問を提起したい。

二　両者の相違（1）——方言の使用

語り物の面白さは人物の口調をそのまま表現できる点にあり、地方出身の人物を表現するには方言を使用する。『龍図耳録』はその手法を十分に駆使した作品であるが、「石派書」の語り手はそれが苦手のようである。

『龍図耳録』十二回では、医者臧能が薬酒「蔵春酒」を調合し、安楽侯が誘拐した婦人金玉仙に飲ませるという陰謀を武侠展昭が盗聴する場面がある。[6]

男子道、「娘子你弗曉得。侯爺他乃喉急之人、恨弗得婦人一時到手。吾不趁此時賺他的銀両、如何能夠発財呢?」

（男は言います。「奥さん、あんた分かっとらん。殿様はせっかちで、おなごをすぐ手にしとうてたまらん。あたしがこの機に金を騙し取らにゃ、いつ儲けられるんかね。」）

ところが石派書「巧換蔵春酒」では、臧能はまったく呉語を話さない。

忽聴那男子説道、「這個麼、我的妻呀。這如今我是要名利両収的哪。」那女子説道、「是什麼事呢?你要名利双収。」

……（するとその男の話が聞こえて来ました。「それはね、奥さん。今私は名誉と利益を両方手に入れたいんだよ。」女は言います。「何の事?名誉と利益を両方手に入れるって。」）

*

『龍図耳録』五回では、江蘇人呂佩と若者匡必正が佩玉の所有をめぐって定遠県令包拯の前で言い争う。この場面で呂佩は次のように呉方言を使用している。

又見那人回道、「唔吰是江蘇人。姓呂、名佩。今日狹路相逢、遇見這個後生、将吾攔住、硬説吾腰間佩的珊瑚墜、

説是他的。青天白日、竟敢攔路打搶。這後生実実可悪。求太爺与吾剖断剖断。」……呂佩道、「此墜乃是吾的好朋友送的、并勿曉得多少分量。」（するとその男は答えて、「あたしゃ江蘇出身で、呂佩と申しますが、今日は仇敵相逢うで、この若者に出会いますと、あたしを遮って、あたしの腰に着けた珊瑚の飾りを自分のものだと言い張り、真っ昼間から略奪しようとしたんです。この若者は本当に悪いんですよ。どうか県知事様お裁きくださいまし。」……呂佩は、「この飾りはあたしの親友がくれたもんで、重さはいくらか分かりません。」）

石派書「包公上任」でも呂佩は呉語を話すが、その場面は明らかに減少している。

那中年的回道、「唔吆是江蘇人氏。姓呂、名佩。今日在街上閑遊、遇着這個後生、無端的将我攔住、（唱）他道是三年以前家中失盗　硬将我　腰間之物認作賊贓　像我們　南辺人原是斯文一脈　他睄着　精細的肐膊以埧欺良分明是　無徒光棍来訛乍　誤造非言万悪非常　他竟敢　青天白日攔去路　若非是　守官衙相近定被了傷　求太爺　剖断剖断這件事　秦鏡高懸作主張」……呂佩説、「小人這個扇墜是相好的朋友送与我的、不曉得是什麼分両。」（その中年男は答えて、「あたしゃ江蘇出身で、呂佩と申しますが、今日は街でぶらぶらしていますと、この若者に出会いまして、むりやり私を遮って、（唱）言うことにゃ　三年前に強盗入り　腰の飾りを盗んだと　私らは南方生まれの教養人　目をつけて　鍛えた腕で人騙す　明らかに　ごろつきどもの詐欺行為　言いがかりつけるも甚だしい　恥もなく　真っ昼間から略奪す　お役所が　近くになければ殴られた　知事閣下　どうかお裁き下されて　悪者懲らしめ願います」……呂佩は、「私のこの扇子飾りは親友がくれたもので、重さはいくらか分かりません。」）

『龍図耳録』のこの部分は「石派書」と叙述が類似するが、異なる語り手のテキストによったのではないかと推測できる。

＊

『龍図耳録』三十二回、白玉堂が書生顔査散と従僕雨墨に接近する場面にも、白玉堂が故意に呉語を交えて田舎者を装って図々しく振る舞い、二人の気持ちを試すことを述べている。白玉堂はこの後には呉語を話さない。（「石派書」はこの部分を欠いている。）

只見那人対顔生道、「老兄、你評評這個理。你不住吾使得的、就将吾住外這等一推、這不豈有此理麼？……」（するとその男は顔生に向かって、「貴殿。何とか言ってくれんか。あたしを泊めんでもいいけど、あたしを外に押し出すって、そんな話があろうかね。」）

＊

呉語を話す人物は『龍図耳録』九十四回でも登場する。それは四鼠蔣平が陵県（山東）で出会った吝嗇な書生李平山である。彼は蔣平と同船するが、自分が襄陽太守に赴任する金輝に仕えることが決まると蔣平を見捨てる。（「石派書」は『龍図耳録』一～五十五回に相当する部分で終結しており、これ以後の部分は存在していない。）

蔣爺聴了是浙江口音、他也打着郷談、道、「請借一歩説話。」……李先生道、「満好個。吾這裏正愁一人寂寞。」……李平山将眼一瞪道、「萍水相逢、吾合你啥個交情？」（蔣さんは浙江方言を聴くと、やはり方言を話して言います。「ちょっと歩いて話しませんか。」……李先生は、「そりゃいいな。あたしゃ丁度一人で寂しかったから。」……李平山は目をまん丸くして、「旅で出会しただけで、あたしがあんたと何の関係がある？」）

＊

『龍図耳録』百十一回では、襄陽府（湖北）の沖霄楼に仕組まれた「八卦銅網陣」に陥って死んだ五鼠白玉堂の遺体を収容するため、智化と丁兆慧は土地の漁師に変装して襄陽王の部下鍾雄の水寨に潜入する。この時、智化は方言を話して見張りを油断させる。校勘本は括弧内に北京語を注記する。

智化挺身来至船頭、道、「住搭（拉）罷。你放麻（嗎）箭吓?·男（俺）們四（是）陳起望的。男（俺）当家的老弟兄斗（都）来了、特特給你家大王爺爺送魚来了。」（智化は身を挺して舳先に出て言います。「弓はやめてくだせえ。なんで矢を射るんでさあ。俺たちゃ陳起望の家のもんで、当主が兄弟とも参上して大王様に魚を届けに来たんでさ。）

＊

方言を使用して最も成功したのは、『龍図耳録』二十四回、山西方言を話す材木商屈申がもと包公の従者李保の家に泊まって絞め殺され、二十五回、豪族葛登雲に監禁されて自尽した書生范仲禹の妻白玉蓮の身体を借りて甦生し、白玉蓮は屈申の身体を借りて甦生して、美女が地方の無骨な男の声を出し、無骨な男が美女の甲高い声を出すという、性倒錯の卑猥さも感じさせる場面である。校勘本は括弧内に北京語を注記する。

倒是婦人応道、「唔。楽子被人謀害、図了餓（我）的四斃（百）蠅（銀）子、不知咱（怎）的楽子跑到這懐（個）棺材裏来了。」（だが女の方が答えて言った。「うん。俺ゃ人に殺されて、銀四百両取られちもうた。何で俺ゃこの柩ん中に入り込んだんかのう。」）

ところが石派書「陰錯陽差」では、屈申の言葉を山西方言で表現せず、そのおかしさを行動描写によって表現している。

那婦人張開桜桃口、破鑼一般的声音喊道、「你還訛我不成。」説着、揚手就打。……趙虎説、「開封府里打官司去。」那婦人聴了説、「很好。我正要到開封府中鳴冤的我屈呢。很好。咱們就走。」説着、邁金蓮一歩一歩的走将出来。（その婦人はサクランボのような小さな口を開け、破れた銅鑼のようなガラガラ声で叫び、「おまえは俺を騙せないぞ」と言いながら、手を挙げて打ってきた。……趙虎が、「開封府へ裁判に行く」と言うと、婦人はそれを聞いて、「結構だ。俺もちょうど開封府に訴えに行こうと考えていたところだ。結構だ。俺たちは行こう。」そう言って、小さな足を大股でつかつかと歩き出した。）

なお中央研究院蔵『龍図耳録』二十四回では、行間に方言音を注記する表現を取って、原文に原音を表す文字を記しておらず、発音は講釈師の裁断に任せており、実際の講釈でどれだけ山西方言を反映させたかは不明である。[7]

看了看日色平西、他便慌了道、「楽子還要進城（念陳）咧。天晩（念囹）咧。」……「那婦人他就活了、把小道接住、一頓好打、却是一口的山西話。」……婦人道、「我不是婦人、我的名字叫屈伸。只因代着四百〔両〕銀子批木頭去、買売不成、回来晩咧、道児上見個没主的黒驢。」（太陽が西に傾いたのを見ると、男は慌てて、「俺は城に入らなきゃならんのだ。遅うなってしもうた。」……「その女は生き返ると、貧僧をば摑んで一頻り打ちつけ、山西方言丸出しでした。」……女は申します。「俺は女じゃない。俺の名前は屈伸だ。銀子四百両を持って木材を仕入れに行き、交渉がうまくいかず、帰りが遅くなり、途中で主人のおらん黒驢馬を見つけたんだ。」）

三　両者の相違（2）——伝説の処理

方言の使用という点では『龍図耳録』が優れていると言えようが、すべての叙述・描写において『龍図耳録』が「石派書」に常に優越しているわけではない。

石派書「烏盆記」では、匡必正の叔父天祐が包公を称賛して次のように唱っている。

匡天祐道、「列位呀、這位包太爺真是神也仙也。断事猶如目覩、並且相貌清古、終久不可限量。……〔唱〕……

他老的那　相貌生成貴不可言　坐如鐘　停停端正居公位　而況且　以公為公任事在先　論五関　自天然　地閣円

更兼天庭満　鼻準隆　耳輪大　漆黒的面光沢現　従不笑乃是寡容顔　英雄眉秀　虎目雖円　却見慈善　又識凶頑　四方口　善断善弁　真乃獣中麒麟　鳥中鳳凰。」（匡天祐は申します。「みなさん、この包県令様は本当に神か仙人です。裁きは目撃したように正確、容貌も清逸で、無限の力をお持ちです。……」〔唱〕「……この方の容貌天成貴くて　鐘のごと　官位に座して威厳あり　それに又　常に公事を優先す　五関〔耳目舌鼻身〕を見れば天然で　顎は丸く額広く　鼻筋高く福の耳　顔は漆黒黒光り　笑顔をこれまで見たことなし　英雄の眉に猛虎の目　善を見分けて悪見抜き　四角い口は弁が立つ　これぞ麒麟か鳳凰ぞ」）

「石派書」の包公の容貌描写には、明成化年間刊「説唱詞話」『包待制出身伝』以来の伝説を反映しており、民衆文学らしさが現れている。(8)これに対して『龍図耳録』五回は包公の容貌描写を行わない。

匡家叔侄将扇墜領回無事。因此人人皆知包公断事如神、各処伝揚。（匡家の叔父と甥は扇子の飾りを受け取って帰り、事件は終わりました。それ以来人々は包公の裁判が神聖なことを知り、方々にその話が伝わりました。）

これは『龍図耳録』が包公の容貌描写を忌避したからではないかと思われる。そのことは石派書「相国寺」と『龍図耳録』六回の叙述を比較すれば、さらに理解しやすい。まず「石派書」はこうである。

○又見不知従那里来了一個黒臉的道人用手扶起那玉柱。天子正待宣召、忽然京醒、乃是一夢。（どこから来たか分かりませんが、一人の色黒の道士が手で玉柱を支えました。天子は召喚しようとなさった時、突然目を覚まされました。それは夢だったのです。）

○只見他天庭飽満、地格方円、身材凛々、相貌堂々。更兼他黒面如漆、増光大亮。（その顔は額が広く、顎が方円で、身体つきは凛々、容姿は堂々としており、またその顔色は漆黒で、つやつやと輝いておりました。）

これに対して『龍図耳録』は、次のように「形容面貌」という言葉で漠然としか描写しない。

只因王大人面奉諭旨、欽賜図像一張。乃聖上夢中有警、醒来時宛然在目、御筆親画了形容像貌、特派王大人暗暗密訪此人。……王大人仔細看時、形容面貌、与聖上御筆龍図毫無差別。（王大人が親しく詔勅を奉じ、図像一枚を賜わったからです。それは天子が夢に啓示を得て、醒めてまだはっきり覚えていたので、自分でその姿形を描き、特に王大人を遣わして密かにその人物を捜させたものでした。……王大人が仔細に見ると、容貌は天子の描かれた図像と何の違いもありません。）

＊

鍾馗伝説も「石派書」では記述するが、『龍図耳録』では記述しない。

石派書「烏盆記」では、書生劉世昌を殺害した趙大を誅殺するのは包公ではなく、趙大の犯行を目睹した鍾馗像である。鍾馗は民間では邪気を駆除する神として信奉され、その版画を部屋や門に飾る。鍾馗が「包公案」に登場するのは、明万暦二十二年（一五九四）刊『百家公案』二十二回、『曲海総目提要』巻三十六収録の戯曲『断烏盆』である。(9)

劉世昌魂魄答道、「除了悪賊夫妻、只有画上的鍾進士在那里。」……〔唱〕……猛聴得　悪賊「哎喲」声惨切　風過後　気下全無刑下命休（劉世昌の霊魂は答えて申します。「悪党夫婦のほかには、描かれた鍾進士があそこにおられるだけです。」……〔唱〕……突然に　悪党「ああっ」と声をあげ　風過ぎて　息絶え命も奪われる）

この場面は『龍図耳録』六回では、包公が魂魄の証言を得て、趙大の妻を欺いて夫の犯行を供述させ、趙大を拷問して殺すと述べており、鍾馗は登場しない。

包公一声断喝、説、「夾。」只這一個字、不想三木一撳、趙大不禁夾、他就嗚呼哀哉了。（包公が大声で「挟め」と叫ぶと、その言葉で三本の木に同時に撃たれ、趙大は痛さに堪えず、嗚呼哀しいかなということになってしまいました。）

＊

張天師が天狗を射る図は現代の年画でも伝承されており、張天師は子供を護る神として信奉されている。(10) この部分の記述も『龍図耳録』は簡略である。

石派書「救主・盤盒・打御」ではこの図の由来を説明する。

有那大理寺正卿司天台文彦博文大人有本啓奏、……〔唱〕……「這今歳　天犬星犯紫辰殿　定生那　儲君不利太子有傷　……這凶星　破解無非画図一張　現如今　微臣代来請万歳御覧」……画上彷彿太白金星手拿蛋弓望雲端裡、望着那雲端裡画着一条脇生双翅的大狗。……此画乃是張仙手中蛋弓専打天犬。……被宋太祖看見追問此画来歴、花芯夫人跪奏、「此乃張仙専一能打天狗防護小児。」因此従宮中伝出這位神仙来咧。（大理寺正卿司天台文彦博大人が上奏され、……〔唱〕……「この年は　天狗が宮殿侵しおり　必ずや　太子の出産障りあり　……不吉星　破るは図像この一枚　今茲に　臣持ち御覧に呈します」……図には太白金星らしい者が手に弾弓を持って雲を望み、その雲の中には一匹の脇に羽がある大犬が描かれています。……これは張仙が専ら天狗を撃つ図です。……宋の太祖からこの図の来歴を尋ねられ、花芯夫人は跪き、「これは張仙が専ら天狗を撃って小児を護る図です」と上奏しました。それ以来、宮中からこの神仙が伝えられたのです。）

これに対して『龍図耳録』一回では、単に「図形」と表現して張天師の伝説を記さない。

有西台御史兼欽天監文彦博出班奏道、「臣夜観天象、見天狗星犯闕、恐于儲君不利、恭繕図形一張、謹呈御覧。」（西台御史兼欽天監文彦博が文班から進み出て上奏しました。「臣が夜天象を観じますと、天狗星が天闕を侵しており、皇太子のご出産に不利かと存じまして、図像一枚を制作し、謹んで御覧に入れる次第でございます。」）

＊

だからと言って『龍図耳録』が一貫して民間伝承を退けているとは言えない。『龍図耳録』十一回では、包公の三宝の一である遊仙枕の由来について、白熊家の執事白安に次のように述べさせている。

「後来劉天禄酔後失言、説他路上遇見一個顛癩道人、名喚陶然公、説他面上有晦紋、給他一個『遊仙枕』、叫他寄与星主。他又不知星主是誰、故此問我主人。」（「後に劉天禄は酒に酔ってうっかりと、彼が途中で陶然公という名の癩病の道士と出会い、顔に凶相が現れていると言われて『遊仙枕』を与えられ、星主に贈れと命じられて、星主が誰だか分からなかったため、私の主人に尋ねたのでした。」）

これに対して石派書「仙枕過陰」では、陶然公の名前は述べられず、ただ異人としか述べないのである。

〔唱〕這一日　有個親戚叫劉天禄　他本是　食古未化的一個窮儒　手拿着　一宗宝物是遊仙枕　具他説　什麼珍宝也不如　他本是　異人伝授真奇異　若枕着他　夢魂遊遍四岳五湖　指示他　叫他去到開封府　文正公　日后有用好把患除（この日には　劉天禄という親戚で　もともとは　勉強途中の貧書生　その手には　遊仙枕という宝物　言うことにゃ　この宝物は絶品で　もともとは　異人伝授の優れもの　枕すりゃ　夢見て世界を旅行する　指図あり　開封府に届ければ　包公が　これにて難件解決す）

＊

また石派書「七里村」と『龍図耳録』七回を比較すると、「石派書」では、難事件を夜間でも審理したことが発端となって、夜間に亡霊の訴えを聴く伝説が生じたと説明している。

這文正公自従上任以来、……不肯拖累無辜之人。所以遇着難審的案件、若要是半夜之間想起根由、也必然立刻升堂辦理。……外人那里知道這個原故。又聴見説審過「烏盆案」合宮中的鬼怪、大家你言我語都説、「這位新任府尹是位活閻羅、白日審人黒夜審鬼。」到処哄揚。（この文正公は赴任以来、……無辜の者に迷惑をかけてはならじと、難事件に遇えば真夜中でもその原因を考察し、すぐに登庁して審理したのです。外部の者はこのことを知るわけもなく、「烏盆案」や宮中の妖怪を審理した話を聞いて、誰もが互いに、「この新任府知事は活きた閻魔で、白昼には人間を裁き、夜中には亡霊を裁く」と言いはやすようになったのです。)

これに対して『龍図耳録』七回の叙述は簡略で、包公が寇承御の亡霊騒ぎを静めて陰陽学士を授かったことを伝説の由来としている。

聖上聞聴大悦、愈信「烏盆」之案是実、即封包公開封府尹、加封陰陽学士。……因聖上隆恩過重、用了「陰陽」二字、従此人人伝説包公善于審鬼、日断陽、夜断陰、一時哄伝不了。(天子はこれを聞いてご満悦で、ますます「烏盆案」が事実だと信じ、即刻包公を開封府尹に任命し、陰陽学士の官位を授けました。……天子の恩寵が勝れ、「陰陽」という言葉を用いたため、爾後人々は包公が亡霊をよく審理し、昼には現世を裁き、夜には冥界を裁くと言い伝え、当時騒がれたものでした。)

四　両者の相違(3)——個別の記事

このほか、両者の叙述には相違が少なくない。

たとえば「石派書」『九頭案』では、肉屋の周が遊郭から逃亡した娼妓貞娘を殺害して、その首を書生韓瑞龍に豚の頭として売る事件と、それに連鎖して発生する複数の殺人事件を述べている。『龍図耳録』も同じ事件を述べるが、細部において相違を見せている。

まず比較的大きな相違は、娼妓が逃亡した理由である。「石派書」では、娼妓は「虔婆」(妓楼の女将)馬容花の隙を見て逃亡していたとする。

周屠説道、「這其間有許多的原故、聴我小人伸訴。〔唱〕這件事　本是出人意料之外　老爺聴我講其詳　那一天我周屠剛然関舗板　従外面　来了一女子走慌忙　又見他　満頭珠翠身穿綿繡　進舗中　遮遮掩掩不住掖蔵　口中不住説救命　我小人　見財起意安下了不良　未卜知　他是誰家一個宅眷　……　這個女子、名字叫作貞娘。只因他父母将他売到季春院中、被虔婆馬容花朝打暮罵、叫他接待客人。這女子立志不従、不肯落水。這日馬容花又将他打扮出来、叫他倚門接客。他可就趁勢児跑出来了。」（肉屋の周は申します。「これにはいろいろ訳があり、これからご説明いたします。〔唱〕この事件　まことに意外なことでして　殿様お聴き願います　当日は　店じまいをしてからすぐ後に　表から　女が慌てて駆け込んで　その身には　珠翠の簪刺繡服　店に入り　隠れる場所を探しては　助けを求めておりました　手前めは　金を目当てに悪巧み　つゆ知らず　何処のお宅の奥さんか　……

この娘は貞娘という名前で、両親から遊郭に売られ、女将の馬容花から毎日打たれ罵られて接客を命じられましたが、この娘は頑として従わず、身を売ろうとしません。この日も馬容花が娘に化粧をさせて接客を命じましたが、隙に乗じて逃げ出したのでした。）

これに対して『龍図耳録』十一回では、肉屋の鄭が供述して、娼妓宦娘は蔣太守の子に水揚げされるのを嫌って逃亡していたと言い、女将は登場しない。

他説、他名叫宦娘、只因身遭拐騙、売入烟花、鴇母強逼落水、他是良家女子、不肯依従、後来因有蔣太守之子倚仗豪勢、多許金帛、偏要梳籠他、……他便瞅空児脱逃出来。（娘が申しますには、娘は名を宦娘と言い、誘拐されて遊郭に売られ、女将に身売りを強いられたけれど、良家の娘なので従わず、後に蔣太守の息子が権勢を笠に着て、金をどっさり出して是が非でも水揚げしようとしたため、……娘は隙を見て逃亡したということです。）

「石派書」では、結末で馬容花は白熊・白安・周屠らとともに包公の狗頭鍘で処刑される。

包公説道、「白熊・白安・周屠・侯二這四個人、都是図財害命、死有余罪。馬容花買良為娼、致使貞娘被人殺死、与自己逼死者無異、理応正法示衆。……」（包公は申します。「白熊・白安・肉屋周・侯二の四名はみな金目当ての殺人で、死刑でも足りぬ。馬容花は良民を買って娼妓にし、貞娘を殺させてしまった。これは自分が殺したも同然であり、処刑して見せしめにすべきである。……」）

このほか、石派書「九頭案」には、肉屋周のほかに、仲買人王三が登場する。包公が三星鎮で韓文氏の訴状を県令劉賓に見せて事情を聴くと、劉賓は次のように、周屠と仲買人王三を釈放して、韓を取り調べていると答える。

劉賓他　控背躬身回稟道　「尊大人　聴卑職将源由言講一番　都只為　此案現在白家卜内　韓瑞龍　……」（劉賓が　背中を屈めて答えます　「包大人　それがし説明申しましょう　これすべて　事件現在白家に起き　韓瑞龍　……）

なお別に「石派書」や『龍図耳録』とも異なる鼓詞『龍図公案』のテキストが存在している。(11) 石派書「九頭案」に相当する『龍図公案』十部～十三部は以下のようなストーリーであり、「石派書」の叙述と共通する箇所もある。（〇印内の数字は章回を示す）。

〔十部〕①閔好学は肉屋の周から豚の頭として女の首を売りつけられた上、自宅の床下から男の首無し死体を発見する。②趙虎と公孫索は事件を捜査する。③公孫索は妓女張秀雲が陳州太守の子杜文林を嫌って逃亡したことを知る。

〔十三部〕①包公は妓楼の女将馬氏を召喚する。②馬氏は死体を妓女張秀雲だと認める。包公は大仏寺を尼寺に改め、馬氏を出家させる。

*

石派書「苗家集」では、富豪は高利貸をして農民に借金の返済を迫る。

那董青対着白玉堂説道、「自従我借了員外這十両銀、麦秋未能帰上、員外爺可就施了恩咧。……公子爺。去年麦秋時節、二十両銀子我還還不起呢。今年麦秋里如何還的完這八十両銀子呢？所以我向員外爺屢次的哀求寛限、無奈員外爺他再三不肯応允、故此才叫公子爺看見。」（董青は白玉堂に向かって申します。「旦那様から銀十両をお借りしましてから、秋の収穫にも返済できませんでしたが、旦那様は特別に許してくださいました。……若様。去年の秋の収穫の時に銀二十両を返済できなかったのですよ。今年の秋にどうして銀八十両が完済できましょうか。それで何度も旦那様に期限を融通していただくよう哀願しましたが、旦那様はどうしても承知なさいません。そこを若様に見られてしまったのです。」）

『龍図耳録』十三回では、富豪は借金返済ができない農民に娘を売るよう迫る。

那老民見白玉堂這様気度、料非常人、連称「公子爺有所不知、只是小老児欠員外的私債、員外要将小女抵償、故此哀求、員外只是不允。」（老人は白玉堂のこうした度量を見て、並の人間ではないと考え、「若様はご存じないのです。私めが旦那様の借金をし、旦那様が娘を形に取ろうとなさるため哀願しましたが、旦那様はどうしても承知なさらないのです。」）

＊

同じく石派書「苗家集」では、白玉堂が苗秀親子の金を盗んでいく。

（斬爺）剛要進屋、只聴見後辺廂一片声嚷説道、「這不用説咧。一定是賊人的詭計。」……却元来是白玉堂由後門走将進来、大揺大擺的走到天平旁辺、伸手拏了四封銀子、揣在懐内。（展さんが部屋に入ろうとすると、裏の方から叫び声が聞こえて、「知れたことだ。きっと賊の悪知恵に違いない。」……実は白玉堂が裏門から入って来て、堂々と天秤の側まで来て、むんずと四封の銀子をつかんで、懐中へ押し込みました。）

これに対して『龍図耳録』十三回では、展昭が先に金を盗み去り、白玉堂に分け前を残して去る。

此時南俠早已揣銀走了。玉堂進了屋内一看、見卓上只剰了三封銀子、……。（この時南俠は早くも銀を押し込んで逃げました。玉堂が部屋に入って見ると、卓上には三封の銀子しか残っておらず、……。）

＊

石派書「李后還宮」では、包公が婦人の訴状を見る途中で倒れ、代わって公孫策が婦人の訴えを聴く。

包興児将這告的人児帯将過来、先将呈詞接過、遞于包公。包公在轎内瞧了半天、只見忽然一個冷戦、登時之間在轎内就把呈詞扔将下来咧。……此時公孫策先生却也在後跟随、一見文正公這番光景、遂和包興説道、「你把那張呈子拿来、我看看。」……〔唱〕公孫策　再三研詰考問端詳　先問道　「婦人你是何方人氏？」　婦女回言説「我姓楊」（包興は訴えた者を連れて来て、まず訴状を受け取り、包公に手渡します。包公は轎の中でしばらく見ておりましたが、突然震えが来て、すぐに轎の中で訴状を落としてしまいました。……この時公孫策先生が後ろに随っており、文正公のこの様子を見て、包興に申しました。「訴状を持って来なさい。私が見るから。」……〔唱〕公孫策　再三仔細に審問し　まず問うは　「ご婦人どこのお方かな」　女は「楊と申します」）

だが『龍図耳録』二十回では、包公は法廷で婦人楊氏とその娘の舅《おじ》趙国盛の訴えを聴いた後に倒れている。

只見従角門進来男女二人、帯在丹墀之下。……包公問道、「那婆子有甚冤枉、訴上来。」……趙国盛上堂跪倒訴道、……包公聴罷、……包公忽然将身一挺、……往後便倒。（門口から男女二人が入り、朱塗りの階下に連れて来られました。……包公は尋ねます。「婆さん訴え事があったら言いなさい。」……趙国盛は法廷に上って跪いて訴えます。……包公は聴き終わると、……包公は突然身を引きつらせ、……後方に倒れました。）

＊

石派書「包公遇害」では、展昭が済南府において難民救済をする場面を描く。

〔唱〕山東旱　苦黎民　比陳州　還更甚　赤地千里　斗米百金　這難民　纔携男抱女各処投奔　……一直的進了済南府城中、找了一座銭店、斬爺打開銀袱子、従裡面拿出了二百両紋銀、換了按人分散。（山東は旱　民の苦は陳州よりも　甚だし　荒れ地は千里　米高騰　難民たちは　子供抱えて奔走す　……まっすぐ済南府の城中に入り、両替商を捜すと、展さんは銀の包みを開いて、中から二百両の純銀を取り出して交換し、一人一人に分け与えました。）

『龍図耳録』二十回にはこの場面はなく、すぐに、展昭が楡林鎮という土地に赴いて物乞いをする婦人に施しをする場面に続く。

一日、来至楡林鎮上。……展爺聴了、抬頭一看、見是個婦人。……展爺見他説的可憐、一回手、在兜肚内摸出半錠銀子、……（ある日、楡林鎮に来ました。……展さんが声を聞いて頭を上げて見ると、一人の婦人です。……展さんは聞いて可哀想になり、さっと腹掛けから半錠の銀子を探り出し、……）

＊

同じく石派書「包公遇害」では、物乞いをする婦人は展昭から金を受け取っても姑と夫から疑われていない。

〔唱〕那婆子説　「媳婦你也歇歇罷　這半日　手不拾閒片刻工　你自己　也張羅張羅你吃飯　可憐你　天天乞化在御市中　今日個　幸喜得遇恩人救命　幇助你　十両紋銀情分不軽　也是你　孝心感動天和地　才有這　仗義疎財這恩公」（〔唱〕婆さんは　「嫁御よ少し休まねば　半日も　休まず苦労するばかり　自分でも　食事を少しはしなければ　可哀想　毎日街で乞食して　今日だけは　幸い大恩人に巡り会い　施しに　銀十両は有難や　それ

こそは　孝心天地を感じさせ　ここにこれ　立派なお方が現れた）

だが『龍図耳録』二十回では、婦人が姑と夫から疑われ、それに乗じて悪人が中傷しようとしたので、展昭は「夜遊神」と称して婦人の貞潔を明かす。

忽聴婆子道、「若非有外心、何能有這許多銀両呢?」男子接説道、「母親、不必説了。明日叫他娘家領回去、就是了。」……猛抬頭見籬門外有一人、忽高声道、「你拿我的銀両、応了我的事、就該早些出来。」……（南侠）高声説道、「吾乃夜遊神也。……吾神特来等候姦人、以明王氏之賢孝、并除姦人的陥害。」（突然婆さんが、「もし浮気でなければ、どうしてこんな大金ができるのかね」と申しますと、続けて夫も、「母さん、もういいよ。明日実家に引き取ってもらえばいいよ。」……ふと見ると垣根の外に人がいて、突然声高らかに、「俺から金をもらって承諾したのに、早く出て来ないか。」……（南侠は）声高らかに、「吾こそは夜遊神である。……吾は悪人の出現を待ち、王氏の賢明さを証明し、悪人の謀略を駆除しに参上した。」）

＊

同じく石派書「包公遇害」では、姉金香を身替りに嫁がせて道士の徒弟と逃亡した妹玉香が、さらに別の男と密会する。

那男子聴了、忙又問道、「到是怎麼一件事呢?你到説明白了哇。」那女子説道、「只因我們家臨街、時常的我倚門而望。不想我們家相離不遠、有座慈雲観、観内有一師一徒、出家修行。」……〔唱〕只因為　一念之差終身是錯　竟失身於他活把我坑」（男は話を聞いて、慌ててまた尋ねました。「一体どんな事件だい。はっきり言ってごらんよ。」女は申します。「家は街に面しているので、いつも門から外を覗いていたの。そうしたら家から遠くない所に慈雲観があり、師匠と徒弟が出家して修行していたの。」……〔唱〕はからずも　一瞬ぐらっと気が迷い

私の貞操奪われた）

『龍図耳録』二十回ではこうした場面はなく、玉香は道士の徒弟と話している。忽聴婦人説道、「你我雖然定下此計、逃匿到此、但不知我姐姐頂替去了、人家依与不依？」又聴道士道、「縦然不依、自有我那岳母対付他、怕他怎的。」（突然女が申します。「私たちはこの計略を決めてここに逃げて来たけど、姉さんが身替りに嫁いで、あちらは納得したかしら。」そうすると道士が、「納得しなくても、お母さんが対処してくれるから心配ないよ。」）

＊

石派書「召見展雄飛」では、展昭と王朝・馬漢・張龍・趙虎は山東へ楊玉香を捕らえに行き、そこで包公の甥包世栄の悪事に苦しむ地保に遇う。

文正公向靳爺説道、「賢弟。我今派你同王・馬・張・趙四個人前往山東捉拿楊氏玉香以完楊老寡一案。」……忽聴隔壁之間有悲啼之声。別人聴了猶可、独独的趙虎聴見、大叫道、「你們這店家好無道理。」……五位英雄睜睛一看、原来是個地保的形容。……那人説道、「只因為包太師有一個姪児、名叫做包世栄、奉太師命上太安州行香。一路上馳駅前往、毎站上要紋銀五百両。」（文正公は展さんに、「賢弟。私は貴君を王朝・馬漢・張龍・趙虎四人とともに山東へ楊玉香の逮捕に派遣してこの楊寡婦の事件を終えようと思う。」……突然隣家から泣き声が聞こえた。他の者はいざ知らず、趙虎だけは聞いて大声で叫び、「この旅館は何て道理を知らないんだ。」……五人の英雄が目を大きくして見ると、どうやら村役のようです。……男は申します。「包太師に包世栄という甥がありまして、太師の命を奉じて泰安州へ参詣に行くのに途中駅を経過して行き、どの駅からも純銀五百両を要求するのです。」）

だが『龍図耳録』二十一回ではこの場面はなく、楊玉香らは開封府へ連行されて審問を受ける。

包興道、「(相爺)出籤叫人往通真観捉拿談明・談月合那婦人、并伝喚黄寡婦・趙国盛一斉到案。大約伝到、就要升堂、了結此案。」(包興が申しますには、「(宰相は)令状を出して通真観に談明・談月と女を捕らえに行かせ、黄寡婦・趙国盛を一緒に法廷に召喚しました。もうじき到着して法廷に上り、この事件も終結するでしょう。」)

なお包世栄の事件はずっと後の四十六回にならないと述べられない。

趙老皺眉嘆気道、「提起来話長、待小老児慢慢告稟。只因有位包三公子上太原進香……。」(趙老人は眉を蹙め嘆息して言いました。「話をすれば長くなりますが、私めがゆっくり申し上げましょう。包三公子という方が太原へ参詣に行くため、……。)

また「石派書」では道士の徒弟は途中で人足に殺害されていたことも明らかになる。

大衆此時全都着了雨咧。……好容易瞧見大道旁辺有一個孤另另的人家児。……斬爺冷眼瞧見那個囤、心中有些吃疑。……元来却是一個死尸、項上帯着一条縄子。……那趙大説道、「小人原以趕脚為業。只因上月前這廝他僱我的脚驢進京、毎日包我人牲口的吃食店銭、除此之外、毎日給銭三百文、誰知到京已後、這廝忽然改変行装、扮成一個道童模様、到太師府内住了両天、随即弄了二十封銀子来、仝我回山東交界、昨日住到這里。我仝我們渾家見財起意、就将他灌酔咧、可就把他勒死咧。」(皆はこの時雨に濡れてしまいました。……やっとのこと大通りの側に一軒家を見つけました。……展さんはその穀物囲いをじっと見ると、心中疑惑が湧いて来ました。……実は一つの死体で、首には一本の縄が巻かれていました。……趙大は申します。「私めは馬子を生業としておりまして、先月こやつが私の驢馬を雇って上京し、毎日私と驢馬の食事と宿泊の費用を保証し、それ以外に銭三百文をくれていました。ところが上京すると突然様子を変えて道士の徒弟に扮装し、太師府に行って、二三日で二十封の銀子を作ると、私と山東の境界に帰って、昨日ここに住みました。私と家内は金が欲しくなり、男を酔わせて絞め殺したのです。」)

ここは前掲の「石派書」ではない鼓詞『龍図公案』と類似する。鼓詞では、南侠展昭が杭州に滞在中の出来事とする。玉香の駆け落ち相手の道士清風は開封府にいる彼の師匠邢治が龐国丈の要請で包公呪詛の仕事を得たことを知って金を無心するために上京する。玉香はその間に閻家の家庭教師杜先生と懇ろになる。杜先生は姦淫の報いで、展昭が殺した無頼漢季楼児の殺人の冤罪を被る。鼓詞ではまた、玉香を逮捕すべく趙虎が杭州へ赴く話を付加し、その途中で趙虎が太和県吏趙慶から包三公子と包旺の収賄行為を耳にすること、趙虎が宿の主人張成の家に泊まって男(実は清風)の死体を発見し、張成が男を開封府から杭州に送る途中で殺したという自供を得ることを述べている。(12)

五　結び

以上、「石派書」と『龍図耳録』の叙述内容の相違を指摘してみた。『龍図耳録』は講釈の聞き書きであると言われ(13)、中央研究院蔵本百二十回末尾にも、

記　此書於此畢矣。惜乎、後文未能聴記。諸公如有聴者、請即続之。(附記　本書はここで終了している。惜しいかな、後文はまだ記録できていない。諸君の中にもし聴かれた方がおられれば、どうか続けていただきたい。)

と附記しており、これを信じるとすれば、『龍図耳録』は別の語り手のテキストを記録したと考える方が自然である。「石派書」の語り手は時々自称して口上を述べている。たとえば「相国寺」では、

這就是当年宋仁宗的上諭。我説書的瞄見過。(これが当年宋の仁宗の詔勅です。私語り手も見たことがあります。)

「巧換蔵春酒」では、

這個侠客代々都有。就是現在我国大清也短不了這侠客。就只是我説書的不能知道。（この侠客はどの時代にもあるもので、現在我が大清でもこの侠客が必ずいます。ただ私語り手が知らないだけなのです。）

と述べている。この語り手が石玉崑でないことは、「南清宮慶寿」上本に、

時字是了不得的。就拿玉崑石三爺他説罷。怎麼就該説不過他、他如今是不出来咧。他到那個書館児、一天止説三回書、就串十吊銭。如今名動九城、誰不知道石三爺呢。（時というのは大変なものでして、玉崑石三さんについて申しますと－どうして申せないことがありましょう。彼は今出て来れないのですから－彼はどの演芸場に行っても、一日三度話をするだけで何千文も稼ぎ、今では北京城内知らない者がありましょうか。）

「天斉廟断后」上本に、

他是跟了文正公一輩子的。有什麼不知道的呢。（彼は一生包公の後に従っているのですから、知らないことがありましょうか。）

と述べていることから分かる。

「石派書」や『龍図耳録』がどの程度石玉崑の原作の叙述を踏襲しているのかについては、原作が発見されないかぎり考察は難しいが、『龍図耳録』が現存の「石派書」を改訂して物語を構成したと考えるには、両者の相違が多く、『龍図耳録』の基づいた講釈のテキストがほかにあったと考える方が妥当のように思われる。

注

（1）双紅堂文庫本には題目に「石韻全本」と冠され、中央研究院本の表紙には「石派子弟書包公案」と記す。

（2）本章第三節参照。

（3）李家瑞「従石玉崑的龍図公案説到三侠五義」（一九三四、文学季刊第二期。一九八二、王秋桂編『李家瑞先生通俗文学論文集』所収、学生書局）には、狸猫換太子の一段を引いて、「石玉崑的龍図公案、全是這様笨拙、所以後来聴他説書的人、依他説的事迹、另作為一書、名為龍図耳録、較原書進歩多了。」（石玉崑の『龍図公案』はすべてこのように稚拙であるため、後にその講釈を聴いた者がその内容に沿って別に一書を作り『龍図耳録』と名づけたが、それは原書よりかなり進歩した）と述べる。

（4）「石派書」は傅惜華編『北京曲芸総録』（一九六二、中華書局）に戦時下で消失したと記していたが、いま台湾の中央研究院歴史語言研究所傅斯年図書館に蔵されており、東京大学東洋文化研究所双紅堂文庫（長澤規矩也旧蔵書）にもその一部分を蔵する。

（5）胡士瑩『話本小説概論』（一九八〇、中華書局）には、「『龍図耳録』、就是在石玉崑説唱材料的基礎上、改編為章回小説的。故事情節、大致仍存石氏原本之旧、芸術上則有顕著的提高。」（『龍図耳録』は石玉崑の講釈材料を基礎にして章回小説に改編したもので、ストーリーは概ね石氏の原本のままを残しているが、芸術的には明らかに高められている」（六九一頁）と言うが、胡氏は「石派書」の目録を百本張抄本『子弟書目録』からしか引かず、その体裁を『風波亭』から検証しているところから見ると、胡氏が「石派書」を見たかどうかは疑問である。

（6）『龍図耳録』（一九八一、上海古籍出版社）「出版説明」には、『龍図耳録』に謝藍斎抄本（汪原放蔵）と同治六年抄本（傅惜華蔵）があり、謝本は同治本より簡略であるため、傅氏が校訂した謝本を底本としたという。本節ではこのテキストを用いた。

（7）中央研究院本も謝本と同じく一回冒頭に「『龍図公案』一書、原有成稿、説部中演了三十余回、野史内読了六十多本」云々の序文があり、叙述も傅氏校訂本よりかなり簡略である。例えば、二十五回では、「且説李保夫婦将屈申謀害、婦人将銭叉子抽出、伸手一封的掏出、携灯進屋」であるが、校訂本では、「且説李保夫婦将屈申謀害、婦人因不放心、忙将銭叉子抽出、伸手一掏、一封一封却是八包、不由的満心歓喜、却又是喜出望外。什麽縁故呢？他先前不放心、……携灯進屋」という具合である。

（8）本書第一章第一節参照。
（9）鍾馗像が証人となることについては、胡万川『鍾馗神話与小説之研究』（一九八〇、文史哲出版社）一三一～一三三頁、櫻井幸江「『唐鍾馗全伝』について―包公説話との関連を中心に―」（一九八六、お茶の水女子大学中国文学会報5）第四章参照。
（10）天狗と張仙の関係については、永尾龍造『支那民俗誌』第六巻（一九四二、支那民俗誌刊行会）、第五篇「育児篇」、六九五頁参照。
（11）詳細については本章第三節参照。
（12）本章第三節参照。
（13）孫楷第『中国通俗小説書目』巻六「明清小説部乙」『龍図耳録』百二十回には、「諸本多無序跋。余蔵抄本第十二回末有抄書人自記一行云、『此書於此畢矣。惜乎後文未能聴記。』知此書乃聴『龍図公案』時筆受之本。聴而録之、故曰『龍図耳録』」と言う。

第三節　模倣作品の出現（一）――鼓詞『龍図公案』

一　はじめに

北宋の包公の説話は、元の雑劇、明の「説唱詞話」、小説『百家公案』『龍図公案』と、あるいは上演されあるいは読まれて伝承されたが、清代に至っては、道光年間に北京の説書芸人石玉崑によって一連の『包公案』が語られて、子弟書『石玉崑』に、

高抬声価本超群、圧倒江湖無業民。驚動公卿誇絶調、流伝市井效眉顰。編来宋代包公案、成就当時石玉崑。（評判高きは才能ゆえ、江湖の芸人圧倒す。公卿は絶唱褒めそやし、街の芸人まねたがる。『包公案』を創作し、完成せしは石玉崑。）

と絶賛された(1)。

石玉崑の『包公案』はこのように人気を博したため、これを模倣する作品も出現したようである。本節で考察の対照とする鼓詞も決して石玉崑の原本ではなく、それに手を加えたものであった。その改作の手腕には見るべきものがあり、趣向を凝らした作品として一応評価できる。だが、叙述はおおむね石派書『龍図公案』あるいは『龍図耳録』に沿っており、また改作の際にストーリーに矛盾を生じさせていることもあってか、原作を凌ぐ人気を得ることがなく、従来注目されることが少なかった。我が国では大木幹一の旧蔵書中にこの鼓詞の抄本が存しており、ここに紹介して、これを石玉崑の原本とする従来の学説を訂正したい。

二　大木文庫蔵本

大木幹一旧蔵の鼓詞『龍図公案』は、『東京大学東洋文化研究所漢籍分類目録』集部・小説類・短篇小説之属に、

龍図公案四十四巻　明闕名撰　鈔本（大）

と著録されている書である。

本書は、全二十二冊。一冊の大きさは、縦23.5㎝、横14.5㎝。藍色表紙で装丁され、表紙裏に「連皮〇〇頁」の表記あり、一冊は四十頁前後、半頁十行、一行二十四字である。章回体の叙述形式をとり、全四十四部から成り、各部は二、三回に分かれるが、回数の表記はない。もと一部一冊の書であったらしく、原表紙には「龍図公案第〇部」「茂斎」「君子自重」等の墨書がある。また第三十四部末頁には、茂斎という方印を模した墨書が見られる。恐らく「茂斎」は所蔵者名で、本書はその重抄本であろう。「君子自重」は、本書が貸本であり、取り扱いに関する注意喚起の語である。これについては後述する。抄記が二個所にあり、一は第四十四部末尾に、「咸豊十年三月望日起、同治元年十月朔日止」とあり、本書が一八六〇年から二年間にわたって語られたことを示しており、一は第二十六部末尾に、「壬戌春、是日也、王某筆意《ママ》」とあり、壬戌は同治元年に当たる。「王某」については不明である。

著者が本書を「鼓詞」と称するわけは、劉復・李家瑞編『中国俗曲総目稿』（一九三二、国立中央研究院排印）に収録する次の二書の冒頭の字句が本書の字句とほぼ一致するからである。

『龍図公案』（頭本欠二頁）　説唱鼓詞　北平　抄本　十三本

「因甚的　仏祖娘娘無顕応　果然的　天命該当絶朕之後　道不如　我朕的江山早早爾譲与了別人」　当下真宗天子説至此処　不由的満眼落涙　只見聞彦伯他跕起身形　口尊我（「何故に　神仏霊験顕わさぬ　案の定　天命朕が後絶たば　朕は天下を早う譲らん」　真宗皇帝はこう話されると　思わず涙を落とされます　すると文彦博が立ち上がり　「陛下」）

『龍図公案』（欠第九本）　説唱鼓詞　北平　抄本　現存十二本

上部書説的是金相公叫玉墨命店家預備三牲祭礼已畢　他与閻茶散結拝　望北叩頭　紙馬飛空　兄弟們敍罷年庚金公子居長　閻公子排二　閻茶散与金茂舒行了弟兄之礼已（前回は金公子が玉墨に命じて旅館の者に三牲の祭礼

を準備させたことをお話しましたが、金公子は閻茶散と兄弟の契りを結ぶため、北を向いて叩頭し紙馬を空に飛ばします。二人は互いに年齢を告げ、金公子が年上で閻公子が年下でしたので、閻茶散が金茂舒に弟としての礼を行いました。）

今この二書を本書と比較すると、前者は左のように、本書第一部の冒頭部と字句が一致する。

「因甚的　上天仏祖無顕応　莫非是　応該天下嘱他人　若果然　天命該絶我大宗　到不如　我朕早早命帰陰」

真宗爺説至此処　不由龍目之泪流満面　只見聞彦伯跕起身形　「口尊聖

また後者は、本書第二十五部冒頭部分に相当する。本書にはその部分を欠くが、第二十四部末尾には金茂舒が玉墨に祭礼を準備させることを述べるし、第二十五部の初めでも、金茂舒は自らを「愚兄」と称し、閻茶散を「賢弟」と呼んでおり、内容は全く一致する。

ところで鼓詞とは、鼓を用いて拍子を取りながら説唱する民間の語り物のことであり、古くは北宋・趙徳麟『元微之崔鶯鶯商調蝶恋花鼓子詞』に起源するとも言われるが、唱詞が七言句を基調とした長編であることから考えると、明成化年間刊の「説唱詞話」、明の『雲門伝』、『大唐秦王詞話』という一連の説唱文学の流れを汲むものと言うべきである。明末清初には、山東曲阜の人賈凫西が『木皮散人鼓詞』を著し、これが近代鼓詞の直接の淵源と見られている。

近代鼓詞の体裁については、李家瑞『北平俗曲略』（一九三三、国立中央研究院歴史語言研究所）の「説唱鼓書」の説明に、

説唱鼓書は通常「鼓詞」または「鼓児詞」と称す。唱詞は七言・十言の二種あり、襯字が無ければ七言であり、襯字を加えれば十言である。説白の字句は一定しない。おおむね議論・叙事には多く説白を用い、記景・写情に

は多く歌唱を用いる。その材料は多く小説・戯劇に取り、自己創作は少ない。書前の引子は、七言詩八句を用いたり、西江月詞一二闋を用いたりする。作品は長編であり、語り終えるのに何十日あるいは何ヶ月も要する。北平の説唱鼓書の材料は、多く『済公伝』『包公案』『水滸伝』等の説話を取る。一個の小鼓、二枚の鉄片、一本の醒木を一声打って音楽が一斉に停止し、唱のときには鼓板を打って音楽が一斉に応和する。

という。

そこで本書の文体を見てみると、第一部は次のように始まる。

「百歳光陰壹時過、為人何不早回頭。争名奪利几時休、只為銭財総不彀。名乃狂風之中《ママ》燭、利乃水上得浮漚。任君肥馬与軽裘、烏呼哀哉是依就。」此書几句残歌念罷、開一段『三侠五義』忠臣佞党豪強悪覇的説話。且説大宋年間真宗天子在位、登基二十余載、年至四十五歳、膝下无児。（以下九十五字省略）「真宗爺　説到此間心惨切　不由的　龍目之中滚泪津　説道是　「我朕雖然殺法重　愛卿本奏我朕聞（十二句省略）」　真宗爺説至此処、不由龍目之中、泪流満面。（「歳月過ぎるは早いもの、改心するは今のうち。名利の追求止むこと無し、それもすべては銭のため。名は風前の灯火で、利は水面の泡である。肥馬軽裘に暮らしても、死というものは訪れる。」下手な歌はここまでとしまして、『三侠五義』の忠臣・佞党・豪強・悪覇の説話をお話しするとしましょう。時は大宋の御代、真宗皇帝は帝位につかれて二十余年、四十五歳というのに子供がありませぬ。……「真宗さま　ここまで話すやお悲しみ　図らずも　お目もとからは涙あふれ　『たとえ朕　よくよく人を殺せども　卿の上奏しかと聴き……』」真宗さまはここまで話されると、お顔は涙でぐしょぬれです。）

冒頭の名利追求を戒める「残歌」は七言詩八句の引子であり、唱詞は襯字がなければ七言という鼓詞の形態を呈している。なお『北平俗曲略』に引く『左伝春秋』には、「幾句残詩罷念、下演一部『左伝春秋全伝』」と冒頭に書名を紹介しており（『中国俗曲総目稿』に引く『連珠記』『紫金鐲』もまた然り）、本書に記す『三俠五義』も『龍図公案』の別名である。また本書には、前述のように抄記があり、二年半かけて語られたと推定される。

三　王虹蔵本

さて、本書と同内容の説書に関する報告が、『中国俗曲総目稿』のほかにもなされている。それは、王虹「『龍図公案』与『三俠五義』」（一九四〇、輔仁文苑5）である。

王虹によれば、彼が露店で購入したという『龍図公案』は残本で、前套第二十五冊、後套一・二・四・六・七・九・十一～十五・十七～二十四冊の計二十冊。北京黄化門街簾子庫胡同の蒸鍋舗湧茂斎の貸本で、毎冊二十葉、封面に「撕抹図画、看完不送、男盗女娼、君子自重。」（図画を引き裂いたり読み終わって返却しなければ、男は盗人、女は娼婦に等しい。君子自重すべし）の黒方印を押しており、末葉には、蒸鍋舗の広告を印刻しているという(2)。

幸いにして王虹は、作中の趙虎の話す言語を生動するものと評価し、左の一段を引用している。

這日下在店中、趙虎開言叫声、「三哥。我想、『人憑時運、馬走鞍。』想当初、你我自黄土崗投奔包公、也曾出過多少力気、立下多少功労。因為訪無頭案、仮扮乞丐、無飽無暖、好容易咱們四個人掙了個六品的前程。這如今宋朝的官也容易作了。会爬杆的也是六品、会赴水的扎個猛子也是六品前程。」張龍在旁聴着不像話、連忙用話岔開。（この日宿に泊まると、趙虎が口を切って叫びました。「三兄、『人は運任せ、馬は鞍任せ』というが、昔俺たちは黄土崗から包公のもとに身を寄せ、どれだけ力を出し、どれだけ功を立てたことか。難事件のために乞食に扮し、食うや食わずで、やっと四人が六品の官位を得たというのに、今の宋朝の官はなりやすいものだ。竿上りができても六品、泳ぎや水くぐりができても六品だってよ。」張龍は側で聴いてまずいと思い、急いで話をそらします。）

これを本書第三十四部の同じ一段と比較すると、次のように、その字句はおおむね一致する。

那日下在店中、住在庁房以里、三人落座。趙虎叫一声、「你想、『人平時気、馬走驃。』想当初你我自黄土崗投涟包爺、也曾出兵打仗、従刀鎗林中出入。毎日里奔馳、立下許多的功労。因訪無頭的案件、仮扮乞丐之形、無飽無暖、好容易偺四人争了个六品的前程。這如今宋朝官十分好坐、会扒杆的也是六品、会浮水扎一个猛子、会一个狗刨児、也是六品前程。」張龍説、「四弟、你代酒了。不必多言。」趙虎説、「這才屈人呢。怎麼説我代了酒咧。我還是酒点未聞呢。」「蒋則長　明知趙虎将他嘲笑　他這里　閉眼仮作睡蒙龍（以下十句、省略）」且説張龍在一傍听着実々不相、用好言勧解。（その日宿に泊まり、部屋に落ち着いて、三人が腰を下ろすと、趙虎が叫びました。「どうだい、『人は時運、馬は駿足』というが、昔俺たちは黄土崗から包公のもとに身を寄せ、戦闘に出て刀鎗の中をくぐったりもした。毎日奔走し、どれだけ功を立てたことか。難事件のために乞食に扮し、食うや食わずで、やっと四人が六品の官職を得たというのに、今の宋朝の官はなりやすいものだ。竿上りができても六品、泳ぎや水くぐり、犬かきができても六品だってよ。」張龍、「四弟、もう酔っているよ。しゃべるなよ。」趙虎、「それこそ言いがかりだ。どうして酔っているというんだ。まだ酒のにおいも嗅いでいないじゃないか。」「蒋則長　趙虎の皮肉を知りながら　目を閉じぐうぐう眠ったふり。……」さて張龍は傍らで聴いていて、趙虎の話がおかしいので、言葉巧みになだめます。）

王虹はこのほかに、残本の梗概を、『三侠五義』と比較する形で記しており、それが本書の叙述内容とほぼ一致することを併せ考えると、両者は叙述内容を同じくするテキストと言える。

だが王虹蔵本は、唱詞の形式において、本書と大きな相違が見られる。王虹は、「唱辞は六句を一組とし、三句毎に押韻し、一段は一韻到底である。」「第一句は三字句、第二三句は七字句である。第一句の字数は固定し、第二三句は襯字を加えてよい」という。この形式がどういうジャンルの説唱文学であるか王虹は明記していないが、大木文庫本とは異なる。上記の引用部分で、両者に唱詞の有無の相違があるのも、説唱形式の違いによるものであろう。ただ前述のように、大木文庫本にも表紙に「茂斎」「君子自重」の墨書があり、「茂斎」は蒸鍋舗湧茂斎のことで、この書またはこの書の原抄本も、王虹蔵本と同じく、湧茂斎の貸本であったと推定される。

ところで王虹はこの説唱本を誤って石玉崑の原本だと考え、『三侠五義』との叙述の相違を、『三侠五義』の編者がこの説唱本を改作したことによるものと判断した。(3) もし王虹が現存する石派書を目にしていたら、こういう過ちは犯さなかったであろう。そこで次に石玉崑のストーリーと鼓詞のそれとを比較してみたい。

四　石派書及び『龍図耳録』との比較

石玉崑の『包公案』の原本の存在は目下のところ確認されていないが、(4) その流派の講釈師のテキストである石派書『龍図公案』がこれを伝えていると考えられる。石派書は傅惜華編『北京伝統曲芸総録』（一九六二、中華書局）巻六「石派書総目」に中央研究院歴史語言研究所旧蔵抄本を挙げ、前掲『中国俗曲総目稿』にはそれらの冒頭部分しか記さないが、作品は台湾中央研究院歴史語言研究所傅斯年図書館に蔵されている。我が国では長澤規矩也旧蔵書中に、「救主・盤盒・打御」上本、「小包村」上下二本、「鍘龐坤」下本、「天斉廟断后」上下二本、「南清宮慶寿」上下二本、「三審郭槐」上本を蔵し、各本には「石韻全本」四字を冠する（東京大学東洋文化研究所双紅堂文庫蔵）。石玉崑の説書は三弦を用いており（前掲子弟書『石玉崑』）、『北平俗曲略』には「弦子書」（子弟書）に分類するが、これに対して石派書は、第一部「救主・盤盒・打御」を例に取ってみても、鼓詞と同様に、七言八句の「開場」詩を持ち、唱詞は七言または襯字を加えて十言であり、説唱体であるから、唱詞が七言で説白のない「弦子書」とは異なる。

だが石派書は、石玉崑の在世中に、その流派の講釈師によって語られた。「南清宮慶寿」上本には、

時字是了不得的。就拿玉崑石三爺他説罷。怎麼就該説不過他、他如今是不出来咧。他到那個書館児、一天止説三回書、就串十吊銭。如今名動九城、誰不知道石三爺呢。（時というのは大変なものでして、玉崑石三爺について申しますと－どうして申せないことがありましょう。彼は今出て来れないのですから－彼はどの演芸場に行っても、一日三段講じるだけで一千文も稼ぎ、今では北京城内知らぬ者とてありません。）

という。また「天斉廟断后」上本に、

他是跟了文正公一輩子的。有什麼不知道的呢。（石三爺は一生包公に付き従っているのですから、知らぬこととてありません。）

と言っていることも考えると、石派書の講釈師が石玉崑の『包公案』の内容に相違するような話を語ったとは考えにくい。

そして説唱体の石派書とほぼ内容を同じくするのが、章回小説体の『龍図耳録』百二十回である。孫楷第は『中国通俗小説書目』一九一頁に伝抄本を記録し、

私蔵抄本第十二回末尾に抄者の自筆一行があり、「此の書は此処で終わる。惜しいかな、後文聴記できず」という。石玉崑の説唱『龍図公案』は唱詞が多いのに、『耳録』に唱詞がないのは、記録のときに略したものであろう。

と説明する。『龍図耳録』のテキストは一九八〇年に上海古籍出版社が謝藍斎抄本を排印刊行している。台湾中央研究院にも一本を蔵する。現存する石派書は完全ではないので、石派書全体の内容は『龍図耳録』によっておおよそ窺うことができる。

ここで鼓詞の叙述の内容・順序を知るために、石派書目の順序に従って、書目に相応する『龍図耳録』の回数、鼓詞の部数を対照させると、左表のように、鼓詞は石派書、『龍図耳録』と叙述の順序を同じくするが、内容に欠落の多いことがわかる。よって、鼓詞は基本的には、伝承された石玉崑『包公案』に依拠して語られ、その段階で原作を部分的に省略したものと考えられる。

「石派書」	『龍図耳録』	鼓詞
1．救主	1（回）	1（部）
2．盤盒	1	1
3．拷御	1	1
4．小包村	2－3	2
5．招親	3－4	×
6．包公上任	4－5	2－4
7．烏盆記	5－6	4－6
8．相国寺	6－7	6
9．七里村	7－9	6－9
10．九頭案	10－11	10－13
11．巧換蔵春酒	11－12	×
12．三試項福	12	×
13．苗家集	13	14－15
14．鍘龐坤	14－15	15－16
15．天斉廟断后	15－17	16－17
16．慶寿	17－18	17
17．三審郭槐	18－19	17－19
18．李后還宮	19	19
19．包公遇害	20－22	19－22
20．召見展雄飛	22	22
21．范仲禹出世	23－25	×

22・陰錯陽差	25–26	×	48・鍘君恒	36–39	26–27
23・巧治瘋漢	26	×	49・訪玉猫	39	29
24・仙枕過陰	27	×	50～75・欠	40–53	30–38
25・悪鬼驚夢	27	×	76・懸空島	53	38
26・鍘李保	27	×	77・南侠被擒	53–54	38
27・展雄飛祭祖	27	22	78・展雄飛受困	54	38
28～47・欠	28–36	22–26	79・冲天孔	55	39

このほか、鼓詞は登場人物名を変えたり、プロットを随意に移動したりして、自由闊達な改作を試みている。たとえば、「九頭案」に相当する第十～十三部を見てみよう。まずその梗概を記せば、左のごとくである（○印内の数字は章回を示す）。

10・①閔好学は肉屋の周から豚の頭として女の首を売りつけられた上、自宅の床下から男の首無し死体を発見する。②趙虎と公孫索《ママ》は事件を捜査する。③公孫索は妓女張秀雲が陳州太守の子杜文林を嫌って逃亡したことを知る。

11・①もと定遠県の捕吏業千は肉屋の周の家に窃盗に入り、金鐲（腕輪）と鉗子（やっとこ）を見て怪しむ。また白勇の家に入り、家僕白安と妾秀娘の密談を聞いて、白勇が表弟（母方のいとこ）劉天福を殺して遊仙枕を奪ったことを知る。業千は趙虎に捕らえられ、この二件の出来事を趙虎に告げる。②業千は改心を勧められて、大仏寺で死体を見たことも告げる。③包公は大仏寺へ赴く。④包公はそこで老僧の死体を発見する。⑤白安は包公が大仏を審判する場に赴いて捕まる。

12・①包公は見物人に褒賞を授けて左手を出させ、右手を出した山西人の大工王恩を捕らえる。王恩は左指が六本あり、大仏についた血の手形と一致する。②王恩は徒弟劉三漢も共犯だと供述する。白安は劉天福殺害を自供する。③劉三漢の母は三漢の失踪を訴え、死体が村の井戸から発見される。肉屋の周は女子を殺害、死体を薛家の菜園に遺棄したと自供する。白勇が捕まる。

13・①王恩は大仏寺の報酬を独占していた。井戸から出た死体は若い男であった。薛永泉は女子の死体を園丁侯三に埋めさせたと供述する。王恩が劉三漢殺害を自供する。包公は遊仙枕を得て包興に渡す。侯三は弟侯四を殺しており、女子の死体を掘り出させると、侯四の死体を掘り出す。②包興は包公に遊仙枕の作用を告げる。包公は妓楼の女将馬氏を召喚する。③馬氏は死体を妓女張秀雲だと認める。包公は大仏寺を尼寺に改め、馬氏を出家させる。

『龍図耳録』と比較すると、鼓詞は『龍図耳録』よりストーリーが錯綜している。『龍図耳録』では葉阡児はただのこそ泥であり、肉屋の鄭の家の裏庭で趙虎に捕らえられた際に、女子の首無し死体も同時に発見されて殺人罪に問われ、白熊の家に侵入して妾銀娘と姦通した執事白安から木匣を奪って中に人頭が入っていたこと、その人頭を丘鳳の家に投げ込んだことを併せて供述し、続いて肉屋の鄭、丘鳳、白安、侯三が供述して事件は速やかに解決する。

なお石派書「九頭案」では、肉屋を周姓、妾を銀花、妓女を貞娘とし、妓楼の女将馬容花を登場させており、包公が白熊、白安、銀花、周姓、馬容花、侯二を狗頭鍘で処刑するなど叙述に異同が見られ、鼓詞に近似する箇所も散見する。

さて鼓詞ではこれに、公孫索の偵察、業千の窃盗、包公の大仏審問、劉三漢が殺される叙述を加え、妓女殺害、表弟殺害、僧侶殺害、徒弟殺害、実弟殺害の諸事件を交錯させながら、事件は紆余曲折を経て解決する。『龍図耳録』はおおむね叙述が簡略なので、原作の叙述をどの程度忠実に反映しているか確認できないが、現存する石派書を参照すると、鼓詞における頻繁に場面転換する叙述方法は、鼓詞独特のものである。また包公の大仏審問のことは『龍図耳録』第五回に見え、鼓詞がより「九頭案」らしくするためにここに移したと考えられる。また業千をもと捕吏とし、改心して再び包公に仕えるように改めたのは、当時の義侠小説の影響を受けたものである。包公が大仏寺を尼寺に改めて妓楼の女将を出家させるのも鼓詞の改作である。

ただ石派書では後に、「陰錯陽差」（男女入れ替わり復活）案の解明のため包公が遊仙枕に寝て地獄へ赴く話を述べており、「九頭案」での遊仙枕をめぐる事件はこの話のための伏線と考えられるが、鼓詞では「陰錯陽差」の話を削除していて、やや無造作の嫌いがある。

五　鼓詞における改作

このように鼓詞は、石派書や『龍図耳録』の主旨に拘泥せず自由な改作を試みており、こうした大小の興味深い改作は作品の至る所に見られる。その主なものを挙げると左のとおりである（順不同）。

〔烏盆記〕　既述のように、元曲『玎玎璫璫盆児鬼』以来の説話である。『龍図耳録』では犯人趙大は拷問によって死に（石派書では鍾馗も加勢する）、このため包公は知県を罷免されるのであるが、鼓詞では、包公は犯人趙大に廟の修工事を請け負うよう勧めた上でその資産を問い、その中に被害者の所有物である細布《モスリン》・驟馬を発見する。さらに鍾馗像が証人となって霊験を顕わし共犯者である趙大の妻の首を取ったため、趙大が犯行を自供する。(5)ただ趙大を拷問で殺さないと改めたことにより包公が罷免される理由が曖昧になったことは、欠陥だと言わざるを得ない。ちなみに包公罷免のことは、明成化刊説唱詞話『包龍図陳州糶米記』に見え、包公は定遠県令として「双勘釘」案を裁いて亳州府知府に除せられるが、罪人を処刑して朝廷に上申しなかったため罷免され、東京普照寺で修行する。『龍図耳録』

はこの話を伝承していると言えよう。

そして罷免された包公は、上京の途中、土龍崗で王朝・馬漢・張龍・趙虎の四賊に捕まる。『龍図耳録』では王朝らはいずれも龐太師に出世を妨げられて盗賊になったと記すが（石派書も同じ）、鼓詞では、みな山東膠州出身の好漢たちとし、王朝が山寨を下りて惟（濰）県に遊んだ際、悪吏李三楞が借金の証文を改竄して王老に外孫百歳を返さないのを見て、王老に代わって借金を返済すること、それを聞いて怒った趙虎が李三楞夫婦を殺し、山に帰って招安を待つことを述べて、王朝らの義侠行為を具体的に描き、彼らを好漢として印象づけている。ここでも、「九頭案」と同様に、原作の別の個所からプロットを借りるという手法を取っており、王朝が王老を救うことは、『龍図耳録』第五十九回、倪継祖が借金の肩代わりをして、太歳荘の馬剛から張老と鄧九如を救う話を内容をやや改変してここに述べたものである。なお鼓詞第四十部には、この倪継祖が袁老と鄧九如を救う話を削除せずに述べている。

〔包公遇害〕・〔召見展雄飛〕　劉后・郭槐を裁いて李太后を宮廷に帰還させた包公は首相に昇進するが、姉妹身代わり結婚の訴えを勘案中に卒倒する。この話でも、鼓詞は以下のように改作に手腕を発揮している。

まず、『龍図耳録』では開封府での出来事とするが、鼓詞では開封府と杭州での出来事とする。すなわち『龍図耳録』では、南俠展昭が上京中に道観で、姉を自分の結婚の身代わりにして逃亡している女と同伴の道士が交わす密談を聞いて、龐太師の包公暗殺を知ることを述べるが、鼓詞では、これを展昭の上京中ではなく、杭州にいる時のこととし、また女の密談の相手は、道士ではなく閻家の家庭教師杜先生であり、娘玉香は、駆け落ち相手の道士清風が、開封府にいる彼の師匠邢治が龐国丈の要請で包公呪詛の仕事を得たことを知って金を無心するために上京した間に、杜先生と懇ろになっていたとする。そして杜先生は姦淫の応報で、展昭が殺した無頼漢季楼児に代わって殺人の冤罪を被せられる。

鼓詞ではまた、娘玉香を逮捕すべく趙虎が杭州へ赴く話を付加し、杭州への途上、趙虎が太和県吏趙慶から包三公子と包旺の収賄行為を耳にすること、趙虎が宿の主人張成の家に泊まって男（実は清風）の死体を発見し、張成が男を開封府から杭州に送る途中で殺したと自供することを述べている。

この部分で編者は、杜先生のことにせよ、清風のことにせよ、因果応報の意を表すために、ストーリーにかなり工夫を加えていると言ってよいだろう。また贋包三公子の犯罪は、『龍図耳録』では後に第四十六～四十七回「五鼠鬧東京」の話の中で、同じく龐太師対包公の話として述べるが、鼓詞ではここに移して息子国舅を包公に処刑された国丈の復讐行為を強調しており、またそれなりの面白さを感じさせる。

ちなみに、包公が罪を犯した親族を処罰する話は、南宋・朱熹『五朝名臣言行録』巻八之五に引く『記聞』の、「包希文知廬州、廬州即郷里也。親旧多乗授官、有従舅犯法、希仁撻之。自是親旧皆屏息」という記事に端を発し、明の『百家公案』第八十二回では、包公が直諫大夫のとき、揚州天長県令の任期が満ちて帰郷した実子包秀が財を貪っていたことを知って弾劾するという話に発展し、清の道光四年（一八二四）「慶升平班戯目」（周明泰『道咸以来梨園繫年小録』（一九三二）所載）に至って包公が甥を処刑する『鍘包冕』劇が創作され、「牌子曲」にも『鍘包冕』（『包公鍘姪』）があり、現在でも豫劇などに『鍘包勉』が上演されている。[6] なお石派書「小包村」では、「後来包山只有三個子、只有包世恩、次子包世顕、三子包世栄。下文書、包文公開封府鍘姪、因包世栄所起」と述べて、戯曲と同様に包公は甥を処刑するようであり、石玉崑が『包公案』の開始の部分で贋包三公子の話を考案していたかどうか疑問である。

〔巧換蔵春酒〕・〔三試項福〕・〔苗家集〕『龍図耳録』によれば、陳州に向かった南侠が、国舅龐昆に監禁されている田起元の妻金玉仙を救出し、また刺客項福の武芸の手並みを試すのであるが、鼓詞はこれらの話を載せず、代わりに陳州の難民が両江一帯に逃亡して、そこに住む盧芳・韓章・徐慶・蔣平・白玉堂ら「五義」に国舅龐坤の悪行を訴えたため、白玉堂が陳州へ向かうことから説き始め、白玉堂の活躍を主とし、南侠の活躍を従として述べて、新機軸を打ち出している。よって龐坤の包公暗殺計画も、原作では南侠が知るのだが、鼓詞では、項福が酒に酔って白玉堂に洩らすと改める。

また『龍図耳録』では、項福は取り柄のない人物であるが、鼓詞では、侠客としての側面を描き、項福は白玉堂と別れた後、妓女張立栄に会い、彼女が馬玉鮮の妓楼（「九頭案」）にいたが、烏貴（妓楼の亭主）によって悪店主羅四虎に売られたという哀れな境遇を聞いて、怒って羅四虎を殺す話を加えている。編者は「九頭案」の余韻としてこの話を考案したものであろう。ただ、清官暗殺をたくらむ刺客にこうした義侠行為が果たしてふさわしいものか、疑問が残る。

〔第二十七部〕　鼓詞では、「五鼠」白玉堂が陳林への復讐をたくらむ郭槐の甥郭安を殺す場面の後に南侠を登場させ、彼の上京途中における義侠行為を描く。南侠が彰徳府の三義廟に投宿していると、朱孔巨という男が来て、自宅に尼僧が投宿したので泊めて欲しいと言う。南侠は朱家へ行き、悪尼が夫人を縛るのを見て、悪尼の手を柱に釘打って夫人を救う。そして第三十二部で、実はこの悪尼が水月庵の尼僧であり、胎児から「蒙汗薬」（しびれ薬）を作ろうとたくらんでいたことを明かす。また新たに水月庵の尼僧三名が何者かの手で殺されたという事件を述べ、第三十三部で、殺された尼僧三名は処女ではなく、その中の一名の口中から舌が発見され、夏古県の寇知県が道士に変装して舌を接ぐことができるとふれ歩くと、犯人卜良が出現したため捕らえる、と事件を展開させ、第三十四部で、「衆公、你道為何呢。听在下代表情由」と前置きして、語り手が以上の事件の真相を語る。それによれば、卜良がもと禁軍教頭徐彦龍の後妻方氏に横恋慕し、尼僧趙玉と共謀して蒙汗薬を方氏に飲ませ、方氏を強姦した。娘鳳英は方氏に卜良の舌を噛み切らせ、尼僧三名を殺して舌を趙尼の口中に入れたのであった。

王虹が指摘するように、このプロットは明・凌蒙初編『初刻拍案驚奇』巻六「酒下酒趙尼媼迷花、機中機賈秀才報怨」から借用している。『初刻拍案驚奇』では、悪尼が酒入り菓子を方氏に食わせるとし、復讐するのは夫賈秀才であるが、鼓詞では、前述の朱夫人殺害未遂事件と絡ませて蒙汗薬に改め、また女侠による復讐譚とした。ただ、ここだけ事件を犯人の供述によって述べず語り手自身が述べるのは、全体の叙述形式とそぐわない憾みがある。

〔第三十六～三十七部〕同じく『龍図耳録』にないストーリーとして、公孫策と業千がもと包公の従者であった李保の犯罪を捜査することを述べる。公孫策は占い師に変装して湯陰県の許明亮が殺害された事件を捜査し、周嫣から真犯人を占うよう要請され、周嫣が事件の当日店を開く資金として女婿に十五貫与えていたこと、婢李孟蘭が実家に帰ると言って居らず、驢馬に乗って若者張自成と同伴するところを捕まり、自成が偶然十五貫を所持していたことから二人が容疑者とされたことを聞き出す。さらに周家の犬に導かれて小店に行き、店主から李保がその日の夜、犬に嚙まれてびっこをひきながら十五貫を担いで帰ったと聞き出し、実際に犬が李保に嚙みつく光景も見る。かくて公孫策は、孟蘭が許明亮から十五貫で富家に売ったと言われて逃亡したこと、自成が孟蘭を偶然驢馬に乗せたに過ぎないことを確認し、自成と孟蘭を無罪放免して二人を結婚させる。

この話は、王虹も指摘するように、明・馮夢龍編『醒世恒言』巻三十三「十五貫戯言成巧」からプロットを借用したものである。『醒世恒言』では、劉貴の妾陳氏と同道した崔寧が冤罪を被って処刑されるが、鼓詞では、男女は最初から真犯人とは見なされず、周嫣と娘および知県までも真犯人は別にいると考えている。語り手はまた、周家の犬、店主の証言を加えて事件を解決の方向へ展開させ、公孫策が犯人に心理的動揺を与えるために城隍廟で審問を行う場面を設けるなど構成に配慮しているが、李保の自供を得ぬまま開封府へ護送するのは妥当でない。また、この部分は明らかに包公の幕客である公孫策の活躍を描写するために設定したものであり、語り手の苦心を窺うことができるが、裁判まで公孫策に行わせるのは妥当ではない。なお石派書「范仲禹出世」・『龍図耳録』第二十四回では、李保が山西人の大工屈伸を殺害する話を載せる。鼓詞はこれを載せない。

以上は比較的大きな改作であるが、このほかに以下のような部分的な改作も見られる。

〔包公上任〕　包公が定遠県に赴任しての裁判を述べる。前述のように、鼓詞では大工の僧侶殺害事件を「九頭案」中に移しており、扇墜（扇子の柄につける飾り）にまつわる事件しか述べない。だが扇墜の持ち主の判定方法に工夫を加えており、『龍図耳録』で扇墜の重量を問うて真の持ち主を判定するというところを、鼓詞では、扇墜の人形のどちらの耳に耳環があるかと問うという微に入った判定方法を考案している。

〔相国寺〕　定遠県令を罷免された包公は、東京相国寺に落ち着き、仁宗の夢に現れたことから、玉辰宮の妖怪（実は劉后と郭槐に殺された寇承御の亡霊）の審判を命じられる。『龍図耳録』では、これを仁宗の命令によるものとするが、鼓詞では、包公の仇敵である龐国丈の推薦によるものと改め、包公と龐国丈の対立関係を巧妙に設定している。

〔七里村〕　開封府尹に任命された包公は、幕客公孫策をこの事件の捜査に当たらせる。鼓詞ではこの場面に、公孫策が捜査に向かう途中で、死者に経を上げた僧侶から、死者が柩の中から血塗れで起きあがり、それを妻が押さえつけて血を拭ったと聞いて、包公に報告する場面を挿入する。しかしこの事件は、死体に寄生する「屍亀」という毒虫による外傷を残さない完全犯罪を述べており、このような描写を挿入したため、完全犯罪らしさを欠いたことは否定できない。

〔鼓詞第四十一部〕　『龍図耳録』第六十一～六十二回では韓彰の義侠行為を描く。石派書目にない。韓彰は荘致和の姪巧姐が誘拐されて襄陽王に歌妓として売られるところを救出する。鼓詞では、巧姐は襄陽王に売られるのではなく、第三十三部で龐国丈が誤って二妾を殺したため、妾を補充すべく誘拐したとする。鼓詞の趣向もおもしろいが、すぐ前に襄陽王の傘下にある太歳荘の馬剛のことを述べているため、龐国丈の犯罪とするのは不自然である。

〔部数不明〕 こののち鼓詞では、『龍図耳録』第六十三～七十二回に相当する部分を欠き、倪継祖が娘孔鳳英を馬強に強奪された母孔氏のために訴状を書くところから始まって、治化が馬力の首を落として欧陽春とともに倪太守を救出し、馬強を欺くところで終わり、末尾を「紫髯伯（欧陽春）如何詎拿馬強。兇悪之徒、如何報応。約在下部分明」と結ぶ。そして冒頭部分に、山東の蔣平が書信を送って包公に国事犯徐黒虎の審判を依頼し、包公の審問によって、徐が襄陽王の旗牌（伝達官）であり、土豪蔡世雄の献策によって襄陽王が「聚魂瓶」を作るために小児の心臓や肝臓を盗んでいたことを突き止めることを述べる。この事件は『龍図耳録』には見えず、鼓詞が石派書「拘魂瓶」の話を参照しながら考案し、義侠蔣平の活躍と襄陽王の陰謀を描き出したものと考えられる。

六 結び

以上のように、鼓詞『龍図公案』は、ほぼ石派書や『龍図耳録』の叙述順序に沿ってストーリーを展開しながら、時にその内容を部分的に削除したり、逆にプロットを別の個所から借りてきて話の内容を充実させたり、また別の小説のストーリーを借用して新たに話を構築したり、あるいは臨機応変に叙述を変えてもとのストーリーとは違う妙味を出したりしており、そこに語り手の手腕を窺うことができる。だがこうした改作は、作品の構成に十分配慮することなく即興的に行われたようであり、全体のストーリーに矛盾を生じているところもある。

ともあれこのような任意の改作は、石玉崑の原作を重んじる石派の講釈師によってなされたとは考え難く、他派の講釈師にして初めてできたことであろう。この鼓詞のような『龍図公案』がほかにどれだけ語られていたか明らかではないが、少なくとも王虹が紹介するように、内容は同じく詞型の異なる作品が存在していたことだけは確かである。こうした作品の存在は、石玉崑の『包公案』が人気を博し、これを模倣する芸人が出現していたことを示していよう。

注

（1）関徳棟・周中明『子弟書叢鈔』（一九八四、上海古籍出版社）、七三四頁。

（2）北京黄化門街簾子庫胡同については、松本民雄編著『北京地名考』（一九八八、朋友書店）、五三頁、八六頁参照。また蒸鍋舗の貸本業については、李家瑞「清代北京饅頭舗租賃唱本的概況」（一九三六・二・二七、天津大公報図書副刊一一九）、傅惜華「清季北京租賃唱本―大本書封面」（一九五四、羣経出版社『中国近代出版史料二編』収）参照。また最近の研究に、山下公一「中国の書籍流通と貸本屋（一）（二）」（一九九〇、（一）『山下龍二教授退官記念中国学論集』所収、（二）『名古屋大学文学部研究論集』一〇六所収）がある。

（3）前掲王虹論文。また鳥居久靖訳『三侠五義』（一九七〇、平凡社古典文学大系）「解説」も、原本を未見のまま、この考えを継承している。

（4）大塚秀高「北京観書記」その二（一九八五、『汲古』八号）には、刊本『忠烈侠義伝』第七十五～九十回に相当する説唱本『忠烈侠義伝』を紹介して、これを石玉崑の原テキストと推定する。同時に関連論文として呉曉鈴「説『三侠五義』」（一九四六、『大晩報』「通俗文学」第十九期）を引く。

（5）鍾馗像が証人となることについては、胡万川『鍾馗神話与小説之研究』（一九八〇、文史哲出版社）一三一～一三三頁、櫻井幸江「『唐鍾馗全伝』について―包公説話との関連を中心に―」（一九八六、お茶の水女子大学中国文学会報5）第四章参照。

（6）牌子曲については、前掲『中国俗曲総目稿』、五〇頁、三三三頁参照。豫劇については、王芸生『豫劇伝統劇目匯釈』（一九八六、黄河文芸出版社）、三一三頁参照。

第四節　模倣作品の出現（二）——鼓詞『三侠五義』『包公案』

一　はじめに

清の道光年間（一八二一～一八五〇）に北京で名を馳せた語り物芸人石玉崑の十八番は『包公案』であった。石玉崑の作品は『龍図耳録』百二十回（写本）として小説化され、さらに『三侠五義』として刊行されて大いに世に広まったが、語り物（鼓詞）においても、彼の流派の芸人がこれを語ったほか、他派の芸人もこれに自由に手を加えながら語っていたことは、前節で述べたとおりである。しかしこの鼓詞『龍図公案』は、『龍図耳録』第75回に相当する、覇王荘の馬強の屋敷を偵察して捕まった貴《ママ》陽太守倪継祖を義侠欧陽春が救出する話で中断し、

紫髯伯如何誑拿馬強。凶悪之徒如何報応。約在下部分明。（紫髯伯欧陽春はどのようにして馬強を誑かして捕らえますか。凶悪な奴はどのように報いを受けますか。それは次回のお楽しみ。）

と結んでおり、この後に「咸豊十年三月望日起、同治元年十月朔日止」（一八六〇年三月十五日から一八六二年十月一日まで）と記してこのテキストがここまで写し終わったものであることを示しているため、当時この後も語り続けられたか否かが不明であった。ところが一九九一年に清蒙古車王府が蔵していた戯曲・話芸・歌謡の写本が現所有者である中国首都図書館から影印刊行されたことによって、そのテキストの所在が明らかになった。本節はこの新資料につい

て考察を加えるものである。

二　鼓詞『三侠五義』

清蒙古車王府とは、賽因諾顔汗部の策棱の五世孫である車登巴咱爾の王府だと言われる。策棱が康熙帝の女婿となり、軍功によって王に封ぜられて以来、子孫は王爵を襲封した(1)。車登巴咱爾は戯曲・話芸・歌謡を好んだのであろう。この王府にはそうした大量の文芸作品の写本を蔵していたが、後に流出して現在では首都図書館・北京大学図書館がこれを蔵し、中山大学図書館が副本を蔵している(2)。作品数は千三百七十七点に上り、清代の民間文芸の実態を研究するには格好の資料である。ちなみに語り物「説唱鼓詞」は二十八点もあり、中でも義侠物が多い。たとえば清康熙二十三年から同二十八年のあいだ三河県令を務めた彭鵬（一六三七～一七〇四）の物語『彭公案』の冒頭には、

　当今万歳康熙仏爺駕登九五（今上康熙帝陛下が即位されて四十五年（一七〇六））

と述べており、その語られた時代が比較的早いことが分かる。石玉崑の『包公案』は、こうした先行作品の影響を受けて出現したのである(3)。

さて車王府の鼓詞「包公案」のテキストには次の二種がある(4)。

①『三侠五義』八十部（無抄記。半葉8行、行23～26字。正題『抄録通俗三侠五義龍図公案』）
②『包公案』百二十八巻（無抄記。半葉8行、行24字。正題『三抄録通俗三侠五義龍図公案』）

①『三侠五義』は、第48部まで大木文庫本『龍図公案』と内容・分巻形態が一致している。そして第49部からは、『抄録通俗三侠五義龍図公案接演後部』と称しており、本書が鼓詞『龍図公案』の完成後に「後部」を追加し、書名

を改めて世に出た作品であることがわかる。

また本書によって大木文庫本『龍図公案』に欠落していた部分を補足することができる。

『龍図公案』第42部では、義侠韓彰が悪漢花蝴蝶の毒手裏剣に当たる場面で叙述が飛躍して、倪継祖が娘を覇王荘の馬強に強奪されたという孔夫人の訴えを聴いて覇王荘の偵察を決意することを述べ、また飛躍して、開封府において国事犯徐黒虎が包公の審判を受けて、襄陽王の指図で「聚魂瓶」という呪器を作るために小児の心肝を盗んでいたことを供述する場面に変じ、その後は『龍図耳録』と同内容で、倪継祖は馬強に捕らえられて水牢に監禁されるが娘孔鳳英に救助される、孔鳳英は同じく覇王荘に誘拐された王月娥と人違いされて悪漢白玉成に連れ去られるが途中で欧陽春に救助される、倪継祖は再び馬強に捕まるが治化と欧陽春が救出するというふうに述べていた。

第42部以後は部数表記が全くないため、著者はとりあえず鼓詞『龍図公案』を全四十四部と考えていたが、いま車王府本『三侠五義』と比較すると、欠落していたのは第43～46部であり、『龍図公案』は実は全四十八部であったことがわかった。欠落部分の梗概は以下のごとくである。

第43部−義侠蔣平は、仲直りをするために義兄弟の韓章《ママ》の後を追い、途中で悪漢花蝴蝶の仲間である飛天蜈蚣を殺し、その後韓章に会って過去の過ちを詫び、解毒薬を返して韓章のけがを治療する。

第44部−韓章は、山東の鄧員外の妾として売られる婦人に出会い、鄧員外を説得して婦人を解放する。後に鄧員外は旅館の店主に殺害されそうになるが、蔣平に救助される。

第45部−欧陽春は、韓章・蔣平とともに白龍潭へ花蝴蝶を追跡するが逃げられてしまう。花蝴蝶は、鄧車への手土産に徐郷宦の七宝灯を盗もうとするが、張華に諫められてやめる。蔣平は、占い師に変装して鄧車の屋敷に潜入するが、花蝴蝶に正体を見破られる。

第46部－欧陽春らは鄧車の部下と闘って、花蝴蝶を捕らえる。韓章は、不審な客を追跡する。旅館の子呂小一は、韓章を襲って逆に懲らしめられて改心し、不審な客が主人の妾を殺して腹を割き、胎児の心臓と肝臓を盗んでいたと告げる。倪継祖は貴陽《ママ》府尹を拝命する。赴任に際して、包公は独鳳嶺の山賊や、赫狼山の王強に注意するよう警告する。

この補足によって『龍図公案』の脈絡が明らかになるとともに、『龍図耳録』にはない韓章が鄧員外を説得する話と蔣平が呂小一を改心させる話が付加されていることがわかった。だがこの付加された二話は、悪人は抹殺するという『龍図耳録』の勧善懲悪思想とは相容れず、全体と不調和を来していることも否定できない。

鼓詞『三侠五義』を鼓詞『龍図公案』と比較すると、細部の表現の相違を除いて、石派書「招親」（『龍図耳録』第3～4回）、「巧換蔵春酒」「三試項福」（同上第11～12回）、「范仲禹出世」「陰錯陽差」「巧治瘋漢」「仙枕過陰」「悪鬼驚夢」「鍘李保」（同上第23～27回）の話を省略していることや、『初刻拍案驚奇』『醒世恒言』の中の小説のストーリーを借用して構築した話を有することをはじめ、ほぼ両者の内容は一致する。両者は、石派書や『龍図耳録』の内容を部分的に削除したり、逆にその中の別の箇所からプロットを借りてストーリーを充実させたりしてはいるが、基本的にはそれに忠実に叙述を展開しているのである。

＊

ところが第49部以後の後半部はそうではない。この部分の石派書目は現存しないので、『龍図耳録』と比較するとそれが明白である。

『龍図耳録』では、叙述の重点は義侠・忠臣の描写にある。

第77～78回－包公は五鼠白玉堂に命じて馬強逮捕に功労した欧陽春を捜索させる。だが白玉堂が役人風を吹かせたため欧陽春は上京を拒絶し、白玉堂は任務を果たせなかったことを悔いて自殺を図り、逆に欧陽春に慰められる。

第79〜81回－義侠智化は、馬強の叔父の宦官馬朝賢が襄陽王と通じて謀反をたくらんでいることを立証するために乞食に変装して御河の浚渫工事人夫となる。智化は逃げた猿を捕らえて宦官の信用を獲得すると、四値庫の位置を聞き出して宮中に潜入し、帝冠を盗み出して馬強の屋敷に隠す。

第81〜83回－義侠艾虎が馬強の家僕を偽称して開封府に出頭し、馬朝賢が襄陽王に献上するため帝冠を馬強に渡したと訴える。包公はすぐには信用せず、艾虎に馬朝賢の顔を検分させる。

馬強・馬朝賢が処刑されると、ストーリーは襄陽王討伐へと徐々に展開していく。

第84〜86回－白玉堂と蔣平が、襄陽王の指図で水怪に扮して住民を脅かしていた水賊を捕らえる。

第87〜93回－艾虎は、臥虎溝の沙龍が黒狼山の藍驍の一党に加担することを恐れて沙龍を訪ねる。艾虎は途中で、家出して漁師の養女となった金輝の娘牡丹を強奪しようとする黒狼山の山賊と闘う。

第97回－襄陽太守を拝命した金輝が黒狼山の藍驍に捕まり、救出に駆けつけた沙龍も捕まる。

第98回－欧陽春は藍驍を破って二人を救出する。

第101回－襄陽王は、刺客方貂に金輝の暗殺を命じるが失敗する。

第102回－義侠沈仲元が内応し、襄陽王が謀反の盟書を隠した冲霄楼へ白玉堂を案内する。

第103回－襄陽王はまた、巡按御史の官印を盗んで冷泉中に隠す。

第104回－蔣平は冷泉に潜って官印を奪還する。

第105回－白玉堂は官印を盗まれた不面目を恥じて冲霄楼に潜入するが、「八卦銅網陣」のからくりに陥って非業の死を遂げる。

第106回－巡按府に官印があることが分かり、鄧車は偽の官印を盗んだと言われて怒り、再び巡按府に忍び込んで巡按を暗殺しようとするが、逆に捕らえられて、襄陽王の側近には君山の鍾雄しかいないことを明かす。

第109回－襄陽王は沙龍を捕らえて監禁する。

第112～113回－欧陽春と智化は鍾雄に投降したふりを装って道義を説き、鍾雄を心服させて沙龍を釈放させる。

第115～120回－智化が君山の統轄となり、鍾雄を誘拐して改心させ、かくて義侠たちはいよいよ襄陽王討伐に出発する。

この間には、書生施俊の従者と金牡丹の侍女が主人の姻縁を結ぼうと画策して逆に二人を引き離すことになるが、波乱を経て二人は結ばれるという才子佳人話があり（第88～101回）、蔣平が金輝の妾と密通して逃亡する家庭教師と同船し、悪船頭に殺害される教師を因果応報として救助しない話があり（第94～95回）、艾虎の婚約者鳳仙が男装して父沙龍を捜し、王婆の旅館で蒙汗薬（痺れ薬）を飲まされるが、娘王玉蘭に誤って見初められたため艾虎の名を使って婚約し、後に艾虎が玉蘭と出会って真実がわかるという話があり（第108～109、118～119回）、柳青が死んだ白玉堂を批判した蔣平の手腕を試して敬服し、鍾雄の誘拐を助勢するという話があり（第111、115回）、鍾雄が誘拐されたため避難した子鍾麟が鍾雄の部下に誘拐されるという話があって（第117～119回）、ストーリーは波乱曲折に富んでいる。

これに対して『三侠五義』のストーリーは大幅に改変されている。

第49～50部－公孫策と葉千は、襄陽王を偵察するために漢陽府に至り、馬強の酒楼で襄陽王の子趙芳が淫乱で病に臥せていると聞いて、医者に変装して王府に潜入し、襄陽王が民衆を虐待する有様を目の当たりにする。また楼上に乾坤瓶（前部では聚魂瓶と言う）を隠して明年謀反を起こそうとたくらんでいると聞き出し、乾坤瓶を盗み出す。

第51部－欧陽春・治化・艾虎も漢陽府に至り、帰省した馬忠の権勢を知って、馬強より前に捕らえようと倪継祖に諮り、治化が宮中から帝冠を盗み出した後、艾虎が馬忠は襄陽王と謀反を密議して襄陽王に帝冠を贈ったと開封府に訴える。倪継祖は包公に通報して、詔勅によって馬忠を処刑する手筈を整える。

第53部－欧陽春は老婆の訴えを聴いて馬強邸に潜入し、馬強に誘拐された娘を救出する。治化は馬強の妾と姦通した家人を殺す。

第52部－公孫策と艾虎は前後して開封府に至る。仁宗は包公の上奏を聴いて馬忠を逮捕する。

第54部－驚いた馬強は幕客沈仲文とともに城外へ逃げるが、独鳳嶺から漢陽へ来た徐彦龍・徐鳳英・賀蘭英に捕まる。漢陽府に抗議に来た馬忠も詔勅によって捕まる。

第55部－襄陽王は赫狼山へ逃げ、治化はこの機に乗じて、襄王府から冲天冠を発見したと勅使に通報する。

第56部－包公の上奏によって赫狼山討伐の勅命が下る。

第57部－都督高欽と太尉党懐忠が出陣するが、山賊馬隆と花茂に敗れる。

このあと第58～66部では、襄陽王とは無関係の話が挿入される。河南登封県の民が開封府に至り、捕らえた盗賊の首が消失したと訴える。公孫策は死体を調べて質札を発見し、捜査に出かけて、村民が寡婦に金貨を与えて強引に娘を娶ろうとする事件に遭遇する。金貨には「長命」と刻まれており、盗賊の質草の金貨にも「双全」と刻まれていたため、公孫策は金貨はもと「福禄」「双全」「長命」「百歳」の四枚ではなかったかと推理する。この時また山中から塾教師と女性の死体が発見され、女性は「福禄」金貨を所持していた。塾生が容疑を被るが、包公は凶器を持たないことに不審を懐く。また教師は塾生の父親の死後、傭人の流言を避けて廟で教えており、塾生は発見された金貨は亡父が妾に与えたもので賊に盗まれていたと証言し、死んだ女性も妾ではなく傭人の妻であることが判明する。そこで廟を捜査させると妾が監禁されており、妾は、傭人が邪念を懐いたので傭人の妻とともに廟に隠れたが、悪僧に捕らえられ、悪僧は教師と傭人の妻を殺して友人の婚礼に出かけたと証言する。その友人とは、実は強引に寡婦を娶ろうとしていた村民であり、兄と一緒に強盗をはたらき、捕まった兄の首を斬って口封じをしたのであった。

第67部―欧陽春は花茂の首を取る。

第68部―鄧車は報復のため襄陽府を攻める。

第69部―賀蘭英・徐鳳英は鄧車を捕らえる。

第69～71部―漢陽府における倪継祖の裁判二件を記す。①伯父が姪の嫁ぎ先を決めた後、気が変わって双喜という別の男を結婚相手に選び、先の男との破談の口実に侍女を殺して犯人として誣告する事件で、被害者である侍女の亡霊が豚に乗り移り、伯父に噛みついて犯行を自供させる。捕吏は法廷に現れた二羽の喜雀に導かれて双喜という男を逮捕する。双喜は結婚資金を作るため表弟《いとこ》を殺していた。②黒猿が秀才の妻を姦淫する事件で、治化と艾虎が黒猿を追うが逆に黒猿に捕まったため、倪継祖が天に祈り、大羅天仙（孫臏）と関聖帝君（関羽）の助勢を得て妖怪を殺す。

第72～73部―碧霞真人朱道霊は八卦通網陣をめぐらす。白玉堂は功を焦って怪物の吐き出した縄に緊縛され、血を吸われて死ぬ。

第74～76部―包公は妖怪の正体を明らかにするために遊仙枕に寝て地獄へ行き、閻羅王から朱道霊は蜘蛛の精だと聞き出す。包公が玉帝に奏上すると、玉帝は包公に照胆鏡で妖怪を照らすよう命じる。

第77部―朱道霊の助勢に来た聖手真人呉飛天は、毒気を吐いて官軍を苦しめる。賀蘭英・徐鳳英が火雲聖母の霊符を焼くと昴日星君が現れ、呉飛天は殺されて蜈蚣の正体を露呈する。

第78部―朱道霊は照妖鏡に照らされて蜘蛛の正体を現し、那吒太子・雷神・辛環（二十四天君の一）に殺される。

第79部―蔡世雄は邪宝を使って白糸を出すが、火雲聖母の真火で焼かれて死ぬ。

第80部－襄陽王が捕らえられたため、義侠たちは官を辞して帰郷する。馬隆だけは西遼国へ逃走し、その話は『武曲星狄青出世三要日月消双馬珍珠火旗』（『五虎平西』）に続くと言う。

以上のように、後半部では『龍図耳録』『三侠五義』のどちらも襄陽王の謀反とその平定を主題としているが、智化が帝冠を盗み艾虎が開封府に訴えて馬氏叔甥の犯罪を立証することを除いて、両作品はほとんど内容を異にしている。『龍図耳録』では人物・場面描写が豊富であり、叙述の展開も緩やかできめ細やかになされているが、『三侠五義』では人物・場面描写がかなり削除され、叙述の展開も急速で叙情性に欠ける。そしてその欠陥を補うためか、第58～66部と第69～71部に本筋とは無関係の公案を即興的に挿入している。この措置によって観客は一休みすることはできるが、ストーリーの進展が阻害される憾みは免れない。

＊

また『三侠五義』は構成がおおむね粗雑であり、前部と後部の接続にも矛盾が見られる。これは前部と後部では語り手が異なることを示唆していよう。

第48部（前部）－欧陽春は襄陽王を平定する際には臥龍岩の沙龍の協力を請うと言っていたが、後部では沙龍は一度も出現していない。

第66部－欧陽春の仲介で倪継祖と賀蘭英、治化と徐鳳英が結婚するが、倪継祖は第47部ですでに彼を馬強邸から救出した孔鳳英と結婚している。ちなみに第47部では、二人の結婚のきっかけとして傭人倪忠が孔鳳英と倪継祖の母を誤って嫁姑と称したことを述べるが、如何にも安易な設定である。『龍図耳録』第76回では、朱貞淑の父が倪継祖の亡父の死体を発見して手厚く葬り、父の形見の蓮花の簪を朱貞淑が所持していたことが分かって倪継祖との縁談が起こるというように、男女の出会いに伝奇性を帯びさせ、丁寧に描いている。

なお第50部で「さて徐彦龍は独鳳嶺を逃げ出して漢陽府の馬強に会いに行くが後悔する」と述べるが、これ以前に徐彦龍は登場していない。徐彦龍のことは、次章で考察する鼓詞『包公案』第106～109巻で述べている。

第106巻―倪継祖は包公の忠告を聞いて漢陽府に赴任する。包公は公孫策と葉千を派遣して襄陽王の偵察を命じる。夏古県の徐鳳英は〔水月庵で三人の邪悪な尼僧を殺して、母を強姦した卜良にその罪を被せた後、〕男装して湖北へ逃亡中、邪悪な旅館の女主人を殺すが、母方月娥はすでにこの女主人に殺害されていた。

第107巻―鳳英は、襄陽王に馬を売りに行く父彦龍と出会って同道するが、独鳳嶺に至って賀雲・賀蘭英兄妹に襲われる。鳳英は賀雲と闘って殺す。

第108巻―蘭英は鳳英を男子と誤解して生け捕りにする。

第109巻―鳳英は女子だと打ち明け、ともに才子に嫁ごうと誓う。〔彦龍はその間に襄陽へ逃走する。〕そこへ倪継祖が通りかかって捕らえられる。倪継祖の母は賀蘭英の姑母《おば》であった。

このくだりによって、『三俠五義』第50部に欠落部分があることが判明し、後に倪継祖と賀蘭英が結婚するに至る経緯もわかるのである。

三　鼓詞『包公案』

鼓詞『包公案』の内容は『三俠五義』に似通うが、一巻の分量が『三俠五義』に比較して少ない。

第一巻の開演冒頭の七言律詩のすぐ後に、「下手な歌はここまでとし、『三抄録通俗三俠五義龍図公案』の始まり、始まり」と書名を記しているところから、この書は、後部を『抄録通俗三俠五義龍図公案』と題する鼓詞『三俠五義』

の後続書ではないかと考えられる。

鼓詞『包公案』も『三侠五義』同様に話を前部と後部に分かち、『三侠五義』第27部に相当する第64巻で、彰徳府で家に泊めた尼僧から殺害されかけた朱孔銀の妻を南侠展昭が救う段を述べた後、第65巻では、七言律詩の後、『後三侠五義龍図公案』として語り始めている。

また成立年代を知る手がかりとして、第66巻に次のような観劇場面を述べる。

但只見　東台之上是三慶　唱的戯文甚新鮮（ふと見れば　東の台に三慶班　演じる劇も新しい）

元来是　陳長庚的四郎探母　接連回令実可観（これこそは　程長庚の『四郎探母』　次から次に妙演技）

西台上　四喜班更要作的臉　二奎唱的是南陽関（西舞台　四喜班も負けられず　張二奎が『南陽関』）

三慶班・四喜班は、春台班・和春班とともに四大徽班と言われる京劇の一座である。陳《chen》長庚は程《cheng》長庚（一八一一〜一八七九）のなまりである。程は「老生」役の俳優で、『都門紀略』（道光二十四年（一八四四）刊）によれば、この時三慶班の座長を務めており、以後光緒初年（一八七五）に至るまで長く座長を務めた。また二奎は張二奎（一八二四〜一八六〇）であり、程長庚・余三勝（生没年不明）とともに「老生三傑」と称された。『都門紀略』には四喜班の座長と記している。よってこの場面は道光〜同治年間（一八二一〜一八七四）の様子を記していると考えられ、鼓詞『包公案』の成立もその頃かと思われる[5]。

なお『龍図耳録』では山西方言を巧みに利用して大工と美女が身体を入れ替えて復活する「陰錯陽差」の滑稽場面を設けていたが、『包公案』第27巻でも、遊郭の女将馬玉仙を出家させるという包公の審判に対して遊郭の主人武貴（烏亀）が当惑する様子を山東方言でおもしろく表現しており、語り手が少なくとも山東方言が巧みな芸人であったことを示唆している。

那武貴聞听大人吩咐、在一傍咧嘴痛苦。〔改山東話〕尓介似怎麼靴呢。尓介个買売也得秀咧。把个管将的也散咧。咱回去把那些買売艮豆打発旧咧。賛含似上賛的黄酒舗子、看見二達過七、賛旧写上他一筆咂咂。嗐、介四雑代靴呢。（武貴は包大人の言い付けを聴くと、傍らで声をあげて嘆き悲しんだ。〔山東方言に改めて〕そりゃどういうことですかい。商売はやめなきゃいかん。番頭も解雇せにゃならん。家に帰って売り上げ金から支払わにゃなりますまい。また酒屋に行って「二達過七」見たら、掛け飲みになりましょうて。ああ、どうしたら良かろうか。）

鼓詞『包公案』には『三俠五義』に述べる赫狼山攻略の直前と途中に挿入された開封府と漢陽府における公案がない。『三俠五義』のこの挿入は全くストーリーに関係のない語り手の即興であり、必然性がないため『包公案』は踏襲しなかったと思われる。

また冒頭の「狸猫換太子」説話も次のように、より詳細に述べている。

第1巻－真宗が宦官陳林の勧めに従って、太子出産祈願のため泰山に参拝し、そこで出家した濠州節度使李彦典の娘と出会い、彼女を玉宸宮妃に立てる。(6)

第2巻－真宗は八王が李妃懐妊を祝って贈った金盆を落とすが壊れず、男子出産の前兆として喜ばれる。（この叙述は『宋史』「李宸妃伝」の「妊娠して帝に従い、砌台に臨んで玉釵が落ちた。帝は壊れなければ男子出生だと占った」という記述に基づいている。）

劉妃と宦官郭槐の陰謀も用意周到に描いている。『龍図耳録』では、郭懐は産婆尤氏に謀って皮を剝いだ猫を生まれたばかりの太子とすり替えるだけであるが、『包公案』では、宦官劉懐はまず美人曹賽花を入内させて真宗を誘惑させ、次に「迷魂呪」をかけて真宗と李妃を離間する。かくて真宗を諫めるという陳林の考えは寇承御に退けられる。李妃は産婆楊氏に斬りかかり、捕らえられて冷宮に幽閉される。

第5巻－八王は陳林から太子を託された後、真宗に『英烈春秋』の、西宮夏妃が正宮鍾無艶の生んだ太子と皮を剝いだ猫とをすり替えた説話を語って劉妃の陰謀を暗示し、劉妃を震えあがらせる。(7)

このほか、『龍図耳録』第23～25回において、秀才范仲虞が科挙受験のため上京して万全山の妻の親戚を訪ねる途中、悪漢葛登雲に妻白玉蓮を強奪される話（石派書「范仲禹出世」）は、鼓詞『龍図公案』『三侠五義』では省略して語らないが、『包公案』では第53～55、60～63巻で述べている。さらに『包公案』ではこの話を秀才顔査散が婚約者柳金蟬の父柳洪に陥れられる話（第52～53、55～60巻）とからめて述べており、葛登雲が国舅で、柳金蟬の父柳洪の後妻馮氏の妹が葛登雲の妾だとし、話に連続性を持たせて聞き手の関心を引いている。ただ実際には、柳洪と葛登雲は賭博仲間であるに過ぎず、権勢を利用して窮地を逃れようとするわけでもないので、決して成功した改作とは言い難い。これに関連して白玉堂にも二つの事件に関わりを持たせ、顔査散を陰で援護してその冤罪を雪いだ後、葛登雲の傭人に殺害されそうになった范仲禹を救助すると改作しているが、原作を考慮して白玉堂が范仲虞を救助して姿を消すとしたため、范仲虞は原作どおり葛登雲に打擲されて木箱に入れて棄てられることになり（「打棍出箱」）、叙述が功を奏していない。

また『包公案』では、白玉蓮は自ら左目を潰して死を免れるとしており、山西人の大工屈申は登場せず、したがって白玉蓮と屈申が身体を替えて復活するという滑稽場面（石派書「陰錯陽差」「巧治瘋漢」「仙枕過陰」「悪鬼驚夢」「鍘李保」）はない。

四　結び

以上、本節をまとめると、以下のようになる。鼓詞『龍図公案』は、小説『龍図耳録』第75回に相当する馬強逮捕の前までで話を中断していたが、最近中国首都図書館所蔵の鼓詞『三侠五義』『包公案』が影印出版されて、造反した襄陽王が平定されるまで語り続けられていたことが分かった。ただこの語り続けられた部分－鼓詞『三侠五義』「後部」－は、『龍図耳録』が演じた忠臣・義侠たちのドラマチックな物語をほとんど採用せず、代わりに独鳳山の女傑二人を登場させ、また治化・艾虎による馬忠・馬強の逮捕工作、及び公孫策による襄陽王謀反の証拠「乾坤瓶」の発見を設定して、この二つの構図から一直線に襄陽王討伐に向かって叙述を進め、「八卦銅網陣」の意味を変えて妖怪を登場させ、妖怪を退治した時点で物語を終結させている。このように「前部」と「後部」は内容が異なることから、語り手が異なることが推察される。鼓詞『三侠五義』と鼓詞『包公案』は、編巻形態が異なるが、内容をほぼ同じくする作品である。成立順序を考えると、まず鼓詞『龍図公案』が石玉崑あるいはその流派の作品をもとにして語られたが、未完であったため、その後を継いで鼓詞『三侠五義』の「後部」が語られて物語を完成した。その後、鼓詞『包公案』が語りの時間に合わせて一回の分量を少なくしたテキストとして出現した。鼓詞『包公案』は、「狸猫換太子」説話を詳細に述べ、鼓詞『龍図公案』と鼓詞『三侠五義』が省略した秀才范仲禹夫妻の受難物語を復活し、鼓詞『三侠五義』に欠落していた独鳳嶺における二人の女傑の出会いを述べ、赫狼山討伐以前の開封府・漢陽府における公案を省略するなど、前出作品の不備をよく補っている。しかしながらこれらの作品は総じて叙述が粗雑であるため、忠臣・義侠を多く登場させ彼らを列伝的に描写した原作の人気には遠く及ばなかった。原作は義侠たちが襄陽王討伐に向かう前で終わって完結しておらず、これらの作品は物語の完結や、原作とは趣の異なるストーリーを売り物にして出現したものと思われる。この二作品の存在は、石玉崑の作品が人気を博して、これを模倣する作品が続々と現れた実態を明らかにしている。

注

（1）郭精鋭「漫談車王府曲本」（一九九〇、中山大学学報2）参照。

（2）「清蒙古車王府曲本」に関する概説として、田仲一成「車王府曲本について」（一九九一、学灯6）、「再び『車王府曲本』について」（一九九一、学灯9）が詳しい。

（3）拙文「清蒙古車王府曲本について」（一九九三、山口大学附属図書館報14の1）参照。

（4）北京大学中文系一九九五級編『中国小説史稿』（一九六〇、人民文学出版社）には、二書を紹介して、「襄陽王を平定する時に妖怪が出現し、白玉堂が蜘蛛の精の織った通網陣に死ぬ」というプロットがあることをすでに指摘しているが、従来これを確認することは難しかった。鳥居久靖訳『三侠五義』「解説」（一九七〇、平凡社中国古典文学大系）には、これを誤って石玉崑の原本と考えた。

（5）北京市芸術研究所・上海芸術研究所編著『中国京劇史』上巻（一九九〇、中国戯劇出版社）第三編「伝記」第十一章「生行演員」程長庚、張二奎の項目参照。

（6）この話は劉妃と李妃がどちらも懐妊しているとする元・無名氏『金水橋陳琳抱粧盒』劇（『元曲選』）や石派書「救主・盤盒・打御」には無く、鼓詞『龍図公案』でも、「太行山に上って香を焚き、李妃を得て玉宸宮妃とした」と簡略にしか述べていない。元・汪元亨『仁宗認母伝』劇（佚。『録鬼簿続編』）は伝わらないが、明成化年間刊説唱詞話『新刊全相説唱足本仁宗認母伝』には、桑林鎮に隠れた李妃が包公に訴えて、「父は亳州の李節使で、真宗が太清宮へ行幸した際に気に入られて宮妃となった」と告げている。『宋史』「李宸妃伝」にはない。

（7）同時代の鼓詞『英烈春秋』（車王府旧蔵）第72本を参考にして語り手が構成した話である。

第五節　現代の改作——評書『大五義』

一　はじめに

石玉崑の『包公案』は現代に至ると劉杰謙（一八九四～一九七六）によって「評書」（唱のない語り物）『包公案』として伝承され、その子劉琳によって『大五義』（一九九一、春風文芸出版社）として整理刊行された。本書の「劉杰謙小伝」によれば、劉杰謙は北京の生まれで、十八歳のとき徳致厚を師とし、二十二歳以後北京などで講演し、一九四六年から一九六六年まで天津の茶館で『包公案』を講じた。その声はよく通って柔らかく、演技も洒脱で、各地の方言をこなした。解放（一九四九）後は、天津市紅橋区芸術団副団長を務め、晩年には自分の語った『包公案』を二百万字にまとめた。また「劉杰謙先生手跡」に、「この『包公案』は、包公の誕生から君山の鍾雄の降伏までで前半が終わり、壇上で講演したとおりに書写し、題目をつけて回を分けたりはしなかった」と記すように、おおむね『龍図耳録』に基づいて語っている。後半、すなわち『小五義』の部分については公表していない。原書は当時王焚が所蔵しており、劉琳によって整理が行われた。劉琳は芸人ではなく、曲芸工作者である。(1) 原書はもと八十回分あったが、整理の段階で七十四回に圧縮し、字数も六十万字に削減している。(2) 本書の書評には、聞訊「一部優秀的伝統評書―曲芸界人士研討評書名家劉杰謙遺著『包公案』」（『芸術研究』、一九九二年秋冬号、天津市芸術研究所）があり、一九九二年夏に天津市曲芸協会・天津市芸術研究所・天津電台文芸部の主催で、劉杰謙とその『包公案』についての研究討論を行い、本書『大五義』が基本的に劉杰謙の原本の姿を留め、原本における未解決の問題を解決し、個々の奇抜すぎる段落を削除し、人物描写を助ける心理・環境の叙述を補い、原本における迷信部分を改訂した点を評価したと報告している。本節ではこの評価に基づいて、本書がどのように原作を改作して行ったのか、『龍図耳録』と比較しながらその特徴を明らかにしたい。

二　「個々の奇抜すぎる段落の削除」（一）

両者の相違は、叙述の仕方にある。『龍図耳録』の場合、時間の経過を表現するために、またストーリーの単調さを補うために、複数の話題を交えて行われる。たとえば『龍図耳録』は、劉妃と宦官郭槐が共謀して、李妃が出産した嬰児（後の仁宗）を皮を剥いだ「狸猫」（山猫）とひそかに取り替える「狸猫換太子」の話から述べ始め、続いて包公の不思議な出生話に入る。これにはそれなりの訳があり、謝藍斎写本『龍図耳録』の序文に、

この書が『包公案』と題するからには、包公から述べ始めるべきであるのに、どうして仁宗から先に述べるのかと言えば、それには訳がある。それは包公の事は多く、仁宗の事は少ないためであり、冒頭に包公が出生してどのように志を得ず、どのように迫害されたかを述べたならば、後に仁宗の事を述べる時に、話に重みが無くなる感じがする。それよりも、君を先に臣を後にして、仁宗の生い立ちを述べてから包公のことを述べたほうが混乱しないし、草橋で李后に遇う場面でも再度述べる必要はなく、聴衆もよくわかるというものであろう。

と説くように、『龍図耳録』では君臣の序列が重視されるのであり、包公の出生によって仁宗の出生の秘密が明らかになるという物理的な時間経過も考慮されているのである(3)。

だが『大五義』は、包公の誕生から語り始めており、仁宗の出生については、後に第十九〜二十回で、包公が開封府尹となって陳州の被災者を救済しての帰途、宮廷から逃げ延びた李妃に邂逅した際に初めて語られる(4)。『大五義』は、包公こそ主人公であって、包公の出生話を優先したのである。ここには朝廷への忠義を重視する清朝の語り物からの脱却の意味が込められている。また叙事の順序と物語の時間とを切り離してストーリーを展開する現代小説の特徴も窺われる。この措置によって、「狸猫換太子」説話は簡潔に叙述されることになった。

*

同様に『龍図耳録』第二十三〜二十七回、書生范仲禹が悪土豪葛登雲から妻を強奪される話も(5)、『大五義』とは順序が異なる。

『龍図耳録』第二十回では、次女が嫁いだあと長女が失踪したという老母の訴えを包公が開封府で審理する最中に突然卒倒する。この時楡林鎮では南侠展昭が道士と娘（次女）との密談を聞いて、娘が醜貌の姉（長女）に身代わり結婚をさせて逃亡していることと、太師龐吉が包公に処刑された甥龐昆の復讐のために法師に呪文を唱えさせて包公を暗殺しようとしていること（このため包公は卒倒した）を知って開封府に注進に行く。これによって開封府の訴訟事件は解決し、包公の命も救われて（石派書「包公遇害」）、展昭は仁宗から「御猫」の称号を賜わる（石派書「召見展雄飛」）。そして「范仲禹出世」等一連の話はこの後に述べられるのである。

だが『大五義』では、范仲禹の話（第二十三〜二十四回）の後に、包公の卒倒、展昭の偵察、展昭の天子謁見を述べている。そのわけはこの後すぐ、展昭が帰省して双侠に会い、その妹丁月華と婚約する話（石派書「展雄飛祭祖」）に続けるためである。展昭に関係のない范仲禹の話が間に挟まれると、話の腰が折れることは免れない。『大五義』はこの煩瑣を避けたものと思われる。『龍図耳録』における異なる話への飛躍は、主として読者にストーリーの単調さを感じさせないための工夫であり、伝統的な語り物形式に沿った叙述スタイルであった。『大五義』は、こうした伝統的叙述形式からの脱却を試みている。

＊

同様の例は各所に散見する。『龍図耳録』第四十回では、侠客柳青が「五鼠」の韓彰・徐慶・蔣平とともに、鳳陽太守孫珍が外祖父の太師龐吉に送る誕生祝いを途中で強奪して鳳陽府の飢饉救済に充てようと謀議する話（石派書目欠）を述べるが、この話は、開封府において白玉堂が書生顔査散の冤罪を包公に知らせる話（石派書「鍘君恒」）の後に、仇敵である宦官陳林の暗殺をたくらむ宦官郭槐の甥郭安を白玉堂が殺害する話（石派書目欠）の前に位置している。だが『大五義』では、白玉堂の二話をまとめて先に述べて、その後にこの話を述べている。

＊

『龍図耳録』では、第八十七回で蔣平が襄陽王に仕える雷英の父雷震を悪船頭から救う話（石派書目欠）を述べ、第八十八〜九十四回で小侠艾虎に関連する話（同上）を挿んで、第九十四〜九十五回で再び蔣平が襄陽太守金輝の妾と不義密通する家庭教師を悪船頭に殺されるまま黙視する話（同上）に入る。第九十六回では続いて、蔣平が殺人の容疑を被った主人施俊を救うため長沙府に向かう途中で旅費に窮して思い詰める従者錦箋を救う話（同上）を述べている。これに対して『大五義』は艾虎に関する話を先に述べ（第六十七〜六十八回）、その後に、蔣平に関する話をまとめて述べている（第六十八〜六十九回）。悪徳教師の話は、悪船頭にまつわる話が多すぎると考えてか、これを削除している。『龍図耳録』では、同じ悪船頭に襲われる客でも、善人には救助の手を伸ばし、悪人には見て見ぬ振りをするという侠客の対照的な態度を描くことに本来の意図があったと思われるが、『大五義』は簡略を優先したと言えよう。

三 「個々の奇抜すぎる段落の削除」（二）

『大五義』では話が繁雑になることを避け、不正を挫く侠客の行為を頻繁に述べる『龍図耳録』の叙述を削除することが多い。

⑴『龍図耳録』第十二回、展昭は安楽侯龐昆邸を偵察して、幕僚臧能が龐昆の指令で媚薬を容れた酒を造って、誘拐した婦人に飲ませようとしていることを知る。展昭が薬酒を普通の酒とすり替えたため、臧の妻は媚薬酒を誤って飲み、仔細を聞いて臧を諌め、臧に幕僚を辞めさせる（石派書「巧換蔵春酒」）。展昭は龐昆の刺客項福の武芸を確かめるため項の帽子を取るが、気づかないのを見てその無能さを知る（石派書「三試項福」）。第十三回、白玉堂は男が利息を返せない貧民の娘を強奪しようとするのを見て、貧民に代わって借金を返済し、男が土豪苗秀の執事だと知ると、苗秀の家に忍び込んで夫人の耳を削ぎ落とし、不浄な財を盗む（石派書「苗家集」）。『大五義』はこれらの話をすべて削除している。

⑵『龍図耳録』第四十九～五十回、錫職人の妻が寺に参詣して墓の側で裙（スカート）を失い、妻が帰宅すると、裙を返しに来たという声がして夫が外に出ると首を斬られ、墓の側から発見された裙には夫の首が包まれていたという奇妙な事件を述べる。鴉を追いかけた捕吏は、黒衣を着た凶悪な男と男装した女を見て、開封府で二羽の鴉が騒いだのがこのことの啓示であったと悟って偵察し、土豪林春の屋敷に監禁される。そこに韓彰が出現して、林春及び林

春と姦通した錫職人の妻を捕らえる（石派書目欠、以下同）。『大五義』はこの場面もカットしている。

(3)『龍図耳録』第六十一回、韓彰が白玉堂の誤解を解くために開封府を去って帰省する途中、杭州の居酒屋で先客の料理を奪おうとする酔漢卞虎を懲らしめ、吝嗇なその父卞龍から金を奪う。さらに第六十二回、謀反をたくらむ襄陽王に誘拐した幼女を送る男を捕らえる。『大五義』はいずれも削除している。

(4)『龍図耳録』第六十五回、北侠欧陽春が信陽（河南）の河伯廟で捕吏龍濤・馮七と落ち合い、美女を狙う盗賊花冲（花蝴蝶）の動静を偵察する。『大五義』ではこの場面を削除する。

(5)『龍図耳録』第六十九〜七十回、蘇州元和県盤古寺において、儒者杜雍が秦昌の家庭教師に採用されるが、秦昌の妾が杜雍に邪心を懐いたため、杜雍は秦昌から誤解される。妾は家僕に秦昌の殺害を命じ、家僕が誤って別人を殺したことから、秦昌は冤罪を被る。欧陽春は杜雍の品行を疑って偵察するうち、密会する男女を見て杜雍と妾だと思い込んで殺すが、実は別の家僕と秦昌の妾であった。ここは「誤認」を軸にして巧妙に構成した場面であるが、『大五義』はこれも削除している。

(6)これら侠客の描写の他、『大五義』では包公の甥包冕（包世栄、包三公子）を登場させないのも特徴である。包冕は、『鍘包冕』劇では県令となって汚職を行ったため包公によって処刑される悪徳官吏であるが、『龍図耳録』では善良な書生に改める。第四十六回、山東観城県の捕吏趙慶が、包公の護衛趙虎に対して、太原に参拝する包三公子が通過する個所ごとに賄賂を要求していると告げる。第四十七回、趙慶は太師龐吉を包公だと思い込んで訴え、龐吉は包公を陥れる好機到来と考えて術策をめぐらすが、結局包冕の従者武吉祥の犯行だと判明する。『龍図耳録』が包冕の性格を悪から善へと変えたのは、語り手が包公の名誉を守ろうとしたからに他ならない。『大五義』はこの場面を削除している。それは単なる省略であったかも知れないし、矛盾する二つの説話を考慮してのことであったかも知れない。そしてこの場面の削除に伴って、武吉祥の弟平安が虎を装って包晁を誘拐する話（『龍図耳録』第五十一回）、逃亡した包晁が儒者方善の家に身を寄せ、娘に懸想する好色の土豪を方善が罵って投獄されたのを知り、県令に私信を送って救出する話（同書第五十二回）、方善の冤罪が晴れて包晁と方善の娘との縁談がまとまり、包公が執事包興に方善と娘を郷里廬州に送らせる話（同書第五十三回）は、『大五義』では述べない。

四　「原本における迷信部分の改訂」

現代中国では、政府の文化政策の一環として、文芸作品の中では、超現実的現象は「迷信」として排除することが要求され、大衆的な講釈と雖もこれを免れることはできない。だが「包公案」の場合、包公の裁判では超現実的現象は、ほぼすべての作品に出現する。『大五義』はこれをどう処理したのであろうか。以下にその改訂の仕方を見てみたい。

(7)『龍図耳録』第一回、包公が誕生するに当たって、父包懐は二角で青面赤髪の怪物を夢見る。実は家庭教師寧先生が言及するように、これは「魁星」（北斗七星の第一星で、文運を司る）であり、包公は魁星の転生であった[6]。『大五義』第一回では、包懐は黒熊を夢見たと改めている。これは包公の神秘化を否定した改訂で、黒面出生伝説に基づいているが、夢を現実の前兆とする大衆的な思考自体は否定できておらず、改訂に限界を感じさせられる。

(8)『龍図耳録』第二回、父包懐の夢を不吉として、次男包海夫婦が包公を山に捨てに行くが、虎に出会って逃げ帰る。虎は民間では邪悪を除く守護神であり、年画の題材や小児の玩具にもなっているが、『大五義』第一回では虎を出現させない。

(9)『龍図耳録』第二回、包公は牛羊を放牧して大雨に遭い、女子に変化した狐を雷から守る。狐は後に報恩して包公の結婚を案配する。『大五義』第一回では、狐は出現せず、包公は無事帰宅するとしか述べない。

(10)『龍図耳録』第二回、包公は次兄の妻李氏の陰謀で古井戸に落とされるが、緑光によって出口を見つける。緑光は古鏡の放つ光であり、これも狐の報恩行為であった。古鏡は後に「陰錯陽差」（男女の身体取り違え蘇生）を解決する作用を果たす。『大五義』第二回では、包公は自力で井戸を脱出したと改めて、神秘現象を否定している。

(11)『龍図耳録』第三〜四回、包公は会試（礼部で行う科挙試験）受験のため上京する途中で金龍寺に泊まり、悪僧に監禁されるが、南侠展昭に救済される。主従が荷物を失って困っていると、偶々隠逸村の李家が娘に取り憑いた妖怪を除く法師を求める広告を出していた。従者包興が包公を法師に仕立てて李家に入ると、妖怪は姿を消す。これも狐の報恩であった。『大五義』第二〜三回では、妖怪ではなく盗賊張三麻子とし、包公が塀についた足跡から犯人を突き止めると改めて、現実的な改訂を行っている。

(12)『龍図耳録』第五回、趙大が宿を借りた商人劉世昌を殺し、遺灰で「烏盆」（黒い鉢）を作る。烏盆は張別古に事情を告げ、張は烏盆の恨みを晴らすため、ともに開封府へ赴く。いわゆる「烏盆記」説話である。『大五義』第四〜五回では、烏盆は口を開かず、張別古が包公に会い、死者の霊魂が烏盆に憑依して冤罪を雪ぐよう求めた夢を見たと訴えるという内容に改めている。この改訂は中途半端であり、夢の中とはいえ霊魂の存在を認めたことに変わりはない。

(13)『龍図耳録』第六回、仁宗の夢に包公が現れたため、仁宗は包公の肖像を描いて丞相王苞に捜索を命じ、王苞は調理師を相国寺に派遣する。君臣の結合を強調した伝説である。『大五義』第六回では、相国寺で包公が試験官の王苞に再会し、王苞が包公を仁宗に推挙すると改め、仁宗の夢のことは述べない。夢を前兆とする発想を否定した改訂であり、また君臣の結びつきを強調せず、師弟の結びつきを強調する現実的な話に変えている。

(14)『龍図耳録』第六～七回、玉宸宮に怪異が出現し、仁宗は包公に鎮圧を命じる。随行した宦官楊忠は包公を軽視するが、皮肉なことに、楊の身体に劉妃に拷問されて死んだ寇珠の亡霊が乗り移り、「星主」包公に向かって劉妃に迫害された李妃の捜索を請願する。『大五義』第六回では、楊忠を正直な人物として描き、寇珠の霊がその身体に乗り移る場面は述べるが、それは事実ではなく楊忠の偽装とし、包公に李妃の事件を知らせたものと改訂する。包公の神秘性を否定する意図はわかるが、完全には霊魂の存在を否定できていない。

(15)『龍図耳録』第七回、古鏡の魔力で次兄の悪妻が失明して発狂する。『大五義』第六回では、この部分を削除している。魔法の力を否定するためである。

(16)『龍図耳録』第七～八回、幕僚公孫策が土龍崗の四賊（王朝・馬漢・張龍・趙虎）を開封府に案内する途中、紅衣の婦人が廟に入るのを見て不審に思い、廟を調べると、釣り鐘の下に男が閉じこめられており、国舅龐昆が主人の妻を強奪したと語る。紅衣の婦人は、実は観音菩薩であった。民間の観音信仰の反映と言える。『大五義』第八回では、観音は出現せず、雷光が廟を照らし出したので公孫策らがその廟に泊まり、鉄鍋の下に閉じこめられた男を発見すると改める。

(17)『龍図耳録』第八回、公孫策は人々が被害者の死後三日目に霊魂を迎えた時、(7)死体が突然起きあがったと聞いて、死者が冤罪で安らかに眠れないと悟る（石派書「七里村」）。『大五義』はこの部分を削除し、霊魂の存在を否定する。

(18)『龍図耳録』第十回、韓瑞龍は西側の部屋に人が入るのを見て、ベッドの下に埋められた箱の中から金銀を発見する。韓が見たのは被害者の亡霊であり、金銀は後に紙銭に変わっており、中には首のない死体があった（石派書「九頭案」）。『大五義』第十二回では、韓は鼠の声を聞いてベッドの下を調べると改め、亡霊を登場させない。

(19)『龍図耳録』第十一回、家僕白安は、主人白熊が表弟《いとこ》劉天禄への借金の返済を惜しみ、さらに天禄が星主包公に渡すよう陶然公から託された「遊仙枕」を奪うために、天禄を殺害したことを供述する（石派書「九頭案」）。『大五義』第十四回では、殺人の動機を借金返済を惜しんだことだけに限り、魔力を持つ「遊仙枕」の話を削除する。

(20)『龍図耳録』第十五回、包公が陳州での糶米を終えて開封府へ帰還する途中[8]、草州橋で轎の柄が折れて馬も進まないため、冤罪事件があると悟って天斉廟に休息する（石派書「天斉廟断后」）。『大五義』第十八回では、包公が天斉廟に休息した理由を、強風を避けるためと改め、凶兆を記さない。

(21)『龍図耳録』第十六回、包公の夫人李氏が李太后を迎え、李家の家法である「古今盆」を用いて李太后の目を治療する。『大五義』第二十二回では、李氏は家伝の医薬で李太后の目を治療すると改め、「古今盆」のことを述べない。

(22)『龍図耳録』第十九回、劉太后は、拷問によって殺害した寇珠の亡霊に取り殺される（石派書「李后還宮」）。『大五義』第二十二回では、劉太后は李太后迫害の罪が露見して恥じて自害すると改め、亡霊を出現させない。

(23)『龍図耳録』第二十一回、太師龐吉は甥龐昆を処刑した包公への復讐をたくらみ、法師に命じて木偶を血の入った甕の中に入れ、呪文を唱えて暗殺させようとする（石派書「包公遇害」）。『大五義』第二十五回では、法師が精神錯乱剤を調合して、調理師が包公にすすめると改め、呪術の効用を認めない。

(24)『龍図耳録』第二十四～二十七回、山西の材木商屈申は李保に殺害されるが、范仲禹の妻白玉蓮の身体を借りて蘇生し、白玉蓮は屈申の身体を借りて蘇生したため、包公は「遊仙枕」に寝て冥界を訪ね、「古鏡」の魔力で男女の身体を元に戻す（石派書「陰錯陽差」）。『大五義』第二十四回では、この不思議な話を削除するため、屈申を登場させず、李保に殺害される人物を范仲禹の妻の弟白永と改める。范仲禹の黒驢馬が包公に訴える場面（「黒驢告状」）もない。

(25)『龍図耳録』第五十回、白玉堂は仁宗から「御猫」と綽名された展昭と対決するため、開封府の「三宝」（古今盆・古鏡・遊仙枕）を盗み出して展昭を陥空島へ誘い出す（石派書「陥空島」）。『大五義』第四十八回では、この場面は白玉堂が包公に仕えるに至る過程で重要なため削除していないが、三宝については次のようにその魔力は伝説に過ぎないと説明している。

三宝是甚麼宝貝呢。就是「古金盆」「軒轅鏡」「悠閑枕」。這三宝是李氏夫人従娘家帯来的、是三件文物。伝説古金盆盛水能治百病、軒轅鏡是照妖鏡、悠閑枕是遊仙枕、包公有了它、才能日断陽、夜断陰。其実這枕中有草薬、是包公辦公累了、枕上它可以馬上入睡罷了。（三宝とはどんな宝物かと言えば、それは「古金盆」「軒轅鏡」「悠閑枕」です。この三宝は夫人李氏が実家から持参したもので、三点の文化財です。伝説では、古金盆は水を入れると万病を治せ、軒轅鏡は妖怪を照らす鏡で、悠閑枕は仙界に遊ぶ枕であり、包公はこれらがあってはじめて昼は現世を裁き夜は冥界を裁くことができたと言いますが、実際にはこの枕の中に薬草が入っていて、包公が執務に疲れてこの枕に寝るとすぐに眠ることができたに過ぎません。）

だが単なる安眠枕に過ぎないとすれば、白玉堂が盗み出し、展昭が必死に奪い返す意義が薄れるであろう。

五　「人物描写を助ける心理・環境の叙述」

『大五義』は、包公・蔣平・艾虎・欧陽春などの人物描写を原作よりも詳細にしている。

(26)『龍図耳録』第六回では、烏盆が訴える超現実的な話に紙幅を割いているが、趙大の裁判の場面は、包公が容疑者趙大の妻を審問し、夫が自供したと騙して夫の犯行を供述させると簡単に述べる。『大五義』第五回では、烏盆は出現せず、代わりに包公の審問を詳細に述べる。包公は、趙大が昔命を救った劉世昌から援助を受けて富裕になったと供述しながら妻がそれを知らないことに矛盾を感じ、隣人たちから被害者劉世昌が趙家を出ていないこと、趙家の馬は劉のものであること、窯を焼くとき悪臭がしたという証言を得、帳簿や印鑑の入った劉の荷物を夫のものだと偽証した妻を拷問して夫の犯行を供述させる。包公を推理する裁判官に変えており、証拠を重視する近代裁判を反映させていると言えよう。なお趙大が自供を拒んで拷問で命を落とすことは原作と同様であり、拷問の存在を否定しないのは、時代と原作のストーリーを考慮したと思われる。

(27)『龍図耳録』第四十回、柳青らは鳳陽太守孫珍が植木鉢に隠して太師龐吉へ贈る誕生祝いの金を強奪する。『大五義』第四十一回では、彼らが火薬と粘着剤を使用して植木鉢から犯行の形跡を遺さず金を奪ったとし、そのトリックを捕吏が明かす場面を加えている。

(28)『龍図耳録』第六十六回、蔣平は占い道士に変装して鄧車の邸内を偵察しているところを花冲に見咎められ、旗に隠した槍が露見するが巧妙に弁解する。『大五義』第五十五回では、蔣平は鄧車の家僕に接触して、鄧車とその部下たちの風貌と性格を聞き出し、彼らを占って鄧車の信用を得る場面を新たに設定する。

(29)『龍図耳録』第八十一回、襄陽王の謀反に加担する宦官馬朝賢とその甥馬強を捕らえるために侠客たちが画策し、智化は宮中から皇帝の冠を盗み出し、丁兆蕙はそれを馬強の屋敷に隠し、艾虎は二人を告発する。『大五義』第六十五回では、艾虎は主人馬強の家財が盗まれた事件を証言する機会を利用して、無邪気な子供を装って、この事件とは関係のない馬強と馬朝賢の不穏な行動までも暴露することを加筆する。

(30)『龍図耳録』第九十八回、欧陽春は襄陽王の配下の黒狼山の藍驍と戦う。『大五義』第七十回では、欧陽春が戦いに臨んで、降伏すれば藍驍の贓物を分配すると盗賊たちに約束をする場面を加え、その知謀を描出している。

六　『小五義』を意識した結末

このほか、聞訊が言及しなかった改訂に、「『小五義』を意識した結末」を加える必要がある。(31)『大五義』七十四回は、『龍図耳録』百二十回のうちの百七回あたりまでしか述べず、後は『小五義』に続くという収束をしている。『龍図耳録』の結末の主なストーリーは次のようである。

鄧車は、蔣平が襄陽王から奪回した巡按の官印を盗むため巡按府に潜入するが、沈仲元の裏切りによって韓彰の毒箭に当たって捕まる（106回）。欧陽春らは、襄陽王の配下である君山の鍾雄を説得して朝廷に帰順させる工作を始める（107回）。まず智化と丁兆蕙が漁民に扮して水塞に潜入し（111回）、その後に欧陽春と智化が幕僚となって鍾雄の不法な服飾と呼称を改めさせ（112回）、柳青の断魂香を用いて鍾雄を君山から誘拐する計画を立てる（113回）。鍾雄が誘拐されたため、夫人は子女を避難させる（116回）。智化は子女を捜索して娘を保護するが、息子鍾麟は悪船頭の手で襄陽王に売られようとする（117回）。だが悪船頭は王婆の旅館で蒙汗薬を飲んで倒れ、鍾麟は艾虎に保護される。かくて鍾雄は朝廷に帰順する（119回）。

『大五義』はこの部分を削除し、『小五義』のストーリーを採用して、以下のように改めている。

鄧車は同伴した沈仲元の裏切りによって捕まるが、沈仲元はその功績が認められず、怒って勅使を誘拐して韓彰に通告する。鄧車の供述によって白玉堂の死を知った徐慶は、展昭とともに焼香に赴くが、鍾雄の罠に陥ってしまう。二人は鍾雄に朝廷への帰順を促すが、鍾雄は先に同盟を求め、拒絶した二人は捕縛される（73・74回）。

そして次の文章で終結している。

後来蔣平・欧陽春等人救出展昭・徐慶、智化与北侠打入君山収降鍾雄。以後還有小五義結拝、為白玉堂報仇、群侠会襄陽、大破冲霄楼等等熱鬧情節。要知詳情、請看続書『小五義』。（後に蔣平・欧陽春らは展昭・徐慶を救出し、智化と北侠は君山に入って鍾雄を投降させます。その後にはまた「小五義」が義兄弟の契りを結んで、白玉堂の仇討ちをしたり、侠客たちが襄陽に集まって大いに冲霄楼を破るなどのにぎやかな話があります。詳細をお知りになりたくば、続く『小五義』をご覧ください。）

劉杰謙は序文で、

写這部『包公案』、是自包公降生起至君山収服鍾雄訖、前部書作一結束。全部書是按照在場怎麼説怎麼写的、就没有分出回目来。（この『包公案』の執筆は、包公の誕生から君山で鍾雄を降伏させるまでで前半を終える。全体は会場で語ったとおりに記録しており、回に分けてはいない。）

と述べていることからすると、『小五義』を意識した結末は恐らく編者の考案であろう。

七　結び——改訂に対する私見

近代以前の語り物は、時間の経過を忠実に表現しようとする。よって同時に発生した出来事は、語り手が一つ一つ交互に行っていた。『龍図耳録』も例外ではなく、複数の主人公の描写を交えながらなされるため、一つの話をもう一度想起して語り継ぐという操作が必要であった。『大五義』はこの制約を取り払い、場面の飛躍や叙述の緩慢を無くした。また近代以前の語り物はゆっくりと楽しむものであった。ある侠客が出現すると、その紹介のために彼の活躍を描き出す。それによって話は長くなってしまう。先を知りたい観客は、次回また聴きに来なければならない。それが語り手のねらいでもあった。『大五義』はこれも不合理と考え、できるだけ挿話を少なくし、簡略なストーリーに改めた。超現実的な現象も読者の嗜好に合わなくなったためこれを削除していった。さらに、近代の裁判は証拠を重視するため、推理小説的趣向を強化することになった。人物描写は原作『龍図耳録』も十分に行っているが、新鮮さを出すために別のストーリーを考案したと受け止めることができる。これによって合理性を求める現代人には手頃な読み物となったと言えよう。

ただ問題点も少なくない。それは作品の時代と読者の時代のギャップに帰因する。とりわけ信仰心の有無に関わる問題の処理が困難を極めている。現代の都会人には、信仰は「迷信」と考える人が多いし、現代中国では文教政策として「迷信」の廃絶が行われている。本書の改訂はその方針に則ったものであるが、夢兆や霊魂の存在を否定しきれず(7)(12)(14)、また魔法の宝物の説明も十分ではなく(25)、「小手先」の改訂と言われても仕方がない改訂になっているのは遺憾なことである。このほか、白玉堂が夜間に遊行して人々の善悪を調べる神祇「夜遊神」を仮称して柳金蟬を救助したり(『大五義』33回)、郭魁の甥郭安を暗殺したり(『大五義』37回)する話や、長沙太守邵邦傑が城隍のお告げがあったと称して犯人を捕らえたりする話(『大五義』69回)なども、民間信仰に基づいた知謀を描写しており、迷信廃絶の主旨とは乖離している。

なお本書には改訂に伴って、除去すべき部分がまだ除去されていない個所が散見するので、指摘しておきたい。

(32)『大五義』第五十三回(六六八頁)では、包公が、「先頃韓義士は、宝善荘で江凡と黄茂(いずれも捕吏)を救い、悪覇林春を捕らえるのを助けてくれた。私は彼を開封府へ迎えたく思う」と語っているが、本書は林春の話を削除しており、ここに記述することはできない。

(33)『大五義』六六八頁から六六九頁にかけて、次のような文章が見られる。

〔六六八頁〕再説包公派包興・張常二人回合肥包家村去送家書、代他看望兄嫂。包興・張常回到包家村、見了包山・包大員外、交了書信、説明京中一切、住了両天。〔六六九頁〕包公命包興帯着張常、送方老先生父女到合肥。包興和張常要返回東京（さて包公は包興・張常二人を合肥包家村へ遣って家信を送らせ、代わりに兄嫂の様子を見させました。包興・張常は包家村に帰って包山と包大員外に会い、書信を渡して都での一切の出来事を説明し、二日間逗留しました。〔六六九頁〕包公は包興に張常を伴って方老先生親子を合肥まで送り届けさせました。包興が張常と東京へ帰ろうとしますと……）

推察するに、最初、六六九頁のように改訂したが、方儒者のことを述べることはできないと後で気づき、これを六六八頁のように改訂した。ところが最初の部分の削除を忘れたというのが実状であろう。だがもともと不必要な六六九頁の部分を削除するだけで良く、改訂する必要は無かったのである。六六八頁の包興の帰省は何の意味も持たない。また結末は『小五義』を意識した改訂を行っているが、『龍図耳録』と『小五義』のストーリーは決して整合しておらず、前者は沈仲元を英雄と見ているが、後者は小人として描くという齟齬を来している。よって『大五義』における結末の処理は必ずしも合理的とは言い切れない。

注

（1）『楊家将』（一九八二～八三、黒竜江人民文学出版社）、『薛家将』（一九八七、黄河文芸出版社）、『金槍呼延贊』（一九八七、甘粛人民出版社）等の評書の整理を行っている。

（2）ちなみに清朝の講釈師石玉崑が語った『包公案』の内容を伝える小説『龍図耳録』（一九八一、上海古籍出版社）は、百二十回、七十二万字である。

（3）澤田瑞穂「四帝仁宗有道君―明代説唱詞話の開場慣用句について」（『宋明清小説叢考』〔一九八二、研文出版社〕収）参照。

（4）同前。

（5）石玉崑の流派の石派書では、「范仲禹出世」「陰錯陽差」「巧治瘋漢」「仙枕過陰」「悪鬼驚夢」「鍘李保」に相当する。

（6）包公はまた、魁星の前に位置し同じく文運を司るという文曲星の転生だとも言われ、天界からは「星主」と称される。

（7）招魂の儀式。『礼記』「喪大記」に「唯哭先復、復而後行死事」とあり、現代でもこれを継承する地方がある。山曼等『山東民俗』（一九八八、山東友誼書社）には膠東地区の報廟（死後三日に土地廟あるいは城隍廟に報告する）儀式を記す。

（8）飢饉救済のための安価な米の配給。陳州は慶暦三年（一〇四三）に飢饉に襲われ、京西路の転運司（財務官）が小麦の価格を時価の二倍につり上げて農民に税金を納めさせたので、包拯が「請免陳州添折見銭」（『包孝粛公奏議』巻七）を上奏して仁宗に訴えた。陳州へ出かけたとするのは伝説。上奏文は以下のごとくである。「臣訪聞知陳州任師中昨奏、為本州管下五県、自去冬遇大雨雪、凍折桑棗等、并今年養蚕只及三五分、二麦不熟、全有損失去処。除擘画不放省税外、只乞与免支移折変。已奉聖旨、令京西転運司相度聞奏。窃知本路転運司牒陳州、令将今年夏税大小麦与免支移、祇令就本州送納見銭、却令将大小麦毎斗折見銭一百文、脚銭二十文、諸般頭子倉耗又納二十文、是毎斗麦納銭一百四十文。況見今市上小麦毎斗実価五十文、乃是於災傷年分二倍誅剝貧民也。……」

第五章　死してなお民衆を護る

第一節　包公廟の分布

一　はじめに

官民に敬仰された包拯は、その死後に各地で祠廟が建立された。祠廟はその土地に貢献のあった官吏に対して建立されたが、包拯の場合、実際に赴任していない地方にも建立された。そこには伝説の影響が考えられる。本節では、明・清・民国時代の地方志を調べ、そこに記載された包公祠の由来を考察する。地方志の記載は簡略すぎて祭祀の内容について知ることは困難であるが、伝記や伝説との関連でその特徴について分析を試みてみたい。

二　生地

〔合肥県〕

包拯は北宋の咸平二年（九九九）に廬州合肥県に生まれ、また皇祐五年（一〇五三）、長男繶が病死した後、揚州に転任を希望し、さらに廬州に配置換えされた。包公祠は包家の墓地に位置する。

「包孝粛祠」は香花墩にあり、明の廬州知府宋鑑が建立し、嘉慶六年（一八〇一）、知県左輔が補修した。(1)

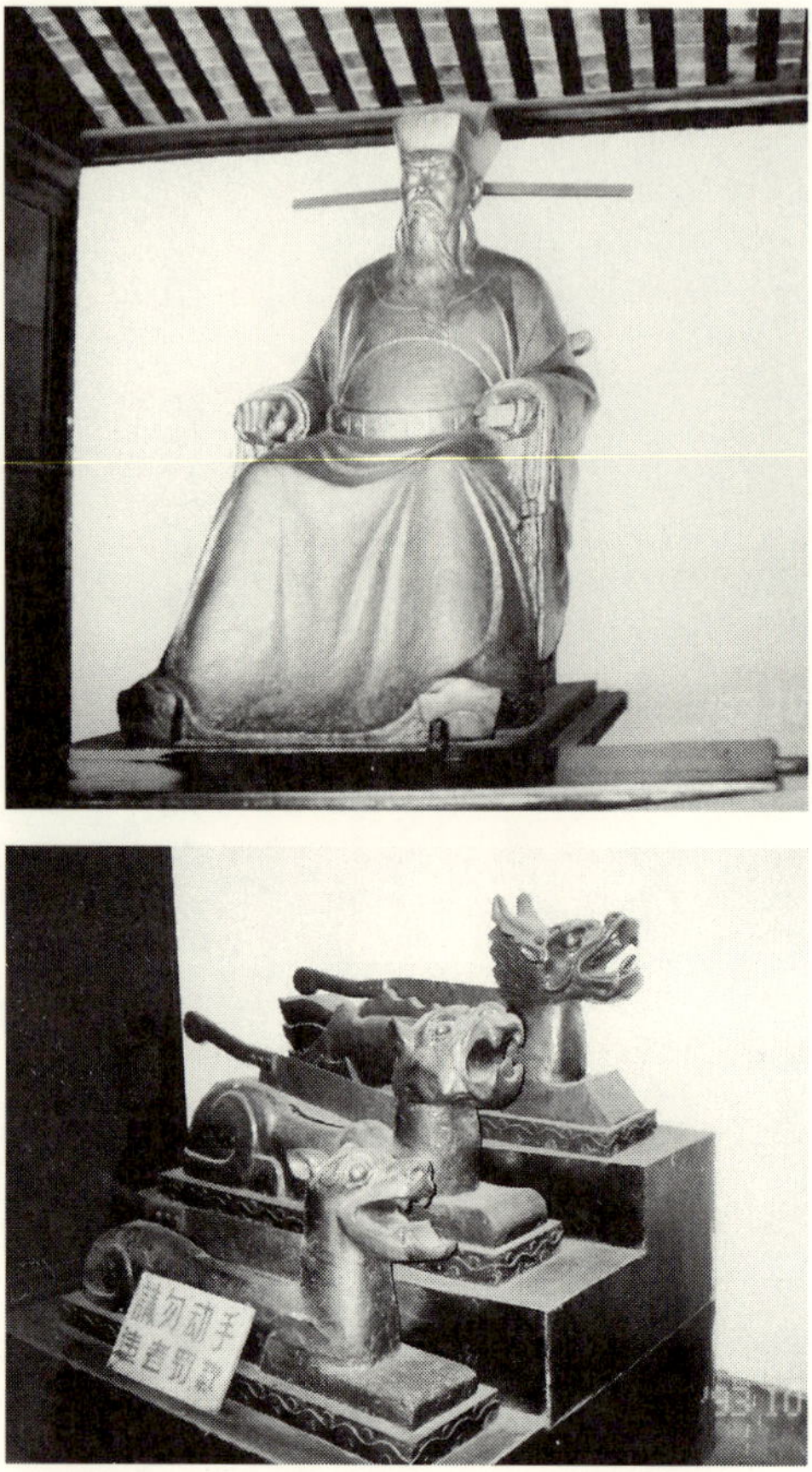

合肥市包公祠の包拯像と三銅鍘〔著者撮影〕

現在祠堂の中央に包拯像を配置し、台下に龍頭・虎頭・狗頭の三鍘を置く。三鍘は石玉崑『龍図公案』説話に由来する。

黎邦農捜集整理『包公的伝説』（一九八六、光明日報出版社）によると、廬州には「護法打舅爺」（建元四年〔皇祐五年（一〇五三）の誤〕、包公が揚州から廬州へ転任した時、悪い舅《おじ》周六子を処罰し、里正を解職する）、「箭杆黄鱔馬蹄鱉」（包公が龍図閣大学士の時、仁宗に廬州巣湖産の鱔と鱉を献上して、辺境防備を考えるよう諫める）、「廉泉」（包公が井戸を子孫に遺して戒めとした意味を悟らず、国丈龐太師と西台御史胡璉が弾劾して、逆に仁宗に叱咤される）、「長嫂如母」（赤桑鎮を巡察した包公が老婆の訴えを聴き、嫁を強奪するため一家を惨殺した甥包勉を処刑して、嫂に母のごとく仕える）、「包河藕」（包公が仁宗から堀を贈られ、「鉄面無糸」と洒落を言って蓮根を売ることを禁じた）が伝承されている。(2)

また「三賢祠」は、清康熙六十年（一七二一）に知県覃懐が建立し、廬江舒出身の漢・文翁（『漢書』巻八十九「循吏伝」）、廬州出身の元・余闕（『元史』巻百四十三）を同祀していた。現在はない。(3)別に「包馬二公祠」もあった。馬公は合肥出身の宋・馬亮。(4)

三　赴任地等

包拯は天聖五年（一〇二七）に建昌県令を拝命したが、父母の高齢を理由に合肥に近い和州監税に転任し、さらにその職も辞して父母を孝養した。和県には包公祠が現存するかも知れない。(5)

〔天長県〕

景祐四年（一〇三七）、包拯は上京して同里巷に住んで任官を待ち、天長県令を授かった。ここで「牛舌案」を解決した。

「二賢祠」は、天長県出身で孝子として知られる宋・朱寿昌（『宋史』巻四百五十六「孝義伝」）と同祀している。包拯もまた孝子であり、嘉祐七年（一〇六二）、六十四歳で病死し、孝粛と諡された。祠廟の歴史は明らかでないが、明の弘治八年（一四九五）以前に建立されていた。嘉靖十七年（一五三八）に包孝粛祠として朱寿昌とは別に祀られた[6]。

黎邦農『包公的伝説』には、「両牛抵角案」（張満の牛が李囲の牛を突き殺した事案で、新任の包公は残った牛を両者で共用させる）、「胭脂山」（悪覇沈千畝の「接風洗塵」と言う出迎えの言葉をわざと「洗城」と聞き間違え、山に樹木を植えさせる）、「審牛舌」を載せる。

〔広東〕

包拯は康定元年（一〇四〇）に端州（現在の肇慶）に赴任した。任期を終えて端硯を持ち帰らなかったことで知られる。『宋史』「包拯伝」には、「端土産硯、前守縁貢、率取数十倍以遺権貴。拯命製者才足貢数、歳満不持一硯帰。」（端州では硯石を特産とし、前任太守は朝廷に献上する規定の数十倍を採集して権力者に贈った。包拯は献上額だけを製産させ、任期が満了して一個の硯石も持ち帰らなかった）と記す。

肇慶市包公祠〔著者撮影〕

包公祠は宋の熙寧年間（一〇六八〜一〇七七）に府署内に建立されたが、明の弘治年間（一四八八〜一五〇五）に至り、民衆が参拝する利便のため、城隍廟の側に移設された[7]。

文化大革命の時期に破壊されたが、一九九九年、郊外に再建された。祠門前に「肇慶包公祠再建碑記」がある。正殿には金色の包公像と四護衛像を祀る。

西廊に配置する「重建宋包孝粛公祠堂記」碑石（明成化四年（一四六八））には、太守黄瑜が成化丙戌年（一四六六）に上奏して春秋の祭祀を請願したことを記す。[8] 祠管理処業務主管莫敬怡氏の説明によると、この碑石は残存する唯一の文化財だという。

一九九九年には肇慶市で包公誕辰一千周年学術研討会が開催され、「廉吏風儀何処求：紀念包公誕辰一千年暨包公学術研討会論文集」（謝達華編、一九九九・五）が刊行された。南方日報（二〇〇〇年三月二〇日）は、肇慶市城西廠排街大菜園村（包拯が設置した端州駅站旧跡）に再建された包公祠が正式に開場したことを告げる。

硯洲包公楼〔著者撮影〕

〔硯洲〕

なお地方志には記載しないが、肇慶市広利鎮から渡る硯洲には、伝説に基づいて「包公楼」が建立された。

黎邦農『包公的伝説』には、「三擲硯」（包公は慶暦二年に端州知府に赴任して、商人・税官の献上した硯を割り棄て、離任する際にも包興が一硯を船中に持ち込んで波濤が起こったので、硯を河に棄てさせた）を載せる。[9]

「重修包公楼碑記」（一九九〇）によれば、道光甲午年（一八三四）に包公祠が建立され、同治七年（一八六八）に「包公楼」と改名した。楼は一九五八年に倒壊したが、高要県文化局の認可を得、華僑などの支援も得て一九八七年から三年をかけて再建したという。[10] 神像は「包大丞相」と称し、四護衛を置く。

このほか、肇慶府四会県では、明の嘉靖元年（一五二二）に包公祠が県署内に建立され、嘉靖三十七年に県前街に移され、民国年間まで祭祀が行われて、県官によって祝文が読誦され、一硯も持ち帰らぬ包公の清廉さが讃えられた。[11]

〔番禺〕

広州は端州に隣接しているため、包公の威名が伝播したと思われ、民衆によって包公廟が建立されている。

番禺県紫坭郷の「包孝粛公廟」は、張姓の村人が祀っており、戦争や疫病を避けるために祈禱をすれば霊験を顕わしたので、信者が多く、寄進があり、慈善事業も行っていた。[12]

番禺市紫坭村「包相府」〔著者撮影〕

一九九四年、番禺市が観光業を興すため、嘉慶年間に創建された庭園「宝墨園」を再興した。沙湾鎮紫坭村「包相府」側に位置する。

著者は二〇〇二年一月二五日に「包相府」を訪問し、陳添氏より、嘉慶年間の洪水で神像が漂着して疫病を治したため廟を建立したという伝承を教示された。神像は「包大丞相」と称する。

〔順徳〕

「包相廟」（「見龍宮」）では龍神が出現したので建立したといい、農民の水神信仰を反映している。[13]

順徳市容桂鎮人民政府のホームページには、梁乃軾「繪棚頭話旧」を掲載して、桂洲紅旗村の包公廟に言及する。

〔その他〕

このほか、広州南海県(14)、恵州帰善県(15)にも包公廟が建立されている。

なお恵州の泥塑を紹介したホームページには、恵州の包公廟に言及するが、その位置については述べない(16)。

また澳門《マカオ》には清光緒十五年（一八八九）に、疫病を駆除するため仏山から包公像を将来して包公廟が建立された(17)。

澳門包公廟〔著者撮影〕

〔陳州〕

河南の陳州（現在の淮陽県）は慶暦三年（一〇四三）に飢饉に襲われたが、京西路転運司（財務官）は小麦の価格を時価の二倍につり上げて農民に税金を納めさせた。監察御史となった包拯は、慶暦四年に「請免陳州添折見銭」（『包孝粛公奏議』巻七）を上奏して転運司の不正を告発した。この功績は『陳州糶米』説話に発展して民間に伝承され、明の成化年間（一四六五～一四八七）に包公祠が建立された。「永積倉」の中に祠廟を設置したのは、包公の放糧の功績を讃えてのことであろう(18)。包公祠は民国二十二年（一九三三）に至って廃止された。陳州付近の項城県にも包公廟があった(19)。

黎邦農『包公的伝説』には、「陳州十八里、大得有理」を載せる。『淮陽県志』巻二「輿地」下「古蹟考」には、「古糧城、在城北三里蔡河濱。相伝、包公監糧処」と陳州放糧伝説の遺跡を記載する。[20]

〔山東〕

包拯は慶暦六年（一〇四六）、京東路転運使として登州・莱州を巡察し、家産を処分して鉄を買って上納する貧乏な鍛冶屋を除名するよう上奏し、[21]軍人の家族が滞納している総計二万貫石の税額を免除するよう上奏した。[22]こうした功績から包公祠が建立されたと思われる。『山東通志』では、慶暦八年、包拯が河北転運使の時、辺境の兵馬を兵糧の豊富な河南の兗・鄆・斉・濮・曹・済の諸州に分散して駐屯させるよう上奏したことを祭祀の由来としているが、山東を救済する上奏とは言えない。また包拯が奉符県令に赴任したという事実はない。[23]ただ「三現身包龍図断冤」（『警世通言』）や小説『清風閘』では包公を奉符県令としており、その伝説によったものとも考えられる。[24]

このほか、曹州の「三賢祠」は、包拯を明の清官である海瑞・宋纁と同祀している。[25]海瑞は戸部主事の時、徐・沛

淮陽県水利局宿舎内の包公祠（上）と位牌（下）〔著者撮影〕

の漕渠を浚えさせた。小説『海剛峯先生居官公案』に「皇明都御史忠介公海剛峯伝」を載せる。

済南府斉河県にも「包公廟」があった[26]。

なお登州府莱陽県の「三忠祠」は、生前剛直で死後に閻羅となったと伝える寇準・包拯・文天祥を祀る[27]。また登州府棲霞県の「三司廟」は、『三国演義』の関羽・張飛と並祀していた[28]。これらは全国的な民間信仰の中で考えるべきであろう。

〔河北〕

包拯は皇祐四年（一〇五二）、河北都転運使及び瀛州知府に就任した。瀛州では公費削減を提唱した[29]。「長蘆運使」とは、明初に河間府滄州に置いた都転塩運使司で、包拯が河北都転運使になったことを意味する。官署の主催で春秋二回祭祀が行われた。清末には廟会が盛行して貿易の会場となったことが記されている[30]。四月八日は釈迦の誕生日で、浴仏節。

明の小説『百家公案』第三十四回「断瀛州塩酒之贓」及び第三十五回「鶻鳥亦知訴其冤」には、包公が父老の訴えによって瀛州節度使として赴任し、塩務の監酒を更迭する話、鶻の訴えを聴いて雛を縛った魚屋に懲罰を加える話を載せている。

〔池州〕

至和二年（一〇五五）、包拯は陝西転運使の時に推挙した鳳祥府監税盧士安が罪を犯したため、連座して江南の池州に左遷される。

包公祠は官署の中に建立された[31]。また明の知府何紹正と同祀された[32]。

黎邦農『包公的伝説』には、包公が慶暦九年（存在しない）に池州知府に赴任して裁判した案件として、「智雪慧了和尚」（富者李一郎に誣告された迎江寺の和尚慧了の冤罪事件）、「灰欄判児」（嫂が弟嫁の子を実子だと偽る事案）、「拷問城隍」（篾匠蒯三が城隍廟に隠した金を酒屋白良が盗む事案）を採集している。

池州の儺戯に、『陳州放粮』（別名『打鑾駕』、『陳州糶米記』）、『章文顕』（別名『章文選』）、『搖銭記』（別名『擺花張四姐』）がある。

〔開封〕

嘉祐元年（一〇五六）、包拯は開封府尹を権知する。『宋史』「包拯伝」には、「拯立朝剛毅、貴戚宦官、為之斂手。聞者皆憚之。人以包拯笑比黄河清。童稚婦女、亦知其名。呼曰、『包待制』。京師為之語曰、『関節不到、有閻羅包老。』旧制、凡訟訴不得径造庭下。拯開正門、使得至前陳曲直、吏不敢欺。中官勢族築園榭、侵恵民河、以故河塞不通、適京師大水、拯乃悉毀去。或持地券自言有偽増歩数者。皆審験劾奏之」と記しており、元の雑劇をはじめ、「包公案」のほとんどが包公を開封府尹とする。包公祠は明の成化九年（一四七三）に建立された。(33) 黎邦農『包公的伝説』にも「敞開衙門」「怒拆青蓮池」を載せる。

河南省の地方志には、包拯を祀った祠廟を多数記載する。(34) このほか、『河南分県詳図』（亜新地学出版社編印、民国三年、国家図書館蔵）によれば、商邱県に「包公廟」を記す。現在、商丘市南に「包公廟」の地名がある（『最新実用河南省地図冊』、二〇〇一、中国地図出版社）。また商丘市睢陽区興農網には包公廟郷を紹介する。

『最新実用河南省地図冊』にはまた、淇県東南、峪河鎮北に「包公廟」の地名を記載する。また鞏義市回郭鎮、鶴壁市碧霞宮にも包公廟がある。なお駐馬店市遂平県嵖岈山の包公廟では包公と関羽を祀る（風雨石「査岈山随想」）。

四　伝説の赴任地

包拯が実際には赴任していないにもかかわらず、赴任伝説によって包公の祠廟が建立された地方がある。

明の説唱詞話『包待制出身伝』では、包公の最初の赴任地を定遠県とする。包公はそこで上司である転運使の汚職を摘発する。この伝説によって淮南の定遠県には包公祠が建立された。伝説は『包待制出身伝』以前の永楽年間にすでに生まれていたようである。(35)

〔定遠県〕

中国史地図表編纂社編『安徽分県詳図』（民国三十六年、亜光輿地学社、中国国家図書館蔵）には、県東南十五kmに「包公祠」を記載する。

『定遠春秋』（中国人民政治協商会議定遠県委員会文史資料委員会、一九八七・十）には、熊鳴濤・劉広和「包公任定遠知県的時間」（附『包氏支譜』、「包公宦歴時間表」）を掲載しており、『包氏宗譜』の「初任定遠県」という記載によって、天聖七年（一〇二九）、龍図閣直学士権知廬州であった劉筠が推挙して、包拯に定遠知県の代理事務を担当させたと論じ、国史館には任命書類がないため、『宋史』に記されなかったと説く。ただ族譜には伝説を取り入れることがあり、にわかには信じがたい。また同誌掲載の熊熊「定遠八景与八景詩詠」には、知県包拯が張姓の子を喰い殺した虎を裁いたという伝説があり、明の洪武年間（一三六八～一三九八）に知県高璧が「判虎台」を修復して、「重修判虎台記」を刻したことを述べる。現在定遠県には包公祠は存在しないという。

黎邦農『包公的伝説』には、「坐高低轎」（新任の包公が悪覇丁万四に高低轎に乗せられるが、石を轎の中に敷いて凌ぎ、民衆の訴えを聴いて悪覇を処刑する）、「石板受審」（布商盛茂源が商人を殺害して布を奪った事案を裁く）、「妻帰原夫」（翟秀才と再婚させられた王氏を前夫李侃のために奪還する）を載せる。

五　全国

包公の名声はその功績とともに、演劇や語り物・小説による伝説の創作もあって、その信仰は中国全土に広まったと思われる。

〔山西〕

河東（山西）に包拯は赴任しておらず、祠廟の由来については明らかでないが、河南に隣接する地方であり、農民が「包待制」として庶民に親しまれる包公を祀ったと考えられる。(36)

〔安徽〕

安慶府懐寧県と太平府蕪湖県は廬州に隣接する地方であるため、包公廟が建立されたと思われる。特に懐寧県では龍王廟の後殿に祀り、農民が龍王や包公に五穀豊穣を祈願したものと思われる。(37)

〔江蘇〕

常州府江陰県では、南宋時代に戦乱を避けて転居した合肥出身者公孫欽が包公祠を建立した。『江陰県志』（光緒四年）巻首「文林鎮図」に「包孝粛祠」を記載する。(38)

〔浙江〕

嘉興（宋の秀州）では、明の弘治年間に包拯の子孫包鼎が包公祠を建立し、途中で別人の所有となったが、後に復帰して官署が祭祀を行うこととなった[39]。

杭州およびその周辺では「包龍図」として知られる龍図閣学士包拯を祀っており、村人が五穀豊穣を祈って神に捧げる演劇を上演している。また降雨祈願の対象となり、士民が熱心に信仰していた様子を記す[40]。現在これらの廟は存在しない。

紹興娯楽網には、旧時紹興人は子供を抱いて関帝廟や包公廟に参詣し、関公・包公の弟子として神霊の加護を祈願して、子供の名前に関や包の字を入れたと述べる。民衆が包拯を関羽と同じ程度に信頼していたことを証す風習である[41]。現在皇甫荘河台に包公殿がある。

西興龍図廟の拝殿〔著者撮影〕

東陽包公廟の御札〔著者撮影〕

蕭山県西興鎮の龍図廟は清乾隆年間に王夫人（元・楊伯遠妻）廟が変

わったものという。[42] 現在は神像こそないが後殿を王氏娘娘殿とし、五殿閻王包青天・包陸氏（包公の大嫂）を祀る。産後の肥立ちが悪い場合、霊験のある陸氏夫人に母となってもらい成長を祈願したという（来新夏、二〇〇三・八・二〇、精華文摘）。

上虞県にも包公廟はあったが、[43] 現存しない。

慈渓県庵東鎮には包公殿が現存する。一九九三年に復興した。

東陽県横店鎮屏岩洞府の包公廟は、包拯が江西建昌県に赴任して学友董仕廉に招かれて到来し、土地の境界争いを裁いたので、民衆が感謝して宋嘉祐元年に建立したという。ただ包拯は実際には赴任しておらず、これは伝説に過ぎない。この廟でも「認包公大人為父」と御札を書いて子供の成長を祈願している。

現在の永康市中山郷五指山にも包公殿がある。

温州市西山の包公殿（現太清宮）は明万暦四十一年（一六一三）に創建されたという。新中国成立後、水利局に借用されたが、新宗教政策とともに住職盧阿光の尽力で一九九六年復興し、種々の慈善事業に貢献している。また堂内には精神教育のため『鍘美案』物語を展示している（『太清宮』、太清宮編、二〇〇〇）。

〔福建〕

福州蓋山鎮高湖村「南湖祖殿」は創建の時期は不明であるが、同治六年（一八六七）の「募縁重建碑」がある。包公の塑像を祀り、『三侠五義』の人物や冥界の諸神を壁面に描いている。著者が参拝した二〇〇三年八月三〇日には何・李・潘三夫人（神仙）の生誕を記念して永泰県閩劇団による公演が行われ、信徒が集まった。

屏南県上鳳渓村にも包公殿がある。村民に包姓が多いことから信仰が始まったという（鴛鴦渓在線網站）。

南湖祖殿（上）と廟内の閩劇上演（下）〔著者撮影〕

〔湖南〕

『長沙府志』（乾隆十二年序刊）には、包拯の長子包繶が潭州（長沙）通判として赴任し、長沙人は包繶を包拯と思い込んだという。『宋史』「包拯伝」には、「有子名繶、娶崔氏、通判潭州、卒」と記すが、屈春山・李良学『包公正伝』は、『包綬墓志』によって、次子包綬が四十八歳で潭州通判になったが、赴任途中で死亡したと言う（一〇五～一〇六頁）[44]。程如峰『包公伝』は、包綬（一〇五八～一一〇五）は崇寧四年（一一〇五）、合肥から譚州へ出発したが、黄州（湖北省黄岡県）で病死したと言う（二一一頁）。この記述の真偽は定かでないが、まだ赴任しない包公の子を祀ったとい

赤馬鎮古赤馬殿〔著者撮影〕

うのは説得力に欠ける。また包公は亡霊を裁き、顔は黒面であるということからすると、包公祠は包公自身の伝説にもとづいて建立されたのではないかと考える。

湖南唱本『南嶽香誥』（民国年間、中湘九総黄三元堂蔵版、首都図書館等蔵）「由靖江新康上船」の歌詞「建家河建還十里、祜祐望下包爺霊、包爺案下把香焚」や、『包公鉄面明聖経』（民国十三年、長沙積善小補堂刊、風陵文庫等蔵）が創作されており、湖南の各地に包公廟は建立された。(45) 中でも瀏陽県の赤馬殿は宋の熙寧年間（一〇六八～一〇七七）に建立された古廟であり、その霊験のうわさは四川省の成都まで伝わった。(46)

『瀏陽県志』には、民国時代までは祭祀は盛んであったが、新中国が誕生して以後祭祀は途絶え、その後文革を経て包公祠は壊滅したと言う。(47) しかし現在では瀏陽市の祠廟は復活している。(48)

このほか『湖南全省県市分図』（湖南省民政庁製印、民国三十年（一九四一）、国家図書館蔵）「醴陵県図」によれば、醴陵県清泉郷にも「包公廟」があった。(49)

また江西袁州府万載県鉄山界の「包公祠」は朝廷の禁令を逃れるため、湖南瀏陽県との境界に建立された。(50)

湘潭大学の王建章教授によれば、湖南の民間説話には、「包公巧断偸鍋案」「包公滅鼠」「包拯為什麼是个黒頭」「包拯跳油鍋」「包公智断争子案」「包公審石頭」「文曲星包公和門神大哥」「包拯歴険」「包公智審婆媳案」「包公使皇帝認

鉄山界包公華陀廟（上）と包公像（下）〔著者撮影〕

娘」「包公使陸帰伸冤」「包公戯考趙章用」「包大人審槐樹」「包公除猴精」「包公和轎夫」「小包公巧破失蛋案」（以上漢族）、「包公除瑤山妖精」（瑤族）、「包丞相的故事」（土家族）、「包大人」（苗族）があるという[51]。

〔湖北〕

包拯は江陵の東嶽廟で裁判を行ったという。しかし実際に裁判を行った事跡はない。四川唱本『陳世美不認前妻』四巻（民国年間、大文堂）等には、包公が荊州の飢饉救済に到来したと述べる。こうした物語が伝承したものか。東嶽廟内に祀るのは、城隍廟の側に祀るのと同じく、包公が冥官としての性格を有するからであろう。包公が東嶽廟（天斉廟）で裁判を行う「仁宗認母」説話や、包公が城隍廟で裁判を行う「釣金亀」説話にそれが反映している。孔克学の題詩に言う「龍図遺像」が黒臉をしていたかどうかは知る由もないが、一般の庶民はこの遺像に祈願していたことが想像できる[52]。

〔四川〕

四川の成都でも包公は祀られていた。前述のように湖南瀏陽県の赤馬殿から伝播したと考えられる。また長寿県にも包公祠が建立された(53)。

また広漢風情網站によれば、成都近隣の広漢市金輪鎮では、文化大革命中に破壊された包公廟が一九九六年に再建された。金輪鎮は人口二万人の農村で、毎月朔望に遊芸活動を行い、正月八日には花火を打ち上げて、包文正の誕生祝いを行うという(54)。

六　結び

包拯は郷賢・名宦として、生地や赴任地で祭祀の対象となった。廬州府合肥県は包拯の生地であり、河南陳州府は包拯が監察御史として飢饉救済の上奏をした地、泗州天長県は包拯が県令となった地、広東肇慶府は端州知府、山東済南府斉河県、泰安府泰安県、曹州府、登州府棲霞県、萊陽県は京東路転運使、河北河間府河間県、天津府滄州、河南衛輝府淇県、輝県、懐慶府河内県、武陟県は河北都転運使、池州府貴池県は池州知府、開封府祥符県は権知開封府としてそれぞれ赴任した地である。

しかしこれ以外にも包公祠は存在し、安徽鳳陽府定遠県は、「説唱詞話」『陳州糶米記』に述べられた伝説の赴任地であり、安慶府懐寧県、太平府蕪湖県、山西太原府陽曲県、忻州、浙江杭州府於潜県、新登県、昌化県、紹興府山陰県、蕭山県、上虞県、嘉興府、江西袁州府万載県、湖北荊州府江陵県、湖南長沙府善化県、湘潭県、湘陰県、平江県、瀏陽県、醴陵県、攸県、宜章県に包公は赴任していないが、祭祀の対象として包公祠が存在する。常州府江陰県のように合肥出身者が建立した祠廟もあるが、湖北江陵県、湖南宜章県のように裁判を行ったとしたり、時に『三国演義』の関羽・張飛とともに祀られたり、また城隍廟や東嶽廟に祀られているところからすると、説唱文学や演劇を通じての民衆への影響力は大きく、全国的に祠廟が建立された理由も判然としよう。[55] 黎邦農『包公的伝説』には、陝西転運使時代（慶暦七年）の「原服赴任」を載せており、陝西の地方志に包公祠を発見することはできなかったが、存在していた可能性もある。包公祠の林立は、死後に冥官となった包公の霊験を期待する庶民感情の反映と考えてよい。

なお地方志の刊行時期よりも後れて建立された包公祠は当然ながら記載されておらず、本節の記載には限界があることを付言しておきたい。

注

（1）①『合肥県志』（嘉慶八年〔一八〇三〕）巻十二祠祀志、「包孝粛祠、在香花墩、明知府宋鑑建。嘉慶六年、知県左輔修。春秋致祭。有祠生黄金・左輔記、載集文。」②『安徽通志』（光緒三年〔一八七七〕）巻五十五輿地志、壇廟二、廬州府、「包孝粛祠、在合肥県南、香花墩、祀包拯。」（附明・黄金「孝粛書院記」）③『廬州府志』（光緒十一年）巻十八祠祀志上、典祀、民祀、「包公祠、地名香花墩、……。」

（2）民間説話は採集者、採集地などを記録すべきであるが、本書はそれを記載していない。合肥で書かれた後記によれば、黎氏は巣湖畔で生まれた人で、幼少の頃、伯母から包公伝説を聴き、その後二十年間伝説採集を行ったという。

（3）『合肥県志』巻十二祠祀志、「三賢祠、在徳勝門大街。祀漢・文翁、宋・包拯、元・余闕。康熙六十年、知県覃懐建。今廃。」

（4）前掲『合肥県志』巻十二祠祀志、「包馬二公祠、在県橋東。今廃。」

（5）政協詩園「和県文史資料」増刊（一九八八・十二、政協和県委員会文史資料文教衛体委員会編）には、金緒道「包公祠前的沈思」を掲載する。

（6）①『嘉靖天長県志』巻三人事志、壇廟、「二賢祠、旧在県治東、祀宋・包孝粛拯、朱孝子寿昌。」「包孝粛祠、在東門市。故東林寺也。張侯寅改。」②『天長県志』（康熙十二年）巻二、祠祀、「二賢祠、旧在県治東、祀宋・包孝粛拯、朱孝子寿昌。祠燬於火、乃即学宮文昌祠寄祀焉。弘治八年教諭〔吾翁〕〔撤?〕文昌〔祠〕□□□□□□□□□。嘉靖十□年邑人王心請於知県時錦、転申巡按張公惟恕改勝因寺為祠、専祀朱公。十七年張寅改東林寺為祠、専祀包公。二公学宮之祀遂廃。二十八年知県邵時敏移朱公於包公祠合祀、建坊一座、復□曰二賢、而所改勝因寺之祀始廃。三十九年、知県張世良建名宦、郷賢二祠於学西、移二公於中分祀、而改二賢祠為馬神廟、二公之特祀遂廃。士民惜之、仍宜特祀。万暦四十四年、知県張三□復祀二公于察院東官庁之後。祠宇一楹、毎歳春秋、雖名特祀、湫隘難堪。崇禎五年、知県羅万象申請于学台蔡公、准入郷賢名宦二祠、不廃特祀。順治初年、邑侯李毓秀遷二公、主祀于同人書院。因住兵毀其主、豈若仍入郷賢名宦為可久也。」「包孝粛公祠、旧志載在東門市。故東林寺也。嘉靖十七年知県張寅改。今廃為馬神廟、惜之。崇禎五年、知県羅万象申文請入名宦祠。復創一祠于東四十里小店鎮。」③『江南通志』（乾隆元年）巻四十二壇廟、泗州府、「包孝粛祠、在天長県東門、祀包拯。以拯嘗為天長令。」④『嘉慶重修一統志』巻百三十四泗州直隷州、祠廟、「包孝粛祠、在天長県東門。県志、『故東林寺也。崇禎五年復創。』」⑤『安徽通志』（光緒三年）巻五十六輿地志、壇廟三、泗州、「包孝粛祠、在天長県東門。」「二賢祠、在天長県治東、祀宋・包孝粛拯、朱孝子寿昌。」⑥『備修天長県志稿』（民国二十三年）巻二上、彊域、城廂、「東門内、有学宮。学宮東大街、有二賢祠。本名羅公祠。明知県羅万象、嘉慶元年知県朱上林増祀包孝粛公、更名。学宮西、有同人書院。順治初年、知県李毓秀建。……。附張寅「包孝粛公祠堂記」節略。『……寅乃営東門外廃仏寺為公祠。』」

（7）①『大明一統志』（和刻本、天順五年〔一四六一〕）巻八十一肇慶府、祠廟、「包公祠、在府治儀門左。祀宋・包拯。」②『嘉慶重修一統志』巻三百五十五肇慶府二、祠廟、「包公祠、在高要県西門内。祀宋州守包拯。旧在府治儀門内。宋熙寧中、郡守蔣続建。明弘治中、以祠在郡署弗便謁者、始遷今地。」③『高要県志』（道光六年〔一八二六〕）巻七建置略、壇廟、「包公祠、在城隍廟右。旧在府治儀門右。宋熙寧中、知府蔣続建。延祐中、知事宋深造重建。明宣徳六年、知府王瑩修。弘治八年、総督潘蕃・知府黄容改建今所。国朝康熙九年、知府史樹駿修。五十一年、知府宋志益修（府志）。嘉慶六年、楊有源修（採訪冊）。」（城郭図附「包公祠」）④『広東通志』（同治三年）巻百四十九建置略、壇廟、肇慶府高要県、「包公祠、旧在府治儀門左。宋煕寧中、郡守蔣続建。元延祐中、知事宋深道重建。（王揆記略、肇慶郡治東曰、……。）明宣徳六年、知府王瑩重修。成化元年、知府黄瑜奏入祀典。弘治十七年、総督潘蕃改建西門外。（張詡有記、不録。）国朝康熙九年、知府史樹駿重修（府志）。五十五年、知府宋志益修。（志益有志、不録。）」⑤『肇慶府志』（光緒二年）巻七建置志、壇廟、「包公祠、旧在府治西儀門左。……。」（巻首「輿図」肇慶府城図、高要県附「包公祠」）

（8）「華亭黄侯瑜、来守古端、初謁宋・包孝粛公拯祠于郡治麗譙楼之東偏、即憮然曰、『此厲廉具也。何至陋隘陊圯、又旁通府庫、為隷斯出入処邪。』越明年丙戌、乃上疏。上俞其請、制下、毎歳春秋、祀以少牢。」

（9）包公楼壁の簡介「包公擲硯成洲」には、包公が任期を終えて上京する時、風浪が起こったので船内を調べると、老職人が硯を黄色の布に包んで贈り物として包興にわたしていた。包公が硯と布を河に棄てると風浪が収まり、墨硯洲と黄布沙の二洲ができたという。

（10）高行（国際）公司網にも紹介する。前掲『廉吏風儀何処求』所載の林以森「硯洲包公楼的歴史和現状」参照。

（11）①『四会県志』（民国十四年）編二下建置志、壇廟、「包公祠、在県前街。（旧志）謂、旧在金齢観内。明世宗嘉靖元年壬午、知県蕭樟遷県署儀門左。三十七年戊午、知県張文光始改建今所。国朝高宗乾隆二十一年乙未、知県劉徳恒捐修毀壊、像易木主。」②『四会県志』（民国十四年）編三秩祀志、「包公祠、毎歳春秋由県官捐廉致祭。祝文、『惟公守端、剛明方介。一硯清風、廉頑百世。原旧轄沢、無不届感仰、並深馨香勿替。茲値春秋、礼当展拝、伏冀来歆福綏、永頼尚饗。』案、祝文前四句、道光志謂、『旧志原文置而弗用、而新増祝文、反不及其工。』今仍用旧句成之、舍新増者。」③『広東通志』（同治三年）巻百四十九建置略、壇廟、肇慶府四会県、「包公祠、在県治之左。」④『肇慶府志』（光緒二年）巻七建置志、壇廟、四会県、「包公祠、在県治之左。……。」

（12）『番禺県続志』（宣統三年）巻五建置志三、壇廟、「包孝粛公廟、在紫坭郷。祀宋龍図閣直学士枢密使包拯。為郷中張姓香火。嘉慶間建、至今百有余年。遇兵燹癘疫、祈禱屢著霊験、熙来穣往。其司祝獲利頗豊。族人議将此款以恤篤老孤寡之無依者。毎人給米三年（拠采訪冊）（沙湾司属）。」

（13）『順徳県続志』（民国十八年）巻三建置略二、廟祠、①「包相廟、即『見龍宮』、在大羅村頭。道光十五年重建。曾徴碑記曰、

『……村頭廟久毀、莫知石像湮於河也。……道光乙未、春復濬工興而神忽見拭其銘、乃知正徳神物也。衆咸異之。議崇祀焉。……父老曉之曰、此神所以霊也。……且不観龍乎。……爰以素所祖建廟、徴兄弟及介石翁子、即出地以為基。廟成名曰見龍廟、勒石而紀異。』」②「包相府、一在龍江登雲当路。一在龍山朗田埠。」

(14)『南海県志』(同治十一年)巻五建置略二、祀廟、①「包孝粛公廟、在磻溪堡石涌郷(江浦司)。」②「包相廟、在夏教堡三革村(五斗口司)。」

(15)①『帰善県志』(乾隆四十八年)巻五、壇廟、「包孝粛公祠、在白鶴峯。(巻三「山川」、「白鶴峯、在県治後。高五丈、周一里。」)」②『恵州府志』(光緒七年)巻十一「経政志」、壇廟、帰善県、「包孝粛祠、在白鶴峯。一在水東街平二坊。」

(16)道教文化資料庫ホームページには、唐代創建の元妙観に包公殿があるという。

(17)澳門三巴門福慶街一四号。この建廟によってポルトガルの違法な統治に対して住民の愛国感情をかき立てた。澳門信息網には次のように説明する。「建於清光緒十五年(一八八九)。当年澳門瘟疫流行、居民迷信為鬼怪作祟、遂従仏山請来包公神像坐鎮三巴門、後来疫情大減、居民相信是神霊鎮圧了妖邪、遂建廟以供奉包公。…… 除了因応疫症流行求助包公神霊駆疫以保安康、是否還有什麼政治方面及社会方面要求。建廟反映坊衆愛国魂。当時、正中葡條約于一八八七年談判初成、於一八八八年四月廿八日中葡双方互換条約、三巴門以外的中土、也擬正式依条約交由葡方管轄。這是対「澳城」之外的七条華人村落愛國熱情很大的打擊。葡方則因此而得償所愿、初步獲得了占据澳門合法化的法律保障。葡人于一五五七年前後陸続入据澳門、其後近三百年間租居澳門、每年交納地租銀五百両銀、并受着中方的厳格管理、鴉片戦争之後的十年間、才開始逐歩占据澳門。葡人治澳門民情洶洶、尽管這個条約後来沒有継続下去、于一九二八年四月由中方宣布無效、葡方占据澳門沒有了法律依据。然而、在一八八七年条約簽訂後、葡方肆無忌憚地管治澳門、備受居澳華人的反対。広東巡撫呉大徴給皇帝的奏摺、也有詳細記載、『沙梨頭等三村及旺廈、龍環、龍田塔石等四村、皆系中国民人聚居村落所耕田地、歴年在香山県完納銭糧、本非葡人所能管理。統計該数村鋪戸居民、約有万余人。自葡官按戸收租或繳或不繳、衆情洶洶、各懐憤懣。旺廈一村、始終未繳分文。』籍建廟表達愛国情懐三巴門坊衆、在這歴史激流中、并沒有置身度外、而是在籌建包公廟中以頌揚包公為名、借助包公精神表達愛國情懐。包公作為英雄人物、被民間一再伝頌、奉為神霊、建廟供奉。澳門包公廟的包公神像、也按伝統制作:面黒如炭、身穿黄袍、額間還絵上一個半月形的月牙。這月牙印記、是〝太陰〟（月亮）的図像。包公額上的月牙、乃是包公神像的特殊〝標記〟。」唐思編著『澳門風物志』（一九九八、中国友誼出版公司）「包公廟始建一段古」にも紹介がある。

（18）①『陳州府志』（光緒十九年）巻九祠祀志、正祠、「孝粛包公祠、在永積倉内。成化年、知州戴昕建。」②『淮陽県志』（民国二十二年）巻四民政上、「孝粛包公祠、在永積倉内。成化年間、知州戴昕建。清嘉慶十三年、知府包敏、知県張世濂、邑紳趙万里重修。今廃。」

また屈春山・李良学『包公正伝』（一九八七、中州古籍出版社）第二章一「陳州察訪」、孔繁敏『包拯研究』（一九九八、中国社会科学出版社）第五章「包公故事与清官文化」第二節にも、史実と説話の関連について論じる。清末絵図『陳州街道図』によれば北門近くの羊圏街に位置する。国家図書館蔵。なお朱義・関明『包公鍘鍘之謎』（一九九一、華夏出版社）は、日中戦争時代の陳州における包公祠の様子と民衆の包公信仰を描写する。

（19）『項城県志』（宣統三年）巻十祠廟志、散見於城郷者、「包公廟、在水牛劉荘東。」

（20）淮陽県包公祠の歴史と現状に関しては楊復竣『羲皇故都』（二〇〇〇、淮陽伏羲文化研究会・淮陽県図書館）「包公廟」に詳細を記す。

（21）「乞開落登州冶戸姓名」（『包孝粛公奏議』巻七）に、「臣窃見登州鉄冶戸姜魯等十八戸、先陳状為家貧無力起冶、逓年只将田産貨売、抱空買鉄納官、乞依条例開落姓名。臣在本路日、累次保明申乞与除免」という。

（22）「領陝西漕日上殿」（『包孝粛公奏議』巻七）に、「臣昨任京東転運使日、窃見轄下州軍諸色人等、係積年欠負官物銭帛斛斗等、共約二万貫石。其干繋人数不少、並是主持倉庫、以年歳深遠、因循消折、即無欺蔽、或本身死亡、或家産蕩尽、見今均在干連、及保人処理納、皆是不済人戸。看詳先降条貫、合該除放」という。

（23）①『山東通志』（民国四年）巻三十八彊域志三、建置、泰安府、「包公祠、在西門甕城内。祀宋・包孝粛公拯。」②『泰安府志』（乾隆二十五序）巻七祠祀志、壇廟、「包公祠、在西門甕城内。即宋・包孝粛公拯也。旧志云、『拯嘗為奉符令、故祀之。』『通志』云、『按本伝未載及此。公嘗官河北都転運使、疏請分兵備兗・鄆・斉・濮等州、其恵政可徴也。国朝順治中、知州傅鎮邦、康熙間、知州張迎芳、皆有徳政、州人合祀於此。故又曰「三公祠」。雍正元年、州同張奇逢重建、有碑記。』」③『泰安県志』（乾隆四十七年）巻七祠祀考、祠宇、「包公祠、在西門甕城内。即宋・包孝粛公拯也。旧志云、『拯曾為奉符令、故祀之。』『通志』云、『本伝未載及此。公嘗官河北都転運使、疏請分兵備兖・鄆・斉・濮等州、其恵政可徴也。国朝順治中、知州傅鎮邦、康熙間、知州張迎芳、皆有徳政、州人合祀於此。故又曰「三公祠」。雍正元年、州同張奇逢有碑記。』」

（24）丁肇琴『俗文学中的包公』（二〇〇〇、文津出版社）は、程如峰『包公伝』（一九九四、黄山出版社）の記述と車錫倫（泰安出身）の証言をもとに、包拯が奉符県令になったという伝承があり、国共内戦以前（民国三十六年頃）まで包公祠が存在していたことを確認している。

（25）『山東通志』（民国四年）巻三十八疆域志三、建置、曹州府、「三賢祠、在城内鼓楼西。祀宋・包拯、明・海瑞、宋纁。」

（26）『斉河県志』（民国二十二年）巻六古蹟、寺観、「包公廟、在邑北関東北隅。創修年月、失考査。孝粛既非邑人、雖当時執法不阿、貴戚斂迹、似宜建祠於都会、激励臣子、不知何因奠祀於此。今廃。」

（27）『莱陽県志』（民国二十四年）巻一之二建置志、壇廟、「三忠祠、一名速報三司、在城西門内。明洪武十一年県丞董仲達建。祀宋寇準・包拯・文天祥。清知県趙光栄、邑人魯会周重修。民国二十年廃。」　また宋・葉氏『愛日斎叢鈔』に寇準・包拯が閻羅となったと述べる。澤田瑞穂『地獄変』、八九頁参照。

（28）①『棲霞県志』（光緒五年）巻二建置志、諸廟、「三司廟、在北門外。祀漢名将関羽・張飛、宋名臣包拯。邑人桑谷宝建。康熙七年、知県胡王璘重建。」②『山東通志』（民国四年）巻三十八疆域志三、建置、棲霞県、「三司廟、在県城北門外石橋左。祀漢関・張二侯、宋孝粛公包拯。」

（29）「論瀛州公用」（『包孝粛公奏議』巻七）に、「勘会本州公使銭毎年二千貫、凡百用度、尽出其数、看詳旧例、紛委無算。今若拒犒設軍員並依旧外、其諸般用度頓行減罷、則衆論未以為允。或且仍旧、則支費至広、未知所済」云々という。

（30）〔河間〕①『河間府新志』（乾隆二十五年）巻五官政志、祠祀、「包孝粛祠、在府城西北隅。祀宋知瀛州包拯。今孝粛祠久圮。主遷祔城隍廟中。」②『嘉慶重修一統志』巻二十二河間府、祠廟、「包公祠、在府城西北隅。祀宋・包拯。」③『畿輔通志』（光緒十年刊本影印）巻百七十六古蹟志、祠宇、河間府河間県、「包公祠、在府西北隅、祀宋・包拯（府志）。謹案県志、『祠久圮、其主遷祔城隍廟。』」　〔滄州〕①『滄州新志』（康熙十九年）巻三、祀典不載祠宇、「包公祠、為宋長蘆運使龍図閣待制包公拯建。在南関。祠額、今移奉朗吟楼下。」②『嘉慶重修一統志』巻二十五天津府二、祠廟、「包公祠、在滄州南関、祀宋・包拯。」③『畿輔通志』（光緒十年）巻百七十六古蹟二十三、祠宇二、滄州、「包公祠、在州南関、祀宋・包拯（『大清一統志』）。国朝倪象愷撰廟記、『……出為河北都転運使。有司春秋祭享。』」④『天津府志』（光緒二十五年）巻三十四経政志八、祀典、滄州、「包公祠、初在南関、後移朗吟楼、祀宋河北転運使包拯（前志）。乾隆七年、運判使国朝倪象愷撰廟記、『……出為河北都転運使。有司春秋祭享。』」⑤『滄県志』（民国二十二年）巻四方輿志、古蹟、壇廟、「包公祠、在小南門内。為宋河北転運使包拯建。本在南関、後移朗吟楼下。清乾隆七年運判使尚廉又移分司署大門内左方。光緒二年、楽軍統領記名提督丁徳昌重修。毎歳四月八日、為貿易会場。商賈雲集、農器交易甚多。為春会之最盛者。」

(31)『池州府志』（万暦四十年）巻二建置志、廟祠、「包公祠、在府治儀門左。知府祁司員建。祀宋知州包拯。」

(32)①『池州府志』（万暦四十年）巻二建置志、廟祠、「包何二公祠、在毓秀門内。旧在府治北。隆慶初、移今址。祀宋知州包拯、国朝知府何紹正。置有祀田八畝九分地。一畝坐聖母橋下。祠前扁『去思亭』、乃新建伯王守仁書。」②『嘉慶重修一統志』巻百十八池州府、祠廟、「包何二公祠、在貴池県南門内。祀宋・包拯、明・何紹正。」③『安徽通志』（光緒三年）巻五十五輿地志、壇廟二、池州府、「包何二公祠、在貴池県南門内、祀宋・包拯、明・何紹正。今改建毓秀門。」④『貴池県志』（光緒九年）巻七輿地志、廟祠、「包何二公祠、『江南通志』……。又府治儀門有包拯専祠。」

(33)①『嘉慶重修一統志』巻百八十七開封府二、祠廟、「包公祠、在祥符県署西。明成化中建。祀宋開封府尹包拯。」②『河南通志』（雍正九年）巻四十八祠祀、開封府、「包孝粛公祠、在府治東、祀宋開封府尹包拯。明成化九年建。」③『祥符県志』（順治十八年）巻一祀祠志、「包公祠、二月十二日、八月十二日祭。在県治西。成化十二年改建于府治之東。明末河水没。今創建于新開封府前。」

(34)〔輝県・淇県〕①『衛輝府志』（乾隆五十三年）巻二十一祠祀、「包公祠、『河南通志』、在輝県西十五里史村、祀宋・包孝粛公拯。按『淇県志』、亦有廟、在県東南八里。」②『河南通志』（雍正九年）巻四十八祠祀、衛輝府、「包公祠、在輝県四十五里史村、祀包拯。」③『輝県志』（光緒二十一年）巻九祠祀志、正祠、「包公祠、在県西史村内。祀宋・包孝粛公拯。始建未詳。又卓水・峪河北、皆有祠。」　〔河内〕①『懐慶府志』（乾隆五十四年）巻五建置志、祠廟、「包公祠、在府城東門内、祀宋知開封府包拯。」②『嘉慶重修一統志』巻二百三懐慶府二、祠廟、「包公祠、在河内県東門内。祀包拯。」③『河内県志』（道光五年）巻十四祠祀志、「寇公祠（漢・寇恂、河内太守）、包公祠、丁郭二孝子祠（漢・郭巨、丁蘭、河内人）、韓文公祠（唐・韓愈）、程夫子祠（宋・程顥、程頤）、許文正公祠（元・許衡、河内人）、何文定公祠（明・何瑭、武陟人）、以上俱二八月祭。」④『河内県志』（道光五年）巻十六営建志、祠廟、「包公祠、在東門内。祀宋包孝粛公。」　〔武陟〕①『懐慶府志』（乾隆五十四年）巻五建置志、祠廟、「包公祠、在城隍廟。」②『武陟県志』（道光九年）巻十九古蹟志、「包公祠、在城隍廟側。」

(35)　①『江南通志』（乾隆元年）巻四十二壇廟、鳳陽府、「包公祠、在定遠県治西、祀宋・包拯。明永楽初建。」②『安徽通志』（光緒三年）巻五十五輿地志、壇廟二、鳳陽府、「包公祠、在定遠県治内、祀宋・包拯。兵燬重建。其在治西、治南者、俱圮。」③『鳳陽府志』（光緒三十四年）巻十一建置攷、壇廟、定遠県、「包公祠、祀宋・包拯。一在県署内。兵燬後、知県陳際春捐俸重建。一在県治西。道光三年、邑人凌和鑾等募修。燬于寇。光緒十二年、邑人重建。一在県南十八里。」

(36)　〔陽曲〕『山西通志』（雍正十二年）巻百六十四祠廟一、太原府陽曲県、「包孝粛公祠、在南関。祀宋待制包拯。」　〔忻州〕①『山西通志』（雍正十二年）巻百六十六祠廟三、忻州、「包孝粛祠、在北門。」②『忻州直隷州志』（光緒六年）巻十四「包孝粛祠、在治南関外。」、巻一輿図、州城に「包公祠」あり。

(37)　〔懐寧〕『懐寧県志』（民国）巻九、祠祭、堯年郷、「龍王廟、在李家坑。後殿祀包孝粛。」　〔蕪湖〕『蕪湖県志』（民国八年）巻四十廟祠志、「包公廟、在永定圩謝村北。未詳所始。」

(38)　『江陰県志』（光緒四年）巻七秩祀志、「包孝粛公祠、在文林鎮門村。宋南渡時、公孫欽自合肥徙江陰、建祠。明季廃。国朝康熙中、後裔沢等重建。」

(39)　『嘉興府志』（光緒五年）巻十一、壇廟、「包孝粛祠、在東野圩、即香海庵。案、庵基四面距水。旧址一寸六畝。明弘治間包鼎建。崇禎間、裔孫包南嶷・如楫興修。後為人盗鬻。国朝乾隆五十四年、後裔包煒・包炳呈経知府鄭文泰判帰後建、永為包祠。并題「笑比河清」額、及「史魚後勁、忠介先声」聯。嘉慶八年、巡撫阮題准春秋官為致祭。今廃。」

(40)　〔於潜〕①『於潜県志』（嘉慶十七年）巻六祠墓志、「包孝粛公祠、在県署瞧楼左。祀宋龍図閣学士包拯。毎歳三月初八日、邑人致祭、出会演劇。一在惟後郷丹楓庵右庵内。向有公像。康熙丁丑夏、旱、祈雨響応、士民建専祠、奉之。一在塘湖撩車橋。一在嘉前普照寺。」②『於潜県志』巻七寺観、「普照寺、県北四十五里蛮嶺西。祀宋龍図閣学士包文正公拯。」③『杭州府志』（民国十五年）巻十三祠祀志、於潜県、「包孝粛公祠、在県署譙楼左。祀宋・包拯。祠、一在惟後郷丹楓庵右。一在嘉前普照寺、一在塘湖寮車橋、又名永福禅院（旧志）。咸豊十年、燬。同治六年、重建。光緒二年、重修。一在長前法道荘、兵燬。同治八年、重建。一在泗州橋、一在豊前青石山（新志）。」　〔新登〕①『新登県志』（民国十一年）巻七輿地篇、壇廟、「龍図廟、在下袁村。」②『新登県志』（民国十一年）巻八輿地篇、壇廟、「包公廟、在平坂荘唐山廟下首、今圮。」「包公廟、在三渓荘。」「包公廟、在白石村。旧志、作包公祠。」　〔昌化〕『昌化県志』（民国十三年）巻四建置志、壇祠、「龍図廟、在下九都殿龍山。」　〔山陰〕『山陰県志』（嘉慶八年）巻二十一政事志第三（三）壇廟、「包孝粛廟、在蕺山西麓。新増。」

（41）「旧時也有一些紹興人把孩子抱到関帝廟、包公廟去、寄名為関公、包公的弟子、祈求神霊的保祐。這些孩子的名字裏便有関和包字。」

（42）〔蕭山〕『蕭山県志稿』（民国二十四年）巻七建置志上、壇廟、「龍図廟、在西興。祀宋・包拯。初為王氏廟、両次訛建、至今不改（詳王夫人廟下）。」※「王夫人廟、在西興鎮股堰（康熙志、原題王氏廟）。祀元至正間里正楊伯遠妻王氏（事詳水利・列女各志）。明万暦三十年、来文徳募資重修。清乾隆間、訛為龍図廟。六十年、改正。……咸豊十一年、廟燬。同治間、復於其址建龍図廟。十三年、里人田霖継妻趙氏別於廟後購置重建。

（43）〔上虞〕『上虞県志』（光緒十七年）巻三十一建置志二、祠祀、「包公祠、在県治東城隍廟大殿西。祀宋・包孝粛拯。一在県北楊家渓（嘉慶十一年、里人呂恒泰捐建。）一在県西二十余里。（已上、嘉慶志。）」

（44）「包公長子包繶、官太常寺太祝。二十幾歳病死、令人十分惋惜。包公次子包綬、字君航、歴官太常寺太祝、国士監丞、濠州（今安徽鳳陽）団練判官、四十八歳転官潭州通判、死于赴任途中。包綬清苦守節、箱嚢之内、除了朝廷誥勅及書籍著述外、別無他物、人們驚嘆不已。他不論在何処任職、都是『人称廉潔』、而且『異口一詞』。他在汝州離任時、人們扶老携幼、争先恐後出郊歓送、一再向他拝謝、并祝願説、『請公善帰、台閣今待公矣。』包綬任京官時、曾在故郷為生母孫氏守喪幾年、『家雖貧、而無一毫干于郷里。』人們称頌説、『孝粛以清白勁正光于青史、公可謂能克家者、孝粛之風、至于公而益熾也。』」

（45）〔長沙〕『長沙府志』（乾隆十二年序刊）巻十五典礼志、附載、「包孝粛立朝剛毅、有閻羅包老之称。然非丞。□亦未至潭。

其子繶通判潭州、早卒。長沙人誤以繶為孝粛。又謂其能判冥事、塑像奇詭。又誣甚矣。」

〔善化〕①『善化県志』（光緒三年刊）巻三十祠廟志、十二鋪、「包爺廟、在東牌楼。（旧志、「寺右、公館一棟、鋪屋七間、左鋪屋二間、対門鋪屋二間、後抵園囲契拠。」）」②六都「包爺廟、県西南三十里、団湖山。（旧廟、濱河、易於傾圮、同治五年、張紹卿・張励堂捐出重金、倡衆捐貲、新置地基、創建宏敞、並奉関聖諸仏暨各神像。廟址、前抵石橋、後抵陳姓山界、左抵圳辺、右抵牆外石路。「済美会」捐入地、名「包公山」、田三十畝。又観音港市、鋪屋一棟、佃租銭六千、均帰廟管。旧廟改作『洞庭宮』、亦帰新廟経理。）」③八都「包爺廟、県南四十里窰湾。（前明古廟、歴著霊異。康熙癸巳、水災傾圮。僧見聞募臯憲王、修復。乾隆甲辰衆姓公修、原有和尚壟田二十畝、続置老屋塘上石橋田三畝、册名『僧慈音』。道光年間、譚鳳池・文民賦等、捐置銭家山樟楊塘、孫家壟田三契、鐙油田一石三斗五升、册名『包公照』。咸豊七年、蔡文田・譚森階等、倡捐重貲、拓寛基址。殿楼廊廡、概為更建。増置高車埠田八斗、以作歳修、册名『包秉直』。又置廟右鋪屋、給僧収租、以資香火。又廟右祀有『包白龍』『少白龍』神像。置有樟木塘屯田七斗、袁家衝民田一石、册名『包白龍』。又廟内後殿、供奉文帝。陳大詠等、倡捐与善堂惜字公項、置披塘壟田一石、毎歳収租為拾字工費。）」

〔湘潭〕①『湖南通志』（光緒十一年重修）巻七十四典礼志四、祠廟一、湘潭県、「包孝粛祠、在県西楊梅洲上、祀包拯。又興馬洲上、亦有之。拯生平未至湖湘、其子繶嘗通判潭州、早卒。長沙人、因祀拯。（『一統志』）」②『湘潭県志』（光緒十四年刊）二十四巻礼典志、「包公廟、在錦湾、祀包孝粛。張志云、『孝粛子繶通判潭州、故長沙多有其廟。楊梅洲、興馬洲、皆有之。十二都「包爺殿」、有田卅畝余。以爺為尊称、始宋・遼時。十五都廟、在淦田。八都樊田曰『三聖殿』、兼祀張桓侯。」③『大清一統志』（光緒二十八年刊）巻二百七十七長沙府二、祠廟、「包孝粛祠、在湘潭県西楊梅洲上、祀宋・包拯。又興馬洲、亦有之。按孝粛生平未至湖南、其子繶通判潭州、早卒。長沙人、誤以繶為孝粛。」

〔湘陰〕①『湘陰県図志』（光緒六年刊）巻二十三典礼志、「包公廟、祀宋・包孝粛拯。一在堤南古関帝廟右、一在仁和囲。」

〔瀏陽〕『瀏陽県志』（同治九年刊）巻九祀典志、祠廟附、県城祠廟、「包孝粛廟、在北城外下濠。即隆興寺旧址。道光二十八年建。」②『瀏陽県志』（同治九年刊）巻九祀典志、祠廟附、県東祠廟、「包孝粛祠、三合水一、澄潭李家山一、凰岡水口一。」③『瀏陽県志』（同治九年刊）巻九祀典志、祠廟附、県南祠廟、「包孝粛祠、江家衝一、柘渓牌楼前一、洞仙観側一、六龍山一。鉄山界一、曰龍図寺。」④『瀏陽県志』（同治九年刊）巻九祀典志、祠廟附、県西祠廟、「包孝粛祠、黄岡嶺一。蛇頭一、曰東京寺。江家渡一、明・傅君茂構覆以茅、国朝乾隆間募貲易瓦。馬家湾之賀家嶺一、曰龍図閣。」⑤『瀏陽県志』（同治九年刊）巻九祀典志、祠廟附、県北祠廟、「包孝粛祠、相公店市一。河背于一、曰元明古刹。赤馬殿一、宋熙寧時建。」⑥『瀏陽県志』（同治九年刊）巻二十三芸文志、国朝、「包公粛祠、孔克学『廟古山深昼掩門、龍図遺像儼如存。平生関節無繊芥、不在祈求酹酒尊。』」⑦『瀏陽県志』（同治九年刊）巻二十四雑志、「県西江家渡有鉄包公。云、明時自湘潭韃子嶺飛来獅形山。傅君茂構庵覆之（旧志）。」

なお『湖南全省県市分図』（湖南省民政庁製印、民国三十年〔一九四一〕、国家図書館蔵）「湘潭県図」に白雲郷「包爺殿」、『湘陰県図』（湘陰県政府製印、民国年間〔二十八年以後〕、国家図書館蔵）に、仁和郷仁和囲「包公廟」を記載する。

(46)『成都通覧』（宣統元年〔一九〇九〕、成都通俗報社）「成都之迷信神道之礼節」『包孝粛公誕辰疏』には、「殿伝赤馬、顕聖肇於瀏陽。衆出天花、沐恩遍於潭郡」と赤馬殿の霊験を述べている。『包孝粛公誕辰疏』の全文は、「公生而明哲、早取魏科。孝以作忠、諫仁宗而認母、粛以奉法、執国舅而誅奸。鏡可照妖、邪無不服。由開封而登相位、疑案不畏無頭、因私訪而救窮民、陽春咸欣有脚。洵謂明無不燭、判尽如神、生而為英、死而有霊也。殿伝赤馬、顕聖肇於瀏陽、衆出天花、沐恩遍於潭郡。歴奉神像、永鎮禅林。速起沈疴、若仙丹之屢降、力扶通鏡、如生仏之監臨。茲者旭日迎祥、時当春仲、東風解凍、節届花朝。実公初度之辰、愧乏上珍之饌、糾率同郷之衆、聊称介寿之觥。伏冀居歆、黙垂庇佑。扶危救困、老者安而少者懐、赫声濯霊、遠不忘而邇不泄。宏開寿域、自無夭折之悲、共躋春台、楽享清平之福。謹疏」である。

(47)『中華人民共和国地方志叢書』（一九九四、中国城市出版社）巻九「雑志」第三章「戯劇」第二節「場院」一「戯台」には瀏陽県の包公廟が壊滅したと述べる。「新中国建立前、県内大廟、一般都建有戯台、均為露天站場。僅県城、就有張桓侯、麻衣、龍王、包爺、関帝、財神等廟台十三処、農村廟台約三百処以上。尤以鉄山界包公廟台、和金剛頭三元宮戯台、最具特色。鉄山界包公廟戯台、位于岩前郷泉井村与江西万載県黄茅郷洪炉村之間的鉄山界上。清同治『瀏陽県志』載：雍正八年（一七三〇）瀏万両県、士民所建。後歴有修葺拡建、跨界建両面戯台。西面、漆作紅色、座落湖南界内。東面、漆作黒色、座落江西界内。各有一塊戯坪。毎年農暦二月十五包公生日、湘贛両省戯班、輪流演戯酬神。若遇湖南一方禁戯、戯班即在東面戯台演唱。若遇江西一方禁戯、則転至西面戯台演出。故廟戯独盛。中華人民共和国成立後、廟宇移作両県民房、戯楼逐漸毀敗。

文化大革命中、全部拆毀、僅残存石柱数根、柱上刻有対聯。」

（48） 王建章「初論湖南瀏陽包公廟的文化内涵－包公研究之二」（二〇〇二、「アジアの歴史と文化」六輯）は、東郷の楊潭、牛石郷の毛栗嶺・黄洞・白石嶺、西郷普迹鎮・葛家郷馬家湾、北郷永和・赤馬鎮、県城西湖山、集里興隆山に包公廟があると報告している。著者が現地調査をした結果、包公廟の復活は、湖南では瀏陽市のほか、醴陵市・攸県・湘郷市・湘陰県・平江県・宜章県に及んでいる。

（49） 著者が調査したところでは、醴陵市には現在、南橋・白兎潭・浦口・大林・東富・泗汾・八歩橋・栗山垻などの諸鎮に包公廟が存在する。調査研究報告「湖南・江西における包公祭祀」（二〇〇三、「東アジア研究」二号）参照。

（50） 『万載県志』（同治十一年）巻二十六祠廟志、「包公祠、祀宋孝粛公拯、凡三。一鉄山界、雍正八年建、乾隆庚子重修、嘉慶間瀏・万二邑士民募建置産、立呉楚界石。一櫧樹潭墟場。一盧家洲下界。」注（47）引『中華人民共和国地方志叢書』参照。

（51） 王建章「初論湖南民間包公伝説的内容特徴－包公研究之一」（二〇〇〇、「アジアの歴史と文化」四輯）参照。

（52） ①『江陵県志』（乾隆五十九年）巻五、壇廟、「包孝粛廟、在草市東嶽廟内。宋龍図学士拯、嘗於此決疑獄、因祀之。（孔克学詩、載芸文。）」②『嘉慶重修一統志』巻三百四十五荊州府、祠廟、「包孝粛祠、在江陵東草市。祀宋・包拯。」③『江陵県志』（光緒二年）巻五建置志、壇廟、「包孝粛廟、在草市東嶽廟内。宋龍図学士拯、嘗於此決疑獄、因祀之。」④『荊州府志』（光緒六年）巻二十七祠祀志一、江陵県、民祀、「包孝粛廟、在草市東嶽廟内。祀宋龍図学士拯。明・孔克学孝粛廟詩、『廟古垣摧昼掩門、龍図遺像儼如存。平生関節無繊芥、不在祈求酹酒尊。』」⑤『湖北通志』（民国十年）巻三十一建置志七、壇廟五、江陵県、「包孝粛廟、在草市（嘉慶志）東嶽廟内。祀宋龍図学士拯（府志）。」

（53） 『長寿県志』（民国三十三年）巻二建置下、廟宇、「包公祠、在県治東五里。……得春秋享祀。」

（54） 「金輪包公廟、毎年挙辦廟文化活動。初一、十五均有遊芸等活動。並於毎年的正月初八晩上燃放大型煙花、為包文正慶寿。」

（55） 小説『龍図公案』によると、包公は巡按御史あるいは地方官吏として、河北（定州㊹、順天府(54)(77)）、江蘇（蘇州⑨、江陰⑯、揚州㉞、清河県㊷）、安徽（池州㊺(83)、盧州(85)）、山西（潞州㉝、太原(86)）、山東（兗州府④(92)、登州⑫、済南府㉔、唐州㉜）、河南（河南府⑪㊶(58)(71)(73)(75)、鄭州(72)、許州⑳(53)、陳州㉒、鄧州(79)）、陝西（西安府③、平涼府(70)）、浙江（寧波府⑥、処

州府⑦、浙西⑮、臨安府㉗、金華㊇、温州㊈、奉化県⑩⓪)、江西(江州⑬㊵)、湖北(徳安府①、武昌府㊱)、湖南(岳州㊱㊾、龍陽県㊑)、四川(剣州⑩)、福建(福寧州㉛、大田県㊂、同安県㊈、建中㊖)、広東(潮州府⑤㊻、広東⑧、肇慶府⑲㉟、恵州府㊘)、雲南(永平県㊕)、貴州(道程番府②、永従県㊗)の各地に出巡している。

第二節　台湾の包公廟

一　はじめに

北宋の包拯(九九九〜一〇六二)は、鉄面無私の清官として生前より民衆に親しまれ、さまざまの伝説を生んで説書や戯曲などの文芸作品の主人公となり、それらは特に「包公案」と呼ばれて広く民間にもてはやされた。現在でも人々の脳裏からは「包公」の名は消えておらず、台湾においても信仰の対象となっている。

台湾の開拓は、明末に鄭成功が台湾を占領していたオランダ人を追放して以来、漁業に従事していた福建泉州人の移民によって始められ、泉州人は主要な港や都市に部落を形成した。続いて福建漳州人が移民して港や都市以外の土地に部落を形成し、最後に広東の恵州や潮州人が移民して残った山地を開墾して部落を形成した(1)。台湾開拓者たちは、渡航の無事を祈るため、守護神である「王爺」の神像を出身地から携えて渡台した。また開拓地での瘟疫(流行病)や原住民・他郷の出身者との戦闘を神通力で克服するために、大陸から漂着した「王爺」の神像を祀った。

こうした「王爺」信仰は、「分霊」という方法を通じて、古い祠廟から新しい祠廟へと伝承され、今では台湾全土に広く及んでいる。統計によれば、全四千四十一箇所の寺廟の中で、王爺廟六百六十七、天上聖母（媽祖）三百八十三、福徳正神（土地公）三百二十七、釈迦仏三百六、観音仏祖四十一と最多数を占めている。(2)

台湾における包公信仰はこの王爺信仰に属しており、包公も一王爺として「包府千歳」と呼ばれている。また祠廟によっては、包公が死後閻羅となったという伝説をもとにして第五殿閻羅の「閻羅天子」として祀っているが、同時に「包府千歳」とも称しており、王爺としての性格を兼ね備えている。本節ではこうした台湾における特殊な包公信仰について考察する。なお新興の包公廟が多く、古い地方志にはほとんど記載されていない。

二　台湾の包公廟

台湾で最古の包公廟は、清乾隆時代に信仰が始まった海清宮と言われ、「包青天祖廟」と称して他廟への分霊を行っている。この廟で作成した『包青天分霊各地寺廟・宮堂一覧表』（一九九二、同廟）には、台北五百六十（うち台北市二百十）、高雄六十、屏東二十、台東四、花蓮十六、台南三十五、雲林三十七、嘉義二十五、南投三十五、彰化二百、基隆二十五、宜蘭三十五、台中三百五十、桃園七十五、苗栗十五、新竹二十、合計千五百余の大小の祠廟を登録している。分霊されたすべての廟が包公を「主神」として祀るいわゆる「包公廟」であるわけではなく、主神は別にいてそのほかの神として「配祀」されていたり、地域の信者が家庭で個人的に祀っていたりする場合を含んでいると考えられるが、包公信仰の広がりを知る上で重要な資料と言える。その中で、仇徳哉『台湾廟神大全』（一九八五、著者）が包公廟として紹介する祠廟や著者が調査して確認した祠廟のほか、包公廟と推測できる廟名を持つものが多数存在

する。(3)

＊海清宮―閻羅天子として祀られる包公

海清宮は雲林県四湖郷三條崙に位置する。『海清宮簡介』（一九八三、海清宮管理委員会）「本境縁由」には、『雲林文献』を引いて、三條崙における福建泉州出身者による開拓の歴史を記載している。

明末清初に、泉州人が海を渡って台湾に来たり、西南の海面に遊居する者が有った。時に本境は海沿いに南北に三條の沙丘が横列しており、俗に「沙崙」と称した。長さ万尺で、先民は沙丘の西に散居し、海に頼って生を為し、墾荒勤耕した。其の後、海水が暴かに漲り、居民は乃ち紛紛として東に向かって逃生し、而《しか》る後に定居した。「三條崙」は、三條の沙に因って名づけ、且つ今に至るまで延用されている。……今の三條崙は、已に平地と為り、沙丘は闢かれて農田と成り、崙南・崙北（渓仔崙を含む）の両村に分かれた。南北は対峙し、南村の居民は三百五十戸千六百八十八人で、北村は六百三戸二千九百七十五人である。（『雲林文献』第廿六輯、一九八二、七八～七九頁参考。）

これによると、三條崙の住民は早期に到来した泉州人の後裔であった。

本廟では包公を「閻羅天子」として奉祀しており、その経緯については、同書に次のような神秘的な伝説を紹介している。

本宮の文献の記載に拠れば、清高宗乾隆三年（一七三八）七月八日夜、本村の呉稽先生が睡ること三更に至り、冥冥の中に祥光が万丈にのぼるのが見え、黒髯の老人が手に金杖を持って天より降り、直ちに其の身の側に趨って、「呉善士よ。七月十日申の時に天神が貴村の西南の海面に降りるので、走って村民に告げ、集って往き、駕を接《むか》えて村に回《かえ》り、廟を建てて奉祀朝拝しなさい。延誤《ぐずぐず》してはなりません」と道《い》い、語り畢ると、即刻飛び逝った。(4) 呉善士は驚いて惺《さ》め、満身大いに汗をかいたが、原《じつ》は南柯の一夢であった。渠《かれ》は反覆して夢境を思索すると、忽ち霊光が室に盈ちるのを覚え、筋脈が発熱し、血気が奔騰して、斎戒沐浴したように、頓に祥瑞の気が生じたので、必ずや徴兆であると深く信じて、翌日の清晨、すぐに夢境を村民に伝えると、村民も亦深く信じて疑わず、期するがごとく相約して、指示された地点に往って駕を迎えた。果たして申の時に至って遙か西南の海面に一黒影があらわれたため、直ちに海岸に奔った。刹間《たちまち》、烏雲が密布し、狂風が大いに作《おこ》り、白浪が天を淘《あら》ったが、瞬刻にして又復《また》風平らか浪静か、白日青天にもどった。但見《するとこ》、舢板《こぶね》が一艘あらわれた。船上には木槐の神牌あり、

包公を「閻羅天子」として祀る海青宮〔著者撮影〕

上に「森羅殿」と横刻し、中に「閻羅天子」と刻していた。神像一尊あり、身に紅布を佩し、其の来歴を「安徽省包家荘包家祠」と書し、ご神体には香火を附掛し、「福徳正神」と楷書していた。村民は奇蹟を目睹して歓心騰悦し、村民を集めて、広く衆議を納れて、建廟の事宜を商討し、海岸の東面の沙丘に煉瓦造の小廟を立建して奉祀し、「海清宮森羅殿」となづけて、農暦七月十日を閻羅天子の千秋慶典の日と訂《さだ》めた。爾後、村民は平安で、風調い雨順い、五穀豊穣、六畜興旺を得た。信徒の求めには必ず応えがあり、天子の霊験の事跡は鮮《すくな》からず、各地の善男信女も名を慕って湧いて本宮に向かって朝拝し、香火は鼎盛し、終年絶えない。

「閻羅天子」の神牌と「福徳正神」の神体が天から降臨したことを「奇蹟」として記載している。

これはあるいは福建の「送王船」の習慣とも関連があるかも知れない(5)。「王船」を海に流す習慣については、明万暦年間の謝肇淛『五雑組』巻六「人部」二に、

閩俗、最も恨むべき者、瘟疫の疾一たび起これば、即ち邪神の香火を請うて庭に奉祀し、惴惴然として朝夕拝礼し、許賽《きがん》して已まず、一切の医薬はこれを罔聞に付す。……又巫をして法事を作《な》さしめ、紙糊の船を以て之を水際に送る。此の船、毎《つね》に夜を以て出で、居人はみな戸を閉めて之を避く。……

と記すように、明代、福建で疫病が流行すると紙の船を造って祭祀を行った後に海に流したことに由来する。特に疫病の発生しやすい端午節には定期的に行われていたらしい(6)。清代でもそれは継承され、木製の船と真の神器を舶載した(7)。しかし毎年行うのは経費がかかり、後に三五年に一度となった(8)。漂着した王船は、廟のない場所ではそれを留めて奉祀した(9)。『南鯤鯓代天府沿革誌』によれば、台湾の代表的な王爺廟であり「五府王爺」を祀った台南北門の南鯤鯓代天府では、明末清初、北門に潮が満ちた時に、鐘鼓管弦の声が海上から伝わり、一艘の三本マストの大帆船が急水渓口に漂流して来た。翌日漁師たちが見ると大船ではなく小舟であり、六尊の神体があり、この船が大陸から放流

された王船であると悟って、鯤鯓山に祀ったことに由来すると言う。(10) 類似の伝説は多く、新竹県新豊郷紅毛港池和宮に祀る池王爺は、乾隆四十二年（一七七六）に泉州府富美港から流された王船で渡台したと言い、台南県七股郷の頂山代天府に祀る呉府三千歳は、道光十四年（一八三四）のある夜半に青山港に一艘の三本マストの大船が寄港したと思われたが朝見ると王船であったと言う。これらの王船が漂着を最大吉事として迎えられ、王爺の神体が当地の徐疫鎮護のために奉祀され、遠近の男女が争って参詣するに至った。(11)

三條崙の伝説における閻羅天子の神体も、王爺と同じように小舟に乗って当地に到来し、人々に歓迎されて奉祀されるようになったと思われる。この廟の漂着伝説は王船漂着伝説と類似性を持ち、漂着物信仰の一種として考えることができる。ちなみに廟内には「閻羅天子」の神牌を祀っている。

包公を閻羅天子とするのは、『玉暦宝鈔』『閻王経』に十殿閻羅の第五殿を閻羅天子包とするところによる。(12) 包公が閻羅になったという伝説は、『宋史』本伝において、「関節不到、有閻羅包老」として閻羅に比喩されたことが起源とされ、説話としては、明末の聴五斎評『新評龍図神断公案』十巻中で、包公が赴陰床に坐して冥界に赴き寃鬼の訴えを聴く十二話などがある。ただ剛直な人物が死後に閻羅になったという伝説は、隋の韓擒虎をはじめとして包公の前後に多く存在しており、また生きながらにして冥界の事を裁いた官吏の話は唐・張鷟『朝野僉載』などに見え、元雑劇に至って「昼は陽を断じ夜は陰を断じる」開封府尹包公像が形成された。(13)『玉暦宝鈔』等のように、包公を閻羅天子とする考えは、こうした伝説や説話を背景にして生まれたものである。

また海清宮の場合、閻羅天子包公を前殿に祀り、地蔵王菩薩を後殿に祀っている。これについては、『中華名廟志』（一九九〇、同志編撰委員会）「海清宮」に、

仏経に云う、「地蔵王菩薩は曾て志を立て、地獄空ならざれば誓って仏と成らざらんことを願うと。(14)」而して閻羅

天子は厳しく陰司を治め、賞罰分明にして、地蔵王菩薩と各職責を司り、旨は人に善を行うを勧めるに在り、途を殊にしながら帰するところは同じである。閻羅天子を奉祀するのは、世人をして包公の精神を效法《なら》い、其の事を行って担蕩（當）、公正無私、権勢を懼れざるの典範に遵循せしむるためであり、地蔵王菩薩を膜拝するのは、彼らをして潜移黙化し、屠刀を放下し、徳を積んで修行し、悪を隠し善を揚げて、仏道の光輝を擅揚せしめ、国家に貢献し、福を人群に造《いた》し、千秋の偉業を開創せしめるためである。民国七十年（一九八一）に後殿を興して地蔵王菩薩を供奉することを決議し、民国七十九年五月に竣工した。

包公の生誕祭に海清宮で上演された歌仔戯「包公案」〔著者撮影〕

と説明するように、厳しく悪人を裁く神である閻羅天子に対して、同じく地獄にいながら悪人を救済する神が必要だったからである。海清宮では、さらに後殿楼上に観音・仏祖を祀って、地獄と天国を対応させている。

また同書「閻羅天子生平事略」には、包公の素性を述べて、

北宋時代、江南廬州合肥（今の安徽省合肥県）に一員外包懐、院君（夫人）周氏が有り、三子を生み、長子を包山、次子を包海、三子を包拯といった。……包拯は、字を希仁、号を文正といい、一寧先生（寧公）を拝して師と為した。……拯は官と為って廉正、一芥も取らず、鉄面無私、忠奸を明弁し、昼間は陽世を治め、夜間は陰曹を司ったので、世に「活閻羅」

と称された。

と言うが、これは明らかに『三俠五義』を踏襲している。実際には包拯の父は包令儀といい、福建恵安知県となったが、昇進は虞部員外郎という散官に止まった[15]。包拯の母、兄弟については、家系譜により異なる。

なお『玉暦宝鈔』などでは閻羅天子包の誕生日を正月初八日とするが、この廟では前記のように神体漂着伝説により七月十日とする。

＊玄興宮―開拓者の祖先神

雲林県斗南鎮の玄興宮は、一九八三年に海清宮から分霊した包公神を奉祀しているが、実はそれ以前から包公を祀っていた。『斗南鎮玄興宮簡介』には、包公信仰の由来をこの地における開拓の歴史と併せて説明し、明末清初に鄭成功に従った移民の中に包氏があり、包公を先祖として祀っていたことを指摘している。

本宮の所在地「復興」庄落の清朝時代の原名である「包厝庄」は、包府千歳の後裔の聚居地であったが故に名づけられた。其の先祖も亦明末清初に開台尊王（鄭成功）に追随して海を渡って来台した忠貞なる軍民であった。疆を開き土を拓き、葦路（柴車）に乗り襤褸（藍衣）を着た其の創業の艱辛は理解できる。奉ずる所の「包府青天」、玄天上帝等の神像も亦大陸より来たり、境を保ち民を安んずる鎮護の神である。惟其の早期の史蹟は、已に年湮《うも》れ代遠く、考《しら》べようがない。光緒の年初に至り、本地方石亀溪の先覚者李・葉諸氏が人を聘いて水圳《みぞ》を開築して成功し、「海豊圳」と名づけた。水量は豊富で、五穀に灌漑し、毎年豊収をえて、人民は居に安んじ業を楽しんだ。……光緒二十年（一八九四）に甲午中日戦役が勃発して清廷が敗れると、日軍が台に拠り、包氏の族人は抗戦して死傷すること惨重、庄社もまた兵火に遭って焼けて灰燼と成り、残存した一族は難を逃れて他地に転居した。後に許氏の一族が遷り入って村を建て、「下庄」と名づけたが、本省が光復するに至って「復興」と改称した。

このように包公信仰は日清戦争の時期に包氏一族が移住したため一旦途絶えたが、村民の信仰が続いたため、改めて海清宮から香火を分かって祭祀を復活したと言う。

包府千歳は宋代の龍図閣大学《ママ》士包拯であり、今は俗に「包青天」と称する。位は閻羅に列し、陰陽を掌理し、法を執って阿らず、当年の包厝庄の包氏一族の先祖である。嗣いで抗日戦争に因って人亡び庄滅んで祭祀を失したが、神霊は屢々降って庄民を保佑した。本宮は前賢の史蹟を湮没させるべきではないと感じ、民国七十二年（一九八三）、本県四湖郷「海清宮」より分香した。

よって本廟でも包公を「閻羅天子」と称し、誕生日も『玉暦宝鈔』に従って正月八日とするが、また「包府千歳」とも称しており、王爺として信仰していることがわかる。

包公は、丸井圭次郎が指摘するように、百三十二姓の王爺の中の一人として挙げられる(16)。福建の王爺廟では、歴史上功績・善行・霊異があり皇帝あるいは天帝が勅封して神とした人物を祀っている(17)。これは『礼記』「祭法」に、「夫《そ》れ聖王の祭祀を制するや、法を民に施せば則ち之を祀り、死を以て事に勤むれば則ち之を祀り、労を以て国を定むれば則ち之を祀り、能く大菑《し》を禦げば則ち之を祀り、能く大患を捍《ふせ》げば則ち之を祀る」という祭礼に則った祭祀であり、包公も王爺として祀られるにふさわしい神であった。

本廟では、包公を主神として神壇の中央に祀り、左右の紅柱には、「包老有戒、善悪分明皆有報；青天無言、是非昭察総無遺」の対句を刻んでいる。また関聖帝君、玄天上帝（帝爺公）を従祀しており、「史蹟」として、関聖帝君の示唆に従ってこの廟の西南の角にある古井戸を浚渫すると霊泉が湧きだしたと記す。包公についてはその具体的な節参照）。

「史蹟」は記されない。ちなみに包拯と関羽は民間で人気のある神であり、大陸でもしばしば並び祀られる（本章第一節参照）。

＊文興宮―開拓者の守護神

文興宮の場合もまた、海清宮から分霊を受けてはいるが、包公信仰は大陸からもたらされたものであった。全国寺廟整備委員会『全国仏刹道観総覧―王爺専輯―』（一九八八、樺林出版社）「文興宮」には、神岡郷の歴史、岸裡村の地理について、次のように説明する。

「神岡」は、清代には「新広」と作ったことが、道光十二年（一八三二）周璽が纂修した『彰化県志』に見える。……日本軍が台湾に拠って「神岡」と作り、民国九年（一九二〇）に初めて今の呼称に改めた。……本村は葫蘆墩圳の北岸と番仔圳の間にあり、東は豊原市に隣接し、大社と併合して岸裡大社と称した。大甲溪の南に位置し、平埔族の大聚落と聚居したことで名を得た。岸裡大社は、中部地区の開発の先駆であるばかりでなく、台湾の開発史上に在っても、極めて重要な地位を占める。文興宮は、該地に僅かにある古蹟であり、宮址は昔、岸裡望遠寮の所在した場所である。

また信仰の経緯については、清の乾隆年間に開拓のために渡台した先祖が包公像に航海の安全を祈願したことから信仰が始まり、包公の民間での知名度によって信仰が根付いたと言う。

本宮の歴史は悠久であり、本村の信仰の中心である。……清朝の中葉（乾隆年間）、先民が海を渡って来台し、大陸より包府千歳の神像を随携すると、航旅の平安を庇佑して巨濤興らず、安らかに台湾に抵るや、輾転として遷徙し、居を本境に択んだ。社番は素より此の一代の賢吏の執法厳明、公正廉潔の蹟を仰ぎ、屋を葺き奉祀して朝夕礼拝し、虔敬篤誠をつくした。

さらに包公の経歴については、

本宮の主祀する包府千歳は俗に「包青天」と称するが、原名は包拯、宋の安徽省合肥の人で、開封府尹を歴任し、後に右司郎中に遷った(18)。性は剛正峭直、関節に通じず、官に居って清廉、案を断じること神のごとく、民を愛すること子のごとし。

とその剛直清廉で民衆を愛する人品を称賛している。

神壇には、最上壇に玉皇、その左方に陰を断じる包公、中壇には中央に陽を断じる包公、その左右に雷府千歳、蕭府千歳、前列に城隍や神農を配置しており、神壇の前には包公の護衛である王朝・馬漢・張龍・趙虎の巨像を左右に置き、『三侠五義』以後の「包公案」の影響を反映している。

本廟では、包公の誕生日を旧暦九月十三日と定め、三年に一度、王爺に出巡して境を繞り、民情を採訪して民の疾

文興宮の包公（上）と
護衛（下）〔著者撮影〕

病を視察してもらうという。本廟では、包公信仰はまさに王爺信仰と結びついていることがわかる。

なお前掲林明義主編『台湾冠婚葬祭家礼全書』には、包公を北宋の包拯とせず、秦始皇帝の焚書坑儒によって生き埋めにされた三百六十人の進士の一人とする別の伝説を載せている。

> 地方の伝説によれば、包公は秦朝の学者で陰陽学に通じて陰陽学士と称され、最も読書人の尊敬を受けて神として奉じられた。当時秦始皇帝が三百六十人の進士を活き埋めにしたが、包公もまた其の中の一人であり、後に土中より微妙なる音楽が伝わり、皇帝を恨む気持ちがこもっていた。

この伝説は包公を「三百六十王爺」の一人とするものであり、本廟の解説とは相違するが、やはり王爺信仰であることを示している。また信仰の経緯について、「本神は二百年前、里に住む山地人によって迎えられたもので、当時山地人は大約二十戸有り、本神を非常に信仰した」と記す。大陸から渡台し、現地人に信仰された当時の様子がよくわかる。

＊青天堂―「包公案」の愛読者による信仰

南投県埔里の青天堂の包公信仰は、福建福州の商人の「包公案」愛好から始まっている。本廟の『青天堂包公廟精選集錦録』（一九八六、青天堂管理委員会）には、包公信仰の経緯を次のように説明する。

> 祖籍を福建省福州とする葉能先生は、商に務めて業となし、青年の時、『包公案』及び『七侠五義』等の民俗忠義の説話を愛読し、包公を心から敬仰した。壮年に及んで常に京・滬に行商し、包公尊王が安徽省合肥県の人であると悉《し》るや、行商の便に合肥に往って観光し、偶然の機会に包公尊王の神像（現に本堂の神殿内に供奉する）を得た。この時（咸豊年間、一八五一～六一）、江淮地帯では災民の死亡が半ばを越していたが、葉能は包公の庇佑を

得て、幸いにして平安に故郷に帰ることができ、心から感謝した。それから更に深く包公尊王を敬仰し、晨昏《あさばん》に鼎礼を行って供奉を懈らなかった。遜清の咸豊六年、包公尊王の神像を迎え奉じて海を渡って来台し、初め台湾の中部の梧棲港（今の台中県梧棲鎮街仔尾）に居た。此より包公尊王の神像は、葉能から子の章に伝わり、章は園に伝え、園は進徳に伝えた。民国十八年（一九二九）に迄《いた》って、葉進徳先生は台中梧棲から埔里社に遷り、包公尊王の神像は衆《おお》くの信者によって埔里社の史港坑昭徳堂に恭しく迎えられた。

これによると、本廟の包公信仰は、小説『龍図公案』『七侠五義』を愛読する福建省の商人によって始まり、合肥の包公祠を参拝して手に入れた神像の加護によって厄災を逃れたと感じさせたことが信仰の大きな契機となっている。

『集錦録』にはまた、包公の出生に関して次のような伝説を載せている。

青天堂と欄干に彫刻された『三侠五義』
〔著者撮影〕

宋朝の仁宗時代、安徽省合肥県包家村に一員外包懐があり、奥方周氏は三子を生み、長子包山は妻李氏を娶り、次子包海は妻王氏を娶り、三子包拯は字が希仁であった。包公は宋・仁宗の〔咸平〕三年正月初八日に誕生（著者注－実は咸平二年生まれ、誕生日は不明）し、宋・仁宗の嘉祐七年に病没、享寿六十四歳、宋・仁宗皇帝は謚孝粛を追贈した。尊王は生まれた時、宝像（容貌）が特異であったため、母親が不祥として家人に命じて棄てさせたが、長嫂李氏が忍びず婆母《しゅうとめ》を瞞して扶養した。一歳の時に至って、母が尊王を懐念すると、嫂は留養の始末を稟明したが、母は尊王に再会することができて驚き、すぐに病没した。故に歴史家は母の姓氏を伝えず、現《いま》の江淮地区には「長嫂を母の模と為す」風俗が存し、もし弟が長嫂を敬わなければ、衆人は必ず大逆不道と考える。これは尊王の遺風である。

この伝説は『三侠五義』を踏襲するものである。(19)なお長嫂を母のように敬う風習については、清の鼓詞『龍図公案』第一部に「俗に老嫂は母に比すと言い、今に至るまで此の語を遺留す」と述べ、前掲『民間文学』一九八〇年第四期にも、合肥地区に流布する「長嫂母のごとし」の伝説を採集して掲載している。(20)また青天堂の楼上の欄干には小説『龍図公案』から「観音菩薩託夢」、『三侠五義』から「包公令展昭捉錦毛鼠」「白玉堂包府偸三宝」「展南侠単身探空島」等を彫刻しており、原廟主の嗜好を反映している。

本廟では、童乩や扶鸞を通じて神霊を降下させて託宣を受けている。(21)

包公尊王は神威顕赫であり、即ち味進発先生が責を負って煆乩《タンキー》すると、陳朝亮に附身して、「包公尊王が旨意を奉じて教えを闡《あき》らかにし、民を済い、人心を粛正し、人を導いて善を行わせ、方を施して世を済う」と昭示した。この時会員信者たちが会同し、願えばすべて霊験あり、香火は鼎盛した。信者会員たちは包公尊王が慈悲で世を救い、黎民を庇護し、郷里に平安をもたらしたことに感謝して、廟宇の籌建を検討した。

「扶鸞」は「扶箕」「扶乩」とも称し、唐代に紫姑神の信仰とともに生まれ、明清時代に盛行し、結婚や商売や出世など様々な運勢を占ったと言う。(22)台湾の「扶鸞」については、『台湾省通志』（台湾省文献委員会、一九七二）巻二「人民志礼俗篇」第十章「俗信与迷信」第二節「巫覡与術士」甲「巫覡」に次のように説明している。

初め「鸞乩」は、清光緒末年、大陸から台湾に伝わった。台湾の迷信者は会を組織して「降筆会」、あるいは「扶鸞会」と曰い、神明の下降を仮釈して神意を宣示し、吉凶を予言する。「扶鸞」は多く寺廟で行われる。善男信女の醵款により鸞堂を建て、玄天大帝・王爺・張天師等を奉祀する。神案前に方卓を置き、卓上に沙盤を擺べて、丁字形の木架を其の中に安放し、錐を架の直端に懸けて、両人が其の横両端を扶け、法術を用いて神の至るを請い、沙に画いて文字を成す。あるいは人の吉凶・休咎を示し、あるいは人の為に薬方を開く。尤も笑うべきは、迷信の徒が神に問うて医を求めることだ。扶者は神意を承けたとして沙に画いて示し、「東南方の医者が治す」と言ったり、あるいは「某廟に詣り、某神に祈り、香灰を取って服す」よう示したりする。……「童乩」は略ね「鸞乩」に似るが、違う所は、……神が其の身に附いて、口に神語を作す。

本堂には包公像と王朝・馬漢・張龍・趙虎四将軍像、城隍・土地像を祀っており、一九七四年の建廟破土典礼（鍬入れ式）には、華視電視台で放映した映画『包青天』の中で包公役を演じた俳優儀銘と四将軍役の俳優を招いて巡境を行った。

＊大発開封府包公廟—瘟神馬国公と一体化した包公

本廟は高雄県大寮郷に位置する。屏東県東港鎮盛漁里に奉祀する王爺「馬府千歳」から分霊されて設立された祠廟であり、本廟ではこの王爺を「馬国公」と称している。(23) それがなぜ包公であるのかについては、本廟が発刊した「扶鸞」による勧善書『聖暉善沢』（一九八一、大寮郷三龍殿忍善堂）に、「本堂副主席」馬国公「自述」として、馬国公は十殿閻羅の中の第十殿転輪王であり、生前は包公であったと説明している。

賤拙《それがし》は真宗天子の年間に江南廬州合肥の包門に児名包三として生まれ、適々《たまたま》盛世に逢ってその栄に浴した。五歳にして寧老を拝して師と為し、学名を文正とつけ、拯と号した。世を拯《すく》うという意味である。十六歳にして郷士に進み、適々仁宗天子の盛期に値《あた》って、寧恩師と王丞相の後を承け、力《つと》めて奸臣龐を排して龍図閣大〔直〕学士に晋《すす》み、開封に任職して、功禄を授かった。一に公正廉明を秉《と》り、力めて奸汚を除いて、朝廷に忠誠を効《いた》した。仁宗天子の御代に、王丞相が告老《いんたい》したため、天子の旨恩を蒙って、丞相の職に登った。これこそ余が一生における宦海浮沈の極みであり、此の後三十六年、朝廷の政治を輔け、天心を体して公忠、民を恤れみ、冤屈を明断し、陰陽の訴えを理《さば》いた。仁宗の慶暦の年、九月十五日に卒して、[24]道を得て升天し、南天の関恩主（関羽）の力薦を承けて、至尊から余は魁星の転生であり、功果を円満して一生清廉公正であったことを称賛され、至尊の皇恩を蒙って幽冥の十殿転輪王に着任した。ここに馬王、馬千歳の称号を得たのである。十年前後して、再び旨恩を蒙って召され、幽冥教主に掌任した。この時、四百三十六年経て適々《たまたま》至尊の千歳万寿に当たり、幽冥の孤魂が集衆して訴陳したため念憫を生じ、孤魂の六道輪廻の苦しみを惻《いた》んで、文を金闕に呈し、大いに特赦して罪を開くことを請うて准《ゆる》されたが、適々百余位《にん》と報じる浮冒《いつわり》があり、彼らが人間界に混じり出て紅塵を汚染したため、天庭を触怒させるに至り、罪が降って余等三十二人の責任者は革職された。適々余は神を任《つと》めて五百年に近く、遂に紅塵転胎の判決を受けた。[25]時に明の崇禎九年（一六三六）にあたり、昭烈帝（劉備）が即位して後一千四百十五年、その第二十八世で適々姓劉、字玉暉と称して、浙江景寧県（処州府）で岐黄《いがく》を学んで世を済うことを業とした。此の生、丹心赤子の誠をもって世の万民を済うことを志とし、宦海の太医に誘惑されず、毅然として凡境の蒼野を奔り、民を拯う為に心を尽くしたので、又上蒼の恩典を蒙って往昔の聖賢として徴召され、果が満ちた日に御前監印の職に任命された。その因者《よし》を思うに、九百年前の包公の盛名にあった。後に上蒼は蒼黎が瘟病に苦しめられるのを憫恤して、余等に命じて下界に降りて世を済わせ、御前監印も兼職させた。余は浅学ながら蓬島東港の霊帝殿に赴任し、何府千歳と金蘭の盟を結んで四処に雲遊し、乩正を覓尋《さが》して、済世の為に路を舗《し》こうとしたが、紅塵の正乩者は唯々諾々の者ばかりで、環境に影響されて言行一貫せず、悪習に染まっていた。偶々大寮の周広宮において台南の南鯤鯓五王と邂逅し、覚善堂の堂基と堂務を視察して、扶鸞者の有用なるを発見し、鸞を降ろして指示した。辛亥年（一九七一）、現林堂主が東港の霊帝殿に往き、余の金霊を取って金容を描き、鳳邑の彫刻社において余の今日の神体を創成した。また普く万民を済う想いにより、殿を建てる計画を立てた。十余年

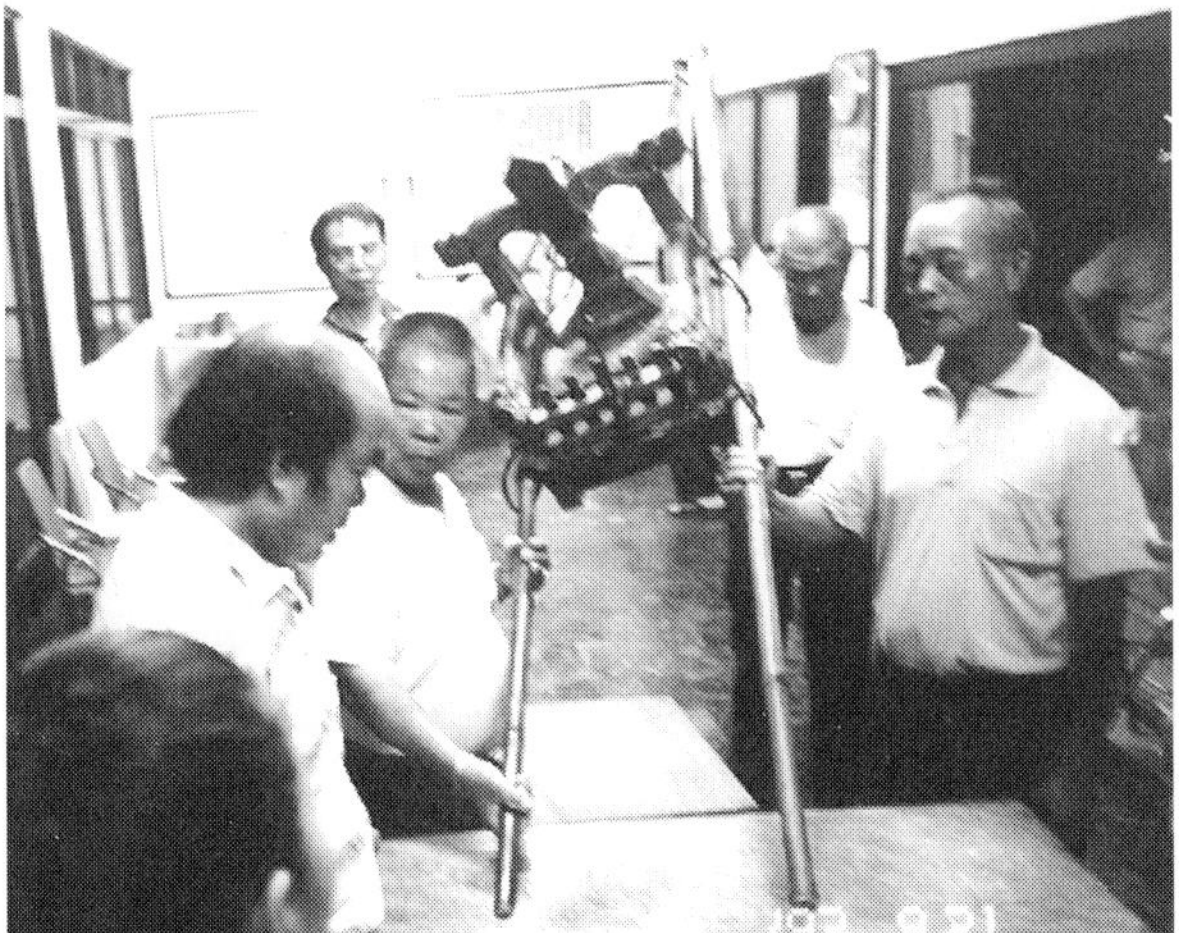

大発開封府包公廟（上）と扶鸞（下）〔著者撮影〕

間、神と人は共に発奮し、善徳才俊を招集した。蘇副堂主夫妻は心を竭し力を竭して堂務を発展させ、能く万民の苦を済い、諸生の修行を監督して功徳を立てさせ、また経を学び楽を学ぶよう督励して、新書の刊行を期した。

これによれば、馬国公、すなわち馬王、馬千歳は、地獄の十殿転輪王の時の称号で、前身は包公であったという。(26)包公の伝記は小説『三侠五義』を用いている。また『三国演義』の劉備の後裔に転生したとするところも民間伝説らしい。そして医者に転生したとするのは、宗教と医術との関係を明示しており、疫病を治したとするところには、瘟神としての馬国公の性格を表している。馬国公はもと屏東県東港鎮の霊帝殿に祀られていたが、現忍善堂主林芳清が分霊を請うて大寮郷大発工業区に祀ったものである。『聖暉善沢』にはこの馬国公の自述のほかに、同じく扶鸞によって降臨した諸神が述べた修身に関する言説を登載しており、勧善書としての性格を持っている。

馬国公はこのように瘟神であり、本廟の前殿に同じく瘟神である温府千歳・池府千歳とともに祀られているが、前身である包公の知名度に支えられており、民間信仰への小説・戯曲の影響の強さを反映している。なお中殿は仏殿であり、後殿は玉皇殿である。

本廟の勧善書には『聖暉善沢』の他、病気の処方を記した『暉光普沢』(一九八二)、修身について記した『慈暉園』(一九八四)がある。本廟で行う「扶鸞」による病気の治療は、前述のように閩南地方の特色である。(27)

三　結　び

台湾では開拓の守護神として様々な神祇が祀られ、その中に包公もあった。その信仰は他の神々と同様に、大陸から移入されたものであった。包公が信仰された由来は、やはり戯曲小説を通じた包公伝説の民間への浸透の深さからであり、人々は彼が権力者の暴虐を許さぬ剛毅な存在であったがゆえに、祭祀を行ってその庇護を請うたのである。なお台湾では善書は多数発行されているが(28)、まだ湖南の『包公鉄面明聖経』に類する経典は編纂されていない。「王爺」の礼拝形式も規定が明白でなく、前掲『全国仏刹道観総覧—王爺専輯—』伍「附録」に『王爺真経』を載せて普及を促進しているほどである。

注

（1） 林明義主編『台湾冠婚葬祭家礼全書』（一九九二、武陵出版有限公司）二頁参照。

（2） 『台湾文献』第十一巻第二期、一九六〇、劉枝万「台湾省寺廟宗教調査表」三による。

（3） ○明聖宮（台北市大同区敦煌路100号）○包青宮（台北県三重市仁義街241巷23号）○安和宮（台北県永和市文化路67巷3弄1号）○皇意宮（台北県新店市湾潭28-1）○澳底天聖宮（台北県貢寮郷美豊村文秀坑五郡9号）○青天宮（台北県五股郷更寮吏洲路2-1）○聖安宮（台北県樹林鎮千歳街7巷1弄13号）○包千宮（台北県林口郷菁湖村中湖路33-2）○包青宮（台北県林口郷林口路234号）○包青堂（台北県土城郷永豊路17-1）○開封府五華宮（新竹県竹東鎮五豊里五豊街3巷56号）○天文宮（苗栗県後龍鎮水尾里2隣9-5）○包公府（苗栗県水里郷水里村山頂巷180号）○包公壇（苗栗県苑裡鎮苑港里10鄰路111-1）○開封堂（台中市西区三民路1段218巷27号）○福興宮（台中市南区下橋2巷14）○慈天宮（台中県豊原鎮田心路133-14）○包公堂（台中県烏月郷九徳村長春街347巷1号）○包聖堂（台中県烏月郷九徳村五光路復興五巷36弄10号）○文興宮（台中県神岡郷中山路214-4）○包玄宮（台中県神岡郷社口村中山路784巷7号）○清天堂（南投県蓍里鎮東門里忠孝路157）○包青宮（南投県竹山鎮徳興里包公巷2号）○竹山龍閣軒開封府（南投県竹山鎮中和里前山路50号）○包府千歳（彰化県鹿港鎮彰頂路22巷59号）○包府王爺壇（彰化県鹿港鎮港乾路埤頭厝27号）○包安宮（彰化県溪湖鎮西溪里員栗路後溪巷114号）○包新堂（雲林県斗南鎮阿丹里崙仔路）○玄興宮（雲林県斗南鎮石渓里復興路65号）○包青府（雲林県元長郷長北村中山路）○聚宝宮（雲林県麦寮郷麦豊村光大寮36号）○龍山宮包公廟（嘉義市国華街16巷22号）○開封府（高雄市苓雅区仁愛三街288号）○閻羅

殿（高尾市旗津区中洲路571）〇大発開封府包公廟（高雄県大寮郷大寮村開封街96巷6号）〇包府千歳（高雄県大寮郷新厝村34号）〇青天堂（屏東県潮州鎮元春里光明路36号）〇包府堂（屏東市斯文里中正路58号）〇包府救世壇（屏東市崇蘭里中山路328号）〇青天堂（屏東市中正路401巷63弄8号）　このほか、明聖宮（台北市敦煌路71号）は一九五〇年代に創建され、後に彰化県二林鎮の包公廟から分霊して主神として祀り、冥界の神々である観音菩薩・地蔵王菩薩・福徳正神も配祀する。また忠雲宮（台東市勝利街）は、廟主林開明が自ら金身を彫刻し、民国八十五年（一九九六）から包公を主祀して、八月二十二日を誕生日とする。同祀、従祀する廟は多く、台北市大稲埕霞海城隍廟では、五月十三日の誕生祭には包公は城隍の武将として繞境の先導役となる。

（4）周知のように閩南地方では媽祖信仰が盛んであり、媽祖の啓示によって廟を建てた伝説も、清・林清標編『勅封天后志』に載せている。林祖良編『媽祖』（一九八九、福建教育出版社）参照。

（5）鄭志明「坐王船来的王爺」（『台湾的宗教与秘密教派』（一九八〇、台原出版社））には、「王船」に乗って福建から渡台した「王爺」の話を記載している。それによると、「王爺」とは、「千歳」「府千歳」とも称して、天に代わって巡狩する上帝の使者で、邪気を祓い疫病を除く使命を帯びた神である。もと『周礼』に言う方相氏の駆邪行事に起源し、『三教捜神大全』には隋文帝が疫鬼である「五瘟」（張元伯・劉元達・趙公明・鍾仕貴・史文業）を将軍に封じたことを記し、宋・理宗に至って「五顕（五聖、五通）」に八字の王号を与えた。台湾では「五顕」は「五顕霊官」「五福大帝」に変じ、民間では明代に張元達ら五人が科挙に赴く途中福州の旅館で福徳正神から五月五日に城内の五つの井戸から瘟疫が起こると知らされて井戸に身を投じて人々を救ったので皇帝から「五福大帝」に勅封されたと言う。台湾の代表的な王爺である「五府千歳」はこの「五福大帝」が変化したもので、伝説では、唐代に李大亮・池夢彪・呉孝寛・范承業・朱叔裕の五進士が駅に宿泊して瘟神が井戸に瘟薬を撒く相談をしているのを聴き、井戸に身を投じて人々を瘟疫から救い、昇天して玉帝に代わって下界を巡視する「王爺」となったと言う。なお柳田国男「うつぼ舟の話」（大正十五年〔一九二六〕、中央公論）は、台湾の原住民に空舟に女子を乗せて流す風習があったと述べており、こうした舟も伝説形成に関連があったかも知れない。

（6）『閩侯県志』（一九三三年、欧陽儁民修、巻二十二「風俗」）。『福州府志』（一九三九年、清・徐景修、巻二十四「風俗」）に

は、明・曾異『紡授堂集』(一六四二序)を引いて、次のように記す。「閩俗、瘟を病めば独り巫を信じ、医に謁すれば必ず死ぬと謂う。至親と雖も、亦伝染を懼れて相顧問せず、死すも亦喪を発せず。按ずるに、其の神、俗に大帝と称し、像設くること凡そ五。其の貌、猙獰にして畏るべし。殿宇は煥儼にして、其の前を過ぐる者は屏息して敢えて諦視せず。又伝う、五月五日を神の生日と為し、前後月余、演劇を酬愿して各廟は虚日無し。無疾の人も亦みな奔走して呼籲し、惟《ただ》罪譴を恐る。あるいは疫気流染すれば、則ち社民争って金銭を出し、巫を延いて祈禱す。之を禳災と謂う。」

(7) 乾隆二十八年修『泉州府志』巻二十風俗・五月には、「是の月定日無く、里社災を禳う。日に先んじて道を延きて醮を設く。期に至りて、紙を以て大舟及び五方の瘟神と為し、凡百の器用みな備え、鼓楽・儀仗・百戯を陳べて、水次に送りて之を焚く。近ごろ竟《つい》に木舟・真器を以て、用いて以て海に浮かぶる者有り」と記す。

(8) 民国十八年林学増等修『同安県志』巻二十二、礼俗・迷信・「請王爺」には、「〈請王〉は自《よ》る所を稽《かんが》うる莫し。往往三五年に挙行し、〈天に代わって巡狩す〉と大書す。期に先んじて儀仗・帳幕を盛設し、海に近き者は龍舟を造りて、名づけて〈王船〉と曰う。檣・桅・篙・櫓は倶に備わり、旗幟の懸掛すること総督の閲操するがごとし。筊に依りて去期を定む。行うこと日有り、居民は牲醴を以て祭を致し、劇を演じ、并びに器皿・柴米各物を備えて、船中に満貯し、期に届って船を将て帆を掛け、風に乗じて海洋に送出し、漁船の搬取するに任す。其の船、飄流して何郷かに到らば、該郷は則ち迎えて之を祀り、筊にて期を択びて乃ち送去す」と記す。

(9) 台湾の王船については、清康熙五十九年(一七二〇)陳文達等修『台湾県志』巻一地志・風俗・雑俗の記述が早く、「台は王醮を尚び、三年に一挙す。送瘟の義を取るなり。附郭郷村、みな然り。境内の中、金を鳩《あつ》めて舟を造り、瘟王三座を設け、紙もて之を為す。道士を延きて醮を設け、あるいは二日夜、三日夜等しからざるも、総じて末日を以て宴席を盛設して戯を演じ、名づけて「請王」と曰う。酒を進め菜を上げ、一人の事を暁る者を択び、跪きて之を致す。酒畢りて、瘟王を将て船上に置き、凡百の食物・器用・財宝、一として具わらざる無し。十余年以前は、船はみな製造し、風篷・桅・舵畢く備われり。醮畢らば、送りて大海に至り、然る後に小船に駕して回来す。近来、木を易うるに竹を以てし、紙を用て製成す。物用みな同じ。醮畢らば、抬げて水涯に至り、焉を焚く」と言う。

(10) 前島信次「台湾の瘟疫神王爺と送瘟の風習に就いて」(民族学研究四巻四号、日本民族学会編、一九三八、三省堂刊)、黄文博『台湾信仰伝奇』(一九九二、台原出版社)参照。

(11) 前掲前島論文に引く『台湾慣習記事』第三巻十号(一九〇三・一〇)参照。なお蔡相輝『台湾的祠祀与宗教』(一九八〇、台原出版社)第二節「開台先賢与名宦」は、前島論文や劉枝万「台湾之瘟神信仰」(一九六三・一二、台湾省立博物館科学年刊六期)、蘇同炳『台湾今古談』(一九六九、台湾商務印書館)第二篇「民俗」丁「宗教信仰」の言う王爺を瘟神とする説を取らず、連雅堂『台湾通史』(一九二〇、台湾通史社)巻二十二宗教志・神教に言う王爺を鄭成功とする説を是として、「送王船」の風習は、清朝が鄭成功・鄭経父子の墳墓を故郷である福建南安に遷した康熙三十九年(一七〇〇)以後に民衆がこれを記念して王船を造り、王爺を祀った後に海に送るようになったものであり、康熙五十五年修『諸羅県志』巻一輿地志風俗雑俗や康熙五十九年修『台湾県志』巻一輿地志風俗雑俗に「送瘟王」「送瘟」と言うのは、政治圧力を受けてのことであったと解釈するが、強引さは免れず、鄭成功を討伐した施琅の本籍地である泉州府晋江県には「送王船」の風習はないと断言してもいるが、これは事実に相反しており、すでに前島論文には一九〇四年に苗栗県外埔に漂着した晋江県富美境から放流された池・金・狄・韓・章七王爺の王船のことを記載している。

(12) 『玉歴鈔伝警世』(松雲軒蔵版、清嘉慶二十二年〔一八一七〕後記、道光十年〔一八三〇〕重刊、『明清民間宗教経巻文献』〔一九九九、新文豊出版公司〕収)、『呂祖師降諭遵信玉歴宝鈔伝閻王経』(樹徳堂洪道果、清刻本、『宝巻初集』〔一九九一、山西人民出版社〕収)、同書(封面『消災延寿閻王経』〔瑪瑙経房蔵版、樹徳堂洪道果、光緒二十二年〔一八九六〕重刻、『明清民間宗教経巻文献』収)。馬書田『華夏諸神』(一九九〇、北京燕山出版社)参照。

(13) 本書第一章第二節参照。

(14) 『地蔵菩薩本願経』「忉利天宮神通品第一」には、「我今尽未来際、不可計劫、為是罪苦六道衆生、広設方便、尽令解脱、而我自身方成仏道」とあり、民間善書の中の「地蔵菩薩本願功徳頌」にも、「衆生悉度尽、我方證涅槃、地獄如未空、誓不作法王」と頌える。『地蔵菩薩本願経』(台北正一善書出版社)参照。

(15) 『嘉靖恵安県志』巻十一「秩官」宋知県。孔繁敏『包拯研究』(一九九八、中国社会科学出版社)、六〇頁参照。

(16)『台湾宗教調査報告書』第一巻（一九一九、台湾総督府）参照。

(17) 例えば『建甌県志』「倪王廟」は、下里倪坑に位置する。唐・昭宗の時、彦松は弟彦椿とともに義に仗って粟を散じて貧を済った。彦松は功を積み行を累ね、兼ねて道術に通じ、旱疫を治めて大いに験があったため詔によって将仕郎に封じられた。死後に郷民が廟を建てて祀った。

(18) 包拯は嘉祐一年（一〇五六）十二月に江寧知府から右司郎中に抜擢され、開封府を権知している。

(19)『三侠五義』では、包山の妻は王氏、包海の妻は李氏であり、包公を棄てさせたのは包懐であるが、各地の伝説は変容している。

(20)「箭杆黄鱔馬蹄鼈」「長嫂如母」「老家人包興」「老包背縴」「包公審石頭」「北鎮村頭訓土地」六条を載せる。おおむね包拯の生地である安徽合肥一帯の伝説である。

(21)『集錦録』には「丙寅年正月九日導化堂開堂四十週年紀念日」に青天堂主席である包公尊王が降臨して授けた「詩」と「話」を載せる。

(22) 宋・洪邁『夷堅志』には、「紫姑、仙之名。唐乃稍見之。世但以箕挿筆、使両人扶之、或書字於沙中。」（紫姑は、神仙の名で、唐代に見え始めた。世間では箕《み》に筆を挿して二人でこれを支え、字を沙中に書いたりする）といい、明・馮応京『月令広義』には、これを呉地の正月の風習とする。「呉俗謂、正月百草倶霊。故於灯時備諸祠、卜之戯。然多婢子輩為之、故於箕帚竹葦之類、皆能響卜。（呉俗に謂う、正月には百草が霊気を持つ。故に元宵の時に祠廟に備えて占って遊ぶ。だが多く婢たちがするので、箕帚竹葦の類がよく霊感がある。）」元代では、韓信の霊が現れて詩を詠んだ出来事を記すが、神霊が人に憑依する方法を用いているようである。「元末、河南輝県百泉書院、有山長某嘗集客。坐中一扶乩者、術甚神。衆共粛礼之、使探神響。焚祝方半、神已至。衆請名、乃判一詩曰、〈……。〉衆矍然曰、〈神、淮陰侯耶。〉曰、〈然。〉」（元末、河南輝県の百泉書院に山長の某があり、ある時客を集めた。座中に一人の扶乩を行う者がおり、その術は甚だ神妙であった。皆は厳粛に礼を行って神の反応を探らせた。香を焚いて祈ること半ばにして、神は早くも降臨し、一詩を判じて言った。「……。」皆はどよめいて言った。「神は淮陰侯ではありませんか。」「そうだ。」）福建の「扶鸞」については、『同安県志』（林学増等修、一九二九）巻二十二「礼俗」十「迷信」に、「又〈扶乩〉の法があり、桃李の両叉有る者を取り、其の頭を筆の状のごとく削り、両人をして各々一手を以て其の柄を持たせ、咒語を念動して神を請えば、桃枝は則ち躍躍として動き、字を書き薬を書く。甚だしくはあるいは詩歌を抒写し、朗々と誦する。甚だ霊験有る者も有り、亦毫も影響がない者もある。殊に解を索め難い」と記している。馬書田『華夏諸神』（一九九〇、北京燕山出版社）「紫姑信仰与扶乩」、酒井忠夫『中国善書の研究』（一九七二、国書刊行会）第六章「『陰隲文』について」参照。

(23) 馬府千歳の由来は『三宝太監西洋記通俗演義』に出る馬・趙・温・関四大天将の一人か。この廟の神像も顔が白い。

(24) 包公は仁宗の嘉祐七年、五月二十五日に死去している。

(25)『玉暦宝鈔』によれば、包公はもと第一殿にいたが、冤罪で死んだ者を憐れんでしばしば冤罪を雪いで復活させたので、五殿閻羅王に降格されたという。また十殿転輪王は薛姓であり、馬姓ではない。馬書田『中国冥界諸神』（一九九八、団結出版社）第一章冥王篇、五「十殿閻王」参照。

(26) 一九九六年の紹介冊子では、唐・高宗の永淳元年（六八二）に開漳聖王（陳元光）が漳州を置くよう上奏した時、司馬に抜擢された部曲の子弟馬仁が五人の義兄弟とともに賊と戦い、斬られた首が城内に飛んで、城門が閉まって復活できなかったという伝説を挙げて、馬国公を馬仁とする。ちなみに漳州は垂拱二年（六八六）に置かれた。

(27) 吉元昭治『台湾寺廟薬籤研究』（一九九〇、武陵出版有限公司）参照。また本廟には奇蹟として、民国五十六年（一九六七）、馬国公が「両木造橋渡万民、一片芳心得善果、長江清水浄我身、聖母力勧弟子善」という詩句を金紙に著して林芳清に祭祀を託宣したことを伝える。本廟は台湾の各廟とも交流して信者たちを「進香」（巡礼）に案内したり、道士を招聘して「羅天大醮」を行い、町民の無病息災を祈ったりしている。

(28) 鄭志明『中国善書与宗教』（一九八八、学生書局）参照。

第三節　経典の制作――『包公鉄面明聖経』

一　はじめに

中国・台湾・東南アジアの華人社会では包公廟が多数あり、包公は神として祭られていた。[1]とりわけ湖南長沙府には集中しており、『包公鉄面明聖経』という経典まで創作されていた。台湾では包公信仰が盛んであるが、特に経典は創作されていない。中国の神明が創作した経典としては『関聖帝君桃園明聖真経』等が著名であるが、[2]本経典はこうした経典に倣って創作されたと思われる。経典は功徳を記しており、祭祀の原点を見出す好個の資料である。そこで本節ではこの経典の内容を分析してみたい。

二　長沙の包公廟

その前に湖南長沙における包公信仰について再度確認しておきたい。古来巫風の強い湖南長沙府では関羽をはじめ多くの神が民間信仰の対象であり、包公も信仰の対象であった。本章第一節で述べたように、『大清一統志』（光緒二十八年刊）巻二百七十七「長沙府」二一「祠廟」には、包公の子繶が潭州（長沙）通判（州太守の補佐官）に赴任し、長沙人が誤って包繶を包拯として祀ったと記していた。確かに『宋史』「包拯伝」にも包繶が潭州通判になったと記しているが、呉奎「孝粛包公墓誌銘」には包繶が潭州通判になったとは記しておらず、張田「宋故永康郡夫人董氏墓誌銘」も包繶が長男で早世したとしか記していない。屈春山・李良学『包公正伝』（一九八七、中州古籍出版社）一〇五〜一〇六頁には、夭死した包公の長子繶は太常寺太祝であったこと、包公の次子包綬が潭州通判に任命されたが赴任する途中で死亡したことを『包綬墓志』を引用しながら述べている。これが正しいとすれば、潭州まで到着しなかった包公の子を記念して包孝粛祠が建立されたとは信じがたい。

潭州（長沙府）に属する湘潭・湘陰・善化の三県には包公祠が多数あり、運営がなされていたことはすでに述べた。特に善化県八都「包爺廟」の注に「前明古廟、歴著霊異」と記すことからすると、この包公廟は明代にすでに建立されていたことになり、長沙における包公信仰はかなり古くからなされていたのではないかと思われる。『湘潭県志』「羣祀表」には、関帝廟をはじめとして、東嶽廟・倉神廟・天妃宮・南嶽祠・龍王廟・魯班廟・陶公祠・軒轅殿・黄龍廟・薬王殿・火官殿・五穀殿・桓侯殿・真武廟（祖師殿）など多くの祠廟が建立されており、包公廟はその一つであったと考えられる。長沙で包公が神として信仰されたのは、包公の次子が潭州に赴任することになったことによるのではなく、この地の鬼神を祀る風習によると考えるほうが妥当ではないかと思われる。なお中湘九総の黄三元堂蔵版、民国年間刊行の唱本『南嶽香語』「由靖江新康上船」（靖江〔常州〕より新康〔長沙〕まで船にのる）には、「祜祐望上包爺霊、包爺案下把香焚」（包さまのご加護を祈願して、包さまの前に香を焚く）の句が見えている。この「包爺」はもちろん包公のことであり、包公の霊験を期待して包公廟に参詣する人々の姿を描いたものである。

三 『包公鉄面明聖経』

長沙の包公廟の祭祀がどのように行われていたかについては地方志に記載がないが、民国十三年（一九二四）に孔繁祜・張耀鴻によって『包公鉄面明聖経』と称する経典が刊行されており、(3)この経典が祭祀に使用されていたことが明らかになった。その内容は「包孝粛公宝誥」と「包公鉄面明聖経」の二部から成っており、民間に行われる『関聖帝君明聖真経』などの経典の構造と類似する。「宝誥」とは皇帝が包公に授けた爵位の辞令であり、神明を降臨させるため、経文を読誦する前に三唱する。ちなみに『関聖帝君明聖真経』の「武帝宝誥」では、

太上神威、英文雄武。精忠大義、高節清廉。協運皇図、徳崇演正。掌儒・道・釈教之権、管天・地・人才之柄。上司三十六天星辰雲漢、下轄七十二地冥累幽酆。秉注生・功徳・延寿丹書、定生死・罪過・奪命黒籍。考察諸仏諸神、監制羣仙羣職。高証妙果、無量度人。至霊至聖、至上至尊、伏魔大帝関聖帝君。大悲大願、大聖大慈、真元顕応、昭明翼漢天尊。（最上の霊威あり、文武両道なる英雄。忠義に厚く、気節高く清廉なり。天子のはかりごとを助け、徳はたかく演《おこない》は正し。儒・道・仏三教の権限を掌握し、天・地・人三才の権柄を管掌す。上は三十六天の星辰・雲漢をつかさどり、下は七十二地の冥界を管轄す。誕生・功徳・長寿の丹書を執行し、生死・罪過・絶命の黒籍を裁定す。神仏たちを監察し、神仙たちを監督す。霊験は高大、済度は無量、至霊至聖にして、至上至尊なる、伏魔大帝関聖帝君。大悲大願をかなえ、大聖大慈をたまい、真元を顕応し、昭らかに漢を翼《たす》けし天尊。）

である。(4)関羽は、明万暦四十二年（一六一四）に「三界伏魔大帝神威遠震天尊関聖帝君」を勅封され、崇禎三年（一六

三〇）に「真元顕応昭明翼漢天尊」を加封されている。また「誦経款式」には、

凡善男善女、発心持誦此経、一時不及塑画聖像、即用黄紙向中間一行用硃筆写「伏魔大帝関聖帝君神位」、左刻張仙天君、右列霊官帝君、供奉中堂、斎戒沐浴、更着潔服、点燭一双、上香三炷、茶酒鮮果、虔誠致敬、行三跪九叩礼畢、跪誦『王霊官宝誥』、……次跪誦『関聖帝君宝誥』、自「志心帰命礼」「太上神威英文雄武」至「昭明翼漢天尊」、誦了三遍。（凡そ善男善女が発心してこの経典を読誦する場合、聖像がすぐに彫塑描画できなければ、黄紙の中央に朱筆で「伏魔大帝関聖帝君神位」と書き、左辺に張仙天君を彫刻し、右辺に霊官帝君を列べて中堂に供え、斎戒沐浴し、清潔な衣服に着替えて、一対の蠟燭を灯し、三本の線香を上げ、茶酒果物を供えて、敬虔に三跪九叩の礼を行ってから、跪いて『王霊官宝誥』を読誦する。……続いて跪いて『関聖帝君宝誥』を読誦し、「志心帰命礼」「太上神威英文雄武」から「昭明翼漢天尊」まで三遍読誦する。）

云々と規定し、その後「浄心神呪」「浄口神呪」「浄身神呪」「浄天地解穢呪」「安神呪」を唱えた後に、「関聖帝君降筆真経」等に入ることを指示している。『包公鉄面明聖経』には具体的な儀礼を記載していないが、これに類する儀礼が行われたと考えられる。(5) 別に瀏陽市赤馬鎮の赤馬殿が刊行した『包公明聖経懺』（中華民国三十三年（一九四四））があり、「焚香讃」「浄心呪」「浄口呪」「浄身呪」「請社令呪」「開経偈」を唱えた後、『仏説龍図包公明聖経』に入り、『龍図包孝粛公宝懺霊文』で結ぶ。「宝誥」はない。

「宝誥」の内容はその大部分が『宋史』巻三百十六「包拯伝」に基づいているが、経文は民間伝説「包公案」を基礎に構成されており、民間信仰と民間伝説の結びつきの強さを窺わせる。

＊「包孝粛公宝誥」

その全文は次の通りである。

宋代忠臣、廬州孝子。秉徳不回、執心決断。不持一硯、證作吏之清廉。諫引三疏、顕立朝之剛毅。権貴宦官、皆斂手、生号閻羅。児童婦女悉知名、歓呼待制。笑言不苟、雖通顕於布衣時。功徳昭彰、允廟食遍寰宇内。天章待制、龍図学士。御史中丞、枢密使、孝粛公。（宋代の忠臣、廬州の孝子。徳を秉《と》りて回《たが》わず、心を執りて決断す。一硯も持せず、吏作《た》るの清廉を證《あか》し、諫むるに『三疏』を引きて、朝《ちょう》に立つの剛毅を顕わす。権貴・宦官はみな手を斂《おさ》め、生きて閻羅と号す。児童・婦女は悉《ことごと》く名を知りて、「待制」と歓呼す。笑言苟《かりそめ》ならず、通顕すと雖も布衣の時に於てす。功徳昭彰なれば、允《まこと》に廟食は寰宇の内に遍し。天章待制、龍図学士。御史中丞、枢密使、孝粛公。）

『宋史』巻三百十六「包拯伝」は、この「宝誥」の拠り所であることを窺わせる。（6）

関帝の「宝誥」は明代以後に贈られたものであるが、包公の場合はそれがないため、仁宗が授与した現世の官位を記したと思われる。

＊『包公鉄面明聖経』

次に経文の全体を検証してみたい。

吾自生来不順情、　吾生まれてより情に順わず、
赫赫地府活閻君。　赫赫として地府に活閻君たり。
天翻地覆吾亦覆、　天翻り地覆れば吾亦覆り、
陰陽両管度衆生。　陰陽両《とも》に管《つかさど》って衆生を度《すく》う。

在宋流今、包公清天。　　宋に在りて今に流《いた》るまで、包公清天たり。

包公が人に迎合しないことは、『宋史』本伝に都で「関節（コネ）が通じぬ、閻羅の包老あり」と評判されたことが記されており、包公が地獄に赴いて閻羅となる話は、元雑劇でも多数の「包公案」が上演されているが、神通力を使って冥界と往来することがあっても、包公はあくまで生きた人であり、神ではない。明説唱詞話においても包公は「活閻羅」と称されており、真の閻羅であったことはない。小説『新評龍図神断公案』百話中の十二話では、包公が冥界に赴いて「閻羅」となり、輪廻転生の論理で裁きをする。

包公が天地と一体であるとは、『関聖帝君桃園明聖経』の「吾乃日月精忠、乾坤大節、天崩我崩、地裂我裂。」（吾は日月の忠心、天地の節義あり、天崩るれば我崩れ、地裂くれば我裂く）という言葉と類似する。

元雑劇において包公に「昼には現世を裁き、夜には冥界を裁く」能力が賦与されて以来、その能力を発揮する話は今に至るまで伝承し創作し続けられている。

状元及第、知定遠事、　　状元に及第して、定遠の事を知《つかさど》り、
目如日月、天地照臨、　　目は日月のごとく、天地を照臨し、
心懸明鏡、鬼妖喪胆、　　心に明鏡を懸くれば、鬼妖は胆を喪い、
書吏皆痩、署内単寒、　　書吏は皆痩せて、署内に単《ただおのの》寒き、
万民百姓、人人喜連。　　万民百姓は、人人喜び連なる。
通天達地、日夜未安、　　天地に通達して、日夜未だ安んぜず、

白日坐堂、判官兼班、
夜管陰曹、牛頭馬面、
幽冥地府、陰律果報森厳。

白日は堂に坐して、判官をば兼班し、
夜は陰曹を管って、牛頭・馬面あり、
幽冥の地府、陰律果報は森厳たり。

包拯は進士に及第したが、状元（第一席）ではなかった。前掲『包公正伝』によれば、天聖五年（一〇二七）、包拯は甲科進士に及第しており、状元は王尭臣であった。定遠県令にもなっておらず、明の説唱詞話『包待制出身伝』に至って、包公が状元に及第し、定遠県に赴任するという話が形成される。しかも実際に定遠県には包公祠が建立された（本章第一節参照）。また包公の裁判の対象は、宋の話本においては現世の庶民であったが、元の雑劇に至って特権階級に及び、死者の訴えを聴く話が多く作られた。明の説唱詞話に至ると、『包龍図断白虎精伝』のように、妖怪を裁く話まで創作された。包公はまた開封府の正門を開けて庶民が直接法廷に入れたため、胥吏は懐を肥やすことができなかった（『宋史』本伝）。

孝為百行首、
淫為万悪先。
耕読勤倹心廉節、
為官清正子孫賢。
忠臣孝子、世代流伝。
簒君位、戮忠臣、

孝は百行の首と為し、
淫は万悪の先と為す。
耕読勤倹にして心は廉節、
官と為《な》り清正なれば子孫は賢なり。
忠臣孝子は、世代流伝す。
君位を簒《うば》い、忠臣を戮《ころ》し、

欺地滅天、　地を欺き天を滅せば、
自古奸佞、　古より奸佞、
終身詎得全。　終身詎《な》んぞ全きを得んや。
悪人悪報、善者福添。　悪人に悪報あり、善者は福添う。
一切悪鬼、一孝感天。　一切の悪鬼も、一孝あらば天を感ぜしむ。
陽分貴賤、陰分善悪。　陽には貴賤を分かち、陰には善悪を分かつ。

『孝経』「三才章」注に、「孝は百行の首、人の常徳と為す」という。民間に行われる『関聖帝君明聖真経』にも、「淫為万悪首、孝為百行先」という。

包拯は父母が高齢のため、建昌県（江南西路）知県、和州（淮南西路）監税に赴任せず、両親の喪が明けて初めて天長県（淮南西路）に赴任したため孝子と称賛され、死後「孝粛」と諡《おくりな》された。包拯は勤倹であり、高官に就任しても「布衣」（仕官前）と同じく粗衣粗食に甘んじ、仕官した子孫で収賄を犯した者は一族の墓に入れないと遺言した。

『関聖帝君明聖真経』にも、「簒君位、戮忠臣、……豈暁得後来報応。」（帝位を簒奪し、忠臣を殺戮すれば、……後に必ず応報を受ける）という。善書に通用する教訓である。

皇恩浩蕩、陞吾朝班。　皇恩は浩蕩たりて、吾を朝班に陞らしむ。
早朝晩朝、文官武官。　早朝し晩朝して、文官と武官たり。

鉄面無私、冰心一片。
王公恩師、保吾右輔。
皇図鞏固、万民永頼。
孝順無改、忠孝廉節、
慧智彌堅。
為君而為堯舜之君、
為臣而為伊尹之臣。
為人君尽君道、
為人臣尽臣道。

鉄面無私、冰心一片なり。
王公恩師、吾を右輔に保《う》く。
皇図鞏固にして、万民永く頼む。
孝順改むる無く、忠孝廉節にして、
慧智彌《いよい》よ堅し。
君為《た》りては堯舜の君と為り、
臣為りては伊尹の臣と為る。
人君為りては君道を尽くし、
人臣為りては臣道を尽くす。

包拯は監察御史・転運使・知諫院・開封府尹などの文官のほか、枢密副使という武官にも就任している。恩師王公は歴史上の人物ではなく、明説唱詞話『包待制出身伝』に「黒王太師」として初めて登場し、仁宗の夢に現れた包公を状元に及第させるよう勧め、汚職の証拠を摑んで転運使を弾劾した定遠県令の包公を開封府尹に推挙する。地方劇では、王延齢という名で『秦香蓮』劇などで活躍する。なお包公は実際には宰相に昇任していないが、明説唱詞話『包龍図陳州糶米記』には、定遠県令の時に『双勘釘』案を裁いて亳〔濠〕州知府に昇進し、朝廷に報告せず処刑を執行したため罷免されて開封府普照寺に修行するところを、王丞相に度量を見込まれて仁宗に推挙され、「先斬後奏」の特権と身分を与えられて、陳州糶米で不正を行った趙皇親を捕らえに派遣される。作中では「包丞相」と称される。

『関聖帝君明聖真経』でも、「皇図鞏固、万民永頼。著忠良、竭力匡衡。孝順無改、廉潔不乱。……君使臣以礼、臣事君以忠。」（皇図《りようど》は鞏固にして、万民は永く頼む。忠良を著して、力を〔漢の〕匡衡《きようこう》に竭す。孝順をば改むることなく、廉潔をば乱さず。……君は臣を使うに礼を以てし、臣は君に事《つか》うるに忠を以てす）という同類の表現をする。

関羽が忠臣であったように包拯も忠臣であり、天章閣待制・知諫院のとき、しばしば権倖大臣を論詰して、一切の内除・曲恩（天子の僥倖）を罷めるよう上奏したし、唐の魏徴（五八〇～六四三）が太宗を諫言した『貞観政要』を亀鑑として仁宗の座右に置かせ、朋党を弁じ、人才を惜しみ、先入観を捨てるなど仁宗に進言している。仁宗もまた包拯の進言を多く実行したという。

宋朝缺龍、選妃朝菴。　宋朝は龍を缺き、妃を朝菴に選ぶ。
龍夢菴内、三十六盞。　龍は菴内を夢み、三十六盞あり。
内有紅灯、金光彩艷。　内に紅灯あり、金光に彩艷あり。
進菴焚香、龍目一観。　菴に進みて香を焚き、龍目は一たび観る。
内有尼僧、嫺媿昭然。　内に尼僧有り、嫺媿昭然たり。
吾保国母、宣進宮院。　吾は国母を保《う》け、宣《みことのり》ありて宮院に進む。
国母有妊、未見生面。　国母は妊むも、未だ生面を見ず。

真宗が尼僧を見て皇妃にしたことは、明説唱詞話『仁宗認母伝』で語られている。包丞相が「陳州糶米」から帰京する途中、天斉廟（東嶽廟）で、宮廷から追放されて盲目になった李妃から劉妃と宦官郭槐の陰謀で生まれた子を奪われた経緯を聴かされる場面である(7)。なお『宋史』「李宸妃伝」には参内の経緯を記さない。『打龍袍』（広西桂劇高腔）では、李妃は、「父は公卿、母は誥命孺人で、兄弟三人は朝廷に仕えた。太上高皇が龍虎山青秀菴の三十六盞の花灯の一盞が開花して芯を結んだ夢を見て青秀菴を訪れたので、自分が老王の洗面水の準備をした。老王は自分の容貌が気に入って爪で水を弾き飛ばした」と述べており(8)、この経文に近い。

辰州文行、天旱三年。　辰〔陳〕州に文《ふみ》行われ、天旱《ひでり》すること三年なり。
老者多死、少者顛散。　老いし者は多く死に、少《わか》き者は顛る散ず。
聖主一聞、両泪不乾。　聖主一たび聞きて、両泪は乾かず。
欽命放糧、雪銀百万。　欽命にて放糧せしめ、雪銀百万あり。
吾領旨詔、不敢遅延。　吾旨詔《みことのり》を領《う》けて、敢えて遅延せず。

「陳州糶米」説話である。陳州は慶暦三年（一〇四三）に飢饉に襲われ、当地の転運使（財務官）が小麦の価格を時価の二倍につり上げて農民に税金を納めさせたので、包拯が「請免陳州添折見銭」（『包孝粛公奏議』巻七）を仁宗に上奏したことから伝説が生まれた。
辰州は陳州の誤り（音通）。『御街打鑾』（広西桂劇弾腔）でも辰州とする(9)。

馬氏西妃、狼意不浅、　馬氏西妃は、狼意浅からず、
擋吾馬頭、索銀一半。　吾が馬頭を擋《さえぎ》りて、銀一半を索《もと》む。

張龍趙虎、王朝馬漢、　張龍・趙虎、王朝・馬漢は、
聴吾吩咐、転街不面。　吾が吩咐《いいつけ》を聴き、街を転じて面せず。
西妃人馬、三岔路前、　西妃の人馬は、三岔路《さんさろ》の前、
停車壅塞、索銀擋関。　停車して壅塞し、銀を索め擋関す。
吾奉　皇恩、百姓大難、　吾　皇恩を奉じ、百姓に大難あれば、
浩気沖霄、将鑾打濫。　浩気霄《そら》に沖し、鑾を将《もっ》て打ち濫《こわ》す。

「打鑾駕」説話である。明説唱詞話『包龍図陳州糶米記』では、西宮張妃が身分不相応に曹皇后の鑾駕を借りて東嶽廟に祈願に行くのを見て仁宗に訴え、西宮・皇后から罰金を徴収するのであり、皇妃が包拯の行く手を遮るわけではない。

後に清代に至り、龐妃が皇太后の鑾駕を借りて包公の陳州糶米を妨害し、国舅龐昱の非道を隠蔽しようとする話に変わる。包公の護衛である王朝・馬漢の二人も清代に至って登場する。そして『打鑾清宮』（川劇・胡琴）において、西宮馬妃が兄馬国舅の陳州での悪事を包公に調査させないために、皇后の鑾駕を借りて包公の行く手を阻もうとしたため、包公は再三鑾駕を避けるが、鑾駕の人物が皇后ではなく西宮だと知ると、鑾駕を打ち壊し、仁宗の監督不行届の罪を責めて、馬妃を打ち殺すという話が形成される(10)。

吾奉宋天、賜吾龍泉。　吾は宋の天を奉じ、吾に龍泉を賜う。
秉国丹心、斬賊除奸。　国を秉りて丹心、賊を斬りて奸を除く。

竟到辰州、　　竟に辰〔陳〕州に到り、
安民十有数年、　　民を安んずること十数年、
心血用尽千万。　　心血用い尽くすこと千万なり。
老龍還窩飛天、　　老龍は窩に還りて天に飛び、
幼主登殿豊年。　　幼主は殿に登りて豊年なり。
辰州民歌大有、　　辰〔陳〕州の民は大有《ほうさく》を歌い、
安年楽業優風。　　年に安んじ業を楽しむ優風あり。

元の雑劇『包待制智勘灰欄記』（第四折）で、包公は、「勅賜勢剣金牌、体察濫官汚吏、与百姓伸冤理枉、容老夫先斬后奏。以此権豪勢要之家、聞老夫之名、尽皆斂手。」（勢剣・金牌下賜されて、貪官汚吏を監察し、百姓の冤罪雪ぐため、処刑後上奏許された。それ故権力ある者は、わしの名聞けばみな手を竦めるのじゃ）と語る。『鍘四国舅』（川劇・胡琴）では、包公は陳州に赴き、王朝・馬漢・董超・薛覇四将とともに馬家の四国舅を捕らえて銅鍘で処刑する。[11]

明の「説唱詞話」ではもともと仁宗の世であり、真宗の薨去に伴う仁宗の即位のことは述べない。

吾始迴朝繳旨、　　吾始めて朝に迴《かえ》りて旨を繳《おさ》め、
遇路冤枉判断。　　路に冤枉に遇いて判断す。
放風拏風、素貞伸冤。　　風を放ち風を拏《とら》えて、素貞は冤を伸ぶ。

高禎受賄、楊毛二元。　高禎は賄を受けたり、楊・毛の二元より。
厳提獄内、吾訪銅関。　厳しく獄内に提《ひ》き、吾は銅〔潼〕関を訪ぬ。
銅鑼為号、捉拿貪官。　銅鑼をば号《しるし》と為し、貪官を捉拿す。
天橋大会、王朝馬漢。　天橋に大いに会す、王朝・馬漢。
号気孫鴻、奏主封官。　号〔豪〕気の孫鴻〔洪〕、主に奏して官に封ぜらる。
銅鍘鉄鍘、高禎取斬。　銅鍘・鉄鍘、高禎取りて斬らる。
滅族絶嗣、遺臭万年。　族を滅ぼし嗣を絶ちて、遺臭万年あり。

包公自身が投獄されて銅鑼を合図に王朝・馬漢らに貪官を捕らえさせることは「売金鑼」説話に似る。『売金鑼』（広西桂劇弾腔）では、「奸臣張潘の讒言によって楊招討が処刑され、娘玉貞は母姚氏、兄応龍とともに潼関の表兄姚庚のもとへ逃亡するが、姚庚は悪人で、姚氏を毒殺して玉貞に結婚を迫る。玉貞は兄を逃がすが、河南の老人許天祐の妾に売られる。旅館の息子孫洪は許を説得して玉貞を解放させる。孫洪は玉貞に代わって咸陽県令趙宣に訴えるが、趙宣が収賄して受理しないため、巡按に訴えるが、巡按は偵察中に捕まる。孫洪は包公に訴え、包公も捕らえられるが、獄吏に銅鑼を打って売らせると、王朝・馬漢が現れて包公を救出し、姚庚・趙宣を捕らえる。(12)」

これによると、「銅関」は「潼関」、「孫鴻」は「孫洪」かと推測される。「高禎」「楊毛二元」「天橋大会」については不明。

倏聞京地、国母伸寃。　倏《たちま》ち京地に聞く、国母寃を伸ぶるを。

瞽目貧婆、把吾作難。　瞽目の貧婆、吾を把《もっ》て難を作《な》す。
上殿保本、新主問安。　殿に上りて本《ふみ》を保《う》くれば、新主は安を問う。
国母何在、現在宮院。　国母何《いず》くに在るや、現《いま》は宮院に在り。
再三不認、心開陡然、　再三認めざれば、心開くこと陡《とう》然、
吾奏玉帝、遣雷下凡。　吾玉帝に奏し、雷を遣りて凡に下す。
万歳認母、吾把心安。　万歳母を認むれば、吾心を把《もっ》て安んず。
鳳眼双盲、龍舐鳳眼。　鳳眼双つながら盲《くら》ければ、龍は鳳眼を舐《な》めたり。
鳳眼光明、国泰民安。　鳳眼に光明あり、国泰らかにして民安らかなり。
皇図鞏固、万民永頼。　皇図は鞏固にして、万民は永く頼《よ》る。

明説唱詞話『仁宗認母伝』には、包公が玉皇大帝に上奏して仁宗を五逆の罪で訴えるという場面がある。『夜審郭槐』（広西邕劇）十五場では、仁宗が李国太を母だと認めないため、包公は天に告訴すると言って、玉印・紅綾を用いて張玉皇に祈って雷神を降下させ、それでも仁宗が認めないため、再度雷神を降下させると、仁宗は昏倒して初めて認め、包公の言に従って、天に祈って李国太の目を舐めて開かせる。(13)

二十四孝、万古流伝。　二十四孝は、万古に流伝す。
滅倫曹洪斬、　倫《みち》を滅せし曹洪は斬られ、
孝礼股母餐。　孝・礼は股をば母の餐とす。

大経大孝、感格蒼天。　大経・大孝は、蒼天を感格す。

吾奉皇恩、准旨宣伝。　吾は皇恩を奉じて、旨に准《のっと》りて宣伝す。

加封純孝、布帛養廉。　封を純孝に加え、布帛もて廉を養わしむ。

張孝曹洪、善悪各判。　張孝・曹洪は、善悪各々判ず。


張孝・張礼の名は『二十四孝詩註』（清家秘本）に見える。(14)

湖北東路花鼓『張孝打鳳』では、仁宗が皇太后の病気を治すために人頭大願十二双をかけたので「曹洪開刀、張孝封刀」の図によって、まず樵曹洪を斬首するが、張孝は継母李氏の病気を治すために股肉を割いて継母に食わせ、さらに青龍山に行って鳳凰を打ち落とし、包公に三日の猶予を請うて、李氏に鳳凰のスープを飲ませた後に開封府に出頭する。しかし弟張礼も出頭して張孝だと名のったため、包公は二人に生死二字を書いた板を拾わせるが、二人とも死字の板を奪い合ったので、わら人形を身代わりに処刑し、張孝は忠孝王に、張礼は掃殿王に封じる。本劇には曹洪の悪行は記されていない。(15)

安徽黄梅戯『青龍山』では、曹洪を曹虹と記す。国母の病気恢復祈願のため、幼王が孝子の頭十二双を供える祈願をして、「開刀は曹虹、封刀は張孝」と言う。ここでは曹虹は悪人ではなく、孝子である。(16)

万歳為母、酬天還願、　万歳母の為に、天に酬《むく》いて願を還し、
大放花灯、普天旨伝。　大いに花灯を放ち、普天に旨伝わる。
文拯奏本、灯願免焉、　文拯本《ふみ》を奏して、灯願焉《これ》を免じせしめんとするも、

宣王奸本、元宵還願。　宣王は奸《よこしま》の本《ふみ》にて、元宵に願を還さんとす。
攄〔擄〕掠民妻、　民の妻を擄掠せし、
情難対天、　情《つみ》は天に対《むか》い難く、
会英母子、分離四散。　会英母子は、分離四散せり。
田子本是文曲星、　田子は本是《もとこれ》文曲星にして、
金童玉女天涯行、　金童・玉女は天涯に行くも、
太白金星来打救、　太白金星来たりて打救《すく》い、
会英母子得安寧。　会英母子は安寧を得たり。
吾聆聞知、請宣飲宴、　吾は聆聞して知り、宣を請いて飲宴し、
詔勅三通、斬首除奸。　詔勅三通あるも、斬首して奸を除く。
聖主降罪、出衙廻還、　聖主は罪を降し、衙を出て廻還するも、
未上数月、赦召陞官。　未だ数月に上らずして、赦召されて陞官す。
君命有召、不駕而前、　君命にて召有れば、駕せずして前《すす》み、
朝中奸賊、害見黄泉。　朝中の奸賊、黄泉を見るを害《おそ》る。

宣王が元宵節に庶民の娘を誘拐することは、湖南唱本『滴血珠』巻二に見える。趙秉桂が兄秉蘭から殺害された事件で、包公は田子英の妻羅恵英を強奪した武宣王を処刑したために、開封府尹を罷免される。(17)
『大鰲山』（安徽泗州戯、山東柳琴戯）では、皇后が眼病を治すため、「大鰲山」（鰲山、すなわち海亀が戴いているという

海中の仙山を象って灯籠を施した山車）を作って民衆にも祈願を命じるが、警備を担当した国舅曹五能が、書生田半城の妻羅鳳英を掠奪する。田半城は焼き殺されそうになるが、火神に救助され、貴州に送られる。二児は東斗星・水平星の転生で、窰神に救助されて雲南に送られ、父と再会する。父子はともに上京して包公に訴える。包公は詔勅を無視して曹五能を処刑する。登場人物名などが異なるが、同一説話である(18)。

白虎太堂、斬首包勉、　白虎の太〔大〕堂、包勉を斬首すれば、
嫂娘姪女、出衙廻還。　嫂娘と姪女は、衙を出て廻還す。
嫂娘百年、吾捧霊旛、　嫂娘の百年、吾霊旛を捧じ、
披麻執杖、流泪不乾。　麻を披《はお》り杖を執りて、流泪は乾かず。

「鍘包勉」説話。嫂の子包勉が県令になって収賄を行ったため、包公は処刑する。一般には「白虎太堂」ではなく、陳州糶米に赴く包公を諸官が送別する長亭が舞台である(19)。
包公にとって長兄の嫂は育ての親である。明の説唱詞話『包待制出身伝』に、醜貌のために抹殺されそうになった包公を救出して養育したことが語られる。しかし死を看取ったことは、「包公案」諸作品では述べられない。

吾在宋朝、失官陞官、　吾宋朝に在りて、官を失うも官に陞るは、
是吾忠貞、天地有眼。　是《これ》吾忠貞にして、天地に眼有ればなり。
七十有九、天書来宣、　七十有九にして、天書来り宣《の》べ、

玉帝勅旨、満門封仙。
吾殿森羅、掌生死権、
心稟天地、身稟陰陽。
至公至正、無私無欲、
有忠有孝、不愧天子。
天民違法違律、
直辧照例照刑、
銅鍘鉄鍘、吾豈恕焉。
在陽管陰、在陰管陽、
自宋迄今、一理依行。
永掌陰曹、孽鏡台前、
万国九州、人物発放。
当陞即陞、当貶即貶、
男形転女、女化成男。
貴打下賤、賤提上賢、
富而転貧、貧而陞官。
凛凛忠孝、百無一端、
人在陽世、切莫奸貪。

玉帝の勅旨にて、満門をば仙に封ず。
吾は森羅に殿し、生死の権を掌り、
心は天地を稟《う》け、身は陰陽を稟く。
至公至正、無私無欲にして、
忠有り孝有り、天子たるに愧じず。
天民法に違い律に違わば、
直辧して例に照らし刑に照らし、
銅鍘・鉄鍘あり、吾豈《あに》焉を恕さんや。
陽に在りては陰をも管り、陰に在りては陽をも管る。
宋より今に迄《いた》るまで、一理に依りて行う。
永く陰曹を掌りて、孽鏡台の前にあり、
万国と九州に、人物をば発放す。
当《まさ》に陞すべきは即ち陞し、当に貶すべきは即ち貶し、
男は形を女に転じ、女は化して男と成る。
貴は賤に打下《おと》して、賤は賢に提上《かか》げ、
富なるも貧に転じ、貧なるも官に陞る。
凛凛たる忠孝、百に一の端《はし》無ければ、
人は陽世に在りて、切《かな》らず奸貪なる莫かれ。

淫悪不孝、莫大罪愆、　淫悪と不孝とは、莫大なる罪愆なれば、
子当心孝、臣当心忠。　子は当に心孝なるべく、臣は当に心忠なるべし。
若不忠孝、抽腸取肝、　若《も》し忠孝ならずんば、腸を抽き肝を取り、
無論富貴、発変畜面。　富貴を論ずる無く、畜面に発変せん。

包拯は六十四歳で死去しており、七十九歳ではない。

包公が閻羅天子になったことは上述のとおりである。『鵲橋図宝巻』（『鍘判官』）では、「做官要看包公様、鉄面無私不用情。如今赫赫金容相、第五殿上做閻君。」（官となれば包公さま、鉄面無私で情容れず。如今《いま》は赫赫金の顔、第五殿の閻魔さま）という。

潮州歌『饒安案』は、林太師に殺害された家人張三・李四と観相師が第十殿閻羅王包公に訴えることを述べ、『節孝図』（浙江紹劇）六場「陰審」は、包公が遊仙枕に眠って烏台（閻羅殿）に赴き、五殿閻王包として、枉死城に送られた冤鬼の訴えを聞く。[20]『売花三娘』（上海越劇）十場でも、包公は冥界で「閻羅天子包」と称している。[21]

吾見不忍、停車臨壇、　吾見て忍びず、車を停めて壇に臨み、
降著数語、羣黎改変。　数語を降著すれば、羣黎《たみ》よ改変せよ。
急急猛省、改為孝賢。　急急として猛省し、改めて孝賢為《た》れ。
事奉父母、色言和緩。　父母に事奉して、色言をば和緩せよ。
在朝俸君、忠心一片。　朝に在りては君を俸じ、忠心一片たれ。

忠孝両字、　　　　　　　　忠孝の両字は、
甚過懸旛礼儀。　　　　　　甚だ懸旛し礼儀するに過ぐ。
父母在堂、時刻身辺。　　　父母堂に在れば、時刻に身辺にあれ。
在生不供、死祭霊前、　　　生に在りて供せずして、死して霊前に祭り、
修斎設譙、虚杳枉然。　　　斎を修め譙を設くるも、虚杳にして枉然たり。
不忠不孝、無法無天。　　　不忠不孝は、無法無天なり。
吾今厳嘱、謹体真言。　　　吾今厳しく嘱す、謹んで真言を体せと。

これ以後は、信徒に忠孝を勧める言葉を託宣する。

『関聖帝君明聖真経』でも不孝を戒め、「勿悩怒、常使歓。暖衣飽食毋飢寒。病医薬、必自煎、即須嘗過献親前。夜不解衣、朝不食、時々刻々在身辺。……在生不供奉、死後祭霊前、不孝子、惹災愆。……速速改、莫遅延。世人孰無過、改之為善賢。」（悩怒さするなかれ、常に歓ばしめよ。暖衣飽食させ飢寒さするなかれ。病めば医薬を、必ず自ら煎じ、即ち須らく嘗過して親前に献ぜよ。夜は衣を解かず、朝は食せず、時々刻々に身辺に在れ。……生に在って供奉せず、死後に霊前に祭るは、不孝の子にして、災愆を惹《まね》かん。……速速に改め、遅延するなかれ。世人孰《たれ》か過《あやまち》無からん、之を改めて善賢となれ）と説いている。

吾一生平、忠貞一点、　　　吾が一《こ》の生平は、忠貞の一点なるも、
不斎不餞、万古流伝、　　　斎《まつ》られず餞《いの》られずして、万古に流伝すれば、

吾著是経、願人奉行。
持誦千遍、滅罪消愆。
持誦万遍、九族昇天。
男女有罪、地獄可免、
子孝孫賢。
若為父母、父母寿添。
若為児女、福禄綿綿。
若為功名、富貴栄顕。
若為官瘟、清吉平安。
戦場誦読、百戦百全。
若遇猛獣、不敢来前。
行船諷誦、風浪即散。
若為亡化念、
亡化即昇天。
焚香家宅念、
宅舎保平安。
警心体吾語、
佑爾富貴綿。

吾是《こ》の経を著し、人に奉行するを願う。
持誦すること千遍なれば、罪を滅し愆を消さん。
持誦すること万遍なれば、九族は昇天せん。
男女は罪有るも、地獄は免るべく、
子は孝にして孫は賢ならん。
若《も》し父母の為《ため》にせば、父母は寿を添えん。
若し児女の為にせば、福禄は綿々たらん。
若し功名の為にせば、富貴にして栄顕せん。
若し官〔疫?〕瘟の為にせば、清吉にして平安ならん。
戦場に誦読せば、百戦して百全たらん。
若し猛獣に遇わば、敢えて来り前《すす》まざらん。
行船して諷誦せば、風浪即ち散ぜん。
若し亡化《ししゃ》の為に念ずれば、
亡化は即ち昇天せん。
香を焚き家宅にて念ずれば、
宅舎は平安を保たん。
心に警《いまし》めて吾が語を体せば、
爾《なんじ》が富貴の綿たるを佑《たす》けん。

如人毀侮、陰律遭譴。
膽敢不遵、銅鍘不免。
吾本鉄面無私、
世代万古流流。
願爾衆生付梓、
化伝世界女男。
諸生有功於世、
富貴子孝孫賢。

如《も》し人毀侮せば、陰律にて譴《せ》めに遭わん。
膽敢《あえ》て遵わずんば、銅鍘は免かれざらん。
吾は本《もと》鉄面無私なれば、
世代万古に流〔伝〕す。
願わくは爾《なんじ》衆生よ梓に付し、
世界の女男に化伝せよ。
諸生よこの世に功有らば、
富貴にして子は孝孫《まご》は賢ならん。

末尾には、包拯を祀った経典が従来なく、祭祀の対象となり得なかったが、この経典が制作されて以来、願い事がすべて叶えられることとなったことと、この経典を刊行し流通させることによる布教の功徳を説いている。

読経の功徳については、いわゆる「三聖経」の一である『太上感応篇』に、

日誦一遍、滅罪消愆。受持一月、福禄彌堅。行之一年、寿命延綿。信奉七年、七祖昇天。久行不倦、名列諸仙。
(日に一遍読誦せば、罪を滅して愆を消す。受持すること一月ならば、福禄いよいよ堅し。之を行うこと一年ならば、寿命延綿す。信奉すること七年ならば、七祖昇天す。久しく行いて倦まずんば、名は諸仙に列せん。)

といい、『関聖帝君覚世真経』に、

帝作斯語、願人奉行。言雖浅近、大益身心。戯侮吾言、斬首分形。有能持誦、消凶聚慶。求子得子、求寿得寿。富貴功名、皆能有成。凡有所祈、如意而獲。(帝は斯《こ》の語を作《な》して、人の奉行するを願う。言は浅近なれど、大

いに身心を益す。吾が言を戯侮せば、首を斬り形を分けん。能く持誦するもの有らば、凶を消し慶を聚めん。子を求むれば子を得、寿を求むれば寿を得ん。富貴功名、みな能く成す有らん。凡そ祈る所有らば、意のごとくにして獲ん。）

というのに類似する。

『関聖帝君桃園明聖経』でも、

焚香高朗誦、其福即来臨。人能抄印送、諸疾不相侵。家宅供此経、妖魅化為塵。舟船奉此経、風波即刻平。行人佩此経、途路保安寧。書生看此経、不久歩青雲。婦人誦此経、二女五男成。若為亡化念、亡化早超生。若為父母念、父母享遐齢。日念三五遍、或誦百千声、諸神皆歓喜、宅舎並光明、凶事化為吉、福禄寿重増。（香を焚き高く朗誦せば、其の福即ち来臨せん。人能く抄印して送らば、諸疾は相侵さざらん。家宅に此経を供うれば、妖魅は化して塵と為らん。舟船に此の経を奉らば、風波は即刻平らがん。行人此の経を佩さば、途路に安寧を保たん。書生此の経を看れば、久しからずして青雲に歩まん。婦人此の経を誦さば、二女五男成らん。若し亡化《ししゃ》の為に念ずれば、亡化は早《つと》に超生せん。若し父母の為に念ずれば、父母は遐齢を享けん。日に念ずること三五遍にして、或いは誦すること百千声ならば、諸神みな歓喜して、宅舎並びに光明あり、凶事化して吉と為り、福禄寿重ねて増さん。）

と類似の功徳を述べる。

四　結　び

湖南長沙では包公廟が建立され、『包公鉄面明聖経』という経典も作られて、包公が祀られていた。包公の人気は経典の内容からわかるように、当地において上演された語り物や戯曲によってその公明正大さが民衆の心中に印象づけられ、民衆が閻羅天子として祀っていたことが判明した。経典の創作は読経によって災禍を避け幸福を得る功徳にあり、包公は経典を有することによって関羽と同じように衆生を導く神として祀られたのである。またこの経典は、台湾において包公が閻羅天子として祀られる所以を説明する好個の資料とも言えよう。

中国大陸で包公が信仰されていたことを報告することが本節の主眼であった。長沙以外に包公廟が存在していたことは、「宝誥」の「允に廟食、宇内に遍し」という句によってわかる。前節で述べたように、実際に地方志には包公廟が多数築かれていたことを記している。これらの祠廟で包公がどのように祀られていたか、さらに調査する必要があろうが、本経典の存在はその意味でも貴重なものと言えよう。

注

（1）仇徳哉『台湾廟神大全』（一九八五、仇徳哉）、窪徳忠『道教の神々』（一九八六、平河出版社）参照。現在サンダカン（Persatuan Pau Kung Temple P. O. Box 1176, 90713 Sandakan, Sabah, Malaysia）、マニラ、シンガポールに包公廟がある。マニラの包公廟は一九五六年に創建され、廟内には十二体の神仏を祀って、「満天神仏廟」とも称する。シンガポールの包公廟は「天聖壇」と称し、「天聖壇与包公」という雑誌を刊行している。

（2）関羽の経典としては、『関聖帝君桃園明聖真経』『関聖帝君覚世経』『関聖帝君戒淫経』がある。

（3）粛化文社刊、積善小補堂蔵版。「重証聖経輯要」中の一冊。「重証聖経輯要」には他に、『桓侯大明帝道経』（長沙聚仙文社）、『李公真人説保運度劫更生集福真経』（民国十三年、聚仙文社）、『陶真人済人救劫経』（民国十三年、聚仙文社）、『文昌帝君至宝感応妙経』（聚仙文社）、『玉皇心印妙経』（宣化文社）などがある。なお、瀏陽県の赤馬殿では、信徒が祈願するための

『包公明聖経懺』（民国三十三年〔一九四四〕、瀏北赤馬殿蔵版）を刊行していた。また醴陵県の東京殿では、別に仙岳山が刊行した『包公除邪輔正経懺』（光緒十六年〔一八九〇〕）を転抄して読誦している。著者の調査研究報告「湖南・江西における包公祭祀」（二〇〇三、「東アジア研究」三三号）参照。

（4） 光緒二十年（一八九四）、温陵善書局成文堂蔵版、『荘林続道蔵』収。

（5） ちなみに「重証聖経輯要」『桓侯大明帝道経』『文昌帝君至宝感応妙経』でも「焚香讃」「燃燭讃」「開巻神呪」「浄口神呪」「浄心神呪」「浄身神呪」「金光神呪」「浄天地解穢呪」「祝香神呪」を唱えた後に宝誥・経文の読誦に入る。

（6） 包拯、字希仁。廬州合肥人也。〔天聖五年、一〇二七〕始挙進士、除大理評事、出知建昌県、以父母皆老、辞不就。得監和州税、父母又不欲行、拯即解官帰養。後数年〔明道元年、一〇三二〕、親継亡、拯廬墓。〔景祐二年、一〇三五〕終喪、猶裴徊不忍去、里中父老数来勧勉。久之〔景祐四年〕、赴調、知天長県。有盗割人牛舌者、主来訴。拯曰、「第帰、殺而鬻之。」尋復有来告私殺牛者、拯曰、「何為割牛舌而又告之。」盗驚服。〔康定元年、一〇四〇〕徙知端州。〔慶暦三年、一〇四三〕遷殿中丞。端土産硯、前守縁貢、率取数十倍以遺権貴、拯命製者才足貢数、歳満不持一硯帰。尋拝監察御史裏行、改監察御史。時張尭佐除節度・宣徽両使。右司諫張択行、唐介与拯共論之。語甚切。又嘗建言曰、「国家歳賂契丹、非禦戎之策。宜練兵選将、務実辺備。」又請重門下封駁之制、及廃錮贓吏、選守宰、行考試補蔭弟子之法。当時諸道転運加按察使、其奏劾官吏、多摭細故、務苛察相高尚、吏不自安、拯於是請罷按察使。〔慶暦五年〕去使契丹。契丹令典客謂拯曰、「雄州新開便門、乃欲誘我叛人、以刺疆事耶。」拯曰、「涿州亦嘗開門矣。刺疆事何必開便門哉。」其人遂無以対。〔慶暦六年〕歴三司戸部判官、出為京東転運使。〔慶暦七年〕改尚書工部員外郎、直集賢院、徙陝西。〔慶暦八年〕又徙河北、入為三司戸部副使。秦隴斜谷務造船材木、率課取於民。又七州出賦河橋竹索、恒数十万。拯皆奏罷之。〔皇祐元年、一〇四九〕契丹聚兵近塞、辺郡稍警、命拯往河北調発軍食。拯曰、「漳河沃壌、人不得耕、邢・洺・趙三州民田万五千頃、率用牧馬、請悉以賦民。」従之。解州塩法率病民、拯往経度之、請一切通商販。〔皇祐二年〕除天章閣待制、知諫院。数論斥権倖大臣、請罷一切内除曲恩。又列上唐・魏鄭公『三疏』、願置之座右、以為亀鑒。又上言天子当明聴納、辨朋党、惜人才、不主先入之説、凡七事。請去刻薄、抑僥倖、正刑明禁、戒興作、禁妖妄。朝廷多施行之。〔皇祐四年〕除龍図閣直学士、河北都転運使。嘗建議無事時徙兵内地、不報。……

徙知瀛州、諸州以公銭貿易、積歳所負十余万、悉奏除之。〔皇祐五年〕以喪子乞便郡、知揚州、徙廬州。〔嘉祐元年、一〇五六〕遷刑部郎中。坐失保任、左授兵部員外郎、知池州。復官。徙江寧府、召権知開封府。遷右司郎中。拯立朝剛毅、貴戚宦官、為之歛手。聞者皆憚之。人以包拯笑比黄河清。童稚婦女、亦知其名。呼曰、「包待制」。京師為之語曰、「関節不到、有閻羅包老。」〔嘉祐二年〕旧制、凡訟訴不得径造庭下。拯開正門、使得至前陳曲直、吏不敢欺。中官勢族築園榭、侵恵民河、以故河塞不通、適京師大水、拯乃悉毀去。或持地券自言有偽増歩数者。皆審験劾奏之。〔嘉祐三年〕遷諫議大夫、権御史中丞。……〔嘉祐四年〕張方平為三司使、坐買豪民産、拯劾奏罷之。而宋祁代方平、拯又論之、祁罷、而拯以枢密直学士、権三司使。……其在三司、凡諸筦庫供上物、旧皆科率外郡、積以困民。拯特為置場和市、民得無擾。吏負銭帛多縲繋、間輒逃去、并械其妻子者、類皆釈之。〔嘉祐六年〕遷給事中、為三司使。数日、拝枢密副使。頃之、遷礼部侍郎、辞不受。〔嘉祐七年〕尋以疾卒、年六十四、贈礼部尚書、謚孝粛。拯性峭直、悪吏苛刻、務敦厚、雖甚嫉悪、而未嘗不推以忠恕也。与人不苟合、不偽辞色悦人。平居無私書、故人親党皆絶之。雖貴、衣服、器用、飲食、如布衣時。嘗曰、「後世子孫仕宦、有犯贓者、不得放帰本家、死不得葬大塋中。不従吾志、非吾子若孫也。」」なお年号は、屈春山・李良学著『包公正伝』（一九八七、中州古籍出版社）の「包公年譜簡表」による。

（7）「〔唱〕家住亳州亳水県、根生土長亳州人。爺是亳州李節使、左管軍来右管民。原為我家紀后使、没男没女没児孫。早晩焼香求子皐、後来生下阿奴身。買卦占籤養不大、太清宮裏去修行。看看児上十三歳、四州八県独称尊。金冠道姑為第一、真宗駕到太清宮。天子見奴生得好、納為妃子在宮中。真宗断我修行路、納在西宮結做親。南宮姐姐劉妃子、西宮便是李妃身。因為北番興人馬、来侵大宋不安寧。拝起将軍楊六使、侵殺番家馬共人。収了番家肖大后、真宗改做太平春。太平是三月初三日、西宮降下小儲君。南宮姐姐劉妃子、便生妬嫉狡家心。〔説〕話説六宮大使、姓郭名槐、通同作弊、将劉妃子女児来我西宮、換了儲君太子。劉妃子做了正宮皇后。」

（8）『広西戯曲伝統劇目彙編』第五十九集、広西僮族自治区戯劇研究室編、一九六二、五九〜七一頁。

（9）同前、七三〜八二頁。

（10）『川劇伝統劇目彙編』第二十二集、一九五九、四川人民出版社、二六七〜二八三頁。

(11)『川劇伝統劇本匯編』第二十集、川劇伝統劇本匯編編輯室、一九五九、四川人民出版社、二七一～二八五頁。
(12)『広西戯曲伝統劇目彙編』第三集、一九六〇、二四九～二九〇頁。王森然遺稿『中国劇目辞典』(一九九七、河北教育出版社)参照。このほか、湖南祁劇弾腔伝統劇目に『売金鑼』があり、一九八一年に『包公坐監』として改編されている。『湖南戯劇』第二期(中国戯劇出版社)。湖南祁劇『包公坐監』七場、李迅学執筆・鄭浯濱・成勇改編『地方戯劇選編』三、一九八二、五九～一二〇頁。『中国戯曲志』湖南巻(一九九〇、文化芸術出版社)参照。
(13)『広西伝統戯曲劇目彙編』第三十三集、広西僮族自治区戯曲工作室編、一九六一、一一七～一四三頁。
(14)川瀬一馬「二十四孝詩注の研究」(一九四一・一二、『書誌学』十七巻五・六号)、徳田進『孝子説話の研究』近世篇―二十四孝を中心に―(一九六三、井上書房)参照。
(15)『湖北戯曲叢刊』第四十集、東路花鼓、湖北省戯劇工作室編印、一九八一。
(16)『黄梅戯伝統劇目匯編』、黄旭初主編、安慶市黄梅戯劇院、一九九〇、二三五～二五五頁。
(17)中湘九総黄三元堂発行。「武宣王在棚下搶了羅恵英、田子英在包公台前告発武宣王一案、包公照律所辦、請了上方剣、斬了武宣王。」
(18)『安徽省伝統劇目彙編』泗州戯第五集、一九五八、一五五～一九四頁。『山東地方戯曲伝統劇目匯編』柳琴戯第七集、山東省戯曲研究室、一九八七、一～一一〇頁。
(19)ちなみに『三官堂』では、秦香蓮が陳世美を白虎堂で審問する。桂劇弾腔『三官堂』(『広西戯曲伝統劇目匯編』第十五集、広西僮族自治区戯曲工作室、一九六一)。
(20)『浙江戯曲伝統劇目匯編』紹劇第二集、中国戯曲家協会浙江分会・紹興県紹劇蒐集小組編、一九六一、二〇三～二五四頁。
(21)『伝統劇目匯編』越劇第十四集、上海市伝統劇目編集委員会編、一九六二、上海文芸出版社、一二〇～一四八頁。

結　語

現代に敬仰される包公

包公といえば、あらゆる悪に毅然としてたたかう厳正な司法官の代名詞となっている。明の海瑞は「南包公」と綽名され、清の施世綸は小説『施案奇聞』序文で「関節不到、有閻羅施老」（コネの利かぬは、閻魔の施公）と包拯にたとえられ、清の劉墉には、包公の「陳州糶米」を模倣した説話『劉公案全伝』（『白綾記』『旋風案』『拿国泰』三部）が作られた。

現代でも中紀委副書記の劉麗英（一九三一～現在）は、江沢民総書記のもとで反腐敗運動の先鋒を務め、廈門市副書記、国安局長ら役人数十人が廈門の遠華公司の総裁らと結託して犯した密輸事件を捜査して、「現代女包公」と称された（東方報道、二〇〇〇年一月二十五日）。大同県水頭村で森林保護に尽力する民兵連隊長常福成は、色黒で厳粛な風貌から、子供たちから「常包公」と呼ばれている（解放軍報二〇〇一年四月二十六日）。河南人の弁護士陳暁峰はネット上に法律事務所を開設し、自ら敬仰する包公の名をとって「包公府」と名づけている（「蕃薯藤」網参照）。

文学による包公の造型

このように包公が官民に慕われるのは、民衆を権力者の暴虐から救済した歴史上の包拯の剛毅な性格による。仁宗の側近となった包拯は、貴族や宦官の横行を防いだので、庶民から「包待制」と呼ばれて慕われた。この点ではコナン・ドイル（一八五九～一九三〇）が創造した探偵シャーロック・ホームズや、それを模倣して上海の程小青（一八九三〜一九七六）が創造した探偵霍桑《ホーソン》が架空の人物であるのと異なる。

だが後世に包公の名を広めたのは、小説・説書・演劇などの文学作品の作用が大きい。南宋の話本から始まり、元の雑劇、明の説唱詞話・小説・戯曲、清の説書・戯曲を経て、現代の地方劇に至るまで創作された大量の説話は、特異な包公像を造型し、民衆に強烈な印象を与えた。

なかでも元の雑劇では、包公が権力者に殺害された民衆の亡霊の訴えを聴き、知謀によって権力者に裁断を下す話が作られた。

明の成化年間に刊行された説唱詞話に至っては、包公の特異性をさらに強調して醜貌によって剛毅な性格を表現し、仁宗を裁く話や妖怪を裁く話まで創作された。

万暦年間には、さまざまな説話に取材した小説『百家公案』が編纂され、庶民、王侯、妖怪などあらゆる犯罪を取り締る万能の包公像が創造された。『百家公案』は『秦香蓮』『血手印』『双包記』など著名な包公説話を記載している。またこの時期の演劇では、包公は顔を黒く化粧してその威厳を表現していた。

明末には聴五斎が『百家公案』『廉明公案』『詳刑公案』から二話ずつ選んで対偶構成し、批評をつけて啓蒙性を加えた小説『新編龍図神断公案』に改編した。この作品は大いに流行して現代に至っている。

清の道光年間には『鍘判官』『鍘美案』『鍘包冕』劇が上演され、情け容赦なく犯人を断罪する包公の処刑具が定着した。

この当時、説書芸人石玉崑が「仁宗認母」説話をもとに『龍図公案』を語った。石玉崑の原書は残っていないが、その流派の「石派書」（「石韻書」）や小説『龍図耳録』があり、これを模倣した鼓詞も出現した。石玉崑は忠臣説話を創作する意図があり、当時の説話を吸収しながら、さらに包公像を完璧なものに仕上げた。『鍘包冕』は、自分の甥の犯罪を容認せず毅然として処刑する包公の厳格な性格をよく表現した説話であるが、石玉崑はこれを奸臣が包公を貶める口実になる話として忌避し、包冕の従者が包冕の名をかたった犯行に改めた。石玉崑の作品は、今日では小説『三俠五義』としてよく読まれている。

伝統説話と包公の形象

こうした理想的な包公像の創造は、民間説話を分類して編集した宋・李昉編『太平広記』を見ると、前代から準備されていたことがわかる。

司法が完成しない唐代以前には、犠牲者の怨霊が冥界の王者の許可を得て犯人を取り殺す復讐説話があったが、『唐律』が制定されて国家が治安を管理するようになると、司法官が犯人に裁きを下して犠牲者に代わって復讐する説話が出現した。

『太平広記』にはこうした復讐説話ばかりでなく、宝物説話も記載している。説話の主人公は善良であり、天から宝物を授かる幸運に恵まれた。包公も司法官として正直な人物であり、宝物によって犠牲者を復活させる能力を持つこととなった。『張文貴』説話などの前身は、『太平広記』中の宝物説話などに求められる。

知恵者の説話も包公以前に出現していた。唐の敦煌変文では、春秋斉国の宰相晏嬰が人間離れした醜貌ながら、外観で人を判断した梁王をやりこめる。包公の容貌も、説唱詞話で醜貌に描かれて彼の剛毅さを印象づけることとなり、王侯貴族などの権力者の暴虐を裁く話ではその力量を発揮し、法網を逃れようとする洛陽王や曹国舅をおびき出して、犠牲者を復活させて証人とし、銅鍘で処刑する。

ちなみに清の施世綸は五体不具で、劉墉はせむしである。こうした異常な容姿の持主は、民間説話では非凡な人物と認識される。実際には歴史上の包拯は醜貌ではないし、施世綸や劉墉も伝記にそうした記述はない。世界の民話の共通する特徴として、異常出生した人物は非凡な能力を具えているのである。

主人公を救済する包公

包公像は時代とともに完成し、裁判や事件を述べる公案も、次第に人物描写に重点が置かれて物語らしくなり、主人公と包公の描写がバランスよく行われるようになる。流行する説話には類型があり、善良な者が邪悪な者に迫害を受けるが、天・人（霊）・動物の援助で免れ、包公が邪悪な者を成敗する内容となっている。その中で夫婦、男女、親子、兄弟という家庭問題は庶民の重大関心事であり、包公説話ではこのテーマを持つ作品がほとんどである。本書ではその中の代表作を選んで解析した。

貞女と不実な夫のテーマは、虞の百里奚が「扊扅《かんぬき》歌」を聴いて妻を認める話や、魯の秋胡が妻に戯れる話、王魁が桂英を裏切る話、蔡伯喈が趙五娘を裏切る話などに見られる。このテーマは包公説話では『秦香蓮』に現れる。明の小説『百家公案』26「秦氏還魂配世美」では、秀才陳世美が科挙に及第して妻を抹殺するが、清の『賽琵琶』劇に至って、秦香蓮を飢饉の中で舅姑を養う孝女とし、秦香蓮を援助する旅館の主人や、駙馬府の門衛、駙馬の部下、宰相王延齢、司馬趙炳、三官神などを登場させ、包公は皇女や皇太后の圧力に屈服せず果敢に駙馬を処刑する。

貞女と不義理な父のテーマは、宋の呂蒙正の妻が夫の昇進を信じて父母の反対を退けて結婚し破窰に住む話などに見られる。包公説話では『血手印』『田玉屏』に現れる。『百家公案』78「両家願指腹為婚」では、貧乏な女婿との婚約破棄を謀る父親に対抗して、娘が婚約者に婚礼支度金を贈る。天啓によって被告の冤罪を知った包公は知謀を用いて犯人の肉屋に犯行を自供させる。夫婦愛に感動して太白金星が邂逅の機会を与え、蒼蝿が処刑を妨害する。『田玉屏』では、岳父が女婿を殺して大金を奪うが、娘は夫を捜して愛馬を見つけ包公に訴える。包公は占い師に変装して事件を調査し、愛馬が包公に訴える。

孝子と宝物のテーマは、郭巨が天から黄金を贈られる話や董永と織女の話などに見られるが、包公説話では『釣金亀』『揺銭樹』に現れる。『釣金亀』では、愚直な孝子が金を出す亀を川で釣り上げ、母に代わって不孝な兄を叱責する。孝子は悪い嫂に殺されて宝物を奪われるが、孝子を尋ねて上京した老母が悪妻を制御できない長男を非難し、包公に訴えて悪妻に復讐する。『揺銭樹』では、天女が孝子に嫁いで裕福にさせる話で、天女は悪辣な富豪と官吏を懲らしめる。包公は天界に赴いて天女の素性を明かして事件を解決する。

書生と宝物のテーマは、楚の卞和が荊山の璞を王に献上して陵陽侯に封ぜられた話などに見られるが、包公説話では『張文貴』に現れる。山賊の娘が書生を愛して肉親と戦って逃亡を援助する恋愛感情を描き、書生を捜して上京する母親の母性愛も描く。包公は書生を復活させて夫婦・母子の団円を達成させ、夫婦と母子を苦しめた旅館の主人や悪宰相を断罪する。

書生と妖精のテーマは『白蛇記』などに見られるが、包公説話では、鯉が書生を愛する『双包記』や、梅鹿（秦腔『楊文広掛帥』）、白花（邕劇『揺銭樹』）、龍女（泗州戯『鮮花記』）などの話がある。『百家公案』44「金鯉魚迷人之異」は『双包記』のもとになった話であり、包公は天界に赴いて妖精の素性を探り、観音が妖精を捕らえる。人間と動物は結ばれず、妖精は書生に宝物を贈って去る。

孝子と継母のテーマは、舜が継母に虐待される話などに見られるが、包公説話では『合同文字記』などに現れる。後妻が伯父と甥を引き裂く物語であり、最後に審判に当たった包公が伯父を庇う甥の孝心に感動して県令に推挙する。『烙碗計』では、弟が兄に代わって罪を被って処刑されたにもかかわらず、兄の後妻が連れ子と共謀して弟の妻子を虐待する。弟の亡霊は子を守り、包公は子の冤罪を実証する。『包待制三勘蝴蝶夢』は、後妻の母親が連れ子を犠牲にして前妻の子を救う話で、包公は蝴蝶の夢を見て冤罪事件だと悟り、死刑囚を代わりに処刑して連れ子を救う。この作品は理想的な後妻像を描いて観衆（読者）に感動を与えた。

このほかにも現代に至るまで多数の包公説話が創作され伝承された。本書は時代を追って説話の内容を紹介しながら、包公説話の創作と伝承の状況を報じた。

完全無欠の包公像へ

なお作中で包公は必ずしも完全無欠の人物ではない。包公には「智断」もあれば「錯断」（誤審）もある。それは冤罪事件が多い現実を反映していると言えよう。包公が冤罪で犠牲となった人物を冥界に尋ねる能力を持つのはこのためでもある。

『鍘判官』（『錯断顔査散』）では、冥界の判官が顔査散を殺害した李保の叔父であったため、王千金を隠して生死簿を改竄し、顔査散を冤罪に陥れる。包公は判官に騙されて顔査散を処刑してしまうが、顔査散の死体が倒れないため冤罪だと悟り、再度冥界に赴いて判官の不正を糾し、王千金と顔査散を復活させる。

清の石玉崑はこれを不満として、武侠白玉堂が包公に顔査散の冤罪を知らせて包公に誤審を免れさせ、完全無欠の理想的な包公像を造型し、同時に冥界裁判の疑惑も払拭した。また李保を逃亡した包公の従者とし、因果応報の主旨を表した。

また犠牲者の家族が包公に訴えるが、会えずに苦しむことがある。『滴血珠』では、兄が弟を殺して財産を強奪する事件で、弟の妻子が兄を訴えるため上京するが、包公に会えず、途中で母が死去して女子がその遺志を継ぎ、苦労して父の復讐を果たすが、恋人に貞節を疑われる。同類の説話は包公説話以外にも、清の『張三姐告状』『楊乃武与小白菜』などが有名であり、訴訟の困難をよく描いている。石玉崑の『龍図公案』では、こうした冤罪事件も武侠がかぎつけて速やかに解決し、包公の出番がないこともある。

包公信仰と経典の創作

包公は信仰の対象となっているが、それは説話によって包公の功績が宣伝されたことに由来する。台湾の包公廟の創立者を見ると包公説話の愛読者が多い。南投県埔里の青天堂は、福州の商人が創始者で、『包公案』『七侠五義』を愛読し、合肥の包公祠で包公像を得て奇跡的に江淮の飢饉で生き延びた。廟壁の彫刻も小説『龍図公案』や『三侠五義』を題材としている。雲林県の海青宮の紹介には、包公の父親は包懐、二兄は包山・包海、師は寧公という。これは『三侠五義』の記述を引用したものである。長沙では『包公鉄面明聖経』という包公の経典が創作されたが、包公の形象は、説唱詞話『仁宗認母伝』、戯曲『陳州糶米』、『打鑾駕』、『売金羅』、『張孝打鳳』、弾詞『滴血珠』、小説『三侠五義』などの文学作品で造型されている。

かくて全国各地に包公の祠廟が建立され、生前の功績が讃えられた。包拯は仁宗の側近であるとともに、転運使として京東・河北等を視察しているが、小説『百家公案』『龍図公案』などでは監察御史として多くの地方を視察したことになっている。民衆はそうした伝説によって祠廟を建立して、五穀豊穣、無病息災を期待したと思われる。包公祠は文化大革命時代に破壊されたと報告されているが、現在では再び建立されつつある。広東の肇慶市は包拯の赴任地端州であり、一九九九年に宋城外に再建され、包公誕辰一千周年学術研討会が開催された。金色の包公像の前には王朝・馬漢・張龍・趙虎の四護衛像が配祀され、東廂の「陳州糶米」らしき絵画の前には銅鍘の模造品が安置されており、伝説の影響が著しい。硯洲包公楼も一九九〇年に海外の華人の資金援助を得て復興した。番禺の包相府は、一九九四年に整備された「宝墨園」とともに観光名所となった。四川の広漢市金輪鎮の包公廟は一九九六年に再建され、祭祀が盛んに行われている。民間の包公廟は地方志にも記載されていなかったものも多いと考えられ、再建の報道によってその歴史を知ることができる。

参考文献

一、戯曲書目

録鬼簿　元・鍾嗣成　至順元年（一三三〇）序

録鬼簿続編　明・賈仲明

南詞叙録　明・徐渭　嘉靖三十八年（一五五九）

遠山堂曲品　明・祁彪佳

慶升平班戯目　清道光四年（一八二四）

曲海総目提要　清・黄文暘原本　董康等校訂　民国十七年（一九二八）　上海大東書局

道咸以来梨園系年小録　周明泰　民国二十一年（一九三二）　幾礼居戯曲叢書　商務印書館

車王府曲本提要　郭精鋭等編撰　一九八九　中山大学出版社

中国劇目辞典　王森然遺稿　一九九七　河北教育出版社

中国梆子戯劇目大辞典　山西省戯劇研究所等　一九九一　山西人民出版社

京劇劇目初探　陶君起編著　一九六三　中国戯劇出版社

京劇劇目辞典　曾白融主編　一九八九　中国戯劇出版社

秦腔劇目初考　陝西省芸術研究所編　一九八〇　陝西省劇目工作室

陝西伝統劇目彙編劇目簡介　陝西省劇目研究室編印　一九八〇

安徽省伝統劇目匯編劇情簡介　安徽省文学芸術研究所編印　一九八〇
豫劇伝統劇目匯釈　王芸生等　一九八六　黄河文芸出版社
中国豫劇大詞典　馬紫晨主編　一九九八　中州古籍出版社
川劇詞典　胡度等　一九八七　中国戯劇出版社
湖南地方劇種志叢書（一）～（五）　編輯委員会編印　一九八八～九一
福建戯曲伝統劇目索引一～三輯　福建省文化局編印　一九五八
錫劇伝統劇目考略　江蘇省文化庁劇目工作室　一九八九　上海文芸出版社

二、戯曲資料

古今雑劇三十種　元刊　上虞羅氏蔵本
永楽大典　明・解縉等奉勅輯　一九六〇　中華書局
永楽大典戯文三種　馬廉輯　民国二十年（一九三一）　北平古今小品書籍印行会
脈望館校本古今雑劇　明・趙琦美輯校
元曲選　明・臧懋循校　明万暦四十三年（一六一五）
元代包公戯選注　李春祥　一九八三　中州書画社
古代包公戯選　呉白匋主編　一九九四　黄山書社
綉像伝奇十種　明万暦年間（一五七三～一六一五）　金陵唐氏文林閣
劇説　清・焦循　嘉慶十年（一八〇五）序
花部農譚　清・焦循　嘉慶二十四年序

正昭陽　清・石子斐　雍正抄本
古柏堂戯曲集　周育徳校点　一九八七　上海古籍出版社
綴白裘　清・玩花主人輯　清・銭徳蒼続　乾隆四十二年（一七七七）
清蒙古車王府曲本　首都図書館　一九九一　北京古籍出版社

三、地方戯曲選集

〈京劇〉
戯典　南腔北調人　民国三十七年（一九四八）　上海中央書店
秦香蓮　華東戯曲研究院編　一九五四　文化生活出版社
京劇叢刊　中国戯曲研究院編輯　一九五五　新文芸出版社
京劇彙編　北京市戯曲編導委員会編輯　一九五七　北京出版社

〈河北〉
河北戯曲伝統劇本匯編　河北省戯曲研究室　一九五九～六三　百花文芸出版社
評劇叢刊　中国戯曲研究院等合編　一九五四　通俗読物出版社
中国地方戯曲集成　中国戯劇家協会主編　河北省巻　一九五九～六三　中国戯劇出版社
河北地方戯曲劇目選　河北省戯曲研究室編　一九八四　花山文芸出版社
河北梆子選集　天津市戯曲改進委員会編　一九五四　天津通俗出版社
河北梆子秦香蓮　華粋深整理　一九五五　作家出版社
河北梆子包公鍘趙王　蔣伯驥等整理　一九六〇　北京宝文堂書店

河北戯曲叢書　評劇包公三勘蝴蝶夢　天津市評劇院改編　一九六〇　百花文芸出版社
戯曲選　中国戯曲研究院編　一九五八～六三　中国戯劇出版社
評劇秦香蓮　中国評劇院整理　一九五九
評劇秦香蓮　一九五九　北京宝文堂書店
評劇包公三勘蝴蝶夢　寧凌編　一九五九　宝文堂書店
中国戯曲志　中国戯曲志編輯委員会　河北巻　一九九三　中国 ISBN 中心
中国戯曲志　天津巻　一九九〇　文化芸術出版社

〈山西〉

絵図山陝梆子調亥集　太君辞朝・法場換子・包公断后・乾坤帯・相府撃掌　刊年不詳（民国年間）
北路梆子血手印　山西省第二届戯曲観摩演出大会編印　一九五七
上党落子楊金花奪印　山西省第二届戯曲観摩演出大会編印　一九五七
中路梆子辞朝　山西省第二届戯曲観摩演出大会編印　一九五七
山西地方戯曲資料伝統劇目彙編　山西省文化局工作研究室編印　一九五九
中国地方戯曲集成　山西省巻　一九五九　中国戯劇出版社
上党落子楊金花奪帥印　晋東南専区人民二団演出本　一九六〇
山西地方戯曲選　中国戯曲家協会山西分会編　一九六〇　山西人民出版社
山西地方戯曲匯編　山西省文化局戯劇工作研究室編　一九八一～八四　山西人民出版社
中国戯曲志　山西巻　一九九〇　文化芸術出版社

〈黒龍江〉

中国戯曲志　黒龍江巻　一九九四　中国 ISBN 中心

〈遼寧〉

評劇秦香蓮　遼寧戯曲学校編　一九六三　中国戯劇出版社

〈吉林〉

拉場戯集包公賠情　金軍改編　一九六二　春風文芸出版社

中国戯曲集成　吉林省巻　中国戯劇家協会主編　一九六三　中国戯劇出版社

二人転伝統劇目匯編　吉林省地方戯曲研究室編印　一九八〇

伝統二人転集包龍図　耿瑛等編　一九八〇　春風文芸出版社

地方戯曲選編三　包公賠情・包公趕驢　王肯改編　一九八二　中国戯劇出版社

二人転伝統作品選　耿瑛編　一九八三　春風文芸出版社

中国戯曲志　吉林巻　一九九三　中国 ISBN 中心

〈内蒙古〉

晋劇鍘判官　内蒙古自治区第一届戯曲観摩演出会印　一九五七

中国戯曲志　内蒙古巻　一九九四　中国 ISBN 中心

〈山東〉

山東地方戯曲伝統劇目匯編　山東省戯曲研究室編印　一九八七

中国戯曲志　山東巻　一九九四　中国 ISBN 中心

〈江蘇〉
淮海劇包公鍘国舅　単維礼口述　一九六〇　宝文堂書店
揚劇包公訪案　江蘇省揚劇観摩演出大会翻印　一九六一
江蘇省揚劇包公訪案（珠花記）　常州市常錫劇団油印　一九六一
江蘇戯曲叢刊　江蘇省文化局劇目工作室編印　一九八〇
地方戯曲選編三　一九八二　中国戯劇出版社
中国戯曲志　江蘇巻　一九九二　中国 ISBN 中心
〈安徽〉
安徽省伝統劇目匯編　安徽省伝統劇目研究室編印　一九五七～五九
中国地方戯曲集成　安徽省巻　中国戯劇家協会主編　一九五九　中国戯劇出版社
安徽戯曲選集　安徽省文化局編　一九五九　安徽人民出版社
泗州戯伝統劇目選集　安徽省文化局編　一九六一　安徽人民出版社
黄梅戯伝統劇目匯編　黄旭初主編　一九九〇　安慶市黄梅戯劇院
中国戯曲志　安徽巻　一九九三　中国 ISBN 中心
安徽貴池儺戯劇本選　王兆乾輯校　一九九五　施合鄭基金会
〈上海〉
伝統劇目匯編　上海伝統劇目編輯委員会編　一九五一～六二　上海文芸出版社
越劇王千金祭夫　陳少春整理　一九五六　上海越劇院油印

越劇追魚　上海越劇院演出本　一九五九　上海文芸出版社
上海十年文学選集（一九四九～一九五九）　上海十年文学選集編輯委員会編　一九六〇　上海文芸出版社
越劇叢刊　一九六二　上海文芸出版社
〈浙江〉
新編紹興戯玉麒麟・大狼山　民国年間刊
浙江戯曲伝統劇目匯編　中国戯曲家協会浙江分会編印　一九六一～六二
〈江西〉
江西戯曲伝統劇目彙編　江西省文化局劇目工作室編印　一九五九
中国戯曲志　江西巻　一九九八　中国 ISBN 中心
〈福建〉
福建戯曲伝統劇目選集　福建省戯曲研究所編印　一九六二～六三
中国戯曲志　福建巻　一九九三　文化芸術出版社
泉州伝統戯曲叢書　泉州地方戯曲研究社編　一九九九　中国戯劇出版社
〈河南〉
河南地方戯曲匯編　河南省劇目工作委員会編印　一九五七
河南伝統劇目匯編　河南省劇目工作委員会　一九五八～六三
下陳州　葉川等整理　一九五六　河南人民出版社
九場四平調小包公　周建一改編　一九八一　河南人民出版社

九場豫劇包公誤　周鴻俊等改編　一九八二　河南人民出版社
跪韓鋪　陳憲章整理　河南豫劇院二団演出本　一九八二　河南人民出版社
中国戯曲志　河南巻　一九九三　文化芸術出版社
〈湖北〉
秦香蓮　一九五五　湖北人民出版社
湖北地方戯曲叢刊　湖北地方戯曲叢刊編集委員会編印　一九五九〜六二　湖北人民出版社
劇本選輯　湖北省戯劇工作室編印　一九八一
湖北地方戯曲叢刊　湖北省戯劇工作室編印　一九八一〜八四
湖北戯曲叢書　湖北省戯劇工作室編　一九八三〜八四　長江文芸出版社
中国戯曲志　湖北巻　一九九三　文化芸術出版社
〈湖南〉
紫金瓶　民国年間　中湘九総黄三元堂蔵版
滴血珠　民国年間　中湘九総黄三元堂蔵版
南嶽香誥　民国年間　中湘九総黄三元堂蔵版
湖南戯曲伝統劇本　湖南省戯曲研究室編印　一九八一〜八六
地方戯曲選編三　一九八二　中国戯劇出版社
長沙弾詞鸚哥記　一九八五　湖南人民出版社
中国戯曲志　湖南巻　一九九〇　文化芸術出版社

〈広東〉

白狗精全歌　民国年間　潮州　義安路李万利

饒安案全歌　民国年間　潮州　義安路李万利

潮州韻文説部（潮州説唱）一五〇種　民国年間　潮州義安路李万利

陳世美三官堂琵琶記全本　民国年間　広州市五桂堂書局

粤劇秦香蓮　広州市戯曲改革委員会編印　一九五四

粤劇伝統劇目叢刊　広州市戯曲改革委員会編　一九五六～五七　広東人民出版社

粤劇伝統劇目匯編　中国戯劇家協会広東分会・広東省文化局戯曲研究室　一九六二

中国戯曲志　広東巻　一九九三　中国 ISBN 中心

〈広西〉

広西戯曲伝統劇目匯編　広西僮族自治区戯劇研究室編印　一九六〇～六三

桂劇伝統劇目選　広西壮族自治区戯劇研究室編印　一九八四

〈陝西〉

改良劇本八件衣　民国年間　西安東木頭市五十三号同興書局

改良戯曲打鑾駕　民国年間　西安東木頭市五十三号同興書局

鍘陳世美全本　民国年間　西京南大街徳華書局

秦劇包公陪情　一九五〇　口袋巷二十二号太華純益書局

秦腔匯編　西北通俗読物編委会主編　一九五四　長安書店

秦腔劇本鍘美案　王紹猷改編　一九五四　西北人民出版社
秦腔劇本赤桑鎮　楊希文整理　一九五四　長安書店
秦腔劇本打鑾駕　一九五四　長安書店
秦腔鍘八王子　王淡如等整理　一九五七　長安書店
陝西伝統劇目匯編　陝西省文化局編印　一九五九
中国戯曲志　陝西巻　一九九五　中国 ISBN 中心

〈甘粛〉

甘粛伝統劇目匯編　甘粛省文化局編　一九六三～八四　甘粛人民出版社
酒泉宝巻　西北師範大学古籍整理研究所・酒泉市文化館合編　一九九一　甘粛人民出版社
河西宝巻真本校注研究　方歩和　一九九二　蘭州大学出版社
河西宝巻選　段平纂集　一九九二　新文豊出版公司
河西宝巻続選　段平纂集　一九九四　新文豊出版公司

〈四川〉

瑯玡府大審世美　光緒八年（一八八二）　瀘州三星堂
香蓮闖宮鍘美案　民国年間　古臥龍橋涼記
改良闖宮・鍘姪　民国年間刊
斬包勉全本　民国年間　成都学道街□記書社
陳世美不認前妻　民国年間　大文堂

八件衣　民国三十一年（一九四二）　重慶金城書局
弾戯八件衣　民国年間刊
新刻抄本玉麒麟全集　民国年間刊
川劇　重慶市戯曲工作委員会編　一九五五　重慶市人民出版社
川劇叢刊　重慶市文化局戯曲工作委員会編　一九五五～五六　重慶市人民出版社
川劇劇目鑑定演出劇本選　四川省川劇劇目鑑定委員会　一九五七
川劇伝統劇本匯編　川劇伝統劇本匯編編輯室　一九五八～六三　四川人民出版社
川劇伝統劇目匯編　川劇伝統劇目匯編編集室　一九五九　四川人民出版社
四川地方戯曲選（二）　四川省戯曲研究所編　一九六〇　四川人民出版社
川劇選集　重慶市戯曲工作委員会編　一九六二　重慶人民出版社
鍘美案　原重慶群衆川劇団編導組修改　一九七九　四川人民出版社
〈雲南〉
第一届全国戯曲観摩演出大会戯曲劇本選集　中国戯劇家協会編　一九五三　人民文学出版社
雲南地方戯曲資料　中国戯劇家協会雲南分会・雲南省文化局戯劇工作室編印　一九五七～六二
雲南十年戯劇劇目選滇劇集　中国戯劇家協会雲南省分会等合編　一九五九　雲南人民出版社
雲南戯曲叢刊滇劇劇目　雲南省戯劇研究室等合編　一九六四　雲南人民出版社
中国戯曲志　雲南巻　一九九四　中国 ISBN 中心
〈台湾〉

歌仔冊資料（全文データベース）　王順隆　一九九八　中央研究院計算中心
拱楽社歌劇団内台劇本　二〇〇一　国立伝統芸術中心籌備処

四、戯曲研究書

支那近世戯曲史　青木正児　一九三〇　弘文堂
宋元戯文輯佚　銭南揚輯録　一九五六　上海古典文学出版社
中国古典戯曲論著集成　中国戯曲研究院　一九五九　中国戯劇出版社
元人雑劇鈎沈　趙景深輯　一九五六　上海古典文学出版社
中国戯劇史長編　周貽白　一九六〇　人民文学出版社
斉如山全集　斉如山　一九七九　聯経出版事業公司
中国戯曲曲芸詞典　上海芸術研究所・中国戯劇家協会上海分会編　一九八一　上海辞書出版社
中国戯曲劇種大辞典　一九九五　上海辞書出版社
中国大百科全書「戯曲・曲芸」巻　一九八三　中国大百科全書出版社
古典戯曲存目彙考　荘一払編著　一九八二　上海古籍出版社
福建戯史録　福建省戯曲研究所編　一九八三　福建人民出版社
南戯論集　福建省戯曲研究所等編　一九八八　中国戯劇出版社
儺戯面具芸術　顧樸光等編著　一九九〇　淑馨出版社／貴州民族出版社
中国京劇史　北京市芸術研究所・上海芸術研究所編著　一九九〇　中国戯劇出版社
中国戯曲通史　張庚等主編　一九九二　中国戯劇出版社

中国戯曲臉譜　黄殿基　二〇〇一　北京工芸美術出版社

五、説唱文学書目

中国俗曲総目稿　李家瑞・劉復　一九三二　国立中央研究院排印
北京伝統曲芸総録　傅惜華編　一九六二　中華書局
弾詞叙録　譚正璧・譚尋　一九八一　上海古籍出版社
増補宝巻の研究　澤田瑞穂　一九七五　国書刊行会
中国宝巻総目　車錫倫　民国八十七年（一九九八）　中央研究院中国文史哲研究所籌備処
中国文学研究　鄭振鐸編　一九二七　商務印書館
弾詞宝巻書目　胡士瑩　一九八四　上海古籍出版社
木魚歌・潮州歌叙録　譚正璧・譚尋編著　一九八二　書目文献出版社
湖南唱本提要　姚逸之編述　民国十八年（一九二九）　中山大学語言歴史研究所
一百五十種湖南唱本書録　張継光　一九九八　中国文哲研究通訊八巻二期

六、説唱文学資料

明成化説唱詞話叢刊　上海文物保管委員会　一九七三
明成化説唱詞話叢刊　朱一玄校点　一九九七　中州古籍出版社
揚州画舫録　清・李斗　一九六〇　中華書局
石派書龍図公案　清代写本　中央研究院傅斯年図書館蔵
龍図耳録　謝藍斎写本　一九八〇　上海古籍出版社

車王府曲本選　劉烈茂等整理　一九九〇　中山大学出版社
封神榜　蘇寰中等校点　一九九二　人民文学出版社
車王府曲本劉公案　燕琦校点　一九九〇　人民文学出版社
劉公案　尹明・高照編　一九九四　天津古籍出版社
劉羅鍋断案故事　鄧加栄・金乃祥　一九九八　人民文学出版社
子弟書叢鈔　関徳棟・周中明　一九八四　上海古籍出版社
宝巻初集　一九九一　山西人民出版社
宝巻五十集　民国年間　上海惜陰書局石印
明清民間宗教経巻文献　一九九九　新文豊出版公司
売花宝巻　宣統元年（一九〇九）　華寯康抄本　首都図書館蔵
双蝴蝶宝巻　甲寅年（一九一四）　汝南氏抄本　首都図書館蔵
鵲橋図宝巻　民国二十四年（一九三五）　上海翼化堂善書局
絵図張義双釘記宝巻　民国年間　上海惜陰書局石印

七、説唱文学研究書

北平俗曲略　李家瑞　一九三三　国立中央研究院歴史語言研究所

八、小説書目

晁氏宝文堂書目（外一種）　明・晁瑮等著　一九五七　古典文学出版社
満鉄大連図書館大谷本小説戯曲類目録　辛島驍　一九二七　斯文九―三・四・六

日本東京大連図書館所見中国小説書目提要　孫楷第　一九三一　国立北平図書館中国大辞典編纂処
中国通俗小説書目　孫楷第　一九五七　作家出版社
日本東京所見小説書目　孫楷第　一九五八　人民文学出版社
倫敦所見中国小説書目提要　柳存仁　一九六七　香港龍門書店
増補中国通俗小説書目　大塚秀高　一九八七　汲古書院
中国通俗小説総目提要　江蘇省社会科学院明清小説研究中心編　一九九〇　中国文聯出版公司

九、小説資料

唐律疏議　唐・長孫無忌等撰　劉俊文点校　一九八三　中華書局
太平広記　宋・李昉等編　一九六一　中華書局
疑獄集　五代後晋・和凝、宋・和㠓撰　明・張景補
楽府詩集　宋・郭茂倩
折獄亀鑑　宋・鄭克
棠陰比事　宋・桂万栄
宋提刑洗冤集録　南宋・宋慈
新編酔翁談録　南宋・羅燁　観瀾閣蔵元刊本
緑窓新話　芸文雑誌（一九三五～三六）
緑窓新話　周夷編　一九五七　古典文学出版社
新刊分類江湖紀聞　元・郭霄鳳　明弘治七年（一四九四）　薛氏思善堂重刊

南村輟耕録　元・陶宗儀
清平山堂話本　明・洪楩編　嘉靖年間（一五二二〜一五六六）刊
新刊京本通俗演義全像百家公案全伝　万暦二十二年（一五九四）　朱氏与畊堂
新鍥全像包孝粛公百家公案演義　万暦二十五年（一五九七）　万巻楼
百家公案　朴在淵校注　一九九四　江原大学校出版部
新鍥蕭曹遺筆　明・錦水竹林浪叟　万暦二十三年（一五九五）刊
三宝太監西洋記通俗演義　明・羅懋登編　万暦二十五年（一五九七）刊
皇明諸司廉明奇判公案伝　明・余象斗集　建邑余氏双峰堂
重刻増補燕居筆記　明・何大掄編
新鐫国朝名公神断詳刑公案　明・京南寧静子輯　潭陽劉太華刊
新刻皇明諸司公案伝（続廉明公案伝）　明・余象斗編述　明・余文台刊
同前　一九五六　東北人民大学油印
新刻海若湯先生彙集古今律条公案　金陵陳玉秀選校　師倹堂
明鏡公案　明・葛天民、呉泉編　明・三槐堂王崑源
折獄明珠　明・清波逸叟　万暦三十年（一六〇二）刊
耳譚類増　明・王同軌　万暦三十一年（一六〇三）刊
郭青螺六省聴訟録新民公案　万暦三十三年（一六〇六）刊
新刻全像海剛峯先生居官公案　李春芳編次　万暦三十四年（一六〇六）　金陵万巻楼虚舟生刊

新鐫国朝名公神断陳眉公詳情公案　臨川丘兆麟訂　建邑陳懐軒刊
蕭曹致君術　明・琴堂臥龍子　明刊
合刻名公案断法林灼見　湖海山人清虚子　天啓元年（一六二一）刊
警世通言　明・馮夢龍編　天啓四年（一六二四）　金陵兼善堂
新評龍図神断公案　聴五斎批評　明末刊
綉像包公案　光緒十八年（一八九二）刊
説呼全伝　乾隆四十四年（一七七九）刊
五虎平西前伝　嘉慶六年（一八〇一）刊
綉像後続大宋楊家将文武曲星包公狄青初伝（『万花楼楊包狄演義』）　嘉慶十九年（一八一四）刊
清風閘　清・浦琳　嘉慶二十四年（一八一九）刊
清風閘　清・浦琳　一九九六　中州古籍出版社
皮五辣子　余又春　一九八五　江蘇文芸出版社
皮五辣子　楊明坤　一九九二　江蘇省文化音像出版社
皮五辣子笑話　劉永龍編著　一九九六　国際文化出版公司
中国偵探案　呉沃堯　一九〇六　上海広智書局
乾隆巡幸江南記　一九八九　上海古籍出版社
清代抄本公案小説　清・儲仁遜編著　張晨江整理　一九九六　百花文芸出版社
中国古代手抄本秘笈　老根主編　一九九九　中国戯劇出版社

中国歴代名案集成　辛子牛主編　一九九七　復旦大学出版社
大五義　劉杰謙伝本　劉琳・王焚整理　一九九一　春風文芸出版社
包公案　単田芳口述・方殿整理　一九八七　黄河文芸出版社
包公銅鍘之謎　朱義・関明　一九九一　華夏出版社

十、小説研究書

中国小説史略　魯迅　一九二三
中国小説史稿　北京大学中文系一九五五級編　一九六〇　北京人民文学出版社
三侠五義　鳥居久靖訳　一九七〇　平凡社　古典文学大系本
話本小説概論　胡士瑩　一九八〇　中華書局
鍾馗神話与小説之研究　胡万川　一九八〇　文史哲出版社
李家瑞先生通俗文学論文集　王秋桂編　一九八二　学生書局
宋明清小説叢考　澤田瑞穂　一九八二　研文出版
滄州後集　孫楷第　一九八五　中華書局
中国小説史への視点　大塚秀高　一九八七　放送大学教育振興会
中国の公案小説　荘司格一　一九八八　研文出版
包拯故事研究　翁文静　一九八九　輔仁大学中文研究所碩士論文
公案小説漫話　張国風　一九九〇　遠流出版公司
中国公案小説史　黄岩柏　一九九一　遼寧人民出版社

包公故事源流考述　朱万曙　一九九五　安徽文芸出版社
江南民間社戯　蔡豊明　一九九五　百家出版社
中国公案小説芸術発展史　孟犁野　一九九六　警官教育出版社
中国古典小説在韓国之伝播　閔寛東　一九九八　学林出版社
廉吏風儀何処求；紀念包公誕辰一千年曁包公学術研討会論文集　謝達華編　一九九九
俗文学中的包公　丁肇琴　二〇〇〇　文津出版社
肉麻図譜　中野美代子　二〇〇一　作品社

十一、民俗資料

玉管照神局　南唐・宋斉邱
太清神鑑　後周・王朴
新刻袁柳庄先生秘伝相法　明・袁忠徹
勅封天后志　清・林清標
関帝明聖真経　光緒二十年（一八九四）　温陵善書局成文堂蔵版　蘇海涵編輯　荘林続道蔵23収　一九七五　成文出版社
包公鉄面明聖経　民国年間　積善小補堂蔵版　粛化文社刊
民間　陶茂康編　一九三二年六月　湯浦民間出版部
台湾省通志　林衡道・李如和修　一九七二　台湾省文献委員会
雲林文献　仇徳哉主編　一九八二　雲林県文献委員会

全国仏刹道観総覧—王爺専輯— 全国寺廟整備委員会 一九八八 樺林出版社
中華名廟志 同志編撰委員会 一九九〇
楊家埠年画 山東省濰坊市博物館・楊家埠木版年画研究所共編 一九九〇 文物出版社
A Journey Through Chinese Hell Neal Donnelly 1990 Artist Publishing

十二、民俗研究書

台湾通史 連雅堂 一九二〇 台湾通史社
長安の春 石田幹之助 一九四一 創元社
支那民俗誌 永尾龍造 一九四二 支那民俗誌刊行会
支那家族研究 牧野巽 一九四四 生活社（牧野巽著作集第二巻 一九八〇 お茶の水書房）
敦煌変文集 王重民等編 一九五七 人民文学出版社
孝子説話の研究近世篇—二十四孝を中心に 徳田進 一九六三 井上書房
The Golden Peaches of samarkand E.Schafer 1963 U.California Press（唐代的外来文明 一九九五 中国社会科学出版社）
地獄変 沢田瑞穂 一九六八 法蔵館
台湾今古談 蘇同炳 一九六九 台湾商務印書館
Volksliteratur und Hochliteratur. Menschenbild-Thematik-formstreben Max Lüthi 1970 Francke Verlag, Bern und München（民間伝承と創作文学—人間像・主題設定・形式努力 マックス・リューティ著 高木昌史訳 二〇〇一 法政大学出版局）

南方熊楠全集　南方熊楠　一九七二　平凡社
中国善書の研究　酒井忠夫　一九七二　国書刊行会
中国仏教思想史の研究　道端良秀　一九七九　平楽寺書店
台湾的宗教与秘密教派　鄭志明　一九八〇　台原出版社
台湾的祠祀与宗教　蔡相輝　一九八〇　台原出版社
金牛の鎖─中国財宝譚─　澤田瑞穂　一九八三　平凡社
台湾廟神大全　仇徳哉　一九八五
道教の神々　窪徳忠　一九八六　平河出版社
中国識宝伝説研究　程薔　一九八六　上海文芸出版社
ガイドブック世界の民話　日本民話の会編　一九八八　講談社
中国善書与宗教　鄭志明　一九八八　学生書局
北京地名考　松本民雄編著　一九八八　朋友書店
山東民俗　山曼等　一九八八　山東友誼書社
媽祖　林祖良編　一九八九　福建教育出版社
台湾寺廟薬籤研究　吉元昭治　一九九〇　武陵出版有限公司
中国民間年画史図録　王樹村編　一九九一　上海人民美術出版社
中国ペガソス列伝　中野美代子　一九九一　日本文芸社
台湾信仰伝奇　黄文博　一九九二　台原出版社

台湾冠婚葬祭家礼全書　林明義主編　一九九二　武陵出版有限公司
菱花照影－中国的鏡文化　聶世美　一九九四　上海古籍出版社
中国相人術大辞典　張桂光主編　一九九五　捷幼出版社
昔話－研究と資料－第二十五号「昔話と呪物・呪宝」　一九九七　三弥井書店
柳田国男全集　柳田国男　一九九八　筑摩書房
中国冥界諸神　馬書田　一九九八　団結出版社
澳門風物志　唐思編著　一九九八　中国友誼出版公司
羲皇故都　楊復竣　二〇〇〇　淮陽伏羲文化研究会・淮陽県図書館

十三、伝記資料

五朝名臣言行録　宋・朱熹
宋史　元・脱脱
包孝粛公奏議　明・張田編　四部叢刊本
包拯集編年校補　楊国宜整理　一九八九　黄山書社

十四、伝記研究書

包公正伝　屈春山・李良学　一九八七　中州古籍出版社
包公伝　程如峰　一九九四　黄山出版社
包拯研究　孔繁敏　一九九八　中国社会科学出版社

十五、口承伝説資料

包公的故事　民間文学　一九八〇年四期　河南人民出版社

包公故事新編　一九八一　安徽人民出版社

包公的伝説　黎邦農捜集整理　一九八六　光明日報出版社

中国鬼話　一九九一　上海文芸出版社

十六、研究論文

従石玉崑的『龍図公案』説到『三俠五義』　李家瑞　文学季刊　一九三四年二期

清代北京饅頭舗租賃唱本的概況　李家瑞　一九三六・二・二七　天津大公報図書副刊一一九

明代伝奇提要『桃符記』　傅惜華　一九三九　劇学第九期

説『三俠五義』　呉暁鈴　一九四六　通俗文学第十九期　大晩報

新民公案　牟潤孫　一九五二　大陸雑誌第五巻第二期

清季北京租賃唱本―大本書封面　傅惜華　一九五四　中国近代出版史料二編　羣経出版社

中国犯罪小説の一面　辛島驍　一九五八　全訳中国文学大系第一集第十四巻『醒世恒言』五　東洋文化協会

『龍図公案』与『三俠五義』　王虹　一九四〇　輔仁文苑五

元の裁判劇における包拯の特異性　岩城秀夫　一九五九　山口大学文学会志十巻一号（中国戯曲演劇研究　一九七三
創文社）

白居易の判について　市原亨吉　一九六三　東方学報（京都）　三十三冊

清代公案的思想傾向　一九六四・二　文学評論

The Tradition of the 'Criminal Cases of Master Pao,' *Pao-Kung-an* (*Lung-t'u Kung-an*)　Wolfgang Bauer

Oriens, Nos.23-24（1970-71）
『龍図公案』について　荘司格一　一九七二　鳥居久靖先生華甲記念論集
中国民間の地獄十王信仰について　吉岡義豊　一九七五　仏教文化論集一
The Textual Tradition of Ming *Kung-an* Fiction: A study of the *Lung-t'u Kung-an*　Y.M.Ma　Harvard Journal of Asiatic Studies 35　1975（馬幼垣『全像包公演義』補釈　一九八二　中国古典小説研究専輯五　聯経出版事業公司）
Judge Bao's Hundred Cases Reconstructed　Patrick Hanan　Harvard Journal of Asiatic Studies 40-2　1980
異人異宝譚私鈔　澤田瑞穂　一九八〇　文学研究科紀要第二十六輯
白居易百道判釈義　布目潮風・大野仁　一九八〇～八七　大阪大学教養部研究集録（人文社会科学）二十八～三十一　摂大学術B（人文社会篇）二～四
四帝仁宗有道君―明代説唱詞話の開場慣用句について　澤田瑞穂　一九八二　宋明清小説叢考　研文出版社
公案話本から公案小説集へ―「丙部小説之末流」の話本研究に占める位置　大塚秀高　一九八二　集刊東洋学四十七
包公説話と周新説話―公案小説生成史の一側面　大塚秀高　一九八三　東方学六十六輯
包拯から「包公」へ　木田知生　一九八三　龍谷大学論集四二二号
包公伝承の形成とその演変　木田知生　一九八四　龍谷史壇八十四号
北京観書記その二　大塚秀高　一九八五　汲古八号
『龍図公案』編纂の意図　根ヶ山徹　一九八五　中国文学論集十四号
明代小説家、刻書家余象斗　肖東発　一九八六　明清小説論叢第四集　春風文芸出版社

『唐鍾馗全伝』について―包公説話との関連を中心に―　櫻井幸江　一九八六　お茶の水女子大学中国文学会報五
車王府曲本管規　蘇寰中等　中山大学学報　一九八八年第三期
車王府曲本筆談　中山大学車王府曲本整理組　中山大学学報　一九八八年第三期
車王府曲本『梅玉配』　欧陽世昌　中山大学学報　一九九〇年第二期
車王府曲本中的史詩式作品『封神演義』　中山大学車王府曲本整理組　中山大学学報　一九九〇年第二期
車王府曲本札零　陳偉武　中山大学学報　一九九〇年第四期
中国地方劇脚本の流伝と展開―梆子・皮黄劇『鍘美案』を題材として　加藤徹　一九九〇　東洋文化七一
中国の書籍流通と貸本屋（一）　山下公一　一九九〇　山下龍二教授退官記念中国学論集
中国の書籍流通と貸本屋（二）　山下公一　一九九〇　名古屋大学文学部研究論集一〇六
漫談車王府曲本　郭精鋭　一九九〇　中山大学学報二
車王府曲本について　田仲一成　一九九一　学灯六
再び『車王府曲本』について　田仲一成　一九九一　学灯九
車王府本『劉公案』について　鈴木詠子　一九九一　山口大学文学会志四十二巻
宝瓶『玉堂春』　于曼玲　一九九一　中山大学学報四
崔府君をめぐって―元代の廟と伝説と文学　高橋文治　一九九一　田中謙二博士頌寿記念中国古典戯曲論集　汲古書院
『西游記』の中の唐の太宗の入冥譚―取経と寃報説話の統一　橋本堯　一九九二　中国文学論叢十七号（桜美林大学）
車王府曲本雑談　郭精鋭　中山大学学報　一九九二年第三期

一部優秀的伝統評書―曲芸界人士研討評書名家劉杰謙遺著『包公案』―　聞訊　芸術研究　一九九二秋冬号　天津市芸術研究所
人相・手相占い　小川陽一　月刊しにか　一九九六　大修館書店
中央研究院歴史語言研究所附属傅斯年図書館所蔵石印鼓詞目録（1）（2）　大塚秀高　一九九九　埼玉大学紀要三十五（1）
女性、風月与公案：『小孫屠』之芸術構思与文化意涵　華瑋　南戯国際学術研討会論文集　温州市文化局編　二〇〇一　中華書局

十七、拙論

『百家公案』における説話創作　一九八六　山口大学文学会志三十七巻
『百家公案』の編纂　一九八七　東方学七十三輯
明代公案小説の編纂　一九八七　日本中国学会報三十九集
『百家公案全伝』に引かれた「紀聞」について　一九八七　第一届中国域外国際学術会議論文集　国学文献館
清代小説における公案と武侠　一九九〇　中国文学論集十九号
台湾における包公信仰　一九九一　集刊東洋学六十六号
鼓詞『龍図公案』における石玉崑の原本の改作　一九九二　東方学八十三輯
語り継がれた鼓詞『劉公案全伝』三部作　一九九二　山口大学文学会志四十三巻
鼓詞『劉公案全伝』三部作の編纂　一九九二　中国文学論集二十一号
民間における包拯黒臉伝説の形成　一九九三　東方学八十六輯

清蒙古車王府本鼓詞『三侠五義』『包公案』　一九九三　山口大学文学会志四十四巻
清蒙古車王府曲本について　一九九三　山口大学附属図書館報14の1
中国の現代版『三侠五義』　一九九四　山口大学文学会志四十五巻
地方劇『血手印』の内容と特色　一九九五　山口大学文学会志四十六巻
地方劇『秦香蓮』の内容と特色　一九九五　中国文学論集二十四号
『判双釘』から『釣金亀』へ　一九九六　山口大学文学会志四十七巻
『包公案』における亡霊裁判について－「夜判冥」の意義の変容をめぐって－　一九九七　東方学九十三輯
地方劇における『張文貴』故事の内容と特色　一九九七　山口大学文学会志四十八巻
地方劇『双包記』における金鯉魚報恩譚の形成　一九九七　古田敬一教授頌寿記念中国学論集　汲古書院
『包公鉄面明聖経』について－長沙における包公信仰資料－　一九九七　中国文学論集二十六号
包公案の民間故事形式　一九九八　山口大学文学会志四十九巻
『包公案』を構成する世界－神と人と動物－　一九九九　アジアの歴史と文化三号
宝物故事劇から見た『包公案』の結末の変転　一九九九　中国文学論集二十八号
『包公案』の創作と伝承　二〇〇〇　東方学九十九輯
地方志に記載された包公祠　二〇〇〇　山口大学文学会志五十巻
福建伝統劇に見る公案劇の創作　二〇〇〇　アジアの歴史と文化四号
「石派書」と『龍図耳録』　二〇〇二　アジアの歴史と文化六号
石玉崑による包公説話の改編　二〇〇二　中国読書人の政治と文学　創文社

湖南・江西における包公祭祀　二〇〇三　東アジア研究二号

あとがき

私が「包公案」の研究を始めたのは、山口大学に赴任して徳山毛利家旧蔵漢籍の中に小説『百家公案』と『龍図公案』があり、当時『防長漢籍目録』を山口大学の教官で調査して、その解説を担当したことがきっかけであった。最初はテキストの成立に興味があり、大塚秀高氏、馬幼垣氏の論文を参考にしながら明代公案小説の刊行の前後関係を考え、文体の比較を通じてテキストの刊行順序を整理した。また P.D.Hanan 氏の説を検討して不備を感じ、『江湖紀聞』の記事を素材とすることも分かって、一巻ごとの編集だと感じ取った。『龍図公案』のテキストも荘司格一氏によって研究されていたが、原典である『詳刑公案』『廉明公案』の文体に最も近い毛利家蔵本が古いことにも気づいた。ただその時点では作品の思想について考察するには至らなかった。

当時山口大学教授であった岩城秀夫先生に元曲「包公案」に関する論文があり、神通力を頼みとした「包公案」の欠点を指摘していた。この問題は私を困惑させ続けた。包公は神か人かという疑問提起は『龍図公案』序文でも行われている。それ以後、私は「包公案」の思想について考えるようになった。「説唱詞話」に接触したのはこの時である。包公の鉄面無私の頑固な性格は元曲でも歌詞に表現されていたが、民間の語り物が特権階級の不正を許さぬ人間離れした特異な容貌を持つ人物を創造したことには驚異を覚えた。民衆は包公に絶対的な信頼を寄せ、万能の力を付与したことが分かった。元曲でも冤罪による死者の訴えを聴いてほしいという民衆の願望が表現されていたが、「説唱詞話」では包公は天意を代表して、妖怪の犯罪や天子の不孝をも裁くようになったのである。

その後『百家公案』が雪だるま式に話を創作し、『龍図公案』がそれを継承して、清代には石玉崑の説書によって小説『三侠五義』が生まれた。こうした物語の影響は大きく、包公は正義の権化として揺るぎない地位を固め、関羽と同様に信仰の対象ともなったと理解した。台湾やマレーシアの漢人社会でも信仰されていることを知ったのは、窪徳忠氏の『道教の神々』によってである。私は信仰の由来を知るために台湾に行き、笠征先生の紹介で知り合った方々のご教示により雲林県の海清宮などを知った。海清宮では包公の誕生祭に台湾の地方劇である歌仔戯「包公案」の上演を依頼して、「包公案」が台湾にも上陸したことを知った。最近、王順隆氏が校勘した歌仔冊の中にも「包公案」が見られる。また海清宮は「祖廟」で、台湾全土から巡礼者が来ており、その名簿を見せていただき連絡を取った。中でも高雄の開封宮の林芳清ご夫妻は私を巡礼の旅や「五朝祈安」の祭典に誘っていただき、民間の宗教活動の実態を体感することができた。

その後合肥と開封に赴いたが、祠廟と民衆との関わりが感じられず、包拯が「包公案」を通じて知られた原点に考えを戻し、地方劇のテキストを収集し始めた。最初は「内部発行」として閲覧さえ困難であったが、改革開放政策以後、公共図書館所蔵のテキストが収集できるようになり、これによって全国的に「包公案」が上演されていることを知った。山東大学教授李万鵬先生の紹介で薛宝琨氏を通じて『大五義』の編者劉琳氏にも会うことができた。また信仰について地方志を紐解くと、包拯が実際に赴任した土地以外にも包公祠が存在し、長沙のように赴任伝説が創作された土地もあり、包公の祠廟がほぼ全国的に建立されていたことが判明した。各地の包公廟は文化大革命の時期に破壊されたと聞いていたが、最近は台湾や東南アジアの包公廟との交流も進展しており、経済発展とともに資金援助を得て復興しつつある。私は山口大学大学院東アジア研究科の五年プロジェクト課題「包公伝説の研究」において広東の包公廟から調査をはじめ、王建章氏の報告をもとに短期在外研究「中国湖南における包公伝説の研究」において湖南各地の包公廟を調査した。腐敗政治家の多い今日、民衆の包公に対する敬仰の念は今も已まず、「包公案」の創作・上演や包公廟の建立は絶えることはない。「包公案」は民衆の思想を知る良い材料だと考える。

本書は中野美代子先生のお勧めで汲古書院から出版することとなった。中野先生には常々激励をいただき、本書の校閲をたまわった。また大島正二先生には汲古書院の坂本健彦氏への紹介をたまわった。そして坂本氏には本書の体裁等について細やかなご教示をいただいた。諸先生に対して心から御礼申し上げたい。

本書は学位論文「包拯伝説の形成と展開」（平成十四年）に加筆したものである。学位審査を担当された九州大学比較社会文化研究院の合山究・岩佐昌暲・森川哲雄・日下みどり・中里見敬の諸先生には、構成から記述の細部に至るまでご指導をたまわった。ここに厚く謝意を表したい。

本書は日本学術振興会平成十五年度科学研究費補助金（研究成果公開促進費）の交付を受けた。

二〇〇三年十一月二十日

阿部泰記

著者略歴

阿部泰記（あべ　やすき）

1949年、福岡県に生まれる。九州大学文学部を卒業し、同大学大学院を修了後、小樽商科大学商学部にて中国語講師を務め、その後山口大学人文学部助教授を経て、現在同大学大学院東アジア研究科教授。主として明清時代の通俗文芸を研究している。

包公伝説の形成と展開

二〇〇四年二月　発行

著　者　阿部泰記

発行者　石坂叡志

整版印刷　富士リプロ

発行所　汲古書院

〒102-0072 東京都千代田区飯田橋二-五-四

電　話　〇三（三二六五）九七六四

ＦＡＸ　〇三（三二二二）一八四五

ISBN4-7629-2692-2 C3098

索　引

か

き

く

け

こ

さ

た

ち

て

と

な

に

は

ひ

ふ

へ

ほ

め

も

や

ゆ

よ

ら

り

れ

ろ

わ